ullstein

REMY EYSSEN, geboren 1955 in Frankfurt am Main, arbeitete als Redakteur u.a. bei der *Münchner Abendzeitung*. Anfang der 1990er Jahre entstanden die ersten Drehbücher. Bis heute folgen zahlreiche TV-Serien und Filme für alle großen deutschen Fernsehsender im Genre Krimi und Thriller. Mit seiner Krimireihe um den Gerichtsmediziner Leon Ritter begeistert er die Leserinnen und Leser und landet regelmäßig auf der Bestsellerliste.

Von Remy Eyssen sind in unserem Hause bereits erschienen:

Tödlicher Lavendel · Schwarzer Lavendel · Gefährlicher Lavendel · Das Grab unter Zedern · Mörderisches Lavandou · Dunkles Lavandou

REMY EYSSEN

Verhängnisvolles Lavandou

Leon Ritters siebter Fall

Kriminalroman

Ullstein

Besuchen Sie uns im Internet:
www.ullstein.de

MIX
Papier
FSC® C083411

Originalausgabe im Ullstein Taschenbuch
1. Auflage Mai 2021

Umschlaggestaltung: zero-media.net, München
Titelabbildung: © FinePic®, München (Himmel);
© Stefan Damm / mato images (Hafen, Dorf)
Gesetzt aus der Quadraat Pro powered by pepyrus.com
Druck und Bindearbeiten: CPI books GmbH, Leck
ISBN 978-3-548-06418-5

Meiner Frau und meiner Tochter
für ihre Geduld und ihren Rat

Prolog

Es war still im Collège, dem alten, dunklen Internatsgebäude mit seinen endlos langen Gängen – totenstill. Der Mistral rüttelte an den Dachbalken und trug die Glockenschläge der Kirchturmuhr herüber. Zwei Uhr in der Nacht. Wie lange hatten sie sich über ihn hergemacht in dem Kellerraum? Der Junge hatte jedes Zeitgefühl verloren. Er wollte nur noch zurück in sein Zimmer, sich in seinem Bett unter der Wolldecke verkriechen, die sogar jetzt im Sommer noch zu dünn war, um ihn in den kühlen Nächten zu wärmen. Er wollte sich nur noch verstecken, sich ganz klein machen, sodass sie ihn nie wiederfinden würden. Wie der Mann aus dem alten Film, den er im Fernsehen gesehen hatte. Der war auch immer kleiner geworden, bis er zuletzt durch die Maschen des Fliegengitters hinaus in eine fremde, neue Welt hatte marschieren können.

Der Junge betete, dass ihm niemand in den Gängen begegnen würde. Er hatte Angst, dass jeder ihm ansehen konnte, was ihm angetan worden war. Dass diese widerlichen Schweine ihn erniedrigt und gebrochen, ihn ganz tief in seiner Seele verletzt hatten. Sie waren zu fünft über ihn hergefallen. Fünf kräftige Männer gegen einen kleinen Jungen. Am Anfang, als sie ihm die Schlafanzughose herunterziehen wollten, da hatte er sich noch gewehrt. Hatte getreten und geschrien, aber dann kam der Knebel. Was hätte er denn tun sollen? Er war doch erst zehn Jahre alt.

Der Junge und sein Zimmergenosse Émile hatten sich geschworen, sich von den Erziehern nichts mehr gefallen zu lassen. Sie waren fest entschlossen. Sie waren nicht solche Weicheier wie andere Jungs in ihrem Alter, das stand mal fest. Er kannte seinen Zimmergenossen erst seit ein paar Monaten, aber Émile war schon jetzt sein bester Freund. Die ersten Wochen hatte der Junge oft geweint, wenn er nachts allein in seinem Zimmer lag und durch das offene Fenster die Sterne funkeln sah. Wenn er sich so unendlich einsam fühlte. Aber dann bekam er einen Mitbewohner ins Zimmer, Émile. Der Junge war zwar ein halbes Jahr jünger als er, aber er hatte den Mut, den Erziehern zu widersprechen, auch wenn er dafür regelmäßig Schläge mit dem Gürtel bezog. Der Junge bewunderte Émile, und er war glücklich, ihn als Freund zu haben. Mit ihm konnte er sogar davon träumen, eines Tages, wenn sie größer und stärker geworden wären, aus dem Collège abzuhauen.

Es war die Idee seiner Tante Catherine gewesen, ihn hierher ins Internat zu bringen. Nicht, weil er ein schwieriges Kind, besonders aggressiv oder gar schlecht in der Schule gewesen wäre. Der Grund, warum er in dem katholischen Internat landete, waren seine »schwierigen familiären Umstände«, wie der Mann vom Sozialamt gesagt hatte. Das klang für den Jungen gerade so, als wäre es seine Schuld, dass die Dinge so waren, wie sie eben waren.

Seinen Vater hatte der Junge nie kennengelernt. Er wuchs bei seiner Mutter auf, wenn man das so nennen konnte. In Wirklichkeit kümmerte sich niemand um ihn. Er hatte seine Mutter lieb, das war klar. Gelegentlich war sie auch wirklich herzlich und manchmal sogar liebevoll. Solange sie nicht getrunken hatte. Betrunken war sie unerträglich, und betrunken war sie eigentlich die meiste Zeit. Manchmal verschwand sie einfach und ließ ihn allein in der Wohnung zurück. Irgendwann wurde sie dann von der Polizei wieder nach Hause gebracht. Dann erklärte der Junge jedes Mal den Beamten, dass sie eine Pflegerin vom Sozialamt hätten, die gleich kommen würde. Dann ließen die Beamten ihn in Ruhe und zogen wieder ab.

Das waren die Augenblicke, die er am meisten fürchtete: Wenn er mit seiner betrunkenen Mutter allein war und sie davon abhalten musste, bis zur Besinnungslosigkeit weiterzutrinken. Er hatte Angst, dass die Behörden ihm seine Mutter eines Tages wegnehmen könnten. So wie die Gendarmerie gelegentlich bei Leuten anrückte, um ihnen ihre Katzen oder Hunde wegzunehmen, wenn die Besitzer nicht mit ihnen fertigwurden. Der Junge hatte Angst, dass man das vielleicht auch mit seiner Mutter machen könnte.

Also redete er sich ein, dass seine Mutter nur krank war und dass sich schon bald alles zum Guten wenden würde. Aber nichts wendete sich zum Guten. Im Gegenteil, es wurde von Jahr zu Jahr schlimmer. Bis seine Mutter dann eines Tages gar nicht mehr nach Hause kam. Nach drei Tagen fand der Junge sie in der Dachkammer des Mietshauses, in dem sie wohnten: besinnungslos und verdreckt zwischen einem Haufen leerer Flaschen. Das war der Augenblick, als die Behörde seine Mutter nicht mehr zurückbrachte, sondern sie in die Klinik für Suchtkranke eingeliefert hatte. Er dagegen kam zu Tante Catherine, und die kannte einen Priester. Und so landete der Junge, drei Tage vor seinem zehnten Geburtstag, in einem katholischen Internat in den Hügeln der Provence.

Die Schule war kein guter Platz für einen kleinen Jungen, der seine Eltern verloren hatte. Von Anfang an hatte der Junge Geschichten gehört, dass die Erzieher die »Neuen« drangsalieren würden. Aber man konnte sich angeblich auch Vergünstigungen erkaufen, hieß es unter den Älteren. Man brauchte nur »ein wenig nett« zu den Erziehern zu sein. Daraufhin hatten alle gelacht. Der Junge fragte sich, was »nett« zu bedeuten hatte. In dieser Nacht kamen sie zum ersten Mal.

Plötzlich spürte er wieder die Schmerzen im Bauch, als wäre etwas in seinem Inneren zerrissen. Er wäre am liebsten in sein Zimmer gerannt, aber das konnte er nicht. Er spürte die Stiche, wenn er sich hastig bewegte, als hätte er Nägel verschluckt. Also schleppte er sich langsam und unter Schmerzen den langen, düsteren Flur entlang, immer in der Angst, dass die Erzieher plötzlich wieder auftauchen würden, um ihn noch einmal abzuholen. »Ad Officium divinum«, zum mitternächtlichen Gebet, hatten sie gesagt, als sie ihn mitten in der Nacht geweckt hatten. Doch es war nicht das Gebet in der Schulkapelle, zu dem er geführt worden war. Es war die Waschküche im Keller. Da stand der große Tisch, auf dem tagsüber Bettwäsche gefaltet wurde.

Was wollen wir hier?, hatte der Junge noch gefragt, als er von hinten gepackt und auf den Tisch gedrückt wurde. Er versuchte verzweifelt, sich zu wehren. Erinnerungen holten ihn ein. Er wollte diese Bilder verdrängen, aber sie kamen einfach, überfielen ihn regelrecht, verdrängten alles andere. Er sah die verzerrten Gesichter der Männer. Ihr gemeines Lachen und ihr Stöhnen und Grunzen, als sie sich über ihn beugten. Den Schweiß ihrer nackten Körper und diesen anderen Geruch, den er nie vergessen würde, von Pisse und Vanille, den die dampfenden Körper von sich gaben, wenn sie das Testosteron ausschütteten.

Bitte nicht, ich will nicht, hatte er gefleht. Lasst mich in Ruhe. Aber sie waren wie Tiere. Er spürte den Schmerz, als würde in ihm etwas zerreißen. Sie hatten ihm gezeigt, dass der Mensch keine Gnade, kein Mitgefühl mehr kannte, wenn er nur noch seinen Trieben gehorchte.

Irgendwann hatte einer der Kerle ihn nach draußen getragen

und auf einen Haufen ungewaschener Bettlaken geworfen, wie ein Bündel schmutziger Wäsche. Wieder stiegen Bilder in ihm hoch. Er wollte, dass sie verschwanden, ein für alle Mal. Er wollte sie aus seinem Gedächtnis streichen, aber das gelang ihm nicht. Sowie er seine Augen schloss, waren sie wieder da. Und er schwor sich, dass er niemals darüber sprechen würde, was in dieser Nacht geschehen war, nicht mal mit seinem besten Freund Émile.

Als der Junge fast lautlos die Zimmertür öffnete, sah er, dass das Bett von Émile leer war. Er knipste die Nachttischlampe an. Émiles Bett war frisch bezogen. Die dünne Wolldecke, akkurat gefaltet, lag genau auf die Bettkante am Fußende ausgerichtet. Das kleine Regal, auf dem Émile eine Sammlung seiner liebsten Star-Wars-Figuren aufgebaut hatte, war leer, genauso wie sein Spind. Auf Émiles Nachttisch lag die Bibel, das war alles. Was war geschehen, wohin hatten sie Émile gebracht?

Der Junge krabbelte unter die zerschlissene Wolldecke und rollte sich zusammen wie eine verwundete Katze. Irgendwann am frühen Morgen, noch bevor die Sonne aufgegangen war, hörte er Geflüster im Hof und das Schlagen einer Autotür. Er schob sich vorsichtig ans Fenster und spähte nach draußen. Seine Peiniger standen unten und luden etwas in den Kofferraum.

Am nächsten Tag erzählten sie, Émile sei abgehauen. Durchgebrannt mit einem gestohlenen Motorroller und dabei tödlich verunglückt. Der Junge hatte diese Geschichte niemals geglaubt. Er wusste, dass die Männer logen. Denn Émile hatte ihm etwas dagelassen: sein Basecap von Olympique Marseille. Mit einem Autogramm des unvergesslichen Torschützenkönigs Jean-Pierre Papin. Die Kappe war Émiles ganzer Stolz und sein kostbarster Besitz gewesen. Sie lag unter dem Kopfkissen des Jungen, als hätte Émile genau gewusst, dass er von dieser Nacht nie wieder zurückkehren würde.

Kapitel 1

25 Jahre später

Schließlich war es doch noch Sommer geworden in Le Lavandou. Heftige Regenfälle hatten in den letzten beiden Monaten dafür gesorgt, dass stinkendes Abwasser unter den Gullydeckeln hervorgequollen war und mehrfach Schlammlawinen die Hauptstraße blockiert hatten. Selbst die ältesten Einheimischen konnten sich nicht an einen so trostlosen verregneten Frühling erinnern und unkten, dass es im Sommer nicht besser würde. Die Jüngeren machten die weltweite Klimakatastrophe für das Unwetter verantwortlich, andere sahen darin ein Zeichen des Herrn als Antwort auf die überzogenen Immobilienpreise in der Provence.

Doch seit zwei Tagen bliesen Ausläufer eines kräftigen Hochs über der Iberischen Halbinsel den Regen ins Landesinnere. Inzwischen strahlte die Sonne vom Himmel, als hätte es nie Regen gegeben. Der Ginster wucherte grün wie selten. Die Mimosen blühten gelb und üppig wie seit Jahren nicht mehr. Die ganze Vegetation schien von Blüten und Blättern überzuquellen und überzog die Côte d'Azur mit einem Hauch von Karibik. Die Wettervorhersage hatte auch für die nächste Woche wolkenlosen Sonnenschein angekündigt. Also saßen Besucher und Einheimische vor den Cafés und Bistros, tranken Café Crème oder einen Pastis zum Aufwachen und waren sich einig, dass ihnen ein wunderbarer Sommer bevorstand.

Es war noch früh, und Louisa hatte beschlossen, ganz zum Ende des großen Strandes von Le Lavandou zu laufen. Denn für das, was sie vorhatte, brauchte sie nicht nur Platz, sondern so wenige Zuschauer wie möglich. Louisa nannte sich im Internet Louisa Lavandou, und als Beruf gab sie Influencerin an. So stand es zumindest auf ihrer Visitenkarte, die sie sich mit blauer Schrift auf rosa Kärtchen hatte prägen lassen. War ja klar, dass ihre Eltern wenig von ihren Berufsplänen hielten. Wenn es nach ihnen ging, würde sie die nächsten Jahre im Supermarkt an der Kasse sitzen, den pickeligen Filialleiter heiraten und zwei Kinder bekommen. Nein danke. Aber was hatte sie erwartet? Ihr Vater fuhr als Busfahrer jeden Tag viermal die Strecke Toulon– Le Lavandou, und ihre Mutter arbeitete in der Pâtisserie in der Rue Général de Gaulle. So ein Leben wie ihre Eltern würde sie niemals führen, das hatte sich Louisa geschworen. Sie war schließlich siebzehn Jahre alt, und sie lebte in einer neuen Welt mit neuen Chancen, Geld zu verdienen. Eine Welt, von der ihre Eltern rein gar nichts verstanden. Sie würde ihnen zeigen, wie man heute zu Wohlstand kam. Wie man all die tollen Dinge erleben konnte, die ihre Eltern nur aus dem Fernsehen kannten. Wenn sie ehrlich zu sich selbst war, kannte auch Louisa diese Sachen nur aus dem Fernsehen, aber dafür hatte sie gewaltige Träume. Darum hatte Louisa vor sechs Monaten ihren Instagram-Account eröffnet. Sie hatte sich ein Ziel gesetzt: Sie würde das bekannteste Gesicht der Provence werden. Bewundert von Tausenden von Followern und überschüttet mit Werbeaufträgen für Produkte aller Art, die sie auf ihrem Account vorstellen würde. Es war einfach toll, erfolgreich zu sein, dachte Louisa, und es war ganz simpel, wenn man nur wusste, wie man es angehen musste. Louisa war sich sicher, dass sie den richtigen Weg kannte. Sie würde schon nach kürzester Zeit in einem pinkfarbenen Cabriolet die Küste entlangbrausen, von einem Event zum nächsten. Und ihre Follower würden sie mit Likes überschütten, weil sie sie an ihrem fantastischen Leben teilhaben ließ. Jeden Tag würde sie ihnen einen Clip servieren. Einen kleinen Videoschnipsel aus ihrem bunten, glamourösen Leben.

Das war im vergangenen Herbst gewesen. Seitdem hatte sich nicht viel getan auf Louisas Profil. Sie hatte schnell begriffen, dass sie nicht die einzige blonde Siebzehnjährige mit blauen Augen und großen Träumen war, die ihr Geld als Influencerin verdienen wollte. Verdammt, warum hatte eine aufgespritzte Kuh wie diese Kim Kardashian 150 Millionen Follower und sie nur 268? Und warum wurde ein ehemaliges Model wie Heidi Klum mit Werbeaufträgen zugeschüttet? Während sie sich bis heute abmühte, die Sonnencreme wenigstens umsonst vom Hersteller zu bekommen, wenn sie sich das blöde Zeug schon für ihre Follower auf die Haut schmieren sollte. Also hatte sie beschlossen, das Beste aus ihrer Situation zu machen und täglich einen kurzen Videoclip am Strand zu produzieren und ins Netz zu stellen. Werbeaufträge hin oder her.

Louisa lief barfuß durch den warmen Sand, in den die Regenfluten Muster gespült hatten, die wie ein Geflecht aus Adern aussahen. Louisa blieb stehen und sah sich um. Hier, am Ende der Bucht, war sie ganz allein. Hinter ihr die Felsen und drei große Palmen, vor ihr der leere Beach und das glitzernde Meer. Sie breitete ihr Handtuch aus, das das Logo eines örtlichen Hotels trug. Dann setzte sie sich auf ihre Unterschenkel, drückte ihr Kreuz durch, streckte die linke Hand mit dem Handy so weit von sich, wie sie nur konnte, und blickte dann über ihre Schulter direkt in die Linse der Kamera.

»Guten Morgen, ihr Süßen«, säuselte sie. »Für alle, die im Moment das Meer nicht rauschen hören können«, sie schwieg ein paar Sekunden, »das war eben original Mittelmeerrauschen.«

Sie brach ab, um den Ausschnitt zu begutachten, den sie für ihren heutigen Post gewählt hatte. Alles perfekt, außer dieses dunkelgrüne Ding da im Hintergrund. Rund zwanzig Meter weiter bei den Felsen mündete ein Überlaufkanal ins Meer. Wasser floss hier nur, wenn es in den Hügeln heftig schüttete. Dann wurden die Regenmassen über diese Kanäle direkt ins Meer abgeleitet, um Überschwemmungen auf den Küstenstraßen und im Hinterland zu vermeiden. Normalerweise waren diese Kanäle, die nur etwa drei Meter breit waren, versandet, und man konnte sie leicht übersehen. Aber die gewaltigen Regenmengen der letzten Tage hatten sie freigespült, und offenbar war auch ein längliches Paket vom Wasser mitgerissen worden. Und dieses Paket ragte jetzt in Louisas Bild, genau dort, wo die Influencerin ihren Followern südfranzösische Strandatmosphäre vermitteln wollte. Sie hätte sich natürlich auch einen anderen Platz suchen können, aber Louisa beschloss, das Problem selbst in die Hand zu nehmen.

Das Paket war irgendwie an der gemauerten Öffnung des Kanals hängen geblieben. Das nachfließende Wasser hatte es ein Stück weit in den Sand eingeschwemmt, sodass jetzt nur etwa vierzig Zentimeter davon zu sehen waren. Was immer sich in dem Paket befand, jemand hatte es sorgfältig in zwei dunkelgrüne Mülltüten für Gartenabfälle gesteckt und mit Klebeband verschlossen. Zunächst dachte Louisa, es würde genügen, ein paar Hände voll Sand auf das Paket zu werfen und es so unsichtbar zu machen. Doch der Sand rieselte an der Plastikfolie herunter wie Wasser. Also würde sie das Paket nehmen und es einfach einen halben Meter zurück in den Kanal werfen, und schon wäre es nicht mehr zu sehen.

Sie griff nach der Plastiktüte und zog. Nichts rührte sich. Offenbar steckte das Paket doch tiefer im Sand, als sie gedacht hatte.

Sie packte erneut zu, diesmal fester, und richtete sich auf, ohne die Plastikverpackung loszulassen. Mit einem knisternden Geräusch, als ob Papier zerriss, löste sich das Klebeband von der Verpackung. Louisa zog noch einmal, und nach einem plötzlichen Ruck hielt sie nur noch die Mülltüte in den Händen, der Rest war im Sand stecken geblieben.

Für einen kurzen Moment war Louisa wie erstarrt. Direkt vor ihr ragte ein etwa zehnjähriges Mädchen in einem hellen Sommerkleid aus dem Sand. Ihr Gesicht war aufgedunsen vom Verwesungsprozess, und an ihrer Stirn klaffte ein rundes Loch von der Größe eines Fünfcentstücks.

Louisa wollte weglaufen, nur fort von diesem Geschöpf aus der Unterwelt. Aber etwas hielt sie zurück, machte es ihr unmöglich, die Flucht zu ergreifen, zwang sie stattdessen, die Tote anzustarren, ihr genau in ihre milchig grauen Augen zu sehen. Verschmierter Lippenstift um den kleinen Mund, schwarzer Kajalstift um die Augen. Und plötzlich begriff sie: Das war gar kein kleines Mädchen. Das war ein kleiner Junge, und er trug nichts als das helle Sommerkleid. Jetzt fing Louisa an zu schreien.

Kapitel 2

»Ich habe fast eine halbe Stunde im Bistro auf dich gewartet.« Isabelle sah ihre siebzehnjährige Tochter Lilou an, die eine Tasse dampfenden Tees in den Händen hielt.

»Ich habe es vergessen«, sagte Lilou. »Das kann doch mal passieren.«

Lilou trug eine Jeans, die sie sich über dem Knie abgeschnitten hatte, und darüber ein weites T-Shirt mit dem Aufdruck: Save the Planet! Ihre schönen dunklen Haare hatte sie sich wie üblich zu einem Dutt zusammengedreht, der von einer Haarklammer in Form einer dicken Erdbeere gehalten wurde.

Leon beobachtete Isabelle und Lilou von der Terrasse aus. Hier hatte er sich für den ersten Tee des Tages in einen der alten Korbstühle gesetzt und über die Dächer von Le Lavandou aufs Meer gesehen. Das tat er jeden Morgen, wenn es das Wetter zuließ. Es war seine tägliche Meditation. Einfach nur still dasitzen und den Möwen nachschauen, die sich von der Meeresbrise die Küstenlinie entlangtreiben ließen.

»Okay, mir ist was dazwischengekommen«, sagte Lilou im leicht genervten Ton, der Eltern signalisieren sollte, dass kein weiterer Gesprächsbedarf bestand.

Leon erhob sich und schlenderte in die Küche.

»Wir hatten das schon vor einer Woche verabredet«, sagte Isabelle.

»Morgen, Lilou«, Leon wollte ihr einen Kuss auf die Wange geben, aber sie wich ihm aus.

»Euch kommt doch auch ständig etwas dazwischen«, Lilou klang jetzt etwas patzig.

Leon betrachtete Isabelle und ihre Tochter. Kam es ihm nur so vor, oder war Lilou inzwischen tatsächlich so groß wie ihre Mutter? An den Kindern siehst du, wie alt du geworden bist, dachte Leon und war sich nicht sicher, ob das eine gute oder eine schlechte Erkenntnis war.

»Ich wollte gerade Rührei machen«, sagte Isabelle.

»Lass mich das machen«, Leon nahm eine eiserne Pfanne vom Haken und stellte sie auf den Gasherd. »Rührei mit frischen Tomaten und klein gehackten Zwiebeln, nach Art des Hauses. Für dich auch, Lilou?«

Leon hatte die Kühlschranktür geöffnet und den Karton mit den Eiern herausgenommen.

»Rührei? Zum Frühstück? Willst du mich vergiften?« Lilou hatte sich etwas Milch auf ihr karges Müsli geschüttet, das sie im Stehen löffelte. Sie war erst kürzlich wieder zu den Vegetariern übergelaufen. Nicht zum ersten Mal. Leon war sicher, dass sie es auch diesmal nicht lange durchhalten würde, und versuchte gelegentlich, sie in Versuchung zu führen.

»Ist vielleicht keine so schlechte Idee. Was denkst du, Isabelle?«, sagte Leon.

»Sehr witzig«, Lilou mochte es nicht, wenn man sich über sie lustig machte.

»Solange wir keine Spuren hinterlassen, spricht nichts dagegen«, antwortete Isabelle mit gespielt ernster Stimme und konnte auf dem Gesicht ihrer Tochter wenigstens ein kleines Lächeln auslösen.

»Ich hoffe, du vergisst nicht das Konzert am Freitag«, sagte Isabelle.

»Am liebsten würde ich nicht hingehen.« Lilou hatte diesen Satz leise durch ihre zusammengepressten Zähne gezischt.

»Nicht dein Ernst«, Isabelles Stimme hatte jetzt einen strengeren Ton. »Das ist ein Charity-Konzert, da kann man nicht einfach ...«

»Ja, ja, ich weiß«, unterbrach Lilou ihre Mutter.

»Außerdem ist der Auftritt eurer Klasse fest eingeplant. Da kannst du doch nicht einfach hingehen und sagen, dass du im Chor nicht mehr mitsingst.«

Lilou sah ihre Mutter genervt an. Sie wusste, wie wichtig Isabelle die Veranstaltung zur »Hilfe für die Kinder von Mali« war. Die Presse würde da sein, sogar das Fernsehen und jede Menge Promis aus der Gegend. Trotzdem hätte sie alles dafür gegeben, dort nicht hingehen zu müssen. Sie hatte weiß Gott Besseres zu tun.

»Was ist nur plötzlich los mit dir?«, fragte Isabelle.

»Lass mich raten«, Leon schlug drei Eier in die Pfanne. »Es geht um einen Mann ...?«

Lilou antwortete nicht auf Leons Bemerkung, was sofort Isabelles Aufmerksamkeit erregte.

»Wirklich?«, fragte Isabelle. »Wer ist es?«

»Sei nicht so neugierig«, meinte Leon.

»Ich muss los«, Lilou schien das Gespräch unangenehm zu sein.

»Es ist aber niemand aus deiner Klasse, oder?«, fragte Isabelle.

»Ganz sicher nicht«, sagte Lilou herablassend. »Die sind mir viel zu kindisch.«

»Dann ist er also älter?«, fragte Isabelle.

»Was soll das werden, Maman? Wir sind nicht bei dir auf der Wache!«

Leon grinste. Er wusste, wie hartnäckig Isabelle sein konnte, wenn es darum ging, einen Verdächtigen zu vernehmen. Das war eine ihrer Fähigkeiten, die dazu beigetragen hatten, dass Isabelle Morell zur stellvertretenden Polizeichefin von Le Lavandou berufen worden war.

»Du kannst ihn doch einfach mal mitbringen«, sagte Leon.

»Natürlich, damit du ihn sezieren kannst«, meinte Lilou trocken. »Kann man hier nicht mal in Ruhe sein Müsli essen?«

»Nicht, solange man mit dieser lästigen Familie zusammenlebt«, entgegnete Leon.

»Ich kann es gar nicht erwarten, endlich mein Bac zu machen.« Lilou gab ein leises Stöhnen von sich. Nach dem Baccalauréat, dem Abitur, würde sie sofort ausziehen.

»In einem Jahr«, sagte Leon.

»Nur noch zehn Monate«, korrigierte Lilou.

»Wie schade«, meinte Leon.

Als er Isabelle kennengelernt hatte, war ihre Tochter Lilou zwölf Jahre alt gewesen. In den Jahren war Lilou ihm ans Herz gewachsen, und er betrachtete sie wie seine eigene Tochter. Er mochte ihre freche, selbstbewusste Art, und er hatte sich oft gefragt, wie sich Isabelles und sein Leben wohl verändern würde, wenn Lilou nächstes Jahr zum Studieren in eine andere Stadt zöge.

»Wie heißt er denn?«

»Ihr kennt ihn sowieso nicht.«

»Gibt es irgendeinen Grund, warum du uns seinen Namen nicht sagen willst?«, fragte Isabelle.

»Du bist so was von misstrauisch.« Lilou blickte Hilfe suchend zu Leon.

Isabelle war immer in Sorge, wenn es um Lilou und neue Freunde ging. Kein Wunder, sie hatte vor einigen Jahren erleben müssen, wie ihre Tochter entführt wurde. Damals überlebte Lilou nur mit viel Glück und der Hilfe von Leon.

»Muss ein toller Kerl sein«, sagte Leon, während er Isabelle einen Blick zuwarf, »wenn sie dafür das Konzert sausen lassen will.«

»Will sie doch gar nicht«, sie sah Lilou an. »Oder, ma petite?« Isabelle wollte den Arm um die Schulter ihrer Tochter legen, aber die drehte sich weg.

»Wird bestimmt ein wunderbarer Abend«, sagte Leon. »Sogar ich gehe hin. Und du weißt, was ich von solchen Veranstaltungen halte.«

»Ich habe trotzdem keine Lust«, sagte Lilou, und Isabelle merkte, dass ihre Tochter ihnen irgendetwas verheimlichte.

»Das kann nur Liebe sein«, Leon verdrehte die Augen in Richtung Zimmerdecke und seufzte theatralisch.

»Ihr seid so doof«, sagte Lilou.

Isabelles Handy auf dem Küchentisch summte. Sie griff nach dem Smartphone, sah den Namen des Anrufers und nahm den Anruf entgegen.

»Morell ... Ja, ich weiß, wo das ist. Gib uns zehn Minuten, Moma, und sperrt großräumig ab. Ich will keine Touristen mit ihren Handys sehen.« Sie legte auf. »Sie haben am Strand ein totes Kind gefunden«, sagte Isabelle. »Sie wollen auch den Gerichtsmediziner vor Ort haben.«

»Ciao, Frühstück«, Leon deckte seinen Teller mit dem Rührei ab. Dann schob er alles in den Kühlschrank. Isabelle lächelte.

Kapitel 3

Während die meisten Touristen noch beim Frühstück saßen, stand die Sonne bereits hoch am wolkenlosen Himmel. Das Meer lag ruhig da, wie ein Bergsee. Kleine Wellen plätscherten mit sanftem Klatschen an den Strand, und der Sand rauschte leise, wenn sie sich wieder zurückzogen. Isabelle hatte ihren Wagen weiter oben an der Straße abgestellt. Ein Pfad aus Holzbohlen führte durch Büsche von Zistrosen und Wacholder zum Strand hinunter. Eine Smaragdeidechse wärmte sich auf einem Felsen. Leon atmete tief ein. In der Luft lag der unverkennbare Geruch von Meer, Sand und Sonnenöl. Es hätte so ein idyllischer Platz sein können, wenn da nicht die Polizeiabsperrung und die blauweißen Einsatzfahrzeuge der Gendarmerie Nationale mit ihren rotblauen Blinklichtern gewesen wären.

Vor dem Hochwasserkanal am Strand hatten sich inzwischen einige Dutzend Schaulustige versammelt. Als der Polizist, der die Absperrung überwachte, Leon und Isabelle kommen sah, hielt er ihnen das rot-weiße Flatterband hoch.

»Bonjour«, sagte der Beamte höflich. »Der Patron und die anderen sind da hinten.«

Der Polizist deutete zu den tragbaren Sichtschutzwänden, die die Gendarmerie am Auslass des Kanals aufgestellt hatte, um die Gaffer mit ihren Handys abzuwehren.

»Bonjour, Capitaine.« Zerna, der Polizeichef, war den beiden ein paar Schritte entgegengekommen. »Bonjour, Docteur«, begrüßte er Leon.

»Bonjour, hoffentlich sind nicht alle Spuren zertrampelt«, Leon sah mit skeptischem Blick zum Fundort der Leiche hinüber.

»Wir haben versucht, das Schlimmste zu verhindern. Aber es waren schon einige Personen hier, als wir kamen«, Zerna ging voraus, die anderen folgten.

»Bonjour, Docteur«, Lieutenant Didier Masclau schloss sich der kleinen Gruppe an.

»Ich glaube, es ist ein Junge. Hat aber Klamotten von einem Mädchen an«, sagte Zerna und deutete auf die Wunde an der Stirn des Kindes. »Ist das eine Schusswunde?«

»Diese Typen werden immer perverser«, schimpfte Masclau. »Liegt am Internet, wetten?«

Leon antwortete nicht. Er war stehen geblieben und nahm die Szene in sich auf, als würde er sie mit einer inneren Digitalkamera fotografieren. Das Opfer erinnerte ihn an eine überdimensionale Puppe, die jemand bis zur Brust in den Sand eingegraben hatte. Das Gesicht war geschwollen, der Hals aufgedunsen. Die Augen waren milchig und schienen sich tief in den Schädel zurückgezogen zu haben. Das dunkle Mal auf der Stirn sah ihn wie ein Auge an.

»Wer hat die Plastikfolie abgenommen?«

»War keiner von uns«, sagte Masclau.

»Das war die Zeugin«, erklärte Zerna. »Sie wollte den Sack aus dem Weg schieben und hat dabei das Paket aufgerissen. Was für eine Schweinerei.«

»Wo ist die Zeugin?«, wollte Isabelle wissen.

»Sitzt oben im Krankenwagen«, antwortete Masclau. »Hat sich ihre Sommerferien wohl auch anders vorgestellt.«

»Ich werde gleich mal mit ihr reden«, Isabelle warf dem Lieutenant einen Blick zu.

»Wohin führt der Kanal?«, wollte Leon von Isabelle wissen, aber die zuckte nur mit den Schultern.

»Das ist der Batailler. Der geht hoch bis nach l'Angueiroun«, mischte sich Masclau ein.

»Zu dem Weingut?«, fragte Leon.

»Ganz in die Nähe. Da ist es natürlich kein Kanal mehr. Da gibt es nur noch das Bachbett«, sagte Masclau. »Liegt die meiste Zeit des Jahres mehr oder weniger trocken, so wie jetzt. Ist ein ganzes Stück bis hier runter. Sicher sechs oder sieben Kilometer.«

Ein paar besonders Neugierige hatten inzwischen versucht, über die Dünen zu dem Tatort zu gelangen. Isabelle lief ihnen entgegen, als die Ersten über die Absperrung steigen wollten.

»Bleiben Sie hinter den Bändern, das hier ist Sperrgebiet«, rief sie den Gaffern zu. »Didier, nimm dir noch zwei Beamte, und kümmere dich darum.«

»Bitte, treten Sie auch zurück«, sagte Leon zu den Polizisten, die ihm über die Schulter sahen. Die Beamten gehorchten.

Leon kniete sich in den Sand und öffnete seine verschlissene Ledertasche, die er immer mit sich trug, wenn er zu einem Tatort gerufen wurde. Er streifte sich Latexhandschuhe über und holte eine kleine Blumenschaufel aus der Ledertasche. Vorsichtig begann er, den Sand um das Opfer zur Seite zu schieben. Dabei achtete er darauf, weder das Opfer noch die Plastiktüten zu beschädigen. Alles hätte eine Spur sein können.

Das Kind war acht, vielleicht zehn Jahre alt. Das Wasser hatte die Haut der Leiche verfärbt und aufquellen lassen. Trotzdem erkannte Leon sofort die braune Pigmentierung der Haut. Nordafrika, vielleicht aus dem arabischen Raum, dachte er. Er würde diese Beobachtungen aber vorerst für sich behalten. Das Interesse der Gendarmerie am Tod eines kleinen Kindes war höher, wenn sie nicht wusste, dass es sich bei dem Opfer um einen Flüchtling handeln könnte.

Der Rechtsmediziner sah den Kanal hinauf. Die überwiegende Zeit des Jahres lag der künstliche Wasserlauf trocken, hatte Masclau ihm erklärt. Bei Starkregen konnte sich das Bachbett jedoch blitzschnell in einen tosenden Fluss verwandeln, wusste Leon.

Es war schwer zu sagen, wie weit das Opfer von den Fluten der letzten Wochen mitgerissen worden war. Die Fliegen hatten die Leiche noch nicht gefunden. Normalerweise dauerte es keine zwei Stunden, bis die Fliegen einen toten Körper ausgemacht hatten, auch wenn er einen Kilometer oder mehr von den Insekten entfernt war. Möglich, dass die Leiche durch die Plastiksäcke davor bewahrt worden war. Außerdem war sie für einige Zeit vom Regenwasser bedeckt gewesen. Eine natürliche Sperre gegen Insekten. Inzwischen war der Kanal aber bis auf ein Rinnsal wieder trocken. Die Luft war warm, und die Verwesung hatte verstärkt eingesetzt.

Leon wedelte mit der Hand die Fliegen zur Seite, die auf dem Gesicht des Opfers gelandet waren und versuchten, ihre Eier in Mund und Nase abzulegen.

»Ein Junge?«, fragte Zerna, und Leon nickte. Er hatte schon mit einem kurzen Blick erkannt, dass es der kräftige Körper eines Jungen war, der da vor ihm in dem Kleid steckte.

»Ausländer?«, fragte Masclau sofort.

»Das kann ich jetzt wirklich noch nicht sagen«, Leon hatte das Opfer inzwischen bis zur Hüfte ausgegraben. Die Mülltüte lag neben ihm im Sand. Wie die abgestreifte Haut eines Reptils, dachte Leon. Der Junge trug ein Kleid, das mit roten Kirschen bedruckt und einmal weiß gewesen war. Der Stoff war zerrissen und voller schmutziger, dunkler Flecken. Leon betrachtete die Wunden an Hals und Brust des Opfers.

»Mon Dieu«, Polizeichef Zerna deutete auf die dunkel angelaufenen Hämatome. »Was haben die mit dem Kind gemacht?«

»Schläge, vermute ich«, Leon sah Zerna an. »Die anderen Stellen sind Schnitte und könnten von einem Messer stammen.«

»Können Sie sagen, wie lange er schon tot ist?«

»Schwierig, solange wir nicht genau wissen, wo und unter welchen Umständen er gestorben ist.«

»Ich weiß, ich weiß«, Zerna winkte mit einer kleinen Handbewegung ab, so als müsste er Leon überzeugen, dass er auch eine ungenaue Schätzung akzeptierte.

»Mindestens vier Tage«, sagte Leon. »Vielleicht auch eine Woche.«

»Wie können Sie das dann so genau wissen?« In der Frage von Masclau lag eine unüberhörbare Skepsis.

»Die zweite Totenstarre hat bereits nachgelassen«, erklärte Leon geduldig. »Außerdem denke ich, dass er vom Regenwasser hierhergeschwemmt worden ist. Und der Regen hat vor drei Tagen aufgehört.«

»Commandant Zerna …!«, rief in diesem Moment eine helle, laute Stimme.

Über den Sand kam eine Frau in Jeans und weißer Seidenbluse gelaufen. Sie war barfuß. Ihre Gucci-Schuhe trug sie wie eine kostbare Monstranz vor sich in der Hand. Jeder wusste, wer diese Person war, und niemand hatte gewagt, sie aufzuhalten. Madame Berthier, die Leiterin des Fremdenverkehrsamtes von Le Lavandou, war dafür verantwortlich, dass jedes Jahr aufs Neue möglichst viele zahlungswillige Touristen kamen, um die Kassen der einheimischen Geschäfte zu füllen. Sie hatte eine unangenehme Art, immer so laut zu sprechen, dass ihre Stimme alle übrigen Gespräche überlagerte. Sie war nicht leicht zu übersehen und schon gar nicht zu überhören.

»Commandant Zerna«, wiederholte sie. »Ich muss Sie sprechen, dringend sprechen.«

»Madame Berthier …?«, sagte Zerna betont erstaunt. »Das hier ist ein Polizeieinsatz.« Aber das schien Madame Berthier nicht im Geringsten zu interessieren.

»Wissen Sie denn nicht, dass wir heute hier unsere ›Exposition à la plage‹ haben?«, der Vorwurf war nicht zu überhören.

Zerna sah Hilfe suchend nach Isabelle.

»Junge Designer der Côte d'Azur zeigen ihre Sommermode«, sagte Isabelle schnell. »Aber das kann man doch bestimmt weiter nach vorne verlegen«, sie deutete mit einer vagen Bewegung den Strand hinunter.

»Das hier ist unser Motiv!« Madame Berthier hob die Hände vors Gesicht, als hielten sie eine imaginäre Kamera. »Die Palmen, die Felsen und im Hintergrund die Jachten. Das ist Le Lavandou, das ist unsere ›Message‹, das wollen die Gäste sehen.«

»Im Moment ist das hier erst mal ein Tatort«, Zerna klang leicht genervt. »Wir haben einen Toten.«

Madame Berthier warf einen schnellen Blick zu dem toten Jungen im Sand und zuckte erschrocken zurück.

»Der muss weg«, sagte Madame Berthier, merkte aber sofort, dass sie zu weit gegangen war. »Ich meine … der Tote, den bringen Sie doch sicher bald weg. Bei der Sonne und der Hitze … Vielleicht könnte man die Untersuchung etwas beschleunigen.«

»Darüber entscheidet unser Rechtsmediziner«, sagte Isabelle mit einem Blick zu Leon.

»Monsieur le Médicin légiste«, Madame Berthier war plötzlich die Freundlichkeit in Person, als sie Leon ansprach. »Sie würden mir und vor allem unserer Stadt einen riesigen Gefallen tun.«

»Sie zerstören gerade mögliche Tatortspuren«, Leon deutete auf Madame Berthiers nackte Füße, die eine deutliche Spur im Sand hinterlassen hatten.

»Oh«, sagte die Frau und machte zwei schnelle Schritte zurück. »Tut mir leid.«

»Eine oder zwei Stunden werden wir bestimmt noch hier sein«, sagte Leon.

»Wie furchtbar!« Madame Berthier drehte sich um und stapfte davon. Leon war nicht klar, ob sie seine Arbeit oder die Zeit gemeint hatte.

Vom Strand her näherte sich ein großer Traktor. An der Seite des Fahrzeugs stand »DELBOS – Jardinage – Fleurs et Arbres«. Es stoppte etwa zehn Meter von der Gruppe entfernt. Der Motor wurde abgeschaltet, die Fahrerkabine öffnete sich, und heraus stieg ein großer, drahtiger Mann von etwa fünfzig Jahren. Seine Haut war dunkel, wie bei jemandem, der viel im Freien arbeitete. Er trug Jeans und ein kariertes Hemd. Auf dem Kopf hatte er ein Basecap. Er hätte ein Gärtner sein können, aber dafür wirkte sein Äußeres zu gepflegt, dachte Leon. Die meisten Leute kannten die große Gärtnerei Delbos, die kurz vor der Einfahrt nach Le Lavandou an der Küstenstraße lag, weil sie sich auch um die zahlreichen städtischen Beete und Grünanlagen kümmerte. Der Mann grüßte kurz und kam auf Zerna und Masclau zu.

»Wie kommt der denn hierher?«, raunte Zerna seinem Lieutenant zu.

»Keine Ahnung«, antwortete Masclau.

»Was will der? Ist das hier eine öffentliche Bushaltestelle, oder was?« Zerna setzte ein falsches Lächeln auf.

»Commandant ...?«, sagte der Besucher höflich.

»Sie wissen, dass Sie mit Ihrem Traktor in einen gesperrten Bereich gefahren sind, Monsieur Delbos.«

»Ich dachte, Sie brauchen ...«, der Unternehmer unterbrach sich und sah zu Leon, der den Toten untersuchte. »Ist das da etwa ein ... verdammt noch mal?«

»Also, warum sind Sie hier?«, fragte Zerna.

»Sie haben mich doch angerufen«, sagte Delbos. »Wir sollten für die Polizei etwas ausgraben. Ich wusste ja nicht, dass es so etwas ...«, er deutete auf die Leiche.

»Haben Sie Monsieur Delbos angerufen?«, fragte Zerna seinen Lieutenant.

»Nein, Patron, habe ich nicht. Da hätten wir Sie doch informiert.«

Leon war aufgestanden und mischte sich ein.

»Monsieur Zerna«, sagte Leon. »Es wäre sicher eine gute Idee, den Bereich rund um die Fundstelle der Leiche auszugraben.«

»Wie? Sollen wir jetzt vielleicht den ganzen Strand umgraben?« Masclau sah seinen Chef an.

»Das wird nicht nötig sein«, sagte Leon mit einem mitleidigen Lächeln. »Aber wenn die Bestatter die Leiche abgeholt haben, sollten wir um den Fundort einen Streifen von etwa einem Meter Breite und einem halben Meter Tiefe ausheben. Den Sand müsste man dann durch ein Sieb werfen. Vielleicht haben wir ja Glück und finden eine Spur.«

»Wir haben solche Siebe in der Gärtnerei. Zwei Mann haben das in einer halben Stunde erledigt.«

»Einverstanden. Einer von meinen Leuten wird dabeibleiben.« Der Polizeichef wandte sich an den Lieutenant. »Das machen Sie, Masclau.«

»Ist einen Versuch wert, würde ich sagen.« Leon sah zu den Männern hinüber, die mit einer Bahre vor dem Absperrband warteten. »Die Bestatter können jetzt kommen.«

Kapitel 4

Der Dekan hatte schon vor zwei Stunden sein Haus in den Hügeln über Toulon verlassen und war in die Altstadt gefahren. Dort, am Cours Lafayette, befand sich der alte Sitz des Bistums Toulon, der heute ›Fréjus-Toulon‹ hieß. Die alten Mauern hatten schon so manchem Sturm standgehalten, und Dekan Dr. Vincent Lambert hatte ein kleines Stoßgebet gen Himmel geschickt, dass sie heute auch ihn beschützen mochten. Er wusste, dass dieser Wunsch nicht ganz frei von Anmaßung war. Aber was sollte er tun? Er war an einem Punkt in seinem Leben angekommen, an dem das Schicksal ihn mit einem unlösbaren Konflikt konfrontierte. Oder war es gar nicht das Schicksal, sondern vielmehr seine eigene Schuld?

Er war wie immer durch die elektrische Schranke auf den Hof der Diözese gefahren und hatte dort seinen metallicfarbenen Mercedes GLE auf seinem Parkplatz abgestellt. Der teure SUV war vielleicht etwas extrovertiert für einen Dekan, aber er mochte nun mal schöne Dinge, und er genoss den Luxus. Außerdem zahlte nicht er, sondern die Diözese für den Wagen. Es war ihm gelungen, das Fahrzeug als steuerbegünstigtes »Lieferfahrzeug« in den Fuhrpark der Kirche zu integrieren, wenn auch niemand außer ihm den Mercedes fahren durfte.

Dr. Vincent Lambert fühlte sich dabei nicht als Schwindler.

Er »optimierte nur die Möglichkeiten«, wie er es nannte. Er besänftigte sein Gewissen damit, dass er nichts als eine kleine betriebswirtschaftliche Korrektur in der Bilanz der Diözese vorgenommen hatte. Er hatte so viel Sinn für die schönen Dinge des Lebens, warum sollte er sich mit seinen Möglichkeiten nicht ein paar Türen öffnen, die anderen Menschen verschlossen blieben? Schließlich hatte er viel geopfert für die Kirche. Dafür hatte er nie mehr als Gottes Lohn erwartet. War es da nicht nur recht und billig, wenn er gelegentlich auch mal an sich dachte? Ja, er war leichtgläubig gewesen, und ja, er hatte den falschen Menschen vertraut. Wurde er also jetzt vom Schicksal herausgefordert, weil er zu vertrauensselig gewesen war? Sollte er jetzt für die Niedertracht anderer leiden? Ja, es war nicht bei dem Mercedes geblieben – leider …

Der Dekan hatte noch Zeit, bis seine Besucher – oder sollte er lieber sagen: seine Scharfrichter – kommen würden. Also ging er an den Ort, an den er sich immer zurückzog, wenn er nachdenken und dabei Gott um Rat fragen wollte, in die Kathedrale Notre-Dame-de-la-Seds.

Gelegentlich fragte er sich, ob Gott ihm eigentlich wirklich zuhörte, wenn er innere Zwiesprache hielt. Und wenn er es tat, warum er nicht einen Blitz vom Chorgestühl der Kathedrale auf ihn niederschmetterte. Sodass er sich in Staub und grauen Rauch auflöste. Aus irgendeinem ihm nicht verständlichen Grund war Gott wohl einverstanden mit dem, was Vincent Lambert tat. Vielleicht würde er ihm ja eines Tages Einblick in seinen großen Weltenplan gewähren. Vielleicht war das der Grund, warum er ausgerechnet ihn, Dekan Lambert, zum nächsten Bischof machen wollte.

Es hatte immer wieder Momente in seinem Leben gegeben, dachte der Dekan, da hatte er nur an sich gedacht. Da hatte er

Dinge getan, auf die er nicht stolz war, wirklich nicht. Aber er hatte dafür auch gebüßt. In schlaflosen Nächten hatte er sich geschämt, war enttäuscht von sich gewesen, verachtete sich. Aber er war nie am Boden liegen geblieben, sondern war immer wieder aufgestanden und hatte weitergekämpft. In solchen Augenblicken hatte er sich immer gesagt, dass Gott die reuigen Sünder liebt und dass er daher mit jeder Sünde seinem Schöpfer ein kleines Stück näher käme. Viele Leute würden das nicht verstehen. Dabei hatte er immer ein gutes, ein gerechtes Leben geführt, nur diesen einen Schritt hätte er niemals tun dürfen. Doch er hatte ihn getan, und jetzt musste er die Konsequenzen tragen. Er hätte sich nie in die Abhängigkeit dieser Leute begeben dürfen. Aber mit wem sollte er sprechen, wem seine Sorgen anvertrauen? Bilder stiegen in seiner Erinnerung auf, die er nicht sehen wollte. Da gab es noch etwas, aber das würde er tief in seiner Seele verschlossen halten. Später einmal würde er beichten. Aber nicht jetzt. Nicht kurz bevor er die Bischofsweihe empfangen würde. Der Augenblick, in dem er endlich die Beachtung erfuhr, um die er so lange gerungen hatte.

Die Kathedrale Notre-Dame-de-la-Seds war im 11. Jahrhundert gebaut worden. So viele Priester, so viele Bischöfe hatte diese Kirche kommen und gehen sehen. Wie würden die Menschen einmal über ihn sprechen? Der Dekan erschauderte bei der Vorstellung, dass auch sein Name in das ›große Buch‹, das Kirchenverzeichnis, eingetragen werden würde. Zusammen mit all den berühmten Persönlichkeiten, die sich um die Kirche und um den Vatikan verdient gemacht hatten.

Der Papst würde ihn im Petersdom empfangen. Der Heilige Vater und er würden gemeinsam beten. Vincent Lambert schämte sich. Wie konnte er es in seiner Situation wagen, an den Heiligen Vater auch nur zu denken. Jetzt merkte er erst, dass er die ganze letzte Stunde auf der harten Bank gekniet und die geschlossene

Bibel in der Hand gehalten hatte. So als könnte er damit das Böse abwehren, das irgendwo im Schatten der Säulen auf ihn lauerte. Er war kein schlechter Mensch, dachte Vincent Lambert, er war nur gelegentlich schwach. Plötzlich spürte der Dekan ein Frösteln. Dann begann er zu zittern. Eine Minute später schüttelte es ihn wie im Fieber. Der vierundfünfzigjährige Kirchenmann ließ sich in die Bank sinken und hoffte, dass ihn niemand beobachtete. Er zitterte, konnte gar nicht mehr aufhören. Dann hörte er die Turmuhr schlagen. Zehn Uhr, Zeit, um zurückzukehren in die Diözese und sich dem Gegner zu stellen. Mühsam erhob er sich von der Bank.

Kapitel 5

Eine Viertelstunde später stand der Dekan im Besprechungsraum des alten Kirchenbaus. Ihm war immer noch kühl. Er versuchte, die ganze Angelegenheit so diskret wie möglich zu halten. Er hätte diese Leute gerne irgendwo außerhalb von Toulon getroffen. Aber die Männer hatten auf einer Besprechung in den Räumen der Kirche bestanden. Deshalb hatte Vincent Lambert seinem Sekretär zwei Banker angekündigt, mit denen er die Finanzierung eines Umbaus besprechen wollte, wegen der schlechten Wärmedämmung der uralten Mauern.

Natürlich waren die Männer keine Banker. Aber sie hatten mit Geld zu tun. Mit viel Geld sogar. Geld, das er dringend benötigte. Auch wenn er keine Ahnung hatte, wie er es ihnen jemals würde zurückzahlen können.

Als er hörte, dass ein Wagen in den Hof fuhr, trat Vincent Lambert ans Fenster. Es war ein weißer Audi mit einem Kennzeichen aus Marseille. Zwei Männer stiegen aus. Der Fahrer war groß und drahtig und schien aus einem nordafrikanischen Land zu stammen. Vielleicht Algerier oder Tunesier, dachte der Dekan. Der Beifahrer war einen guten Kopf kleiner. Er wirkte breiter und kräftiger als sein Begleiter. Er ging zu dem Mercedes des Dekans und sah ins Innere des Wagens. Dann nickte er seinem Fahrer zu und schien ihm etwas zu erklären. Anschließend nahm er eine

Aktentasche vom Rücksitz, schloss die Tür, und der Fahrer betätigte mit dem Fahrzeugschlüssel die automatische Türverriegelung. Beide Männer trugen graue Anzüge, die neu aussahen und sicher noch nicht oft getragen worden waren.

Ein paar Minuten später klopfte es.

»Ja bitte«, sagte der Dekan, und die Tür des Besprechungsraums ging auf.

»Die Herren von der Bank«, sagte der Sekretär und ließ sich dabei nicht anmerken, ob er glaubte, was er da sagte.

Der Dekan begrüßte die Besucher mit Handschlag. Die Atmosphäre war frostig.

»Bonjour, Père«, sagte der Kleinere der Männer.

»Monsieur Valdez«, sagte der Dekan höflich. Der Mann antwortete mit einem Haifischlächeln.

»Und Sie sind ...?«, wollte der Dekan von dem stummen Besucher wissen, aber der schien nur durch ihn hindurchzusehen.

»Darf ich den Herren etwas zu trinken anbieten?«, fragte der Dekan um Höflichkeit bemüht.

»Nichts, danke«, sagte Valdez, und sein Partner machte stumm eine abweisende Handbewegung.

»Danke, Marcel«, sagte der Dekan. Der Sekretär ging und zog die Tür hinter sich zu.

Vincent Lambert rieb sich nervös die Hände. Was er zu sagen hatte, ging ihm nur schwer über die Lippen. Er würde diese Männer um Geld bitten müssen. Männer, die nicht so aussahen, als wären sie in Geldangelegenheiten besonders entgegenkommend. Er konnte nur hoffen, dass die Besucher gute Christen waren und genug Respekt vor einem Priester hatten, um sich zurückzuhalten.

»Sie haben die Diözese leicht gefunden?«, versuchte der Dekan höflichen Small Talk.

»Lassen wir die Floskeln und kommen gleich zur Sache«, sagte Valdez und setzte sich auf den nächsten Stuhl, sein Begleiter nahm neben ihm Platz. Der Dekan bemerkte, dass Valdez teure hellblaue Wildlederslipper trug.

»Ich habe wenig zu sagen«, begann der Dekan unsicher. »Ich kann Sie nur bitten, mir zu glauben, dass ich alles unternehmen werde, um aus diesem ... sagen wir kleinen finanziellen Engpass schnell wieder herauszukommen.«

»Dreihundertfünfundzwanzigtausend«, unterbrach Valdez. Er öffnete die Aktenmappe und zog einen schmalen grünen Ordner hervor, den er aufschlug. »Engpass, sagen Sie. Ich nenne das einen verdammt großen Berg von Schulden.«

Der Priester griff sich mit dem Zeigefinger in den Kragen seines weißen Hemdes und zerrte daran. Plötzlich fiel ihm das Atmen schwer. Als würde ein eisernes Korsett ihm die Brust einschnüren. Vielleicht hätte er doch Soutane und Kollar anlegen sollen. Einen Gottesmann im Priestergewand würden sie bestimmt mit mehr Respekt begegnen.

»Sie sind gut informiert«, der Dekan räusperte sich nervös.

»Wir informieren uns gerne, bevor wir Geld verleihen.«

»Ich werde natürlich alles tun, um diese Summe ... Also ich würde nichts schuldig bleiben, sondern so schnell wie möglich zurückzahlen, Sie verstehen ...?«

»Würde mich interessieren, was der Erzbischof sagt, wenn er von Ihrem ›Engpass‹ hören würde.«

»Der würde sich sicher fragen, woher ein Mann Gottes so viel Geld hat?«, sagte der Fahrer.

»Das ist meine Privatsache«, der Dekan spürte sein Herz klopfen. »Dafür interessiert sich das Bistum nicht. Warum sollte es auch.«

»Oh, ich denke, der Erzbischof würde sich sogar sehr dafür interessieren, wenn er erführe, woher Sie die Mittel genommen haben.« Der Besucher öffnete die schmale Akte, die vor ihm auf dem Tisch lag. Er ging mit dem Finger eine Zahlenreihe entlang. »Vierzigtausend Euro haben Sie allein für Installationen ausgegeben.«

»Die Rohre in diesen Gebäuden sind alt. Es war teuer, aber notwendig, leider.«

»Blödsinn«, sagte der Fahrer. »Ich dachte immer, Priester dürfen nicht lügen …?«

»Sie haben keine Leitungen reparieren lassen, sondern sich ein Luxusbad in Ihrem Haus über Toulon einbauen lassen, richtig?«

»Mit Marmorboden, Tropical Shower und Whirlpool«, der Fahrer hob mahnend den Zeigefinger. »Echt geiles Teil. Ich habe es mir angeschaut.

»Sie waren in meinem Haus?«

»Natürlich. Was dachten Sie denn? Dass wir einfach so dreihundertfünfzigtausend Euro verleihen, ohne zu fragen, wofür? Wir haben auch Ihr Schlafzimmer gesehen«, sagte der Besucher.

»Rundbett, Ultra-Flachbildschirm 77 Zoll«, der Fahrer stieß einen bewundernden Pfiff aus. »Da werde ich auch Dekan …«

»Umbauten in Küche und Wohnzimmer über fünfzigtausend. Und der überdachte Pool mit Gegenstromanlage hat allein hundertzehntausend gekostet.« Der Besucher sah von den Papieren auf und blickte aus dem Fenster nach draußen zu der großen Platane vor dem Haus. »So eine Gegenstromanlage wollte ich auch immer haben. Konnte ich mir aber leider nicht leisten.«

»Sie waren wirklich in meinem Haus? Sie wissen, dass das Hausfriedensbruch ist?«

»Sie können ja die Polizei rufen«, sagte der hagere Mann.

Der Dekan wischte sich die Handflächen nervös mit einem Taschentuch ab.

»Vielleicht war es ein Fehler, dass ich Sie angerufen habe.«

»Vielleicht war es ein Fehler, dass Sie die Kasse der Diözese um … wie viel war es doch gleich?«, der Besucher fuhr mit dem Finger auf einem Blatt entlang, als müsste er die Zahlen suchen, die er natürlich genau kannte.

»Ich brauche dreihundertfünfundzwanzigtausend«, die Antwort von Dr. Vincent Lambert kam leise.

»Und Sie brauchen das Geld schnell, wie ich vermute«, der Fahrer beobachtete den gequälten Gesichtsausdruck des Priesters.

»Ich habe gesehen, dass Sie eine Menge Reisen unternommen haben«, der Besucher blätterte in den Unterlagen. »Thailand, Myanmar, Vietnam, sogar die Fidschi-Inseln. Immer in Fünf-Sterne-Hotels.«

»Ja, da kann man viel erleben, in diesen exotischen Ländern«, sagte der Fahrer und leckte sich anzüglich über die Lippen.

»Ich bin auch Historiker«, sagte der Dekan, und es klang wie eine müde Entschuldigung. »Aber das wissen Sie wahrscheinlich schon.«

»Jetzt hat sich die Innenrevision angekündigt, richtig?«, sagte der Besucher. Beim Wort ›Innenrevision‹ zuckte der Dekan kaum merklich zusammen.

»Bis dahin wollen Sie die Konten glattstellen. Zurückgeben, was Sie sich genommen haben.«

»Ich habe mir das Geld nur geliehen.«

»Für einen überaus komfortablen Lebenswandel«, meinte Valdez. »Sie wissen, dass wir Zinsen nehmen. 40 Prozent für ein halbes Jahr.«

»Mon Dieu«, stöhnte Lambert gequält auf.

»Sie können diese Summe niemals zurückzahlen. Oder gibt es eine Geldquelle, von der wir nichts wissen?«

Lambert schüttelte stumm den Kopf. Er wusste, er war diesen Teufeln ausgeliefert.

»Jetzt fragen Sie sich bestimmt, warum wir trotzdem hierhergekommen sind«, der Besucher ließ den Priester keine Sekunde aus den Augen.

»Ist Ihnen warm, Père?«, fragte der Fahrer.

»Wann kommt der Mann von der Innenrevision? In vierzehn Tagen? Das wird knapp.« Valdez klappte den Ordner zu.

Vincent Lambert saß zusammengesunken in seinem Stuhl. Sein Gesicht war blass und wirkte grau. Er sah aus wie ein Delinquent, dem man gerade sein Todesurteil vorgelesen hatte.

»Aber es gibt da vielleicht eine Möglichkeit, Ihr Problem zu lösen«, sagte Valdez wie nebenbei. »Zur Zufriedenheit aller, wie ich ausdrücklich betonen möchte.«

Lambert sah auf, und die Männer schwiegen sich für einige Sekunden an. Dann hielt es der Dekan nicht mehr aus.

»Welche Möglichkeit?«, fragte Lambert mit leiser Hoffnung in der Stimme.

»Die Kirche plant, sich von einem großen Grundstück hinter dem Jachthafen zu trennen.«

»Woher wissen Sie das?«

»Dekan ...«, der Fahrer sah ihn zum ersten Mal mitleidig an.

»Drei Hektar ehemaliges Industriegelände mitten in Toulon. Die sogenannte Hafenstadt. Unsere Organisation möchte diesen Grund erwerben und erschließen.«

»Da wird es eine öffentliche Ausschreibung geben. Das ist immer so bei solchen Projekten«, sagte Lambert.

»Richtig, aber in diesem Fall sind Sie der Vorsitzende des Ausschusses, der den Käufer für dieses Grundstück aussucht.«

»Wie stellen Sie sich das vor? Ich kann doch nicht einfach ...«

»Sie werden dafür sorgen, dass wir das Land kaufen können,

Dr. Lambert. Dafür begleichen wir Ihre Schulden, noch heute. Manus manum lavat, Sie sprechen doch Latein?«

»Aber …«, Lambert sah nervös zwischen den Besuchern hin und her. War er gerade dabei, alle seine Probleme zu lösen, oder manövrierte er sich in neue Schwierigkeiten?

»Wie lautet Ihre Antwort? Ja oder nein?«

Plötzlich spürte der Dekan sein Herz. Die Schläge kamen unregelmäßig. Ihm wurde schwarz vor Augen, und er musste sich mit beiden Händen auf der Tischplatte abstützen.

»Ihre Antwort, Dekan …?«, sagte der Besucher und tippte mit dem Zeigefinger auf die Tischplatte. »Eines noch: Wenn Sie unserem Deal zustimmen, dann ist das verbindlich und nicht mehr rückgängig zu machen. Wir sind sehr altmodisch in diesen Dingen.«

»Ausgesprochen altmodisch.« Als sich der Fahrer zurücklehnte, konnte der Priester zum ersten Mal sehen, dass der Mann eine Waffe in einem Schulterhalfter trug.

Der Dekan saß vornübergebeugt in seinem Stuhl. Er hatte die Hände zu Fäusten geballt, sodass seine Fingerknochen weiß hervortraten. Plötzlich stand die Lösung seiner Probleme so dicht vor ihm. Diese Männer würden zu ihrem Wort stehen und zahlen, das stand für ihn außer Frage. Und die Ausschreibung? Die würde sich über Monate hinziehen. Bis dahin konnte noch so viel geschehen. Vincent Lambert blickte auf und sah seine Besucher an.

»Ich denke, ich sollte auf Ihren Vorschlag eingehen«, sagte der Dekan mit belegter Stimme und räusperte sich.

»Ist das ein Ja oder ein Nein?«, wollte Valdez wissen.

»Es ist ein Ja«, sagte Lambert erschöpft, und seine Besucher wechselten einen schnellen Blick.

Kapitel 6

Natürlich hätte Leon die Nationalstraße Nummer 98 nehmen können, die durch das Hinterland führte und Le Lavandou mit Hyères in einer fast geraden Linie verband. Stattdessen war er auf die ›Route de Léoube‹ abgebogen. Eine Straße, die so schmal war, dass man entgegenkommenden Fahrzeugen über die Bankette ausweichen musste, und die sich in endlosen Kurven durch die Weinberge schlängelte. Man konnte hier nur langsam fahren, und das war auch gut so.

Leon hatte das Dach seines alten Peugeot Cabriolet geöffnet und die warme Brise genossen, die von der Küste kam. Bei einer Abzweigung, die sich irgendwo zwischen großen Feldern von Artischocken verlor, war er rechts rangefahren und hatte den Motor abgestellt. Die Regenfälle der letzten Wochen hatten den Sommer ein Stück weit nach hinten verschoben, dafür stand jetzt die Natur in einer für diese Jahreszeit selten üppigen Blüte. Die Böden waren dicht mit Gras bewachsen, und an den Weinstöcken konnte man zwischen den jungen Blättern die Knospen erkennen. Es roch nach warmer Erde, dem Harz der mächtigen Pinien und nach Meer. Leon hatte sich in seinen Sitz zurückgelehnt und betrachtete den Himmel.

Die Untersuchung des Tatorts am Strand hatte zu keinen weiteren Spuren geführt. Außer einer zerbrochenen Sonnenbrille, zwei ausgequetschten Tuben Sonnencreme und einigen Kronkorken hatten die Gartenarbeiter von Delbos im Sand nichts gefunden. Schließlich hatte Leon die Leiche für die Bestatter freigegeben.

Jetzt musste Leon eigentlich direkt zur Obduktion in die Gerichtsmedizin fahren. Aber etwas beschäftigte ihn. Er wusste nur noch nicht genau, was es war. Darum hatte er angehalten und beobachtete jetzt die Wolken. Es war bisher nur so ein Gefühl, das er nicht richtig greifen konnte. Es versteckte sich irgendwo in den Tiefen seiner Wahrnehmung. Der Anblick des toten Jungen ließ ihn nicht los. Wie das Kind da neben dem Kanal lag. Halb begraben vom Sand, in diesem zerrissenen Sommerkleid, das Gesicht grotesk geschminkt. Ein zehnjähriger Junge, entsorgt in einer Mülltüte. Jemand hatte es als Abfall betrachtet – benutzt und weggeworfen. Ein Kind, das niemand vermisste.

Der tote Junge sollte nie am Strand landen. Er sollte irgendwo anders liegen, eingegraben, gut verpackt, sodass man ihn niemals finden würde. Aber dann kam der Regen. Damit Leon den Mörder finden konnte. Jetzt hatte er die Antwort auf seine Frage: Das hier, das war kein Unfall und kein Totschlag. Das war keine erste Tat. Das hier war die Handschrift eines Serientäters. Leon startete den Motor des Peugeot und fuhr zur Klinik.

Die Klinik Saint-Sulpice lag am östlichen Rand von Hyères. Das Krankenhaus stammte noch aus den Sechzigern. Bei der Renovierung vor einigen Jahren hatte man es durch einen modernen Flügel erweitert. Dort, im Souterrain, befand sich auch die Rechtsmedizin. Leiter dieser Abteilung war Dr. Leon Ritter.

Leon betrat den Bau durch die automatische Glastür des Haupteingangs. Am Empfang saß Schwester Monique. Die gute Seele der Klinik und seine Verbündete.

»Bonjour, Docteur«, sagte Monique. »Docteur Baladure hat heute Morgen schon zweimal nach Ihnen gefragt.«

»Bonjour, Monique. Sie sehen gut aus. Irgendwie erholt«, begrüßte Leon sie, und die Krankenschwester strahlte. Monique litt ein wenig unter ihrer Körperfülle, und sie unterwarf sich ständig neuen Diäten, um ihr Gewicht in den Griff zu bekommen. Doch solange sie ihre Leidenschaft für Pain au chocolat nicht zügeln konnte, blieben solche Experimente erfolglos.

»Hat Baladure gesagt, was er wollte?«

»Nein«, Monique griff zum Telefonhörer. »Ich kann ihn aber für Sie anrufen.«

»Nein danke, lassen Sie nur.« Leon winkte ab, Monique lächelte.

Baladure war erst vor zwei Monaten an die Klinik gekommen. Er sollte neue »Umsätze generieren«, wie es bei der Geschäftsführung hieß, indem er in der Klinik eine Abteilung für kosmetische Chirurgie und Schönheitschirurgie aufbaute. Bisher war der Erfolg der neuen Abteilung aber eher mäßig. Baladure war in Tunesien geboren. Nach dem Medizinstudium war er einige Zeit als Notarzt in Paris tätig gewesen. Der Klinik-Klatsch besagte, dass er eine reiche ältere Frau geheiratet hatte. Die hatte ihm ermöglicht, eine Praxis für Schönheitschirurgie zu eröffnen, aber aus irgendeinem Grund hatte die Beziehung nicht gehalten, und mit der Trennung war der Doktor auch seine Praxis los. Danach hatte er zwei Jahre in einer teuren Privatklinik bei Paris gearbeitet. Eine Zeit, über die er gerne und ausführlich sprach. Auf die Ärzte des Midi, wie er den Süden Frankreichs etwas abfällig nannte, sah er mit mitleidigem Lächeln herab.

Leon hatte bisher nur wenig Kontakt mit dem Kollegen gehabt, der mit seinem auffälligen Range Rover gelegentlich Leons Parkplatz blockierte und den Mediziner-Kollegen mit *mon frère* begrüßte, wie es unter befreundeten Medizinern in Frankreich üblich war. Baladure hatte ihn noch nie in der Rechtsmedizin besucht, und Leon war es nur lieb, wenn es auch so bliebe.

»Er hat mich gebeten, ihm Bescheid zu sagen, wenn Sie im Haus sind«, Monique hielt noch immer den Hörer in der Hand.

»Schwester Monique, würden Sie mir einen ganz großen Gefallen tun? Können Sie mir den Kollegen bitte noch eine Weile vom Leib halten?«

»Bien sûr, Docteur«, sagte sie und sah Leon mit einem wissenden Lächeln an.

Leon nahm die Treppe zum Souterrain. Er mochte keine Aufzüge. Erstens lief man Gefahr, mit Leuten auf engstem Raum zusammenzustehen, die man möglicherweise nicht leiden konnte, und zweitens trainierte Leon mit dem Treppensteigen seine Fitness. Zumindest war das seine Erklärung. In Wirklichkeit litt Leon unter Klaustrophobie, aber das wusste außer Isabelle niemand.

In den Räumen der rechtsmedizinischen Abteilung hielt eine Klimaanlage die Temperatur bei angenehmen 20 Grad. Die Wände waren in blassem Blau gestrichen, was der Abteilung etwas von dem Schrecken nahm, den sie auf viele der Ärzte im Haus ausübte. Für Leon war der Ort genau richtig, um konzentriert zu arbeiten. Niemand kam freiwillig oder gerne in der Rechtsmedizin vorbei, und so hatte er hier meist seine Ruhe.

Für ihn war die rechtsmedizinische Abteilung kein düsteres Kellergewölbe, in dem Tote aufgeschnitten, analysiert und wieder zusammengefügt wurden. Für ihn war es eine klinische Abteilung wie alle anderen in Saint-Sulpice auch. Darum betrachtete er die Toten auch nicht als Opfer, sondern als seine Patienten. Und genauso behandelte er sie auch. Mit Rücksicht, Respekt und Mitgefühl.

Für manche seiner Kollegen galt Leon deshalb als »Spinner«,

als der eigenwillige Deutsche, der immer wieder ungewöhnliche Wege einschlug, wenn es darum ging, Mörder dingfest zu machen. Wobei er sich auch gerne über Anordnungen und Vorschriften hinwegsetzte. Aber seine Erfolge, besonders in Fällen, in denen die Ermittler bereits aufgegeben hatten, waren legendär.

Als Leon einige Minuten später den Sektionsraum betrat, wartete sein Assistent bereits auf ihn. Olivier Rybaud war ein schlanker, wortkarger Mann von achtunddreißig Jahren. Er war immer ganz in Schwarz gekleidet und bewegte sich wie ein Geist durch die Räume der Pathologie. Aber er hatte ein scharfes Auge, und ihm entging bei einer Obduktion nicht die kleinste Spur. Für Leon war er der ideale Assistent. Zuverlässig und von einer geradezu akribischen Genauigkeit. Mit seiner Fachkenntnis hätte Rybaud selber Rechtsmediziner werden können, dachte Leon oft. Tatsächlich hatte Rybaud einige Semester Medizin in Aix-en-Provence studiert. Warum er allerdings sein Studium abgebrochen hatte, blieb Leon ein Rätsel. Rybaud sprach so gut wie nie über seine Vergangenheit.

Auf dem Obduktionstisch lag der nackte Körper des Jungen vom Strand. Obwohl Feuchtigkeit und Sonne dafür gesorgt hatten, dass der Fäulnisprozess bereits eingesetzt hatte, konnte Leon erkennen, dass der Junge Untergewicht hatte. Schlecht ernährt, vielleicht auch krank, dachte er. Leon betrachtete ihn. Er hatte in seinem Beruf schon so viele Tote gesehen. Die meisten waren an Krankheiten gestorben oder Opfer von Unfällen geworden, aber dann waren da auch diejenigen, die ermordet worden waren.

Der Tod hatte für Leon seinen Schrecken verloren. Der Zustand einer Leiche konnte ihn kaum noch erschüttern. Damit konnte er leben. Das war schließlich sein Beruf. Aber tote Kinder waren etwas anderes. Tote Kinder waren ein Anblick, an den er sich nie gewöhnen würde. Wer tötete einen kleinen Jungen, stopfte ihn in einen Müllsack und vergrub ihn irgendwo in den Weinbergen?

»Was können Sie mir über das Alter des Jungen sagen?«, fragte Leon seinen Assistenten.

Rybaud zog einen Rollwagen heran, auf dem, neben verschiedenen chirurgischen Instrumenten, auch ein Laptop stand. Der Bildschirm leuchtete auf, und es erschienen zwei Röntgenaufnahmen einer Hand, eine von vorn und eine von der Seite.

»Handwurzelknochen noch nicht ausgebildet«, sagte Rybaud. Er drehte den Rollwagen so, dass Leon die Röntgenaufnahme von der anderen Seite des Obduktionstisches aus besser erkennen konnte. Die Röntgenaufnahmen der Mittelhandknochen hatte der Assistent als Erstes gemacht, nachdem die Bestatter das Opfer in der Rechtsmedizin eingeliefert hatten.

»Was denken Sie?«, fragte Leon.

»Nach Größe der Handwurzelknochen und der Abstandsfuge zu urteilen, würde ich sagen, acht, maximal zehn Jahre.«

Leon lächelte. Genauso hätte er das Alter nach den Röntgenaufnahmen auch eingeschätzt.

»Sehe ich auch so. Zahnstatus?«, fragte Leon. Der Assistent tippte auf eine Taste, und das Bild der Hand wechselte gegen eine Röntgenaufnahme von Ober- und Unterkiefer.

Leon erkannte sofort die gesunden Zähne eines jungen Menschen. Es gab keine Füllungen, keine Überkronungen. Einer der Schneidezähne fehlte. Möglicherweise ein Unfall, der aber schon mehrere Jahre zurücklag. Gewebe und Knochen waren über der Lücke gut verheilt. Die Mineralisation der Weisheitszähne war deutlich zu erkennen. Sie waren aber noch nicht aus dem sie umgebenden Gewebe herausgewachsen. Das wäre erst in ein oder zwei Jahren geschehen.

»Nach der Entwicklung der Weisheitszähne zu urteilen, würde

ich sagen: eher zehn Jahre.« Leon konzentrierte sich wieder auf das Opfer.

Er umrundete den Obduktionstisch und betrachtete stumm den Jungen. Gelegentlich blieb er stehen und zog die große beleuchtete Lupe zu sich heran, um eine der Verletzungen genauer zu betrachten. Dabei sprach er kaum ein Wort.

Rybaud hielt sich im Hintergrund. Er wusste, dass er seinen Chef jetzt nicht stören durfte, wenn er »das Gespräch« mit dem Opfer führte, wie Leon das nannte. So wie Patienten ihrem Arzt erzählten, wo sie Schmerzen hatten, ließ sich Leon von den Opfern »erzählen«, wie sie die letzten Stunden ihres Lebens durchlitten hatten. Wer war dieses Kind?

Der Oberkörper des Jungen war von einer feinen Sand- und Staubschicht überzogen, die Leon vorsichtig abwischte. Jetzt konnte er die dunkle Pigmentierung erkennen, die der Haut einen olivfarbenen Ton verlieh. Das Gesicht war vom beginnenden Verwesungsprozess geschwollen, aber man konnte noch gut die feinen Züge, die weichen Lippen und die dunklen vollen Haare des Jungen erkennen. Leon vermutete, dass der Junge aus Eritrea oder aus Tunesien stammte. Ein kleiner Junge, der unbedingt nach Europa wollte und dem Falschen in die Hände gefallen war. Ein zehnjähriger Junge, der misshandelt, gefoltert und erschossen worden war und den niemand vermisste.

Das Kleid des Opfers hatte Rybaud in eine Plastikwanne neben den Toten gelegt. Leon warf nur einen kurzen Blick darauf. Jemand hatte den ›Zettel‹, das Fähnchen mit den Waschvorschriften und dem Hersteller, herausgetrennt.

»Keine Unterwäsche?«, fragte Leon.

»Nein, auch keine Schuhe, keine Socken, kein Schmuck. Gar nichts«, sagte Rybaud. »Außer das hier.«

Rybaud hatte in die Plastikwanne gegriffen und hielt jetzt ein etwa vier Zentimeter großes graues Ei zwischen den Fingern.

»Das habe ich in einer der Tüten gefunden, in der das Opfer steckte«, Rybaud drehte das Ei zwischen den Fingern. »Ich denke nicht, dass es von einem Vogel stammt.« Er legte es Leon in die offene Hand.

Leon betrachtete das Ei. Er schätzte das Gewicht auf zehn bis zwölf Gramm. Die Schale war nicht hart wie bei einem Hühnerei, sondern sie gab nach, wenn man darauf Druck ausübte, als wäre sie aus einem elastischen Kunststoff. Er gab das Ei an seinen Assistenten zurück.

»Könnte von einer Schildkröte stammen«, sagte Leon. »Legen Sie es bitte in eine Schale, und stellen Sie es mir auf den Tisch. Ich werde mich später darum kümmern.«

Leon wandte sich wieder dem Toten zu. Leon trug wie üblich seine dünnen OP-Handschuhe aus Latex. Das entsprach nicht den Vorschriften. Um sich vor Ansteckungen zu schützen, sollten Rechtsmediziner feste Stulpenhandschuhe aus Gummi tragen, so wie Rybaud, die dem Assistenten bis zu den Ellenbogen reichten. Aber Leon brauchte seine Fingerspitzen, wenn er die Opfer untersuchte.

Der Junge war schwer verletzt worden. Unter der Haut waren deutlich Hämatome zu erkennen, die ganz offensichtlich von Schlägen mit einem Stock oder einem anderen länglichen Gegenstand herrührten. Dazwischen erkannte Leon kleine Schnitte, wahrscheinlich von einem kurzen, sehr scharfen Messer. Langsam untersuchte Leon das Opfer weiter. Zentimeter für Zentimeter. An Bauch und Oberschenkeln gab es kleine, runde Brandwunden, die offensichtlich von Zigaretten stammten. An Hand- und Fußgelenken war die Haut aufgerissen. Leon zog die Lupe heran, schaltete die LED-Leuchten ein und betrachtete das rechte Handgelenk genauer.

»Pinzette«, sagte Leon, und sofort legte Rybaud ihm das gewünschte Instrument in die offene Hand. Vorsichtig zupfte Leon ein paar Fasern aus der Wunde.

»Nylon«, sagte Leon, während er die Fasern in eine Plastikphiole stopfte, die er seinem Assistenten reichte. »Vielleicht von einem Tau, wie man es beim Segeln verwendet.«

»Er wurde gefesselt?«, fragte Rybaud.

»Und zwar über einen längeren Zeitraum«, sagte Leon, »nach den Verletzungen zu schließen bestimmt mehrere Stunden.«

Das Kind war misshandelt worden, das stand für Leon außer Frage. Jemand hatte es gefesselt, geschlagen, mit einem Messer verletzt und Zigaretten an ihm ausgedrückt. Leon zog sich wieder die Lupe heran. Drei rote kreisförmige Verletzungen von jeweils etwa einem Zentimeter Durchmesser im Bereich des Unterbauchs waren ihm aufgefallen. Er hatte die Punkte zunächst für weitere Brandnarben gehalten, doch unter der Lupe erkannte er, dass es sich um kurze Einschnitte handelte, die mithilfe eines Skalpells gemacht worden und später mit jeweils einem Stich wieder professionell vernäht worden waren. Das waren keine Folterspuren, das waren die Spuren einer Appendektomie, einer Blinddarmoperation mithilfe einer Laparoskopie. Ein solcher Eingriff war heutzutage Standard in jeder modernen Klinik. Diese OP musste, dem Stand der Vernarbung nach zu urteilen, vor rund drei Wochen durchgeführt worden sein. Es bestand also durchaus die Wahrscheinlichkeit, dass der Eingriff irgendwo in Südfrankreich durchgeführt worden war. Leon würde alle größeren Kliniken der Gegend mit einer Rund-Mail anschreiben. Möglich, dass sich einer der Chirurgen an einen zehnjährigen unbegleiteten Patienten aus Nordafrika mit einer akuten Blinddarmentzündung erinnerte.

»Helfen Sie mir, ihn umzudrehen«, bat Leon seinen Assistenten.

Nachdem er mit Rybauds Hilfe den leblosen Körper auf den Rücken gedreht hatte, betrachtete Leon die blassen, gut erkennbaren Totenflecken am Brustkorb und an der Vorderseite der Oberschenkel. Der Junge hatte offensichtlich auf dem Bauch gelegen, als er gestorben war.

Leon zog sich die beleuchtete Lupe heran und betrachtete den Kopf. Der Einschuss befand sich fast genau in der Mitte der Stirn. Die Ränder waren dunkler als die Haut darum herum und leicht gezackt.

»Der Täter hat die Waffe aufgesetzt«, sagte Leon. Ein kleines Kaliber, vielleicht eine 32er. Was sagt die Röntgenaufnahme?«

»Ich habe noch keine Kugel gefunden«, sagte Rybaud etwas verlegen.

»Da war aber kein Ausschuss«, Leon sah seinen Assistenten irritiert an. Dann beugte er sich zum Opfer und tastete den Schädel ab. »Wir brauchen ein CT. Schädeldecke inklusive Hals.«

Die Klinik Saint-Sulpice war zwar nur ein Provinzkrankenhaus, aber sie verfügte über einen eigenen Computertomografen, der ausschließlich der Rechtsmedizin vorbehalten war. Es war ein veraltetes Modell, das jahrelang in der Röntgenabteilung im zweiten Stock treue Dienste geleistet hatte. Als die alten Geräte durch neue ersetzt wurden, hatte Leon dafür gesorgt, dass das Gerät in seiner Abteilung aufgebaut wurde. Eine CT-Aufnahme hatte den großen Vorteil, dass dem Rechtsmediziner, auch wenn eine Leiche längst freigegeben und beerdigt war, immer noch millimetergenaue Bilder des Opfers zur Verfügung standen. Das hatte schon öfter eine Rolle gespielt, wenn neue Aspekte in einem alten Mordfall aufgetaucht waren.

Es dauerte zwanzig Minuten, bis Rybaud mit der CD bei Leon

im Büro auftauchte, auf der die Bilder des Computertomografen gespeichert waren. Leon las die CD ein, und keine Minute später zeigte sich, dass er mit seiner Vermutung richtiglag.

»Stopp«, sagte Leon, als Rybaud die Aufnahme über den Bildschirm laufen ließ, und tippte auf eine helle Stelle im Nackenbereich.

»Ich dachte, das wären die Halswirbel«, entschuldigte sich Rybaud.

»Das sind sie auch«, sagte Leon. »Aber dazwischen ... Ich brauche ein Skalpell.«

Rybaud reichte seinem Chef das gewünschte Instrument, und drei Minuten später zog Leon mit einer langen Pinzette die Kugel aus dem Muskelgewebe am Hals des Opfers und ließ sie mit einem leisen Ping in eine Schale fallen.

»Kugeln können im Schädel stark abgelenkt werden«, sagte Leon. »Das gilt ganz besonders für schwache Kaliber wie in diesem Fall.«

»Warum schießt jemand einem Kind in den Kopf?«, fragte Rybaud. »Und auch noch von vorne.«

Leon betrachtete schweigend den toten Jungen, der da vor ihm auf dem Obduktionstisch lag. Dann deckte er den schmalen Körper sorgfältig mit dem grünen Leinentuch zu. Leon richtete sich auf. Zum ersten Mal, seit er vor über zwanzig Jahren seine erste Stelle als Rechtsmediziner angetreten hatte, musste er mit den Tränen kämpfen. Sekundenlang starrte er gegen die Wand, atmete ein paarmal tief ein und aus. Und versuchte, die Vorstellung von dem, was hier geschehen war, zu unterdrücken.

»Alles in Ordnung, Docteur?«, Rybaud wirkte besorgt.

»Er wollte dem Jungen beim Sterben in die Augen sehen«, sagte Leon.

»Was sind das für Menschen, die einem Kind so etwas antun?«, Rybaud sagte genau das, was auch Leon in diesem Moment dachte. Was sind das nur für Menschen?

Kapitel 7

Isabelle rührte mit einer Hand den Löffel in ihrem Pfefferminztee, während sie mit ihrer anderen die Maus bediente, um durch die Seiten eines Computerprogramms zu scrollen. Isabelle liebte ihr Büro, obwohl es nur 15 Quadratmeter groß war und der Blick auf dem öden Hinterhof der Gendarmerie Nationale endete. Aber draußen im Gang, an ihrer Tür, hing ein Schild, das diesem nüchternen Raum die Aura eines Chefbüros verlieh. Die Aufschrift auf dem Schild lautete: Isabelle Morell, Capitaine com. adjoint. Wobei die Abkürzung für »commandant adjoint« für ihre Position als stellvertretende Polizeichefin stand.

Isabelle war die erste Frau in der hundertjährigen Geschichte von Le Lavandou, der diese Aufgabe übertragen worden war. Sie versuchte, es sich nicht anmerken zu lassen, aber es erfüllte sie noch immer jeden Morgen mit Stolz, wenn sie die Aufschrift auf ihrer Bürotür las, bevor sie sich in ihre anstrengende Arbeit stürzte.

Es geschah nicht oft, dass Kinder in der Provence verschwanden. Und wenn es doch gelegentlich vorkam, dann tauchten sie in der Regel nach wenigen Tagen wieder auf. In großen Städten wie Marseille, Paris oder Lyon mochte das vielleicht anders sein, aber die Einwohner des Département Var passten gut auf ihre Kinder auf. Und wenn doch mal ein Kind als vermisst gemeldet wurde, dann löste das bei der Gendarmerie sofort eine umfangreiche Fahndungs- und Suchaktion aus. Bei vermissten Kindern unter fünfzehn Jahren ging die Polizei grundsätzlich von einem Verbrechen aus, auch wenn keine Spuren auf eine Gewalttat hinwiesen.

Während der Urlaubssaison wurden natürlich ständig Kinder von ihren Eltern als vermisst gemeldet. Diese Kinder tauchten aber schon nach wenigen Stunden wieder auf. In den meisten Fällen verliefen sie sich in der ungewohnten Umgebung. Am Strand oder in den Gassen der kleinen Stadt. Dort wurden sie dann von der Gendarmerie aufgesammelt und von Isabelle und ihren Kollegen mit einer Extraportion Eis getröstet, bis die Eltern auftauchten, um ihren Nachwuchs wieder in die Arme zu schließen.

In diesem Jahr schienen die Kinder ausgesprochen vorsichtig zu sein. In den letzten drei Wochen war im ganzen Département nicht ein Kind verschwunden, das nicht nach kürzester Zeit wieder aufgetaucht war. Ein zehnjähriger Junge wurde aber von niemandem vermisst, und es gab auch keine laufende Fahndung nach einem Kind in diesem Alter, auf das die Beschreibung des Jungen vom Strand gepasst hätte.

Isabelle hatte vor sich einen Ordner mit alten Polizeiberichten liegen. Vielleicht gab es ja einen Fall, der schon länger zurücklag, der aber nie geschlossen worden war. Das Telefon klingelte. Isabelle sah kurz auf das Display, aber nahm nicht ab. Der »Var-Matin« hatte sich bereits nach dem Toten vom Strand erkundigt und würde ihn in seiner morgigen Ausgabe mit einer dicken Schlagzeile präsentieren. Auch Télé6 und andere Sender hatten Isabelle angerufen. Die Journalisten hatten von einem Kind in einer Mülltüte erfahren und waren mit ihren Übertragungswagen auf dem Weg nach Le Lavandou, um einen Bericht für die Abendnachrichten zu drehen.

Zum Glück, dachte Isabelle, hatten sich die Details dieses Falls noch nicht herumgesprochen. So gelang es ihr, die hungrige Journalistenmeute am Telefon zu besänftigen und noch für eine Weile hinzuhalten. Aber bald würden die Medienleute diese Einzelheiten erfahren. Denn sie erfuhren immer alles, wie Isabelle aus leidvoller Erfahrung wusste, und ein zweites Mal würden sich die Journalisten nicht mehr so leicht abwimmeln lassen.

Isabelle würde gleich in der Einsatzbesprechung für heute Abend eine Pressekonferenz ansetzen. Besser, man gab den Journalisten erst mal Futter, damit ihr erster Hunger gestillt war und sie die Ermittlungen nicht störten.

Es klopfte, gleichzeitig ging die Tür auf, und ein rappeliger Kinderwagen wurde in Isabelles Büro geschoben. Der dunkelblaue Wagen war mit einigen prall gefüllten, abgewetzten Plastiktüten beladen, auf denen eine Puppe lag. Geschoben wurde das Gefährt von einer resoluten blonden Frau in einem bodenlangen Sommerkleid und Sandalen.

»Madame Morell«, die blonde Frau sah sich um. »Ich muss mit Ihnen sprechen, es ist wichtig.«

»Pardon, Capitaine ...« Lieutenant Mohammad Kadir, Franzose mit algerischen Wurzeln, den alle Moma nannten, drängte sich an der Besucherin vorbei in Isabelles Büro.

»Sie ist einfach weitergegangen. Ich konnte sie nicht ...« Moma stellte sich mit ausgebreiteten Armen der Besucherin in den Weg.

»Wenn mich der Ausländer anfasst, dann rufe ich die Polizei!« Die Stimme der Frau kippte beinahe.

»Ist schon gut, Moma«, sagte Isabelle ruhig. Sie sah die Besucherin an. »Worum geht's denn diesmal, Paulette?«

»Ich kann auch hierbleiben«, bot Moma an.

»Wenn dieser, dieser ...«, Paulette wedelte mit der Hand in

Richtung Moma, als sie Isabelles strengen Blick bemerkte. »Kann ich mal allein mit Ihnen reden?«

»Es wird bestimmt nicht lange dauern, Lieutenant Kadir«, meinte Isabelle. »Oder, Paulette?«

Die Angesprochene wandte sich in einer Geste der Kränkung ab und sah aus dem Fenster. Isabelle nickte dem Lieutenant zu, der dankbar ihr Büro verließ.

»Paulette …?«, fragte Isabelle.

Es dauerte ein paar Sekunden, bevor Paulette sich umdrehte und aussah, als hätte sie gerade über das Meer und nicht in den Hinterhof der Gendarmerie gesehen. Auf die Entfernung konnte man die Besucherin für eine Frau in ihren Fünfzigern halten, die irgendwann die Kontrolle über ihr Leben verloren hatte. Aber aus der Nähe erkannte man, dass Paulette bereits weit in ihren Sechzigern war. Das stark geschminkte Gesicht war voller Falten, und die ehemals vollen Lippen hatte die Provence-Sonne schmal und schrumpelig gebrannt. Die schweren Creolen zogen ihre Ohrläppchen nach unten. Trotzdem konnte Isabelle sehen, wie attraktiv Paulette einmal gewesen sein musste. Sie war eigentlich hochgewachsen, ging aber inzwischen vornübergebeugt. Dabei stützte sie sich auf dem Kinderwagen ab, so als hätte sie eine schwere Last zu tragen. Ihr bodenlanges Kleid stammte genauso wie das Fransentuch über ihren Schultern aus den Sechzigerjahren. Isabelle fragte sich, woher sie all diese altmodischen Klamotten bekam. Egal, wohin Paulette auch ging, immer schob sie den Kinderwagen durch den Ort. Gelegentlich spendierte ihr jemand einen Wein oder einen Pastis. Paulette vertrug nicht viel und war schnell betrunken. Manche Männer trieben dann ihre gemeinen Spielchen mit ihr. Bis sich einer der Gäste erbarmte und Paulette zu ihrem Wohnwagen brachte. Der stand seit Jahren auf dem Gelände eines heruntergewirtschafteten Bauernhofs, der von einem polizeibekannten Mann namens Eric verwaltet wurde. Seit dem Tod ihrer kleinen Tochter vor vierundzwanzig Jahren, als ihr Leben wie die dünne Eisschicht über einem gefrorenen See zersplittert war, lebte sie allein in dem Wohnwagen und versuchte jeden Tag aufs Neue, ihr Leben in den Griff zu bekommen.

Isabelle hatte sich schon mehr als einmal im Gemeindeamt für Paulette starkgemacht. Aber jedes Mal, wenn das Amt der einsamen Frau eine Wohnung anbot, hatte Paulette abgelehnt. Lieber wohnte sie in ihrem Wohnwagen und verbrachte die warmen Sommer auf den Steinbänken der Uferpromenade. Dann saß sie stundenlang am Meer, blinzelte in die Sonne und dachte an jene wunderbaren Tage, als ihr attraktive Männer Avancen machten und sie in warmen Sommernächten in ihren Cabriolets mit nach St. Tropez nahmen. Plötzlich konnte sie wieder den warmen Wind in ihrem Haar spüren, und sie glaubte zu hören, wie Françoise Hardy im Autoradio »Tous les garçons et les filles« sang. Paulette gehörte zu Le Lavandou wie die Brunnen und die Platanen.

»Das waren die Wölfe …«, sagte Paulette, und es klang irgendwie unheimlich.

»Welche Wölfe?«, fragte Isabelle.

»Die Wölfe, die die Kinder fressen«, Paulette hatte ihre stumpfen blonden Haare mit den Fingern vor die Augen geschoben, als müsste sie sich vor irgendjemandem verstecken.

»Es gibt keine Wölfe in Le Lavandou«, sagte Isabelle sachlich. »So viel steht fest.«

»Und ob es Wölfe gibt. Sie kommen über die Hügel. Ich habe sie selber gesehen.«

»Sie haben wirklich Wölfe gesehen?« Der Zweifel in Isabelles Stimme war unüberhörbar, während sie schon überlegte, wie sie die alte Frau so freundlich wie möglich aus ihrem Büro schaffen konnte.

»Na ja, gesehen habe ich sie nicht so richtig«, verbesserte sich Paulette. »Aber ich habe sie knurren gehört, und Kinder haben geweint.«

»Kinder?«

»Hat jedenfalls so geklungen. Ich weiß nicht genau. Da gibt's so viele Geräusche nachts in den Hügeln.«

»Haben sie was gesagt, die Wölfe?«, wollte Isabelle wissen. Paulette schüttelte schnell den Kopf.

»Sie trinken das Blut von den Kindern, und dann verwandeln sie sich wieder in Menschen. Sie leben hier, mitten unter uns.«

»Wölfe gibt es nur in den Alpen«, sagte Isabelle geduldig. Vielleicht hatte Paulette ja tatsächlich etwas beobachtet. Bei ihr konnte man das nie wissen. »Die Wölfe mögen es, wenn es kalt und einsam ist. Die Côte d'Azur ist nichts für sie.«

»Es sind die Männer, die sind böse, und manchmal ...«, sie sah sich um und flüsterte dann, »verwandeln sie sich in wilde Tiere und schleichen durch die Weinberge.«

»Wissen Sie, was wir tun, Paulette? Ich sage den Kollegen Bescheid, dass sie ab sofort Ausschau nach Wölfen halten, wenn sie bei Ihnen durch die Weinberge fahren. Einverstanden?«

»Sie glauben mir nicht«, sagte Paulette. »Sie denken, ich bin verrückt. Alle denken das.«

»Nein, ich glaube Ihnen. Sie haben bestimmt etwas gehört«, sagte Isabelle. »Stehen Sie mit Ihrem Wohnwagen immer noch auf dem Hof von Eric?«

»Was ist mit dem Jungen am Strand? Was ist mit dem?«, fragte Paulette.

»Das versuchen wir gerade herauszufinden.«

»Nichts werdet ihr herausfinden, gar nichts, weil ihr nicht an der richtigen Stelle sucht.«

»Kennen Sie die richtige Stelle? Helfen Sie mir, damit wir die

Wölfe erwischen.« Plötzlich hatte Isabelle das Gefühl, dass Paulette vielleicht tatsächlich etwas wusste.

»Der Himmel brennt, die Erde tut sich auf, die hungrigen Wölfe kommen aus den Bergen. Sie zerfleischen unsere Kinder, und alles versinkt in einem Meer von Blut«, Paulette sah Isabelle herausfordernd an.

»Wer sagt das?«

»Das steht in den Prophezeiungen des Nostradamus.«

»Haben Sie mal mit einem der Wölfe gesprochen?« Vielleicht hatte Paulette ja nur Angst.

»Du kannst nicht mit den Wölfen sprechen, genauso wenig, wie du mit den Möwen fliegen kannst.«

»Sie haben gesagt, dass aus den Wölfen wieder Männer werden«, Isabelle legte der Frau freundlich die Hand auf den Arm. »Könnte ich nicht mit einem von denen sprechen?«

»Wir werden die Wölfe in der Herde nicht erkennen, denn sie verkleiden sich als Schafe«, zitierte Paulette.

»Ich verstehe«, sagte Isabelle. »Da werden wir die Herde ab jetzt noch besser bewachen, Paulette. Einverstanden?«

»Sie glauben mir immer noch nicht. Hab ich recht?«, sagte sie. »Ich bin nicht dumm.«

»Sind Sie nicht«, sagte Isabelle. »Kommen Sie wieder, wenn Ihnen doch noch etwas einfällt. Jederzeit ... Bonne journée!« Sie öffnete die Tür. Paulette nahm ihren Kinderwagen und schob ihn wortlos auf den Flur hinaus.

Isabelle hörte noch eine Weile den quietschenden Rädern nach, dann schloss sie ihre Tür. Es musste doch für Madame Paulette beim Sozialamt eine passende Wohnung aufzutreiben sein. Im Wohnwagen auf einem heruntergekommenen Bauernhof, wer weiß, was einer alten Frau dort alles passieren konnte. Isabelle setzte sich wieder hinter ihren Schreibtisch. Sie würde sich selber um diese Sache kümmern – ganz bald, sowie sich die Aufregung um den Toten vom Strand etwas gelegt hatte.

Kapitel 8

Vom Kellergeschoss aus nach draußen zu gehen war für Leon jedes Mal wie eine Reise aus der Dunkelheit ins Licht, eine kleine Wiedergeburt. Er genoss es, wenn sich die elektrischen Glastüren mit leisem Zischen öffneten und er aus der künstlichen Kälte der Klinik in die flirrende Hitze des Sommers trat. Eben noch waberte der Geruch von Formaldehyd in den von Kunstlicht erhellten Institutsräumen, jetzt war die Luft aufgeladen vom Duft nach Rosmarin und Oregano. Leon hatte seinen Wagen im Schatten einer Pinie geparkt und war gerade dabei, sein Verdeck zu öffnen, als ihn jemand ansprach.

»Hallo, Docteur, nur einen Moment!«

Leon erkannte die Stimme: Dr. Baladure, der neue Schönheitschirurg. Baladure war ein arroganter Schwätzer. Irgendwie hatte er es geschafft, praktisch jeden seiner Kollegen so zu nerven, dass sie die Flucht ergriffen, wenn er auftauchte. Das war hier auf dem Parkplatz leider nicht möglich. Also klappte Leon das Verdeck zurück, richtete sich auf und sah den Kollegen an.

»Schön, dass wir uns doch noch getroffen haben«, sagte Baladure mit falschem Lächeln und hielt Leon die Hand hin, an der eine teure Rolex aufblitzte. »Jetzt bin ich schon so lange hier, und wir hatten nie die Gelegenheit, uns einmal in Ruhe auszutauschen.«

»Ich sitze meistens in meinem dunklen Keller. Das ist kein besonders gemütlicher Ort. Darum besucht mich auch kaum jemand«, sagte Leon.

»Ich denke, Sie verrichten eine sehr wichtige Arbeit in Ihrem dunklen Keller, wie Sie ihn nennen«, sagte der Chirurg und lächelte aufgesetzt.

»In der Abteilung für Rechtsmedizin gibt es leider keine dankbaren Patientinnen, die einem Briefe schreiben, die man hinter seinem Schreibtisch an die Wand hängen könnte«, spottete Leon.

»Sagen Sie so was nicht. Ihr Ruf eilt Ihnen voraus, wie man so schön sagt, Docteur Ritter.«

»Das ist ja immerhin erfreulich«, meinte Leon einsilbig, während er überlegte, ob er vielleicht einfach einsteigen und davonfahren sollte.

»Sie haben eine Menge schwierige Fälle gelöst, wie ich höre. Hat für viel Aufsehen gesorgt, Sie sind sogar im Fernsehen aufgetreten. Das hat man mir jedenfalls erzählt.«

»Sie wissen doch: Die Leute übertreiben gerne.«

»Nicht so bescheiden, Docteur. Wer von uns taucht nicht gerne in den Abendnachrichten auf?«

»Genau das habe ich immer versucht zu vermeiden. Ich sitze lieber in meinem Institut und erledige meine Arbeit.«

»Ich dachte mir, es wäre an der Zeit, dass wir mal zusammen essen gehen – ein Dîner unter Kollegen, was meinen Sie?«

»Wie komme ich zu der Ehre?« Leons ironischer Unterton in der Stimme war nicht zu überhören.

»Ich denke, es wäre spannend, die Medizin mal von Ihrer Warte aus zu betrachten. Ich meine: Ich behandele Patienten. Bei Ihnen ist das … irgendwie anders …« Baladure merkte, dass er sich in eine Sackgasse manövriert hatte.

»Eigentlich nicht.« Leon versuchte, neutral zu klingen. »Der einzige Unterschied zu Ihrer Arbeit besteht darin, dass sich bei mir die Patienten nie beschweren, dass sie zu lange warten müssen.«

Baladure wusste einen Augenblick lang nicht, wie er auf die Bemerkung reagieren sollte. Dann entschied er sich zu lachen.

»Der war gut, mon frère. Der war gut«, wieder klopfte der Chirurg Leon auf die Schulter.

»Ich muss los«, sagte Leon und sah auf seine Uhr. »Kann ich noch irgendwas für Sie tun?

»Nein danke«, sagte Baladure und strich mit der Hand über die Kühlerhaube des alten Peugeot. »Das waren noch Autos.«

Leon sah zu dem weißen Range Rover, der nur zwei Parkbuchten weiter stand. Allein die superbreiten Reifen auf den chromblitzenden Felgen hatten wahrscheinlich mehr gekostet als sein alter Peugeot. Und natürlich prangte auf der Heckklappe der rote Aufkleber vom *La Voile Rouge*, dem teuersten Beachclub von Saint-Tropez.

»Ach ja, da wäre eine Sache«, Baladure sah zu Boden und schubste mit seinen nagelneuen Tods ein paar Kiesel zur Seite. »Möglich, dass Sie der Klinik, also meiner Abteilung, helfen könnten.«

»So …?«, Leon sah ihn fragend an.

»Es geht um Madame Martin. Eine vierzigjährige Patientin. Brustvergrößerung. Sie ist ganz plötzlich kollabiert, nichts mehr zu machen. Das war heute Morgen.«

»Und was kann ich da tun?«

»Die Familie wünscht eine Obduktion. Sie wissen doch, wie die Leute sind, wenn so etwas passiert. Sie rufen: Kunstfehler. Und sie suchen einen Schuldigen.«

»Und was erwarten Sie da von mir?«

»Nichts, mon frère. Gar nichts. Ich wollte Ihnen nur sagen, dass da etwas auf Sie zukommt.«

»Danke«, sagte Leon.

Er stieg in seinen Wagen, startete den Motor und fuhr davon.

Hatte dieser Baladure gerade versucht, mit ihm ein Untersuchungsergebnis abzusprechen? Dieser Mann war einfach unglaublich.

Leon bog auf die vierspurige Nationalstraße 83 ein und fuhr in Richtung Osten nach Le Lavandou. Er würde zu spät zur Besprechung in der Gendarmerie kommen.

Kapitel 9

Lilou hatte ihre Schulbücher mit einem alten Gürtel zusammengeschnallt, den sie cool über der Schulter trug. Neben ihr kam ihre Freundin Ingrid aus dem Schulgebäude. Sie lief zu Lilou und hängte sich bei ihr ein.

»Lust, eine zu rauchen?«, fragte Lilou frech.

»Hier direkt vor der Schule?« Ingrid sah sich um, ob unter den Gymnasiasten irgendwo ein Lehrer war.

»Schon gut, war nur ein Scherz.« Lilou klang nervös.

»Was ist los mit dir?«

»Wieso? Nichts, gar nichts.«

»Du bist vorhin in Mathe so eigenartig gewesen.«

»Weil ich's nicht kapiere. Zehn Monate bis zum Bac, und ich kapier kein Wort.«

»So schwer ist es auch wieder nicht.«

»Für dich vielleicht. ›Bestimme rechnerisch den Inhalt der Fläche, die der Graph von f einschließt.‹ Muss ich so was später wirklich mal wissen? Ich meine, im richtigen Leben?«

»Nicht so viel grübeln, lernen«, sagte Ingrid.

»Danke, toller Rat. Appetit auf ein paar ungesunde Pommes mit Ketchup?«

»Denk dran, wir haben gleich noch Geschichte.«

»Du bist der fleißigste Mensch, den ich kenne.«

»Aber langweilig, wolltest du das sagen?«

Lilou gab ihrer Freundin einen liebevollen Knuff auf den Oberarm.

Im nächsten Augenblick bemerkte Ingrid den gelben Porsche Cabrio, der an den Bürgersteig herangefahren kam. Der Fahrer war um die vierzig. Dichte schwarze, vom Fahrtwind zerzauste Haare. Die braunen Augen standen ganz leicht schräg, was seinem Blick etwas Nachdenkliches, beinahe Trauriges gab. Am Arm trug er eine teure Uhr. Der Mann winkte zu den Mädchen herüber.

»Kennst du den?«, fragte Ingrid neugierig.

Lilou blickte sich um, sah den Mann in seinem Cabriolet, und ein Strahlen ging über ihr Gesicht.

»Georges«, rief Lilou und winkte ihm zu.

»Hallo, meine Schöne«, sagte der Porschefahrer mit einem butterweichen Säuseln in seiner Stimme. Er stoppte den Wagen neben den Mädchen.

Lilou lief um das Cabriolet herum, beugte sich hinunter zu Georges und gab ihm einen Kuss auf den Mund.

»Willst du mir nicht deine Freundin vorstellen?«, fragte er.

»Ja natürlich. Das ist die schlaue Ingrid«, erwiderte sie mit theatralischer Handbewegung. »Und das ist Georges.«

»Ich dachte, ich hol dich ab und lad dich zum Lunch ein.«

»Wirklich? Das wäre toll.«

»Nur toll?«

Lilou kicherte und küsste ihn noch einmal.

»Das wäre super, großartig und sensationell«, meinte sie.

»Klingt schon viel besser.«

»Magst du nicht mitkommen«, fragte Georges Ingrid.

»Ja, komm doch mit«, sagte Lilou.

»Du weißt, dass wir noch Geschichte haben«, Ingrid tippte auf ihre Uhr.

»Robespierre und die Französische Revolution, ich weiß«, seufzte Lilou.

»Du musst dich entscheiden: zurück zu Robespierre oder Lunch am Strand!«, sagte Georges.

Wortlos umrundete Lilou den Wagen, öffnete die Beifahrertür und stieg ein.

»Nee, oder jetzt?«, sagte Ingrid mehr verblüfft als gekränkt.

»Gute Entscheidung«, meinte Georges.

Lilou winkte ihrer Freundin zu, während der Porsche in Richtung Strand davonfuhr.

Kapitel 10

Als Leon die Wache der Gendarmerie Nationale in der Avenue André del Monte betrat, war es auffällig ruhig im Eingangsbereich. Der wachhabende Beamte sah von seinem Magazin über Hochseefischerei auf, erkannte Leon und drückte einen Knopf. Mit deutlichem Summen gab der Schließmechanismus die Eingangstür frei.

»Bonjour«, sagte Leon, »ich muss zu Commandant Zerna.«

»Bonjour, Docteur. Sind schon alle im Besprechungszimmer.« Er deutete mit dem Daumen über seine Schulter nach hinten in den Gang.

»Danke«, sagte Leon.

Der Beamte hob kurz die Hand und widmete sich weiter seiner Zeitschrift.

Der Besprechungsraum war gestopft voll. Auch Beamte von Abteilungen, die nicht mit den Ermittlungen im Fall des »Jungen vom Strand«, wie er inzwischen hieß, betraut waren, hatten sich in den Raum gedrängt. Für Leon, den hier alle kannten, wichen die Polizisten respektvoll zur Seite und bildeten eine Gasse. Schließlich stand Leon vor Zerna, der wie immer am Kopfende des Tisches saß. Hinter sich die große Wandkarte, die ganz Le Lavandou zeigte. Mit diesem Plan an der Wand erinnerte Zerna ihn immer an einen kleinen König, der sein viel zu großes Reich bewachen musste.

Zerna stand nicht auf, um Leon zu begrüßen. Zum einen wollte er klarmachen, wer hier das Sagen hatte. Zum anderen wollte er sich nicht neben Leon stellen müssen, der den Polizeichef um beinahe einen Kopf überragte.

»Schön, dass Sie es doch noch einrichten konnten«, ätzte Commandant Zerna.

»Ich dachte mir, dass Sie an den neuesten Untersuchungsergebnissen interessiert sind«, meinte Leon ungerührt.

Er setzte sich auf den Stuhl, den Isabelle für ihn frei gehalten hatte. Zerna entging nicht, wie Isabelle kurz ihre Hand auf Leons Arm legte, als er neben ihr Platz nahm. Der Polizeichef hatte es Isabelle nie verziehen, dass sie sich nach ihrer Scheidung gegen ihn und für Dr. Leon Ritter entschieden hatte – obwohl das inzwischen schon über sechs Jahre zurücklag.

»Können wir jetzt weitermachen?«, fragte Zerna, und das Gemurmel verstummte. »Also, für alle, die jetzt erst gekommen sind«, er sah demonstrativ zu Leon. »Der Fundort der Leiche ist wahrscheinlich nicht der Tatort. Vorausgesetzt, das Kind wurde tatsächlich ermordet.«

»Wurde es, daran besteht kein Zweifel«, sagte Leon.

»Stellt sich also zunächst die Frage, wie der tote Junge an den Strand gekommen ist.« Zerna sah den Rechtsmediziner an.

»Vielleicht hat ihn jemand in den Kanal geworfen?«, meldete sich Masclau. »Es gibt hier so einige Leute, die halten mit dem Auto an der Straße und werfen dann ihren Müll in den Kanal. Sie glauben nicht, was wir da schon rausgeholt haben. Einmal hatten wir einen halben Thunfisch in einem alten Kühlschrank …«

»Danke, das langt, Lieutenant«, unterbrach Zerna den Polizeibeamten.

»Wir haben Reste von Pflanzen und Erde gefunden«, fuhr Leon fort. »Das war alles in den Tüten, in die das Opfer gesteckt wurde. Darüber hinaus haben wir an den Knien, Handballen und unter den Fußnägeln des Opfers kleine Stücke vertrockneter Pflanzenblätter gefunden. Aber auch in Mund, Ohren und Nase des Opfers.«

»Was für Pflanzen?«, fragte Masclau.

»Schwer zu sagen. Es könnten Büsche oder Gräser sein. Wir lassen das noch überprüfen.«

»Was schließen Sie daraus?«, fragte Zerna.

»Es ist möglich, dass der Tote in die Plastiksäcke gesteckt und dann vergraben worden ist, also nicht direkt in den Fluss geworfen wurde.«

»Und wieso lag er dann am Strand?«, fragte Zerna.

Leon wusste, dass es Zerna immer wieder Genugtuung verschaffte, wenn er ihm Fragen stellte, die er nicht beantworten konnte.

»Wir haben einen Untoten …«, rief ein junger Polizist und erntete Gelächter.

»Der heftige Regen der letzten Wochen könnte das Opfer aus seinem Grab geschwemmt haben«, erklärte Leon.

»Der Batailler ist über sieben Kilometer lang«, meinte Lieutenant Masclau. »Da finden wir nie die richtige Stelle.«

»Wir wissen also weder, wo er umgekommen ist, noch, wer er ist«, meinte Zerna und sah seine Stellvertreterin an. »Da habe ich Sie doch richtig verstanden?«

»Er steht weder auf den Vermisstenlisten noch auf den Fahndungslisten der letzten Wochen.«

»Dann müssen Sie bei der Suche eben weiter zurückgehen«, sagte Zerna. »Sagen wir drei oder vier Monate.«

»Ich denke, das wird nicht nötig sein«, meldete sich Leon.

»Sie haben eine Idee zu unseren Ermittlungen beizusteuern. Lassen Sie hören!«, forderte Zerna provozierend.

»Ich denke, der tote Junge ist ein Flüchtling aus Nordafrika.«

»Jetzt verraten Sie uns sicher auch noch das Heimatland?«, Zernas Frage klang spöttisch.

»Eritrea oder Tunesien. Das mittlere und südliche Afrika können wir ausschließen.«

»Was macht Sie da so sicher?«

Leon schob Zerna zwei Blatt Papier über den Tisch, auf dem deutlich sichtbar das Logo der Klinik Saint-Sulpice zu erkennen war.

»Unsere vorläufigen Untersuchungsergebnisse«, sagte Leon. »Der Junge ist maximal zehn Jahre alt. Von seiner Lungenkapazität und Muskulatur her würde ich vermuten, dass er in einer Bergregion groß geworden ist. Zum Beispiel Eritrea oder in den Ausläufern des Atlas-Gebirges. Er befand sich offenbar auf der Flucht.«

»Wie können Sie das wissen?«, hakte Zerna sofort nach.

»Ich weiß es nicht, ich vermute es nur. Der Junge hat sich vor zwei bis drei Wochen einer Appendektomie unterzogen«, er sah kurz zu Zerna. »Einer Blinddarmoperation.«

»Danke, ich weiß, was eine Appendektomie ist.«

»In diesem Fall wurde die Operation minimalinvasiv ausgeführt, sehr professionell.«

»Mini was?«, rief einer der Polizeibeamten.

»Minimalinvasiv. Dabei wird mit Spezialgerät ohne großen Schnitt durch die Bauchdecke hindurch operiert. So was ist nur in einer modern ausgestatteten Klinik möglich. Wahrscheinlich wurde der Junge hier in Frankreich operiert.«

»Dann könnte sich vielleicht der operierende Arzt an den Jungen erinnern?«, unterbrach Isabelle.

»Gute Idee. Es gibt vielleicht zwanzig Kliniken im Var, die so eine Operation durchführen können«, sagte Leon und zog einen Ausdruck aus der Akte, die er Isabelle reichte. »Ich habe die infrage kommenden schon mal zusammengestellt.«

»Danke«, Isabelle warf einen Blick darauf und reichte das Dokument an Masclau weiter. »Kennen wir den Todeszeitpunkt?«, fragte sie.

»Den körperlichen Anzeichen nach zu urteilen vor vier, maximal sechs Tagen«, sagte Leon.

»Wissen wir sonst noch was über das Kind?«

»Wir wissen, dass er gefoltert wurde«, sagte Leon.

»Wie kommen Sie darauf?«, fragte Zerna.

»Sein Körper weist ein gutes Dutzend schwere Hämatome auf, die alle von Schlägen herrühren. Und er lag auf dem Rücken, als er starb, gefesselt.«

»Sie sagen, er wurde erschossen?«

»Ja, Kaliber 32«, Leon tippte sich an seine Stirn. »Etwa hier. Ein aufgesetzter Schuss.«

»Aufgesetzt, sind Sie da sicher?«

»Wer hält denn einem Zehnjährigen die Knarre an den Kopf und drückt ab?«, sagte Masclau.

»Jemand, der das Kind zuvor schwer missbraucht hat. Wahrscheinlich über Tage«, sagte Leon.

»Aber dann in den Kopf schießen …«, sagte ein junger Lieutenant in der ersten Reihe.

»Da muss er ihm ja direkt in die Augen gesehen haben«, sagte Masclau.

Leon zögerte mit der Antwort. Er sah zu Isabelle mit einem Blick, den Polizisten haben, wenn sie den Angehörigen eines Opfers die schmerzliche Nachricht überbringen müssen.

»Ich denke, genau das war der Grund. Der Täter wollte dem Jungen in die Augen sehen, als er starb.«

Ein leises Stöhnen ging durch die Reihen der Zuhörer. Flüche und Beschimpfungen gegen einen imaginären Gegner waren zu hören, vermischt mit aufgeregtem Flüstern.

»Salaud«, fluchte Masclau. »Was für eine verdammte Drecksau tut so etwas?«

»Wir haben einen Fingerabdruck«, meldete sich Isabelle zu Wort. Er war auf der Innenseite einer der beiden Mülltüten.

»Und?«, fragte Zerna.

»Keine Zuordnung«, musste Isabelle die Kollegen enttäuschen. »Ist in keiner unserer Datenbanken.«

»Hat es je eine ähnliche Tat im Var gegeben?«, wollte Leon wissen.

»Sie meinen«, sagte Masclau, »dass jemand einem Kind die Knarre an den Kopf hält? Nein, wirklich nicht.«

»Vielleicht ein Perverser, der die Sommersaison ausnutzt«, meldete sich eine Polizistin. »Es sind viele Kinder hier, und die Leute kennen sich untereinander nicht. Jemand kommt vorbei, schnappt sich ein Kind und fertig.«

»Das wäre immerhin ein Ansatz«, meinte Zerna.

»Nein. Das war kein Täter, der eine zufällige Gelegenheit genutzt hat. Dieser Täter hat sich genau vorbereitet. Das bedeutet, er hatte Zeit, und er kennt die Gegend.«

Zerna hob die Hände und winkte ab.

»Ich weiß schon, worauf das hinauslaufen wird«, er sah Leon an, der auf die Bemerkung nicht reagierte. »Sie glauben an einen Serientäter.«

»Da bin ich mir sogar ziemlich sicher.«

»Wir haben nur einen Toten, Docteur.«

»Bis jetzt haben wir nur einen Toten. Vielleicht wurden die anderen nur besser versteckt.«

»Vielleicht. Vielleicht ist es aber auch ein einsamer Spinner.«

»Eines ist doch allen klar: Wir haben es mit einem Triebtäter zu tun. Jemand, der sich seine eigene Welt baut. Er hat einen Jungen entführt, der offensichtlich keine Familie hat. Zumindest keine, die nach ihm suchen lässt.«

»Warum das Kleid?«

»Er sucht eigentlich eine Frau. Nimmt aber den Jungen und macht ihn zu seiner Frau. Mit dem Kleid, der Schminke.«

»Vielleicht wollte er ihn nur erniedrigen«, meinte Isabelle.

»Möglich. Vielleicht hat er Angst vor Frauen. Aber eine heimliche Sehnsucht nach ihnen. Vielleicht rächt er sich auch, weil er selbst als Kind missbraucht wurde. Alles ist möglich.«

Leon sah auf seine Unterlagen und schien an dem Gespräch nicht mehr teilzunehmen.

»Monsieur Médecin légiste, haben Sie sonst noch etwas für uns?«

»Jemand, der so vorgeht wie dieser Täter, der tötet nicht zum ersten Mal. Ein solcher Täter folgt einem strengen Ritual. Einem ganz bestimmten Ablauf, an dem er intensiv gearbeitet hat. Einem Ritual, das er sich in allen Einzelheiten vorstellt und dem er über Wochen, vielleicht sogar Monate entgegenfiebert.«

»Das ist ja so was von pervers.«

»Würde mich nicht überraschen, wenn er Videos seiner Taten aufnehmen und sie ins Internet stellen würde.«

»Wie sieht es mit verurteilten Sexualstraftätern in unserer Gegend aus?«, fragte Zerna.

»Wir haben eine solche Liste. Die enthält rund fünfzehn Namen für Le Lavandou und die angrenzenden Quartiers«, sagte Lieutenant Kadir. »Wir könnten sie uns einen nach dem anderen vornehmen.«

»Was ist mit diesem Lagarde?«, fragte Isabelle.

»Nicolas Lagarde? Sitzt der nicht in der Klapse?«, fragte Masclau.

»Lagarde, der Name sagt mir irgendwas …«, meinte Zerna.

»Maler. Ganz erfolgreich sogar. Saß drei Jahre in Draguignan in der Geschlossenen«, erklärte Isabelle. »Er hatte vor Jahren einen Jungen entführt und ihn drei Tage bei sich im Keller versteckt. Allerdings hat er ihn nicht angerührt.«

»Dafür gibt es doch keine vier Jahre«, sagte Zerna.

»Es gab noch eine ganze Reihe von Einbrüchen, die auf sein Konto gingen. Kleine Boutiquen, alles in St. Maxime und Umgebung.«

»Wo sehen Sie da eine Parallele zu unserem Fall?«, wollte der Polizeichef wissen.

»Lagarde hatte ausschließlich Damenkleidung gestohlen. Größe 32.«

»Und?«, drängte Masclau.

»Würde auch einem Jungen von zehn oder zwölf Jahren passen.«

»Bei seinem letzten Einbruch hat ihn die Besitzerin erwischt. Da hat er sie brutal zusammengeschlagen. Sie lag eine Woche in der Klinik.«

»Sympathischer Zeitgenosse«, sagte Zerna. »Reden Sie mit diesem Lagarde zuerst. Aber nehmen Sie Lieutenant Masclau mit.«

Kapitel 11

Der Place de Massillon in Hyères war voller Touristen. Schwitzend und schnaufend drängten sich die Besucher vorwärts. Zwischendurch blieben sie kurz stehen, um ein Selfie zu machen und sich dann wieder vom Besucherstrom mitziehen zu lassen. Es gab jedoch jemanden auf diesem Platz, der sich wenig für die Mauern aus dem 12. Jahrhundert zu interessieren schien. Dieser Mann hatte sich in den Schatten der Markise vor die Brasserie *Le bon coin* gesetzt. Mit seiner dunklen Sonnenbrille, dem Strohhut und dem Reiseführer vor sich auf dem Tisch hätte er durchaus einer der zahllosen Touristen sein können. Aber der Mann wirkte nicht müde oder in irgendeiner Weise vom Sightseeing erschöpft. Ganz im Gegenteil, sein Leinensakko sah aus, als wäre es eben noch gebügelt worden. Es war nicht ersichtlich, wofür sich der Mann interessierte. Die dunklen Brillengläser verhinderten, dass man seinem Blick begegnen konnte. Sonst hätte man gesehen, dass seine Augen starr auf einen Punkt fokussiert waren: auf die Pharmacie auf der gegenüberliegenden Straßenseite. Das Geschäft war neu, und das moderne Design schien so gar nicht zu den alten Ladenfassaden der übrigen Geschäfte zu passen. Diese Apotheke war unter dem Gesichtspunkt der Zweckmäßigkeit konzipiert worden. Es war kein Gebäude, an das man auch nur einen zweiten Blick vergeudete, aber es war gut besucht.

Nur der Mann mit dem Strohhut und der Sonnenbrille schien sich ausschließlich für diese Apotheke zu interessieren. Nicht für die schönen alten Häuser, die den Platz säumten, die schmalen Treppen, die Brunnen. Nicht für die Église Saint-Paul, die sich auf der Kuppe eines Hügels aus den mittelalterlichen Mauern herausstemmte und von der aus man einen grandiosen Blick über die Dächer der Stadt bis zum Meer hatte.

Unter weniger Besuchern wäre der Fremde vielleicht aufgefallen. Schon weil er hier den Nachmittag verbrachte und keine prall gefüllte Einkaufstüte an seinem Korbstuhl lehnte wie bei den Einheimischen, die vom Einkauf kamen und schnell noch einen Café Crème nahmen. Der Mann war hier, weil er eine Schuld begleichen wollte. Weil er etwas versprochen hatte, und an Versprechen hielt er sich. Aber da war noch etwas. Etwas, das stärker war als jede Moral und das so alt und archaisch war wie die Geschichte der Menschheit: der Jagdtrieb. Dieser Trieb ließ ihn alles andere vergessen, er spürte keinen Hunger und keinen Durst. Den Cappuccino auf dem Tisch hatte er nicht angerührt. Der Mann hatte einmal gelesen, dass Leoparden auf der Jagd stundenlang verharren konnten, ohne auch nur einen Muskel zu bewegen, um ganz plötzlich zuzuschlagen und den tödlichen Biss in das Genick ihrer Beute zu schlagen. Das hatte ihn fasziniert. Warten konnte er gut.

In diesem Augenblick öffnete sich die Tür, und der Apotheker, ein gepflegter Mann um die fünfzig, im hellgrauen Sommeranzug, trat auf die Straße.

»Bonjour, Monsieur Bayrou«, begrüßte ihn eine Frau im Vorbeigehen.

»Bonjour, Madame Walèz«, der Apotheker deutete eine winzige Verbeugung an.

»Wir haben wieder die Wildschweinpastete, die Sie so gerne mögen«, sagte die Frau.

»Merci, Madame. Ich komme vielleicht später bei Ihnen vorbei«, Bayrou hob kurz die linke Hand, aber die Frau war bereits zwischen den Touristen verschwunden.

Als Monsieur Bayrou die Straße hinauflief, legte der Mann im Café sechs Euro auf den Tisch und folgte ihm. Er beobachtete ihn genau. Keine Frage. Das war der Mann, den er suchte. Er war auf der richtigen Spur. Es war der Gang, der den Apotheker verriet. Dieses leichte Hinken, das Monsieur Bayrou nicht verbergen konnte, auch wenn er sich noch so sehr anstrengte. Egal, ob er zum Golfen ging oder mit dem Rennrad durch das Massif des Maures fuhr. Das Hinken würde ihn verraten. Der Mann aus dem Café beschleunigte seine Schritte und folgte ihm.

Kapitel 12

Die Autobahn A57 führte mitten durch das provenzalische Hinterland und war jetzt am späten Nachmittag wenig befahren. Leon liebte die Strecke, die an Wäldern von Korkeichen und Pinien entlangführte und deren Straßenränder von geradezu verschwenderischen Mengen rosafarbenen Oleanders gesäumt wurden. Die Straße führte kerzengerade durchs Land, hob und senkte sich gelegentlich, der Topografie folgend. Wenn sie nach Pierrefeu-du-Var ihren höchsten Punkt erreichte, schien der Blick über das Land grenzenlos. An klaren Herbst- oder Frühlingstagen, wenn der Mistral die Luft sauber blies, konnte man bis zu den schneebedeckten Alpes Maritimes sehen. Doch heute war die Fernsicht eingeschränkt. Das Land flirrte in der ersten Sommerhitze. Der Ginster blühte, und die Mimosen sahen aus, als hätte sie jemand mit zartgelbem Puder bestreut.

Leon verließ die Autobahn kurz hinter Carnoules. Er hatte mit niemandem über seinen kleinen Ausflug in das Hinterland gesprochen. Streng genommen griff er damit in die Ermittlungsarbeit der Polizei ein. Denn sein Zuständigkeitsbereich endete an der Tür der Rechtsmedizin, eine Tatsache, an die Polizeichef Zerna ihn nur zu gerne erinnerte. Auf der anderen Seite wurde Leon von der Klinik Saint-Sulpice bezahlt und unterstand, was die Ermittlungen anging, der Staatsanwaltschaft von Toulon. Wenn er also außerhalb seines Instituts recherchierte, befand er sich rein rechtlich in einer Art Grauzone. Aber das kümmerte ihn wenig. Er hatte einfach keine Lust, jeden seiner Schritte mit der Gendarmerie Nationale abzusprechen. Leon war es gewohnt, die Probleme allein anzugehen und nach Lösungen zu suchen. Die Zuständigkeiten konnte man auch hinterher diskutieren. Darum hatte er sich nach der Besprechung in der Gendarmerie in seinen Wagen gesetzt und war in die Hügel des Massif des Maures gefahren.

Hier oben, in der trockenen Hitze der Provence, zwischen Rosmarin und wildem Lavendel, war die Heimat der berühmten Hermann-Schildkröten. Und hier lebte auch Professor Dr. Louis Henri, ein Biologe, der Leon schon einmal mit einem Gutachten in einem Mordfall geholfen hatte. Allerdings hatte Leon ihn nie persönlich kennengelernt. Dr. Louis Henri galt als der Experte, wenn es um die Reptilien der Provence ging. Schon während seiner Zeit an der Universität von Aix waren Schildkröten die große Leidenschaft des mittlerweile emeritierten Professors gewesen. Nachdem er sich aus dem Universitätsbetrieb zurückgezogen hatte, kaufte sich Dr. Henri ein Haus im Maquis, im Buschland der Provence.

Der Grund, warum Leon sich auf den Weg in die Hügel gemacht hatte, lag neben ihm auf dem Beifahrersitz. Ein Marmeladenglas, das ein feuchtes Tuch enthielt. Darin lag das Ei, das er bei dem toten Jungen in der Mülltüte gefunden hatte.

Einige Kilometer hinter Carnoules auf einer einspurigen Landstraße hielt Leon an. Am Ast einer Korkeiche hing ein selbst gemaltes Holzschild, das die Form einer Schildkröte hatte. Darauf stand in schwungvollen Buchstaben »Paradis des Tortues«, Paradies der Schildkröten.

Leon fuhr auf einem staubigen Feldweg durch einen Wald von Steineichen. Der rote Staub der Provence wirbelte dem Auto hinterher. Nach einigen Hundert Metern öffnete sich der Wald in einer Senke zu einer weiten Lichtung, auf der ein Bauernhaus stand. Es wirkte, als wäre es aus dem Boden der Provence gewachsen. Die Mauern bestanden aus gelbbraunem Naturstein, und eine Seite war mit Efeu bewachsen. Efeu quoll auch unter den Dachpfannen hervor, und die Pergola über der Terrasse war von wildem Wein umrankt. Leon stieg aus und genoss einige Sekunden diese überraschende Idylle. Der Anblick erinnerte ihn an die Geschichten von Marcel Pagnol. Ein Platz aus einer Epoche, die da draußen in der realen Welt schon vor hundert Jahren zu Ende gegangen war.

Leon kam eine Frau entgegen, der man ansah, dass sie einen Großteil ihres Lebens in der Sonne der Provence verbracht hatte. Gesicht und Arme waren braun gebrannt und voller Runzeln und Falten. Ihre festen grauen Haare hatte sie sich zu einem Knoten gebunden. Sie sah Leon mit ihren blauen Augen an, während sie die schmutzverkrusteten Gartenhandschuhe auszog und ihm die Hand reichte.

»Bonjour, Docteur«, begrüßte sie ihn.

»Madame Henri?«, fragte Leon. Die Frau nickte.

»Louis erwartet Sie schon«, sagte die Frau. »Er ist gespannt, was Sie ihm da mitgebracht haben.«

Sie deutete auf das Marmeladenglas, das Leon wie einen kostbaren Schatz in der Hand hielt.

»Ich hoffe, ich enttäusche ihn nicht«, sagte Leon mit einem Lächeln.

»Bestimmt nicht. Gehen Sie immer den Pfad entlang.« Die Frau deutete auf einen schmalen Weg, der zwischen gemauerten Gehegen verschwand. »Sie finden ihn gleich bei der Hütte mit den Hermann-Schildkröten.«

Leons Gesichtsausdruck zeigte eine Mischung aus Neugier und Ahnungslosigkeit.

»Keine Sorge«, sagte Madame Henri. »Einfach geradeaus gehen. Hier ist noch keiner verloren gegangen.«

Leon folgte dem Pfad, der von brusthohen Mauern begrenzt wurde. Vor ihm huschten Smaragdeidechsen über die warmen Steine. Von Schildkröten war allerdings nichts zu sehen. Erst als Leon stehen blieb, erkannte er, dass einige der faustgroßen Steine um ihn herum sich bewegten. Fasziniert beobachtete er, wie die Schildkröten an den frischen Blättern zupften, die aus den Maschen eines Drahtkorbs ragten.

»Testudo hermanni«, sagte eine Stimme hinter Leon. »Die Hermann-Schildkröte.«

»Professor Henri, wie ich vermute.« Leon wandte sich um und reichte dem Mann mit dem ausgebleichten Fischerhut und den weißen buschigen Augenbrauen, die wie kleine Wolken in seinem Gesicht schwebten, die Hand. »Leon Ritter.«

»Sie sind der Médecin légiste aus Le Lavandou«, sagte der Professor und deutete auf die Schildkröten im Gehege. »Ist es nicht faszinierend, wie geschickt sie sich bewegen? Ich kann mich jeden Tag aufs Neue darüber freuen.«

Leon beobachtete eines der behäbigen Tiere, das sich an der Wand auf den Hinterbeinen aufrichtete, um frischen Salat aus dem Drahtkorb zu ziehen.

»Das hätte ich dem Tier gar nicht zugetraut«, sagte Leon.

»Schildkröten werden oft unterschätzt«, sagte der Professor. »Die kleineren Exemplare können sogar klettern.«

»Schildkröten klettern?«

»Sie haken sich mit ihren scharfen Krallen in die Spalten und Fugen der Mauern ein und ziehen sich Zentimeter für Zentimeter nach oben. Ich habe gesehen, wie sie meterhohe Mauern überwunden haben. Auf der anderen Seite lassen sie sich dann einfach herunterfallen.«

»Riskante Technik«, sagte Leon.

»Stimmt. Manche kommen nicht mehr auf die Füße, liegen auf dem Rücken und vertrocknen jämmerlich. Früher gab es sie in diesem Gebiet zu Zehntausenden. Aber die zunehmende Bebauung und vor allem die heftigen Waldbrände der letzten Jahre haben den Bestand stark dezimiert.«

Erst jetzt fiel Leon auf, dass der Forscher etwas gebückt ging und ständig zu Boden sah. Dabei setzte er seine Schritte behutsam und gezielt.

»Wenn man direkt nach dem Schlüpfen auf die kleinen Schildkröten tritt, gehen sie kaputt«, warnte er Leon.

Professor Henri hielt einen Stock in der rechten Hand, dessen Griff aus der Wurzel eines Weinstocks geschnitzt war. Durch seine gekrümmte Haltung musste er zu Leon ein wenig nach oben sehen, was ihn aber nicht zu stören schien.

»Sie haben etwas mitgebracht?«, fragte Henri.

Leon hielt ihm das geöffnete Marmeladenglas hin. Der Professor nahm es vorsichtig in die Hand. Er drehte es so, dass er das Ei darin erkennen konnte.

»Hm, hm«, Monsieur Henri nickte mit dem Kopf, wobei er Leon ein wenig an die Schildkröte erinnerte, die nebenan an dem Salatblatt schnupperte. »Kommen Sie, gehen wir in mein Labor.«

Leon folgte seinem Gastgeber zu einer Holzhütte, die eine kleine Terrasse mit einem Schatten spendenden Vordach besaß. Auf dem Tisch standen eine Thermoskanne und zwei Gläser.

»Setzen Sie sich doch«, der Professor öffnete die Thermoskanne. »Meine Frau hat uns einen Eistee gemacht. Wollen Sie einen?«

»Gerne«, sagte Leon.

Der Professor goss zwei Gläser voll. Dann breitete er ein Tuch auf dem Tisch aus und nahm vorsichtig das Ei aus dem Marmeladenglas. Er hielt es kurz gegen die Sonne, dann legte er es vorsichtig auf den Tisch.

»Emys trinacris«, sagte er. »Sizilianische Sumpfschildkröte. Sind relativ selten bei uns hier an der Küste. Wo haben Sie das gefunden?«

»Es steckte in einer Plastiktüte, in der jemand ein Kind vergraben hat«, sagte Leon.

Der Professor sah ihn überrascht an.

»Für Ihren Beruf braucht man wirklich gute Nerven.«

»Man ist nicht mehr so leicht zu überraschen«, antwortete Leon. »Das ist wahr.«

»Tote Kinder, ich glaube nicht, dass ich mich daran gewöhnen könnte.«

»Ich auch nicht«, sagte Leon.

Die beiden Männer betrachteten sekundenlang das fleckige Ei, das wie die Miniaturausgabe eines Hühnereis vor ihnen auf dem Tisch lag.

»Wie kann ich Ihnen helfen, Docteur?«

»Wir fragen uns, wie der Tote dorthin gekommen ist, wo wir ihn gefunden haben. Wo würde eine Sumpfschildkröte ihre Eier ablegen, Professor?«

»In feuchtem, schattigem Boden, dort, wo er von der Sonne aufgeheizt wird.«

»So eine Art Brutkasten, meinen Sie?«

»Ganz genau. Kontinuierliche Wärme und feuchter Boden bieten ideale Voraussetzungen für einen Brutplatz.«

»Wie sieht es mit Wasser aus?«

»Wasser ist lebensnotwendig, nicht, weil die Tiere so durstig wären, sondern weil sie ohne Wasser nicht schlucken können. Wir kauen und schlucken. Sumpfschildkröten haben diese Möglichkeit nicht. Sie nehmen einen Happen ins Maul und schwimmen dann ein kurzes Stück mit offenem Maul. Damit ihnen das Wasser die Nahrung direkt in den Magen spült.«

»Ich bevorzuge zum Runterspülen meiner Mahlzeit einen kühlen Rosé«, Leon grinste.

»Das unterscheidet uns von den Schildkröten«, der Professor lachte. »Ansonsten sind sie der Natur weit besser angepasst als wir. Darum gibt es sie auch schon seit Millionen von Jahren auf der Erde.«

»Wie kann ich den ursprünglichen Brutplatz von diesem Ei finden?« Leon stupste mit der Fingerspitze gegen das Schildkrötenei auf dem Tisch.

»Da könnten Sie Glück haben. Sumpfschildkröten bleiben gerne im gleichen Revier. Das sind vorzugsweise Tümpel und kleine Wasserläufe mit wenig Strömung.«

»Kennen Sie vielleicht diese Stellen, Professor?«, in Leon meldete sich der Rechtsmediziner.

»Wo genau haben Sie den Toten gefunden?«, der Professor griff zu dem dicken Notizbuch, das zusammen mit einem Bleistift auf dem Tisch lag. Der Einband war zerschrammt und die Seiten von Staub und Feuchtigkeit aufgequollen. Ohne Kommentar legte er es vor sich hin und zog eine Hornbrille aus der Hemdtasche, die mit einem Stückchen Klebeband am Bügel repariert war.

»Der Tote lag am Strand von Le Lavandou.«

»Das ist eigentlich unmöglich«, sagte Professor Henri. »Das Salzwasser hätte die Schale zerstört.«

Er öffnete die Schublade des Arbeitstisches und zog eine Michelin-Karte hervor, der man ansah, dass sie schon hundertmal auseinander- und wieder zusammengefaltet worden war. Er breitete die Karte aus.

»Ich vermute, dass der Regen die Leiche aus den Hügeln heruntergeschwemmt hat«, sagte Leon und tippte auf die Karte. »Möglicherweise über einen der Überflutungskanäle.«

»Hat der Kanal einen Namen?«

»Batailler.«

»Den kenne ich.« Der Professor griff zu seinem Notizbuch.

»Ist das nicht in der Nähe von einem Weingut: l'Angueiroun?«

»Richtig.« Leon inspizierte die Karte und deutete auf eine Stelle. »Das ist hier am Rand. Waren Sie mal dort?«

»Nein, aber ich bekomme regelmäßig Meldungen von Schildkröten-Freunden, wenn irgendwo neue Populationen gesichtet wurden.«

»Warten Sie ... Emys trinacris ...«, der Professor blätterte und fuhr mit den Fingern die Zeilen entlang. Dann blieb der Finger stehen. Monsieur Henri sah genauer hin.

»Haben Sie was gefunden?«

»Ja, hier. Ein Eintrag aus dem letzten Jahr. Eine Sichtung von fünf Sumpfschildkröten im Batailler. Knapp einen Kilometer südöstlich vom Weingut l'Angueiroun.«

»Ich suche eine Stelle, an der jemand die Leiche eines Kindes begraben haben könnte«, Leon betrachtete die Karte im Maßstab 1:25 000.

»Das kann ich nicht beurteilen.« Der Professor nahm die Brille wieder ab. »Aber für die Schildkröte muss das Gelände sumpfig und der Boden daher weich sein. Hier zum Beispiel oder dort oder da.« Er machte ein paar Kringel mit dem grünen Marker auf der Karte. »Wenn Sie möchten, könnte ich ja diese Leute anrufen und mir die Brutstelle genauer beschreiben lassen.«

»Das wäre natürlich sehr nett, wenn es keine Umstände macht.« Leon deutete auf das Ei. »Wird daraus eines Tages wirklich eine Schildkröte schlüpfen?«

»Ich werde mal sehen, was ich tun kann.« Der Professor nahm das Ei noch einmal vorsichtig zwischen die Fingerspitzen und betrachtete es. »Wir haben hier eine Brutanlage. Ich denke, es dauert noch etwa vierzig Tage.«

»Sie haben mir sehr geholfen.«

»Immer gerne. Bitte nehmen Sie die Karte mit.«

»Danke, ich bringe sie Ihnen wieder. Zusammen mit einer Flasche Rosé, als Leihgebühr.«

»Ich werde es nicht vergessen«, sagte der Professor. »Wenn ich noch etwas erfahren sollte: Ich habe ja Ihre Telefonnummer.«

Kapitel 13

Das *Atelier de Couture Olivier*, die alteingesessene Maßschneiderei in der engen Rue Portalet, existierte bereits seit 1930, wie ein Schild über dem Eingang selbstbewusst verkündete. Dabei gab es hier, mitten im Herzen der Altstadt von Hyères, für eine Schneiderei kaum noch etwas zu verdienen. Es kam keine Laufkundschaft mehr. Die Frauen gaben ihre alten Röcke in die Kleidersammlung, wenn sie zu eng geworden waren. Die meisten Männer trugen Jeans und die so lange, bis ihre Frauen sie wegwarfen. Die wenigsten kamen heute noch auf die Idee, einen verlorenen Knopf an ein Hemd zu nähen oder einen Hosenbund auszulassen. Man warf Gebrauchtes weg und kaufte etwas Neues.

Pascale Olivier strich sich mit seinen gepflegten Händen vorsichtig über den Kopf. Er hatte in den letzten zehn Jahren eine Menge Haare lassen müssen. Angst vor der Zukunft und ein schlechtes Gewissen nagten an ihm. Nicht alle Haare waren vom Schwund betroffen, natürlich nicht. Aber unübersehbar waren die Geheimratsecken, die größer und größer wurden. Und da war die verräterische lichte Stelle hinten auf dem Kopf. Der Schneider stand vor dem großen Atelierspiegel und hatte den Kopf nach vorne gebeugt wie ein armer Sünder, während er gleichzeitig versuchte, mit einem Handspiegel den Flurschaden zu erkunden,

den das langsam schwindende Testosteron auf seinem Haupt zurückgelassen hatte.

»Pascale«, rief eine Frauenstimme, »du wolltest mir doch den Malventee bringen. Wenn du so lange wartest, wird er kalt.«

»Ich bin ja gleich da«, rief er leicht genervt und dann halb laut zu sich selber. »Dann bekommst du ihn eben so heiß, dass du dir das Maul daran verbrennst.«

»Hast du etwas gesagt?«

»Der Tee kommt gleich, meine Liebe.«

Über zwanzig Jahre war er mit dieser Frau zusammen. Sicher, sie hatte ihm auch manches Mal geholfen. Besonders damals vor vier Jahren, als plötzlich alles auf der Kippe stand und es so aussah, als wäre sein ganzes Leben ein einziger gewaltiger Scherbenhaufen. Pascale Olivier atmete tief durch und versuchte, an etwas anderes zu denken. Er zupfte die Dekoration im Schaufenster zurecht. Zum Glück hatte sein Vater dieses Geschäft in den Sechzigerjahren gekauft, sodass sie sich zumindest keine Sorgen um die Miete machen mussten. Aber wenn er näher darüber nachdachte, wusste Monsieur Olivier, dass ein Schneiderbetrieb heutzutage ein auslaufendes Geschäftsmodell war, eindeutig Old School. Die wohlhabende Kundschaft wurde immer verwöhnter und kaufte lieber völlig überteuerte Kleidung von der Stange bei berühmten Labels wie Chanel oder Gucci, statt ihre Kleidung bei ihm in Handarbeit fertigen zu lassen. Die jungen Kundinnen hatten schon lange ihre ganz eigene Mode, bei der die neuen Trends schneller wechselten als die Jahreszeiten. Blieben nur noch ganz wenige wohlhabende Menschen, die sich ihre Garderobe gerne etwas kosten ließen, weil sie noch echte Qualität schätzten. Ein Jackett von Olivier konnte über viele Jahre, sogar Jahrzehnte getragen werden, dachte Pascale und zupfte sich einen Fussel von der makellosen Weste. Aber es gab noch eine ganz andere Klientel, die sich bei Olivier einkleiden ließ und die für regelmäßigen Umsatz sorgte – Gott sei Dank.

Bei der Maßschneiderei in der Rue Portalet stand die katholische Kirche ganz oben auf der Kundenliste. Egal, ob Soutane, Kollarhemd oder Priesterrock, bei Monsieur Olivier bekamen die Männer der Kirche nicht nur die beste Qualität, sondern man sah ihr auch an, woher sie stammte. Die Stücke aus seinem Atelier waren so beliebt, dass Monsieur Olivier sogar schon für den Vatikan arbeiten durfte. Natürlich verarbeitete Meister Olivier nur allerbeste Stoffe.

Wer also in Zingulum, Albe oder Stola in der Kirche vor seine Gemeinde trat, musste sich keine Gedanken machen, ob er korrekt gekleidet war, wenn er sich bei Olivier ausstatten ließ. In den nächsten Tagen stand sogar eine Bischofsweihe bevor. Natürlich hatte Pascale Olivier für die richtige Bekleidung gesorgt. Heute würde der Dekan persönlich zu ihnen zu einer letzten Anprobe kommen.

»Was ist jetzt mit meinem Tee?«, jammerte die Frauenstimme. »Willst du mich quälen?«

»Nein, meine Liebe«, der Schneider wedelte mit der flachen Hand über eine dampfende Tasse. »Ich bin gleich bei dir.«

»Ich habe Kopfweh, und du weißt, ich kann nicht arbeiten, wenn ich keinen Tee habe.«

»Ich weiß, chérie.«

»Und sieh nach, ob die Post schon da war.«

Monsieur Olivier bückte sich und sammelte die Briefe ein, die durch den Schlitz in der Eingangstür auf den Boden gefallen waren. Rechnungen und Reklame, dachte er, wie immer. Da fiel ihm ein Briefumschlag auf, der nur seinen Namen trug, handgeschrieben. Keine Adresse, keine Briefmarke. Jemand musste den Umschlag direkt durch den Briefkastenschlitz geschoben haben.

Monsieur Olivier riss den Umschlag auf und zog eine Postkarte heraus. Es war der Ausschnitt aus einem Gemälde von Hieronymus Bosch, der »Versuchung des heiligen Antonius«. Eine Mischung aus Teufeln und abartigen Fantasiegestalten tobte über die Postkarte. Auf der Rückseite hatte jemand wenige Zeilen sorgfältig mit der Hand geschrieben:

»Wenn dich aber dein rechtes Auge verführt, so reiße es aus und wirf es von dir. Es ist besser für dich, dass eines deiner Glieder verderbe und nicht der ganze Leib in die Hölle geworfen werde.

– Matthäus 5.29«

Pascale Olivier war wie gelähmt. Er betrachtete die Worte, als wären sie Flammenzeichen an der Wand, und er spürte, wie ihm heiß wurde. Dann wurden ihm die Knie weich, und er musste sich auf einen Stuhl setzen.

»Was ist denn jetzt mit meinem Tee?«, rief seine Frau aus dem Büro herüber.

Pascale Olivier antwortete nicht, starrte nur stumm auf die Schneiderpuppen in der Ecke.

Der Tag der Abrechnung, dachte der Schneider. Die Reiter der Apokalypse, jetzt hatten sie ihn.

Kapitel 14

Isabelle und Masclau hatten den weiteren Weg rund um die kleine Gemeinde Bormes-les-Mimosas herum und nicht direkt durch das Zentrum gewählt. Ihre Aufgabe war etwas heikel. Denn der Maler Nicolas Lagarde galt als schwierig, gelegentlich auch aggressiv, besonders, wenn man ihn mit irgendetwas bedrängte. Lagarde wohnte schon seit zwanzig Jahren am Ortsrand von Bormes-les-Mimosas in dem Haus am Boulevard des Amandiers. Er lebte zurückgezogen in einem verwinkelten Gebäude, dessen Grundmauern angeblich noch aus dem 14. Jahrhundert stammten. Neben dem alten Haus mit den meterdicken Mauern gab es noch einen Anbau. Eine Werkstatt, die noch sein Vater gebaut hatte. Lagarde hatte inzwischen die Werkstatt zu seinem Atelier gemacht. Zum Glück hatte sein Vater das Dach in Richtung Norden mit großen Oberlichtern versehen, die man über Drahtseile und eine simple Mechanik zur Seite schieben konnte. Das hatte im Sommer den Vorteil, dass sich die Hitze nicht unter dem Dach anstauen konnte und die großen Nordfenster stets für gleichmäßiges Licht ohne störende Sonnenstrahlen sorgten.

In dieser Werkstatt saß Nicolas Lagarde und malte. Die meisten seiner Nachbarn ertrugen den »verrückten Nicolas«, wie er genannt wurde. Aber es gab auch Menschen in Bormes und Umgebung, die ihn am liebsten für immer in einer Nervenklinik gesehen hätten. Besonders, nachdem er seine Zeit in der geschlossenen Abteilung der Psychiatrischen Klinik von Draguignan abgesessen hatte, war die Stimmung gegen ihn im Ort aggressiver geworden. Einigen Nachbarn galt er jetzt als vorbestrafter Kinderschänder, obgleich ihm das Gericht keine sexuellen Handlungen mit Kindern hatte nachweisen können. Dafür war er für die Entführung eines Elfjährigen verantwortlich gemacht worden. Dass das Opfer erklärt hatte, er hätte die zwei Tage freiwillig bei Lagarde verbracht, interessierte den Staatsanwalt nicht. Diese Tat, verschiedene kleinere Einbrüche und zwei Fälle von Körperverletzung hatten ihn für drei Jahre in die geschlossene Psychiatrie gebracht.

Nicolas Lagarde war ein Einzelkind. Sein Vater, ein erfolgloser Erfinder, der immer wieder irgendwo für einen Hungerlohn arbeiten musste, verprügelte Nicolas bei jeder Gelegenheit. Seine Mutter verhätschelte ihn. Seine Begabung als Maler wurde nie gefördert. In der Kunstschule in Arles war er zwar mit einem Stipendium angenommen worden. Aber bereits nach einem halben Jahr musste er die Ausbildung wieder abbrechen, weil er nach einem Streit auf den Schulleiter losgegangen war.

Nach dem Tod seiner Eltern übernahm Lagarde das Haus in Bormes. Er lebte von Malerarbeiten. Wohlhabende Pariser hatten inzwischen die meisten Häuser von Bormes gekauft und wollten sie renovieren. Der »einheimische Künstler« Nicolas Lagarde verlangte Höchstsätze für seine Arbeit, und die wohlhabenden Pariser zahlten, ohne zu fragen. In seiner Freizeit malte er Bilder, die immerhin so viel Beachtung fanden, dass er sie im Gemeindezentrum von Le Lavandou ausstellen durfte. Sie fanden sogar Erwähnung im »Var Matin«, und es gelang Nicolas, mehrere Werke zu verkaufen. Über die Interpretation eines der Bilder geriet Nicolas mit einem seiner Kunden so in Streit, dass es zu einer heftigen

Prügelei kam und die Nachbarn schließlich die Polizei alarmierten. Der Kunde musste mit Kieferbruch eine Woche in der Klinik verbringen. Von da an kaufte niemand mehr ein Bild von Lagarde. Die Leute machten einen Bogen um ihn, und Touristen blieben vor seinem Hoftor stehen und flüsterten.

Das ging so lange gut, bis Nicolas Lagarde verurteilt wurde. Lagardes Anwalt machte vor Gericht Unzurechnungsfähigkeit geltend, und der Richter schickte den Maler in eine Nervenheilanstalt. Nach einem dreijährigen Aufenthalt in der geschlossenen Abteilung war Lagarde als geheilt entlassen worden. Das war jetzt fünf Wochen her. Seitdem hatte sich vieles für ihn verändert.

Der Renault der Gendarmerie Nationale fuhr langsam die Höhe nach Bormes hinauf. Masclau saß hinterm Steuer. Isabelle blätterte durch eine schmale Akte, die sie auf ihrem Schoß liegen hatte.

»Einbruch, Diebstahl, Körperverletzung, Nötigung«, sie sah von ihren Unterlagen auf. »Lauter Kleinkram. Nichts, was für einen Triebtäter spricht.«

»Und die Entführung?«, fragte Didier Masclau vorwurfsvoll. »Er hat den Jungen achtundvierzig Stunden lang bei sich gehabt.«

»Aber er hat ihn nicht angefasst«, meinte Isabelle.

»Sagt wer?«, fragte Masclau.

»Das Entführungsopfer hat das bestätigt.«

»Ein elfjähriger Junge? Ich bitte dich.«

»Die Strafe hat er nur für die kleinen Delikte bekommen«, sagte Isabelle. »Und für eine alte Sache, die zur Bewährung ausgesetzt war.«

»Für mich hätte er in den richtigen Knast gehört.«

»Da war der Gutachter anderer Meinung.« Sie sah wieder in die Unterlagen. »Der Psychiater hat eine latente Schizophrenie bei Nicolas Lagarde attestiert. Lagarde durfte wählen: Gefängnis oder Therapie. Da er sich für eine Therapie entschieden hatte, wurde ihm seine Haft verkürzt.«

»Und was ist mit dem Augenzeugen?«

Bei Isabelle hatte sich am Nachmittag ein Augenzeuge gemeldet, der behauptet hatte, gesehen zu haben, wie »der verrückte Maler« einem Jungen am Strand von Cavalière ein Eis gekauft hatte.

»Du weißt doch, wie Augenzeugen sind, wenn es um Missbrauch geht. Da hat plötzlich jeder alles gesehen.«

»Könnte in diesem Fall aber stimmen. Der Kerl ist schließlich vorbestraft.«

»Was ihn noch lange nicht zum Täter macht.«

»Ja klar: Verbrecher sind arme Schweine, die von der Gesellschaft verstoßen werden«, sagte Masclau.

»Das ist doch Quatsch«, Isabelle ärgerte sich, dass sie überhaupt auf die Bemerkungen von Masclau einging. Aber manchmal brachte sie diese dumpfe, stockkonservative Art von Masclau auf die Palme.

»Entschuldige mal. Kommt nach drei Jahren aus der Klapse, und ein paar Tage später wird ein missbrauchtes Kind tot am Strand gefunden«, er sah Isabelle an und zog sich mit dem rechten Zeigefinger das untere Augenlid herab. »Ich bitte dich, das ist doch kein Zufall.«

»Halt hier an«, Isabelle deutete auf ein frei stehendes Haus hinter einer Mauer. »Das da vorne müsste es sein.«

»Und warum soll ich dann hier parken?«, fragte Didier.

Der Lieutenant betrachtete es als Zumutung, zu Fuß zu gehen. Wenn es nach ihm ginge, würden Streifenwagen sowieso grundsätzlich mit Blaulicht und Sirene fahren. Trotzdem hatte er brav angehalten. Schließlich war Isabelle seine Vorgesetzte, obwohl er nie verstanden hatte, warum sie und nicht er den Job des stellvertretenden Polizeichefs bekommen hatte.

»Müssen ja nicht gleich alle Nachbarn mitbekommen, dass Lagarde Besuch von der Polizei bekommt.«

»Du hast doch gehört, was er mit dem Kind gemacht hat.«

»Wir wissen doch gar nicht, ob Lagarde etwas damit zu tun hat.«

»Und das Kleid, das der tote Junge anhatte?«

Die beiden Beamten stiegen aus ihrem Einsatzwagen. Beide waren in Zivil. Sie gingen auf das Haus zu, das etwa fünfzig Meter vor ihnen an der rechten Straßenseite lag. Isabelle trug Jeans und die dunkelblaue Jacke der Gendarmerie. Nur das Abzeichen über der Brusttasche und die Pistole im Gürtelhalfter verrieten, dass sie von der Polizei war. Als die beiden das Haus erreichten, sahen sie, dass jemand auf das graue Hoftor die Worte »Tante! Salaud!!!« gesprüht hatte.

»Schwule Sau«, las Masclau vor. »Da gibt's offenbar ein paar Zeitgenossen, die nicht an seine Unschuld glauben.«

Isabelle hob den Finger zur Türklingel. Masclaus Hand ging zu seiner Waffe.

»Nicht«, Isabelle schüttelte nur den Kopf.

»Du bist der Chef«, Masclau nahm in theatralischer Geste seine Hand von der Waffe.

Isabelle hatte den Klingelknopf gedrückt, und aus dem Inneren des Hauses erklang ein elektrisches Summen. Als sich nichts weiter tat, klingelte Isabelle noch einmal.

»Was wollen Sie?«, rief jemand hinter der Tür.

»Würden Sie bitte öffnen?«, sagte Isabelle.

»Verschwinden Sie«, rief die Stimme.

Masclau wurde es zu viel. Er drückte übertrieben lang auf die Klingel.

»Gendarmerie Nationale«, rief der Lieutenant laut. »Machen Sie auf, wir müssen mit Ihnen sprechen.«

Einen Moment herrschte Stille. Dann hörte man ein leises Geräusch, als ob jemand einen Schlüssel ins Schloss steckte. Isabelle wollte gerade noch einmal klingeln, als sich die Tür öffnete.

Der hagere Mann, der da vor ihr stand, hatte ein undefinierbares Alter. Irgendwo zwischen fünfundvierzig und fünfundfünfzig Jahren. Er schien erschöpft und müde zu sein. Sein Schädel war glatt rasiert. Um seine Augen lagen dunkle Schatten.

Lagarde trug eine Jeans, die in Höhe der Knie Löcher hatte. Das hatte keine modischen Gründe, sondern lag daran, dass an diesen Stellen der Stoff der viel benutzten Hose einfach dünn geworden war. Dazu trug er ein blassblaues T-Shirt, das unter den Armen und auf der Brust dunkle Ränder von Schweiß zeigte. Lagardes Espadrilles waren ausgelatscht und voller Farbspritzer.

Entweder hatte der Mann gerade noch schwer gearbeitet, oder sie hatten ihn aus dem Bett gescheucht, dachte Isabelle.

»Monsieur Lagarde?«, fragte Isabelle, wartete aber keine Antwort ab. »Wir müssen mit Ihnen sprechen.«

»Ich muss nicht mit Ihnen reden«, sagte der Mann. »Ich kenne meine Rechte.«

»Ich will Ihnen mal was sagen ...«, Lieutenant Masclau baute sich vor dem Künstler auf.

»Schon gut«, unterbrach Isabelle ihren Kollegen. »Aber wenn wir hier draußen stehen bleiben, werden sich die Nachbarn vielleicht wundern.«

Der Maler schnaufte verächtlich. »Haben Sie gesehen, was diese Idioten mit meinem Tor gemacht haben?«

»Also, was ist jetzt?«, fragte Masclau.

»Kommen Sie rein«, brummte Lagarde in einem Ton, als hätte er »Verschwinden Sie« gemeint.

Zwei Minuten später betraten Isabelle und ihr Kollege das Atelier. Überall standen und hingen Bilder. Es waren große Formate von drei auf zwei Meter. Auf den ersten Blick zeigten sie kitschige Comicfiguren in quietschbunten Farben. Aber bei genauerem Hinsehen erkannte Isabelle, dass die Bilder übermalt waren. Der Maler hatte Lücken im Bild frei gelassen, die aussahen, als hätte jemand im Vorbeigehen die Farbe weggewischt. Darunter verbarg sich eine ganz andere Malerei. Sie war den Kirchengemälden aus der Renaissance nachempfunden und handwerklich von hoher Qualität.

Isabelle war vor einem Bild stehen geblieben, das auf einer Staffelei stand und an dem Lagarde offensichtlich gerade arbeitete.

»Warum tun Sie das?«, fragte sie.

»Was?«

»Warum übermalen Sie Ihre Bilder?«

»Der letzte Käufer, der mich das gefragt hat, ist im Krankenhaus gelandet.«

»War das eine Drohung, Monsieur Lagarde?«, sagte Isabelle unaufgeregt.

»Das können Sie sehen, wie Sie wollen.«

»Lassen Sie den Scheiß«, Masclau hatte keine Lust auf eine Unterhaltung über Kunst. »Erzählen Sie uns, was Sie gemacht haben, seit Sie die Psychiatrie verlassen haben.«

»Ich weiß, was Sie denken.« Er sah Isabelle und Masclau an. »Das tote Kind am Strand, darum geht es doch, oder?«

»Woher wissen Sie vom Kind am Strand?«, fragte Masclau lauernd.

»Ich höre Radio«, er deutete auf ein altes Kofferradio, das farbverspritzt auf einem Stuhl stand.

»Wissen Sie, wer da gefunden wurde?«, fragte Isabelle.

»Nur, was die im Radio gesagt haben«, antwortete Lagarde. »Dass sie keine Ahnung haben, um wen es sich handelt. Oder wissen Sie was Neues?«

Als er das sagte, bemerkte Isabelle ein stilles Lächeln im Gesicht des Malers. Gab es etwas, das er ihnen vorenthielt? Lagarde hatte ganz recht, es gab bisher keine Spur, die in das Atelier des Künstlers führte. Er war nur einer der »üblichen Verdächtigen«, wie es immer so schön hieß.

»Aber Sie wissen es, richtig?«, fragte Masclau.

»Was soll ich wissen?«

»Scheiße, um wen es sich handelt, natürlich.«

»Versuchen Sie nicht, sich mit uns anzulegen, Lagarde.«

Isabelle merkte, wie ihr Kollege innerlich kochte.

»Schon gut, Masclau«, sagte sie. »Vielleicht kann uns Monsieur Lagarde ja irgendetwas über den Jungen sagen?« Sie sah den Maler an, der angefangen hatte, mit einer kleinen Farbrolle ein Bild mit weißer Farbe zu übermalen. Es handelte sich um eine Darstellung von nackten Männern und Frauen, die von einem Strudel in den Abgrund gezogen wurden.

»Wer war der Junge, mit dem Sie sich letzte Woche getroffen haben?«

»Welcher Junge? Hab mich mit niemandem getroffen.«

»Der, mit dem Sie am Strand von Cavalière waren und dem Sie ein Eis gekauft haben.«

»Wer sagt das?«

»Wir haben einen Zeugen, der Sie gesehen hat«, sagte Masclau.

»War das der kleine Junge, den wir am Strand gefunden haben?«, fragte Isabelle.

»Keine Ahnung, ich erinnere mich nicht. Ich schenke Kindern gerne mal ein Eis. Ist doch nichts dabei.«

»Nein. Ist nichts dabei«, sagte Isabelle. »Sie wissen, dass Sie sich von Schulen und Spielplätzen fernhalten müssen?«

»Was soll das denn jetzt?« Lagardes Stimmung schien von einer auf die andere Sekunde zu kippen. »Alle wollen was von mir. Scheiße, ich war krank. Krank, verstehen Sie? Und jetzt bin ich gesund. Ich bin kein Monster, auch wenn die Idioten da draußen das glauben.«

»Und wie war das mit dem Jungen, den Sie sich geschnappt haben? Was ist da gelaufen?«

»Ach, halten Sie doch das Maul.«

»Wir können Sie auch mit aufs Revier nehmen.«

»Was ist los mit Ihnen? Wollen Sie mich provozieren? Können Sie haben. Können Sie gerne haben. Von so einem kleinen Bullen wie Ihnen lasse ich mich doch nicht anscheißen.«

»Wissen Sie was?« Masclau hatte mit einem kurzen Griff die Handschellen von seinem Gürtel gelöst. »Ich nehm Sie fest wegen Bedrohung eines Polizeibeamten.«

»Einen Scheiß werden Sie tun«, Lagarde machte einen Schritt auf Masclau zu.

Masclau wollte ausholen, doch Lagarde war schneller und versetzte dem Polizisten einen Stoß, der ihn taumeln ließ.

»Hast du gesehen, was er gemacht hat? Hast du das gesehen?«, Masclau war außer sich.

»Ich nehm Sie fest, Sie verdammtes Arschloch.«

»Hör auf, Didier«, sagte Isabelle. »Und Sie gehen einen Schritt zurück.«

»Das hier ist mein Haus.«

»Jetzt sofort«, Isabelles Stimme war klar und kontrolliert. Sie griff zu ihrem Handy. »Oder ich hole Verstärkung. Ihre Nachbarn werden die Show genießen.«

»Ich lass mich doch von so einem nicht vorführen«, Masclau kochte.

»Vorsicht, sonst haben Sie gleich auch noch eine Dienstaufsichtsbeschwerde am Hals. Ich habe einen guten Anwalt.«

»Schluss jetzt«, sagte Isabelle. »Wir gehen.«

»Du willst diesen Spinner einfach so …«, Masclau war fassungslos.

»Und Sie, Monsieur Lagarde, halten sich zu unserer Verfügung. Falls wir noch weitere Fragen an Sie haben.«

»Ich hab nichts gemacht. Ich hab den Jungen nicht angerührt, das hat sogar der Staatsanwalt zugegeben. Ich bin doch nicht das Sexmonster, nur weil ich mal einen Lebensmittelladen aufgebrochen habe.«

Wir sehen uns wieder, Monsieur Lagarde«, dann wandte sie sich an ihren Kollegen. »Gehen wir, Didier.«

Kapitel 15

Der späte Nachmittag war die wichtigste Tageszeit im *Chez Miou*. Dann standen die Stammgäste dicht gedrängt an der Bar, tranken Rosé oder Pastis und diskutierten die allgemeine Lage in Le Lavandou und Umgebung.

Die Touristen saßen natürlich draußen unter den Sonnenschirmen und machten sich gierig über die monströsen Eiskreationen her, die der Besitzer des Bistros zu jeder Saison neu erfand. Stammgäste wie Leon saßen drinnen im Schatten. Da man die Fenster des *Chez Miou* wie eine große Ziehharmonika zusammen- und zur Seite schieben konnte, war der Übergang nach draußen fließend, und eine leichte Brise sorgte für Abkühlung.

»Ist doch ganz einfach!«, tönte Michel, der Besitzer des Tabac-Ladens in der Avenue Charles de Gaulle. »Die Antwort lautet: kastrieren. Schnipp, schnapp, und weg sind die Noisettes. Tut mir leid, aber dann ist ein für alle Mal Schluss.«

Dabei kreuzte er die Handflächen vor seinem Unterleib und bewegte sie wie Scherenblätter hin und her. Die anderen Gäste an der Bar lachten.

Leon rührte langsam und nachdenklich in seinem Café au lait und trank einen kleinen Schluck. Es war medizinisch nur zum Teil richtig, was da an der Bar diskutiert wurde. Tatsächlich musste man nicht nur die Samenleiter kappen, wenn man den Sexualtrieb eines Mannes dämpfen wollte, sondern die Hoden komplett entfernen. Denn die waren für die Testosteronproduktion zuständig, und die steuerte über das Gehirn den Sexualtrieb. Allerdings waren solche Eingriffe in fast allen Ländern der Welt inzwischen verboten. Heute konnte man den Testosteronhaushalt mithilfe von Tabletten steuern. Das war nicht nur humaner, sondern bot zudem auch die Möglichkeit, den Eingriff in den Hormonhaushalt jederzeit wieder rückgängig zu machen.

»Oder die Gendarmerie schnappt sich einfach die Sau, und aus die Maus«, sagte ein dicker Mann, dessen blau-weiß gestreiftes Hemd gefährlich über seinem aufgeblähten Wanst spannte. Er strich sich mit den Fingern durch sein fettiges Haar, das sich über dem Kragen zu kleinen öligen Locken drehte. Leon hatte ihn schon ein paarmal hier gesehen. Er betrieb eine fahrbare Pizzabude am Ende der Bucht. Ein schmieriger Typ, der eine dicke Goldkette um den Hals trug. Er tauchte auf, gab an der Bar eine Runde Pastis aus und verschwand wieder. Leon hatte sich schon oft gefragt, wie dieser Mann sein Leben finanzierte. Seine Pizzabude warf bestimmt nicht genug ab.

»Erst mal das Schwein finden, das so was gemacht hat«, Michel hielt dem Wirt sein Pastis-Glas hin. »Gibst du mir noch einen, Jérémy?«

»Da müssen die Bullen nicht lange suchen. Warum fahren sie nicht einfach nach Bormes in den Boulevard des Amandiers und holen den Arsch ab?«, schlug der Dicke vor.

»Du meinst den verrückten Nicolas, den Maler?«, fragte Michel.

»Na, wen denn sonst? Du weißt es, ich weiß es, die Bullen wissen es. Kaum ist er wieder raus aus der Klapse, schon stirbt ein Kind. Ich kann doch zwei und zwei zusammenzählen.«

»Und warum holen sie ihn dann nicht?«, wollte Michel wissen.

»Ich habe gehört, die Gendarmerie war schon bei ihm«, kam es von Jean-Claude. Der ehemalige Legionär saß meist im Rollstuhl. Das Laufen fiel ihm nach einem Unfall vor einigen Jahren zunehmend schwer. Jean-Claude war für seine konservative, hemdsärmelige Art bekannt. Aber Leon wusste, dass sich hinter diesen Auftritten ein empfindliches Gemüt verbarg.

»Vielleicht muss da mal jemand ein wenig nachhelfen«, heizte der Dicke die Stimmung an.

»Was meinst du mit ›nachhelfen‹?«, fragte Jérémy.

»Was wird er schon meinen, sei doch kein Esel«, Jean-Claude rollte zur Bar, wo der Wirt schon ein Glas Rosé für ihn bereithielt.

»Warum seht ihr das so negativ?«, mischte sich Michel ein. »Es gibt schließlich so etwas wie den gerechten Zorn. Die ganze Französische Revolution ist aus diesem Zorn erwachsen. Da hat keiner gefragt, ob die vielleicht nicht legal wäre.«

»Jetzt aber bitte keine Wahlkampfrede«, sagte Jérémy. Schließlich wusste jeder im Bistro, dass Michel eingetragenes Mitglied bei der erzkonservativen Rassemblement National war.

»Schon mal was von Zivilcourage gehört?« Der dicke Mann stürzte sein Bier mit einem Schluck runter. »Muss ja nicht jedem gefallen. Aber wenn keiner was tut, dann passiert es wieder. Ich habe euch gewarnt.«

»Er muss ganz scheußliche Dinge mit dem kleinen Jungen gemacht haben«, kam es von Yolande, der Frau von Jérémy, die eine glühende Verehrerin von Leon war. »Das stimmt doch, Docteur?«

Leon schwieg, er redete nie über einen laufenden Fall. Das wussten alle am Quai Gabriel Péri, trotzdem versuchten sie immer wieder, ihm etwas zu entlocken.

»Sie sagen nichts, dann ist es übel, ganz übel«, interpretierte Michel Leons Schweigen. »Hab ich recht, Docteur?«

»Ein Grund mehr, etwas zu unternehmen«, sagte der dicke Mann.

»Ist doch Quatsch«, meinte Jérémy. »Wofür haben wir denn unsere Gendarmerie?« Der Dicke winkte nur müde ab.

Leon rührte ein weiteres Stück Zucker in den Kaffee. Immer wieder musste er an den Jungen vom Strand denken, wie er da auf dem Obduktionstisch lag. Geradezu fürsorglich zurechtgemacht, in einem weißen Kleid mit Kirschmuster. Und trotzdem hatte ihn jemand auf unfassbar barbarische Weise getötet – ein schizophrener Triebtäter? Leon versuchte, sich den Mord in allen Einzelheiten vorzustellen, so wie er es immer tat, wenn er einen Täter und sein Verbrechen verstehen wollte. Wie genau war es abgelaufen? Hatte der Mann den Jungen gefoltert, ermordet und dann geschminkt und in ein Kleid gesteckt, oder war es genau umgekehrt gewesen? Kam erst die grauenvolle Tat und im Anschluss die Ernüchterung und die Reue?

Schizophrenie konnte in so vielen verschiedenen Formen auftreten. War der Täter ein von Schatten und Stimmen verfolgter Einzelgänger, oder lebte er vielleicht unerkannt in der Mitte der Gesellschaft, und die Krankheit erreichte ihn nur in Schüben? Da waren die Folter und der Mord auf der einen und das beinahe fürsorgliche Verhalten auf der anderen Seite. Beides wollte einfach nicht zusammenpassen.

Kapitel 16

»Spielen Sie jetzt mit, Leon? Oder wollen Sie mich alleine gegen die Kerle auf die Bahn lassen?« Véronique hatte sich vor Leons Tisch aufgebaut.

»Ja«, sagte Leon verwirrt, der einige Sekunden brauchte, um aus der düsteren Welt der Toten in den sonnigen Spätnachmittag an der Côte d'Azur zurückzukehren.

»Ja, wir spielen zusammen, oder ja, ich will sitzen bleiben und weiter Löcher in die Luft starren?«

Leon lächelte. Véronique hatte wie immer ihre Gauloise im Mundwinkel, obwohl natürlich auch in französischen Gaststätten absolutes Rauchverbot herrschte. Aber das galt nicht für die Dreiundachtzigjährige, die noch vor fünf Jahren mit ihrem eigenen Kutter auf Doradenfang gefahren war.

»Ja heißt: Würde ich Sie je alleine in den Kampf ziehen lassen, Véronique?« Leon hatte sich erhoben und blinzelte in die helle Sonne, die durch das Dach aus Platanenblättern blitzte. »Wer wagt es, uns herauszufordern?«

»Zwei Männer aus Belgien. Die haben gesagt, ich hätte keine Ahnung von dem Spiel. Und gegen eine alte Frau würden sie nicht antreten.«

»Haben sie wirklich ›alte Frau‹ gesagt?«, fragte Leon mit gespielter Empörung, obwohl er die Antwort natürlich kannte.

»Die beiden kommen aus Gent«, sagte Véronique. »Sie haben behauptet, die Leute im Süden hätten keine Ahnung vom Boulespielen.«

»Das müssen Sie ihnen nachsehen, es sind schließlich Belgier«, Leon grinste. Er wusste, dass die Belgier von einem richtigen Südfranzosen nicht ernst genommen wurden. Schon gar nicht, wenn es ums Boulespielen ging. Eine Beschäftigung, die hier am Quai Gabriel Péri nicht als Sport, sondern als sakrale Handlung verstanden wurde.

Véronique sah man an, dass sie den größten Teil ihres Lebens im Freien verbracht hatte. Das Alter hatte seine Spuren in ihrem Gesicht hinterlassen. Aber ihr Gang war aufrecht, ihre Zunge scharf, und für Leon war sie die beste Boulespielerin weit und breit.

»Ist das Ihre Verstärkung?« Der Mann aus Gent deutete auf Leon, lachte und klopfte seinem Kumpel auf die Schulter. »Vielleicht sollten wir den beiden zwei Würfe vorgeben.«

Die beiden Männer waren Ende dreißig, sahen aber aus wie hoch aufgeschossene Kinder, dachte Leon. Beide trugen leuchtfarbene Boxershorts und Muscle Shirts, durch deren weite Armausschnitte man ihren Sonnenbrand sehen konnte. Auf ihrer Haut glänzte ein Schweißfilm, woraus Leon schlussfolgerte, dass das Bier, das sie in den Händen hielten, nicht das erste des Nachmittags war. Diese Männer hatten eine kleine Erziehungsmaßnahme verdient.

»Danke, aber wir verzichten auf geschenkte Punkte«, Leon zog sein Leinensakko aus und reichte es einem der Zuschauer, der es sofort an Jérémy hinter der Bar weitergab.

»Sie kennen den Einsatz?«, fragte Véronique. »Der Verlierer zahlt eine Runde Rosé an der Bar.«

»Dann machen Sie es sich doch leichter, und wir trinken

gleich Ihren Rosé. Dann ersparen Sie sich die Mühe«, sagte der Belgier mit den orangefarbenen Shorts. »Und allen ist geholfen.«

Er lachte und schlug seinem Kumpel auf die Schulter.

»Allen ist geholfen«, wiederholte der Kumpel.

Natürlich war das alles nicht so ernst gemeint. Es war schließlich nur ein Spiel, und doch ärgerte sich Leon über die selbstgefällige Art der beiden Belgier. Es kam in der Sommersaison häufig vor, dass die Gäste vom *Chez Miou* von Touristen zum Boulespielen herausgefordert wurden. Touristen aus dem Norden spielten in der Regel miserabel. Es ging ihnen nur darum, mit ihren Handys ein paar Fotos zu machen, die sie dann zu Hause in Paris, Tours oder Nantes ihren Freunden beim Dîner zeigen konnten. Nach dem Motto: Seht her, wie wir es den Burschen da unten im Midi mal so richtig gezeigt haben.

»Unter diesen Umständen würde ich vorschlagen, wir erhöhen den Einsatz«, schlug Leon vor. »Der Verlierer zahlt eine Champagnerrunde an der Bar.«

»Bitte«, sagte der Belgier, »ist schließlich Ihr Geld.«

»Ja, Ihr Geld«, wiederholte sein Freund, der einen Puma auf den linken Arm tätowiert hatte.

Véronique bekam als Dame den ersten Wurf mit dem Cochonnet, dem Schweinchen, wie die kleine hölzerne Führungskugel beim Boule hieß. Sie blieb kurz vor dem Begrenzungsbalken liegen. Véronique, der das Knien inzwischen schwerfiel, beugte sich nach vorne, gab ihrer Kugel ein wenig Effet und rollte sie bis nahe an das Cochonnet heran.

Als Nächster warf der Mann mit den orangefarbenen Shorts. Leon erkannte gleich, dass der Belgier unkonzentriert war. Er war sich seiner Sache zu sicher. Wahrscheinlich hätte es völlig genügt, den Ball mit einem geschickten Wurf an das Cochonnet heranzubringen, aber der Belgier mit dem Tattoo wollte den Zuschauern, die sich inzwischen am Spielfeldrand eingefunden hatten, etwas bieten. Also versuchte er einen Flachschuss à la rafle. Bei diesem Wurf will der Spieler die Kugel des Gegners aus dem Weg stoßen. Leon hätte gewettet, dass die Kugel danebenging, und genau so war es. Der Wurf geriet zu lang, die Kugel flog über die gegnerische Kugel hinweg, traf den Begrenzungsbalken und blieb schließlich auf dem Nachbarspielfeld liegen.

»Mir ist was ins Auge geflogen«, sagte der Belgier und rieb sich demonstrativ das Augenlid.

»Pass bloß auf, sonst ist es beim nächsten Mal 'ne Boulekugel, wenn du weiter so wirfst«, rief Jean-Claude vom Spielfeldrand, und die Leute lachten.

»Ich versuche es noch mal«, sagte der Mann, ohne eine Antwort abzuwarten.

Leon und Véronique sahen sich kurz an. Eigentlich gab es keinen akzeptablen Grund für die Wiederholung eines Wurfs, solange nicht das Bistro in Flammen stand oder, schlimmer noch, der Rosé ausging. Aber sie ließen den Belgier gewähren.

Diesmal konzentrierte sich der Mann, und der Wurf traf. Die Kugeln verschoben sich minimal zugunsten des Herausforderers. Also war jetzt Leon dran. Er stellte sich in den Wurfkreis, den Véronique in den staubigen Boden gekratzt hatte, federte leicht in die Knie, schwang den Arm und nahm Maß. Die Kugel beschrieb eine steile Bahn, erreichte den Höhepunkt und stieß wie eine Raubmöwe auf die Kugel des Gegners herab. Es tat ein dumpfes metallenes Klacken, als Leons Kugel die des Belgiers zur Seite schlug. Vom Publikum waren ein erleichtertes »Ahhhh« und ein kleiner Applaus zu hören.

»Nur Glück«, sagte der Belgier.

»Auf dem eigenen Platz kann es ja jeder«, bestätigte sein Freund.

Leon ließ sich nicht provozieren. Er spielte seit seiner Kindheit Boule. Er konnte sofort einschätzen, ob er es mit einem ernsthaften Gegner zu tun hatte oder nur mit einem Angeber, der ausschließlich in den Ferien spielte. Leon hatte Boule von seiner Mutter gelernt. Die Ruhe der Konzentration. Das Ausblenden jeder Ablenkung, die Vorbereitung mit der richtigen Atmung, der Wurf und das Glücksgefühl, wenn man einen Treffer gelandet hatte. Leon war als Sohn eines deutschen Arztes und einer französischen Anästhesistin in Frankfurt groß geworden. Da waren Bouleplätze knapp, aber jedes Mal, wenn sie nach Frankreich in den Urlaub fuhren, konnte Leon nach Herzenslust trainieren. Zum Boulespielen gehörten Technik und Körperbeherrschung. Aber auch eine gute Menge Psychologie. Galt es doch, den Gegner in Sicherheit zu wiegen und die eigene Stärke zu verbergen. Man musste den Gegner verführen, Fehler zu machen.

Der zweite Mann warf und legte seinen Ball bis auf wenige Zentimeter an das Cochonnet heran. Damit waren die Belgier wieder vorne. Véronique und Leon sahen sich kurz an, und Leon nickte. Sie hatten dieses Spiel so oft gespielt.

Véronique versuchte erneut einen Rouler, aber diesmal beschrieb ihre Kugel einen Bogen auf dem Kies und blieb weit abgeschlagen von der Holzkugel liegen. Ein Raunen der Enttäuschung aus dem Publikum. Ein paar Würfe weiter, und es befanden sich nur noch drei Kugeln im Spiel, eine von Leon und jeweils eine von seinen beiden sonnenverbrannten Gegnern.

Die drei Kugeln der Spieler aus dem Bistro waren weit abgeschlagen, während die Herausforderer drei Kugeln in der Siegerposition nahe am Cochonnet platziert hatten. Für Leon und Véronique gab es nur noch eine Chance, den »unmöglichen Wurf«, wie Leon ihn nannte. Er ging in die Hocke und betrachtete den Platz in aller Ruhe, schien jede Unebenheit, jedes Steinchen zu analysieren.

»Wir können das Spiel auch abbrechen«, der Herausforderer wirkte genervt. »Wir haben sowieso gewonnen.«

»Abwarten«, murmelte Leon.

Leon stellte sich erneut in Wurfposition. Jetzt war seine Aufgabe eine echte Herausforderung. Er musste mit seiner Kugel zaubern, wenn er das Blatt noch einmal wenden wollte. Leon konzentrierte sich. Er fixierte den Punkt, den er treffen wollte. Dann stellte er sich den Bogen und den Winkel vor, den seine Kugel auf ihrem Weg durch die Luft beschreiben sollte, und dann sah er ihn. Der Weg der Kugel stand vor ihm, in der von der Hitze des Spätnachmittags flirrenden Luft, als hätte ihn jemand dorthin gemalt. Leon ging nur ganz leicht in die Knie, denn er plante einen Flachschuss, einen Abräumer. Er schwang den Arm, dann gab er die Kugel frei. Der Ball beschrieb einen flachen Bogen und flog genau auf das Cochonnet zu. Das Metall riss die kleine Holzkugel aus ihrer Position und sprengte sie fast zwei Meter nach rechts. Von einem starken Effet angetrieben, folgte Leons Kugel dem Cochonnet und blieb schließlich dicht neben der Zielkugel liegen. Mit einem Wurf hatte Leon das Spiel um 180 Grad gewendet. Jetzt hatten sie auf einmal alle vier Kugeln auf der Siegerseite.

Niemand sagte etwas. Dieser Wurf musste erst einmal verarbeitet werden. Dann entstand anerkennendes Raunen, schließlich besaß der Gegner noch einen Ball. Aber Leon wusste, dass sie sich keine Sorgen machen mussten. Dieser Wurf hatte die Männer aus Belgien so deklassiert, dass sie ihren letzten vergeigen würden. Der Belgier mit dem Puma-Tattoo versuchte einen verzweifelten Kanter. Doch die Kugel schlug wirkungslos in den Staub des Bouleplatzes und blieb weit abgeschlagen liegen. Jetzt kamen bewundernde Bravorufe von den Zuschauern, und man zog um an die Bar.

Leon liebte das Boulespiel, es war die einzige Beschäftigung, bei der er sich total entspannen konnte. Dass erfolgreiche Turniere mit einem Glas Rosé beschlossen wurden, gehörte zum Spiel wie die Sonne zur Provence.

»Jeder bekommt was«, sagte Jérémy. Er hatte eine Flasche Champagner geöffnet, was nur äußerst selten und zu ganz besonderen Anlässen geschah. So wie heute Abend. Die Männer und Frauen an der Bar bedienten sich. Doch als sie ihre Gläser hoben, um auf die unglücklichen Verlierer anzustoßen, waren die Männer aus Gent verschwunden. Die Gäste warteten eine Weile. Nichts. Es war ganz offensichtlich, die Herausforderer hatten sich aus dem Staub gemacht.

»Die Flasche geht auf mich«, sagte Leon. Was allgemeine Zufriedenheit und erneute Anerkennung auslöste.

Es war kein großer Champagner, der an der Theke von Jérémy ausgeschenkt wurde. Aber allein die Vorstellung, dass man gerade die Angeber aus Belgien zurechtgestutzt hatte, verwandelte selbst den schlichtesten Champagner in einen »Grand Cru«.

Leon hatte sich wieder an seinen Tisch gesetzt und wollte gerade einen Blick in die »FAZ« werfen, als Yolande auftauchte.

»Denen haben Sie es aber ganz schön gezeigt«, sagte sie und schob sich noch ein Stückchen näher an ihren Lieblingsgast heran.

»Danke, aber das waren Véronique und ich zusammen«, sagte er. Yolande hörte gar nicht hin, sondern sah ihn nur bewundernd an.

»Jérémy lässt fragen, ob Sie noch ein Glas Champagner haben möchten. Er meint, es geht aufs Haus.«

»Danke, das weiß ich zu schätzen, aber wenn ich stattdessen

noch einen Café Crème haben könnte«, Leon schob die Tasse mit dem kalten Café zur Seite.

»Bien sûr, Docteur«, sagte Yolande. Sie schnappte sich die Tasse, stellte sie auf ihr rundes Tablett und stolzierte zur Bar, sodass alle Gäste ihre knappe Bluse und den engen Rock bewundern konnten, den sie wie üblich eine Nummer zu klein trug.

»Das war aber nobel.« Jean-Claude, war an Leons Tisch gerollt und hob sein Glas. »Santé.«

»Nächstes Mal muss ich wohl besser aufpassen, mit wem ich spiele.«

»Hast du mal kurz Zeit?« Jean-Claude sah sich vorsichtig um, dann beugte er sich aus seinem Rollstuhl näher zu Leon. »Ich könnte deinen Rat brauchen.«

»Seit wann lässt sich ein französischer Fremdenlegionär von einem ›boche‹ einen Rat geben?« Leon schmunzelte.

Eigentlich konnte Jean-Claude die Deutschen nicht leiden. Sie hatten den Krieg begonnen, konnten nicht gescheit kochen, verstanden es nicht, das Leben zu genießen, und außerdem hatte ihn vor Jahren ein BMW angefahren. Jetzt verbrachte er die meiste Zeit im Rollstuhl und konnte nur noch kurze Strecken laufen. Kurz gesagt, auf die Deutschen war er grundsätzlich schlecht zu sprechen. Leon bildete da die große Ausnahme. Er war sozusagen Halbfranzose, und er war der einzige Deutsche, dem Jean-Claude vertraute.

»Die Sache ist nicht lustig, sondern verdammt ernst.« In Jean-Claudes Stimme schwang ein tragischer Unterton mit.

»Bist du krank?« Leon war plötzlich besorgt.

»Weiß nicht, irgendwie schon.« Jean-Claude griff sich in der Höhe seines Herzens an die Brust.

»Was Kardiologisches?«, erkundigte sich Leon. Der Mann im Rollstuhl schüttelte den Kopf und seufzte vernehmlich.

»Nur im weiteren Sinne«, sagte Jean-Claude vieldeutig.

Leon sah ihn an, dachte einen Moment nach.

»L'amour?«, fragte Leon schließlich. Jean-Claude nickte.

»Wie alt bist du?«

»Alt genug, um mich zum Idioten zu machen. Im Herbst werde ich zweiundsiebzig.«

»Darf ich raten? Es geht um Odette?«, sagte Leon.

»Jetzt redest du auch schon so komisch …«

»Wie rede ich denn?«

»Als ob das Alter eine Rolle spielen würde.«

»Mach ich nicht.«

»Ich möchte sie gerne fragen, verstehst du?«

»Du willst sie fragen … Wirklich? Du gibst nicht auf, oder?«

»Du bist jung, du verstehst das nicht.«

»Ich bin einundfünfzig. Was verstehe ich nicht?«

»Du hältst mich für einen alten Knacker.« Jean-Claude hob die Hand, als Leon etwas sagen wollte. »Ist doch logisch. Du siehst mich mit den Augen eines Docteur. Aber alt bin ich nur von außen. Meine Haut ist alt, die Haare. Na ja, vielleicht auch die Knie und der Rücken.«

»Das ist so, wenn man älter wird. Ist ganz normal«, sagte Leon.

»Aber das ist nicht gerecht, hier drinnen …«, Jean-Claude klopfte mit der Hand auf sein Herz und dann an seinen Kopf, »hier drinnen bin ich noch fünfundzwanzig. Gut, sagen wir dreißig Jahre alt. Aber mehr nicht.«

»Weiß Odette was von deinen Plänen?«

»Ich will sie überraschen.«

»Du meinst, du willst sie überrumpeln, sodass sie nicht Nein sagen kann.«

»In meinem Alter ist Überrumpeln die einzige Erfolg versprechende Option.«

»Also, wie lautet der Plan?«

Kapitel 17

Das alte Telefon in dem Haus am Boulevard des Amandiers läutete schrill. Nicolas Lagarde saß auf dem Sessel, starrte auf den Apparat und hatte Angst. Anfangs hatte er noch den Hörer abgenommen, wenn es läutete. Aber niemand nannte seinen Namen. Die Anrufer hatten ihn beschimpft, bedroht und beleidigt. Danach hatte er den Hörer nicht mehr abgenommen. Doch diesmal klingelte das Telefon bereits seit drei Minuten, klingelte und klingelte und wollte gar nicht mehr aufhören. Der Ton war hell und laut und schnitt geradezu in sein Gehirn. Schließlich hielt er es nicht mehr aus. Nicht das Klingeln und nicht die Ungewissheit, ob ihn vielleicht doch jemand anrief, den er kannte. Jemand, der ihm beistehen könnte. Als es erneut klingelte, hob er ab. Er presste den Hörer ans Ohr und sagte nichts.

»Bist du das, Lagarde?«, fragte eine unbekannte Stimme am anderen Ende der Leitung. »Bist du die Drecksau Lagarde?«

»Wer ist da?«, stotterte Lagarde, obwohl er wusste, dass der andere darauf nicht antworten würde.

»Heute Nacht, Kinderficker, heute Nacht wird Blut fließen«, sagte die Stimme.

Nicolas Lagarde knallte den Hörer aufs Telefon und zuckte mit der Hand zurück, als hätte er sich verbrannt. Er hatte schon vor Stunden die Fensterläden verriegelt und alles Licht im Haus gelöscht. Nur im Wohnzimmer brannte eine Kerze. Lagarde stand vorsichtig auf und schlich zum Fenster, von dem aus man durch die Spalten des Fensterladens ein Stück der Straße einsehen konnte. Er starrte in die Dunkelheit. Die Straßenbeleuchtung vor seinem Haus funktionierte schon seit Tagen nicht mehr. Die Elektrizitätswerke hatten zwar versprochen, dass sie jemanden schicken würden, aber das war letzte Woche gewesen. Kaum dass er seinen Namen und die Adresse genannt hatte, schien der Mann von den Elektrizitätswerken jedes Interesse an ihm verloren zu haben.

Lagarde sah, dass sich draußen etwas bewegte. Zwei Gestalten schleppten einen Eimer heran. Es war nicht zu erkennen, was sie damit taten. Wollten sie sein Haus in Flammen setzen? Jetzt hörte er Geräusche, als ob sich jemand am Tor zu seinem Atelier zu schaffen machte. Versuchten die Männer einzubrechen? Hatten sie vor, seine Bilder zu zerstören? Seine Malerei, das war sein Leben. Sein Haus, seine Bilder, seine Erinnerungen, alles würde in Flammen aufgehen. Das konnte er nicht zulassen. Er lief zurück zum Telefon und wählte die 17, den Notruf der örtlichen Gendarmerie.

»Notruf, was können wir für Sie tun?«, meldete sich die Polizeiwache.

»Sie sind hier …«, sagte Lagarde atemlos. »Sie wollen das Haus anzünden.«

»Mit wem spreche ich bitte?«, fragte die Männerstimme der Notrufnummer. »Ich brauche Ihren Namen und Ihre Adresse, Monsieur.«

»Lagarde, 33 Boulevard Amandiers in Bormes. Bitte, Sie müssen herkommen. Da sind Leute draußen auf der Straße.«

»Nicolas Lagarde?«, fragte die Stimme.

»Ja, verdammt. Habe ich doch gerade gesagt!« Er war verzweifelt. »Sie müssen hierherkommen. Diese Leute sind zu allem entschlossen.«

»Verstehe, mal sehen, was wir tun können.« Plötzlich klang die Stimme desinteressiert. »Ist bei Ihnen eingebrochen worden?«

»Nein, noch nicht, aber die wollen hier rein. Ganz sicher. Sie machen sich an der Tür zu schaffen. Bitte, was soll ich tun?«

»Es befinden sich also zurzeit keine Fremden auf Ihrem Grundstück?«

»Nein, aber sie kommen, ich höre sie doch.«

»Ist auf Ihrem Gelände irgendetwas beschädigt oder zerstört worden?« Es hatte den Anschein, als müsste der Beamte sich zwingen, diese Fragen zu stellen.

»Nein, aber ich werde bedroht«, rief Lagarde verzweifelt ins Telefon.

»Von wem bedroht?«

»Das weiß ich doch nicht. Hier wird gleich etwas Schreckliches passieren. Sie müssen mir helfen, bitte.«

»Also, wir müssen gar nichts. Melden Sie sich, wenn es zu irgendeinem Vorfall kommt, ich schicke dann einen Beamten vorbei.«

»Aber ich ... Hallo? Hallo? Ich ...?« Lagarde starrte fassungslos auf den Hörer in seiner Hand. Der Mann in der Notrufleitung hatte aufgelegt.

Lagarde hörte ein lautes Klirren. Er sprang auf. Es kam aus der Küche. Er lief in die Küche und machte das Licht an. Glassplitter waren über die Arbeitsplatte verstreut. Das Fenster war eingeschlagen, und auf dem Boden lag ein faustgroßer Stein. Lagarde schnappte sich das große Hackmesser.

»Wenn ihr reinkommt, mach ich euch fertig«, schrie er mit sich überschlagender Stimme. »Ich stech zu, ist mir alles egal.«

Er lief zurück ins Wohnzimmer. Schwer atmend stand er da

und sah sich um, das Messer in der Hand. Sein Herz raste. Die Angst ließ seine Hände zittern. Er spürte, wie ihm Schweißtropfen den Rücken hinunterliefen. Panik stieg in ihm hoch. Die da draußen verachteten und hassten ihn. Diese Leute wussten ja nicht, wie das war, wenn man Stimmen hörte, die einem befahlen, all die schrecklichen Dinge zu tun. Und er musste es tun. Das war ein Zwang, dem er sich niemals würde entziehen können. Aber diese Erkenntnis hatte er immer für sich behalten und ganz tief in seinem Herzen begraben. Erst wenn er diesem Zwang nachgab und schlimme Dinge tat, dann erst spürte er unendliche Erleichterung.

Er hatte alles getan, um diese Zwänge zu überwinden. Er hatte sich sogar freiwillig in Behandlung begeben. Freiwillig. Hatte die grässlichen Tabletten geschluckt, von denen ihm tagelang speiübel wurde, hatte an unzähligen Therapiesitzungen teilgenommen, in Stuhlkreisen gesessen und Anti-Aggressions-Kurse gemacht. Hatte gelernt, sich zu verstellen. Als hätten Therapien und Medikamente irgendetwas genutzt. Lagarde hatte sich auf alles eingelassen, alles mitgemacht, was die Ärzte ihm verordneten. Schließlich ging es für ihn ums Überleben. Alles war besser, als im Knast zu landen und mit seinen Ängsten allein zu sein.

Er wusste inzwischen, wie er mit seiner Krankheit umgehen musste. Ab irgendeinem Punkt hatte er begriffen, was die Psychiater hören wollten, damit sie ihm Hafterleichterungen verschafften. Erst waren es Bücher, dann die Zeitungen und schließlich der Job als Gärtner im Anstaltsgarten. Irgendwann hatte er begonnen, die Tabletten heimlich wegzulassen. Natürlich war das nicht korrekt. Darüber hätte er vor der Gruppe sprechen müssen. Aber das ging die anderen nichts an. Er brauchte einen klaren Kopf zum Malen und zum richtigen Leben. Wenn ihn die Krankheit anfiel wie ein böser Hund, wusste er, was er zu tun hatte. Diese schizophrenen Schübe, die hatte er im Griff. Ja, verdammt noch mal, er war kein Monster. Er war ein Mensch.

Und er mochte Kinder. Die waren so rein, so sauber. Wie eine frische Leinwand, bevor er eines seiner Bilder begann. Kinder waren die besseren Menschen, und er träumte davon, sie zu besitzen. Wenn die Schübe kamen, dann wollte er nur noch malen. Seine Träume festhalten und dann ganz tief verstecken. Kritiker hatten seine Kunst einmal als »radikal« bezeichnet. Das war sie aber nicht. Sie war verzweifelt, eine Flucht vor der Wirklichkeit, die ihn zu zerbrechen drohte.

Laute Schläge rissen Lagarde aus seinen Gedanken, und sofort war die Angst wieder da. Harte Hammerschläge, die wie Schüsse durch die Nacht knallten. Jetzt kamen sie. Jetzt wollten sie ihn holen, alles zerstören, was ihm wichtig war. Jeder im Viertel musste den Lärm hören. Warum unternahmen die Nachbarn nichts? Noch mehr Schläge gegen die Tür. Dann ein Geräusch, als würde Wasser gegen eine Wand spritzen.

Lagarde nahm den Hörer und tippte mit zitternder Hand die 17 in die Tastatur des Telefons.

»Notruf«, sagte die Stimme am anderen Ende. »Wie können wir helfen?«

»Sie kommen!«, die Stimme von Lagarde war mehr ein Krächzen. »Sie kommen ins Haus.«

»Nennen Sie uns bitte Ihren Namen, Monsieur, und Ihre Adresse.«

Nicolas antwortete nicht.

»Monsieur, melden Sie sich, bitte. Sprechen Sie mit uns. Wer kommt in Ihr Haus?«

Lagarde sah sich unsicher um. Die Hammerschläge hatten aufgehört. Plötzlich herrschte vollkommene Stille. Er legte den Telefonhörer auf. Von der Straße her war ein Flackern zu erkennen. Hatten sie etwas in Brand gesetzt? Die Werkstatt, seinen Wagen? Es war immer noch ganz still draußen. Nur der Schrei eines Eichelhähers war zu hören.

Lagarde ging zur Haustür und drehte leise den Schlüssel um. Dann ergriff er die Klinke, öffnete die Tür und sah nach draußen. Vor dem Tor zu seiner Werkstatt brannten zwei Fackeln. Er ging die drei Steinstufen hinunter, dann erkannte er es. Jemand hatte einen Schweinekopf an das alte Holztor genagelt. Daneben hatten sie in dunkler Farbe »Sau« und »Mörder« geschrieben. Lagarde tupfte mit den Fingerspitzen auf die Buchstaben. Das war keine Farbe, das war Blut.

Kapitel 18

Leon wachte auf. Der beleuchtete Wecker neben seinem Bett zeigte 00:15 Uhr. Er griff neben sich, aber da war niemand.

»Isabelle?«, fragte er leise. Keine Antwort.

Leon stand auf. In der Küche war Licht zu sehen, und er konnte das Summen des Wasserkochers hören. Isabelle hatte einen Becher mit einem Teebeutel vor sich stehen und wartete, dass das Wasser heiß wurde.

»Kannst du nicht schlafen?«, fragte Leon.

»Nein, kann ich nicht. Wundert dich das?«, Isabelle klang gereizt.

»Sie kommt sicher gleich«, versuchte Leon, sie zu beruhigen.

»Lilou wollte um elf Uhr zu Hause sein, spätestens. Jetzt ist es nach Mitternacht.«

»Hast du ihr eine SMS geschickt?«

»Was denkst du denn?«

»Sie hat einen neuen Freund. Du weißt doch, wie so was ist.«

»Hier geht es nicht um ihren neuen Freund. Hier geht es um Pünktlichkeit und Vertrauen.«

»Sie ist siebzehn, sie macht nächstes Jahr ihr Bac. Sie probiert sich aus, möchte das Leben kennenlernen.«

»Du musst sie immer verteidigen, egal, was sie anstellt. Merkst du das eigentlich?«

»Ich versuche nur, sie zu verstehen.«

»Und? Verstehst du, warum sie sich nicht meldet?«

»Hast du sie angerufen?«

»Sie ist nicht drangegangen.« Isabelle hatte das Küchenfenster geöffnet und atmete jetzt tief die kühle Nachtluft ein. »Du weißt doch, was alles passieren kann.«

Leon wusste natürlich genau, warum Isabelle so besorgt war. Damals war Lilou auch verschwunden, entführt von einem Serienmörder. Das war jetzt sieben Jahre her. Es waren schreckliche Stunden des Bangens und Hoffens gewesen, bis Leon sie schließlich befreien konnte. Aber damals war Lilou noch ein kleines Mädchen.

»Lilou ist erwachsen«, sagte Leon. »Wir sehen sie vielleicht noch als Kind, aber da draußen, da ist sie eine selbstbewusste junge Frau.«

»Eben, und genau das beunruhigt mich.«

»Sie fällt ihre eigenen Entscheidungen. Du musst ihr vertrauen.«

»Ich wäre dir dankbar, wenn du dich bei Lilou etwas mehr einmischen würdest.«

»Mach ich doch, also für meine Verhältnisse«, sagte Leon.

Plötzlich hörte er ein leises Klappern. Die Haustür wurde so aufgeschlossen, dass jedes Geräusch des ausgeleierten Schlosses und der quietschenden Türangeln vermieden wurde. Leon sah Isabelle kurz an. Es war ein Blick, der sagte: »Geh sie nicht so streng an.« Isabelle stimmte mit einem Seufzer der Erleichterung zu.

»Guten Abend«, sagte Leon, als Lilou in der Küchentür auftauchte, ihre Schuhe in der Hand. Bereit, wie eine Katze die Treppe zu den Schlafzimmern hinaufzuschleichen.

»Ihr ... ihr seid noch auf?« Lilou versuchte im Vorfeld, die Wogen zu glätten.

»Wir haben uns Sorgen gemacht, Lilou«, sagte Isabelle.

»Hast du mal auf die Uhr gesehen?«, fragte Leon.

»Aber ich habe Maman doch gesagt, dass es später werden könnte.«

»Nein, wir hatten elf Uhr ausgemacht«, widersprach Isabelle.

»Okay, aber ... Ihr wusstet doch, dass ich mit Georges unterwegs war.«

»Ein Mann, den wir nicht kennen und den du uns nicht vorgestellt hast«, sagte Isabelle, »das ist wirklich sehr beruhigend.«

»Wir haben noch Freunde von Georges getroffen. Die waren total cool. Geschäftsleute. Der eine hatte ein Boot. Da haben wir noch etwas an Bord getrunken.«

»Du gehst mit einem Unbekannten mitten in der Nacht auf eine Jacht?«, fragte Isabelle erschrocken.

»Bitte, Maman, sei doch nicht so melodramatisch.«

»Ich bin nicht ...« Isabelle unterbrach sich. »Es ist spät, und du hast morgen Abend den Auftritt mit deinem Chor.« Sie wandte sich an Leon. »Jetzt sag doch auch mal was.«

»Der Chor ist mir egal«, sagte Lilou.

»Wieso sagst du so was?« Die Enttäuschung in Isabelles Stimme war nicht zu überhören.

»Du hast doch eine super Stimme«, meinte Leon. »Noch vor zwei Wochen hast du mir erzählt, dass du vielleicht eine richtige Gesangsausbildung machen willst.«

»Das ist doch alles Kinderkram«, sagte Lilou.

»Manchmal verstehe ich dich einfach nicht«, sagte Isabelle hilflos.

»Schau zu, dass du noch ein bisschen Schlaf findest.« Leon klang besorgt.

»Ich geh dann mal ins Bett«, sagte Lilou. »Bis morgen.«

»Bis morgen«, sagte Leon. »Schick beim nächsten Mal deiner Mutter wenigstens eine SMS.«

»Ich wollte euch nicht wecken«, antwortete Lilou.

»Gute Nacht«, brummelte Isabelle, während Lilou in den ersten Stock verschwand.

»›Schreib doch nächstes Mal eine SMS.‹ Das war ja 'ne knallharte Ansage. Danke für deine Hilfe«, sagte Isabelle bitter. »Was soll sie denn schreiben: Hilfe, ich werde entführt! Bin auf einer Jacht im Mittelmeer.«

»Isabelle, jetzt komm. Lilou meint es doch nicht so. Sie will gerne erwachsen sein, aber gleichzeitig bleibt sie doch immer dein Kind. Da schießt sie gelegentlich über das Ziel hinaus. Aber wenigstens ist sie ehrlich, und man kann sich auf sie verlassen.«

Leon wollte Isabelle in den Arm nehmen, aber sie drehte sich von ihm weg und verschwand in Richtung Schlafzimmer.

»Vergiss nicht, das Licht auszumachen.«

»Mach ich.«

Er nahm sich einen Tee, ging auf die Terrasse in die frische Nachtluft und genoss die Stille. Auf dem Meer spiegelten sich die glitzernden Lichter von Le Lavandou.

Kapitel 19

Mathieu Bayrou war aus dem Sattel seines federleichten Carbon-Rennrads aufgestanden. Die schmale Straße stieg an dieser Stelle steil an, und er wollte seinen Schwung nicht verlieren. Der Apotheker schaltete in den größten Gang zurück. Wie oft hatte er an dieser Stelle schon aufgegeben, war abgestiegen, um die nächsten 200 Meter sein Rad zu schieben. Aber diesmal nicht, nicht heute. Er war schließlich erst dreiundfünfzig Jahre alt. Wenn er das nicht mal mehr schaffte, dann würde er gar nichts mehr schaffen, dann wäre alles umsonst gewesen, trieb er sich an und trat noch fester in die Pedale. Jeder Tritt war jetzt eine Tortur. Jeder Druck auf das Pedal verursachte ihm ein Stechen im linken Knie. Die Lunge brannte, der Hals war trocken, die Zunge klebte am Gaumen. Ein Griff zur Wasserflasche, die an dem Fahrradrahmen klemmte, hätte ihn erlöst. Aber dann hätte er den Lenker loslassen müssen und wäre unweigerlich aus dem Tritt geraten. Er hätte absteigen müssen. Ein Neustart bei diesem Steilanstieg wäre unmöglich. Gleichmäßig treten, rechts, links, rechts, links. Der sture Kampf gegen die Schmerzen, das war das ganze Geheimnis. Nur nicht aus dem Rhythmus geraten.

In Studienzeiten war Bayrou im Uni-Radteam mitgefahren. Er war einer der Besten gewesen. Er war ehrgeizig, denn er hatte einen Geburtsfehler, der ihn für die meisten Sportarten disqualifizierte: Das rechte Bein war vier Zentimeter kürzer als das linke. Aber mit den richtigen Schuhen und einem speziell verlängerten rechten Pedal durfte er sogar an Wettbewerben teilnehmen. Sein Leben lang wollte Bayrou den anderen beweisen, dass er kein Krüppel war. Dass es nichts zu lachen gab, wenn er an einer Gruppe von Mitschülern vorbeihinkte. Dass ihn die spöttischen Bemerkungen der anderen nicht erreichten. Alles, wovon er träumte, war Respekt. Aber es sollte ihm in seiner Jugend nie wirklich gelingen, diese Anerkennung zu finden. Anerkennung erfuhr er erst viele Jahre später. Nachdem er mit Fleiß, Ausdauer und Härte die kleine Pharmacie seiner Eltern zu einer Kette von Drogeriemärkten entlang der Küste ausgebaut hatte. Heute war er der Vorzeige-Unternehmer der Region, war Mitglied im Lions Club, spendete für die Kinder in Mali, und er hatte auch eine namhafte Summe für den Ausbau der Klinik Saint-Sulpice gespendet.

Und wo stand er heute wirklich? Er hatte eine Frau, die er nicht liebte, er führte ein Leben, das er eigentlich so nie gewollt hatte, und nachts quälten ihn noch immer die gleichen Albträume wie vor dreißig Jahren. Er hatte nie versucht, das zu ändern, hatte keinen Psychologen aufgesucht und sich keinem Freund anvertraut, denn er hatte keine Freunde. Er hatte das getan, was die meisten Menschen machten, wenn sie von Erinnerungen gequält wurden. Er hatte die schlimmen Gedanken in seiner Seele vergraben, dort, wo sie am tiefsten ist.

Es gab etwas, das ihn an diesem Morgen beunruhigte. Er hatte einen Brief in seinem Briefkasten gefunden. Nur sein Name stand darauf. Keine Adresse, kein Absender. Wenn man ein erfolgreicher Geschäftsmann war wie er, bekam man öfter Briefe oder E-Mails von Spinnern, die einen mit Verwünschungen überzogen. Doch dieser Brief war irgendwie anders. Bedrohlich. Jemand musste seine Adresse kennen und ihn persönlich eingeworfen haben. Darum hatte er ihn nicht geöffnet. Das würde er tun, wenn er von seinem Ausflug zurück war und wieder in seinem Auto saß. So hatte er es sich vorgenommen.

Nur noch vier Pedalumdrehungen, dachte Bayrou. Eins, Schmerzen im Rücken, zwei, Brennen in der Lunge, drei, Stechen im Knie, vier, er hatte die Höhe erreicht. Er blieb stehen. Seine Arme zitterten von der Anstrengung. Bayrou griff nach der Plastikflasche mit den Elektrolyten. Er setzte sie an die Lippen und trank in gierigen Schlucken.

Er war schon seit halb sechs unterwegs. Kurz vor Sonnenaufgang hatte er sich in sein Auto gesetzt und war die zehn Kilometer bis in das kleine Dorf Collobrières gefahren, das mitten in den Hügeln des Massif des Maures lag. Dort hatte er das Rennrad vom Heckständer seines silbernen BMW X4 genommen. Er hatte die Energieriegel und das Handy in die Außentasche seiner Funktionskleidung gesteckt und die Klettverschlüsse zugedrückt. Dann Helm und Sonnenbrille aufgesetzt und war losgefahren. Die ersten Kilometer auf der schmalen Straße verliefen in der Ebene. Die Vegetation war üppig und grün gewesen, solange die D 39 einem kleinen Wasserlauf folgte. Hier ganz alleine in den Sonnenaufgang zu fahren, zu beobachten, wie das warme Licht über den Horizont kroch, wie es sich von Orange nach Rosa und schließlich in strahlendes Blau verwandelte, das waren die schönsten Momente in seinem Leben.

Jetzt, eine knappe Stunde später, hatte er sein Ziel erreicht, den 550 Meter hohen Col des Fourches. Er schloss die Augen und atmete tief ein. Die Luft des jungen Morgens roch nach Thymian und wildem Lavendel. Verkrüppelte Seekiefern duckten sich im Mistral, der hier oben fast ohne Unterbrechung über den Kamm des Hügels blies. Ein Eichelhäher schimpfte in den Zweigen einer Korkeiche. Bayrou prüfte noch einmal mit dem Daumen den

Druck seiner Rennreifen, bevor er auf der D 39 zurück ins Tal fuhr. Das war jedes Mal die Belohnung für den anstrengenden Aufstieg zum Col des Fourches. Auf der steilen Straße hinabzujagen, sich durch die engen Kurven und Serpentinen zu schlängeln, das war, ja, fast wie Fliegen. Jeden Moment konnte ihm jemand entgegenkommen, jeden Moment konnte der Rausch in einer Katastrophe enden. Bayrou genoss diese Gefahr. Die enge Straße, auf der zwei Autos einander kaum ausweichen konnten, hinunterzurasen und diese Furcht zu spüren, dass mit einem Schlag alles zu Ende sein könnte. Das war besser als jede Droge.

Bayrou war so sehr auf die Straße konzentriert, dass er den grauen Lieferwagen, der in einem Feldweg zwischen den Bäumen stand, erst bemerkte, als er bereits an ihm vorbeigeschossen war. Trotzdem konnte er noch das Anspringen des Motors hören. Bayrou konzentrierte sich auf die Straße. Erst kamen einige weite Kurven, dann die Serpentine, in der er sein Rennrad auf Schrittgeschwindigkeit herabbremsen musste, damit ihn die Zentrifugalkraft nicht von der Straße riss. Als er die 180-Grad-Wende vollzog, blickte der Apotheker kurz zurück, und da sah er ihn, den Lieferwagen, der sich nur zwei Kurven hinter ihm befand.

Vor Bayrou lag jetzt ein Teilstück, in dem die Straße so gut wie gar kein Gefälle mehr hatte. Sie führte durch eine schattige Senke, an deren Rand Korkeichen standen und die so dicht mit Tamarisken-Büschen gefüllt war, dass sie aussahen wie rosa Seifenschaum, der aus einer überdimensionalen Badewanne herausquoll.

Bayrou beschleunigte seine Trittfrequenz. Der vor ihm liegende Abschnitt hatte wieder leichtes Gefälle, aber dafür so gut wie keine Kurven. Er schaltete hoch und trat fester in die Pedale. Auf dieser Etappe konnte er die Stärke seines ultraleichten Carbonrades ausspielen. Der elektronische Tacho auf seinem Lenker zeigte jetzt 65 Stundenkilometer. Die schmalen Rennreifen summten auf dem Asphalt. Bayrou trat noch fester in die Pedale, beschleunigte noch einmal und legte sich in die erste Kurve. Nun hörte er den Camion hinter sich. Er sah kurz zurück. Da war er, der Abstand betrug keine fünfzehn Meter mehr.

Warum fuhr der Wagen stur hinter ihm her? Warum überholte er ihn nicht? Auf der langen Geraden war die Gelegenheit, an ihm vorbeizukommen. Hier konnte man ein entgegenkommendes Fahrzeug schon auf 100 Meter voraussehen. Bayrou wurde langsamer und signalisierte dem Wagen mit der linken Hand, dass er ihn überholen sollte. Doch der Camion blieb hinter ihm. Der Fahrer hielt Tempo und Abstand konstant. Na gut, dachte Bayrou, der Fahrer des Lieferwagens hatte seine Chance gehabt.

Jetzt wurde die Straße wieder schmaler. In unzähligen Kurven wand sie sich durch die steile Schlucht. Fast senkrecht stürzten die rötlich schimmernden Felsen direkt neben der Bankette in die Tiefe. Der Apotheker trat in die Pedale. Er spürte eine unangenehme Kälte am Rücken, und er fuhr schneller als sonst. Als müsste er vor dem Camion fliehen, der ihn den Berg hinunterjagte. Er drosselte ein wenig die Geschwindigkeit. Sollte der Lieferwagen doch selber zusehen, wie er an ihm vorbeikam.

Bayrou bremste durch eine Reihe enger Kurven, dann ließ er das Carbonrad wieder laufen. Er spürte, dass der Lieferwagen direkt hinter ihm war. Das war viel zu nahe, dachte Bayrou noch, da kam der Schlag, als ihn der Lieferwagen rammte. Das Rennrad tat einen Sprung nach vorne. Für den Bruchteil einer Sekunde spürte der Apotheker, wie die Reifen den Bodenkontakt verloren. Und für einen weiteren winzigen Moment überlegte Bayrou, ob es vielleicht irgendeinen Trick, ein radfahrerisches Kunststück gäbe, um aus dieser Situation heil herauszukommen. Doch im gleichen Augenblick war da auch seine innere Stimme, die ganz unaufgeregt zu ihm sagte: Du hast verloren. Du hast bis heute Glück gehabt. Eine zweite Chance gibt es nicht. Bayrou merkte, dass er wie in Zeitlupe durch die Luft gewirbelt wurde. Er streifte die grünen Zweige eines Ginsters. Äste schlugen ihm ins Gesicht, und es ging nur noch abwärts, hinunter in die steile Schlucht. Mathieu Bayrou stürzte, wurde schneller, brach wieder und wieder durch Äste. Rutschte vorbei an Büschen und kleinen Kiefern, schlug gegen einen Felsen. Er spürte, wie seine Rippen brachen. Dann wurde sein Sturz abrupt gebremst. Er wusste nicht, ob der Aufprall hart oder weich war. Ein heller Schmerz raste durch seinen Körper, und Bayrou verlor das Bewusstsein.

Als er wieder zu sich kam, konnten nur Sekunden vergangen sein. Der rotbraune Staub, den er bei seinem Sturz aufgewirbelt hatte, glitzerte noch immer in der Luft. Bayrou lag am Boden, zwischen den Wurzeln einer Steineiche. Er wollte sich aufrichten, aber der Schmerz in seinem Bauch traf ihn wie ein Hammerschlag. Er wollte schreien, aber er brachte nur ein verkrampftes Gurgeln heraus. Schließlich gelang es ihm, seinen rechten Arm zu bewegen. Da war etwas. Etwas steckte in seinem Unterkörper. Vorsichtig betastete er den Fremdkörper. Er konnte nicht sehen, was da war, aber es fühlte sich rau und spitz an. Es war ein abgebrochener Ast, der sich beim Aufschlag durch seinen Unterleib gebohrt hatte. Bayrou betrachtete seine Hand, sie war voller Blut. Er lag aufgespießt in einer einsamen Schlucht in der Provence, und keiner würde ihn je finden. Er dachte an die Geschichten, die er über Menschen gelesen hatte, die sich ohne Not in Schwierigkeiten brachten. Idioten, die ihr Leben aufs Spiel setzten, nur weil ihr Ehrgeiz sie geradezu naiv leichtsinnig werden ließ. Genauso ein Idiot war er auch gewesen. So fühlte es sich also an, wenn man einen tödlichen Fehler begangen hatte, der nicht rückgängig zu machen war. Er, der Apotheker Mathieu Bayrou, würde in einer einsamen Schlucht verdursten, wenn ihn nicht schon vorher sein Blutverlust tötete.

Dann bemerkte er den Mann. Der Unbekannte hatte die Sonne im Rücken, als er langsam auf ihn zukam. Wie ein Jäger, der sich nicht sicher war, ob das Wild, auf das er gerade geschossen hatte, bereits tot oder nur verwundet war. Bayrou gab einen gurgelnden Laut von sich. Blut quoll aus seinem Mund. Er konnte den Mann, der da kam, nicht erkennen. Alles drehte sich in seinem Kopf, wenn er versuchte, seinen Blick zu fixieren. Der Mann kam näher, und Bayrou sah, dass sich seine Lippen bewegten. Er sagte etwas zu ihm. Er sagte seinen Namen.

»Bonjour, Mathieu. Tut es weh? Ja, tut es weh?« Der Mann hockte sich neben ihn.

Der Unbekannte griff mit spitzen Fingern nach dem Holz, das Bayrou durchbohrt hatte, und bewegte es hin und her. Ein rasender Schmerz durchfuhr ihn. So, als ob der Fremde glühend heißes Blei durch ihn hindurchlaufen lassen würde.

»Du lebst ja noch«, sagte der Mann, und er schien dabei zu lächeln. »Das ist gut, dann können wir noch ein wenig plaudern.«

Wieder versuchte Bayrou, etwas zu sagen, aber es war wieder nur ein Blubbern, das in einem Stöhnen unterging. Blutiger Schaum trat aus seinem Mund. Der Fremde sah sich auf dem Boden um und griff nach einem faustgroßen Stein. Er prüfte sein Gewicht und schien zufrieden.

»Aber eines sage ich dir gleich«, der Mann legte den Kopf zur Seite und sah sein Opfer an. »Viel Zeit habe ich nicht.«

Kapitel 20

Leon musste sich beeilen, wenn er nicht zu spät zur Verhandlung kommen wollte. Er hetzte die Stufen der Rue des Caves hinauf. Seinen Wagen hatte er im Parkhaus in der Avenue Alphonse Denis stehen lassen. In den engen Gassen der Altstadt von Hyères kam man deutlich schneller voran, wenn man zu Fuß unterwegs war. Dabei hatte er an diesem Morgen extra zeitig gefrühstückt. Aber dann musste er doch noch einmal in die Pathologie, und dabei war es spät geworden, wie immer. In zehn Minuten sollte er als Gutachter im Tribunal correctionnel, dem Gerichtshof für die kleineren Strafvergehen, aussagen. Es ging um eine achtzehnjährige Frau, die einen zweiundzwanzigjährigen Studenten beschuldigte, sie mit einem Messer verletzt zu haben, um sie zum Sex zu zwingen. Ein Fall von aggression sexuelle, wie das französische Recht eine solche Tat nannte.

Antoine Chentral, der Angeklagte, dessen Vater einen Vorstandsposten bei Airbus in Toulouse bekleidete, hatte alle Vorwürfe vehement bestritten. Zumal das mutmaßliche Opfer Colette Majo, die aus einfachsten Verhältnissen stammte und in einem Plattenbau vor Toulon lebte, ihn angeblich auch noch erpresst hatte. Der Vater des jungen Angeklagten hatte all seine Verbindungen spielen lassen, damit sein Sohn Antoine nicht vor Gericht erscheinen musste. Vergeblich. Jetzt war der Fall im Tribunal correctionnel angekommen, das aber nur eine Geldstrafe bis 3 570 Euro oder Haftstrafen bis zu zehn Jahren verhängen durfte. Heute sollte entschieden werden, ob der Fall an das Cour d'assises, das große Schwurgericht, weiterverwiesen werden musste. Doch dafür musste zuerst geklärt werden, wie die Vorwürfe der jungen Colette Majo einzuordnen waren. Docteur Alain Fontaine, der Strafverteidiger, vertrat in diesem Prozess Colette Majo als Nebenklägerin. Leons pathologische Untersuchung des Opfers würde in dem Verfahren eine entscheidende Rolle spielen. Leon hatte seinerzeit in der Klinik Saint-Sulpice die forensischen Untersuchungen vorgenommen, nachdem Colette Majo den Studenten wegen sexueller Belästigung und versuchter Vergewaltigung bei der Gendarmerie angezeigt hatte.

Leon war kurz vor einem Café stehen geblieben und hatte Anwalt Fontaine eine SMS geschickt: »Noch fünf Minuten.« Dann war er weitergehastet.

Das Palais de Justice befand sich direkt am Place de la République. Ein dreistöckiger roter Backsteinbau aus dem 19. Jahrhundert mit Fensterstöcken aus hellem Granit. Über dem Eingang wehte wie bei allen öffentlichen Gebäuden in Frankreich die Tricolore.

Die Verhandlung hatte bereits angefangen, als Leon den Saal betrat. Er nickte höflich dem Richter und seinen beiden Beisitzern zu. Dann entdeckte er Anwalt Fontaine in seiner schwarzen Robe mit dem typischen weißen Jabot, der ihn zu seinem Tisch winkte.

»Bonjour, Maître Avocat.« Leon flüsterte, um die Verhandlung nicht zu stören.

»Danke, dass Sie es noch geschafft haben, Docteur«, antwortete der Anwalt.

Neben ihm saß Colette Majo, die Leon verunsichert ansah.

Der Verteidiger des Angeklagten hatte sich erhoben und ruderte mit den überweiten Ärmeln seiner Robe, als könne er allein auf diese Weise die Schuldvorwürfe seines Mandanten aus dem Fenster wedeln. Leon erinnerte der Jurist mit seinem gestenreichen Vortrag eher an einen Auerhahn bei der Balz als an einen Strafverteidiger.

»Lassen Sie es mich noch einmal zusammenfassen«, schloss der Anwalt gerade seine Erklärung ab. »Wir haben einen jungen Mann, der sich noch nie etwas hat zuschulden kommen lassen, und wir haben eine junge verzweifelte Frau, die in meinem Mandanten eine Chance sieht, ihrem Elend zu entkommen.«

»Maître avocat, würden Sie bitte zum Punkt kommen«, forderte der Vorsitzende Richter.

»Selbstverständlich«, sagte der Verteidiger spitz. »Der Sex zwischen den beiden jungen Leuten, dem Mann aus gutem Hause und der jungen Frau aus den schwierigen Familienverhältnissen, geschah freiwillig.«

»Nein«, rief Colette Majo lautstark. »Das stimmt nicht, er hat mich mit dem Messer geschnitten.«

Ein Raunen ging durch den Saal. Empörte Zwischenrufe von den Zuschauerbänken. In der zweiten Reihe saß eine mollige Frau in einer weiten Tunika und bunten Leggings, die von einer Freundin gestützt wurde.

»Was hat er dir nur angetan, Colette?«, rief die Frau. Sie wollte aufspringen, doch ihre Freundin hielt sie zurück.

»Sie haben nicht das Wort«, ermahnte der Richter die Nebenklägerin. »Bitte, Maître, weisen Sie Ihre Mandantin darauf hin, dass sie nur sprechen darf, wenn sie vom Gericht dazu aufgefordert wird. Außerdem fordere ich Ruhe im Gerichtssaal.«

»Er hat mir so wehgetan«, schluchzte Colette Majo.

Anwalt Fontaine legte ihr die Hand auf den Arm.

»Beruhigen Sie sich. Sie wollen doch nicht, dass der Richter Sie des Saales verweist?«

»Es stimmt aber nicht, was der da sagt«, die junge Frau deutete auf den Verteidiger.

»Verehrtes Gericht«, der Verteidiger schüttelte den Kopf und strich mit der Hand über seine Haare. Er tat dabei so, als wäre es eine Zumutung für einen Mann wie ihn, sich mit solchen Menschen überhaupt beschäftigen zu müssen. »Die Frau, die diese ungeheuerliche Beschuldigung gegen meinen Mandanten erhoben hat, hat sich früher schon öfter selbst verletzt.«

»Das ist doch Jahre her«, wehrte sich Colette Majo.

»Und sie hat bereits Schmerzensgeld von meinem Mandanten gefordert und auch erhalten«, sagte der Anwalt, ohne auf den Zwischenruf von Colette einzugehen.

»Das wundert mich«, sagte Maître Fontaine, »zumal Ihr Mandant Colette Majo doch gar nichts getan hat, wie Sie diesem Gericht gerade versichert haben.«

Leon sah, wie sich einer der beiden Beisitzer zu dem Richter beugte und ihm etwas ins Ohr flüsterte, während der Richter mit der Hand das Mikrofon abschirmte. Dann wandte er sich an den Staatsanwalt und räusperte sich.

»Herr Staatsanwalt, ich höre gerade, dass der pathologische Gutachter an dieser Sitzung als Zeuge der Nebenklage teilnimmt. Ist das richtig?«

»Ja, das ist richtig, hohes Gericht«, sagte Leon sachlich.

»Das scheint mir der geeignete Zeitpunkt, um den Gutachter zu hören, den die Nebenklage stellt«, meinte der Richter. Dann richtete er das Wort an Leon. »Sie haben die Untersuchung der Zeugin Colette Majo am 28. Januar in der Klinik Saint-Sulpice vorgenommen?«

»Ja, das ist korrekt«, sagte Leon. »Die Gendarmerie und die

behandelnde Klinikärztin hatten mich während der Untersuchung der jungen Frau hinzugezogen.«

»Könnten Sie uns bitte Ihre Erkenntnisse während dieser Untersuchung kurz zusammenfassen?«

»Ja natürlich«, Leon warf einen Blick in die Akte, die vor ihm aufgeschlagen auf dem Tisch lag.

»Es war spät in der Nacht in der Notaufnahme, und ich erinnere mich, dass Colette Majo sehr aufgelöst war. Die behandelnde Ärztin konnte sie beruhigen, und Colette Majo war einverstanden, dass ich während der Untersuchung anwesend war, um mögliche Verletzungen aus rechtsmedizinischer Sicht beurteilen zu können.«

»Was haben Sie gesehen?«

»Die Patientin hatte Hämatome im Nacken und an der linken Schulter«, erklärte Leon.

»Was konnten Sie daraus schließen?«, hakte der Richter nach.

»Jemand hatte sie auf dem Bauch zu Boden gedrückt und festgehalten«, antwortete Leon. »Dazu passten auch die Schnittverletzungen, die die Patientin an der Außenseite ihrer Oberschenkel hatte.

»Bestand aus Ihrer Sicht die Möglichkeit, dass sich die Zeugin die Verletzungen in dieser Lage selber zugefügt haben konnte?«

»Das ist aus rechtsmedizinischer Sicht ausgeschlossen.«

»Was heißt ausgeschlossen?«, der Angeklagte war aufgesprungen. »Das hatte sie doch schon zigmal getan. Haben Sie doch gerade gehört.«

»Ruhe«, mahnte der Richter. »Wieso schließen Sie Selbstverstümmelung aus?«

»Bei der Beurteilung der Schnitte spielt die Reichweite der Patientin eine Rolle, die kann nach Lage des Körpers sehr unterschiedlich sein. Wenn die Patientin zum Beispiel auf einem Stuhl gesessen hätte, wäre sie in der Lage gewesen, sich auch mit einem Messer an ihren Beinen zu verletzen. Aber nicht im Liegen und nicht unterhalb des Gesäßes. Da sie Linkshänderin ist, hätte sie sich einen solchen Schnitt eigentlich auch im Stehen nur schwer beibringen können.«

»Was schließen Sie daraus?«

»Nach der Position der starken Hämatome im Nacken und auf der linken Schulter zu urteilen, lag das Opfer auf dem Bauch und wurde von dem Angeklagten durch den Griff im Nacken am Boden fixiert. In dieser Lage gab es eigentlich nur eine Möglichkeit, wie die Schnitte entstanden sind. Der Täter hat sie ihr mit seiner freien rechten Hand zugefügt. Eine andere Möglichkeit sehe ich nicht.«

»So steht es auch in Ihrem Gutachten?«

»An meiner Einschätzung der Verletzungen hat sich nichts geändert«, sagte Leon und setzte sich wieder auf seinen Platz.

Es wurden noch verschiedene Leumundszeugen von der Verteidigung angeführt. Anschließend zog sich das Gericht zu einer Beratung zurück.

Nachdem Colette von ihrer Mutter in die Arme geschlossen worden war, gingen Leon und Maître Fontaine auf einen Espresso in die Kantine. Bisher kannten sich die beiden nur vom Telefon.

»War das nicht eine große Umstellung?«, fragte Leon. »Aus dem tosenden Paris plötzlich in die Provinz umzuziehen?«

»Unterschätzen Sie nie das Tosen der Provinz«, sagte Fontaine mit einem Lächeln. »Ich hatte von Paris genug. Als sich dann die Chance ergab, die Kanzlei in Hyères zu übernehmen, habe ich sofort Ja gesagt.«

»Die Mandanten sind hier wohl etwas weniger glamourös als in Paris.«

»Aber die Fälle sind nicht weniger interessant.«

»Das kann ich nur bestätigen. Und hier im Süden ist die Luft besser«, sagte Leon.

»Sind Sie in den Fall des toten Kindes vom Strand involviert?«

»Wir untersuchen fast alle ungeklärten Todesfälle im Département. Insbesondere, wenn es sich um Opfer von Gewaltverbrechen handelt.«

»Sie dürfen darüber wahrscheinlich nicht sprechen«, der Anwalt hatte die Hände wie zur Entschuldigung gehoben, »aber darf ich fragen, ob Sie bei diesem Fall in einem Gewaltverbrechen ermitteln?«

Leon nickte stumm. »Solche Verbrechen machen einen immer wieder fassungslos«, sagte Leon nach einer Weile. »Wissen diese Menschen überhaupt, was sie da tun?«

»Ich glaube, solche Menschen leben in einer anderen Welt, die wir uns überhaupt nicht vorstellen können«, sagte Fontaine. »Nach meinem Staatsexamen, als ich als Anwalt anfing, habe ich gedacht, ich könnte meinen Mandanten ansehen, ob sie die Verbrechen begangen hatten, die man ihnen zur Last legte. Ob sie Wölfe oder Lämmer waren.«

»Klingt, als käme jetzt ein ›aber‹«, meinte Leon.

Der Maître zögerte kurz, dann sagte er: »Aber ich hatte mich geirrt. Die schlimmsten Verbrecher sehen erschreckend normal aus.«

Leons Handy summte. Das Telefonat dauerte keine fünfzehn Sekunden, dann schaltete Leon sein Smartphone aus.

»Tut mir leid«, sagte Leon. »Ich muss los. War nett, mit Ihnen zu reden.«

»Na dann, bis zum nächsten Mal«, Fontaine reichte ihm seine Hand.

»Spielen Sie Boule?«

»Ein wenig«, Fontaine machte eine vage Handbewegung.

»Kommen Sie doch mal vorbei in Le Lavandou. Wir spielen immer vor dem Café *Chez Miou*.«

»Mache ich gerne.«

»Also hoffentlich bis bald«, meinte Leon. »Und dann mit etwas mehr Zeit.«

Nur wenige Minuten später verkündigte der Vorsitzende Richter, dass er und seine beiden Beisitzer zu der Überzeugung gekommen waren, dass im vorliegenden Fall ein Strafmaß zu erwarten sei, das über zehn Jahre liegen könnte. Daher verwiesen sie den Prozess an die nächsthöhere Instanz, das Cour d'assises in Toulon.

Aber da hatte Leon das Gerichtsgebäude schon längst verlassen und war auf dem Weg ins Hinterland zu einem Fahrradunfall, der ihn noch eine ganze Weile beschäftigen würde.

Kapitel 21

Eine Dreiviertelstunde nachdem der Anruf ihn erreicht hatte, parkte Leon seinen Peugeot auf der engen Bankette der D 39. Die Polizei hatte die Straße in beiden Richtungen abgesperrt, und Leon gab einem der Polizisten seinen Autoschlüssel, damit der sich um seinen Wagen kümmerte. Lieutenant Kadir holte Leon ab und führte ihn auf einem steilen Pfad hinunter in die Schlucht.

»Da geht es aber ziemlich runter.« Leon, der unter Höhenangst litt, versuchte, seinen Blick geradeaus auf die dichten Rosmarinbüsche und Fichten zu konzentrieren und nicht auf den steilen Felsabhang gleich neben dem schmalen Pfad.

»Das müssen gut zwanzig Meter oder mehr sein«, sagte Moma.

»Ein Sturz aus dieser Höhe?« Leon blieb stehen, sah zur Straße hinauf und dann vorsichtig hinunter zum Grund der Schlucht. »Da gibt es nichts, das einen abfangen könnte.«

»Warten Sie nur, bis Sie das Opfer sehen. Sieht übel aus, sagte Moma. »Der Patron hat Sie nur angefordert, weil er Fremdverschulden ausschließen will.«

»Wer hat ihn gefunden?«

»So ein Naturfreak«, sagte Moma. »War auf der Suche nach den Borkenkäfern. Die Biester bohren sich in die Rinde der Fichten. Wenn die Bäume dann ihr Harz verlieren, vertrocknen sie. Und dann haben wieder die Brandstifter ihren Spaß.«

Die Polizei hatte in einem Abstand von fünf Metern den Unfallort mit rot-weißem Flatterband abgesperrt. Obgleich hier unten wohl kaum mit Neugierigen zu rechnen war, die die Arbeit der Polizei stören würden.

»Morgen, Docteur«, sagte Masclau. »Kommen Sie, ich zeige es Ihnen. Ist gleich da vorne. Der Patron wartet schon auf Sie.«

Der Tote lag mit dem Rücken am Boden. Durch seine rechte Seite hatte sich ein Ast gebohrt, der neben dem Nabel wieder herausgetreten war und jetzt 25 Zentimeter aus seinem Körper herausragte. Der Tote erinnerte Leon irgendwie an einen Käfer, der von seinem Präparator mit der Nadel aufgespießt worden war. Leon ging in die Hocke. Aus seinem Augenwinkel sah er, dass die Polizisten, die sich hier unten in der Schlucht versammelt hatten, neugierig nach vorne drängten.

»Bitte, bleiben Sie zurück«, sagte Leon. »Sie vernichten Spuren, das ist ein Tatort.«

»Los, los«, herrschte Masclau seine Kollegen an. »Lassen Sie den Médecin légiste arbeiten.«

Der Tote trug keinen Helm mehr. Das Gesicht schien wie durch eine steinerne Faust zerschmettert worden zu sein. Es war nicht mehr zu erkennen, um wen es sich bei dem Toten handelte.

»Mathieu Bayrou, er hat eine Drogeriekette.« Polizeichef Zerna kam mit Isabelle die enge Schlucht herauf. »Wir haben seinen Ausweis und sein Handy.«

»Die Geschäfte kenn ich«, sagte Masclau. »Da gibt es auch einen Laden in Le Lavandou beim Hafen.«

»Bonjour, Commandant«, sagte Leon höflich.

»Bonjour, Docteur«, antwortete Zerna und schüttelte den Kopf. »Grässlicher Unfall. Dabei war Bayrou so ein erfahrener

Rennradfahrer.« Zerna hielt einen durchsichtigen Asservatenbeutel mit einem Handy hoch. »Ich habe gerade mit seiner Sekretärin gesprochen.«

»Er muss genau da oben abgestürzt sein, wo die Straße unmittelbar an die Felskante stößt.« Isabelle deutete über die Felsen nach oben.

»Wer da runterknallt, hat keine Chance. Sie sehen ja, was passiert«, sagte Masclau.

»Jedenfalls hat er noch gelebt, als er hier unten aufschlug.« Leon hatte sich zu dem Toten hinabgebeugt und richtete sich wieder auf.

»Wie kommen Sie darauf, Docteur?«, fragte Zerna skeptisch.

»Er hat Blut an den Händen«, Leon deutete auf den Toten. »Vielleicht hat er seine Wunde betastet. Die Verletzung durch den Ast hat zu starkem Blutverlust geführt.«

»Oder er hat sich beim Sturz die Hand aufgerissen«, sagte Zerna.

»Keine sichtbaren Verletzungen an der Hand«, meinte Leon nüchtern.

»Wenn Sie mich fragen, hat der gar nichts mehr betastet«, meinte Masclau. »Sehen Sie sich doch sein Gesicht an.«

»Genau das ist das Problem«, antwortete Leon.

»Was meinen Sie?«, fragte Zerna.

Leon antwortete nicht auf die Frage, sondern hatte sich Latexhandschuhe angezogen und sich neben den Toten gekniet.

Er begann, vorsichtig das Gesicht des Toten abzutasten beziehungsweise das, was noch davon übrig geblieben war.

»Nasenbein eingeschlagen ... Möglicherweise sind dabei Knochensplitter bis in den Frontallappen eingedrungen.

»Was bedeutet?«, fragte Masclau.

»Zusammenbruch aller Organe und sofortiger Exitus«, Leon stand auf.

»Sag ich doch«, Masclau sagte das mehr zu Zerna als zu Leon.

»Er ist beim Sturz irgendwo aufgeprallt«, schlug Zerna vor. »Ist doch möglich.«

»Wir wissen, dass er noch gelebt hat, als er hier lag«, sagte Leon.

»Wie erklären Sie sich dann die Verletzungen?«, fragte Zerna.

»Er ist abgestürzt und hier zwischen den Bäumen aufgeschlagen«, erklärte Leon. »Dabei zog er sich die Verletzung durch den Ast zu und wahrscheinlich eine Menge Brüche.«

»Und was ist dann passiert?«, fragte Isabelle.

»Dann ist jemand gekommen und hat ihm das Gesicht zerschmettert.«

»Na sicher. Und wer bitte schön?«, Zerna konnte es nicht leiden, wenn Leon logische Schlüsse zog, die ihm nicht einfielen. »Vielleicht der Umweltfreak? Vergessen Sie's. Der hat einen Schock und liegt in der Klinik.«

»Ich denke eher an denjenigen, der Monsieur Bayrou von der Straße gedrängt hat. Haben Sie das Fahrrad?«

»Ist nur noch ein Haufen Schrott«, meinte Masclau. »Ziemlich teurer Schrott.«

»Du glaubst, jemand hat ihn absichtlich von der Straße gedrängt?« Isabelle sah Leon an. »Und anschließend hat er ihn hier unten getötet. Aber wie?«

»Dafür müsste ich erst eine Obduktion machen«, räumte Leon ein. »Ich vermute mal, er hat einen Stein benutzt.«

»Das können Sie alles aus dem Matsch da rauslesen?«, fragte Masclau herzlos.

»Erspar uns bitte deine Kommentare«, ermahnte Isabelle ihren Lieutenant.

»Aber Masclau hat recht. Das können Sie gar nicht wissen.«

»Einen Stein, etwas größer als eine Faust«, sagte Leon ruhig. »Ich möchte wetten, dass er hier irgendwo liegt.«

Leon sah sich um. Die Schlucht war an dieser Stelle etwa acht Meter breit und ausgewaschen von den Regengüssen des Winters. Nur die Steineiche und ein paar Seekiefern hatten den Unwettern der letzten Jahre Widerstand geleistet. Ihre Wurzeln schienen sich wie überlange Finger an den roten Felsen festzuklammern. Dazwischen stand wilder Rosmarin, der hier in der trockenen, sonnigen Senke bis zu zwei Meter hoch werden konnte.

Leon stand auf und klappte seine alte Ledertasche zu.

»Was hast du vor?«, fragte Isabelle.

»Ich will die Mordwaffe finden«, er zeigte die Schlucht hinauf. »Da oben.«

»In welchem Radius wollen Sie suchen?«, fragte Zerna.

»Wie weit kann er schon geworfen haben, nachdem er seine Wut losgeworden war?«

»Er war also wütend«, sagte Zerna. »Und das schließen Sie woraus?«

»Die Art der Schläge«, antwortete Leon ruhig. »Ein typischer Overkill.«

»Over was?«, wollte Kadir wissen.

»Overkill sagen die Rechtsmediziner, wenn ein Täter sein Opfer nicht nur töten, sondern regelrecht vernichten will«, erklärte Leon.

»Na gut, dann wollen wir mal suchen«, meinte Zerna und sah Leon skeptisch an.

»Masclau, Kadir, Sie helfen dem Docteur«, befahl Isabelle.

Eine halbe Stunde später hatte Leon den Stein gefunden. Er war nicht wie die anderen kreuz und quer durch die Felsen geklettert, den Blick starr zu Boden gerichtet. Er hatte auch nicht den

Boden Planquadrat für Planquadrat abgesucht. Leon hatte sich die Frage gestellt, wie groß der Stein sein musste, der den Apotheker getötet hatte, und war zu dem Ergebnis gekommen, dass er maximal die Größe eines Ziegelsteins haben konnte. Und wie weit würde man schon einen Ziegelstein werfen, wenn man gerade seine ganze Kraft und Wut darauf verwendet hatte, einem Menschen den Schädel zu zertrümmern. Zwölf, vielleicht fünfzehn Meter, dachte Leon. Er blieb ganz ruhig stehen, während die Männer und Frauen der Gendarmerie in entgegengesetzter Richtung suchten. Leon betrachtete den staubigen Boden, auf den das flirrende Sonnenlicht durch den Wipfel einer Steineiche fiel. Die Grillen zirpten laut, Zitronenfalter taumelten durch die heiße Luft, dann sah er es.

Keine zehn Meter von ihm entfernt stieg ein kleiner Schwarm Schmeißfliegen auf und nieder. Leon wusste sofort, dass er die Mordwaffe gefunden hatte, noch bevor er sie sah. Die Fliegen hatten ihn zu dem gesuchten Stein geführt. Der war groß, schwer und blutverschmiert. Leon packte den Stein in einen Asservatenbeutel.

»Wir haben den BMW von Monsieur Bayrou gefunden«, Lieutenant Kadir war zu Leon heraufgekommen. »Er steht auf dem Parkplatz, gleich hinter Collobrières. Der Chef hat gemeint, dass Sie sich den Wagen vielleicht ansehen wollen, bevor die Spurensicherung da ist.«

»Sehr gut, fahren wir.«

Normalerweise würde Zerna ihn nicht informieren. Aber er hoffte offenbar, dass Leon eine Spur finden würde, mit der Zerna bei der Mordkommission in Hyères Eindruck schinden konnte.

Leon folgte dem Streifenwagen, der mit Sirene und Blaulicht unterwegs war. Trotzdem dauerte es auf der engen Straße gut zwanzig Minuten, bis sie schließlich auf den Parkplatz einbogen.

Die Polizei hatte ihn abgesperrt, sodass der silberne BMW X4 einsam und verlassen unter einer dicken Korkeiche stand. Wie auf einem Werbeplakat, dachte Leon. Isabelle kam ihm bereits entgegen.

»Hat schon irgendjemand das Auto geöffnet?«, fragte Leon. Es klang unwirscher, als er wollte. Aber es war ein ewiges Problem bei seiner Arbeit an Tatorten. Immer wieder gab es Polizisten, die sich dadurch hervortun wollten, alles genau zu untersuchen, und auf diese Weise wichtige Spuren zerstörten.

»Nein, darauf habe ich geachtet.« Isabelle wedelte mit einem durchsichtigen Asservatenbeutel, in dem sich ein Autoschlüssel befand.

»Sehr gut, Capitaine«, sagte Leon mit einem kleinen Lächeln.

»Voilà«, sagte Isabelle und drückte auf die Taste des Schlüssels. Mit einem dumpfen Klack entriegelten sich die Türen des BMW.

Es war das Auto eines Geschäftsmannes, aufgeräumt und sauber. Im Kofferraum befanden sich Muster verschiedener Medikamente und ein paar Werbeaufsteller für ein Nahrungsergänzungsprodukt. Auf dem Rücksitz des Wagens lagen ein hellblaues Hemd von Lacoste und eine frische Jeans, daneben ein Frotteehandtuch und eine Plastikflasche Evian-Wasser. Im Fußraum ein Paar Socken und neue Slipper aus Leder. Dinge zum Wechseln, wenn Monsieur Bayrou verschwitzt von seinem Radausflug zurückkommen würde.

Leon hatte seine Latexhandschuhe angezogen und durchsuchte systematisch den Wagen. Es gab jede Menge Ablagen, Halterungen und Taschen in diesem Wagen, aber fast alle waren leer. Schließlich hatte Leon zwei Pakete Papiertaschentücher, eine Schachtel mit Eukalyptusbonbons und eine Handvoll Proben von Hautcremes eingesammelt. Er hatte diese Dinge an Isabelle weitergegeben, die sie in einem großen Asservatenbeutel verschwinden ließ. Es war nicht viel.

»Nichts Interessantes?«, Isabelle sah enttäuscht in die Tüte.

»Ein ordentlicher Staatsbürger«, antwortete Leon, als ihm etwas auffiel. Unter der Fußmatte auf der Beifahrerseite war die Ecke eines Briefumschlags zu erkennen. Leon bückte sich in den Wagen und zog mit spitzen Fingern den Brief hervor, der offensichtlich unter die Matte gerutscht war.

Leon drehte den Brief in der Hand.

»Monsieur Bayrou«, las Leon. »Keine Adresse, kein Absender.«

»Mach schon auf«, drängelte Isabelle.

Es war der Polizei nicht erlaubt, einen adressierten Briefumschlag zu öffnen, wenn nicht Gefahr in Verzug war. Ein Rechtsmediziner durfte sich schon gar nicht in solche Art von Polizeiarbeit einmischen.

»Das darf ich nicht. Aber schließlich ist er ja nicht verschlossen«, meinte Leon spitzfindig und zog eine Postkarte aus dem Umschlag.

»Wenn dich aber dein rechtes Auge verführt, so reiße es aus und wirf es von dir«, las Leon vor. »Es ist besser für dich, dass eines deiner Glieder verderbe und nicht der ganze Leib in die Hölle geworfen werde. – Matthäus 5.29«

Leon drehte die Karte um. Er und Isabelle betrachteten das Bild.

»*Das Weltgericht* von Hieronymus Bosch«, sagte Leon nachdenklich. Er reichte Isabelle die Karte, die wortlos die Figuren betrachtete. Gequälte Menschen und teuflische Wesen aus der Unterwelt, die der Fantasie eines Besessenen entsprungen zu sein schienen.

»Sieht ziemlich düster aus«, sagte Isabelle. »Verstehst du das?«

»Nein, aber für mich klingt es wie eine Drohung.«

Kapitel 22

Die Grundmauern der Kathedrale Notre-Dame-de-la-Seds von Toulon bestand aus dickem provenzalischen Felsen. Selbst an Tagen wie diesem, wenn die Außentemperaturen bis über 30 Grad stiegen, war es hier im Kirchenschiff angenehm kühl.

Dekan Vincent Lambert hatte sich unauffällig in die zweite Reihe gesetzt. Dabei war so viel Rücksicht eigentlich überflüssig, um diese Zeit waren nur eine Handvoll Besucher in der Kirche. Lambert saß unbeweglich auf der harten Bank, hatte die Hände auf der Bibel verschränkt und tat Buße, wie er es selber nannte. Er kam gelegentlich hierher, um armen Sündern die Beichte abzunehmen. Wenn er den Gläubigen half zu bereuen, so hatte sich der Dekan überlegt, dann würde der Himmlische Vater ihm ein paar Punkte gutschreiben. Vielleicht würden ihm auf diese Weise sogar einige seiner eigenen Sünden verziehen werden – ganz bestimmt sogar. Obwohl er im selben Moment wusste, dass diese Vorstellung nicht mehr als ein frommer Selbstbetrug war. Natürlich gab es genügend Priester in der Diözese, die bereit gewesen wären, ihm die Beichte abzunehmen. Aber was zur Hölle – verzeih mir, Herr –, was hätte er denn beichten sollen? Die Dinge, die ihn wirklich bedrängten, hätten das Aus für seine Karriere bedeutet. Also blieb ihm nichts anderes übrig, als gelegentlich Belanglosigkeiten zu beichten. Er sprach dann über seine Eitelkeit und seinen

Stolz, die er gerne überwinden würde. Menschliche Schwächen, die ihm jeder Priester nachsehen konnte. Und er beichtete seinen Ehrgeiz, der ihn so weit nach oben gebracht hatte. Der ihn aber auch blind für die Hoffnungen und Träume anderer Glaubensbrüder gemacht hatte. Die er einfach zur Seite gedrängt hatte auf seinem Weg zur seidenen Mitra.

Lambert erinnerte sich an die Zeiten, als er noch als Ministrant neben dem Priester vor dem Altar gestanden hatte. Wie er Soutane, Chorhemd und Stola für den Pastor über der Stuhllehne in der Sakristei ausbürstete und den feinen Stoff zwischen den Fingern spürte. Eines Tages würde er auch die Stola tragen, hatte er damals gedacht.

Lambert nahm aus dem Augenwinkel wahr, dass ein Mann den Beichtstuhl betrat. Der Dekan zögerte. Er hatte sich erhofft, dass er einer Frau die Beichte abnehmen könnte. Frauen gingen deutlich öfter zur Beichte als Männer. Ihre Sünden waren in der Regel lässlich. Und selbst wenn sie eine Todsünde beichteten wie Wollust oder Neid, waren es meist nur Wünsche oder Schwächen, die leicht zu verzeihen und mit kleinen Bußen aus der Welt zu schaffen waren. Der Dekan erhob sich, bekreuzigte sich und deutete einen Knicks an, als er am Altar vorbeikam. Dann öffnete er die geschnitzte Holztür des Beichtstuhls. Nicht ohne vorher noch einen schnellen Blick auf den Platz des reuigen Sünders zu werfen, der mit einem dunkelroten Vorhang abgehängt war, sodass man nur die Schuhe und den Ansatz der Hosen sehen konnte. Dieser Sünder trug Jeans und auffällige hellblaue Lederslipper.

Der Dekan nahm auf dem gepolsterten Bänkchen Platz und legte sein Ohr an das Holzgitter, das den Priester vom Beichtenden trennte.

»Gelobt sei Jesus Christus«, sagte der Dekan.

»Sparen wir uns den Quatsch, wir müssen reden«, sagte der Mann so unwirsch, dass Lambert zusammenzuckte.

Der Dekan lehnte sich ein Stück zurück. Jetzt erkannte er den Mann. Es war Monsieur Valdez, mit dem er noch vor ein paar Tagen im Besprechungsraum der Kirchenverwaltung gesessen und sich dabei auf den teuflischen Pakt eingelassen hatte. Noch hatte sich Lambert nichts vorzuwerfen. Was aber gleichzeitig bedeutete, dass er sich noch nicht an seinen Teil der Abmachung gehalten hatte. Jetzt spürte der Dekan Sorge in sich aufsteigen. Er hätte nicht erwartet, dass Valdez sich so schnell wieder bei ihm melden würde.

»Lassen Sie uns nach draußen gehen«, sagte Lambert ehrfürchtig. »Dies hier ist ein geweihter Platz.«

»Ich vermute, dann bedeutet er Ihnen etwas – das ist gut.« Valdez schwieg eine Weile, und Lambert konnte ihn atmen hören.

»Das können Sie nicht verstehen«, sagte Lambert resigniert.

»Gestern Abend um 20:15 Uhr gab es im Besprechungszimmer des Bürgermeisters von Toulon eine Sitzung wegen des Verkaufs der Hafenstadt.«

»Ja, davon habe ich gehört«, sagte Lambert zu schnell.

»Nein, nicht nur gehört«, korrigierte Valdez. »Sie waren selber Teilnehmer in dieser exklusiven Runde.«

»Woher wollen Sie das wissen? Das war ein außerordentliches Treffen im ganz privaten Kreis.«

»Eben, eben«, Valdez flüsterte böse. »Darum haben wir ja auch Sie ausgesucht.«

»Sie spionieren mir nach?«, in Lamberts Stimme schwang Empörung mit.

»Wir haben einen Deal, Dekan«, korrigierte Valdez.

»Das ist mir durchaus bewusst«, antwortete Lambert.

»Sie wollten doch in unserem Sinne intervenieren.« Die Stimme des Besuchers war plötzlich hart und scharf.

»Das werde ich auch«, der Dekan wirkte gekränkt. »Wenn es an der Zeit ist.«

»Nein, das werden Sie sofort tun«, sagte Valdez. »Wenn wir richtig informiert sind, gibt es heute um 19 Uhr ein weiteres Treffen.«

»Wollen Sie etwa die Kirche unter Druck setzen?«, fragte Lambert, und er hätte schwören können, dass der Besucher in diesem Moment ein geradezu diabolisches Lächeln im Gesicht hatte.

»Nein, nicht die Kirche«, sagte Valdez ganz kühl. »Wir werden Sie unter Druck setzen.«

»Was wollen Sie?«, flüsterte Lambert, der fürchtete, dass ihre Unterhaltung in der ganzen Kirche zu hören war.

»Pacta sunt servanda«, meinte Valdez.

»Ich werde meinen Vertrag erfüllen.« Lambert spürte, wie ihm der Schweiß ausbrach.

»Ich habe gesehen, dass Sie unser Geld bekommen haben«, sagte Valdez. »Sie müssen jetzt gut aufpassen, was Sie machen. Ein falsches Wort könnte Ihre Karriere vernichten.«

»Ich habe gesagt, dass ich in dieser Sache tun werde, was ich kann.«

»Das ist uns zu wenig. Sie müssen den Deal für uns abschließen. Erfolgreich abschließen. Haben Sie das verstanden?«

»Ja«, sagte Lambert nach einem Zögern, und es machte den Anschein, als ob das Aussprechen dieses kleinen Wortes ihn seine ganze Kraft kosten würde.

»Versuchen Sie nicht, uns zu hintergehen. Wir können sehr unangenehm werden«, meinte Valdez lächelnd und erhob sich. »Bonne journée, und gelobt sei Jesus Christus.«

Damit erhob sich der Besucher und verschwand in Richtung

Ausgang. Lambert saß erschöpft in der stickigen Enge des Beichtstuhls, und sein Puls raste. Was hatte er getan, dass Gott ihn so strafte? In seinem tiefsten Inneren kannte er die Antwort. Keine Buße der Welt würde ihn von der Schuld erlösen können, die er auf sich geladen hatte.

Kapitel 23

Die Villa der Familie Bayrou lag am Rand von La Londe, keine hundert Meter vom Meer entfernt. Das Haus war in den Dreißigerjahren vom Besitzer einer Parfümfabrik gebaut worden. Nach dem Tod des Firmengründers blieb der typische provenzalische Bau noch zwei Generationen lang in der Hand der Familie. In der dritten Generation zerstritten sich die Erben über die Aufteilung der Immobilie. Bis schließlich Mathieu Bayrou das prächtige Haus mit dem großen parkähnlichen Garten kaufte und modernisierte.

Isabelle hatte ihren Streifenwagen in der ruhigen Seitenstraße geparkt. Dann hatte sie geläutet, und eine Hydraulik öffnete das große schmiedeeiserne Tor. Der Kies knirschte unter Isabelles Schuhen, als sie durch eine kurze Platanenallee auf den Eingang des zweistöckigen Herrenhauses zuging. Das Gebäude war zartgelb gestrichen und hatte weiße Sprossenfenster mit weißen Läden. Ein prächtiges Anwesen. Es wirkte nicht trutzig, sondern besaß den leichten, verspielten Charme der Provence.

Als Isabelle neben dem Eingang an der Glocke zog, wurde fast im gleichen Augenblick die Tür geöffnet.

»Bonjour, Commissaire Morell«, begrüßte Florence Bayrou ihre Besucherin.

»Capitaine Morell«, korrigierte Isabelle.

Isabelle fiel sofort auf, dass Madame Bayrou an diesem heißen Tag ganz in Schwarz gekleidet war. Sie hatte sich offensichtlich umgezogen, nachdem sie von Isabelle über den Tod ihres Mannes unterrichtet worden war. Sie schien erstaunlich gefasst.

»Bitte, kommen Sie herein«, sagte Madame Bayrou.

Isabelle folgte der Witwe durch die weitläufige Eingangshalle und das großzügige Wohnzimmer zur Terrasse. Dort war unter einem ausladenden dunkelblauen Sonnenschirm der Tisch gedeckt worden. Eine junge Frau von Ende zwanzig sah durch die Terrassentür.

»Darf ich jetzt den Eistee bringen, Madame?«, fragte die Bedienstete.

»Möchten Sie Eistee?«, fragte Madame Bayrou ihre Besucherin. »Es gibt aber auch Kaffee.«

»Eistee wäre schön«, sagte Isabelle, und die junge Frau verschwand.

Vor der Terrasse senkte sich das Gelände in flachen, breiten Stufen zur nahen Bucht ab, sodass man einen freien Blick aufs Meer hatte, das um diese Tageszeit dunkelblau wie Tinte vor ihnen lag.

»Bitte, setzen wir uns doch«, sagte Madame Bayrou in einem Ton, als würde sie eine Freundin zur Bridgerunde begrüßen.

»Danke«, sagte Isabelle.

»Bitte verstehen Sie mich nicht falsch, aber ich muss das alles …« Sie unterbrach sich und wischte sich mit dem Finger eine Träne aus dem Auge.

»Sie sagten am Telefon, Ihr Mann sei öfter bei Collobrières mit dem Fahrrad unterwegs gewesen.«

»Ja, bestimmt ein- oder zweimal die Woche«, bestätigte Madame Bayrou. »Er mochte die Einsamkeit der Hügel. Ich habe ihn so oft gebeten, nicht dort zu fahren.«

»Warum nicht?«

»Diese Straße ist gefährlich. Eng und sehr steil. Ich war immer in Sorge, dass etwas passieren könnte«, wieder versagte ihr die Stimme.

»Wir glauben, dass es kein Unfall war.«

»Kein Unfall, was meinen Sie? Sie haben mir doch selber am Telefon gesagt, dass Mathieu, also, dass mein Mann mit dem Fahrrad in die Schlucht ...«, sie unterbrach sich.

»Wir haben Grund zur Annahme, dass Ihr Mann getötet worden ist.«

Madame Bayrou wandte den Kopf ab und tupfte sich die Augen mit einem Taschentuch. So, als hätte sie etwas zu verbergen.

»Erschien Ihnen Ihr Mann in letzter Zeit irgendwie verändert?«, fragte Isabelle.

»Verändert, was meinen Sie? Nein«, sie zögerte. »Das heißt, gestern hat er mir erzählt, dass er nicht schlafen konnte und dass er die halbe Nacht durch das Haus gewandert sei. Er hat das auf sein Herz geschoben. Er hatte schon einmal einen Infarkt. Das war vor vier Jahren.«

»Sind Sie nicht aufgewacht?«

»Das Haus ist groß. Ich höre nicht, wenn er in die Küche geht.« Sie zögerte und ergänzte dann leise: »Wir haben getrennte Schlafzimmer.«

»Schon seit Jahren«, schob sie schnell hinterher, als ob es ihr wichtig war, dass Isabelle das wusste.

»Ich möchte Ihnen nicht zu nahetreten, aber wäre es möglich, dass Ihr Mann eine Beziehung hatte?«

»Nein«, sagte die Witwe sofort. »Das wüsste ich. Ich meine, so etwas merkt eine Frau doch, oder?«

»Hatte Ihr Mann geschäftliche Sorgen? Gab es vielleicht einen Konkurrenten?«

»Sie fragen mich, ob er Feinde hatte? Die Antwort ist Nein. Mathieu war ein Workaholic. Er hatte kaum Freunde. Ich meine, richtige Freunde. Er lebte ganz für die Firma.«

»Niemand?«, hakte Isabelle nach.

»Natürlich kannte er viele Leute. Ich meine, in seiner Position. Und es gab da so einen Kreis aus Universitätszeiten, alte Freunde. Die traf er aber nur gelegentlich. Vielleicht ein-, zweimal im Jahr.«

Isabelle betrachtete Madame Bayrou. Die Witwe war älter, als Isabelle erwartet hatte, sie war wahrscheinlich sogar ein paar Jahre älter als ihr verstorbener Mann. Sie hatte etwas Bodenständiges, als wäre sie durch nichts aus der Bahn zu werfen, nicht einmal durch den Tod ihres Mannes. Das Telefon läutete, aber Madame Bayrou ging nicht ran.

»Gehen Sie nur, ich habe Zeit«, sagte Isabelle, aber Madame Bayrou schüttelte nur den Kopf und ließ das Telefon klingeln.

»Sie haben recht, Madame«, sagte die Witwe. »Ich weiß nicht, was mein Mann in seiner Freizeit getan hat. Er lebte sein Leben, und ich, ich lebte mein Leben. Ist das normal? Ich weiß es nicht.«

Wahrscheinlich hatte die Beziehung der beiden auch einmal mit einer heißen Liebe begonnen, dachte Isabelle. Und dann, nach und nach .... War das bei allen Paaren so, wenn sie ein bestimmtes Alter erreicht hatten? Würden sie und Leon auch eines Tages getrennte Schlafzimmer haben?

Isabelle beobachtete die Frau. Irgendwie konnte sie sich eine Liebe zwischen Madame Bayrou und ihrem Mann nicht vorstellen.

»Haben Sie Kinder?« Isabelle war aufgefallen, dass im Wohnzimmer keine Familienbilder aufgestellt waren. Die Witwe lächelte nervös.

»Nein, keine Kinder, überhaupt keine direkten Verwandten. Und wenn Sie sich fragen, was aus alldem hier einmal wird«, sie machte eine vage Handbewegung Richtung Haus und Garten.

»Ich werde es weiterführen. Alles wird genau so weiterlaufen wie bisher.«

Isabelle sah das blaue Meer glitzern. Davor die schlanken Zypressen und die rot blühenden Oleanderbüsche, der türkisfarbene Pool und ein weiß gestrichener Pavillon. Alles schien so perfekt zu sein, und trotzdem stimmte etwas daran nicht. Isabelle musste an einen Film denken, aus dem das entscheidende Stück herausgeschnitten worden war.

Kapitel 24

Bei zwanzig Brüchen hatte Leon aufgehört zu zählen. Das Opfer, das da auf dem Obduktionstisch lag, hatte einen schmerzhaften Tod erlitten. Bayrou war den Steilhang hinabgestürzt, war gegen Bäume und Felsen geprallt, um dann schließlich am Grund der Schlucht aufzuschlagen. Unbeweglich, wie Leons Untersuchung ergeben hatte. Ein Bruch des Rückgrats in Höhe der Lendenwirbelsäule hatte zu einer Lähmung der Beine und Beckenorgane geführt. Wenigstens hatte die Querschnittslähmung dem Opfer Schmerzen erspart. Das galt allerdings nicht für all die anderen Verletzungen. Es gab Brüche, Quetschungen und viele große und kleine Hämatome. Das bedeutete, dass noch eine Zeit lang Blut in das Gewebe des Opfers eingetreten war und zur Verfärbung der entsprechenden Hautflächen geführt hatte. Der Apotheker musste also nach seinem Sturz noch eine ganze Weile gelebt haben.

»Haben wir schon einen Todeszeitpunkt?« Rybaud hielt ein Klemmbrett mit einer Checkliste in der Hand.

»Er lag im Schatten, als ich die Körpertemperatur gemessen habe. Die lag um 13 Uhr bei 33 Grad«, Leon rechnete im Kopf nach. Bei diesen Außentemperaturen verlor ein menschlicher Körper ungefähr ein Grad pro Stunde. Wobei man noch berücksichtigen musste, dass die ersten zwei Stunden die Körpertemperatur relativ konstant blieb.

»Er ist gegen sieben Uhr gestorben. Plus/minus eine halbe Stunde«, sagte Leon, und sein Assistent trug die Werte in die Liste ein.

»Sie zögern?«, fragte Rybaud.

»Ich denke nach«, sagte Leon.

Er betrachtete das Opfer, dessen Gliedmaßen verdreht und gebrochen waren, als wäre es von einem Lastwagen überrollt worden.

»Der Sturz hat aber schon deutlich früher stattgefunden«, sagte Leon nach einer Weile. »Wenn man die Verfärbung der Hämatome berücksichtigt und den Blutverlust durch die Verletzung der Bauchhöhle. Ich würde sagen: etwa eine Stunde zuvor.«

»Der Täter musste schließlich bis zu ihm hinunterklettern«, wandte Rybaud ein.

»Es gibt da einen Pfad. Der Abstieg dauert knapp sechs Minuten. Ich habe auf die Uhr gesehen.«

»Das würde ja bedeuten ...«, Rybaud dachte nach. »Warum hat der Täter sein Opfer nicht gleich getötet?«

»Das genau ist die Frage.«

Leon sah wieder zu dem Toten. Ein erfolgreicher Unternehmer stürzt eines Morgens mit seinem Rennrad in eine Schlucht. Auf einer Strecke, die er schon Dutzende Male gefahren ist und die dafür bekannt ist, dass dort so gut wie kein Verkehr herrscht.

Hätte ein Autofahrer, der einen solchen Unfall verursachte, nicht sofort Fahrerflucht begangen? Dieser Autofahrer dagegen war die Böschung hinabgeklettert und hatte noch eine knappe Stunde bei seinem Opfer verbracht, bevor er es mit einem Stein erschlug. Was wollte der unbekannte Autofahrer von Bayrou? Kannte er ihn? War das Ganze ein geplanter Anschlag?

Leon stellte sich vor, wie das Opfer hilflos am Boden lag, aufgespießt von einem Ast, während der Unbekannte es betrachtete. Ging es vielleicht um eine Erpressung? Um Geld, Firmengeheimnisse? Was für eine Beziehung bestand zwischen Opfer und Täter? Welches Geheimnis verbarg sich hinter diesem Mord?

Die Obduktion dauerte eine gute Stunde. Von den schweren inneren Verletzungen, die durch den Sturz verursacht worden waren, abgesehen, war Mathieu Bayrou in durchschnittlicher gesundheitlicher Verfassung gewesen. Seine Blutwerte waren gut. Er war gut trainiert, schien sich gesund zu ernähren und war relativ fit für einen Dreiundfünfzigjährigen. Vielleicht hatte sein gesundheitlich so umsichtiges Verhalten auch mit dem Herzinfarkt zu tun, den Bayrou vor einigen Jahren erlitten hatte. Für viele Patienten war eine solche Erfahrung Anlass, ihr Leben fortan gesünder zu führen. Einen neuen Herzinfarkt oder Schlaganfall konnte Leon jedoch als Todesursache ausschließen. Irgendjemand hatte Bayrou von der Straße in die Schlucht gestoßen.

Das Einzige, was jetzt noch fehlte, war die eindeutige Identifizierung des Toten. Das war in diesem Fall etwas komplizierter, da die Vorderseite des Schädels dermaßen zertrümmert war, dass man das Gesicht des Toten nicht mehr erkennen konnte. Ein erster Hinweis, dass es sich bei dem Opfer tatsächlich um Mathieu Bayrou handelte, war das verkürzte rechte Bein des Opfers. Der zweite Nachweis war der jüngste Zahnstatus, den der Dentist von Mathieu Bayrou inzwischen per E-Mail an die Rechtsmedizin übermittelt hatte.

Die Totenstarre hatte bereits eingesetzt, aber durch die multiplen Brüche von Ober- und Unterkiefer war die Mundhöhle leicht zu erreichen. Leon würde das Osteotom nicht brauchen, um den Knochen aufzufräsen. Er legte das Instrument zur Seite und wählte stattdessen einen kleinen Haken und eine Pinzette, um den Mund des Opfers zu öffnen. Wie immer diktierte Leon jeden seiner Schritte in das digitale Aufnahmegerät. Rybaud stand neben ihm, bereit, ihm die notwendigen Instrumente zu reichen.

Kronen und Plomben entsprachen exakt den Bildern und dem Bericht von Bayrous Zahnarzt. Leon wollte schon die Untersuchung beenden, als er den kurzen grünen Pflanzenstiel zwischen den Zahntrümmern entdeckte. Vorsichtig, ohne die Pflanze zu beschädigen, zupfte er sie mit der Pinzette heraus. Es waren drei zartgelbe Blütenpompons einer Mimose, die an dem typischen feingefiederten Blatt wuchsen.

»Mimosen gibt's in den Hügeln jede Menge«, vermutete Rybaud. »Ist vielleicht beim Sturz in den Mund geraten.«

»Das kann ich mir kaum vorstellen«, antwortete Leon.

»Warum nicht?«

»Weil ich nicht an Zufälle glaube und weil die Mimose auch als ›Todesblume‹ gilt.«

Jetzt hat mir der Tote also doch noch eine Nachricht übermittelt, dachte Leon, als er das grüne Tuch über den leblosen Körper deckte.

Kapitel 25

Dr. Vincent Lambert hatte sich vom Fahrer der Diözese in die Rue Portalet bringen lassen. Der Dekan trug wie üblich Soutane und Kollar. Beim Aussteigen bat er den Fahrer, in einer halben Stunde wieder zurück zu sein. Vielleicht würde er ein paar Minuten auf den Priester warten müssen, aber Dr. Lambert war sicher, dass die Anprobe nicht allzu lange dauern würde. Der zukünftige Bischof eilte unter den Arkaden entlang, vorbei an einem Feinkostgeschäft und an einer Weinhandlung. Da würde er später auf dem Rückweg noch einmal vorbeisehen müssen, egal, wie knapp bemessen seine Zeit war.

Es waren nur ein paar Dutzend Meter bis zum Eingang des Schneiderateliers Olivier. Trotzdem konnte Lambert nicht verhindern, dass er erkannt wurde. Und das hieß in seinem Fall, dass die Menschen stehen blieben und höflich »Bonjour, Père« sagten. Männer machten eine dezente Verbeugung, und die Frauen deuteten einen Knicks an. Lambert versuchte, so zu tun, als wäre ihm diese Aufmerksamkeit peinlich, aber in Wirklichkeit genoss er jede Sekunde.

Als er die Schneiderei erreichte, wurde die Tür geöffnet, und Pascale Olivier bat den hohen Gast hinein. Er schloss hinter seinem Besucher die Tür ab und wendete das Schild im Schaufenster. »Fermé« war jetzt von außen zu lesen.

Niemandem war der Mann mit dem Strohhut, dem tadellosen Sakko und der hellen Leinenhose aufgefallen, der von der gegenüberliegenden Straßenseite die Ankunft des Priesters beobachtet hatte. Der Mann notierte sich etwas auf einem kleinen Block. Dann wandte er sich dem Obstverkäufer zu und kaufte vier süße Äpfel der Sorte Pink Lady.

Kapitel 26

»Sie können also einen Unfall ausschließen, Docteur?«, sagte Zerna mit einem Seufzen.

Der Polizeichef lehnte sich in seinem mächtigen Ledersessel zurück. Eine Geste, die sein Gegenüber beeindrucken, die Souveränität vermitteln sollte. Doch für Leon sah der Leiter der Gendarmerie in seinem großen Sessel aus wie ein kleiner Junge, der Chef spielen wollte. Er musste unwillkürlich lächeln.

»Meine Einschätzung, die ich Ihnen schon heute Vormittag am Tatort gegeben habe, hat sich in jedem Punkt bestätigt«, sagte Leon.

»Das heißt?« Zerna blätterte durch den Bericht der Rechtsmedizin.

»Der Unfall geschah gegen sechs Uhr morgens. Eine knappe Stunde später wurde Monsieur Bayrou erschlagen.«

»Warum sollte jemand so etwas tun?«, sagte Zerna. »Ein Überfall?«

»In den Hügeln von Collobrières wartet doch niemand am Straßenrand, um einen einsamen Radfahrer auszurauben«, schaltete sich Isabelle ein, die in dem Besucherstuhl neben Leon saß.

»Auszurauben und zu töten«, ergänzte Zerna.

»Mehr als das«, sagte Leon. »Wir haben es mit einem klassischen Fall von ›übertöten‹ zu tun. Ein Schlag mit dem Stein hätte genügt, um das Opfer umzubringen. Aber dieser Täter hat mindestens zwölfmal zugeschlagen. Der wollte nicht nur töten, der wollte Bayrou vernichten.«

»Und was schließt du daraus?«, fragte Isabelle.

»Dass wir es mit einer Beziehungstat zu tun haben.«

»Eifersucht?«, fragte Zerna. »Vielleicht hatte der Mann ja eine Geliebte.«

»Seine Frau behauptet Nein. Da schien sie sich ganz sicher zu sein.«

»Frauen wissen auch nicht immer alles«, Zerna klang ein wenig beleidigt.

»Die ersten Ermittlungen haben noch keinen Hinweis auf einen Täter gegeben«, Isabelle rückte auf ihrem Stuhl nach vorne und sah auf den kleinen Notizblock in ihrer Hand. »Mitglied im Golfklub, Mitglied im Lions Club. Regelmäßige Spenden an verschiedene soziale Organisationen. Seit zwanzig Jahren verheiratet, kinderlos. Noch nie bei der Polizei aktenkundig geworden. Studium an der Universität von Aix-en-Provence. Später das Geschäft des Vaters übernommen und erweitert. Eltern beide verstorben. Vor sieben Jahren hat er die Villa bei La Londe gekauft und renoviert. Das ist alles.«

»Eine Stütze der Gesellschaft«, sagte Zerna ironisch.

»Nur dass diese Menschen normalerweise nicht in die Schluchten des Massif des Maures stürzen«, meinte Isabelle.

Der Polizeichef hatte den vorläufigen Bericht überflogen und tippte mit dem Finger auf eine bestimmte Stelle.

»Was hat es mit dieser Mimosenblüte auf sich?«, fragte Zerna.

»Haben wir in seinem Mund gefunden.«

»Eine Mimosenblüte?«, versicherte sich der Polizeichef noch einmal.

»Richtig.«

»Und sie könnte da nicht zufällig hineingeraten sein?«

»Natürlich könnte das auch ein Zufall sein«, sagte Leon. »Ebenso zufällig könnte Bayrou in die Schlucht gestürzt und dort erst von dem Unbekannten entdeckt und getötet worden sein. Nur, wahrscheinlich ist das alles nicht.«

Zerna schaute von dem Bericht auf und musterte seinen Besucher. Er tippte erneut mit dem Finger auf das Papier.

»Aber ein Beweis ist das hier auch nicht.«

»Ich bin nur für die rechtsmedizinischen Untersuchungen zuständig. Die richtigen Schlüsse daraus zu ziehen, überlasse ich der Gendarmerie Nationale.«

Isabelle lächelte. Es klopfte, und im nächsten Augenblick öffnete sich auch schon die Tür. Lieutenant Kadir betrat das Büro.

»Jetzt nicht«, sagte Zerna kurz angebunden, »wir haben eine Besprechung.«

»Entschuldigen Sie, Patron«, sagte Moma betont höflich, »wir hatten gerade einen Anruf aus einem medizinischen Zentrum bei Draguignan. Da will sich ein Arzt erinnern, dass er vor zwei Wochen einen akuten Blinddarm operiert hat.«

»Und wieso sollte das mit unserem Fall zu tun haben?«, fragte Zerna.

»Der Patient war elf Jahre alt, sprach kein Französisch, nur Arabisch und war vom Leiter eines Flüchtlingsheims gebracht worden.«

Kapitel 27

Es geschah nur selten, dass Isabelle und Leon zusammen an einer Ermittlung arbeiteten. Schließlich sah es die Gendarmerie nicht gerne, wenn der Médecin légiste außerhalb seines Instituts tätig wurde. Vor allem aber versuchten Leon und Isabelle, Berufliches und Privates strikt zu trennen. Doch diesmal hatte Zerna darauf bestanden, dass Leon die stellvertretende Polizeichefin zu der Ermittlung begleitete. Schließlich konnte Leon bei einem Arzt die richtigen Fragen stellen, wenn es um die Identität des namenlosen Jugendlichen ging. Er hatte den toten Jungen obduziert und könnte daher verhindern, dass sich die Polizei bei ihrer Fahndung auf eine falsche Spur begab.

Am Steuer des Streifenwagens saß Lieutenant Kadir. Erstens durften die Beamten der Gendarmerie grundsätzlich nicht alleine ermitteln, und zweitens konnte es nützlich sein, jemanden dabeizuhaben, der Arabisch sprach, wenn man auf dem Weg in ein Flüchtlingslager war.

Der Renault der Gendarmerie Nationale schraubte sich durch die engen Windungen der D 557 zu dem verträumten mittelalterlichen Örtchen Tourtour hinauf. Die Aussicht von hier oben war fantastisch. Im Süden reichte der Blick über dichte grüne Wälder bis hinunter in die Ebene der *Argens*. Im Westen war der 800 Meter hohe Gros Bessillon zu erkennen, und im Norden lagen die endlosen Lavendelfelder, für die die Hochebene einmal so berühmt war. Das war in einer Zeit, als Medizin und Parfüm noch aus echten Pflanzen hergestellt und nicht in den Laboratorien der Pharmafirmen künstlich erzeugt wurden. In den letzten Jahren war das Interesse der Verbraucher an Naturprodukten wieder gestiegen, aber der Markt war klein und die Verdienstchancen der Bauern entsprechend bescheiden.

Der Besuch der Klinik bei Draguignan hatte kaum eine halbe Stunde gedauert. Der Arzt, der den akuten Blinddarm des Jungen vor über zwei Wochen operiert hatte, konnte sich gut an den Fall erinnern. Der junge Patient war in einem schlechten gesundheitlichen Zustand gewesen, als er eingeliefert wurde. Dem Arzt in der Notaufnahme war sofort klar, dass sie es mit einem akuten Blinddarm zu tun hatten. Trotzdem untersuchte er den Patienten zusätzlich mit dem Ultraschallgerät. Die Bilder bestätigten seine Diagnose. Sie zeigten eine eindeutige Schwellung eines entzündeten Appendix. Da die Ärzte in Sorge waren, dass es zu einem Durchbruch kommen könnte, entschlossen sie sich, sofort zu operieren.

Das Ärzteteam konnte dem Jungen keine Fragen stellen, da er ausschließlich Amharisch, einen äthiopischen Dialekt, sprach. Das Klinikpersonal gab dem Kind den Namen Mohammed, und dabei blieb es. Der Junge erholte sich schnell von dem Eingriff. Es kam zu keiner Infektion, und so konnte der Junge wieder zurück in das Flüchtlingsheim gebracht werden, aus dem er auch gekommen war. Nach dem Gespräch mit dem behandelnden Arzt und der Einsicht in die Patientenakte der Klinik stand für Leon schnell fest, dass der Junge das Kind war, das die Polizei vor drei Tagen am Strand von Le Lavandou gefunden hatte.

Eine Dreiviertelstunde später hielt der Polizeiwagen vor einer ehemaligen Kaserne. Das Gebäude lag in einer Senke zwischen den Hügeln von Tourtour. Gleich hinter dem Gebäude begann die Hochebene von Canjuers, eines der größten Militärübungsgelände Frankreichs. Seit die »Grande Nation« an ihren Militärausgaben sparte, wurden viele Teile der Anlage nicht mehr genutzt. Mit großem Tamtam war hier fünf Jahre zuvor ein Flüchtlingslager eröffnet worden. Der Bürgermeister und sogar ein Staatssekretär aus dem Innenministerium waren extra angereist, um sich für ihre humanitäre Geste in den Medien feiern zu lassen. Natürlich wurde der eigentliche Grund für die isolierte Lage des Lagers verschwiegen. Der Platz lag maximal weit weg von der nächsten größeren Stadt und war auf diese Weise leichter zu kontrollieren.

In dieses Flüchtlingsheim wurden vor allem Asylsuchende gebracht, die illegal von Italien aus die französische Grenze überquert hatten. In der Regel waren das junge Männer im Alter zwischen siebzehn und dreißig Jahren. Aber es waren auch immer öfter Kinder darunter.

Der graugrüne Militärbau war von einigen kleineren Anbauten umgeben. Leon war aufgefallen, dass einige der Flüchtlinge zwischen Korkeichen und üppigen Rosmarinbüschen verschwunden waren, als Isabelle und Moma, beide in Uniform, aus dem Auto stiegen. Leon vermutete, dass viele von ihnen keinen Aufenthaltstitel in Frankreich hatten. Das Heim war offensichtlich heillos überbelegt. Überall standen junge Männer, diskutierten oder spielten in der glühenden Hitze Fußball auf einem staubigen Feld.

Die Anlage war von einem Zaun umgeben, aber das Tor stand weit offen. Hier warteten bereits ein Mann und eine Frau auf die drei Besucher aus Le Lavandou. Der Mann ging auf Isabelle zu.

»Capitaine Morell?«, fragte er und schüttelte Isabelle die Hand.

»Ja. Von der Gendarmerie Nationale Le Lavandou. Das sind

Docteur Ritter und Lieutenant Kadir«, sagte Isabelle. »Und Sie sind Monsieur Robert?«

»Richtig, wir haben telefoniert«, er zeigte auf die Frau, die ihn begleitete. »Das ist Ella, ohne sie geht hier gar nichts im Flüchtlingsheim.«

Ella war eine entschlossene, kräftige Person, der man ihre Energie förmlich ansah. Aber Leon sah auch, dass ihr etwas auf der Seele lag.

»Sie sind ganz sicher, dass Sie sich nicht geirrt haben?«, fragte Ella. »Der Junge, den Sie am Strand gefunden haben, war der ...«, sie unterbrach sich.

»Operationswunden, Größe, Gewicht und noch einige andere Merkmale stimmen überein«, sagte Leon. »Da bestehen keine Zweifel.«

»Das arme Kind«, seufzte Ella.

»Haben Sie sich denn nicht gewundert, dass der Junge plötzlich nicht mehr hier war?«, fragte Isabelle.

»Die Kinder bleiben nicht lange hier. Sie werden auf spezielle Heime mit altersgerechter Betreuung verteilt. Eines Tages war der Junge verschwunden. Wir können die Kinder ja nicht einsperren.«

»Die wollen alle nach Paris, Lyon oder Montpellier«, sagte Monsieur Robert. »Da, wo sie Familien haben oder Freunde.«

»Wir haben überhaupt erst nach drei Tagen gemerkt, dass der Kleine nicht mehr da war«, sagte der Heimleiter.

»Haben Sie nicht nach ihm gesucht?«, wollte Lieutenant Kadir wissen. »Warum sind Sie nicht zur Polizei?«

Für diese Bemerkung erntete der Polizist nur einen mitleidigen Blick.

»Möchten Sie etwas trinken? Wir können uns da an den Tisch setzen«, Ella deutete zu einer Reihe von Bänken.

»Gerne«, sagte Isabelle.

Kurz darauf saß die Gruppe im Schatten einer gewaltigen Pinie. Es gab Tee und dazu ein paar Stücke Honigmelone.

»Wir haben nicht oft Besuch von den Behörden hier draußen«, entschuldigte sich Monsieur Robert für die karge Mahlzeit.

»Die ist lecker«, Isabelle aß genüsslich ein Stück Melone.

»Ist das hier denn keine staatliche Einrichtung?«, fragte Leon.

»Man merkt, dass Sie nicht bei der Polizei sind«, sagte Ella nachsichtig. »Der Staat stellt nur die Unterkunft und die Versorgung sicher, für alles andere, vom Bettzeug bis zu den Melonen, sind wir auf Spenden angewiesen.«

»Wie viele Flüchtlinge befinden sich hier?«, wollte Leon wissen.

»Das Haus wurde ursprünglich für hundertfünfzig Flüchtlinge ausgelegt«, antwortete Monsieur Robert.

»Das sind doch mehr«, Leon sah zu den Männern hinüber, die miteinander redeten oder auf ihren Smartphones tippten.

»Zurzeit sind es ungefähr dreihundert«, sagte Ella. »Was sollen wir tun? Wir können sie ja nicht vorm Tor stehen lassen.«

»Wie ist der Junge hierhergekommen?«

»Das wissen wir nicht genau. Eines Morgens lag er da in der Zufahrt unter den Bäumen und wälzte sich vor Schmerzen«, erinnerte sich Ella.

»Kennen Sie seinen richtigen Namen?«, erkundigte sich Isabelle.

»Die anderen nannten ihn Ermias. Aber ich weiß es nicht.« Ella zuckte mit den Schultern. »Angeblich hatte er seinen Pass unterwegs verloren – so wie die meisten.«

»In so einer Situation fragt man nicht nach dem Namen«, sagte Monsieur Robert. »Da sieht man zu, dass man ein Auto organisiert und ihn zur Klinik bringt.«

»Zum Glück war der Bauer gerade hier, der uns mit Gemüse versorgt. Der hat den Jungen dann nach Draguignan gefahren.«

»Ich habe mit der Klinik gesprochen«, sagte Leon. »Das war knapp.«

»Die Flüchtlinge wissen nicht, dass man bei uns einfach in die Notaufnahme einer Klinik gehen kann, wenn man gesundheitliche Probleme hat. Die warten bis zur letzten Sekunde.«

»Hatte der Junge Kontakte zu anderen Flüchtlingen? Jemand, mit dem wir uns unterhalten können?«, fragte Isabelle.

»Weiß nicht. Die Menschen hier haben schlechte Erfahrungen mit der Polizei gemacht«, sagte Ella. »Ermias war ein Einzelgänger.«

»Wir können es ja versuchen«, sagte Monsieur Robert. Er winkte einem älteren Jungen zu, der bei einer Gruppe stand. Als er den Heimleiter winken sah, kam er lustlos zu dem Tisch unter der Pinie getrottet.

»Das ist Hawi. Hawi kommt aus Äthiopien. Er hat sich um Ermias gekümmert«, sagte Monsieur Robert und dann zu dem Jugendlichen. »Diese Leute haben ein paar Fragen an dich, wegen Ermias.«

Der Jugendliche erwiderte nichts und spuckte respektlos auf den Boden.

»Alors, Hawi«, ermahnte ihn Ella.

»Ich rede nicht mit der Polizei«, nuschelte Hawi.

»Du sprichst Französisch?«, fragte Moma auf Arabisch.

»Klar kann ich Französisch«, sagte Hawi. »Aber ich rede trotzdem nicht mit den Bullen.« Er schüttelte den Kopf. »Auf keinen Fall.«

»Warum nicht?«

»Weil Leute wie ihr ihn umgebracht haben.«

Isabelle sah schnell zu Robert, der hob nur die Schultern, was so viel bedeuten sollte wie: Ich habe keine Ahnung, woher die das schon wieder wissen.

»Warum sagst du das?«, fragte Isabelle.

»Ich sag doch, ich rede nicht mit euch«, damit drehte der Junge sich um und stapfte trotzig davon.

Leon stand auf. Er wechselte mit Isabelle einen kurzen Blick, und sie nickte.

Leon lief hinter dem Jugendlichen her.

»Hawi«, rief Leon, »warte kurz! Ich bin nicht bei den Flics«.

»Ach, nee?«, sagte Hawi.

»Ich bin Mediziner«, sagte Leon. »Ich habe Ermias untersucht in der Gerichtsmedizin.«

»Er wurde umgebracht. Stimmt doch, oder?« Hawi war stehen geblieben.

»Sieht so aus«, sagte Leon. Eigentlich durfte er über schwebende Verfahren nicht reden, aber warum sollte er dem Jugendlichen etwas vorlügen? Schließlich wollte er auch von ihm die Wahrheit hören. Das war nur fair.

Leon schätzte den jungen Äthiopier auf höchstens sechzehn Jahre. Der Junge musterte ihn schweigend und schien dabei die Gefahr abzuwägen, die für ihn von einem Gespräch mit einem Fremden ausgehen könnte. Leon sagte nichts und hielt dem Blick des Jugendlichen stand.

»Gehen wir da vorne hin«, sagte Leon schließlich.

Kurz darauf standen sie im Schatten einer Strandkiefer, die der Mistral in Jahrzehnten krumm gebogen hatte, und unterhielten sich.

»Wart ihr befreundet, du und Ermias?«, fragte Leo. Der junge Äthiopier zuckte mit den Schultern.

»Bevor Ermias verschwunden ist, war er da irgendwie anders?«, hakte Leon nach.

»Weiß nicht, meinst du wegen der Klamotten?«, druckste Hawi herum.

Leon spürte sofort, dass Hawi ihm etwas verschwieg. »Welche Klamotten?«

»Ermias hatte eines Tages neue Schuhe, gelbe Laufschuhe, und so einen roten Trainingsanzug mit den Streifen.«

»Du meinst von Adidas«, versicherte sich Leon.

»Sag ich doch«, meinte Hawi, »der Scheiß mit den Streifen.«

»Weißt du, von wem er die Sachen hatte?« Hawi sah zur Seite. »Du weißt also, von wem. Was hat Ermias dir erzählt?«

»Das war der Mann.«

»Welcher Mann?«, hakte Leon nach.

»Manchmal, da gehen wir rüber in den Ort.«

»Nach Tourtour?«

»Ich weiß, Ella wird jedes Mal sauer, wenn wir dahin gehen. Die Leute, die da wohnen, und so. Gibt immer Ärger mit denen.«

»Was kannst du mir über den Mann erzählen?«, fragte Leon.

»Nichts, der war nett. Kam immer ins Bistro und hat allen 'ne Cola ausgegeben. Weißt du, wie lange ich keine Cola mehr getrunken hab?«

»Kann ich mir vorstellen. Eine kalte Cola kann was Fantastisches sein«, sagte Leon.

»Der Himmel!«, schwärmte Hawi. »Also, dieser Mann, der hat Ermias gesagt, dass er ihm helfen will.«

»Helfen? Wie denn?«

»Weiß nicht. Der war zwar nett, aber ich wollte mit dem nichts zu tun haben. War einer von denen, die irgendwann was von einem wollen. Scheißtypen, verstehst du? Jedenfalls hatte Ermias plötzlich neue Sachen und so.«

»Hast du den Mann mal gesehen?«

»Ja, klar hab ich doch schon gesagt. Der hing ja immer da rum in Tourtour. War einer von uns.«

»Was meinst du?«, fragte Leon.

»Einer aus dem Maghreb.« Der Junge sagte das in einem Ton, als müsste er alles dreimal erzählen, bevor Leon kapierte, was er meinte. »Glaube, er war Tunesier.«

»Was hat Ermias gesagt? Was wollte der Mann von ihm?«

»Nichts, gar nichts – angeblich«, Hawi klang jetzt zynisch. »Hat nur gesagt, dass er ihn hier rausholen wollte.«

»Kannst du den Mann beschreiben?«, fragte Leon.

»Jetzt klingst du genau wie einer von den Flics.«

»Weißt du, ob der Mann ein Auto hat?«

»Natürlich hatte der ein Auto. 'ne Riesenkarre. Weißer Range Rover, so einen, wie reiche Typen in den Filmen immer fahren. Habe mal gesehen, wie er auf dem Parkplatz im Ort gehalten hat. Kann ich jetzt gehen?«

»Wieso, ist was?«, wollte Leon wissen.

»Ist nicht gut, wenn ich so lange mit Ihnen rede. Da denken die anderen, ich würde über sie quatschen. Informationen für die Polizei und so.«

»Der weiße Range Rover, ist dir an dem was aufgefallen? Eine Delle, Kratzer, irgendwas?«

»No«, sagte der Junge und trat nach einem kleinen Stein. Dann sah er plötzlich Leon an. »Der hat so einen roten Aufkleber an der Heckklappe.«

Leon spürte ein leichtes Prickeln zwischen den Schultern.

»Was war das für ein Sticker?«, fragte Leon vorsichtig.

»Weiß ich doch nicht, ›Voile Rouge‹ stand da drauf. Keine Ahnung, was das bedeutet.«

Kapitel 28

Leon hatte eine eiserne Regel, die lautete, sich aus der Arbeit der Polizei herauszuhalten. Seine Zuständigkeit endete an der Tür zur Rechtsmedizin. Und was war jetzt geschehen? Er saß mittendrin im Schlamassel. Ausgerechnet Dr. Baladure, der auch noch ein Kollege war. Aber verdammt, hier ging es um Kinder. Und Leon war nach wie vor der Ansicht: Wer immer den Jungen vom Strand getötet hatte, würde es wieder tun. Er hatte also geradezu die Pflicht, seinen Verdacht der Polizei mitzuteilen, und wenn er noch so verwegen war. Sicher, es gab eine Menge weißer Range Rover an der Côte d'Azur. Die meisten wurden von Leuten gefahren, die gerne zeigten, was sie besaßen, und die bevorzugt die teuren Beach-Clubs rund um St. Tropez ansteuerten. Aber alles, was dieser Hawi über den großzügigen Unbekannten berichtet hatte, traf genau auf Dr. Baladure zu. Der Arzt kam aus dem Maghreb, er sprach Arabisch, er war ein Angeber, er kleidete sich teuer und fuhr auch noch genau den Wagen, den der Junge aus Äthiopien beschrieben hatte, einschließlich des roten Stickers – alles Zufall?

Trotzdem hatte Leon ein ganz mieses Gefühl gehabt, als er Isabelle und dem Polizeichef von seinen Erkenntnissen berichtete. Er kannte Baladure eigentlich überhaupt nicht. Aber hatte der Mann ihn nicht überreden wollen, einen Kunstfehler zu vertuschen? Einen Kunstfehler, der offenbar zum Tod einer Patientin geführt hatte. Das war zwar eine Frechheit und in hohem Maße unethisch, aber deswegen musste Baladure natürlich noch lange kein Kindermörder sein.

»Sie kennen diesen Baladure am besten. Ist schließlich ein Kollege von Ihnen«, sagte Zerna.

Der Polizeichef hatte sich in seinem Büro vor Leon, Isabelle und Lieutenant Kadir aufgestellt. Er trat beim Sprechen aufgeregt auf der Stelle und wedelte mit den Händen.

»Ich kenne ihn ehrlich gesagt überhaupt nicht«, widersprach Leon. »Wir arbeiten zufällig in derselben Klinik. Das ist alles.«

»Das ist 'ne Menge«, widersprach Zerna. »Sie haben den Mann sofort erkannt. Allein aus der Beschreibung eines Flüchtlings.«

»Ich habe nur gesagt, dass all diese Dinge auch auf Baladure zutreffen würden. Ich habe nicht gesagt, dass ich ihn für einen Mörder halte.«

»Natürlich nicht«, sagte Isabelle. »Aber du hast gewusst, wie man den Jungen zum Reden bringt. Und du hast verstanden, wie brisant die Aussage war. Damit hast du uns sehr geholfen.«

»Dieser Hawi hat doch erzählt, dass dieser Mistkerl den Jungen schmutzige Angebote macht«, sagte Moma. »Das genügt uns.«

»Nein, Hawi hat nur gesagt, dass immer wieder Männer auftauchen würden, die ihnen eindeutige Angebote machen«, stellte Leon richtig. »Er hat nicht gesagt, dass der Mann mit dem Range Rover solche Angebote gemacht hat.«

»Jetzt werden Sie bloß nicht spitzfindig«, brummte Zerna.

»Was soll denn so ein Kerl sonst von den kleinen Jungs wollen?«, fragte Lieutenant Kadir. »Ich bitte Sie ...«

»Natürlich, alles ist möglich«, sagte Zerna sarkastisch. »Vielleicht ist er ja auch nur der gute Samariter, der den armen Kindern Nüsse und Bananen schenkt.«

»So ein Kinderschänder muss sich in einem Flüchtlingsheim doch vorkommen wie im Paradies«, sagte Kadir.

»Wer weiß«, sagte Leon. »Vielleicht will er ja wirklich nur helfen.«

»Richtig, wir haben keine Beweise, aber ich habe das hier«, und dabei tippte sich Zerna an seine große Nase. »Ich rieche, wenn es irgendwo stinkt. Und in diesem Flüchtlingscamp stinkt es ganz gewaltig.«

»Und was wollen wir jetzt machen ohne Beweise? Wenn ich mal fragen darf, Commandant?« Isabelle sah ihren Chef an.

»Na gut. Dann warten wir eben in aller Ruhe ab, bis wir zur nächsten Kinderleiche gerufen werden«, sagte Zerna erneut in einem sarkastischen Tonfall. »Wo darf es denn diesmal sein? Wie wäre es mitten im Ort, oder gleich im Meer bei den Touristen?«

»Wir sollten Baladure als Zeugen vernehmen. Und die Sache klären«, sagte Isabelle.

»Nein, genau das werden wir nicht tun«, sagte Zerna entschlossen. »Wir werden den Kerl ab sofort beschatten. Und wenn wir sehen, dass er sich einen Jungen holt oder nur mit der Wimper zuckt, dann zack!«, Zerna schlug die Hände zusammen, dass es nur so knallte. »Dann haben wir ihn in flagranti.«

»Wir informieren Toulon. Die sollen uns Verstärkung schicken«, schlug Isabelle vor.

»Wollen Sie, dass wir uns lächerlich machen?«, Zerna sah Isabelle lauernd an. »Was ist, wenn wir uns irren? Ich kann Staatsanwalt Orlandy schon hören, wie er sich amüsiert. Das muss ich mir wirklich nicht antun.«

»Wie sollen wir vorgehen, Patron?«, fragte Kadir.

»So, wie ich gesagt habe«, Zerna setzte sich wieder hinter seinen Schreibtisch. »Wir beschatten diesen Doktor Baladure. Ansonsten ermitteln wir wie üblich weiter. Haben Sie noch was, Docteur?«

»Von medizinischer Seite gibt es nichts Neues«, sagte Leon. »Aber was die Observierung von Baladure angeht, da denke ich, werden Sie erfolglos bleiben.«

»Ich denke, die Ermittlungen sollten Sie besser der Gendarmerie überlassen.«

Leon hatte direkt vor dem Polizeirevier in der Avenue André del Monte geparkt, was eigentlich nicht erlaubt war, da die Haltezone für Fahrzeuge der Gendarmerie Nationale reserviert war. Aber bei Leon machten die Beamten eine Ausnahme. Er hatte schweigend die Tür seines Cabrios geöffnet. Isabelle sah ihn fragend an.

»Was ist los?«, sagte sie. »Dich beschäftigt doch irgendwas. Das habe ich schon bei Zerna im Büro gemerkt.«

»Weißt du, was ich denke?«, sagte Leon. »Dass der tote Junge vom Strand und der Tod von diesem Bayrou irgendwie zusammenhängen könnten.«

»Wie kommst du darauf?«

»Weiß ich auch noch nicht genau«, sagte Leon. »Ist nur so ein Gefühl.«

»Gut, dass du das Zerna nicht gesagt hast.«

»Ich fahre noch mal ins Institut«, sagte er und stieg in den Wagen. »Danach nehme ich vielleicht noch einen Noisette bei Jérémy.«

»Du hast aber nicht den Auftritt von Lilou heute Abend auf der Charity vergessen?«

»Nein, natürlich nicht, was denkst du denn?«, sagte Leon, aber es klang eher wie: Müssen wir da wirklich hingehen?

»19 Uhr, großer Gemeindesaal. Und nicht vergessen: Abendgarderobe.«

»Du weißt, ich hasse es, im Anzug rumzulaufen.«

»Dabei steht er dir so gut.« Isabelle beugte sich zu ihm und flüsterte ihm ins Ohr. »Die Frauen werden ganz verrückt nach dir sein. Ich bin jetzt schon eifersüchtig.«

»Wenn das so ist, überlege ich mir die Sache noch mal.«

Sie boxte ihn liebevoll gegen die Schulter. Leon startete den Motor und fuhr davon.

Kapitel 29

Das Haus, das Dr. Baladure bewohnte, befand sich am Ortsrand der kleinen Ortschaft Cuers, keine fünfzehn Kilometer von der Klinik entfernt. Das Gebäude lag hinter einer Mauer, über deren Rand die Blüten einer Bougainvillea und eines Plumbago quollen. Durch das schmiedeeiserne Tor konnte Lieutenant Masclau die beiden Autos des Schönheitschirurgen erkennen. Den strahlend weißen Range Rover und einen dunkelgrünen, in die Jahre gekommenen Renault Espace.

Masclau legte das Fernglas auf den Beifahrersitz des Peugeot. Ein unauffälliges Zivilfahrzeug, das auf die Gendarmerie zugelassen war und gelegentlich bei verdeckten Ermittlungen eingesetzt wurde. Der Lieutenant hielt diesen Einsatz für eine echte Schnapsidee seines Chefs. Wenn es nach ihm gegangen wäre, dann hätten sie mit fünf Mann die Bude gestürmt, diesen sauberen Doktor Baladure mitgenommen und eine Nacht lang befragt. Der hätte ihnen garantiert erzählt, was er von dieser beschissenen Schweinerei wusste, jede Wette. Ein paar Stunden in dem stickigen und fensterlosen Befragungsraum der Gendarmerie hatten schon viele Verdächtige zum Reden gebracht, soweit sie etwas zu erzählen hatten. Und auch die, die nichts getan hatten, beantworteten nach einer Weile brav alle Fragen, nur um wieder hinaus an die frische Luft zu kommen.

Lieutenant Masclau trug seine Zivilklamotten. Knielange Bermudas und ein weites Hawaiihemd mit Orchideenmuster, unter dem sich hervorragend die Dienstwaffe verbergen ließ. Wenn Masclau seinen Wagen verließ, war er nicht mehr von den anderen Touristen zu unterscheiden, die um diese Jahreszeit den kleinen Ort am Fuß des Pilon St. Clément bevölkerten.

Masclau beobachtete jetzt seit zwei Stunden das Haus, in dem sich nicht das Geringste tat. Es wurde bald dunkel, und der Beamte ärgerte sich, dass er nicht mit den Kollegen ins Bistro gegangen war. Er hatte ja noch unbedingt zwei überflüssige Anrufe erledigen müssen, um zu zeigen, wie engagiert er war. War seine eigene Schuld, dass er schließlich Zerna über den Weg lief, der ihn sofort für diesen schwachsinnigen Überwachungsjob eingeteilt hatte, schöner Mist.

Er hatte den Gedanken kaum zu Ende gedacht, da bewegte sich etwas im Haus. Ein Licht ging an, die Tür öffnete sich, und heraus kam der Doktor. Nur dass er diesmal nicht seine teuren Designerklamotten trug, sondern einen dunkelgrauen Jogginganzug mit Kapuze. Unter den Arm hatte er etwas geklemmt, das wie ein Mantel oder eine dunkle Jacke aussah. Der Mann ging zu dem alten Espace und fuhr los. Das Tor schwang automatisch auf und schloss sich wieder, als der Minivan auf die Straße einbog. Masclau griff zu dem Handfunkgerät, das in der Mittelkonsole steckte.

»Masclau hier. Ich folge unserem Freund. Er biegt zur A57 ab. Vermute, es geht in die Hügel. Ich melde mich wieder.«

Eigentlich mochte Masclau verdeckte Ermittlungen. Dabei kam er sich immer vor wie die Kommissare in seiner Lieblingsserie CSI Miami. Aber Le Lavandou war leider nicht Miami. Statt Hubschrauberflügen musste man mit zwanzig Jahre alten Karren in der Gegend rumkurven, und statt Explosionen und Schießereien gab es nur langweilige Briefings, Besprechungen und Protokolle. Und er verhaftete auch keine internationalen Drogenbosse in ihren Learjets – die Gendarmerie Nationale schnappte höchstens einen Taschendieb oder einen Heiratsschwindler in irgendeiner Billigpension.

Masclau hängte sich an den Doktor und folgte dem Minivan. Der Wagen hatte ein defektes Rücklicht, man konnte ihn also gar nicht verlieren. Sie fuhren auf die Autobahn in Richtung Norden.

»Verdammte Scheiße«, dachte Masclau, »dieser Kerl fährt doch nicht wirklich zum Flüchtlingsheim?«

Kapitel 30

Madame Berthier vom Fremdenverkehrsamt hatte sich wirklich viel Mühe gegeben. Auf den zwei Steinstufen zum Rathaus lag ein roter Teppich. Eine Absperrung, die von goldenen Messingstangen gehalten wurde, trennte die Zuschauer von den geladenen Gästen. Zwei Scheinwerfer verliehen der Szene einen Hauch von Hollywood. Rechts und links neben der Tür erinnerten Plakate die Besucher daran, warum sie an diesem Abend eingeladen worden waren: »Spendengala für die Kinder in Mali«, war da zu lesen. Es gab nicht viele Abende wie diesen in Le Lavandou, daher kamen die Gäste zeitig. Zumal, wie jeder wusste, als Begrüßungsdrink ein Glas Crémant gereicht wurde, und wer es geschickt anstellte, konnte daraus auch zwei machen.

Leon, an diesem Abend in Dinner Jacket und dunkler Hose, stand mit Isabelle im schwarzen knielangen Etuikleid etwas abseits des Getümmels.

»Sie wird sicher bald da sein«, beruhigte Leon sie. »Solche Veranstaltungen fangen doch sowieso nie pünktlich an.«

»Ich versteh Lilou nicht. Wir haben das genau besprochen. Zwanzig Minuten vorher am Eingang. Sie weiß doch, wie wichtig diese Veranstaltung ist.«

»Es ist eine Gala zum Spendensammeln«, relativierte Leon.

»Glaubst du, die Schule sieht nicht genau hin, wer sich engagiert und wer nicht?« Isabelle bahnte sich einen Weg durch die neugierigen Zuschauer.

»Wo willst du hin?«

»Ich geh nur bis zur Promenade. Vielleicht sucht sie ja nach uns.«

»Ich komm mit«, sagte Leon und folgte ihr.

Fünfzig Meter weiter wurde klar, was Lilou vom pünktlichen Erscheinen auf der Gala abhielt. Sie stand neben dem offenen gelben Porsche, der in zweiter Reihe geparkt hatte. Lilou beugte sich in das Fahrzeug und küsste den Fahrer leidenschaftlich.

»Da ist sie doch schon«, sagte Leon wie nebenbei. Für einen Moment verschlug es Isabelle die Sprache.

»Lilou«, rief Isabelle. »Was ist los? Die warten schon alle.«

Lilou fuhr erschrocken hoch, als hätte sie ein elektrischer Schlag getroffen.

»Maman?«, sagte sie. »Was machst du hier?«

»Was ist?« Isabelle tippte auf ihre Uhr. »Du hast in zehn Minuten deinen Auftritt.«

»Du bist so was von ...«, sie unterbrach sich, und Leon konnte sehen, wie zornig sie war.

»Entschuldigen Sie«, sagte Georges und drehte sich nach Isabelle und Leon um. »Das war meine Schuld. Ich ...«

»Und Sie geben sofort die Straße frei«, fuhr Isabelle den erschrockenen Georges an.

»Wir sehen uns später«, Lilou warf ihrem Freund noch einen verliebten Blick zu, dann sah sie ihre Mutter an. »Ihr seid so was von peinlich. Wir sehen uns auf der Gala«, sagte sie und marschierte zum Rathaus.

Isabelle sah dem Porsche nach, öffnete ihre Handtasche und notierte sich die Nummer auf einem Zettel.

»Das ist aber jetzt nicht dein Ernst, oder?«, sagte Leon mit einem Lächeln. »Was hast du vor?«

»Hast du dir den Typen nicht angesehen?«, sagte Isabelle vorwurfsvoll. »Ich bitte dich.«

Isabelle lief ihrer Tochter hinterher. Leon folgte gemessenen Schrittes.

Der Chor von Lilous Schule eröffnete den Abend mit der *Ode an die Freude*. Lilou hatte einen Part als Solosängerin und erntete dafür großen Applaus. Anschließend sprach der Bürgermeister. Dann bedankte sich die Vorsitzende des Vereins *Hilfe für die Kinder in Mali* für die Spenden, die der Verein im vergangenen Jahr hatte einsammeln können. Aber man brauchte noch mehr Geld, um die Kinderklinik in Bourem endlich bauen zu können, erklärte sie. Schließlich sprach noch der Direktor der Schule und natürlich Madame Berthier, die eine nicht enden wollende Liste von Erfolgen des Fremdenverkehrsamtes vorlas. Nachdem das Schulorchester etwas von Bach gespielt hatte, wurde der Ehrengast des Abends vorgestellt, der auch im Vorstand des Vereins einen besonderen Platz einnahm und, wie die Vereinsvorsitzende betonte, mit seinen guten Verbindungen sehr geholfen hatte: Dekan Vincent Lambert, der Mann, der in wenigen Tagen in der Kathedrale von Toulon zum Bischof geweiht werden würde.

Der Dekan schilderte die schwierige politische Situation Malis und das Leid der Kinder und Jugendlichen in dem westafrikanischen Land. Dem großartigen Engagement des Vereins sei es zu verdanken, dass diese Kinder jetzt neue Hoffnung schöpfen könnten, denn mit dem Bau der Klinik könne bereits in wenigen Monaten begonnen werden. Dabei versäumte der Dekan nicht, gleich mehrfach darauf hinzuweisen, welche wichtige Rolle sein Engagement bei der Realisierung der Klinik gespielt hatte und weiter spielen würde.

Der Dekan wollte gerade ein kleines Dankgebet sprechen, als sich Nicolas Lagarde nach vorne drängte. Später würden einige Augenzeugen des Zwischenfalls behaupten, der Maler sei volltrunken gewesen, doch diesen Eindruck teilte Leon nicht. Der Maler kam ihm eher wie ein zutiefst verstörter Mann vor, der dringend psychologische Hilfe brauchte.

»Pharisäer!«, rief der Maler und deutete auf den Dekan.

Vincent Lambert unterbrach seinen Vortrag und sah den aufgeregten Mann an, der da gestikulierend auf ihn zumarschierte. Ein paar beherzte Gäste standen auf, unter ihnen auch Gärtnereibesitzer André Delbos, und stellten sich dem aufgebrachten Mann in den Weg. Sie wollten den Störer schon zur Seite schieben, als der Dekan die Hand hob.

»Warten Sie bitte«, sagte Vincent Lambert betont höflich, und Leon fragte sich, ob Lambert diese Aufmerksamkeit um seine Person nicht heimlich genoss.

»Warum gehen Sie jetzt nicht zurück auf Ihren Platz?«, versuchte Lambert, den Maler zu beruhigen. »Wenn das hier zu Ende ist, reden wir miteinander – in aller Ruhe.«

»Du elender Pharisäer«, brüllte Lagarde. »Wer sich selbst erhöht, der wird erniedrigt werden, und nur wer sich erniedrigt, der wird erhöht werden. Kommt dir das bekannt vor?«

Leon sah, wie der Dekan eine ganz kleine Kopfbewegung zu André Delbos und dann in Richtung Tür machte.

»Bitte lassen Sie uns weitermachen«, versuchte es der Dekan noch einmal höflich.

»Los, Abmarsch«, sagte Delbos, und es machte nicht den Anschein, als ob er mit dem Eindringling eine Diskussion beginnen wolle.

»Gehen wir«, sagte ein zweiter Mann, der den Maler ebenfalls fest unter dem Arm gepackt hatte. Die Männer schoben Lagarde in Richtung Seitenausgang, als der sich noch einmal zum Dekan umwandte.

»Besuchen sie dich manchmal, die Geister der Provence?«, rief er laut.

Bevor Lambert antworten konnte, hatten die Männer den Störer bereits aus dem Raum geschoben und unsanft vor die Hintertür gesetzt.

Der Rest der Veranstaltung verlief ohne weitere Störung. Aber Leon ging der Zwischenfall nicht aus dem Kopf. Was hatte der Mann mit den Geistern der Provence gemeint? Eine Frage, die auch andere Besucher beschäftigte, auf die jedoch niemand eine befriedigende Antwort wusste.

Kapitel 31

Kurz vor Draguignan war es dunkel geworden. Baladure hatte nur einmal gehalten, an einer Tankstelle auf der A8. Durch die Scheibe der Cafeteria konnte Masclau den Arzt beobachten, wie er an der Theke saß und einen Espresso trank, während er auf sein Smartphone starrte.

Masclau informierte die Zentrale in Le Lavandou. Die Einsatzleitung versprach ihm, dass er ab Draguignan Verstärkung bekommen würde, falls der Verdächtige wirklich dorthin wollte. Eine Viertelstunde später verließ der Renault Espace über die Ausfahrt Le Muy/Draguignan die Autobahn. Masclau spürte, wie das Jagdfieber in ihm hochstieg. Sollte dieser Baladure tatsächlich zum Flüchtlingsheim unterwegs sein? Würde der Mann es riskieren und sich noch einen Jungen holen, und er, Lieutenant Masclau, könnte ihn dabei schnappen? Verdammt, das wäre ... das wäre der sichere Schritt nach oben auf der Karriereleiter. Vielleicht würde man ihn sogar nach Toulon holen. Zur Kripo in einem Großstadtrevier, da, wo Männer seines Kalibers hingehörten.

Sie ließen das Provinzstädtchen Draguignan hinter sich und fuhren auf der D 77 in Richtung Aups. Um diese Zeit war die schmale Landstraße menschenleer. Kein Auto kam ihm entgegen. Masclau merkte, dass er den Espace aus den Augen verloren hatte. Er sah in den Rückspiegel – Dunkelheit. Vor ihm lag nichts als die einsame Straße, die im Licht des aufgehenden Mondes silbern schimmerte. Masclau spürte, wie ihm unter dem ärmellosen Hemd warm wurde. Was, wenn er den Wagen verloren hatte, wenn der Kerl gerade jetzt etwas unternahm, das er, Masclau, hätte verhindern können? Der Lieutenant gab Gas. Es dauerte ein paar Minuten, Masclau hatte die Hoffnung schon aufgegeben, als er etwa 200 Meter voraus das beschädigte Rücklicht des Espace sah. Masclau ließ sich zurückfallen und informierte die Einsatzzentrale über seine Position. Er folgte dem Fahrzeug für weitere acht Kilometer. Dann sah er, wie der Espace in einen Feldweg abbog. Masclau fuhr an der Abfahrt vorbei. Zwei Kurven weiter schaltete er die Scheinwerfer aus. Er wendete und fuhr langsam ein Stück zurück. Er parkte den Wagen am Straßenrand und stieg aus. Es war totenstill hier draußen in den Hügeln. Nur der Mistral war zu hören, der in den Blättern der alten Korkeichen rauschte. Masclau lief im Schutz der Büsche die Abzweigung hinauf, bis er etwa dreißig Meter vor sich, unter einer Gruppe von Seekiefern, einen heruntergekommenen Schuppen entdeckte. Davor stand der Wagen von Baladure. Durch die Spalten des Fensterladens war schwaches Licht zu erkennen. Der Lieutenant zog sich in den Schutz der Dunkelheit zurück und gab den Kollegen erneut seinen Standort durch. Keine Viertelstunde später hielten drei Polizeifahrzeuge 200 Meter entfernt am Straßenrand.

Masclau teilte die Polizisten in drei Gruppen auf und befahl ihnen, sich zwischen den Büschen zu positionieren und auf sein Einsatzzeichen zu warten.

»Warum legen wir nicht gleich los und machen dem Spuk ein Ende?«, schlug einer der Polizisten vor.

»Sie können auch gerne auf der Stelle zurückfahren«, blaffte Masclau den jungen Kollegen an. »Wir warten ab, fertig.«

»Und wie lange noch? Ich würde nämlich gerne irgendwann

ins Bett kommen«, beschwerte sich der Polizist, nachdem eine halbe Stunde vergangen war.

»Der Mann ist von Le Lavandou bis hierher gefahren«, sagte Masclau. »Ich wette, er trifft sich mit jemandem. Dann schlagen wir zu.«

Zehn Minuten später meldete einer der Beamten über Funk, dass er eine Person mit einer Taschenlampe den Pfad heraufkommen sah. Die Person bewegte sich auf das Haus zu.

»Abwarten«, sagte Masclau ins Funkgerät. Durch den Restlichtverstärker seines Fernglases konnte er sehen, wie ein etwa zwölfjähriger Junge auf den Schuppen zulief, wie sich die Eingangstür öffnete und Baladure aus dem Haus trat.

»Alle warten noch«, flüsterte Masclau ins Funkgerät.

Der Arzt öffnete die Heckklappe des Espace und ließ den Jungen einsteigen. Dann ging er noch einmal zum Haus zurück. Der Lieutenant zog seine Waffe aus dem Gürtelholster und drückte die Ruftaste seines Funkgeräts.

»Zugriff, Zugriff!«, rief Masclau, und acht Polizisten stürzten aus den Büschen auf das Haus zu. Starke Handlampen blendeten Baladure, der versuchte, mit der Hand seine Augen gegen die taghellen Scheinwerfer zu schützen.

»Gendarmerie Nationale«, rief Masclau. »Hinlegen, sofort, mit dem Gesicht zum Boden.«

Alexandre Baladure ließ sich widerstandslos festnehmen. Die Polizisten öffneten die Heckklappe des Renault und holten den zitternden Jungen heraus, den sie in einen der Streifenwagen setzten.

Lieutenant Masclau meldete stolz die gelungene Festnahme an die Einsatzzentrale. Um den Schuppen würde sich die Spurensicherung kümmern.

Kurz darauf befand sich der Konvoi aus vier Fahrzeugen auf

dem Weg nach Le Lavandou. Masclau kam es vor wie eine Siegesparade. Er fühlte sich gut – verdammt gut.

Kapitel 32

Leon und Isabelle hatten die Veranstaltung zusammen mit Lilou gegen zehn Uhr verlassen. Auf der kurzen Fahrt vom Parkplatz bis zur Haustür saß Lilou auf dem Rücksitz und sagte kein Wort. Zu Hause hatte sie nur noch Gute Nacht gemurmelt und war die Treppe hinauf in ihr Zimmer verschwunden.

Isabelle stand auf der Terrasse, als Leon mit zwei Gläsern Rosé erschien.

»Sie beruhigt sich schon wieder«, sagte Leon und reichte Isabelle ein Glas.

»Hast du dir den Mann in dem Porsche überhaupt angesehen?«, fragte Isabelle. »Der war doch mindestens fünfundzwanzig Jahre älter als Lilou.«

»Ja, ich weiß«, sagte Leon nachdenklich.

»Dann sag doch auch mal was«, fuhr Isabelle ihn an.

»Lilou ist eine attraktive junge Frau«, sagte Leon. »Wundert mich nicht, dass sie Erfolg bei Männern hat.«

»Jetzt findest du es also auch noch gut, dass sie mit Typen rumzieht, die ihr Vater sein könnten.«

»Das habe ich nicht gesagt, und das meine ich auch nicht.«

»Ausgerechnet so einer. Allein das Auto. Hast du die Uhr gesehen, die er am Arm hatte?«

»Lilou wird bald achtzehn. Wir können ihr schlecht vorschreiben, mit wem sie sich treffen darf.«

»Was sollen wir denn sonst tun?«

»Sie ist ein schlaues Mädchen. Sie wird schnell dahinterkommen, wenn der Typ ein Blender ist.«

»Nicht im Leben arbeitet der für eine Immobilienfirma«, sagte Isabelle kämpferisch. »Wenn du mich fragst, arbeitet der überhaupt nicht.«

Leon legte Isabelle sanft die Hand auf den Arm.

»Hab ich dir schon gesagt, dass deine Tochter heute Abend fantastisch gesungen hat?«, sagte Leon, und Isabelle sah ihn an. »Sie hat wirklich Talent.«

Isabelles Handy läutete in der Küche. Sie ging ins Haus und sprach einen Moment mit dem Anrufer, dann legte sie auf.

»Wer war das?«, rief Leon von der Terrasse.

»Das war Masclau. Sie haben Baladure verhaftet.«

»Wirklich?« Leon kam in die Küche.

»Er hat sich mit einem zwölfjährigen Jungen getroffen.« Isabelle griff nach ihrer Jacke und dem Autoschlüssel.

»Bis später«, sagte sie. »Warte nicht auf mich.«

Kapitel 33

Dr. Alexandre Baladure, der Mann, der sonst so viel Wert auf seine äußere Erscheinung legte, gab ein fast schon bemitleidenswertes Bild ab. Der Arzt saß in sich zusammengesunken im grell beleuchteten Vernehmungsraum der Gendarmerie auf einem harten Blechstuhl. Seine Hände lagen auf der Kante des Resopaltisches, als müsste er sich festhalten, um nicht vor Erschöpfung vom Stuhl zu kippen. Isabelle sah die dunklen Ringe unter seinen Augen, die immer wieder ihrem Blick auswichen. Der graue Jogginganzug des Verdächtigen war inzwischen verdreckt und fleckig. Unter den Achselhöhlen hatten sich dunkle Schweißränder gebildet.

Isabelle hatte Baladure darauf hingewiesen, dass er einen Anwalt hinzuziehen könnte, aber der Arzt hatte abgelehnt. Er brauche keinen Anwalt, schließlich sei er unschuldig, hatte er gesagt. Das behaupten sie alle, dachte Isabelle.

»Sie haben den Jungen also im Bistro in Tourtour angesprochen«, sagte Zerna, der zusammen mit Masclau und Isabelle dem Festgenommenen gegenübersaß. Mitten auf dem Tisch stand ein digitales Aufzeichnungsgerät, an dem eine kleine grüne Kontrolllampe leuchtete.

»Ja, weil ich ihm helfen wollte«, Baladure schien besorgt und verunsichert. »Das habe ich Ihnen doch alles schon erklärt.«

»Helfen, na klar«, ging Masclau bissig dazwischen.

»Ich verheimliche doch gar nicht, dass ich den Jungen angesprochen habe.«

»Helfen wollten Sie also«, sagte Masclau noch einmal. »Wie nett von Ihnen. Wir sind echt gerührt.«

Zerna schlug eine schmale Akte auf, die vor ihm auf dem Tisch lag. Er nahm ein Polizeifoto heraus. Es zeigte den toten Jungen vom Strand, dessen Körper zur Hälfte in der Mülltüte steckte. Toter Blick, das Gesicht aufgequollen.

»Das ist der kleine Ermias, zehn Jahre alt. War auch im Flüchtlingscamp.« Zerna schob das Foto über den Tisch zu Baladure und tippte auf das Bild. »Haben Sie dem auch geholfen?«

»Oh Gott«, stöhnte Baladure und schob das Bild angewidert von sich weg.

Isabelle sah, dass die Hände des Mannes zitterten. Er war bleich geworden, Schweiß glänzte jetzt auf seinem Gesicht.

»Vielleicht sollten wir die Befragung kurz unterbrechen«, schaltete sich Isabelle ein.

»Das machen wir später«, wies Zerna seine Stellvertreterin zurecht und sah dem Verdächtigen in die Augen. »Sie haben meine Frage nicht beantwortet.«

»Nein, den habe ich nie gesehen.« Baladure versuchte, an dem Bild vorbeizusehen, doch Masclau ließ nicht locker.

»Sehen Sie sich das Bild ruhig ganz genau an«, forderte Masclau den Mann auf.

Baladure verbarg sein Gesicht mit der Hand, als könne er den Anblick des Fotos nicht mehr ertragen.

»Sie haben den Jungen also geholfen ...«

»Das habe ich Ihnen doch schon gesagt. Ich habe ihnen geholfen, nach Paris und Lyon zu kommen.«

»Verstehe: Sie haben die Fluchthelfer für die Jungs bezahlt.

Das war ja überaus mitfühlend von Ihnen«, der zynische Ton in Zernas Stimme war nicht zu überhören.

»Und was mussten die kleinen Jungen dafür tun, damit Sie ihnen die teure Reise nach Paris bezahlt haben? Nein, erzählen Sie es nicht«, Masclau hob die Hand. »Ich muss schon kotzen, wenn ich nur daran denke.«

»Nichts, gar nichts mussten sie tun«, verteidigte sich Baladure. »Ich hab sie auf einem Parkplatz in Cuers an einen Mann mit einem Lieferwagen übergeben. Der hat sie dann weiter nach Paris gebracht. Das war alles«, Baladure atmete schwer.

»Schwachsinn«, unterbrach Masclau.

»Könnte ich einen Schluck Wasser bekommen?« Baladures Stimme klang belegt, als würde es ihn große Kraft kosten, überhaupt etwas zu sagen.

»Jetzt nicht«, sagte Masclau. »Vielleicht später.«

Isabelle griff zur Wasserflasche und füllte dem Zeugen den leeren Becher auf, der vor ihm stand. Masclau sah sie ärgerlich an.

»Danke, Madame«, krächzte Baladure.

»Danke, Capitaine«, korrigierte Masclau.

»Und warum haben Sie den Jungs geholfen, Monsieur Baladure?«, fragte Isabelle.

Baladure trank gierig ein paar Schlucke Wasser, bevor er antwortete.

»Ich bin in Tunesien aufgewachsen. Ich weiß, wie das ist, von Europa zu träumen: Frankreich, Deutschland, Schweiz«, er sprach die Namen aus, als wären es Zauberformeln. »Diese Jungen haben einen harten Weg hinter sich. Ich weiß, ich kann ihre Probleme nicht lösen, aber ich kann sie ihren Träumen ein kleines Stück näherbringen.«

Es herrschte ein kurzes Schweigen in dem Vernehmungsraum.

Dann sprach der Polizeichef in Richtung des Aufzeichnungsgerätes.

»Ich unterbreche die Befragung das Tatverdächtigen Dr. Alexandre Baladure um zwei Uhr. Die Befragung wird morgen Vormittag fortgesetzt. Der Verdächtige verbleibt so lange in Untersuchungshaft.«

Zerna griff zu dem Aufzeichnungsgerät und drückte die Aus-Taste.

Kapitel 34

Der Himmel war verhangen, und das Meer schien am Horizont mit den Wolken zusammenzufließen. Leon sah sich um. Er war ganz allein am Strand. Die weite Bucht von Le Lavandou kam ihm heute irgendwie länger und breiter vor als sonst. Und wo war Isabelle? Wollte sie nicht mit ihm spazieren gehen? Leon sah an sich hinunter. Er trug noch den Obduktionsanzug und die obligatorische Gummischürze. Wieso hatte er sich noch nicht umgezogen? Der Strand fühlte sich merkwürdig an unter seinen bloßen Fußsohlen, merkwürdig weich und feucht. Dann spürte er, das war gar kein Sand, auf dem er lief. Das waren Plastiktüten, alte Tüten, verblichen in der Sonne und ausgewaschen vom Meerwasser. Da waren viele Plastiktüten, unzählige Plastiktüten. Der ganze weite Strand war gepflastert mit Plastiktüten. Sie waren zusammengeklebt mit Band, damit ihr Inhalt nicht herausfiel. Die Tüten am Strand begannen, sich zu bewegen und zu verformen. Wie die Eier einer Schildkröte im warmen Sand, aus denen sich die Jungen herauskämpften. Dann platzten die Tüten auf, und heraus quollen tote Kinder. Ihre Gesichter waren bedeckt von Fliegen und Maden. Sie schienen zu sprechen, aber Leon konnte nicht verstehen, was sie ihm sagen wollten. Dann griffen ihre Hände nach seinen Beinen, und Leon stieß einen Schrei aus.

»Leon, Leon …«, hörte er eine Stimme. »Alles in Ordnung?«

Leon öffnete die Augen und sah Isabelle, die sich zu ihm herübergebeugt und sanft ihre warme Hand auf seine Schulter gelegt hatte.

»Ich habe geträumt«, murmelte Leon, der langsam in die Wirklichkeit zurückkehrte.

»Muss was Schlimmes gewesen sein ...« Sie sah ihn fragend an.

»Das willst du nicht wissen.«

»Dann empfehle ich eine heiße Dusche.« Isabelle stand auf. Sie griff nach ihrem Morgenmantel. »Ich mach uns einen Tee.«

Eine Viertelstunde später stand Leon auf der Terrasse mit einer heißen Tasse Tee in der Hand. Es war erst halb sieben, und normalerweise hätte sich Isabelle noch einmal im Bett zu ihm umgedreht, und er hätte ihre Wärme an seiner Seite gespürt. Dafür sah er jetzt über den Dächern von Le Lavandou den Tag aufgehen. Die Sonne hatte sich erst einige Fingerbreit über den Horizont gestemmt. Vom Meer stieg der Frühnebel auf, und weit draußen trieben die Inseln wie dicke Schiffe im Dunst des anbrechenden Tages. Es war ein Anblick, der Leon ein Glücksgefühl bescherte, das sich nur schwer beschreiben ließ. Probleme und Sorgen schienen auf einmal zusammen mit der Nacht irgendwo hinter dem Horizont verschwunden zu sein.

»Geht doch nichts über die erste Tasse Tee am Morgen«, sagte Leon.

»Du siehst heute so zufrieden aus«, meinte Isabelle. Leon lächelte.

»Wie lief es gestern noch?«, fragte Leon. »Ich habe dich gar nicht kommen hören.«

»Baladure streitet alles ab.«

»Hast du etwas anderes erwartet?«, antwortete Leon. »Was sagt der Junge?«

»Das Gleiche, was Baladure behauptet: Es gab keinen Missbrauch. Der Arzt hätte ihm versprochen, ihn zu einem Schleuser zu bringen. Und der würde ihn dann nach Paris mitnehmen. Das war alles.«

»Und?« Leon sah Isabelle fragend an.

»Ich weiß nicht«, sagte Isabelle. »Ich kann ihn mir einfach nicht als Kindermörder vorstellen.«

»Welcher Kindermörder?« Lilou kam im weiten, knielangen T-Shirt und Frotteebademantel in die Küche. »Schlafen alte Leute eigentlich nie?«

Leon grinste.

»Möchtest du einen Tee?«, fragte Isabelle liebevoll.

»Hast du Fencheltee?«

»Einmal Fencheltee für unsere Sopranistin bitte«, bestellte Leon wie im Café.

»Hör auf«, Lilou war es peinlich.

»Wieso, wir fanden es super, wie du gesungen hast.«

»Ganz im Ernst«, meinte Leon. »Hast du nicht gehört, wie die Leute applaudiert haben?«

»Mademoiselle Lilou singt Bach«, sagte Lilou pathetisch und machte einen Knicks. »Nee, wirklich nicht. Das wäre das Letzte.«

Leon öffnete den Kühlschrank und nahm ein Schälchen Waldbeeren heraus.

»Ich mache mir ein Müsli«, sagte er. »Will eine von euch auch eins?«

Lilou schüttelte den Kopf. Isabelle goss für ihre Tochter den Tee auf.

»Du wolltest dir doch einen Job für die Sommerferien suchen«, erinnerte Isabelle ihre Tochter.

»Weiß nicht. Vielleicht kann ich bei Georges im Maklerbüro arbeiten«, sagte Lilou.

»Ich dachte, du wolltest in dem Seniorenheim bei der Altenbetreuung helfen.«

»Ich weiß nicht, ob ich das aushalte. Ich meine, da sind schließlich nur alte Leute.«

»Wie?«, fragte Leon mit gespielter Empörung. »Etwa noch älter als wir?«

»Verstehe«, sagte Isabelle. »An der Côte d'Azur im Cabrio mit dem Immobilienhai rumzubrausen ist bestimmt angenehmer.«

»Georges ist Makler.«

»Verzeihung, natürlich«, sagte Isabelle theatralisch.

»Du findest ihn doof.«

»Ich kenn ihn ja nicht. Aber soweit ich sehen konnte, war er so alt wie wir.«

»Sooo alt ist er auch wieder nicht«, erwiderte Lilou trotzig.

»Vielleicht solltest du dir das mit dem Seniorenheim doch noch mal überlegen«, meinte Leon frech.

»Haha«, sagte Lilou.

»Er hat mich gefragt, ob ich ihn für drei Tage nach Nizza begleite. Er muss sich da irgendein Bauprojekt ansehen.«

»Wenn du mich fragst«, Isabelle sah kurz zu Leon herüber, »ist das keine gute Idee.«

»Ihr seid so was von ...«, sie unterbrach sich, sah Leon an.

»Was sollen wir sagen?« Isabelle sah ihre Tochter an. »Wir kennen ihn ja gar nicht.«

»Warum bringst du ihn nicht mal abends mit auf einen Apéritif?«, schlug Leon vor.

»Georges hat es nicht so mit Familie.«

»Verstehe«, sagte Isabelle.

»Können wir euren kleinen Trip irgendwie verhindern?«, fragte Leon.

Lilou schüttelte energisch den Kopf. Sie sah auf die Uhr.

»Ich geh duschen. Wir schreiben in der ersten Stunde einen Test in Geschichte.« Ohne ein weiteres Wort verließ Lilou die Küche und verschwand im ersten Stock.

»Danke für die Unterstützung«, sagte Isabelle zu Leon.

»Manche Erfahrungen muss man selber machen«, sagte Leon. »Wir können sie sowieso nicht davon abhalten, diesen Mann zu treffen. Oder willst du sie in ihrem Zimmer einschließen?«

Isabelle atmete tief ein, und es klang wie ein großer Seufzer.

»Wir haben heute um halb zehn eine Besprechung«, sagte Isabelle. »Zerna würde dich gerne dabeihaben.«

»Ich kann keine neuen Ergebnisse beisteuern.«

»Ich weiß, aber er braucht etwas Unterstützung. Kommissarin Lapierre kommt extra aus Toulon.«

»Sag ihm, ich komme«, antwortete Leon. Dann nahm er noch einen Schluck Tee und sah verträumt über die Dächer aufs Meer.

Kapitel 35

Als es in den engen Gassen der Altstadt von Hyères für Autos kein Durchkommen mehr gab, beschlossen die Stadtväter vor zwanzig Jahren, an der Avenue Alphonse Denis ein großes Parkhaus zu errichten. Die Ladenbesitzer wurden bei der Verteilung der Stellplätze bevorzugt behandelt, und so kam es, dass Pascale Olivier einen Platz im zweiten Untergeschoss, gleich in der Nähe des Ausgangs bekam. Hier stand sein Citroën manchmal tagelang ungenutzt, während Monsieur Olivier die meisten Gänge durch das Zentrum der Stadt zu Fuß zurücklegte, wie die meisten Einwohner von Hyères. Nur am Dienstag und Freitag kam Olivier regelmäßig bereits gegen sechs Uhr in die Tiefgarage. Das waren die Tage, an denen er besonders zeitig aufstand, um mit seinem Wagen zum Strand zu fahren. Der lag nur knapp acht Kilometer entfernt, aber man musste gerade in den Ferienmonaten zeitig aufbrechen, wenn man den Staus entgehen wollte. Tausende von Autofahrern drängten morgens in die Büros und Einkaufszentren, die in den letzten Jahren rund um Hyères entstanden waren.

Pascale Oliviers Leidenschaft war das Stand-up-Paddling, kurz SUP. Stehend auf dem Bord durch die Lagunen der Presqu'île de Giens zu gleiten war das höchste Glück des Schneiders. Am frühen Morgen war er mit einigen wenigen Kitesurfern meist völlig alleine in den Buchten und Calanques am südwestlichen Teil der Halbinsel. Und wenn er Glück hatte, begegneten ihm sogar Flamingos, die wie kleine rosa Wolken über das Meer segelten und sich in den Becken der ehemaligen Salinen niederließen, um Krabben zu fangen.

Monsieur Olivier war so in Gedanken, dass ihm der graue Lieferwagen gar nicht auffiel, der auf dem Platz neben ihm geparkt hatte. Dann bemerkte er die Schramme am Lack seines neuen dunkelblauen Citroën C 4. Ein Blick auf die Stoßstange des Transporters, und es war klar, woher die Beule stammte. Aber Pascale Olivier kam gar nicht erst dazu, sich aufzuregen, denn schon stieg ein Mann aus dem Lieferwagen und entschuldigte sich überschwänglich für den angerichteten Blechschaden. Das Malheur sei erst vor wenigen Minuten geschehen, und er hatte gerade einen Zettel schreiben wollen, um ihn unter den Scheibenwischer von Monsieur zu klemmen. Keine Frage, er sei der Verursacher, und natürlich würden er und seine Firma für den Schaden aufkommen. Alles, was er brauche, seien die Daten des Schneiders. Der Rest ließe sich über die Versicherung abwickeln. Der Fahrer öffnete die Schiebetür des Lieferwagens und bückte sich über eine Kiste. Irgendwo habe er eine Visitenkarte.

Monsieur Olivier dachte darüber nach, welchem Beruf der Fremde wohl nachging, er hatte gar keine Firmenaufschrift auf dem Lieferwagen gesehen, da richtete der Fahrer sich auf. Olivier wandte sich um und wollte einen Schritt zur Seite machen, als er plötzlich den Arm des Fremden spürte, der ihn von hinten um den Hals gepackt hatte. Schon nahm Monsieur Olivier den stechenden, süßlichen Geruch wahr, spürte, wie der Mann ihm einen feuchten Lappen auf das Gesicht drückte, und hörte sein Blut in den Ohren rauschen. Monsieur Oliviers Blick verschwamm, alles begann, sich um ihn zu drehen. Verzweifelt versuchte er, gegen die Ohnmacht anzukämpfen, aber er konnte seine Arme nicht mehr bewegen, spürte, wie seine Beine nachgaben, und dann versank er in Dunkelheit.

Kapitel 36

Als Isabelle gegen acht Uhr die Polizeiwache betrat, kam ihr Moma mit dem Kinderwagen entgegen.

»Guten Morgen, Moma«, sagte Isabelle mit Blick auf den Kinderwagen. »Schon wieder? Wo ist sie?«

»In deinem Büro«, sagte Lieutenant Kadir mit gequältem Gesichtsausdruck. »Was hätte ich denn tun sollen? Paulette spricht doch sowieso nur mit dir.«

»Worum geht es denn diesmal?«, fragte Isabelle genervt.

»Die Wölfe sind mal wieder da«, sagte Moma und erntete einen strengen Blick von Isabelle. »Schau mich nicht so an. Sie ist schließlich deine Freundin.«

»Tust du mir einen Gefallen, Moma? Gehst du in einer Viertelstunde in mein Büro und sagst ihr, dass ich es leider nicht geschafft habe?«

»Capitaine«, rief gleich darauf eine bekannte Stimme, und Paulette stand in der Tür zu Isabelles Büro. »Ich muss Sie unbedingt sprechen. Jetzt gleich. Bitte.«

»Na gut, Paulette, ich habe aber nur ganz wenig Zeit. Ich muss in eine Besprechung.«

Paulette trat ganz nahe an Isabelle heran und flüsterte ihr schnell etwas ins Ohr.

»Entschuldige, aber wenn du so leise sprichst, kann ich dich nicht verstehen«, sagte Isabelle.

»Der Tag des Jüngsten Gerichts«, verkündete Paulette so laut, dass sich einige Beamte im Gang nach ihr umdrehten.

»Was ist mit dem Tag des Jüngsten Gerichts?«

»Er ist gekommen«, sagte Paulette und breitete die Arme aus wie ein Priester auf der Kanzel. »Denn siehe, du wirst die Wölfe unter den Lämmern finden, und sie werden gestraft werden. Erst haben die Lämmer geblutet, jetzt werden die Wölfe bluten.«

»Die Prophezeiung?«, stellte Isabelle ungerührt fest. »Nostradamus, richtig?«

»Der Mann mit dem Fahrrad, das war einer von ihnen«, bei Paulette klang das so, als würde sie ein Staatsgeheimnis preisgeben.

»Welcher Mann mit dem Fahrrad?«, fragte Kadir verwirrt.

»Monsieur Bayrou war ein Wolf?« Isabelle hatte verstanden, über wen die Frau sprach.

»Und die anderen werden folgen«, sagte die Besucherin.

»Weißt du, wer die anderen Wölfe sind?« Es hatte sich in den Jahren herausgestellt, dass man mit Paulette am besten klarkam, wenn man ihr das Gefühl gab, dass man sie und ihre Fantasien ernst nahm.

»Niemand kennt die Namen der Wölfe, aber sie sind immer auf der Suche nach jungem Blut.«

»Hör mal, Paulette, ich muss jetzt in die Sitzung, aber ich verspreche, dass ich jemanden bei dir vorbeischicke, der die Wölfe vertreibt.«

»Du musst kommen.«

»Zurzeit ist viel los hier bei uns, aber wie wäre es mit Lieutenant Kadir?«, sie deutete auf Moma.

»Bitte nicht«, Moma hob abwehrend die Hände.

»Man braucht den richtigen Glauben, wenn man die Wölfe aufhalten will.« Paulette schüttelte den Kopf.

»Ich muss los«, erwiderte Isabelle genervt. »Lieutenant Kadir, begleiten Sie bitte Madame Paulette nach draußen.«

»Aber ich kann nicht, ich bin doch Moslem«, erwiderte Kadir und versuchte, seinen Pflichten zu entkommen, doch keiner schenkte ihm Beachtung.

Isabelle drehte sich um und verschwand mit einem »Bonne journée« in Richtung Besprechungsraum.

Da die Klimaanlage im großen Besprechungsraum jetzt bereits seit über einem Monat defekt war, wurden die Besprechungen in der Kantine abgehalten. Das hatte den Vorteil, dass es kühl war und man genügend Platz hatte. Dummerweise gab es immer wieder Beamte, die glaubten, sich während der Briefings einen Kaffee aus dem Automaten holen zu müssen, was mit lauten Mahlgeräuschen und Zischen von heißem Dampf verbunden war.

Wie üblich saß Polizeichef Zerna am Kopfende des Tisches. Neben ihm saß Isabelle und auf der anderen Seite Kommissarin Patrizia Lapierre vom Kriminalkommissariat in Toulon. Es war Zernas ewiges Ärgernis, dass die Gendarmerie Nationale nur kleine Vergehen verfolgen durfte. Handelte es sich dagegen um Kapitalverbrechen wie Vergewaltigung, Entführung oder Mord, dann schickte Toulon einen Kommissar, der den Fall vor Ort übernahm. In den meisten Fällen reiste dann Kommissarin Lapierre an, was der Zusammenarbeit nicht gerade förderlich war und regelmäßig für Ärger und schlechte Stimmung in der Polizeistation sorgte. So wie sich die beiden aktuellen Fälle entwickelten, war Zerna entsprechend den Vorschriften gezwungen gewesen, am Vorabend schweren Herzens zum Hörer zu greifen und Toulon zu informieren. Das Ergebnis war, dass jetzt eine pedantische Kommissarin in der Runde saß, die die Angewohnheit hatte, bei allen

Ermittlungsschritten immer wieder nachzuhaken und auf diese Weise die Beamten zu nerven und gegen sich aufzubringen.

»Das bedeutet, Sie verfolgen im Augenblick keinerlei weitere Spuren im Fall des toten Jungen?«, fragte Lapierre, nachdem sie ihren Kugelschreiber akkurat zu ihrem Block ausgerichtet hatte.

»Wir haben gestern einen Verdächtigen gestellt und in Haft genommen«, sagte der Polizeichef trotzig.

Lapierre blätterte in ihren Unterlagen.

»Richtig«, sagte sie, »in dem Festnahmeprotokoll steht aber auch, dass dieser Doktor Baladure die Tat bestreitet. Hat er inzwischen gestanden?«

»Noch nicht, aber wir werden ihn heute den ganzen Tag über weiter befragen«, verteidigte sich Zerna. »Außerdem hätten wir da ja auch noch Geiselnahme, Entführung oder sogar Beihilfe beim Menschenschmuggel.«

»Ein Schönheitschirurg als Schleuser? Das ist aber jetzt nicht Ihr Ernst.« Lapierres Ton war ausgesprochen kühl, als sie das sagte.

»Wir haben den Mann in flagranti erwischt«, versuchte es Masclau erneut.

»Dafür haben Sie Zeugen? Welche?« Lapierre sah ins Protokoll. »Einen Zwölfjährigen?« Madame Lapierre sah in die Runde. »Das ist mehr als dürftig.«

»Es waren acht Polizisten vor Ort, die alle gesehen haben, wie ...«

»Was haben die gesehen? Dass ein Arzt ein Kind im Auto mitnimmt?«

»Wenn er es diesmal versucht hat, kann er es auch vorher schon einmal gemacht haben«, verteidigte Zerna seine Beamten.

»Wir haben es hier immerhin mit einem Fall von Menschenschmuggel zu tun.« Masclau ließ nicht locker.

»Was werfen Sie diesem Baladure vor? Einen Mord oder die Mittäterschaft bei einem Schleuserfall?« Die Kommissarin wandte sich provozierend an Zerna. »Was sagt denn das Opfer, dieser Junge?«

»Er bestätigt die Aussage von Baladure«, sagte Isabelle.

Für einige quälende Sekunden schwiegen die Beamten der Gendarmerie und wichen dem Blick der Kommissarin aus.

»Wie sieht es mit dem toten Jungen aus? Wissen Sie inzwischen, von wo die Leiche angespült wurde?«

»Wir haben das Ufer des Batailler über einen Kilometer weit untersucht.« Zerna ärgerte sich, dass er sich vor der Kommissarin rechtfertigen musste. »Da war nichts.«

»Wetten, dass der Täter den Toten einfach in den Bach gekippt hat, als wir letzte Woche das Hochwasser hatten?«, ergänzte Masclau. »Vielleicht ist er ja nie eingegraben gewesen.«

Die Tür öffnete sich, und Leon kam herein.

»Entschuldigen Sie, ich wurde im Institut aufgehalten«, sagte er, während er sich auf den freien Platz neben Lapierre setzte.

»Wir haben Sie schon vermisst.« Madame Lapierre wollte ironisch klingen, was aber nur zum Teil gelang. Die Kommissarin fühlte sich jedes Mal aufs Neue von Leons nonchalanter Art provoziert. Gleichzeitig bewunderte sie aber auch seine Souveränität und Unabhängigkeit.

»Es ging um ein Gutachten, das Sie interessieren könnte.« Leon sah die Kommissarin an. »Der Kinderarzt der Klinik und ich haben den medizinischen Status des Opfers erstellt, das gestern von der Gendarmerie aufgegriffen wurde.«

»Bitte keine Einzelheiten«, sagte Masclau. »Ich hab noch nicht gefrühstückt.«

»Da kann ich Sie beruhigen«, sagte Leon ganz ruhig. »Es gibt keinen Grund für Sie, Ihr Frühstück zu verschieben.«

»Masclau, bitte ...«, mahnte Zerna.

»Es wurden keinerlei Verletzungen an dem Jungen festgestellt, die auf einen Missbrauch hinweisen würden.«

»Was heißt das?«, beschwerte sich Masclau. »Wir wissen doch, was diese Kerle mit den kleinen Jungen treiben.«

»Das Kind wurde also nicht missbraucht«, stellte Lapierre fest und machte sich eine Notiz.

»Ich kann natürlich den Jungen nur aus medizinischer Sicht beurteilen. Psychische Verletzungen haben wir nicht diagnostiziert.«

»Ich werde Staatsanwalt Orlandy über die jüngsten Entwicklungen informieren«, sagte Lapierre. »Aber er wird mit mir einer Meinung sein, dass wir Baladure umgehend auf freien Fuß setzen müssen.«

»Wir werden ihn trotzdem noch einmal vernehmen.« Die Ansage des Polizeichefs klang ein wenig hilflos.

»So wie ich es sehe, müssen Sie Docteur Baladure sofort freilassen«, bemerkte die Kommissarin kühl. »Gibt es noch weitere Erkenntnisse von Ihrer Seite, Monsieur Médecin légiste?«

»Wir würden uns gerne noch den Wagen ansehen«, sagte Leon.

»Kein Problem, der steht im Hof«, sagte Isabelle.

»Kommen wir zum zweiten Fall, dem Tod von Mathieu Bayrou. Der Staatsanwalt wollte wissen, warum er erst gestern von der Sache gehört hat.«

Zerna sah Isabelle mit einem fragenden Blick an.

»Wir waren zunächst von einem Unfall mit Fahrerflucht ausgegangen«, antwortete die stellvertretende Polizeichefin.

»Ich muss sagen, so wie die Dinge lagen, war ich auch davon ausgegangen«, nahm Leon die stellvertretende Polizeichefin in Schutz.

»Aber inzwischen halten Sie es für ein Tötungsdelikt?«, sagte Lapierre und sah dabei Zerna an.

Zerna machte eine Geste zu Leon, um die Frage weiterzureichen.

»Alles deutet darauf hin, dass das Opfer den Unfall etwa um eine Stunde überlebt hat«, antwortete Leon.

»Woran ist er gestorben?«, fragte Lapierre.

»Jemand hat ihm mit einem Stein den Schädel zertrümmert.«

Kapitel 37

Das Geräusch der Zikaden hatte Pascale Olivier aus seiner Ohnmacht geholt. Diese Musik der Provence, die er sonst als so beruhigend empfand, schrillte jetzt schmerzhaft in seinen Ohren. Es erinnerte ihn an den Tinnitus während seines Hörsturzes, den er schon zweimal qualvoll erlebt hatte. Monsieur Olivier atmete vorsichtig ein. Es roch nach Thymian und Salbei. Jetzt spürte Monsieur Oliver die Hitze auch an Armen und Beinen, an seinem ganzen Körper. Unter Schmerzen hob er den Kopf um einige wenige Zentimeter und sah an sich herab. Er war nackt. Er lag mit dem Rücken am Boden. Spitze Steine drückten sich schmerzhaft in sein Fleisch. Er konnte rechts und links die endlosen Reihen von Weinstöcken erkennen. Die Rebstöcke trugen frische grüne Blätter, und dazwischen sah er erste Blüten, aus denen sich schon in wenigen Monaten Trauben bilden würden.

Monsieur Olivier konnte sich nicht rühren, denn er war mit gespreizten Beinen und Armen an den Boden gefesselt. Wenn er den Kopf ein wenig nach rechts drehte, sah er seine Hand und das Seil, mit dem sie an einem eisernen Erdanker befestigt war, wie man sie zum Fixieren eines Zelts am Boden benutzte. Der graue Transformator, der nur einen Meter entfernt neben ihm auf dem Boden stand, gab plötzlich ein helles Klicken von sich. Monsieur Olivier wusste, was kommen würde. Er wollte schreien, um Hilfe rufen oder einfach nur vor Verzweiflung schluchzen. Aber all das konnte er nicht. Sein Peiniger hatte ihm den Mund mit Klebeband verschlossen.

Der graue Apparat gab jetzt ein böses Knurren von sich. Die Kontrolllampe wechselte von Rot auf Grün, und dann kam der Stromstoß. Sein Körper verkrampfte sich. Er spürte, wie alle Muskeln kontrahierten und sich sein Rücken durchbog. Wie Arm- und Beinmuskulatur sich gegen diese Tortur wehrte. Wie er nicht mehr atmen konnte. Dann schossen Blitze durch sein Gehirn, als der Stromschlag ihn in Krämpfen schüttelte. Es vergingen Minuten, oder waren es Stunden, bis er wieder seine Umgebung wahrnehmen konnte. Wenn der Trafo den Strom unterbrach, wurde ihm ganz leicht, so, als könne er fliegen. Aber er wusste, dass der nächste Stromstoß nicht lange auf sich warten lassen würde.

Wie war er nur an diesen schrecklichen Ort gekommen? Olivier konnte sich noch an die Tiefgarage erinnern und an die Delle an seinem neuen Citroën. Er erinnerte sich auch an diesen süßlichen Geruch und dass ihm die Luft weggeblieben und dann schwarz vor Augen geworden war. Als er wieder aufgewacht war, lag er hier, irgendwo in den Hügeln, zwischen Weinstöcken. Die Pflanzen waren ordentlich gepflegt und beschnitten. Aber es war Monate hin bis zur Erntezeit. Niemand würde sich so bald um dieses Feld kümmern. Niemand außer den Wildschweinen, die zwischen den Wurzeln nach Käfern und Pilzen suchten und die Erde aufwarfen und so die Stöcke zerstörten. Darum hatte der Besitzer seinen Weinberg mit einem Elektrozaun gesichert, wie es die meisten Bauern in der Gegend taten.

In den ersten Minuten, nachdem er wieder zu sich gekommen war, hatte Pascale Olivier noch gedacht, dass er träumte. Einen Albtraum, der ihn nicht freigeben wollte. Der ihn inmitten eines Weinfeldes gefangen hielt, nackt und gefesselt. Nur verbunden mit einem grauen Transformator, der eigentlich seinen Strom in den Zaun leiten sollte. Aber jemand hatte die Klammern mit den scharfen Zacken abgeklemmt und an seinem Körper befestigt. Eine an seinem rechten Oberschenkel und eine an seinem linken Hoden. Der Schmerz, den der Strom in seinem Körper auslöste, wenn sich der Transformator einschaltete, war kaum zu ertragen.

Aus dem Augenwinkel konnte Monsieur Olivier erkennen, dass der Transformator mit einem Stromkabel verbunden war, das zu einem Schuppen führte, keine zwanzig Meter von ihm entfernt. Es war die Art von Schuppen, in dem die Weinbauern ihre Geräte abstellten, um sie dann im Herbst zur Ernte vor Ort zu haben. Aber es war auch eine Hütte, die an das öffentliche Stromnetz angeschlossen war.

Die Sonne stand inzwischen senkrecht. Es musste früher Nachmittag sein, dachte Olivier. War es möglich, dass er seit Stunden hier lag? Er hatte Durst. Sein Mund fühlte sich an, als hätte er einen trockenen Lappen im Hals. Die Zunge klebte an seinem Gaumen.

Der Transformator gab ein lautes Klicken von sich. Monsieur Olivier brach der Schweiß aus. Könnte er den Stromstoß noch einmal ertragen, noch einmal die Krämpfe durchstehen? Er atmete ein und biss die Zähne zusammen und machte sich für das Unausweichliche bereit. Er sah aus dem Augenwinkel, dass ein Mann gekommen war, der sich zu dem Transformator hinabbeugte und einen Schalter betätigte. Sofort hörte das böse Klicken auf.

»Sie leben noch …?«, in der Stimme des Unbekannten lag Erstaunen und fast so etwas wie Bewunderung. »Sie sollten nicht mehr leben.«

Der Mann auf dem Boden bewegte sich, er wollte reden, aber aus seiner Kehle kam nicht mehr als ein staubiges Knurren.

Der Unbekannte ging in die Hocke und betrachtete sein Opfer.

»Ich weiß«, sagte er. »Es gäbe so viel zu besprechen, und Sie würden so gerne mit mir reden. Aber dafür ist es jetzt leider zu spät.«

Der Mann drehte den Regler des Transformators auf Maximum. Dann überprüfte er noch einmal den Sitz der Fesseln und der beiden Elektroden.

Dann streckte er den Zeigefinger aus und kippte den Schalter auf »on«. Der Körper von Monsieur Olivier wurde von Zuckungen und Krämpfen geschüttelt. Er bäumte sich auf und riss an den Fesseln. Doch sie waren gut verknotet und hielten der Belastung stand. Dieses Mal schaltete sich der Strom nicht nach dreißig Sekunden ab. Diesmal kam eine Schockwelle nach der anderen – ohne jede Unterbrechung. Schon nach wenigen Augenblicken spürte Monsieur Olivier sein Herz, das seinen Rhythmus verloren hatte. Es flatterte in seinem Brustkorb herum wie ein kleiner Vogel, den man in einen zu engen Käfig gesperrt hatte. Einen quälend langen Moment versuchte Oliviers Körper noch einmal, gegen die Schmerzen anzukämpfen und gegen das Gefühl, dass sein Tod unmittelbar bevorstand. Dann wurde es heller und heller um ihn herum, dann waren die Schmerzen plötzlich weg, und dann war da gar nichts mehr.

Kapitel 38

Isabelle und Leon saßen auf der niedrigen Mauer, die die Uferpromenade vom Strand trennte. Sie genossen diese seltenen Augenblicke, in denen sie sich gelegentlich tagsüber alleine sehen konnten, und wenn es nur für eine halbe Stunde war. Leon hatte auf dem kurzen Spaziergang im Gemüseladen bei Odette ein Schälchen Himbeeren gekauft. Die Beeren waren süß, und ihr Geschmack verbreitete ein gutes Gefühl von Sommer und Urlaub.

»Er heißt Georges Pinay und ist zweiundvierzig Jahre alt«, sagte Isabelle. »Wohnhaft in Marseille.«

»Wer?«

»Lilous Verehrer.«

»Woher weißt du das?«, sagte Leon und hielt Isabelle das Himbeerschälchen hin.

»Ich habe nachgesehen.«

»Nachgesehen?«, fragte Leon.

»Das Nummernschild.«

»Du meinst, du hast ihn mit dem Polizeicomputer überprüft?«

»Ich weiß auch, dass das nicht okay war. Aber ich mach mir eben Sorgen um meine Tochter.«

»Und, waren deine ›Ermittlungen‹ aufschlussreich?«

Isabelle sah sich kurz um, als könnte sie jemand belauschen.

»Er ist vorbestraft.«

»Warte«, Leon hob die Hand, »lass mich raten: Heiratsschwindler.«

»Das ist nicht komisch, Leon«, sagte Isabelle. »Es ging um Insolvenzverschleppung bei Immobiliengeschäften. Zwei weitere Verfahren sind anhängig.«

»Und er fährt trotzdem Porsche«, meinte Leon. »Manchmal frage ich mich, ob ich nicht die Branche wechseln sollte.«

»Hörst du mir eigentlich zu?«, fragte Isabelle in leicht gekränktem Ton.

»Natürlich höre ich dir zu, Isabelle.«

»Da gab es auch noch Ermittlungen gegen ihn wegen Unterschlagung und Betrug.«

»Und?«

»Beide Verfahren wurden eingestellt.« Isabelle sah Leon an. »Du weißt doch, wie diese Leute sind. Immer in irgendwelche Ermittlungen verwickelt. Mal geht's um Unterschlagung, dann um eine Versicherung, oder sie haben Schulden bei der Steuer.«

»Was willst du jetzt unternehmen?«, sagte Leon.

»Das wollte ich dich eigentlich fragen.«

»Wir sollten Lilou auf keinen Fall sagen, dass wir hinter ihr herspioniert haben.«

»Spioniert – wie das gleich klingt. Ich mach mir Sorgen, Leon. Kannst du das nicht verstehen?«

»Natürlich verstehe ich das«, er legte die Hand auf ihren Arm. »Deshalb mein Rat: Rede auf keinen Fall mit Lilou.«

»Aber …«

»Lilou ist viel zu schlau. Sie wird schon merken, wenn dieser Georges nicht ganz koscher ist. Aber das muss sie selbst herausfinden. Wenn du ihr sagst, dass du hinter ihrem Rücken ermittelt hast, wird sie schon aus Protest mit ihm verreisen.«

»Ich weiß nicht …«

»Geben wir ihr das Gefühl, dass wir sie für erwachsen halten, für selbstständig und für klug.«

»Auch wenn wir dafür riskieren, dass jemand sie verletzt?«

»So weit wird es nicht kommen.«

Sie wurden durch einen Anruf auf Isabelles Handy unterbrochen. Es war Lieutenant Kadir. Man hatte einen weiteren Toten gefunden.

Kapitel 39

»Es war grauenhaft, das Gesicht war geschwollen wie ein Ballon. Und die Augen, mon Dieu, diese Augen …« Der Besitzer des Weinbergs, ein Mann Mitte vierzig, saß in der geöffneten Schiebetür eines Krankenwagens und strich sich mit beiden Händen über die spärlichen Haare, als könne er so die schrecklichen Bilder aus seinem Kopf vertreiben.

Der Krankenwagen stand am Straßenrand in einer ganzen Reihe von Polizeifahrzeugen. Lieutenant Kadir sorgte dafür, dass der Verkehr weiterlief, obwohl die Autofahrer nur allzu gerne einen neugierigen Blick auf das geworfen hätten, was es da offensichtlich zu sehen gab.

»Als Sie ihn gefunden haben, war er da bereits tot?«, fragte Leon.

»Na klar war er tot. Ich hab sofort den Transformator abgeschaltet, und den Stecker habe ich auch rausgezogen«, der Mann schüttelte den Kopf. »Ich weiß nicht, was man in so einem Fall macht. Aber der Mann war tot, da bin ich ganz sicher.«

»Machen Sie sich keine Vorwürfe, Sie haben alles richtig gemacht«, sagte Leon, und der Winzer sah ihn dankbar an. »Ist Ihnen an dem Transformator irgendetwas aufgefallen?«

»Jemand hat ihn aufgeschraubt, das habe ich gleich gesehen. Und den Unterbrecher hat jemand überbrückt. Der hat ständig die volle Spannung rausgelassen. 50 Milliampere, das muss man sich mal vorstellen.«

»Warum sind Sie heute Morgen überhaupt hierhergefahren?«, hakte Isabelle nach.

»Ein Nachbar hat mich angerufen. Angeblich hat er Wildschweine im Weinberg gesehen. Der Elektrozaun fällt öfter mal aus. Das merken diese Biester sofort. Dann marschieren sie hier rein und wühlen die Weinstöcke aus dem Boden.«

»Ich würde jetzt gern das Opfer sehen«, sagte Leon zu Moma.

»Ist gleich da vorne.« Moma deutete auf einen Pfad, der an den Weinstöcken entlangführte. »Ist nur ein paar Meter den Hang hinunter. Die anderen warten schon.«

Als Leon kurz darauf die Silberfolie zur Seite zog, mit der die Polizei den Toten abgedeckt hatte, konnte man ein erschrockenes Stöhnen unter den Kollegen hören. Die jungen Beamten, die eben noch derbe Scherze gemacht hatten, um sich gegenseitig ihre Coolness zu beweisen, wichen entsetzt zurück.

Der Winzer war ein guter Beobachter. Das Gesicht des Toten hatte in der Tat etwas von einem Ballon. Die Augen schienen aus ihren Höhlen zu quellen. Geplatzte Adern hatten das Weiß der Augäpfel rot verfärbt, sodass sie dem Toten etwas Dämonisches gaben. Dort, wo der Körper sich verkrampft hatte, war es an vielen Stellen zu Einblutungen unter der Haut gekommen. Leon zog sich seine dünnen Latexhandschuhe über und tastete den Körper ab. Er spürte Brüche und Muskelrisse. Die Todesursache konnte er ohne Obduktion nicht abschließend bestimmen, aber er vermutete, dass bei dem Opfer schlicht das Herz versagt hatte.

Leon beugte sich zu dem Toten hinunter und entfernte die beiden Klammern, über die der Strom in den Körper geleitet worden war. Am Bein hatte die Klemme nur einen leichten Abdruck hinterlassen. Schwerwiegender war die Verletzung des linken Hodens. Der war angeschwollen und blauschwarz angelaufen.

Leon hatte schon öfter Stromopfer obduziert, aber unter denen war keines, das durch einen Weidezaun gestorben war. Normalerweise dauerten die Stromimpulse, die in diese Zäune eingeleitet wurden, nicht länger als eine Hundertstelsekunde. Ihre Stärke konnte zwar durchaus bei 1000 Volt und mehr liegen, aber ihre Energie wurde von dem Kondensator auf zehn Milliampere begrenzt. Trotzdem war die Wirkung immer noch so groß, dass sogar die extrem robusten Wildschweine vor Elektrozäunen Respekt hatten. Anders sah die Sache aus, wenn auf den menschlichen Körper Stromstärken von 20, 30 oder sogar 50 Milliampere einwirkten, wie es ganz offensichtlich hier der Fall gewesen war. Wenn ein solches Energiegewitter ohne Unterbrechung durch den Körper jagte, brach früher oder später der Kreislauf zusammen.

Leon sah auf das aufgequollene Gesicht. An dem verkrampften Körper, den Brüchen und Hämatomen war zu erkennen, wie sehr das Opfer um sein Überleben gekämpft hatte. Die Fesseln an den Handgelenken hatten tief in die Haut geschnitten. Die rechte Schulter war ausgekugelt, und Blut war aus dem Mund gedrungen. Wahrscheinlich hatte der Mann sich bei einem der Krampfanfälle die Zunge durchgebissen. Das Ganze war eine viehische Quälerei gewesen. Denn der Täter hatte es ganz offensichtlich darauf angelegt, sein Opfer langsam zu Tode zu quälen.

»Können Sie schon etwas zum Todeszeitpunkt sagen?«, fragte Zerna, der Leon die letzten Minuten schweigend beobachtet hatte.

Leon hatte bei dem Opfer die Temperatur rektal gemessen. Sie lag bei 34,3 Grad. Im Sommer lautete die Faustregel der Rechtsmediziner: ein Grad Temperaturrückgang pro Stunde. Hier draußen allerdings, in der Hitze und unter der prallen Sonne, kühlte ein Körper deutlich langsamer aus.

»Dieser Mann ist seit etwa vier bis fünf Stunden tot«, sagte Leon. »Kennen wir den Namen des Opfers?«

»Nein, kennen wir nicht«, sagte Masclau, der gleich neben Leon stand und interessiert beobachtete, was der Médecin légiste da machte. »So haben wir ihn gefunden. Nackt. Keine Klamotten, keine Papiere – nichts.«

»Haben Sie in der Hütte nachgesehen?«, fragte Leon.

»Wieso? Glauben Sie, der hatte da seinen Spind?«, Masclau lachte über seinen Scherz.

»Ich würde mal nachsehen«, sagte Leon in seiner ruhigen Art. Masclau sah ihn an und schien darüber nachzudenken, ob er sich von dem Docteur Befehle erteilen lassen sollte.

»Nun gehen Sie schon«, forderte ihn Zerna auf.

Leon beobachtete, wie der Lieutenant in der Hütte verschwand. Es vergingen keine zwei Minuten, als Masclau wieder in der Tür erschien und etwas in der Hand hielt.

»Wir haben einen Ausweis gefunden«, rief er, noch bevor er Leon und Zerna erreichte.

Masclau reichte seinem Chef eine Carte d'identité, den scheckkartengroßen Personalausweis der Franzosen, der in einer durchsichtigen Plastikhülle steckte.

»Pascale Olivier, achtundvierzig Jahre. Gemeldet in Hyères«, las der Polizeichef die Daten vor.

»Wieso waren Sie so sicher, dass der Personalausweis in der Hütte liegt?«, wunderte sich Masclau.

»Der Täter hat den Mord inszeniert«, sagte Leon. »Er wollte, dass alle wissen, wen er da getötet hat.«

»Das ist aber nur eine Vermutung von Ihnen?« Zerna ließ es

nach einer Frage klingen. Aber Leon reagierte nicht. »Wann bekomme ich Ihren Bericht?«, fragte der Polizeichef weiter.

»Morgen früh«, antwortete Leon. Natürlich sagte er Zerna nicht, was er wirklich dachte. Nämlich, dass dieser Mord und der Mord an Mathieu Bayrou zusammenhängen könnten. Es hatte nicht nur mit der Art und Weise zu tun, wie diese beiden Männer gestorben waren. Beide Taten schienen auch sehr gut geplant und präzise durchgeführt worden zu sein. Beide Male sollte dem Opfer ein Maximum an Schmerzen zugefügt werden. Der Tod trat erst später ein. Es kam Leon wie eine Art Bestrafung vor, von der der Delinquent möglichst viel mitbekommen sollte, bevor er starb.

Natürlich hatte Leon keinerlei Beweise für seine These. Es war nur so ein Gefühl. Leon wusste, dass er sich in der Regel auf seine Gefühle verlassen konnte. Doch er hatte in den fünfundzwanzig Jahren seiner Arbeit als Rechtsmediziner eine Sache gelernt: dass es klug war, solche Gefühle für sich zu behalten.

Kapitel 40

Isabelle war zu Moma in den Streifenwagen gestiegen, um nach Le Lavandou zurückzufahren. Bis zum Wohnwagen von Paulette waren es von hier keine zehn Kilometer. Isabelle versprach sich keine wirklichen Erkenntnisse von diesem Besuch, aber wenigstens könnte sie dann die Frau mit dem Kinderwagen von der Liste der möglichen Zeugen streichen.

Zerna hatte die Befragung von Paulette für reine Zeitverschwendung gehalten. Was konnte eine achtundsiebzigjährige Frau, die langsam in die Demenz schlitterte und nur noch von der Vergangenheit träumte, zur Aufklärung eines aktuellen Mordfalles beitragen? Drei Mordfälle, hatte Isabelle ihren Chef korrigiert, auch wenn kein ersichtlicher Zusammenhang zwischen den einzelnen Fällen bestand. Auf der anderen Seite gab es aber gerade auch keine andere Spur, der Isabelle dringend nachgehen musste. Schließlich hatte Zerna der Befragung zugestimmt, aber er bestand darauf, dass Isabelle von Kadir begleitet wurde. Nur, um auf Nummer sicher zu gehen. Wer weiß, wozu die verrückte Alte in ihrem Wohnwagen fähig ist, hatte Zerna gesagt.

Die Straße führte zunächst einige Kilometer an der Küste entlang. Hier, kurz vor Le Lavandou, reihte sich ein Einkaufsmarkt an den nächsten. Dazwischen gab es Tankstellen, Baumärkte und hier und da einen Schnellimbiss. Nicht gerade das, was man sich unter einem Ferienparadies vorstellte. Im Ortsteil La Verrerie bog Kadir mit dem Streifenwagen in eine Nebenstraße ab.

Sie hatte sich noch keine fünfhundert Meter von der Küste entfernt, da wechselte die Szenerie so radikal, als hätte jemand einen Schalter umgelegt. Die Straße wurde schmaler und verwandelte sich schließlich in eine staubige Piste, die von Korkeichen gesäumt war. Dazwischen wuchsen prächtige Olivenbäume mit Stämmen, dick wie Weinfässer, von denen einige bestimmt weit über hundert Jahre alt waren. Isabelle öffnete ihr Fenster, und plötzlich lag der Gesang von Hunderten von Grillen wie eine Wolke sphärischer Musik über dem Land, so leicht, dass ihn schon der nächste Windstoß wieder wegblasen konnte. Staub glitzerte in der heißen Luft, und Dutzende von Zitronenfaltern taumelten im Sonnenlicht um die Blüten der Zistrosenbüsche.

»Bitte mach das Fenster zu«, sagte Moma. »Da wird ja alles staubig.«

»Das ist die Provence«, sagte Isabelle, während sie sich in ihren Sitz zurücklehnte und mit geschlossenen Augen die warme Sommerluft einatmete.

Moma hatte vor einem heruntergekommenen Bauernhof gehalten. Einige Meter neben dem Gebäude parkte ein alter Peugeot. Die Motorhaube war offen. Auf einer Decke am Boden lagen verschiedene Motorteile neben einigen Schrauben und veröltem Werkzeug. Auf der anderen Seite des Bauernhofs, etwa dreißig Meter entfernt, stand ein Wohnwagen im Schatten einer ausladenden Pinie. Der Wagen war ein altes Modell aus den Sechzigern. Die Reifen waren platt. Regen und Sonne hatten auf der Kunststoffkarosserie Risse und Blasen aufgeworfen. Die Wände und die Fensterrahmen waren mit kindlichen Motiven von Blumen und Engeln bemalt. Vor der Tür stand der Kinderwagen.

Kadir parkte im Schatten einer Korkeiche, und die beiden stiegen aus.

»Da drinnen?«, fragte Kadir und deutete auf den Wagen. Isabelle nickte. »Ich mach das schon.«

»Paulette!«, rief Kadir und klopfte kurz und kräftig an die Tür des Wohnwagens. »Hallo, sind Sie zu Hause?«

»Verschwindet!«, kam es aus dem Wohnwagen.

»Kommen Sie«, Isabelle winkte Kadir zu sich zurück.

Nachdem er sich einige Meter von dem Wohnwagen entfernt hatte, wurde die Tür einen Spaltbreit geöffnet.

»Das ist hier alles Privatbesitz«, Paulette schaute durch den Türspalt.

»Wir wollen nur mit Ihnen reden. Das ist alles«, sagte Isabelle.

»Ich rede aber nur mit Ihnen allein«, antwortete die alte Frau und deutete auf Kadir. »Mit dem da rede ich nicht.«

»Wärst du so nett, Moma, und würdest uns ein paar Minuten allein lassen?« Isabelle verdrehte genervt die Augen. »Schau doch mal, ob du diesen Eric findest.«

»In Ordnung, ich seh mich mal um.«

»Nein, das geht nicht«, rief Paulette aus ihrem Wohnwagen. »Sie können hier nicht rumlaufen, besonders nicht durch Erics Beete.«

»Tut mir leid«, Kadir war stehen geblieben und sah zu Boden. Aber da gab es nur Staub und vertrocknetes Gras. »Welche Beete meinen Sie?«

»Nicht hier, hinter dem Haus.«

»Keine Sorge, ich pass schon auf.«

Kadir hob die Hand und verschwand um die Hausecke. Paulette stieg aus dem Wohnwagen.

»Waren sie wieder da, die Wölfe?«, fragte Isabelle.

»Sie sind immer da, sie zeigen sich nur nicht.«

»Und wo sind sie?« Isabelle sah sich um, als könnten die Wölfe schon irgendwo lauern.

»Da, wo die Sonne untergeht, wo denn sonst?« Paulette deutete nach Westen, wo Steineichen zusammen mit wilden Kastanien die undurchdringliche Macchia bildeten.

Die Tür zum Bauernhaus öffnete sich, und ein Mann Anfang fünfzig erschien. Er trug ein ehemals weißes Unterhemd, dazu Latzhose und ausgelatschte Crocs. Sein spärliches Haar war ungewaschen, von grauen Strähnen durchzogen und mit einem Gummiband zu einem winzigen Pferdeschwanz zusammengebunden. Der Mann war hager und ungepflegt. Er hatte die feuchten rötlichen Augen eines Alkoholikers.

»Was wollen diese Leute hier?«, rief er Paulette zu, ohne Isabelle auch nur anzusehen.

»Ich habe Ihnen gesagt, dass Sie hier nicht rumschnüffeln dürfen. Hab ich Ihnen gleich gesagt.«

»Capitaine Morell. Von der Gendarmerie Le Lavandou.« Isabelle ging auf Eric zu und hielt ihm die Hand hin, aber der Mann ignorierte sie.

»Ich weiß nichts, und ich will meine Ruhe haben, das ist alles. Ist das denn so schwer zu begreifen?«

Eric, der gegen die stechend helle Sonne blinzelte, sah aus, als hätte Isabelle ihn gerade aus dem Mittagsschlaf geweckt.

»Wo ist der andere Flic, verflucht noch mal?«

»Lieutenant Kadir sieht sich nur ein wenig um«, sagte Isabelle.

»Hier hat sich keiner umzusehen. Haben Sie überhaupt so ein Durchsuchungsdingsda?«

»Wieso? Könnten wir bei Ihnen denn etwas Verdächtiges finden?«

»Jetzt kommen Sie mir bloß nicht so oberschlau.«

»Wir wollten eigentlich nur mit Paulette sprechen.«

Plötzlich hörte man Lieutenant Kadir rufen.

»Ich hab was, das musst du dir ansehen.«

»Was macht der da?« Eric sah Isabelle wütend an. »Runter von meinem Gelände, aber plötzlich.«

Isabelle sah, wie Eric hinter sich eine Heugabel packte, die neben der Tür an der Hauswand lehnte. Instinktiv griff sie zu ihrem Gürtelhalfter, zog die Sig Sauer neun Millimeter und richtete die Pistole auf den Boden. Der Bauer hielt die Heugabel wie eine Waffe vor sich, bereit zuzustechen.

»Legen Sie das Ding weg«, sagte sie, aber Eric bewegte sich nicht. »Moma!«, rief Isabelle.

»Runter von meinem Land, ich sage das nicht noch einmal.« Eric machte einen Schritt nach vorn, und Isabelle wich ein Stück zurück. Für einige Sekunden standen sie sich wortlos gegenüber. Isabelle mit der Pistole und Eric mit der Heugabel. Isabelle wartete, dass der Mann sich zurückzog. Dass er die Heugabel zur Seite stellte und sich entschuldigte. Sie hasste sich dafür, dass sie jetzt so bedrohlich vor ihm stand, die entsicherte Neun Millimeter auf ihn gerichtet. Was sollte das, wollte sie wirklich einen Korkeichenbauern in der Provence erschießen, nur weil der sich in seinem Mittagsschlaf gestört fühlte?

»Ich mach Ihnen einen Vorschlag«, sagte Isabelle, so ruhig sie konnte. »Sie stellen die Mistgabel weg, und ich steck die Waffe ein. Dann können wir reden. Einverstanden?« Isabelle legte mit dem Daumen den Sicherungsflügel ihrer Sig Sauer um und steckte die Waffe zurück in ihr Gürtelholster. »Sehen Sie?«

»Scheiße, was wollen Sie hier?«, sagte Eric und senkte die Heugabel.

»Sagte ich doch schon: Wir wollen nur mit Ihnen reden. Es geht um den Jungen, den man am Strand gefunden hat.«

»Ich weiß nichts von einem Jungen.«

Kadir kam um die Hausecke gerannt. Er hielt seine Waffe in der Hand und zielte auf den Bauern mit der Heugabel.

»Lassen Sie das Ding fallen«, rief Kadir. »Sofort.«

»Verdammte Flics, ich hab euch gewarnt«, rief Eric.

Der Bauer riss die Heugabel erneut nach oben, sodass die fünf silbrig glänzenden Zinken keine zwanzig Zentimeter mehr von Isabelles Bauch entfernt waren.

»Haut ab. Verschwindet. Habt ihr verstanden, Scheiß-Flics?«, schrie er mit überschnappender Stimme.

Eric machte eine kurze Bewegung mit der Heugabel in Richtung Isabelle, und im selben Augenblick krachte ein Schuss. Mit dem Knall verstummten die Grillen, als hätte jemand auf einen Schalter gedrückt. Isabelle sah zu Moma, der nur wenige Meter entfernt die Waffe mit beiden Händen hielt und auf Eric zielte. Der Bauer ließ völlig verdutzt die Heugabel fallen und griff nach seinem Bein.

»Ich bin getroffen«, brüllte er, das Gesicht mehr vor Schreck als vor Schmerz verzerrt. »Haben Sie das gesehen? Der Scheiß-Flic wollte mich erschießen.«

»Alles klar bei dir?«, sagte Kadir, als er Isabelle erreichte, immer noch die Waffe im Anschlag. Mit der freien Hand hakte Moma die Handschellen vom Gürtel und hielt sie Isabelle hin.

»Ich halte ihn in Schach. Leg du ihm Handschellen an«, sagte Kadir.

»Ich brauch keine Handschellen«, sagte Isabelle. »Der kann sowieso nicht weg. Sieh dir doch sein Bein an.«

»Der Flic wollte mich umbringen«, jammerte Eric und presste die Hände auf die Wunde an seinem Oberschenkel. Blut quoll zwischen seinen Fingern hervor. »Ich verblute. Scheiße, das brennt vielleicht.«

»Ich dachte, der sticht zu. Im Ernst«, Kadir packte seine Waffe weg.

»Was haben sie mit dir gemacht, Eric?«, Paulette beugte sich über den Verletzten.

»Treten Sie zurück. Sofort«, Isabelle packte Paulette am Ellenbogen und zog sie von Eric weg. Dann griff sie zu ihrem Handfunkgerät in der Jackentasche und drückte die Sendetaste.

»Capitaine Morell hier, ich brauche Verstärkung und einen Krankenwagen. Wir haben hier eine Schussverletzung. Es ist dringend.«

Eine halbe Stunde später schloss der Sanitäter die Türen, und der Krankenwagen fuhr mit Blaulicht davon. Der Notarzt hatte Eric so weit stabilisiert. Die Kugel aus Momas Dienstwaffe hatte das Bein zum Glück nur gestreift. Eric würde genäht werden und ein paar Tage zur Sicherheit in der Klinik bleiben. Dann würde man ihn entlassen.

Die Beamten hatten den Hof durchsucht. Eric war keineswegs der alternative Biobauer, als den er sich so gerne darstellte. Hinter seinem Hof, versteckt in einer sonnigen Senke, hatte der alternative Landwirt ein gewaltiges Marihuanafeld angelegt.

Nachdem Isabelles Kollegen von der Gendarmerie wieder gefahren waren, klopfte Isabelle zum zweiten Mal an diesem Nachmittag an die Wohnwagentür von Paulette.

Es dauerte eine Weile, bis die Frau öffnete.

»Ich komme nicht raus«, sagte Paulette leise.

»Sie sind alle weg«, antwortete Isabelle. »Wir sind ganz allein.«

»Sie haben ihn zerstört«, antwortete Paulette.

Jetzt fiel Isabelle auf, dass Paulette die sonst immer weiße Kleider trug, sich ganz in Schwarz gekleidet hatte.

»Das hier war ein magischer Ort«, sagte Paulette. »Warum habt ihr Eric erschossen? Was hat er denn getan?«

»Niemand hat Eric erschossen. Der Notarzt hat mir versichert, dass die Wunde wieder vollkommen heilen wird«, versuchte Isabelle, Paulette zu beruhigen, aber die winkte ab. »Lieutenant Kadir dachte, Eric würde mich angreifen. Warum kommen Sie nicht raus, Paulette, und wir reden hier?«

»Schlechtes Karma«, Paulette schüttelte den Kopf. »Ich kann da jetzt nicht rausgehen.«

»Darf ich reinkommen?«, fragte Isabelle freundlich. Paulette murmelte etwas, das Isabelle als Zustimmung interpretierte.

Der Wohnwagen wirkte innen überraschend groß, obwohl er mit Nippes und sinnlosem Kleinkram vollgestopft war. Ein Vorhang aus Kunststoffperlen trennte den Wohnbereich von der Schlafecke mit Doppelbett. Das Bett hatte einen goldenen Messingrahmen, und das Bettzeug bestand aus fliederfarbenem Satin. Isabelle fragte sich, wo Paulette ihre Wäsche wohl wusch. Wahrscheinlich hatte Eric eine Waschmaschine irgendwo auf dem Hof. Auf dem Herd stand ein Topf, daneben eine geöffnete Raviolidose. Es roch nach kalter Tomatensoße. An der Wand hingen Plakate aus den Sechzigern, die Tourneen von Johnny Hallyday ankündigten. Die Auftritte des Sängers an der Côte d'Azur waren rot umkringelt. Dazwischen hing das Schwarz-Weiß-Foto einer jungen Frau, die sich im Bikini auf einem Fischernetz rekelte. Im Hintergrund Felsen, Strand und Palmen. Isabelle war vor dem Bild stehen geblieben.

»Sind Sie das?«, fragte sie nach einer Weile.

»Ich war Miss Lavandou. Das war im Sommer vor ... ach, ich weiß nicht mehr.«

»Kannten Sie Johnny Hallyday persönlich?«, fragte Isabelle

und sah, wie das Gesicht von Paulette regelrecht zu leuchten anfing.

»Glauben Sie, dass die Welt damals besser war?«, fragte Paulette und fuhr mit dem Finger geradezu liebevoll über das Gesicht auf dem Plakat.

»Nicht besser«, sagte Isabelle, »nur anders. Nicht so kompliziert wie heute.«

»Ich habe mir einen Tee gemacht. Aus frischem Salbei. Wollen Sie auch einen?«

Paulette reichte ihrer Besucherin eine dampfende Tasse, als Isabelle die Schuhe entdeckte. Es waren neongelbe Nike, und sie standen auf einem sorgfältig zusammengelegten Jogginganzug. Der war leuchtend rot und hatte die drei typischen Adidas-Streifen an Ärmel und Hosenbein. In Isabelles Kopf begann eine Alarmklingel zu schrillen. Sie griff nach der Jacke und faltete sie auf. Es war eine Kindergröße.

»Der gehört aber mir«, sagte Paulette empört.

»Woher hast du den?«, fragte Isabelle.

»Hat ein Vögelchen vorbeigebracht.«

»Paulette, bitte. Ich brauche deine Hilfe, wenn ich die Wölfe finden soll.«

»Die kannst du nicht finden. Niemand kann die Wölfe finden.«

»Paulette, bitte!«

»Na gut, ich hab's gefunden.«

Isabelle sah die Frau mit zweifelndem Blick an.

»Ich schwör's, das lag im Container, im Sperrmüll.«

»Welcher Sperrmüll?«

»Na, der vom Golfplatz. Nicht am Haupteingang. Da, wo die Gärtner ihr Zeug hinbringen, Blätter und Äste und so was.« Sie deutete in Richtung Anfahrt. »Alles schmeißen die Leute weg. Und ich sammle es wieder ein.«

»Kann ich mir das mal ausleihen?«, bat Isabelle und deutete auf den Anzug und die Schuhe. »Du bekommst alles wieder.«

»Versprochen?«

»Versprochen.«

Kapitel 41

Es war kühl in der Rechtsmedizin. Leon hatte die Beleuchtung gedimmt, und das gebündelte Licht der Deckenstrahler fiel jetzt nur noch auf den Toten, der da auf dem Obduktionstisch lag wie auf einer Theaterbühne. Leon stand in seinem hellblauen OP-Anzug neben dem Sektionstisch aus Edelstahl und betrachtete stumm den Mann. Hier, im Souterrain der Klinik, konnte er sich ganz auf das Opfer konzentrieren, nichts lenkte ihn ab in seinem Schattenreich, wie er die Rechtsmedizin gelegentlich nannte. Leon schritt langsam um den Sektionstisch herum. Der Mann schien ihn anzustarren mit seinen geschwollenen Augen, die langsam ihre Farbe verloren. Gelegentlich blieb Leon stehen und betrachtete ihn stumm. Wie war dieser Mensch gestorben? Was hatte ihn von seiner Wohnung in Hyères zu einem Weinberg in den Hügeln des Massif des Maures geführt? Warum hatte er so qualvoll sterben müssen?

Leon war der Überzeugung, dass nur die Toten ihm diese Fragen beantworten konnten. Natürlich konnten die Opfer nicht mehr reden, und Leon hörte auch keine Stimmen, die aus der Dunkelheit zu ihm sprachen. Aber es gab doch Zeichen und Spuren an den Toten, die man nur richtig lesen und deuten musste, um sich die letzten Augenblicke im Leben dieser Menschen vorstellen zu können. Leon fühlte sich in der Pflicht gegenüber den

Opfern. Ja, er war geradezu besessen davon, ihre letzten Stunden vor dem Tod sichtbar werden zu lassen und ihre Mörder zu finden, die Menschen, die ihnen das angetan hatten.

Irgendjemand hatte Monsieur Olivier aus seinem Leben gerissen, nackt ausgezogen, gefesselt und dann mit Stromstößen gefoltert. Die Frage, die Leon jedes Mal aufs Neue beschäftigte, war die Frage nach dem Warum.

»Ist die Blutprobe von Monsieur Olivier durch den Scan?«, rief Leon in Richtung Labor, wo er Rybaud an den Analysecomputern hantieren hörte.

»Sie hatten recht.« Rybaud erschien mit einem Computerausdruck in der Hand. »Es gab ein Betäubungsmittel. Wir konnten im Blut Spuren von Äther nachweisen. Er hat ihn betäubt.«

»Fangen wir an«, sagte Leon. Er drückte den Knopf für das digitale Diktiergerät, dessen Mikrofon über dem Sektionstisch hing, und startete die Aufzeichnung.

»Wir haben eine männliche Person, Alter …«, Leon unterbrach sich und sah seinen Assistenten an.

»Neunundvierzig Jahre, Gewicht vierundsiebzig Kilo«, Rybaud hatte die wichtigsten Daten der Opfer immer im Kopf.

»Alter neunundvierzig Jahre und ein Gewicht von vierundsiebzig Kilogramm«, wiederholte Leon und fuhr fort. »Der Mann wurde heftigen Stromstößen ausgesetzt, was zu Muskelfaserrissen, Verkrampfungen und Brüchen geführt hat, sodass eine genaue Bestimmung der Körpergröße im Moment nicht möglich ist. Die Körpergröße wird aber mit einem Meter achtzig angenommen.«

Die Obduktion dauerte eine gute Dreiviertelstunde. Die Untersuchungsergebnisse bestätigten im Großen und Ganzen den Eindruck, den Leon schon am Tatort hatte. Monsieur Olivier war entführt, entkleidet und dann an Händen und Füßen gefesselt worden. Er hatte die ganze Zeit auf dem Rücken gelegen. Was die Schrammen und Hämatome auf den Schulterblättern und dem Gesäß erklärte. Zunächst waren die Stromstöße offenbar mit geringer Stärke und niedriger Frequenz ausgelöst worden. Dann hatte der Täter die Stärke der Stromstöße gesteigert und die Frequenz erhöht. Das Labor hatte für die letzte Einstellung am Transformator eine Maximalstärke von 50 Milliampere gemessen.

Diese Elektroschocks waren so heftig gewesen, dass das Opfer sich die Schulter ausgekugelt und drei Rippen gebrochen hatte. Auch ein gesundes Herz konnte solchen Belastungen auf Dauer nicht standhalten. Zuletzt war es bei dem Opfer zu Kammerflimmern gekommen, und irgendwann hatte das Herz ausgesetzt. Diese letzte Phase des Überlebenskampfes musste ungefähr drei Minuten gedauert haben. Insgesamt hatte sich der Mörder für seine Tat etwa eine Stunde Zeit gelassen. Offenbar war sich der Täter nicht sicher gewesen, ob sein Opfer auch wirklich tot war, als er es verließ. Daher hatte er den Transformator weiterlaufen lassen. Das wiederum hatte zu den Brandstellen auf der Haut und am linken Hoden geführt. Erst der Bauer hatte den Strom abgeschaltet. Aber bis dahin war mehr als eine Stunde vergangen. Sogar die Schmeißfliegen hatten die Leiche bereits entdeckt gehabt und damit begonnen, ihre Eier in Augen und Nase abzulegen. Woraus Leon einen Todeszeitpunkt gegen acht Uhr morgens errechnete.

Rybaud hatte den Brustkorb geöffnet und das Herz entnommen. Leon betrachtete einen Schnitt des Organs in der Vergrößerung.

»Der Mann hatte einen Hinterwandinfarkt, linke Herzkammer«, sagte Leon nach einer Weile.

»Ist er daran gestorben?«, wollte Rybaud wissen.

»Nicht direkt, dieser kleine Infarkt liegt etwa sechs Wochen zurück«, sagte Leon. »Aber er hat dazu geführt, dass das Herz erheblich vorgeschädigt war.«

»Sie wollten sich den Kopf noch ansehen«, erinnerte Rybaud.

»Danke, Rybaud, ich weiß«, Leon hatte sich den Kopf des Opfers bis zuletzt aufgehoben. Das entsprach zwar nicht genau dem Prozedere bei einer Leichenschau, aber Leon wollte sich möglichst unvoreingenommen dieser Obduktion widmen. Dazu gehörte auch, sich nicht von irgendwelchen vagen Erwartungen und Theorien ablenken zu lassen. Natürlich gab es gewisse Übereinstimmungen bei den Fällen Bayrou und Olivier. Es war die Handschrift des Täters, die Leon stutzig und die beide Fälle so ähnlich machte. Diese besondere Art seines Vorgehens. Leon war überzeugt, dass der Täter sich seine Opfer ganz gezielt ausgewählt hatte. Die Taten waren genau geplant und auf das Opfer abgestimmt. Die Morde waren nicht spontan geschehen, sondern der Täter hatte sich Zeit mit seinen Opfern gelassen. Wollte der Täter ihre Qualen genießen, oder folterte er sie, um ihnen ein Geheimnis abzupressen? Aber welches gemeinsame Geheimnis konnten der Besitzer einer Drogeriekette und ein kleiner Schneider in der Altstadt von Hyères haben?

Vielleicht waren all diese Gedanken auch völlig unsinnig. Ein kurzer Blick in den Kopf des Opfers, und Leons Theorie könnte sich in Luft auflösen, so, wie sich der Morgennebel über dem Meer in der Sonne auflöste. Deswegen hatte er die Untersuchung die ganze Zeit vor sich hergeschoben. Weil er noch einen Moment länger seinen Theorien nachspüren wollte.

»Patron …?«, riss Rybaud Leon aus seinen Gedanken. »Welches Instrument, was brauchen Sie?«

»Den kleinen Spatel und eine Klemme.«

Es klirrte leise, als Rybaud die gewünschten Instrumente in eine Schale legte und sie vor seinen Chef auf den Rollwagen stellte. Leon nahm den Spatel und schob ihn dem Opfer langsam zwischen die Zähne. Dann stemmte er Ober -und Unterkiefer mit kleinen Hebelbewegungen vorsichtig auseinander. Die Totenstarre hatte noch nicht vollständig eingesetzt, aber das Kiefergelenk verhärtete sich erfahrungsgemäß zuerst, zumal bei hohen Außentemperaturen die Totenstarre deutlich schneller einsetzte als im Winter. Leon zog die große Lupe, die an einem Gelenkarm über dem Tisch schwebte, zu sich heran und schaltete das LED-Licht ein.

Das Opfer hatte sich die Zunge durchgebissen, was zu einer starken Blutung geführt hatte, genau, wie Leon es vermutet hatte. Er drückte die Zunge etwas herunter. Die Stromstöße hatten so heftige Kontraktionen der Kiefermuskulatur ausgelöst, dass sich das Opfer zwei Zähne abgebrochen hatte. Das war alles, was Leon erkannte. Hatte er sich also geirrt mit seiner Theorie? Er wollte schon abbrechen, als er das Blatt entdeckte. Es war nur einen Zentimeter lang und endete an einem dünnen Stiel, der sich zwischen Zunge und Wange verklemmt hatte und einige Zentimeter in die Speiseröhre hineinführte. Leon packte mit der schlanken Zange zu und rastete die Klemme ein. Dann zog er den Fremdkörper vorsichtig aus dem Rachen des Opfers. Er wusste sofort, was er da gefunden hatte. Es war der Blütenstand einer Mimose. Knapp acht Zentimeter lang, gefiederte Blätter und am Ende die typischen zartgelben Doldenblüten.

Kapitel 42

»Zwei Mordopfer, und beide hatten eine Mimosenblüte im Mund?«, sagte der Polizeichef mit skeptischem Unterton und betrachtete die Aufnahmen, die Leon in der Rechtsmedizin gemacht hatte. »Das ist alles?«

»Wie wahrscheinlich ist es, dass es sich dabei um einen Zufall handelt?«, fragte Leon.

Leon war nach der Obduktion in der Gendarmerie vorbeigefahren. Er wollte Zerna die Nachricht persönlich überbringen. Es war ihm wichtig, dass der Polizeichef seine Überlegungen ernst nahm. Zerna hatte auch seine Stellvertreterin und Lieutenant Masclau zu dem Gespräch gebeten.

»Wenn es tatsächlich kein Zufall ist: Warum macht der große Unbekannte das?«, fragte Zerna provokativ. Er wusste natürlich, dass Leon diese Frage nicht beantworten konnte. Aber ihm gefiel es, Leon vor Isabelle in Verlegenheit zu bringen.

»Er markiert sie«, antwortete Leon knapp.

»Markiert sie?«

»Er will, dass alle verstehen, dass die beiden Morde in Zusammenhang stehen.«

»Und der besteht worin?«

»Das ist die große Frage«, sagte Leon. »Und die kann nur die Polizei beantworten. Die Rechtsmedizin liefert nur die Fakten.«

»Blüten im Mund …«, sagte Masclau. »Die sind beide im Freien gestorben. Da können sie alles in den Mund kriegen: Blätter Blüten, Insekten, was weiß denn ich.«

»Glaub ich nicht«, sagte Isabelle. »Ich bin fast sicher, dass das kein Zufall ist.«

»Jetzt fängst du auch schon an«, sagte Masclau.

»Zufall oder nicht«, meinte Zerna. »Ich will nicht, dass irgendwas davon in den Medien landet. Diese Stadt ist für ihre Blumenpracht bekannt. Nicht dafür, dass ein Irrer Leute umbringt und ihnen die Blumen in den Mund stopft.«

Leons Smartphone meldete mit einem Summen, dass er eine Nachricht erhalten hatte.

»Sekunde bitte«, bat Leon und hörte die kurze Meldung ab. Dann steckte er das Telefon wieder in die Tasche. Die anderen sahen ihn fragend an.

»Die Spurensicherung hat in Baladures Van einen Fingerabdruck identifiziert. Auf dem Rahmen des hinteren rechten Fensters«, sagte Leon. »Er stammt von Ermias, dem toten Jungen vom Strand.«

Kapitel 43

Die Luft im Befragungsraum war stickig. Warum mussten Klimaanlagen immer genau dann ausfallen, wenn es draußen besonders heiß war und man sie am dringendsten brauchte?, fragte sich Isabelle. Doktor Baladure sah sie mit müden Augen an. Er war bemüht, Haltung zu bewahren, saß aufrecht auf dem unbequemen Blechstuhl und versuchte zu überspielen, wie müde und erschöpft er war.

Der Polizeichef hatte ihn am Vormittag zunächst auf freien Fuß gesetzt. Drei Stunden später war die Gendarmerie zur Klinik gefahren und hatte ihn wieder abgeholt. Dabei war Baladure dabei gewesen, eine Operation vorzubereiten, aber das konnte Masclau nicht umstimmen. Isabelle sah zu ihrem Kollegen am Tischende und konnte das Funkeln in seinen Augen sehen. Sie wusste, dass Masclau Männer wie Baladure hasste. Es war eine Mischung aus Neid auf deren Lebensstil und Verachtung, wie Masclau sie gegenüber den meisten Menschen aus dem Maghreb hegte. Gegen die »pieds noirs«, die schwarzen Füße, wie Franzosen die Zuwanderer aus Nordafrika abfällig nannten. Isabelle hatte das Gefühl, dass bei Masclau auch noch Schadenfreude mitspielte. Darüber, dass dieser Doktor offenbar einen Jungen missbraucht hatte und damit alle Vorurteile von Masclau bestätigte.

»Sind Sie eigentlich verheiratet?«, fragte Masclau mit einem Lauern in der Stimme.

»Nein, bin ich nicht«, antwortete Baladure genervt.

»Und natürlich auch keine Kinder, wie ich vermute?«

»Was wollen Sie damit sagen?«, empörte sich der Arzt und wandte sich an Isabelle. »Ihr Kollege soll aufhören, mir irgendetwas zu unterstellen.«

»Didier, bitte«, sagte Isabelle mit leisem Tadel.

»Ich habe Ihnen alles gesagt, was ich weiß, und ich habe jede Ihrer Fragen beantwortet«, sagte Baladure. »Also, was wollen Sie jetzt noch von mir?«

»Das wissen Sie doch ganz genau«, sagte Masclau herablassend.

»Leider weiß ich das nicht. Sie sind zu mir in die Klinik gekommen und haben gesagt, dass ich helfen könnte, den Tod dieses kleinen Jungen aufzuklären. Also: Hier bin ich.«

»Wir fragen uns«, begann Isabelle, »ob Sie den kleinen Ermias nicht doch besser kannten, als Sie zugeben.«

»Was soll die Frage? Ich hab ihn nie gesehen«, verteidigte sich der Arzt. »Was soll ich sonst sagen?«

»Wie wäre es mit der Wahrheit?«, fragte Isabelle en passant.

»Der Junge ist mir nie aufgefallen. Ist das Wahrheit genug, Madame la Capitaine?«

Isabelle spürte, wie die Anspannung des Zeugen wuchs.

»Kein Grund, gleich unhöflich zu werden«, sagte Isabelle.

»Wollte ich nicht. Verzeihen Sie. Vielleicht hab ich ihn ja mal gesehen. Da waren immer eine Menge Jungs in dem Bistro, und ich hab ihnen eine Cola spendiert.«

»Das heißt, Sie kannten ihn also doch?«, hakte Masclau nach.

»Das habe ich nicht gesagt.« Baladure sah Isabelle an. »Habe ich das vielleicht gesagt, Madame?«

»Nur eine Cola spendiert?«, fragte Isabelle. »Oder vielleicht doch mehr ... Wenn Sie sich genau erinnern.«

»Ich kann nur sagen: Ich habe den Jungen nie gesehen.«

»Verleihen Sie gelegentlich Ihr Auto?«, fragte Isabelle in einem Ton, als ginge es um irgendeinen Strafzettel und nicht um eine Mordermittlung.

»Wie, versteh ich nicht«, Baladure sah sie an.

»Ob Sie gelegentlich Ihren Van verleihen? An Freunde, Familie, Kollegen?«

»Nein. Mache ich nie. Was sollen diese Fragen überhaupt?« Baladure stand auf. »Ich werde jetzt zurück in die Klinik fahren. Ich habe viel zu tun, meine Patienten warten.«

»Setzen Sie sich, Baladure«, sagte Masclau kühl. Verblüfft setzte sich der Zeuge wieder auf seinen Stuhl. Isabelle nickte ihrem Kollegen kurz zu.

»Kann es sein, Monsieur«, sagte Isabelle, »dass Sie dem kleinen Ermias einen Jogginganzug gekauft haben? Einen roten Jogginganzug von Adidas?«

»Daran würde ich mich bestimmt erinnern«, Baladure versuchte, so etwas wie Empörung mitschwingen zu lassen.

»Aber ausschließen können Sie es nicht?«

Isabelle spürte, wie der Zeuge jetzt ihren Blicken auswich.

»Dazu noch ein paar Sneakers von Nike«, sagte Masclau. »Teure Teile, achtzig Euro. Ich habe mich erkundigt.«

»Wieso sollte ich so etwas tun?«

»Weil Sie so ein netter Mensch sind?«, meinte Masclau böse.

»Hawi hat uns erzählt, dass Ermias am Tag, bevor er verschwand, mit einem nagelneuen Jogginganzug ins Flüchtlingslager kam«, erklärte Isabelle. »An dem Tag hatte er sich angeblich mit Ihnen getroffen.«

»Wollen Sie mir vielleicht unterstellen, ich hätte mit diesen Jungs ...«, begann Baladure.

»Ganz ruhig, wir unterstellen gar nichts«, unterbrach Masclau. »Wir werten unsere Ermittlungsergebnisse aus und stellen Ihnen Fragen.«

Baladure gab ein leises Seufzen von sich. Isabelle zog das digitale Aufzeichnungsgerät zu sich heran.

»Monsieur Baladure, ich weise Sie noch einmal ausdrücklich darauf hin, dass Sie zu diesem Gespräch einen Anwalt hinzuziehen können.«

»Ich brauch keinen Anwalt. Wofür sollte ich einen brauchen? Weil ich ein paar Kindern geholfen habe, um die sich in diesem herzlosen Land kein Mensch kümmert?«

»Nein, weil Sie Kontakt zu dem kleinen Ermias hatten, der wenige Tage später ermordet aufgefunden wurde.«

»Moment, ich habe Ihnen gesagt, dass ich diesen Jungen nicht kannte.«

»Dann frage ich mich«, sagte Isabelle ganz ruhig, »wieso wir in Ihrem Van einen Fingerabdruck dieses Flüchtlingsjungen gefunden haben?«

»Das kann nicht sein.«

»Rechte Hand, Zeigefinger«, sagte Isabelle. »Daran besteht nicht der geringste Zweifel.«

»Und ich wette, das Labor findet an dem Jogginganzug auch Ihre DNA«, sagte Masclau mit angeekeltem Gesichtsausdruck. »Und wer weiß, was sie da sonst noch alles von Ihnen an den Klamotten entdecken.«

Baladure sprang von seinem Stuhl auf.

»Das ist nicht wahr. Sie beschuldigen mich hier doch nur, weil ich Tunesier bin.«

»Alexandre Baladure«, sagte Isabelle in ernstem, ruhigem

Ton, »ich verhafte Sie wegen des Verdachts, das Flüchtlingskind Ermias entführt und getötet zu haben.«

»Das können Sie mit mir nicht machen. Ich will jetzt gehen!«

Plötzlich stürmte Baladure los in Richtung Tür. Doch Masclau war schneller. Er stellte sich dem Arzt in den Weg, packte ihn an der Schulter, stieß ihn gegen die Wand und nahm ihn in den Polizeigriff.

»Besser, Sie leisten keinen Widerstand«, sagte Masclau. Es klang wie eine Drohung.

Kapitel 44

Dekan Lambert war der Umschlag sofort aufgefallen. Schon als sie das Hotel verließen. Er steckte hinter dem Scheibenwischer. Wer wusste, dass sie heute hier verhandeln würden? Sie waren nur eine kleine Gruppe von sieben Leuten, die sich im Salon »Rhône« des Hotels Azur getroffen hatten. Ursprünglich wollte man in einem Besprechungsraum des Rathauses verhandeln, doch dann hatten einige der Herren Bedenken geäußert. Ein öffentliches Gebäude wie das Rathaus hatte große Ohren, und das war genau das, was die Herren in dieser Phase ihres Projektes am allerwenigsten brauchen konnten. Absolute Diskretion war das Gebot der Stunde. Die Gesellschaft aus Politikern, Mitarbeitern des Baureferates, der Stadtplanung und der katholischen Kirche war in diesem Punkt überaus empfindlich. Der Dekan, der nicht nur als Vermittler in diesem Geschäft auftrat, war gleichzeitig auch Leiter der Ethikkommission und sozusagen das gute Gewissen der versammelten Männer. Er war der Garant für Stadt und Provinz, dass das Wohl der Bürger im Mittelpunkt jeder Planung stand. So sollte verhindert werden, dass das Gelände irgendwelchen Spekulanten oder, schlimmer noch, der Mafia in die Hände fiel. Dr. Lambert, der zukünftige Bischof, bekam Schweißausbrüche, wenn er daran dachte, was der Mann im Beichtstuhl gesagt hatte, dem er über dreihunderttausend Euro schuldete: »Wir sind sehr altmodisch, wenn wir merken, dass wir hintergangen werden ...«

Lambert klammerte sich an den Gedanken, dass die Mafia keinen Kirchenmann so einfach verschwinden lassen würde. Schon gar nicht einen designierten Bischof. Aber konnte er da wirklich so sicher sein? Heute war es um die groben Kalkulationen gegangen. Astronomische Summen, die verschiedene Interessenten bereit waren, in das »Jahrhundertprojekt« zu stecken, wie die Umwandlung des Geländes von der Presse genannt wurde.

Der Dekan hatte die Kalkulationen in seiner Tasche. Später, wenn er zu Hause war, würde er diese Zahlen an seinen Auftraggeber übermitteln, und der würde sie in der nächsten Runde überbieten. Lambert war vor seinem Mercedes stehen geblieben. Er griff nach dem Briefumschlag unter dem Wischer und zog ihn heraus. Auf dem Umschlag stand nur sein Name, keine Adresse, kein Absender.

»Na, Strafzettel kassiert?« Es war einer der Männer von der Stadtplanung, mit denen er eben noch zusammengesessen hatte.

»Große Projekte fordern eben ihren Tribut«, Lambert ließ den Brief in der Seitentasche seiner Soutane verschwinden.

»Nein, nein.« Der Mann streckte seine Hand aus. »Geben Sie nur her. Wir erledigen das. Wir werden unsere Kirche doch nicht für ihre Hilfe auch noch zahlen lassen.«

»Vielen Dank. Das ist sehr freundlich, aber ich rechne das über die Diözese ab.«

»Ich bitte Sie, wir machen das gerne«, insistierte der Mann von der Stadtverwaltung.

»Wenn ich Ihnen jetzt den Strafzettel überlasse, dann muss ich mich eine Woche lang vor unserem Kassenwart rechtfertigen.«

»Ich sehe schon, ein Bischof hat es auch nicht leicht. Bonne soirée, Père.«

Der Dekan verabschiedete sich von der kleinen Gruppe. Man würde sich in spätestens zehn Tagen wieder treffen. Dann aber bitte sehr mit konkreteren Vorschlägen.

Wenig später fuhr Lambert durch die Hügel zu seiner Villa. Er konzentrierte sich auf die Straße und versuchte, die letzten Stunden zu vergessen. Die Lüge war zwar keine Todsünde, aber wie hieß es in den Zehn Geboten? Du sollst kein falsches Zeugnis reden wider deinen Nächsten. Und ging es nicht immer wieder darum? Falsches Zeugnis zu reden, um den Konkurrenten auszustechen und zu täuschen? Genau das tat er, der zukünftige Bischof von Fréjus-Toulon. Er sündigte die ganze Zeit. Er belog und hinterging die Männer, die ihm vertrauten. Wenn es einen strafenden Gott gab, dann müsste ihn auf der Stelle ein Blitzstrahl treffen.

War der Brief dieses himmlische Zeichen? Er hatte keine Ahnung, was drinstand. Und wenn es …? Ausgeschlossen, niemand kannte sein Geheimnis. Der Dekan verbot sich, diesen Gedanken weiterzudenken.

Die Landstraße war um diese Zeit wenig befahren. Der Dekan fuhr rechts ran und parkte den Wagen unter einer ausladenden Platane. Es war ihm heiß geworden, und er stellte die Klimaanlage höher. Dann griff er in seine Seitentasche, zog den Umschlag heraus. Er war nur zugesteckt, nicht verklebt. »Vincent Lambert« hatte jemand in ordentlichen Druckbuchstaben auf das Papier geschrieben. In dem Umschlag steckte eine Postkarte. Es war ein Bild, das er sofort erkannte: *Das Weltgericht* von Hieronymus Bosch. Auf die Rückseite der Karte hatte der Unbekannte einen kurzen Text geschrieben:

»Wenn dich aber dein rechtes Auge verführt, so reiße es aus und wirf es von dir. Es ist besser für dich, dass eines deiner Glieder verderbe und nicht der ganze Leib in die Hölle geworfen werde. – Matthäus 5.29«

Die Klimaanlage lief jetzt auf Hochtouren. Trotzdem fühlte der Dekan, wie ihm eine dicke Schweißperle über Schläfe und Kinn rann und auf seine Soutane tropfte. Er richtete die Luftdüsen auf sich und atmete tief die kühle Luft ein. War das eine ernste Drohung? Oder nur einer der Briefe, die man erhielt, wenn man kurz davorstand, in die oberen Ränge der Kirche aufzusteigen?

Sollte er damit zur Polizei gehen? Auf keinen Fall. Lambert ließ die Seitenscheibe herunter, zerriss die Postkarte in kleine Fetzen und beobachtete, wie der aufkommende Mistral sie davontrieb. Der Dekan spürte zum ersten Mal seit vielen Monaten wieder sein Herz schlagen. Er hatte Angst.

Kapitel 45

Lilou wusste, dass sie Ärger bekommen würde. Aber, meine Güte, was war schon eine gemeinsame Yogastunde mit ihrer Mutter im Vergleich zu zwei wunderschönen zärtlichen Stunden mit Georges?

Er hatte mit seinem Porsche vor der Schule gestanden. Sie wusste nicht, dass er kommen würde, echt nicht. Ursprünglich hatte er ihr etwas von dringenden Geschäften erzählt, die ihn für ein paar Tage nach Nizza führen würden. Doch da stand er plötzlich, süßer, charmanter, unwiderstehlicher Georges. Bei ihm hatte sie erlebt, was Liebe auf den ersten Blick bedeutet. Wenn man alle Vernunft über Bord warf und sich wie eine Idiotin benahm. So, als würde man über einen gefrorenen See gehen, obwohl man genau wusste, wie gefährlich das war, weil das Eis bereits unter den Füßen knirschte. Mit jedem Schritt, mit dem man sich weiter vom Ufer entfernte, gab man mehr von seiner Vernunft und den guten Vorsätzen auf. Und danach fragte man sich, wie man so blöd gewesen sein konnte. Aber nur, um sich bei nächster Gelegenheit wieder in dieses Abenteuer zu stürzen.

Schon die erste Begegnung mit Georges hatte bei ihr ein Kribbeln im Bauch ausgelöst, das beinahe wehtat. Georges war der Typ Mann, bei dem sie jede Vernunft in die Tonne klopfen konnte. Er hatte diesen romantischen Blick, der einen ahnen ließ, dass seine sanften braunen Augen mehr als nur ein Geheimnis hüteten. Sie verbargen einen anderen Mann, leichtsinnig und gefährlich. Aber das galt natürlich nicht für sie. Normalerweise begegnete sie neuen Bekanntschaften eher kritisch. Nicht so bei Georges. Sie war in den zitronengelben Porsche gestiegen und hatte sich entführen lassen.

Diesmal hatte Georges für eine Überraschung gesorgt. Sie würden nicht wie sonst einen Spaziergang am Meer unternehmen, um dann nur einen Noisette in einem Strandcafé zu trinken oder ein Eis zu essen. Diesmal hatte Georges einen Schlüssel dabei, und der passte zu einem Appartement direkt über Le Lavandou. Was hieß Appartement? Es war ein regelrechtes Penthouse, und es gehörte einem von Georges' reichen Freunden. Es war rundum von einer breiten Terrasse umgeben und einfach nur himmlisch. Der Blick ging über die Dächer von Le Lavandou direkt hinaus aufs Meer. Lilou stand an der gläsernen Schiebetür zur Terrasse und sah hinüber zu den Inseln, die in der späten Nachmittagssonne lagen. Das war doch etwas anderes als das spießige Haus ihrer Mutter.

»Es ist fantastisch. Ich komme mir vor, als wäre ich ein Vogel.« Lilou breitete die Arme aus, drehte sich zu Georges um und sah gerade noch, wie er einen unauffälligen Blick auf seine teure Armbanduhr warf.

»Müssen wir schon wieder gehen?«, fragte Lilou.

»Himmel, nein. Wir sind ja eben erst gekommen«, sagte er mit seinem unwiderstehlichen Lächeln. »Komm, ich zeige dir was.«

Er nahm sie bei der Hand. Sie durchquerten die Küche mit dem frei stehenden Herd, das Marmor-Badezimmer mit der Wanne aus Kupfer und dann das Schlafzimmer mit dem riesigen runden Bett und einer Schiebetür zur Terrasse.

»Das ist unfassbar, echt«, sagte Lilou und spürte, wie Georges von hinten die Arme um sie legte und sie sanft an sich zog. Es fühlte sich so gut an, und sie drückte sich an ihn.

»Wem gehört das?«, wollte Lilou wissen.

»Das ist mein Geheimnis«, sagte Georges mit seiner wohlklingenden Stimme, die bei Lilou bereits einen kleinen Schauer auslöste.

Lilou ließ sich von Georges zum Bett schieben. Er drehte sie zu sich um und sah ihr in die Augen.

»Du bist so wunderschön«, sagte er zu ihr, und Lilou lächelte. »Zieh dich aus«, flüsterte er in ihr Ohr.

Eine Stunde später leuchteten die roten Dächer und grünen Wipfel der Palmen intensiv im flachen Licht der Nachmittagssonne. Lilou stand auf und sammelte ihre Jeans und das Top ein. Langsam kroch das schlechte Gewissen in ihr hoch. Vor zwei Stunden wäre sie mit ihrer Mutter verabredet gewesen. Sie hatte ihr nur eine knappe SMS geschickt, dass sie es leider nicht schaffen würde. Aber zum Essen wäre sie natürlich zu Hause, hatte sie versprochen.

»Alles okay?«, fragte Georges und zog sich seine gestreiften Boxershorts an.

»Ja, alles okay«, sagte Lilou.

»Ich hab was für dich.« Georges zog sein Hemd über. Er bückte sich und hob ein Geschenk auf, das hinter dem Bett gestanden hatte. Es befand sich in einem Beutel aus weichem Stoff, der mit einem Satinband verschlossen war. »Hier, für dich«, sagte er.

Lilou nahm erstaunt den dunkelgrauen Stoffbeutel, den er ihr reichte.

»Was ist das?«, fragte sie.

»Sieh nach. Na los«, sagte er.

»Das ist doch nicht ...« Lilou tastete den Beutel ab, öffnete ihn und zog eine rote Umhängetasche hervor, auf der in kleinen Buchstaben PRADA stand.

»Ist die für mich?«, fragte Lilou ungläubig.

»Sicher, für wen denn sonst?«

»Das kann ich nicht annehmen.«

»Aber natürlich kannst du«, sagte er lächelnd. »Sie passt zu dir. Mit den Jeans sieht sie toll aus.«

»Die Tasche ist super, echt. Aber ich kann das wirklich nicht annehmen.« Sie schüttelte den Kopf.

»Versuchst du, mich zu beleidigen?« Georges sagte das in einem Ton, der Lilou verunsicherte, weil sie nicht wusste, ob er es ernst meinte.

»Nein, das will ich nicht.« Sie ging zu ihm und küsste ihn auf den Mund. »Ist total lieb von dir, aber meine Mutter, die würde mir ein Riesentheater machen.«

»Vergiss doch mal deine Mutter«, er nahm sie am Arm und sah sie an. »Werde endlich erwachsen. Ein Nein wird nicht akzeptiert – sorry.«

Er lachte kühl, und Lilou spürte zum ersten Mal eine leichte Distanz zu Georges.

Kapitel 46

»Ich sag euch, das sind die Ausländer, die machen sich doch alle gegenseitig platt.« Michel hatte seinen Tabac-Laden bereits geschlossen und war inzwischen im *Chez Miou* bei seinem vierten oder fünften Rosé dieses späten Nachmittags.

Man konnte hören, dass er langsam die Kontrolle über seine Zunge verlor. Was nicht weiter problematisch war, da die Gäste am Tresen jedes Mal zustimmend ihre Gläser hoben und sich seiner Meinung anschlossen, solange er eine weitere Runde spendierte.

Leon saß auf seinem Stammplatz in der Ecke und genoss die Abendbrise, die den Geruch von gebrannten Mandeln, Sonnencreme und Brackwasser vom Hafen herübertrug. Leon hatte die »Frankfurter Allgemeine« aufgeschlagen und ging seiner Lieblingsbeschäftigung nach, der Lektüre des Wetterberichts. Nichts genoss er mehr als die Gewissheit, dass über Deutschland mal wieder ein fettes, feuchtes Tiefdruckgebiet hing, während hier in der Provence die warme Junisonne vom Himmel strahlte.

»Ich sag immer: Wenn wir die Kanaken nicht mehr reinlassen, dann gibt's auch keine Verbrechen mehr«, lallte Michel, wobei sich das Wort ›Kanaken‹ irgendwo in seinem Mund verkeilte und etwas Zeit brauchte, um herauszufinden.

»Das ist die verdammte Wahrheit«, mischte sich ein Gast in

Unterhemd und Bermudashorts mit hellblauem Blumenmuster ein. »Die müsste man alle in den Flieger setzen, und dann ab zurück in die Wüste.«

»Denen geht's viel zu gut hier bei uns ..., das ist doch das Problem.« Das war wieder Michel, der immer noch dem Tag nachtrauerte, als ihn die Front National wegen Unfähigkeit von ihrer Wahlliste gestrichen hatte.

»Was schlägst du denn vor? Sollen wir sie vielleicht vor unseren Stränden ersaufen lassen?«, fragte Yolande, die Gläser einsammelte und die Tische abwischte.

»Warum denn nicht, Mademoiselle?«, sagte der Gast in den Bermudashorts mit schmierigem Unterton. »Das sind nun mal harte Entscheidungen. So was überlassen Sie besser den Männern.«

»Männer?« Yolande sah sich demonstrativ um. »Ich seh nur ein paar Schluckspechte in kurzen Hosen.«

»Gut gesagt!« Véronique, wie immer die Zigarette im Mund, klatschte in die Hände, als sie zum Tresen ging. »Bonsoir, Jérémy, machst du mir einen?«

»Kommt sofort«, sagte der Wirt. Er warf Eiswürfel in ein Glas, goss Pastis darüber und stellte ihn, zusammen mit einem Kännchen Wasser, vor seinen Gast.

»Wer sind Sie denn?«, fragte einer der Touristen Véronique. »Hier ist Rauchen verboten. Schon mal was davon gehört?«

»Das gilt aber nicht für Erwachsene«, sagte Véronique und ließ ihre brennende Gauloises vom rechten in den linken Mundwinkel wandern.

Sie ließ den verblüfften Gast stehen und kam mit ihrem Glas zu Leon an den Tisch.

»Haben Sie einen Platz für mich, da drüben wird mir der Pastis sauer.«

»Bitte, Madame«, Leon war kurz aufgestanden und wies mit einer freundlichen Geste auf den freien Stuhl.

»Danke«, sagte Véronique. »Ich habe gehört, dass Sie in letzter Zeit eine Menge zu tun haben.«

»Dabei denken die Leute immer, in der Provinz ginge es so friedlich zu«, sagte Leon.

Ihm war ein Mann mit Strohhut aufgefallen, der sich an einen freien Tisch gesetzt hatte. Er trug ein helles Hemd und eine Arbeitshose voller Farbspritzer, die nur von Hosenträgern gehalten wurde. Er bestellte bei Yolande einen Rosé. Dann starrte er auf den Tisch wie jemand, der Sorge hatte, erkannt zu werden.

Der dicke Pizzabuden-Besitzer betrat das *Chez Miou*. Ihm genügte nur ein kurzer Blick auf den Gast mit den Hosenträgern, dann marschierte der Dicke zum Tresen. Er flüsterte mit Jérémy, der immer wieder zu dem Gast hinübersah.

»Was ist jetzt?«, fragte Yolande ihren Mann. »Soll ich ihm den Rosé bringen?«

Der Wirt nickte nur kurz, und seine Frau bediente den Gast. Leon, der die kurze Szene mitbekommen hatte, sah Véronique an.

»Sie wissen, wer das ist?«, fragte Véronique.

»Nicolas Lagarde, der Maler?«, fragte Leon.

»Nicolas Lagarde, der drei Jahre in der Psychiatrie verbracht hat, wegen Missbrauchs und Diebstahls.« Véronique nahm einen Schluck Pastis. »Den Missbrauch konnten sie ihm allerdings nie nachweisen. Er ist ein wenig schrullig – vorsichtig ausgedrückt.«

Véronique machte eine Drehbewegung mit der Hand neben ihrem Kopf, als müsse sie eine Schraube festziehen.

»Ich habe ihn kürzlich auf einer Veranstaltung in Hyères erlebt«, sagte Leon.

Lagarde nahm das Glas mit dem Rosé, das ihm Yolande gebracht hatte, betrachtete den Inhalt und trank einen Schluck.

»Keine Vergebung«, murmelte er und nahm noch einen Schluck.

Leon sah, dass der Maler aufstand und zur Toilette ging. Dabei rempelte ihn der Dicke, ohne sich dafür zu entschuldigen.

»Und so einen lassen Sie in Ihr Bistro?«, fragte der Pizzabuden-Besitzer den Wirt, nachdem der Maler auf der Toilette verschwunden war.

»Sie haben ihn immerhin freigesprochen«, gab Jérémy zu bedenken.

»Die Flics vielleicht, ich nicht«, sagte der Dicke. »Kinderficker gehören eingesperrt. Fertig und aus.«

»Vielleicht sollten wir uns mal mit ihm unterhalten«, sagte Michel vieldeutig.

»Wenn sich die Flics nicht kümmern«, meinte der Dicke. »Dann kümmern wir uns eben.«

»Was meinen Sie mit ›kümmern‹?«, fragte Yolande naiv.

»Kann immer was passieren. Ist doch so?« Der Dicke trank in einem Zug sein Glas aus und schlug Michel mit der Hand auf die Schulter. »Ich verschwinde.«

Es war kurz vor neun, als auch Leon zahlte. Nach einem anstrengenden Arbeitstag wie heute genoss er einen Besuch in seinem Lieblingsbistro. Er mochte den Small Talk und ertrug dafür gelegentlich auch solche Gäste wie an diesem Abend. Inzwischen war es wieder ruhig geworden im *Chez Miou*. Die Leute waren um diese Zeit beim Essen. Das Bistro würde sich erst später wieder füllen. Leon zahlte den Café Crème und die beiden Rosé, die er sich gegönnt hatte, und machte sich auf den Heimweg.

Später hätte er nicht mehr sagen können, was ihn dazu gebracht hatte, seinen Wagen stehen zu lassen und zu Fuß nach Hause zu gehen. Vielleicht war es der Wein gewesen, vielleicht auch die Vorstellung, dass ein Abendspaziergang durch die frische

Luft ihm den Kopf frei machen würde. In jedem Fall hatte er nicht die Treppe in den oberen Teil von Le Lavandou genommen, sondern den schmalen Pfad, der sich den Hang hinauf und an den Gärten und Mauern entlangschlängelte. Am Abend traf man keine Menschenseele auf diesem Weg. Sogar die Zikaden waren schlafen gegangen, und es herrschte eine wohltuende Stille. Tagsüber konnte man hier Bougainvillea, Oleander und Plumbago farbenprächtig über die Gartenmauern quellen sehen. Jetzt, im Licht des Vollmondes, schien alles grau zu sein. Geräuschlos schossen Fledermäuse zwischen den hohen Zypressen hin und her, und ein Eichelhäher beschimpfte den späten Spaziergänger. Leon war kurz stehen geblieben und sah auf den beleuchteten Ort hinunter. Die Luft war warm und duftete immer noch nach Jasmin. Leon hörte auf einmal ein leises Stöhnen, oder bildete er sich das nur ein?

Leon folgte dem Pfad weiter den Hang hinauf, und da sah er schemenhaft einen Menschen auf dem Boden liegen. Er hatte sich also doch nicht geirrt. Der Mann lag auf dem Rücken mitten auf dem Weg, als hätte er sich zum Schlafen hingelegt. Leon schaltete die Taschenlampe in seinem Handy ein. Er erkannte ihn sofort: das helle Hemd, die Hosenträger. Es war Nicolas Lagarde, der Maler.

»Monsieur Lagarde?«, sagte Leon, aber der Mann am Boden reagierte nicht.

Leon kniete sich neben ihn und legte ihm Zeige- und Ringfinger auf die Halsschlagader. Der Puls war schwach, aber deutlich zu spüren. Jetzt sah Leon, dass der Maler eine blutende Wunde am Kopf hatte. Blut, das auch an dem Felsen am Wegesrand zu sehen war. Offenbar war er dort seitlich mit dem Kopf aufgeschlagen. Leon untersuchte den Mann im Schein seines Handys. Im Gesicht, um die Augen, waren mehrere kleine Blutergüsse zu erkennen. Eine trübe Flüssigkeit sickerte aus der Nase des Opfers. Am Kinn befand sich ein großes Hämatom, vielleicht war der Kiefer gebrochen. Leon leuchtete vorsichtig, ohne den Kopf des Mannes zu bewegen, hinter die Ohren. Auch hier waren kleinere Hämatome zu erkennen. Typische Symptome für eine Fraktur, dachte Leon. Möglicherweise ein Schädelbruch.

»Monsieur Lagarde«, versuchte Leon es noch einmal. »Können Sie mich hören?«

Lagarde röchelte und blinzelte. Es kamen unartikulierte Laute aus seinem Rachen, so, als müsste er die Worte erst mühsam zusammensetzen, bevor er sie aussprechen konnte. Der Maler versuchte, sich zu bewegen, und stöhnte vor Schmerzen.

»Nicht bewegen, Monsieur Lagarde«, beschwor Leon den Verletzten. »Sie müssen ganz ruhig liegen bleiben. Ich rufe einen Krankenwagen.«

Wieder kam unverständliches Gemurmel von Lagarde. Als er erneut versuchte, sich aufzurichten, drückte Leon ihm vorsichtig die Schulter gegen den Boden, sodass er sich nicht bewegen konnte.

»Émile …«, nuschelte Lagarde.

»Erzählen Sie es mir später«, sagte Leon. Er tippte die 112 auf das Display seines Smartphones, und die Notfallzentrale meldete sich.

Es dauerte fast zwanzig Minuten, bis die Sanitäter den Platz in den Hügeln gefunden hatten. Aber es war Leon gelungen, den Maler ruhig und stabil zu halten. Lagarde verlor jedoch immer wieder das Bewusstsein und war nicht mehr ansprechbar, was Leon einige Sorgen bereitete.

Als der Notarzt und der Sanitäter den Mann auf der Trage fixierten, um ihn zum Krankenwagen zu transportieren, kam Lagarde noch einmal kurz zu sich und griff nach Leons Hand.

»Kein – Unfall …«, stöhnte er. Die beiden Worte auszusprechen schien den Mann all seine Kraft zu kosten. »Kein – Unfall.«

Dann erschlaffte der Händedruck, und Lagarde verdrehte die Augen, sodass nur noch das Weiße zu sehen war.

»Bringen Sie ihn nach Saint-Sulpice. Dr. Menez in der Notaufnahme weiß Bescheid, aber erinnern Sie ihn noch einmal, dass es sich höchstwahrscheinlich um einen Schädelbruch handelt.«

»Geht klar, Docteur«, sagte der Sanitäter, und Leon half, den Schwerverletzten zum Krankenwagen zu bringen.

Kapitel 47

Der Mann hatte die Lichter seines grauen Camions ausgeschaltet, war in einen Feldweg eingebogen und ausgestiegen. Von hier konnte er mit dem Fernglas den ganzen Hügel beobachten. Der Blick reichte von den letzten Häusern Le Lavandous bis hinauf zu den Gärten. Das schloss auch den kleinen Pfad mit ein, den Nicolas Lagarde hinaufgestiegen war.

Der Mann mit dem Lieferwagen machte sich Sorgen. Vielleicht war der Maler gar nicht tot. Wer hätte auch ahnen können, dass auf diesem Pfad um diese Uhrzeit noch jemand anderes unterwegs war. Zumal dieser Mann offenbar Ahnung von Medizin hatte, so wie er agierte. Der Beobachter konnte zwar nicht erkennen, um wen es sich handelte, dazu reichte das Licht des Vollmondes nicht aus, aber er konnte sehen, wie dieser Unbekannte einen Krankenwagen alarmierte und den Notfallsanitätern offenbar fachmännisch zur Hand ging.

Dabei war er sich so sicher gewesen, dass Lagarde tot war. Er hatte alles genau vorbereitet. Hatte beobachtet, dass der Maler abends regelmäßig den Weg durch die Gärten nahm. Hatte eine Stelle ausgesucht, die von der Straße aus nicht einzusehen war. Hatte extra gewartet, bis Lagarde einige Rosé intus hatte, und war ihm gefolgt, als er aus dem Bistro aufbrach. Dann war er die Straße hinaufgefahren und musste keine 20 Meter den Pfad hinunterlaufen, als er auf sein Opfer traf. Er hatte ihm alleine gegenübergestanden, und nur darauf war es angekommen. Er hatte zugeschlagen, so hart er konnte. Lagarde war mit dem Kopf auf den Felsen geschlagen, hatte vor ihm im Staub gelegen, regungslos, tot. Es war fast zu einfach gewesen.

Dann war er zurück zum Auto gelaufen und zu seinem Beobachtungspunkt gefahren. Ab da entwickelten sich die Dinge nicht mehr wie geplant, ganz und gar nicht mehr. Denn jetzt hatte er ein Problem.

War es möglich, dass Lagarde überlebte? Das könnte gefährlich für ihn werden. Schließlich hatte der Maler ihn von Angesicht zu Angesicht gesehen. Er wusste natürlich nicht, wer er war, woher auch, aber er könnte ihn unter Umständen identifizieren.

Er hatte beobachtet, wie Lagarde auf der Trage in den Krankenwagen geschoben wurde. Auf der Hecktür des Rettungswagens stand deutlich lesbar »Clinique Saint-Sulpice/Hyères«.

Der Mann mit dem Lieferwagen kannte die Klinik. Er würde sich etwas einfallen lassen müssen.

Kapitel 48

Leon war noch immer todmüde, als er am nächsten Tag aufstand. Sogar die heiße Dusche, sonst ein probates Mittel, um frisch in den neuen Tag zu kommen, half diesmal nicht. Es war spät geworden in der vergangenen Nacht. Leon hatte den behandelnden Arzt in der Klinik gesprochen und die Gendarmerie informiert. Immerhin war ganz offenbar ein Mensch überfallen und niedergeschlagen worden, und Leon hatte das Opfer noch kurz zuvor im *Chez Miou* gesehen.

Die spontane Befragung der bereits stark angetrunkenen Gäste durch die Gendarmerie hatte zu nichts geführt. Jeder im Ort kannte Michel und seine radikalen Ansichten. Aber einen Überfall auf einen angetrunkenen Maler traute ihm dann doch niemand zu. Auf der anderen Seite gab es nicht wenige Zeugen, die der Meinung waren, dass es mit Nicolas Lagarde nicht den Falschen getroffen hatte. Aber das würde natürlich vor der Polizei niemand offen aussprechen. Das Opfer hätte den besten Zeugen abgegeben, das Problem war nur, Lagarde lag im Koma, und es war keineswegs sicher, dass er den Schädelbruch überlebte. Und selbst wenn er das tat, konnte niemand voraussagen, ob nicht die Verletzungen in seinem Gehirn bleibende Schäden angerichtet hatten.

Als Leon endlich nach Hause kam, war es bereits drei Uhr morgens gewesen. Er war nur noch leise zu Isabelle ins Bett geschlüpft und hatte die verbliebenen Stunden in unruhigem Halbschlaf verbracht. Jetzt stand er in der Küche, sah Isabelle zu, die ein Müsli zubereitete, und hielt eine dampfende Tasse Tee in der Hand.

»Du glaubst, dieser Überfall hängt mit den beiden anderen Morden zusammen?«

»Du hast doch selber Nicolas Lagarde als Zeugen befragt«, erinnerte Leon. »Und kurz darauf versucht jemand, ihn zu erschlagen …«

»Vielleicht haben ja auch die Herren aus dem *Chez Miou* ihre Drohungen wahr gemacht«, sagte Isabelle.

»Ich kenne Michel seit Jahren. Der hat eine Riesenklappe, wenn er genug Rosé getrunken hat. Aber das ist auch alles.«

»Wenn nicht Michel, war's vielleicht einer seiner sympathischen Freunde.«

»Glaube ich nicht. Du weißt doch, was man sagt: Hunde, die bellen, beißen nicht«, Leon trank einen Schluck von seinem Tee.

»Ich denke, wenn mir jemand einen blutigen Schweinekopf an die Tür nagelt, dann bringt er beste Voraussetzungen mit, um mich auf einem nächtlichen Spaziergang zu überfallen.«

»Du glaubst nicht an das Gute im Menschen?« So, wie Leon das sagte, klang es nicht nur ironisch.

»Wenn ich an die letzten Tage denke, fällt es mir zumindest nicht leicht, an das Gute zu glauben.«

Er goss Isabelle Tee in ihren Becher und stellte das geöffnete Schälchen mit dem Kandiszucker daneben.

»Der Doktor empfiehlt Lavendelblütentee«, sagte er. »Hilft beim Wiederaufspüren verlorener Ideale.«

»Dann nehme ich die ganze Kanne.« Isabelle lächelte zum ersten Mal an diesem Morgen. »Zerna bittet dich, heute Vormittag zur Besprechung mitzukommen.«

Leon hörte, wie Lilou die Treppe herunterkam. Er sah auf die Uhr.

»Ich dachte, sie ist schon in der Schule«, sagte er.

»Angeblich fällt die erste Stunde aus«, sagte Isabelle und dann laut: »Bonjour, ma chérie.«

»Guten Morgen«, rief Lilou aus dem Flur. »Ich muss gleich los. Bin jetzt schon zu spät.«

»Sagst du nicht Hallo?«, fragte Isabelle.

»Hallo«, Lilou schaute kurz zur Küchentür herein. Isabelle sah sofort, dass sie ihre Jeansjacke so über dem Arm hielt, dass die rote Tasche verdeckt war, die über ihrer Schulter hing.

»Schicke Tasche«, sagte Leon.

»Danke«, antwortete Lilou verunsichert.

»Woher hast du die?«, fragte Isabelle sofort.

»Meine Güte, das ist ein Geschenk«, sagte Lilou.

»Lass mich raten«, sagte Isabelle. »Sie kommt von Georges?«

»Und wenn schon«, Lilou legte ihre Hand auf die Tasche, als müsse sie sie vor ihrer Mutter schützen. »Ich finde das total süß von ihm.«

Jetzt konnte Isabelle das eingestanzte goldene PRADA-Logo sehen.

»PRADA«, las sie laut. »Du weißt, was so was kostet?«

»Ist mir egal«, sagte Lilou.

»Lass ihr doch den Spaß«, versuchte Leon zu vermitteln. Löste aber nur noch mehr Ärger aus.

»Das ist eine 600-Euro-Tasche«, Isabelle sah Leon strafend an. »Die schenkt man einer Siebzehnjährigen nicht einfach so zum Kaffeetrinken.«

»Was willst du damit sagen?« Lilou wirkte gekränkt.

»Ich will doch nur sagen, dass das ein ziemlich teures Geschenk ist, mein Schatz«, Isabelle klang plötzlich besorgt. »So was ist mit Erwartungen verbunden.«

»Was für Erwartungen? Was willst du wissen? Frag mich doch einfach.«

»Ich will nur sichergehen, dass es dir gut geht, Lilou.« Isabelle nahm ihre Tochter sanft am Arm und wollte ihr über den Kopf streichen, aber die wich der Umarmung aus. »Er ist schließlich so viel älter als du.«

»Und ihr glaubt, dass das ein Problem ist?«

»Man führt als Vierzigjähriger ein anderes Leben als eine siebzehnjährige Schülerin«, sagte Leon so diplomatisch, wie er nur konnte. »Das ist nun mal eine Tatsache.«

»Na, dann seid doch froh, dann kann ich ihn wenigstens nicht so oft sehen.«

»Ein Mann in diesem Alter hat einfach andere Lebenspläne«, sagte Leon. »Du stehst noch ganz am Anfang.«

»Mir gefällt aber das Leben, das Georges führt«, sagte Lilou trotzig. »Ihr gönnt mir einfach nur nicht, dass ich so lebe.«

Damit verließ sie die Küche.

»Das ist jetzt aber nicht dein Ernst, oder?«, sagte Isabelle aufgebracht und wollte hinter ihrer Tochter herlaufen, doch Leon hielt sie zurück.

»Lass sie einfach«, sagte er. »Sie muss das selber merken.«

Kapitel 49

Leon war spät dran, als er die Wache der Gendarmerie Nationale in der Avenue André del Monte betrat. Der Wetterdienst hatte steigende Temperaturen angekündigt, und die Hitze schien den Leuten bereits am frühen Vormittag aufs Gemüt zu schlagen. Im Flur des Polizeireviers standen zwei Nordafrikaner, umringt von vier Polizeibeamten. Vor ihnen zwei Nylonsäcke, aus denen die Beamten eine brandneue Handtasche nach der anderen zogen und auf einem Tisch aufbauten. Die Flics polterten die Afrikaner an, die so taten, als würden sie nichts verstehen. Die beiden Männer belasteten sich gegenseitig. Angeblich hatte keiner eine Ahnung vom Inhalt der Säcke und wollte nur dem anderen beim Tragen behilflich gewesen sein. Dirigiert wurde das Chaos von Lieutenant Kadir, der im Kommandoton, mal auf Französisch, mal auf Arabisch dazwischenbrüllte.

»Ruhe, Ruhe! Merde, alors!«, rief Kadir. »Ab sofort redet nur noch einer von euch, wenn ich eine Frage stelle. Oder ihr geht beide für die nächsten achtundvierzig Stunden in U-Haft.«

Es wurde schlagartig ruhig. Moma deutete auf den größeren der beiden Schwarzafrikaner.

»Woher kommst du, und wie heißt du?«, fragte Kadir. Dazu klopfte er mit seinen Fingern auf seine Handfläche. »Papiere? *Hal ladayk awraq?*«

Als Leon an der gestikulierenden Gruppe vorbeikam, zog einer der Flics gerade eine rote Umhängetasche aus einem der Säcke. Das aufgeprägte PRADA-Logo war unübersehbar.

»Hübsche Tasche«, sagte Leon zu dem jungen Beamten.

»Alles Fake, Docteur«, antwortete der Polizist. »Nachgemachter Ramsch. Kommt aus China über Italien zu uns. Im Sommer überschwemmen die mit ihrem nachgemachten Mist die ganze Côte d'Azur.«

»Na dann, viel Vergnügen«, sagte Leon mit Blick auf die Handtaschen. Was hatte Lilou über diesen Georges gesagt? Er sei Immobilienhändler? Vielleicht war das ja auch nur Fake.

Nur die kleine Runde saß Zerna in seinem Büro gegenüber. Außer Leon und Isabelle waren noch Masclau und ein weiterer Polizist anwesend.

»Es muss doch zu ermitteln sein, wie der tote Junge hieß und wo er hergekommen ist«, sagte Zerna genervt. »Schließlich wissen wir doch, wo er sich zuletzt aufgehalten hat.«

»Das Flüchtlingsheim ist ein Saftladen«, sagte der Beamte. »Die machen da, was sie wollen.«

»Die haben nicht mal eine Vermisstenmeldung aufgegeben, als der Junge weg war«, stimmte ihm Masclau zu.

»Aber ihr seid weiter an der Sache dran?«, versicherte sich Zerna.

»Natürlich, Patron«, antwortete Masclau.

»Wir befragen die Mannschaft im Flüchtlingsheim«, sagte Isabelle, »und wir versuchen, alle zu finden, die irgendwie Kontakt zu dem kleinen Ermias hatten. Bislang leider ohne besonderen Erfolg.«

»Das Flüchtlingsheim ist keine Familienpension«, sagte der Polizist. »Da kommen und gehen die Leute, wie sie wollen.«

»Werden allein fliehende Jugendliche nicht bei Familien untergebracht?«, fragte Leon.

»In der Theorie, ja«, sagte Isabelle. »Aber viele geben falsche Namen und ein falsches Alter an, damit sie in die großen Städte verlegt werden. Nach Paris, Lyon oder Toulouse.«

»Oder sie versuchen es auf eigene Faust und zahlen einen Schlepper«, sagte Isabelle.

»Ich frage mich, woher sie die Kohle für so was haben«, fügte Masclau zweideutig hinzu.

»Bleiben Sie an dem Flüchtlingsheim dran. Irgendwas muss sich da finden lassen, was wir denen in Toulon schicken können«, Zerna sah in die Runde. »Oder wollen Sie, dass die uns wieder die Lapierre herschicken?«

»Baladure hat immerhin zugegeben, dass er den Jungen im Auto mitgenommen hat«, erklärte Masclau.

»Hat er gestanden?«, wollte Zerna wissen.

»Nein, hat er nicht«, musste Masclau zugeben.

»Also weiter. Was war das da gestern Abend?«, erkundigte sich Zerna bei Leon.

»Ich habe darüber einen ausführlichen Bericht verfasst«, erklärte Leon, der es sich nicht gefallen ließ, von Zerna wie ein Mitarbeiter behandelt zu werden. Schließlich war er nicht verpflichtet, an solchen Besprechungen teilzunehmen, die Sache der Polizei waren.

»Schon gut, schon gut«, lenkte Zerna ein und legte die Finger auf einen schmalen Stapel Papier, der vor ihm lag. »Habe ich alles schon gelesen. Vielen Dank. Ich hätte eine andere Frage an Sie: Sie haben Nicolas Lagarde im *Chez Miou* gesehen. Was halten Sie von dem Mann?«

»Schwer zu sagen«, meinte Leon. »Ich habe ja nicht mit ihm

gesprochen. Aber er schien verunsichert, so, als würde er sich vor etwas verstecken.«

»Warum geht er dann ins Bistro, wenn er niemanden sehen will?«, fragte Masclau.

»Vielleicht hat er Angst, alleine zu Hause zu sein«, sagte Isabelle.

»Unsinn, so einer hat keine Angst«, meinte der Polizist.

»Ach, haben Sie deswegen keine Streife bei ihm vorbeigeschickt?«, fragte Zerna.

»Ich weiß nicht, was Sie meinen, Patron«, antwortete der Beamte verunsichert.

»Jetzt tun Sie nicht so ahnungslos. Vor zwei Tagen hat Nicolas Lagarde nachts hier angerufen. Dreimal sogar. Weil er sich bedroht fühlte. Also, was haben Sie daraufhin unternommen?«

»Ich weiß nicht, was der Diensthabende ...«

»Hören Sie mir doch damit auf«, fuhr Zerna den Polizisten an. »Nichts wurde unternommen. Gar nichts.«

»Der hat hier schon öfter angerufen«, erklärte Masclau. »Aber da war nie was. Der Typ ist ein Psycho.«

»Aber diesmal war doch was«, ätzte Zerna. »Monsieur Lagarde ist nämlich um ein Haar totgeschlagen worden, falls Ihnen das entgangen sein sollte.«

»Das konnte ja keiner ahnen.«

»Beten Sie für den Mann, denn wenn er stirbt, müssen Sie erklären, warum die Gendarmerie Nationale nicht auf die Notrufe reagiert hat.«

»Was sollen wir wegen der Messe am Sonntag in Bormes vorbereiten?«, fragte Masclau, um vom Thema abzulenken.

»Da machen wir die Rue Carnot für den Durchgangsverkehr zu. Wer zur Messe will, muss zu Fuß kommen.«

Normalerweise war eine Messe in der Kirche Saint-Trophyme

keine große Sache, und meist waren die Bänke selbst zur Feriensaison nicht einmal zur Hälfte gefüllt. Aber am kommenden Wochenende würde das etwas anderes sein. Vincent Lambert wollte zum letzten Mal als Dekan mit den Gläubigen seiner Heimatgemeinde die heilige Messe feiern, bevor man ihn zwei Tage später in Toulon zum Bischof weihen würde. Es würde also einiges los sein rund um die sonst so beschauliche Église Saint-Trophyme.

Leon erhielt einen Anruf. Es war Professor Louis Henri.

Kapitel 50

Der Bach Le Batailler floss träge zwischen dem dichten Schilf dahin. Manchmal schien es Leon, als würde das Wasser sich überhaupt nicht bewegen, sondern direkt im trockenen Boden der Provence versickern. Doch dann folgte der zugewachsene Pfad dem Ufer um die nächste Schleife, wo das Wasser wieder glucksend in einen Tümpel lief. Schillernde Libellen, dünn wie Streichhölzer, schwebten hier bewegungslos über der Wasseroberfläche. Stechmücken bildeten kleine Schwärme, die sich wie ferngesteuerte graue Wolken zwischen dem Schilf hin und her bewegten. Hier inmitten des Naturschutzgebietes verwandelte das Ufer des Batailler die Landschaft in ein exotisches Feuchtgebiet, mehr Dschungel als trockene Provence.

Leon war heiß in den wasserdichten Anglerhosen mit den integrierten Gummistiefeln, die ihm Jean-Claude geliehen hatte. Er spürte, wie ihm der Schweiß über Brust und Rücken lief. Vielleicht war dieser Ausflug ja auch nur eine dumme Idee, in die er sich verrannt hatte. Auch Jean-Claude war nur äußerst widerwillig mitgekommen. Aber der Freund aus dem *Chez Miou* schuldete Leon einen Gefallen, weil der ihn bei seinen Beziehungsproblemen beriet.

»Du hast gesagt, nur eine Viertelstunde«, beschwerte sich Jean-Claude, der dicht hinter Leon durch den Schlamm stapfte.

»Und wer hat groß angegeben, dass er sich in diesem Sumpf besser auskennt als jeder andere?«

»Es ist gleich zwei«, Jean-Claude hatte kurz auf seine Uhr gesehen. »Jetzt könnten wir bei Jérémy sitzen und gemütlich einen Noisette trinken.«

»Lass uns noch zwanzig Minuten weitergehen, dann kehren wir um. Einverstanden?« Leon hielt eine Harke in der Hand, mit der er neugierig in einem Erdhaufen herumstocherte, doch dort im Matsch verbarg sich nichts weiter als alte Blätter und eine zerquetschte gelbe Badeente.

»Du weißt schon, dass ich hundert Prozent schwerbehindert bin?«, sagte Jean-Claude und beobachtete Leon bei der Arbeit. »Kann dir gerne meinen Ausweis zeigen.«

»Den hast du doch nur, damit du dein Auto vorm Supermarkt auf die Behindertenparkplätze stellen kannst.«

Meist war Jean-Claude in seinem Rollstuhl unterwegs, aber Leon wusste, dass der Ex-Legionär trotz seines schweren Verkehrsunfalls vor acht Jahren immer noch ganz gut zu Fuß war. Doch hier im Schlamm war das Laufen beschwerlich, und Leon begann, sich Sorgen um den Freund zu machen. Andererseits hatte der Anruf von Professor Louis Henri seinen Jagdinstinkt geweckt. Der Schildkröten-Spezialist hatte herausgefunden, wo sich das Gelege der Wasserschildkröten befinden musste, deren Ei Leon bei der Kinderleiche am Strand gefunden hatte. Allerdings waren die Angaben des Professors so vage gewesen, dass sich Zerna geweigert hatte, Leon auch nur einen einzigen Beamten als Verstärkung zu dieser aussichtslosen Expedition mitzugeben. Zumal der Polizeichef der Meinung war, dass der Mord an dem kleinen Ermias eine Einzeltat war. Und so, wie es aussah, saß der Täter bereits bei der Gendarmerie in U-Haft und wartete nur noch darauf, nach Toulon überführt zu werden.

Leon beurteilte den Fall völlig anders. Vom ersten Moment an war er davon überzeugt gewesen, dass hinter diesem brutalen Mord jemand steckte, der nicht zum ersten Mal getötet hatte. Nur gab es leider für Leons Theorie keinerlei Beweise. Es war jedoch Leons Gefühl, das ihn so sicher machte. Sein Blick für die Kleinigkeiten. Dinge wie die Mülltüte für Gartenabfälle, in der sie die Leiche gefunden hatten, oder das billige Kleid, das der tote Junge trug, die Schminke in seinem Gesicht. Und es war Leons fünfundzwanzigjährige Erfahrung, seine Fähigkeit, sich nicht nur in das Opfer, sondern auch in den Täter hineinzuversetzen. Alle Beobachtungen und Überlegungen Leons liefen auf einen einzigen Schluss hinaus: Es musste noch mehr Opfer geben. War nur die Frage, wo. Gab das Ei einer Schildkröte den entscheidenden Hinweis? Professor Henri hatte von einer gemauerten Zisterne gesprochen, an der sich der Bach staute und so den Schildkröten den nötigen Schutz gab. Aber das hier war ganz offensichtlich nicht die gesuchte Stelle. Hier gab es nur Schlamm und Mücken und den süßlichen Gestank von verrottendem Kompost. Und statt des Gesangs der Zikaden waren in diesem Schilf nur das Summen der Schnaken und das Quaken der Frösche zu hören.

»Hier hätte es eigentlich sein müssen«, Jean-Claude war stehen geblieben und sah sich um. »War vielleicht doch der falsche Weg …«

»Lass uns noch ein Stück weiter dem Bachlauf folgen, nur ein paar Minuten«, schlug Leon vor. »Dann kehren wir um.«

Kein Lüftchen rührte sich in dem undurchdringlichen Wald aus meterhohem Schilf. Stumm und schwitzend liefen die beiden Männer hintereinanderher.

»Ich habe sie übrigens zum Essen eingeladen«, sagte Jean-Claude nach einer Weile.

»Odette?«, fragte Leon.

»Wen denn sonst? Denkst du, bei mir stehen die Frauen Schlange?«

»Du bist keine schlechte Partie«, meinte Leon, während er durch den Matsch stapfte. »Eigenes Haus, sichere Armee-Pension. Ein Mann, der viel herumgekommen ist.«

»Das stimmt«, Jean-Claude schien dem Hall von Leons Worten nachzulauschen. »Du verarschst mich doch nicht?«

»Würde ich nie tun«, sagte Leon und hob dabei die Hände.

»Ich mag sie«, sagte Jean-Claude. »Sie ist lustig.«

»Lustig ist gut«, sagte Leon und ergänzte. »Und sie hat ihr eigenes Geschäft.«

»Du denkst doch nicht, dass ich es darauf abgesehen habe?«

»Wie weit seid ihr eigentlich auseinander? Ich meine altersmäßig.«

»Vierzehn Jahre«, Jean-Claude sagte es, als hätte er sich schon viele Gedanken darüber gemacht. »Meinst du, sie erwartet von mir, dass ich mit ihr …? Ich meine, ich kenn sie ja kaum. Also, nicht so richtig«, Jean-Claude klang verunsichert.

»Was meinst du?«, fragte Leon, obgleich er wusste, wovon sein Freund sprach.

»Du weißt schon, was ich meine.«

»Du denkst, sie will gleich ins Bett mit dir?«, sagte Leon mit leicht erstauntem Unterton in der Stimme.

»Denkst du vielleicht, ich bring's nicht mehr?«

»Habe ich nicht gesagt.«

»Aber gedacht.« Jean-Claude reagierte beleidigt. »Charlie Chaplin ist mit dreiundsiebzig noch mal Vater geworden.«

»Trotzdem wäre ich zurückhaltend beim ersten Date.«

»Genau darüber wollte ich mit dir sprechen.«

»Hab mich schon gewundert, dass du freiwillig mit mir durch den Sumpf marschieren wolltest.«

»Meinst du, ich sollte ihr etwas mitbringen zu unserem Date?«

»Hmmmmm«, machte Leon nachdenklich und blieb stehen.

»Was denkst du, kann man einer Gemüsehändlerin Blumen mitbringen? Vielleicht ein paar Rosen oder Lilien, oder sind die nur für Gräber ... Leon?«

Leon war wortlos einige Meter weitergegangen. Er bückte sich und bog ein paar Schilfrohre zur Seite. Jetzt konnte man ein gemauertes Becken erkennen, das in den Boden eingelassen war. Ein Teil der Wand war weggebrochen, und der dadurch entstandene Wasserschwall hatte offensichtlich einen Teil des gegenüberliegenden Ufers fortgespült. Dort, wo zuvor das Bachbett langsam in Schlamm und Schilf übergegangen war, hatte das Ufer jetzt eine etwa einen Meter hohe Abrisskante gebildet, aus der Äste und Wurzeln herausstachen.

Der Bach floss an dieser Stelle ruhiger, und das Wasser war etwas tiefer. Einige flache Felsen durchbrachen die Oberfläche. Zunächst hatte Leon gedacht, dass die Überschwemmungen der vergangenen Woche Steine auf diese Felsen gespült hatten, aber dann erkannte er, dass diese Steine sich bewegten. Es waren Sumpfschildkröten, die sich träge in der Junisonne wärmten.

»Ich denke, hier ist es«, Leon wandte sich zu seinem Freund.

»Hier ...?«, Jean-Claude sah sich um.

»Die Zisterne, der Bach mit den Steinen und die Schildkröten. Genau, wie es Professor Henri beschrieben hat. Hier irgendwo wurde die Leiche des kleinen Jungen vergraben.«

»Und dann?«

»Dann hat die Überschwemmung das Ufer weggespült und das tote Kind mitgerissen.«

»Na prima. Ende der Geschichte«, sagte Jean-Claude.

»Das Ende der Geschichte liegt hier: zwischen dem Bach und dem Schilf.«

Leon deutete auf den etwa fünf mal fünf Meter breiten Uferstreifen, auf dem kein Schilf wuchs und der eine Art Lichtung in diesem feuchtheißen Dickicht bildete.

»Hervorragend. Ruf die Flics an. Sollen die sich doch die Hände schmutzig machen.«

»Wenn hier ein Kind vergraben war«, überlegte Leon und sah sich um, »dann war es nicht das einzige Opfer.«

»Du bist besessen, weißt du das?«, sagte Leons Freund.

»Das verstehst du nicht.«

Leon sah sich auf der freien Fläche um, dann ging er ein paar Schritte zu ihrer südlichen Begrenzung und begann, den Boden aufzuhacken.

»Hierher kommt kein Mensch«, sagte Jean-Claude. »Hier wohnt auch niemand. Nicht bei den Schnaken. Die können einen umbringen.«

»Auf dem Plan habe ich dahinten irgendein Gebäude gesehen«, Leon deutete vage in Richtung des dichten Schilfs.

»Du meinst *La Solitude*. Ist ein kleiner Hof, der steht seit mindestens dreißig Jahren leer. Diese Gegend ist nur was für Sumpfschildkröten.«

Leon zog mit der Harke dichte Wurzelbüschel aus dem tropfnassen Schlamm.

»Du willst jetzt aber nicht den ganzen Sumpf umgraben?«

»Nein, nur diese Fläche.« Leon zeigte auf die Lichtung. »Tief kann hier sowieso niemand was eingraben bei den ganzen Pflanzen und Wurzeln.«

»Das dauert ja Stunden …«, stöhnte Jean-Claude.

»Schneid dir eins von den Schilfrohren ab, und stochere durch den Schlamm am Ufer, das hilft uns auch schon.«

»Ich habe dir geholfen, die Lichtung und die Zisterne zu finden. Erwarte nicht, dass ich jetzt auch noch durch den Schlamm krieche – ich bin doch kein Lurch.«

Leon hackte unverdrossen weiter. Gelegentlich lösten sich im Boden Gärgase, die mit rülpsendem Schmatzen aufstiegen und an der Oberfläche zerplatzten. Es war ein unheimliches Geräusch und klang in Leons Ohren, als hätte er die Sumpfgeister zum Leben erweckt.

»Stinkt wie Scheiße«, schimpfte Jean-Claude, der inzwischen lustlos und sinnfrei mit einem Schilfrohr im Boden herumstocherte.

Schlagartig blieb der Ex-Legionär stehen und starrte auf den Schlamm vor seinen Füßen. Als er sich zu Leon umdrehte, war er blass.

»Leon, ich glaube, ich habe da was«, sagte er tonlos, als müsse er alle Kraft einsetzen, damit seine Stimme überhaupt gehört wurde.

Leon war mit drei großen Schritten bei seinem Freund. Vor dessen Stiefeln ragte eine kleine Hand aus dem Schlamm. Die Hand war grauweiß und aufgequollen. Tiere hatten daran genagt, sodass die Haut wie ein zerfetzter Handschuh herabhing und den Blick auf Knochen, Gelenke und Sehnen freigab. Drum herum war der Boden aufgewühlt, sodass man die zerrissene Mülltüte erkennen konnte, in der die Leiche steckte. Einen Moment war Leon sprachlos.

»Ich habe es gewusst, verdammt, ich habe es doch gewusst«, murmelte Leon. »Na, was sagst du jetzt?«

»Ich glaube, ich muss kotzen«, sagte Jean-Claude.

Eine Stunde später wimmelte es von Polizisten im Sumpf. Wie sich herausstellte, kreuzten sich ganz in der Nähe der Fundstelle zwei Versorgungswege, sodass die Gendarmerie mit ihrer Technik von Norden her bis nahe an den Fundort herankam. Zerna hatte es sich nicht nehmen lassen, seine Stellvertreterin zu dem Grab in den Sümpfen zu begleiten. Jetzt standen sie, wie die anderen, im mückenverseuchten Schilf und sahen dem Médicin légiste beim Bergen der Leiche zu. Leon hatte schon dreimal die Beamten gebeten, zurückzutreten und die Lichtung der Suchmannschaft zu überlassen, ohne Erfolg. Es waren viel zu viele Menschen vor Ort, und sie zertrampelten wertvolle Spuren. Erst als der Polizeichef die Leute resolut zurück zu den Fahrzeugen schickte, verbesserte sich die Lage. Jetzt waren nur noch Isabelle, Zerna, Masclau und drei weitere Beamte der Spurensuche vor Ort. Außerdem war da noch Delbos, der mit einer motorgetriebenen Heckenschere der Polizei den Pfad und den Tatort freigeschnitten hatte. Jetzt stand er mit einem Polizisten am oberen Rand des Geländes. Jeder der beiden hielt eine sogenannte Rankhilfe, eine gerade Stange aus Aluminium von etwa 150 Zentimeter Länge, in der Hand. Leon erteilte die Anweisungen, und die beiden Männer stachen mit den dünnen Stäben systematisch in den Boden. Bisher hatten sie mit ihrer Methode aber nur eine verrostete Autofelge und einen verzinkten Blecheimer zutage gefördert.

Leon hatte inzwischen eine Kinderleiche behutsam freigelegt. Genau wie der tote Junge am Strand war auch dieses Kind in einem zugeklebten Plastiksack für Gartenmüll vergraben worden. Nur dass dieser Sack an einigen Stellen aufgerissen war. So wie es aussah, hatten Wildschweine mit ihren empfindlichen Nasen die aufgeschwemmte Leiche in der Erde entdeckt und aus ihrem feuchten Grab gezerrt. Mit ihren starken Gebissen hatten sie die Tüte zerrissen, um an den Körper zu kommen.

Bei der Leiche handelte es sich um einen Jungen, dessen Alter Leon auf acht bis zwölf Jahre schätzte. Seine Haut war dunkelrot bis braun verfärbt. Die Gesichtshaut war eingefallen wie bei einem Greis, aber die Gesichtszüge waren gut zu erkennen. Auch dieser Junge war offenbar in einem Kleid beerdigt worden, dessen Fetzen noch zu erkennen waren.

»Wie lange liegt er schon hier?«, wollte Zerna wissen.

»Schwer zu sagen«, erklärte Leon. »Der Sumpf hatte den Toten im Müllsack völlig umschlossen und so weitgehend von jeglicher Sauerstoffzufuhr abgeschnitten.«

»Was bedeutet das?«

»Die Verwesungs- und Fäulnisprozesse werden auf diese Weise extrem verlangsamt«, erklärte Leon. »Auf den ersten Blick würde ich sagen: Diese Leiche lag etwa ein halbes Jahr im Sumpf. Aber unter Berücksichtigung der speziellen Situation waren es wohl eher zwei bis drei Jahre.«

Die Suche nach weiteren Spuren erwies sich schwieriger als angenommen. Die Wurzeln des Schilfs bildeten einen dichten verfilzten Pflanzenteppich, der bis in eine Tiefe von einem halben Meter reichte. Durch diese Schicht hindurchzustoßen und dann noch etwas zu finden setzte eine sensible Hand oder einfach nur Glück voraus.

Gegen sieben wurde es dämmrig auf der kleinen Lichtung, und Polizeichef Zerna ließ mehrere starke Strahler aufstellen, die den Tatort grell erleuchteten. Angelockt vom hellen Licht, stürzten sich jetzt die Moskitos blutgierig auf die Beamten, die verzweifelt versuchten, jeden freien Zentimeter Haut an Armen und Gesicht irgendwie vor den hungrigen Insekten zu schützen. Sie verfluchten die Mücken und den ganzen Einsatz. Das einzig Gute an den Moskitos war, dass sie Neugierige und vor allem auch die Journalisten vom Tatort fernhielten.

»Wir sollten für heute Schluss machen«, Zerna war an Leon herangetreten. Neben ihnen standen Masclau und ein weiterer erschöpfter Polizeibeamter.

»Ganz meiner Meinung, Patron«, sagte Masclau, der genau wie die anderen Stiefel und Stulpenhandschuhe aus festem Gummi trug. Die waren, ebenso wie der Rest der Ausrüstung, von Delbos gestellt worden. Als Inhaber einer großen Gärtnerei wusste André Delbos am besten, was in einem solchen Gelände und unter diesen Bedingungen das wirkungsvollste Arbeitsgerät war.

»Nur noch eine halbe Stunde, dann sind wir durch«, sagte Leon.

Er war der Einzige, der offenbar keine Probleme mit den Moskitos hatte. Im Gegenteil, die Insekten schienen ihn regelrecht zu ignorieren. Leon sicherte akribisch die Fundstelle der Leiche und wies den Fotografen an, aus diversen Perspektiven Tatortfotos zu machen.

»Vergessen Sie es. Hier ist nix mehr.« Masclau wischte sich mit dem Handrücken Schlammspritzer aus dem verschwitzten Gesicht.

»Ich denke, wir haben alle genug getan für heute«, sagte Zerna.

»Der Bestatter wartet schon seit zwei Stunden«, mischte sich Isabelle ein. »Er hat gesagt, er fährt wieder, wenn er den Toten jetzt nicht mitnehmen kann.«

»Sag ihm, noch zwanzig Minuten«, sagte Leon. »Dann packen wir hier ein.«

»Ist zwar sinnlos, aber ich sag ihm Bescheid.« Masclau verschwand auf dem Pfad im Schilf.

»Ich weiß, dass hier noch mehr zu finden ist. Ich weiß es einfach«, sagte Leon und nahm entschlossen einem der Beamten die Schaufel aus der Hand. Die Männer wechselten mit Isabelle vielsagende Blicke.

Leon wusste, wenn sie jetzt abbrachen, würde es morgen

Stunden dauern, bis er mit einem neuen Team an dieser Stelle weitermachen könnte – verlorene Stunden. Hinzu kam, dass der Wetterdienst für morgen Regen vorausgesagt hatte. Das würde bedeuten, dass der Bach anschwoll, was wiederum ein Arbeiten im Schilf so gut wie unmöglich machen würde. Aber es gab noch einen Grund für Leons Eile. Es kostete ihn seine ganze Kraft und Selbstüberwindung, nach weiteren Kinderleichen zu suchen. Und er war sich nicht sicher, ob er, wenn die Suche erst einmal eingestellt worden war, noch einmal die Energie für weitere Grabungen in diesem Sumpf aufbringen würde.

Mit geradezu wütender Energie rammte Leon den Spaten in den Boden. Einer der jungen Polizisten griff zu seiner Schaufel und half.

»Wie können Sie so sicher sein, dass da noch was im Boden ist?«, wollte der Polizist wissen.

»Eine lange, lange Erfahrung«, sagte Leon, während er den Spaten erneut ansetzte. »Nur noch diesen Streifen hier bis zum Rand der Lichtung, in Ordnung?«

Leon rammte den Spaten erneut in den Boden. Eine Viertelstunde später bestätigte sich seine düstere Vorhersage auf grauenvolle Weise. Leon und der Beamte stießen auf die Leichen von zwei weiteren Jungen. Einer der Toten war relativ gut erhalten, von der zweiten Leiche waren fast nur noch Knochen und Sehnen übrig.

Kapitel 51

Der Mond war noch nicht aufgegangen, und der auffrischende Mistral sorgte dafür, dass die Luft schnell abkühlte. Der Himmel war jetzt so klar, dass Leon das Gefühl hatte, die Sterne der Milchstraße greifen zu können. Als er noch ein Junge war, hatte er mit seiner Mutter in klaren Sommernächten wie dieser oft die Sterne bestimmt. Dann lagen sie auf den Liegestühlen und starrten in den Himmel, der so dicht voller leuchtender Punkte war, dass Leon immer Sorge hatte, die Millionen Sterne würden irgendwann gegeneinanderstoßen.

Heute Abend saß Leon alleine auf dem alten Korbsofa, hatte den Kopf in den Nacken gelegt und suchte nach dem »Gürtel des Orion«. Er hoffte, dass ihn die Suche von den Bildern ablenken könnte, die sich heute in seinem Gehirn festgehakt hatten und jetzt wie Videoclips in einer Endlosschleife immer wieder auftauchten.

»Ich dachte, du liegst längst im Bett«, Isabelle war in der Tür zur Küche aufgetaucht.

»Weißt du, was das Schlimmste ist ...?«, fragte Leon und wartete keine Antwort ab. »Wenn ich mir vorstelle, mit wie vielen Erwartungen und Hoffnungen diese Kinder in unser Land gekommen sind.«

»Hör auf, dir darüber Gedanken zu machen«, sagte Isabelle.

»Und dann enden die Träume vom besseren Leben an irgendeinem mückenverseuchten Bach in der Provence.«

Isabelle setzte sich neben ihn auf das Sofa und legte den Arm um seine Schultern. Dann sah sie zu den Sternen hinauf.

»Hast du wieder den Gürtel des Orion gesucht?«, fragte sie. Leon lächelte, weil sie ihn so gut kannte.

»Die Polizei denkt immer, dass ich die Wahrheit herausfinden könnte. Einfach so aus dem Hut zaubern ...«, sagte Leon.

»Das tun sie nur, wenn sie mit ihrem Latein am Ende sind.«

»Weißt du, was ich am meisten fürchte?«, sagte Leon, und Isabelle sah ihn an. »Die toten Kinder. Ich habe immer das Gefühl, als hätte ich ihnen versprochen, ihren Mörder zu finden.«

»Du darfst dich nicht so unter Druck setzen«, sagte Isabelle.

»Vielleicht doch. Das Schicksal hat mich mit diesen Kindern zusammengeführt. Jetzt ist es an mir, ihr Geheimnis zu lüften.«

Isabelle stand auf und griff nach Leons Hand.

»Komm, lass uns schlafen gehen«, sagte sie, »morgen ist auch noch ein Tag.«

Leon stand auf und folgte ihr ins Schlafzimmer.

Kapitel 52

Am nächsten Morgen war Leon schon früh aufgestanden. Er hatte so gut wie gar nicht geschlafen. Immer wenn er die Augen schloss, sah er die Lichtung im Schilf, spürte wieder die feuchte Hitze und sah die Toten im Schlamm, den Aushub neben den Gräbern, als hätten sie nur darauf gewartet, dass Leon sie aus ihrer nassen Gruft befreite.

Isabelle war Leon in die Küche gefolgt, wollte ihm ein Müsli zubereiten, aber er hatte keinen Appetit. Weder auf Müsli noch auf sonst irgendwas. Ein Tee war alles, wozu sie ihn überreden konnte.

»Ich mach mir Sorgen«, sagte sie und sah ihn mit einem warmen Blick an.

»Das musst du nicht«, antwortete Leon, »irgendwann ist auch das alles wieder vorbei.«

»Versprichst du es mir?«

»Versprochen. Du kennst mich doch.«

Als Leon kurz darauf zur Klinik fuhr, fragte er sich, ob das stimmte. Wann war der Punkt erreicht, wo die Dinge ihn so berührten, dass seine Seele auf Dauer Schaden nehmen würde?

In den Räumen der Rechtsmedizin war es kühl, und wie immer lag der süßliche Geruch von Formalin in der Luft. Ein eigentümlicher, fast betörender Geruch, wie er jeder rechtsmedizinischen Abteilung der Welt zu eigen war. Dieser Geruch irritierte ihn nicht. Im Gegenteil. Er vermittelte Leon ein Gefühl von Sicherheit. Hier fühlte er sich zu Hause wie der Schreiner in seiner Werkstatt, wo es immer nach Leim und frisch geschnittenem Holz roch.

Wie üblich waren die Opfer bereits von Leons Assistenten vorbereitet worden. Je eine der Leichen lag auf einem der beiden Obduktionstische. Auf einem der Tische stand zusätzlich noch eine weiße Plastikwanne, die genau wie die Opfer mit einem grünen Tuch abgedeckt war.

Als ob jemand seinen Korb mit Wäsche vergessen hätte, dachte Leon. Aber er wusste natürlich, dass das da in der Wanne keine Wäsche war, sondern die Reste der Leiche des dritten toten Kindes aus dem Schilf.

Leon deckte das erste Opfer auf. Es war die Leiche, die von den Wildschweinen aufgegraben worden war. Der Körper war relativ gut erhalten. Wahrscheinlich hatte er bis zu den schweren Regenfällen tief in seinem Erdgrab gelegen. Das Hochwasser hatte ihn schließlich freigelegt, und dann hatten sich die Tiere über die Leiche hergemacht.

Leon war stehen geblieben und betrachtete nachdenklich den Körper. Er konnte Reste eines Kleides erkennen, die zum Teil mit der Innenseite der Arme und dem Oberkörper des Jungen verklebt waren. Dazu kamen die zahlreichen Verletzungen am Körper, die meisten stammten von Tierbissen. Leon schätzte die Größe des Opfers auf 140 Zentimeter. Demnach war der Junge zum Zeitpunkt seines Todes ungefähr zehn Jahre alt gewesen.

»138 Zentimeter«, Rybaud war in den Raum gekommen, geräuschlos wie ein Geist.

Anfangs hatte sich Leon noch erschrocken, wenn sein Assistent so geräuschlos aus dem Nichts auftauchte. Inzwischen hatte er sich daran gewöhnt, dass man Rybaud nicht hören konnte. Nicht einmal die Gummisohlen seiner Schuhe verursachten auf dem Boden ein Geräusch. Aber Rybaud war immer da, wenn Leon ihn brauchte, hatte immer die richtigen Vorbereitungen getroffen und die wichtigsten Daten der Opfer im Kopf.

»Danke, dass Sie so früh hergekommen sind«, sagte Leon.

»Ich dachte, Sie könnten heute ein wenig Unterstützung gebrauchen«, sagte Rybaud, »wenn wir so viele Fälle gleichzeitig auf den Tisch bekommen.«

»Da haben Sie ganz richtig gedacht«, Leon beugte sich zu der Leiche und betrachtete die Finger. Die rechte Hand war von Tieren angenagt worden, doch die linke schien weitgehend unversehrt. Die Haut war rötlich bis bräunlich verfärbt, und man konnte am Unterarm durch die Haut noch das Geflecht der Adern erkennen. Die Fingerspitzen des Opfers waren verschrumpelt wie Rosinen, die Nägel ungepflegt und gesplittert. Dieser Junge hatte arbeiten müssen, oder er war irgendwo hochgeklettert. Vielleicht auf der Flucht, dachte Leon. Die Spuren an den beiden Handgelenken waren da schon eindeutiger. Leon konnte die Druckverletzungen sehen, die durch zu enge Fesseln entstanden waren. Verfärbungen der Haut waren auch am Hals zu erkennen, dazu ein etwa ein Zentimeter breites Hämatom rund um den Hals. Die sogenannte Strangfurche, wie sie bei Selbstmördern und bei einer Strangulierung entstanden.

»Erdrosselt?«, fragte Rybaud.

»Jemand hat ihm ein Seil um den Hals gelegt und zugezogen«, sagte Leon. »Aber das war nicht die Todesursache. Der Täter muss das Seil immer wieder gelockert haben. Reichen Sie mir mal eine Schere.«

Rybaud legte Leon die passende Schere in die ausgestreckte Hand. Er nahm das Instrument, schnitt die Reste des Kleides auf und zupfte die Stofffetzen vorsichtig vom Körper. Etwa fünf Zentimeter unter der linken Brustwarze des Opfers fand Leon die Spur der wahren Todesursache: ein kreisrundes Loch von etwa einem Zentimeter Durchmesser.

»Einschuss in Höhe des Herzbeutels.« Leon hob die Schulter des Opfers etwas an und tastete den Rücken ab. »Keine Ausschusswunde.«

»Schwaches Kaliber«, sagte Rybaud, »könnte wieder eine 32er sein.«

»Er hat den Schuss aus unmittelbarer Nähe abgefeuert«, erwiderte Leon und deutete auf die Einschussstelle, an der die Kugel in den Körper eingedrungen war. »Sehen Sie die Pulverkorneinsprengungen?«

Das Loch hatte einen dunkelroten Rand von einem Millimeter. Darum herum waren auf der hellen Haut deutlich die kleinen roten Punkte zu sehen. Das waren die Reste des Schießpulvers, das zusammen mit der Kugel aus der Mündung geflogen war und die Haut rings um das Einschussloch verbrannt hatte.

»Ich rechne mit einer Schussentfernung von unter dreißig Zentimetern. Davon brauche ich ein Detailfoto, Monsieur Rybaud.«

Eine halbe Stunde später sollte sich Leons Vermutung bestätigen. Die Kugel vom Kaliber 32 fand sich im Rücken des Opfers, zwischen der fünften und der sechsten Rippe. Dort war sie stecken geblieben, nachdem sie den Herzbeutel durchschlagen hatte. Zehn Sekunden später war der Junge tot gewesen.

Leon und Rybaud arbeiteten die nächsten drei Stunden konzentriert und ohne Unterbrechung. Auch das zweite Opfer aus dem Schilf war durch eine Schussverletzung gestorben. Mit dem Unterschied, dass jemand dem Jungen aus unmittelbarer Nähe in den Kopf geschossen hatte. Die Kugel, ebenfalls eine 32er, fand sich nach einer Röntgenaufnahme des Schädels im hinteren Gehirnbereich des Opfers.

Die Untersuchungen waren noch nicht vollständig abgeschlossen. Leon wartete auf diverse Laboranalysen. Aber so viel ließ sich jetzt schon sagen: Die drei Jungen aus dem Schilf stammten aus Nordafrika und waren zum Zeitpunkt ihres Todes gesund gewesen. Sie waren allerdings etwas unterernährt und zeigten geringfügige Mangelerscheinungen. Einer der drei hatte einen gebrochenen Arm. Diese Verletzung hatte sich der Junge etwa ein Jahr vor seinem Tod zugezogen. Die ärztliche Versorgung dieses Bruchs war vom medizinischen Standpunkt aus gesehen sehr dilettantisch gewesen, sodass der Junge mit seinem Arm nie mehr die volle Beweglichkeit erreicht hatte. Daraus schloss Leon, dass der Junge sich den Bruch vielleicht in einem Kriegsgebiet oder auf der Flucht zugezogen hatte.

Der Körper des zweiten Opfers aus dem Schilf war auffallend gut erhalten. Das hing nach Leons Meinung damit zusammen, dass dieser Körper vor Sauerstoff und damit auch vor schneller Verwesung geschützt gewesen war. Die Haut der Leiche hatte sich zwar dunkel verfärbt, war aber gleichmäßig um das Knochengerüst geschrumpft. Auf der Haut an den Innenseiten der Schenkel und um das Gesäß ließen sich bei beiden Jungen Hämatome und kleine Verletzungen, möglicherweise von Verbrennungen, erkennen. Auch dieses Kind wies an Händen und Fußgelenken deutliche Spuren von Fesseln auf.

Das dritte Opfer aus dem Schilf gab dagegen Rätsel auf. Von ihm hatten Leon und seine Helfer von der Gendarmerie nur noch eine unvollständige, weitgehend skelettierte Leiche gefunden. Wahrscheinlich war das Opfer seinerzeit auf der Lichtung begraben worden, später aber durch starke Regenfälle wieder freigespült und dann erneut begraben worden. Die Todesursache in diesem Fall war unklar. Der Junge war von zwei Kugeln getroffen worden. Eine hatte ihn von hinten getroffen und sein rechtes Schulterblatt zerschmettert. Dieser Schuss war aus mehreren Metern Entfernung, möglicherweise auf einen Fliehenden abgefeuert worden. Eine schmerzhafte, aber nicht tödliche Verletzung. Der zweite Schuss war aus einer auf seinen Nacken aufgesetzten Waffe abgefeuert worden. Dieser Schuss, der Leon an eine Hinrichtung erinnerte, hatte den obersten Nackenwirbel zerschmettert und das Rückenmark des Opfers durchtrennt, was zur sofortigen Atemlähmung und zum Herzstillstand geführt hatte.

Einen genauen Todeszeitpunkt für die drei Opfer festzulegen war nahezu unmöglich. Leon hatte einige Bodenproben an das Labor der Universität von Aix-en-Provence geschickt. Die Ergebnisse würden vielleicht mehr Klarheit schaffen. Bis dahin galt die Annahme, dass die reduzierte Sauerstoffzufuhr im Boden die Verwesung stark verlangsamt hatte. Die Pathologie kannte dieses Phänomen von Moorleichen, die sich unter Sauerstoffabschluss über Hunderte von Jahren erhalten konnten.

Leon studierte die einschlägigen Tabellen, die sich mit der Verwesung des menschlichen Gewebes in verschiedenen Böden beschäftigten. Dabei kam er zu dem Ergebnis, dass der Todeszeitpunkt für die skelettierte Leiche fünf bis acht Jahre zurücklag. Für die beiden anderen Opfer errechnete er vier beziehungsweise zwei Jahre.

Gegen zwei Uhr erhielt Leon einen Anruf. Dr. Theo Menez bat ihn um seine Hilfe. Er brauchte eine Begutachtung der Verletzung des Patienten Nicolas Lagarde. Die Versicherung wollte wissen, ob es sich bei der Kopfverletzung um einen Unfall oder um einen Überfall handelte.

Kapitel 53

Unfallchirurg Dr. Menez hatte Nicolas Lagarde in ein Einzelzimmer verlegen lassen. Der Verletzte lag noch immer im Koma, und daran würde sich wahrscheinlich so schnell auch nichts ändern. Die Vorhänge des Krankenzimmers waren verschlossen, sodass er sich, falls er aufwachte, langsam an das Tageslicht gewöhnen könnte. Eine ganze Batterie von Geräten und Monitoren gaben mit Kurven oder blinkenden Lämpchen Auskunft über die Vitalfunktionen des Patienten. Eine Schwester befeuchtete mit einem Wattestäbchen die trockenen Lippen des Schwerverletzten. Sie trug, genau wie Leon und Menez, den üblichen hellblauen Schutzanzug. Vorschrift für alle Besucher auf der Intensivstation.

Leon hatte den Patienten eine halbe Stunde lang eingehend untersucht. Auf seinen Wunsch hin war ein weiterer MRT-Scan vom Kopf des Patienten gemacht worden. Leon und Dr. Menez betrachteten das Bild auf dem Laptop, den der Unfallchirurg in der Hand hielt.

»Es handelt sich eindeutig um zwei verschiedene Ereignisse«, Leon deutete auf die feinen dunklen Bruchlinien, die sich auf dem Bildschirm deutlich in dem hellen Schädelknochen abzeichneten.

»Die Abfolge der Verletzungen. Können Sie dazu etwas sagen?«, fragte der Unfallchirurg.

»Zuerst erfolgte der Schlag mit einem runden, schweren Gegenstand.« Leon fuhr mit dem Finger auf dem Bildschirm die entsprechende Linie entlang. »Der Patient verlor sofort das Bewusstsein und stürzte zu Boden. Unglücklicherweise schlug er sich dabei erneut den Kopf auf einem Stein.«

»Und das war definitiv die zweite Verletzung?«

»Ja«, Leon zeigte wieder auf den Bildschirm. »Sehen Sie, hier hat sich eine zweite Bruchlinie gebildet.«

»Also erst die Fremdeinwirkung und dann der Unfall«, sagte Dr. Menez.

»Eindeutig. So wird es auch in unserem Bericht stehen.«

»Irgendeine Vorstellung, was eine solche Verletzung verursacht haben könnte?«

»Eine genauere Untersuchung der Wunde möchte ich jetzt nicht riskieren. Das könnte zu Komplikationen beim Heilungsprozess führen«, sagte Leon. »Da würde ich lieber noch ein paar Tage warten. Von den MRT-Bildern her könnte es ein Baseballschläger oder ein kurzes Stahlrohr gewesen sein.«

Es klopfte an der Tür.

»Jetzt nicht«, sagte die Schwester, aber der Besucher hatte die Tür bereits geöffnet.

»Oh …, entschuldigen Sie bitte«, sagte der Mann.

»Maître Fontaine …«, sagte Leon überrascht. Es dauerte eine Weile, bis er den Anwalt in seiner hellblauen Schutzkleidung und der Atemmaske erkannt hatte.

»Entschuldigen Sie, dass ich hier so hereinplatze, aber ich dachte … Ich hatte Sie nicht gehört.«

»Nein, kein Problem«, unterbrach Leon. »Wir waren sowieso gerade fertig.« Dann wandte er sich an Menez: »Sie bekommen morgen meinen Bericht.«

»Danke«, sagte Dr. Menez.

»Lassen Sie sich bitte Zeit«, der Anwalt griff zur Türklinke. »Ich kann ja später noch einmal vorbeikommen.«

»Schon in Ordnung«, meinte Leon, »lassen Sie uns draußen sprechen. Sie wollten doch mit mir sprechen?«

»Eigentlich nicht«, Fontaine lächelte verlegen und deutete in Richtung des Patienten. »Mein Mandant ist Monsieur Lagarde.«

Lagarde gab ein kurzes Husten von sich, das zwei, drei unverständlich gemurmelte Worte überdeckte.

»Monsieur Lagarde …?«, der Anwalt machte einen Schritt nach vorne.

»Er kann Sie nicht hören«, sagte Dr. Menez.

Die Krankenschwester betrachtete die Augen des Patienten, die nach wie vor geschlossen waren. Menez sah die Schwester an, sie schüttelte den Kopf.

Es klang so, als wollte Lagarde etwas sagen, dachte Leon. Aber die Worte fanden irgendwie keinen Weg aus seinem Traum heraus.

Dr. Menez ging zu den Überwachungsgeräten und tippte auf eine kleine Tastatur, von der aus die Zugabe des Betäubungsmittels dosiert wurde.

»Die Narkose ist ausreichend«, erklärte er der Schwester. »Beobachten wir, was sich in den nächsten vierundzwanzig Stunden tut. Wenn er sehr unruhig werden sollte, können Sie noch um zwei Punkte erhöhen.«

»In Ordnung«, sagte die Schwester. »Ich rufe Sie dann an.«

»Heißt das, er könnte aus dem Koma aufwachen?«, fragte Fontaine den Arzt. »Ich meine, wenn er spricht, könnte er uns doch auch sagen, wer ihn überfallen hat.«

»Er spricht noch keine strukturierten Sätze. Das sind nur Bruchstücke von Erinnerungen, die das Gehirn nach oben spült«, erklärte Dr. Menez. »Vielleicht sollten wir alle nach draußen gehen. Monsieur Lagarde braucht jetzt vor allem Ruhe.«

Leon und Maître Fontaine standen vor einem Kaffeeautomaten. Leon drückte einen Knopf, und heißer Café au lait zischte aus der Düse in den Plastikbecher.

»Kann man den trinken?«, fragte Fontaine.

»Fast so gut wie im Bistro«, sagte Leon mit einem Grinsen, »wenn man sich den Plastikbecher wegdenkt. Möchten Sie auch einen?«

»Ja. Gerne.«

Leon warf einen Euro in den Automaten und drückte erneut den Knopf.

»Was schulde ich Ihnen?«, fragte Fontaine.

»Sie sind mein Gast«, sagte Leon und reichte ihm den gefüllten Becher.

»Vielen Dank, sehr freundlich.«

»De rien«, sagte Leon. »Sie kennen Monsieur Lagarde gut?«

»Kann man so nicht sagen. Aber mit der neuen Kanzlei habe ich auch einige der alten Mandanten übernommen.«

»So wie Monsieur Lagarde?«

»Manchmal kann man sich die Mandanten nicht aussuchen.« Fontaines Lächeln wirkte etwas gequält.

»In welcher Angelegenheit vertreten Sie ihn denn?«, fragte Leon. »Falls die Frage nicht zu neugierig ist.«

»Unbekannte haben das Tor meines Mandanten beschädigt«, sagte der Anwalt. »Schmierereien mit Schweineblut. Beleidigungen, Schmähungen – und sie haben ihn bedroht.«

»Manche Menschen haben keine Moral«, sagte Leon. »Gibt es denn einen Verdächtigen?«

»Nur in der Gerüchteküche der lieben Nachbarschaft«, der Anwalt lachte auf. »Aber manchmal genügt es schon, einen Anwalt zu beauftragen, und plötzlich erledigen sich die Probleme ganz von alleine.«

»Schade, dass das in der Rechtsmedizin nicht auch so funktioniert.«

»Nicht so bescheiden«, sagte der Anwalt. »Ich habe schon von Ihren Erfolgen gehört.«

Leon betrachtete den Anwalt mit skeptischem Blick.

»Heute Morgen, im Frühstücksfernsehen. Die haben einen großen Bericht über die ermordeten Kinder gebracht. Sie wurden doch ermordet?«

»Sie wissen doch, dass ich über laufende Ermittlungen eigentlich nicht sprechen darf.«

»Natürlich«, der Anwalt hob die Hände. »Entschuldigen Sie.«

»Ich denke, in Ihrem Fall ist das etwas anderes«, sagte Leon. »Ja, es sieht so aus, als wären die Jungen umgebracht worden.«

»Es sind also Jungen. So wie der vom Strand, über den alle reden?«

»Ich weiß, dass Ihr Mandant im Zusammenhang mit diesem Fall vernommen worden ist. Darum ist es vielleicht besser, wenn wir das Thema wechseln«, sagte Leon.

»Dann wissen Sie bestimmt auch, dass mein Mandant nur als Zeuge ausgesagt hat. Es gab keine Anschuldigung gegen ihn«, er sah Leon an. »Menschen ändern sich.«

»Das scheint nicht jeder in Le Lavandou so zu sehen«, Leon nickte in Richtung der Intensivstation. »Das hat Ihr Mandant schmerzhaft erfahren müssen.«

»Wie hoch ist Ihre Erfolgsquote?«

»Wie meinen Sie das?«

»Wie viele Verbrechen werden durch Ihre Arbeit aufgeklärt?«

»Schwer zu sagen. Ich muss nur herausfinden, woran die Opfer gestorben sind. Die Täter zu finden ist Aufgabe der Polizei.«

»Zweifeln Sie?«, fragte der Anwalt. »Ich meine: Zweifeln Sie gelegentlich daran, ob sich an der Welt durch Ihre Arbeit irgendetwas ändert?«

Leon sah Fontaine an, der mit einem Plastikstäbchen in seinem Kaffee rührte. Der Mann hatte einen wunden Punkt getroffen. Ja, er zweifelte. Besonders dann, wenn Kinder bei ihm auf dem Obduktionstisch lagen. Es hatte Tage gegeben, da wollte er am liebsten alles hinschmeißen, so groß waren seine Zweifel gewesen. Aber darüber würde er mit niemandem sprechen, außer vielleicht mit Isabelle.

»Gelegentlich vielleicht ein wenig«, antwortete Leon diplomatisch.

»Wussten Sie, dass im Mittelalter Kindermörder aufs Rad geflochten wurden?«

»Wie gut, dass wir heute in zivilisierteren Zeiten leben.«

»Tun wir das wirklich?«, fragte der Anwalt. »Manchmal denke ich, so ein bisschen von den guten alten Zeiten würde uns bei der Verbrechensbekämpfung vielleicht ganz guttun.«

»Das denken Sie aber nicht wirklich?«, sagte Leon irritiert. Der Anwalt zuckte zweifelnd mit den Schultern.

»Zum Beispiel ein Serientäter, der Kinder umbringt. Mal ganz im Ernst, würden Sie so einen nicht auch am liebsten unter der Guillotine sehen?«

Na ja, wenn er ganz ehrlich war ... Leons Gedanken wurden unterbrochen, als sein Handy kurz piepte und eine eingegangene SMS anzeigte. Leon warf einen kurzen Blick darauf. Die Kurznachricht kam von Isabelle. Sie bat ihn, an der Lagebesprechung in der Gendarmerie teilzunehmen.

Kapitel 54

Leon musste sein Auto zwei Blocks entfernt parken. Die Reporter belagerten den Haupteingang der Polizei. Auf der gegenüberliegenden Straßenseite standen zwei Übertragungswagen von TV-Anstalten. Kameras waren aufgebaut worden.

Zerna hatte zwei Polizeibeamte vor dem Eingang postiert, um allzu Neugierige fernzuhalten. Eine Gruppe von zehn Frauen hatte sich auf dem Bürgersteig versammelt und betete leise. Andere entzündeten Kerzen, und Kinder, in Begleitung ihrer Mütter, legten Kuscheltiere und kleine Zettel vor dem Polizeigebäude ab, sodass Zerna sich genötigt sah, schon zum zweiten Mal den Eingang der Wache von Devotionalien räumen zu lassen. Was vor laufenden Fernsehkameras zu lauten Buhrufen unter den Bürgern geführt hatte.

Zerna hatte die Besprechung gleich in die Cafeteria verlegt, aber auch dieser Raum war schnell bis auf den letzten Stehplatz belegt. Wie üblich saß Zerna am oberen Ende des Tisches. Der Polizeichef hatte sich eine frisch gereinigte und gebügelte Uniform angezogen, weil er insgeheim darauf hoffte, nach der Besprechung eine spontane Pressekonferenz einberufen zu können. Hinter Zerna hing die große Karte von Le Lavandou und Umgebung. Darauf waren inzwischen zwei Markierungen zu sehen. Eine am Strand und eine am Fuße der Hügel. Die Orte, wo man die toten Jungen gefunden hatte. Der Polizeichef wurde flankiert von Isabelle und von Kommissarin Lapierre, die ebenfalls auf eine Pressekonferenz spekulierte, um sich als leitende Kriminalkommissarin den Kameras zu präsentieren. Sie war extra früh in Toulon aufgebrochen, um nur keine Minute der Besprechung zu versäumen. Ein Serienkiller, der kleine Jungs tötete, war genau die Art Fall, die Kommissarin Patrizia Lapierre einen großen Schritt auf der Karriereleiter weiterbringen könnte. Nur leider war sie dabei auf die Unterstützung der Gendarmerie von Le Lavandou angewiesen, und da stand ihr Zerna mit eigenen Karriereplänen im Weg.

Leon betrat als einer der Letzten den Raum.

»Alle Kollegen, die nicht an den Ermittlungen im Fall des Jungen vom Strand beteiligt sind«, sagte Zerna, »bitte ich jetzt, den Raum zu verlassen.«

Es gab leises Protestgemurmel, als ungefähr ein Drittel der Frauen und Männer die Cafeteria verließ. Diejenigen, die noch keinen Sitzplatz gefunden hatten, konnten nun auf den frei gewordenen Stühlen Platz nehmen.

Wie üblich referierten die einzelnen Abteilungsleiter ihre Ermittlungsergebnisse. Aber die waren mehr als dürftig. Es fehlten entsprechende Spuren, an denen die Ermittler hätten anknüpfen können. Und es waren in Le Lavandou und Umgebung auch keine kleinen Jungen verschwunden, die nie wieder aufgetaucht waren. Die Polizei hatte zwar die Leichen von vier Kindern gefunden, aber das war auch schon alles. Es gab keine Namen, keine Adressen, keinerlei Hinweise auf ihre Herkunft. Nicht einmal der Fundort ließ Rückschlüsse auf einen Täter zu, denn das Ufer rechts und links des Batailler gehörte, genauso wie der Bach selber, zum Gemeindebesitz.

»Monsieur le Médecin légiste«, fragte Madame Lapierre

schließlich betont höflich, »was haben Ihre Untersuchungen bisher ergeben?«

»Bonjour, Madame«, sagte Leon höflich, »wir haben in diesem Fall bisher auch nur Anhaltspunkte, aber wir können zumindest die Todeszeitpunkte der Opfer etwas genauer einkreisen. Bei dem jüngsten Opfer gehen wir davon aus, dass der Junge vor zwei Jahren getötet wurde. Das zweite Opfer lag drei, der älteste Leichnam lag bereits seit sechs Jahren im Schilf.«

»Haben Sie ermitteln können, wie die Opfer zu Tode gekommen sind?«, fragte Zerna.

»Definitiv. Alle drei Jungen sind erschossen worden«, sagte Leon.

Für einen Augenblick herrschte Stille. Dann begann ein aufgeregtes Gemurmel unter den Anwesenden.

»Messieurs dames, bitte«, sagte Zerna, und die Diskussionen erstarben. »Können Sie uns mehr zu den Schüssen sagen?«

»Sie stammen vermutlich alle aus der gleichen Waffe«, erklärte Leon. »Vermutlich eine 32er. Alle drei Opfer wurden aus nächster Nähe erschossen. Die ballistische Untersuchung läuft noch.«

»Gibt es Spuren von Misshandlungen?«, fragte Kommissarin Lapierre.

»Ja«, sagte Leon, »allerdings befinden sich die Leichen in sehr unterschiedlichen Stadien der Verwesung, entsprechend kompliziert ist da die Spurenlage.«

»Wie jetzt, wurden sie misshandelt oder nicht?«, fragte Masclau.

»Wir haben an dem letzten Opfer eindeutig Spuren von Fesselungen und Würgemale erkennen können«, erklärte Leon. »Das zweite Opfer wurde ebenfalls gefesselt und gewürgt. Außerdem haben wir an der Innenseite der Schenkel Brandverletzungen festgestellt. Möglicherweise von Zigaretten.«

»Wer foltert denn Kinder?«, fragte Madame Lapierre ungläubig.

»Da draußen gibt's mehr Dreckschweine, als Sie sich vorstellen können, Madame«, sagte Masclau.

»Das ist ja so was von pervers«, rief einer der jüngeren Beamten dazwischen.

»Weiß man, ob die Jungen missbraucht wurden?«, fragte Isabelle.

»Na klar wurden die missbraucht«, tönte Masclau erneut dazwischen, »warum sollte einer sich wohl sonst Kinder schnappen und sie umbringen?«

»Docteur?«, fragte Zerna mit einem Blick zu Leon.

»Jeder der vier toten Jungen trug Mädchenkleider, keine Unterwäsche, keine Schuhe«, sagte Leon und versuchte dabei, möglichst sachlich zu klingen. »An zwei der Toten konnten wir deutlich Spuren von Kosmetika finden. Sie waren also zum Zeitpunkt ihres Todes stark geschminkt.«

»Was heißt das?«, fragte eine der Polizistinnen naiv nach.

»Der hat aus den Jungs kleine Mädchen gemacht, und dann hat er sie ... na, ist doch wohl klar, was er dann mit denen gemacht hat.« Masclau unterbrach sich und raunte seinem Nachbarn so laut zu, dass es alle hören konnten: »Zeig mir so einen Arsch, und ich vergesse, dass ich bei den Flics bin.«

»Das habe ich nicht gehört«, sagte Madame Lapierre tadelnd.

»Wie gesagt, ein Missbrauch lässt sich in diesem fortgeschrittenen Stadium der Verwesung nicht mehr nachweisen«, sagte Leon. »Aber ein Verdacht für Missbrauch liegt da natürlich nahe.«

»Wie steht es um die Herkunft der Kinder?«, wollte Isabelle wissen.

»Was wir mit großer Sicherheit sagen können, ist, dass alle vier Opfer etwa zehn Jahre alt waren und dass es sich bei ihnen wahrscheinlich um Flüchtlinge handelt«, erklärte Leon. »Dafür spricht schon ihr Allgemeinzustand. Sie litten alle unter Mangelernährung. Einer der Jungen hatte einen gebrochenen Arm, bei dem die unsachgemäße Versorgung auf eine Behandlung in einem Lazarett hinweisen könnte. Die vier Kinder haben alle eine dunklere Hautfarbe. Ihre Zähne sind nicht regelmäßig oder noch nie von einem Zahnarzt versorgt worden. Was auf die Herkunft aus einem Land außerhalb der EU hindeutet. Die Impfung gegen Masern, die wir im Blut des Opfers nachweisen konnten, spricht für Eritrea oder Tunesien als Heimatländer.«

Die Kommissarin machte sich Notizen. Dann wandte sie sich an den Polizeichef.

»Haben Sie die Daten mit Ihrem Verdächtigen, diesem ...«

»Baladure heißt er«, half Zerna der Kommissarin.

»Richtig, Baladure«, wiederholte Madame Lapierre. »Wie lange arbeitet der schon in der Klinik?«

»Ein Jahr, soweit ich weiß«, antwortete Masclau.

»Und sein Haus hat er wann gekauft? Vor zwei Jahren?«, fragte die Kommissarin. »Dann kommt er als Täter der Opfer im Schilf nicht infrage.«

»Augenblick ...«, Isabelle sah auf ihren Notizblock, »er hatte das Haus davor schon fünf Jahre lang gemietet, bevor er es vor einem Jahr gekauft hat.«

»Und warum erfahre ich das erst jetzt?«

»Wir haben das selber erst heute Morgen erfahren«, sagte Isabelle.

»Na gut, dann wollen wir doch mal hören«, sagte Zerna, »warum uns der liebe Doktor verschwiegen hat, dass er schon seit fünf Jahren das Haus in den Hügeln gemietet hatte.«

»Dann wären da noch die beiden ungeklärten Todesfälle Bayrou und Olivier.« Zerna blätterte durch die Unterlagen, während er sprach. Er sah auf und wandte sich an Isabelle. »Was hat sich da ergeben?«

»Beides Geschäftsleute«, begann Isabelle. »Sie lebten gut integriert in ihrem jeweiligen gesellschaftlichen Umfeld. Beide Männer waren verheiratet, beide hatten keine Kinder. Monsieur Bayrou war Mitglied im Lions Club, bei den Senioren-Radfahrern und im Tennisverein. Monsieur Olivier engagierte sich für den Erhalt der Altstadt von Hyères. Und er unterstützte ein Kulturprogramm für die Kinder aus ›bildungsfernen Schichten‹. Die beiden Männer waren das, was man als unauffällig bezeichnet.«

»Aber irgendwas muss es doch geben, das die beiden verbunden hat«, sagte der Polizeichef. »Was ist mit Freunden, Geschäftspartnern, mit Konkurrenten?«

»Da sind wir noch dran«, sagte ein Lieutenant, der in der zweiten Reihe saß. »Aber bisher haben wir keinen Hinweis, dass die beiden Opfer Kontakt miteinander hatten.«

»Vielleicht gibt es ja auch gar keine Verbindung«, Masclau sah zu Leon und schien fast zufrieden darüber, dass Leon sich geirrt haben könnte. »Vielleicht ist die Spur mit den Mimosen ja gar keine Spur, und die beiden Opfer waren weder sich noch ihrem Mörder je zuvor begegnet.«

Leon sah den Beamten an wie ein Florettfechter, der sich überlegte, wie er den nächsten Hieb führen sollte.

»Zwei Männer, die scheinbar nichts miteinander zu tun haben, sterben ganz plötzlich und dicht hintereinander«, sagte Leon. »Mehr noch, sie werden auf besonders brutale Weise umgebracht. Sie werden hingerichtet, ja, regelrecht zerstört. Ein solches ›Overkill-Verhalten‹ kennt die Rechtsmedizin eigentlich nur von Beziehungstaten.«

»Danke für Ihre Einschätzung, Docteur«, unterbrach Zerna. »Ich wusste gar nicht, dass Sie inzwischen auch als Polizeipsychologe arbeiten.«

»Ich würde sehr gerne hören, wie Monsieur Ritter über den Fall denkt«, ging Madame Lapierre dazwischen. »Bitte, Docteur, fahren Sie fort.«

»Der Täter hat diese Männer nicht zufällig ausgewählt«, sagte Leon. »Und die Mimosenblüten sollten genau das zeigen. Es gibt jemanden, der dieses Zeichen genau versteht, und dieser Jemand soll Angst bekommen.«

»Vielleicht eine Erpressung?«, überlegte Masclau.

»Ein Erpresser versucht, möglichst schnell und unauffällig an sein Ziel zu kommen«, erwiderte Leon. »Dieser Täter scheint dagegen das Töten zu genießen. Er foltert seine Opfer langsam zu Tode, und er sorgt dabei für möglichst großes Aufsehen. Ich bin überzeugt, dass auch Nicolas Lagarde vom selben Täter überfallen wurde.«

»Jetzt machen Sie aber mal einen Punkt, Docteur«, Zerna sprach im herablassenden Tonfall eines Lehrers, der einen Schüler tadelt. »Oder können Sie inzwischen auch noch hellsehen?«

»Nein, das erledigt bei uns der Sequenzierer im Labor mit der Genanalyse. Wir haben sowohl bei Bayrou als auch bei Olivier identische Fremd-DNA gefunden, die wir bisher nicht zuordnen konnten. Diese DNA fand sich jetzt auch an der Kleidung von Nicolas Lagarde.«

»Sehr gut, Lagarde muss den Mann doch gesehen haben, der ihn niedergeschlagen hat«, unterbrach Masclau.

»Monsieur Lagarde liegt noch immer im Koma«, korrigierte Isabelle.

»Na, dann warten wir doch einfach ab«, meinte Zerna, »und konzentrieren uns ganz auf den Fall der toten Jungen.«

»Und was, wenn die beiden Fälle zusammenhängen?«

Leon hatte die Frage wie nebenbei gestellt. Aber sie sorgte dafür, dass die Anwesenden plötzlich schwiegen und ihn anstarrten wie die Jünger ihren Guru, der gleich die Weltenformel verkünden will.

»Ist nicht Ihr Ernst«, löste Zerna nach ein oder zwei Sekunden die Spannung.

»Da wird zunächst ein totes Kind am Strand gefunden«, sagte Leon. »Kurz darauf stirbt ein erfolgreicher, unbescholtener Geschäftsmann. Dann stirbt ein zweiter Geschäftsmann, und dann versucht jemand, einen vorbestraften Maler zu erschlagen. Nein. Ich glaube nicht an Zufälle.«

»Aber Sie geben zu, dass das reine Spekulation ist?«, fragte der Polizeichef.

Leon schwieg. Was sollte er auch sagen? Dass er ununterbrochen die Bilder der toten Kinder vor Augen hatte? Dass er nachts schweißgebadet aus Albträumen erwachte? Dass er fast achtundvierzig Stunden nicht mehr geschlafen hatte, weil er rund um die Uhr an diesem Fall arbeitete? Dass er sich geschworen hatte, den Mörder zu finden, der für das Massengrab im Schilf verantwortlich war?

»Sie haben recht«, sagte Leon zu Zerna. »Es ist reine Spekulation. Zumindest zu diesem Zeitpunkt.«

Kapitel 55

Der ausgewaschene Pfad wurde mit jedem Meter unwegsamer, und schließlich führte er direkt ins dichte Schilf. Leon hatte Sorge, dass er sich die Radaufhängung seines Wagens in den tiefen Schlaglöchern ruinieren würde. Nur ein Geländewagen würde hier weiterkommen. Er hielt an, stellte den Motor ab und stieg aus. Um ihn schaukelten Zitronenfalter in der warmen Luft. Er sah auf die Navigations-App seines Smartphones, aber dieser verwilderte Feldweg, irgendwo zwischen Bach und Hügeln, war nicht verzeichnet. Doch Leon war sich sicher, dass er ganz in der Nähe mit Jean-Claude losmarschiert war auf ihrer Suche nach dem Grab im Schilf. Leon sah sich um. Nichts als Schilf, dicht wie ein grüner Vorhang. Er entschied sich, zu Fuß weiterzugehen.

Nach der Besprechung auf der Wache hatte Leon eigentlich wieder zurück in die Gerichtsmedizin fahren wollen. Es gab jede Menge zu tun, dringende Autopsieberichte waren zu schreiben, und ein Treffen mit dem Wirtschaftsausschuss war auch anberaumt. Aber etwas hielt ihn davon ab, in die Klinik zu fahren. Es war eine Bemerkung von Jean-Claude, die in seinem Kopf aufgetaucht war und die ihm seitdem keine Ruhe mehr ließ.

»Niemand wohnt freiwillig im Sumpf«, hatte Jean-Claude während ihrer kleinen Expedition ins Reich der Schnaken und Schildkröten erklärt. »Hier gab es nur einen Hof: La Solitude. Aber der wird schon ewig nicht mehr bewirtschaftet. Das ist seit Jahrzehnten nur noch eine Ruine.«

Leon ging tiefer in den Wald aus Schilf hinein. Er hatte sich bei Wikipedia kundig gemacht. Es gab verschiedene Verwendungen für Schilf, genauer gesagt für das Rohr der bis zu vier Meter hoch wachsenden Sorte Arundo donax. Ihre Stiele waren fest wie Bambus, aber elastischer. Darum wurden aus ihrem Holz die Blätter für Mundstücke von Klarinetten und Saxofonen geschnitten. Die restlichen Pflanzen wurden zu Zäunen und Matten für Dachabdeckungen verarbeitet.

Die winzigen Splitter, die Leon in der Haut, an den Handballen und unter den Fußnägeln der toten Kinder gefunden hatte, bestanden aus Schilf.

Leon war stehen geblieben. Beinahe hätte er den kniehohen Stein, der am Wegrand zwischen wildem Pfefferminz und Brennnesseln hervorragte, übersehen. Der Stein begrenzte eine Zufahrt, deren rostiges Eisentor schon vor Jahrzehnten aus den Angeln gehoben worden war. Jetzt lag es am Boden, überwuchert von Eisenkraut und Lorbeer. Auf dem Stein stand der Name des Anwesens: La Solitude.

Leon ging die Einfahrt hinunter. Sogar zu Fuß war es schwierig, dem Weg zu folgen. Zu Boden gedrückte Pflanzen ließen darauf schließen, dass hier gelegentlich ein Fahrzeug entlangfuhr. Es war aber nicht mehr festzustellen, ob das letzte Auto vor Wochen oder Monaten hier entlanggekommen war.

Der Weg durch den Schilfwald schien nicht enden zu wollen. Leon war kurz davor umzukehren, als sich vor ihm eine Lichtung auftat. Hier war das Schilf deutlich niedriger und der Boden wieder trocken und steinig. Das Bauernhaus am Rand der Lichtung war alles andere als romantisch. Ein schlichter, heruntergekommener Zweckbau mit Erdgeschoss und einem ersten Stock. Die ehemals hellen Wände waren nie getüncht worden und schwarz vom Regenwasser. Die wenigen Fenster waren mit Holzbohlen zugenagelt. Leon konnte erkennen, dass Läden und Fensterrahmen einmal blau gewesen waren. Inzwischen hatte die Sonne die Farbe ausgeblichen. Das Haus hatte etwas Geisterhaftes, wie es da so plötzlich inmitten dieser Einsamkeit aufgetaucht war. Leon ging zur Eingangstür, die mit einem Schloss gesichert war, das offenbar jemand geölt hatte. Irgendjemand schien sich um die Ruine zu kümmern. Er umrundete das Haus und stand plötzlich vor einem grauen Lieferwagen. Die Schiebetür stand offen. Der Wagen war mit Schilf beladen, das in ordentlichen Bündeln gestapelt war.

»Hallo, Bonjour«, rief Leon laut, aber niemand antwortete.

Leon ging ums Haus. Diesmal in der anderen Richtung. Was sollte er sagen, wenn jetzt der Besitzer auftauchte? Dass er sich verirrt hatte, dass er eine Motorpanne hatte und Hilfe suchte? Oder die Wahrheit, dass er auf der Suche nach einem Kindermörder war?

Leon war vor einem langen Tisch stehen geblieben, der von abgeschlagenen Schilfwedeln umgeben war, die kniehoch lagen. Leon hörte, wie auf der anderen Seite des Hauses eine Autotür zugeschlagen wurde.

»Hallo, Monsieur …?«, rief Leon noch einmal laut.

In diesem Moment sprang der Motor des Lieferwagens an.

»He, warten Sie«, rief Leon, während er um das Haus lief. Als er die Vorderseite erreichte, konnte er den Camion nur noch von hinten sehen.

Leon war rufend und winkend ein Stück hinter dem Wagen hergelaufen. Eine lächerliche Aktion, dachte er. Was hatte er erwartet? Dass er den Lieferwagen aufhalten könnte? Jetzt stand er schnaufend am Feldweg und rang nach Luft. Er ging noch einmal zum Haus zurück. Es war offensichtlich unbewohnt und leer. Dem

Unbekannten mit seinem Lieferwagen ging es gar nicht um das Haus, sondern nur um das Schilf.

Leon machte mit dem Handy ein Foto von dem Haus, als er etwas auf dem Boden blitzen sah. Er bückte sich. Es war nur ein Einwegfeuerzeug. Das typische Werbegeschenk. Auf diesem hier stand »DELBOS – Jardinage – Fleurs et Arbres«. Leon steckte es ein. War das der Unbekannte mit dem Lieferwagen, der Mann, dem die Gärtnerei an der Küstenstraße gehörte?

Kapitel 56

Mitten in der Woche war nicht viel los auf der Intensivstation der Klinik Saint-Sulpice. Schwester Chantal hatte gerade nach ihren fünf Patienten gesehen. Drei hatten längere Operationen hinter sich und schliefen jetzt ihre Narkosen aus. Eine Patientin hatte einen Badeunfall gehabt. Jemand war mit seinem Jetski über die junge Frau gebrettert und hatte ihr die Rippen gebrochen. Die Ärzte hatten die Brüche so gut wie möglich mit einem Verband gestützt, viel mehr konnten sie nicht tun. Jetzt lag die Patientin mit starken Schmerzmitteln auf der Intensivstation, wo sie streng genommen nicht hingehörte. Aber das Personal war knapp, und so war sie aus der Unfallchirurgie kurzerhand auf die Intensiv gelegt worden. Und dann lag in Zimmer 5 auch noch der Mann, der überfallen und niedergeschlagen worden war und auf den Schwester Chantal ein besonderes Auge haben sollte.

Aber die Schwester interessierte sich mehr für den jungen Mann, der nicht Patient auf ihrer Station war. Philippe, der Pfleger mit den blonden Locken und dem breiten Lächeln. Philippe beugte sich über den Empfang und strahlte Chantal an. Die Schwester kicherte über eine Bemerkung des jungen Mannes, und als er ihr mit der Hand sanft über die Schulter strich, spürte sie ein angenehmes Prickeln in ihrem Körper. Es dauerte eine Weile, bis ihr auffiel, dass sich die Herzfrequenz des Patienten in Zimmer 5 erhöht hatte. Sie sprang auf, lief über den Gang und betrat den Raum. Sie leuchtete dem Patienten mit ihrer bleistiftdünnen Taschenlampe ins Gesicht. Er öffnete kurz die Augen und schloss sie aber gleich wieder.

»Monsieur Lagarde?«, sagte sie. »Wie fühlen Sie sich?«

»Glaubst du, er hört dich?« Philippe war ihr ins Zimmer gefolgt.

»Ich weiß nicht«, sagte sie. »Soll ich Dr. Menez anrufen?«

»Ach was«, sagte Philippe. »Gehen wir wieder nach vorne. Die Geräte warnen dich rechtzeitig, wenn er wirklich aufwachen sollte.«

Die beiden verließen das Zimmer und sahen nicht, wie der Patient in Nummer 5 den linken Arm anhob, eine Faust machte und die Hand wieder senkte. Dann zuckte er mit den Schultern, und dann lag er wieder ganz ruhig, als würde er tief schlafen.

Kapitel 57

Isabelle und Masclau hatten über zwei Stunden lang Baladure verhört – ohne Erfolg. Den Schönheitschirurgen auf eine Aussage festzulegen war so, als versuche man, eine Forelle mit der bloßen Hand zu fangen. Immer wenn man dachte, dass man sie endlich gepackt hatte, flutschte sie wieder davon. Erst stritt er alles ab, dann trieb man ihn mit neuen Beweisen in die Enge. Er legte ein Teilgeständnis ab, und dann, wenn man die Falle zuschnappen lassen wollte, widerrief er alles, was er gerade noch zugegeben hatte. Den Kontakt zu den jungen Flüchtlingen zum Beispiel oder die Geschenke für eines der Opfer, genauso wie den Fingerabdruck in seinem Wagen, der vom Toten am Strand stammte.

Baladure provozierte Masclau immer wieder mit seinen Ausreden. Schließlich wurde es dem Lieutenant zu bunt, und er schrie den Verdächtigen so heftig an, dass Isabelle schon das Verhör abbrechen wollte.

Wenn er unter Druck geriet, kam Baladure immer wieder mit derselben rührseligen Geschichte. Wie er als mittelloser Junge in Tunis groß geworden war. Wie er nach Frankreich kam, wie ihm ein Onkel die Ausbildung finanziert hatte, wie er als Arzt an einer Klinik in Paris arbeitete und sich nur über Wasser halten konnte, weil er am Wochenende mit einem Kellnerjob noch Geld dazuverdiente. Darum half er heute angeblich auch den Jugendlichen auf ihrer Flucht, weil er deren Schicksal so gut verstand.

Es täte ihm leid, wenn Masclau das nicht nachvollziehen könne, sagte Baladure, aber Flics hätten bekanntermaßen kein Herz.

Das war der Moment, in dem Masclau die Kontrolle verlor, aufstand und über den Tisch griff. Er packte Baladure am Revers seines zerknitterten Sakkos, schüttelte ihn wie einen alten Teppich und nannte ihn einen verdammten Kinderficker.

Nur weil Isabelle sich zwischen die beiden Männer stellte und zeitgleich auch noch Lieutenant Kadir den Befragungsraum betrat, konnte eine folgenschwere Eskalation abgewendet werden. Trotzdem würde der Zwischenfall ein Nachspiel haben. Baladure hatte über seinen Anwalt Dienstaufsichtsbeschwerde wegen Beleidigung und versuchter Körperverletzung eingereicht und die Verlegung in das Gefängnis von Toulon beantragt.

Natürlich hatte Masclau alles bestritten, und Isabelle behauptete, dass sie die Beleidigung in dem allgemeinen Tumult nicht so genau gehört habe. Das war zwar nur die halbe Wahrheit, aber schließlich hatte Masclau den Gefangenen auch nicht geschlagen oder gegen die Wand gestoßen, wie Baladure behauptete.

Isabelle hasste es, wenn sie Fehler ihrer männlichen Kollegen ausbügeln musste. Immerhin konnte sie Masclau überreden, dass er sich bei Baladure entschuldigte. Damit würde es vielleicht nicht zur Anzeige kommen, zumindest vorläufig nicht.

Keine Frage, Baladure war wirklich ein unerträglicher Schleimkopf, dachte Isabelle. Aber trotz all der Indizien, die ihn belasteten, war sie noch immer nicht von seiner Schuld überzeugt. Sie wusste, dass sie mit dieser Ansicht ziemlich alleine dastand. Trotzdem, wenn es nach ihr gegangen wäre, wäre der Verdächtige auf freien Fuß gesetzt worden. Aber davon wollte Zerna absolut nichts wissen.

»Sind Sie verrückt?«, hatte er sie gefragt, als sie mit dem Vorschlag einer Freilassung zu ihm kam. »Wollen Sie wirklich unseren Tatverdächtigen in Zukunft in Tunesien suchen? Das kann ich dem französischen Steuerzahler wirklich nicht zumuten.«

Daraufhin hatte sich Isabelle umgedreht und wortlos das Büro des Polizeichefs verlassen. Das war vielleicht etwas theatralisch, aber manchmal war es wichtig, Zerna daran zu erinnern, dass sie durchaus eine eigene Meinung hatte.

Zum ersten Mal in dieser Woche hatte Isabelle es geschafft, pünktlich um fünf Uhr ihr Büro zu verlassen. Jetzt saß sie auf der Terrasse, sah auf den Garten und beobachtete, wie die Schatten der Bäume länger wurden. Sie hatte sich einen Eistee gemacht, mit dem sie den Büroärger hinunterspülte. Nach den anstrengenden Tagen fühlte sie sich endlich mal wieder ausgeglichen und entspannt. Sie reckte sich auf dem Rattansofa, als ihr Handy summte. Es war Moma, der von seinem privaten Telefon aus anrief, was er sonst nie tat.

»Moma?«, sagte sie erstaunt. »Ich dachte, du bist noch im Büro und sorgst für Ruhe und Ordnung.«

»Ich wollte mit dir privat reden«, antwortete er, »besser, wir benutzen dafür nicht die Büroleitung.«

»Jetzt machst du es aber spannend«, sagte Isabelle.

»Es geht noch mal um Lilous neuen Freund.«

»Hast du noch was herausgefunden?« Isabelle richtete sich auf und war schlagartig hochkonzentriert.

»In Wirklichkeit heißt der Mann Tournat.«

»Ich dachte, er heißt Pinay.«

»Der Name ist falsch. Unter seinem richtigen Namen, also Tournat, ist er schon mehrfach bei der Polizei aufgefallen.«

»Was heißt aufgefallen?«

»Er hat Firmen eröffnet, die gleich wieder geschlossen wurden. Mit seinen Steuern getrickst, Abschreibungen gefälscht, die ganze Latte.«

»Machen das nicht eine Menge Leute?« Isabelle wollte, dass sich ihr Verdacht, Lilou habe sich in einen Schwindler verliebt, nicht bewahrheitete.

»Dabei muss er einigen Leuten«, er räusperte sich, » ... na ja, sagen wir mal, ziemlich auf die Füße getreten sein.«

»Moma, willst du mir jetzt ernsthaft erzählen, dass dieser Pinay oder Tournat, oder wie er auch immer heißt, bei der Mafia ist?«

»Hab ich nicht gesagt. Aber mein alter Kumpel von der Kripo in Marseille meinte, das wären ziemlich schräge Vögel.«

Isabelle merkte nicht, dass Lilou die Treppe heruntergekommen war. Auf den letzten Stufen blieb sie stehen und hörte zu, wie Isabelle telefonierte.

»Bist du dir da sicher«, fragte Isabelle. »Du weißt doch, wie die Leute reden.«

»Beschwer dich nicht bei mir, Isabelle«, sagte Moma. »Du wolltest, dass ich mich umhöre.«

»Aber, mon Dieu«, sagte Isabelle. »Ich wusste ja nicht, dass du mit so einer Räubergeschichte ankommst.«

»Lilou hat sich mit einem Hochstapler eingelassen«, sagte Moma, »das ist nun mal Fakt.«

»Wir wissen doch gar nicht, ob er ein Hochstapler ist«, meinte Isabelle und sah den gekränkten Gesichtsausdruck ihrer Tochter, die plötzlich in der Küchentür erschienen war. »Entschuldige, ich muss Schluss machen.«

Isabelle schaltete ihr Handy aus.

»Hallo, Lilou!« Sie versuchte, unbeschwert zu klingen.

»Wer ist ein Hochstapler?«, fragte Lilou.

»Moma ist ganz zufällig auf den Namen Georges Pinay gestoßen, und da wollte er mir nur Bescheid geben.«

»Ihr spioniert mir nach?«

»Aber nein«, Isabelle war eine schlechte Lügnerin. »Du bist meine Tochter. Natürlich informieren mich die Kollegen, wenn du irgendwie in Schwierigkeiten kommen könntest.«

»Schwierigkeiten?« Jetzt war Lilou empört. »Georges ist mein Freund, und er hat weder mit der Mafia zu tun, noch ist er ein Hochstapler.«

»Das habe ich ja auch gar nicht behauptet, Lilou.«

»Er ist reingelegt worden, von seinem Partner.«

»Hat er dir das erzählt?«

»Stell dir vor, er spricht mit mir ganz offen über solche Sachen«, Lilou klang trotzig.

»Ich bitte dich ja nur, dass du vorsichtig bist, ma chérie.«

»Nein, du kannst ihn nicht leiden, weil er älter ist als ich. Und weil er erfolgreich ist.«

»Das stimmt doch gar nicht, Lilou. Er ist nur ... du stehst noch ganz am Anfang deines Lebens, und er ...«

»Siehst du, jetzt machst du es schon wieder. Du behandelst mich, als wäre ich zwölf.«

Isabelle zögerte und sah ihre Tochter an. Es war nicht gerade einfach, mit ihr zu reden, ohne dass sie in Streit gerieten. Warum war es so verdammt schwer, eine gute Mutter zu sein?

»Ich mache mir Sorgen, ja, das mache ich mir wirklich.«

»Weißt du was, ich finde es so was von Scheiße, dass du hinter mir herschnüffelst.«

»Ich schnüffle nicht hinter dir her. Ich ... ich pass doch nur auf dich auf.«

»Indem du mich von den Flics beschatten lässt?«

»Das mache ich doch gar nicht!« Warum verteidigte sie sich eigentlich?, fragte sich Isabelle. Sie wünschte sich, Leon wäre da. Er fand in solchen Momenten immer die richtigen Worte, um die Wogen zu glätten.

»Ich treffe gleich Georges«, Lilou sah demonstrativ auf ihre Uhr. »Dann gehen wir in sein Penthouse in der Avenue Rigaud 20. Da kannst du ja dann deine Flics auf uns loslassen.«

Lilou drehte sich auf dem Absatz um und lief die Treppe in den ersten Stock hinauf.

»Lilou, Liebes, bitte ...«, rief Isabelle ihr nach.

Sie hörte nur noch, wie ihre Tochter die Zimmertür unsanft schloss. Dann war es still im Haus.

Kapitel 58

Jetzt, nach acht Uhr, war es ruhig in den Räumen der Rechtsmedizin. Keine Unterhaltungen, kein Türenschlagen, nichts, was Leons Konzentration stören konnte. Nur das Summen der Klimaanlage war zu hören, die die Temperatur in dem Obduktionsraum auf stabilen 19 Grad Celsius hielt. Die niedrige Raumtemperatur stellte sicher, dass der Verwesungsprozess auch dann nur langsam voranschritt, wenn Leichen zur Untersuchung aus dem Kühlregal geholt und auf den Obduktionstisch gelegt wurden.

Leon dimmte das Licht. Das Geräusch der Klimaanlage, der abgedunkelte Raum, in dem die LED-Leuchten nur noch den Obduktionstisch erhellten. Das war genau die Atmosphäre, die Leon jetzt brauchte. Er hatte keinen festen Plan, er wollte nur hier unten sein, in der Nähe der Opfer, denen er ein Versprechen gegeben hatte – ihren Mörder zu finden.

Leons Methode bestand darin, dass er sich die Untersuchungsberichte der ungeklärten Fälle noch einmal vornahm und dabei so tat, als würde er das Material zum ersten Mal sehen. Als gehörte dieses Büro jemand anderem und als wäre er nur gebeten worden, Untersuchungsberichte anzusehen und seine Meinung zu sagen.

In der Mitte des Autopsiesaals lag die Leiche des kleinen Ermias. Halb aufgedeckt unter einem grünen Tuch. Der kleine Körper sah merkwürdig verloren aus auf diesem kalten Tisch aus blitzendem Edelstahl. Vom Standpunkt eines Ermittlers aus gab es keinen Grund, den Körper des Jungen aus dem Kühlfach zu nehmen und auf den Obduktionstisch zu legen. Ganz im Gegenteil, Leons Erklärung für dieses ungewöhnliche Vorgehen hätte in den Ohren eines Besuchers mehr als eigenartig geklungen. Leon hatte den Jungen auf den Tisch gelegt, um mit ihm zu reden.

Dieses Kind war einem Verbrechen zum Opfer gefallen. Hier, im Süden der Provence, wo Menschen Ferien machten, um das Meer zu genießen, in der Sonne zu liegen, im Wasser zu planschen, gut zu essen und zu trinken. Hier musste die Reise des kleinen Jungen auf so entsetzliche Art zu Ende gehen.

Es war eine weite Reise von Nordafrika bis hierher, Tausende von Kilometern voller Gefahren. Und ausgerechnet hier, im sicheren Frankreich, waren die Kinder ihrem Mörder begegnet. Wahrscheinlich war es einfach für einen Päderasten, in der Hauptferienzeit ein Kind zu fangen, dachte Leon, während er zu dem Opfer auf dem Tisch sah. Ein paar freundliche Worte, ein kleines Geschenk, ein paar Sneakers, vielleicht auch nur eine Cola. Kleine Freundlichkeiten eben. Ein Junge auf der Flucht würde schnell in das Auto eines Erwachsenen steigen, wenn der ihm eine Mitfahrgelegenheit nach Paris versprach. Für den Täter eine Entführung ohne Risiko. Niemand würde das Kind vermissen. Keine Eltern, die besorgt auf die Uhr sahen, wenn ihr Sohn nicht pünktlich zum Essen nach Hause käme. Keine Familie, die die Polizei informieren würde. Keine Journalisten, die sich für das Verschwinden eines Flüchtlingskindes interessieren könnten.

Leon war zurück in sein Büro gegangen, das durch eine gläserne Tür vom Autopsiesaal abgetrennt war. Er hatte die Untersuchungsberichte auf seinen Schreibtisch gelegt und sie in der richtigen zeitlichen Reihenfolge geordnet. Diese Jungen waren entführt und missbraucht worden, davon war Leon überzeugt. Auch wenn dafür, nach so langer Zeit, keine eindeutigen Spuren mehr zu finden waren. Die Verletzungen der Kinder waren aber Hinweis genug und ließen trotzdem auf einen sexuellen Hintergrund der Morde schließen. Die Jungen wurden missbraucht, gefoltert und getötet. Aufgrund der Verletzungen schätzte Leon, dass ihr Martyrium länger gedauert hatte als nur vierundzwanzig Stunden. Es war gut möglich, dass die Kinder sogar mehrere Tage lang misshandelt worden waren.

Aber warum hatte die Polizei nur vier Kinder gefunden? Und warum lagen zwischen den Morden mehrere Jahre? Bei Triebtätern galt die Regel, je länger eine Mordserie anhielt, umso weniger Zeit verging zwischen den einzelnen Verbrechen. Der erste Mord kostete noch Überwindung, war der Damm aber erst einmal gebrochen, gab es üblicherweise kein Halten mehr. Wenn die Schranken von Moral und Menschlichkeit gefallen waren, spielte für den Mörder die Zahl seiner Opfer keine Rolle mehr.

Was Serientäter faszinierte, war das Leid, das sie verursachten, der Schmerz, den sie ihren Opfern zufügten, und das Machtgefühl, das sie dabei empfanden. Der Mord war der Höhepunkt dieser Kontrolle über den anderen, die Beseitigung der Leiche nur noch lästige Pflicht. Es war klug, eine Leiche ohne Spuren verschwinden zu lassen. Keine Leiche, kein Mord, keine Polizei, das war die einfache, aber logische Regel. Vielleicht war der Mörder, den sie suchten, öfter geschäftlich im Ausland unterwegs, dachte Leon. Das könnte die zeitlichen Lücken zwischen den Morden erklären.

Leon hatte von Anfang an gespürt, dass diese Morde von der Norm abwichen. Die vier Jungen, die sie gefunden hatten, waren vom Typ her unterschiedlich. Nur das Alter von etwa zehn Jahren war ihnen gemeinsam. Diesem Täter schien es auf etwas anderes anzukommen. Er verkleidete seine Opfer. Er hatte sie mit den Kleidern zu Mädchen gemacht. Vielleicht hatte er ein gestörtes Verhältnis zu Frauen. Hatte er einen schmerzhaften Verlust erlitten, der Mutter oder einer Schwester? Was tat dieser Mann nach Feierabend? Saß er brav zu Hause und aß mit der Familie? Oder saß er gerade im Bistro in dem kleinen Ort Tourtour, nahe dem Flüchtlingslager, und lud sein nächstes Opfer auf ein Eis ein?

Während Leon darüber nachsann, bemerkte er auf einmal, dass sich der Ventilator der Klimaanlage abgeschaltet hatte. Für ein paar Sekunden versuchte er, sich einzureden, dass nur der Thermostat mal wieder versagte, doch er wusste, dass das nicht der Grund war. Es war etwas anderes. Eine Ahnung, die in ihm aufstieg. Die ihm Angst machte, aber ihn auch gleichzeitig faszinierte. Leon versuchte, sich zu entspannen, ruhig zu atmen. Er lehnte sich in seinem Stuhl zurück. Dann sah er aus dem Augenwinkel, wie sich etwas im Autopsiesaal bewegte. Natürlich wusste er, dass das nicht möglich sein konnte. Gleichzeitig spürte er einen Schauer über seinen Rücken laufen wie einen kühlen Windstoß, der an einem heißen Sommertag ein aufziehendes Gewitter ankündigt. Er ahnte, was jetzt passieren würde. Und er ließ es geschehen.

Leon konnte Schritte hören, und etwas Metallenes fiel klirrend zu Boden. Er drehte sich vorsichtig um, und da sah er Ermias. Der Junge stand barfuß vor dem Obduktionstisch und sah ihn an. Er trug das Kleid, zerschlissen und verrottet von dem feuchten Grab im Schilf. Neben dem Jungen stand der Mann und hielt seine Hand. Der Mann schien kein Gesicht zu haben, wie er so dastand in seinen bunten Radfahrerklamotten. Dann löste sich sein Gesicht aus dem Schatten, ein zertrümmertes Gesicht voller Blut. Leon erkannte den Mann sofort. Mathieu Bayrou, der in die Schlucht gestürzt war. Diese Menschen waren tot, sagte sich Leon. Was er sah, war nicht real.

Leon drückte den Lichtschalter über seinem Bürotisch, und die Vision verschwand im Nichts. Mit einem Summen sprang die Beleuchtung an und erfüllte die Abteilung mit kaltem Licht, das in jede Ecke kroch. Leon stand auf und ging in den Autopsiesaal. Er war leer. Auf dem Tisch lag noch immer halb aufgedeckt Ermias. Er zog dem Kind das hellgrüne Tuch über das Gesicht. Da fiel sein Blick auf den gefliesten Boden. Er entdeckte die Schere. Leon war sich sicher, dass er sie neben das Kind gelegt hatte, um sie für eine weitere Untersuchung griffbereit zu haben. Wie war sie auf dem Boden gelandet? Er legte sie in die Aluminiumschüssel zu den gebrauchten Instrumenten, dann schob er das Opfer zurück in die Kühlkammer, wo auch die Leiche von Bayrou verwahrt wurde. Er schloss die Tür sorgfältig, streifte sich die Einmalhandschuhe ab und verließ sein Büro. Er hatte zu viel gearbeitet in den letzten Tagen. Es war Zeit, dass er nach Hause unter die Dusche und ins Bett kam.

Leon löschte das Licht.

Kapitel 59

Natürlich gab es strenge Vorschriften zur Benutzung des Notausgangs. Zum Beispiel, dass er ausschließlich in Notfällen benutzt werden durfte. Aber was galten schon Vorschriften? Der Notausgang der Klinik Saint-Sulpice war der inoffizielle Rauchertreff des medizinischen Personals. Schnell zu erreichen und geschützt vor den Blicken des Chefarztes und der Oberärzte. Hier draußen war es tagsüber schattig und abends ruhig.

Der Mann hatte hinter den Oleanderbüschen gewartet, bis zwei Schwestern aus der Notaufnahme hastig ihre Zigaretten geraucht und sich den neuesten Klatsch aus der Abteilung erzählt hatten. Nachdem sie wieder im Gebäude verschwunden waren, verließ der Mann seinen Beobachtungsposten. Er zog sich den hellblauen Schutzkittel der Mitarbeiter aus der Intensivstation über und setzte sich Haube und Mundschutz auf. Jetzt war er vom medizinischen Personal nicht mehr zu unterscheiden. Die Tür des Notausgangs war nur angelehnt. Ein kleiner Holzkeil, von einem findigen Assistenzarzt angebracht, verhinderte, dass die Tür ins Schloss fallen konnte und die Raucher aussperrte. Der Mann betrat das Gebäude. Sein Ziel lag im sechsten Stock. Er nahm die Treppe, da konnte er um diese Zeit einigermaßen sicher sein, keinem Menschen mehr zu begegnen.

Auf der Intensivstation in der sechsten Etage war es ruhig in dieser Nacht. Die Patienten schliefen. Schwester Chantal war alleine an ihrem Servicepunkt. Sollte es Schwierigkeiten mit einem der Patienten geben, konnte sie jederzeit Verstärkung von einer anderen Station anfordern. Aber bisher war die Nacht absolut ruhig verlaufen, und es sah nicht so aus, als ob sich daran etwas ändern sollte. Schwester Chantal überprüfte den Tablettenplan für den nächsten Tag. Sie hatte schon ein paarmal dem neuen Pfleger Philippe zugewunken, jetzt war er endlich bei ihr am Servicepunkt stehen geblieben.

»Ich wollte mir gerade einen Café Crème holen, soll ich dir auch einen mitbringen?«

»Das ist aber lieb von dir«, Chantal sah den Pfleger mit ihrem wärmsten Lächeln an.

»Ein oder zwei Stück Zucker?«, wollte der wissen.

»Ich habe noch gar nicht gesagt, dass ich einen Café möchte«, antwortete Chantal kokett.

»Du siehst aber aus, als ob du einen willst.« Philippe lachte. »Darf ich Madame einladen, zu einem Crème aus unserem wunderbaren Automaten?«

»Warte, ich komme mit«, Chantal kam um den Tresen herum, auf dem die Bildschirme standen, die die Vitaldaten der Patienten übertrugen.

»Und deine Patienten?« Philippe nickte kurz zu den Monitoren.

»Die müssen sich mal einen Augenblick gedulden«, sagte Chantal. Dann sprach sie zu den Monitoren. »Habt ihr verstanden? Schön brav sein.«

Chantal kicherte, und Philippe schüttelte amüsiert den Kopf. Dann verschwanden die beiden im Gang.

Nur Sekunden später erschien der Mann im Schutzkittel auf der Station. Er ging zielstrebig auf den Tresen mit den Überwachungsgeräten zu. Mit einem Griff setzte er die akustische Warnanzeige für Zimmer 5 auf null, und das melodische Kontrollpiepsen verstummte. Dann lief der Mann ein Stück den Gang hinunter, öffnete die Tür zu Zimmer 5 und trat ein.

Der Fahrer vom Pizzaservice lieferte zum ersten Mal eine Bestellung in der Klinik aus. Er war sich unsicher, wo er die Pizza übergeben sollte. Um fünfzehn Minuten nach Mitternacht stoppte er seinen Roller mit der Warmhaltekiste auf dem Gepäckträger am Eingang der Klinik. Direkt unter dem gläsernen Portikus. Der Mann öffnete die Kiste, nahm zwei Pizzakartons heraus und ging auf die automatische Tür der Klinik zu. Dort hing ein Schild: »GESCHLOSSEN – Nach 22 Uhr bitte Eingang der Notaufnahme benutzen.« Der Pizzabote machte kehrt, und in genau diesem Moment tat es einen lauten Knall. Glassplitter wirbelten durch die Luft, etwas schoss nur knapp an dem Boten vorbei und knallte mit einem dumpfen Klatschen direkt neben ihm auf die Steinplatten. Eine warme, dunkle Flüssigkeit spritzte über den weißen Overall des Boten, und eine Sekunde lang dachte der Pizzafahrer: »Verdammt, welcher Idiot hat da seine schmutzige Wäsche aus dem Fenster geworfen?«

Aber es war keine Wäsche, die da lag. Und das war auch keine rote Farbe, die den Boten getroffen hatte. Neben ihm auf dem Steinboden lag ein Mensch. Er war offenbar aus einem Fenster gesprungen und mit dem Kopf voraus aufgeschlagen. Der Schädel war aufgeplatzt, Blut und Gehirnmasse waren überall auf dem Boden verteilt, auch der Overall des Pizzaboten mit dem Werbeaufdruck Pizza à gogo hatte einige Spritzer abbekommen.

Das Erste, was Chantal auffiel, als sie kurz darauf mit Philippe in die Station zurückkam, war, dass die Tür zu Zimmer 5 offen stand. Dann blickte sie zum Monitor, wo der Herzschlag nicht als schwingende Kurve, sondern als gerade ununterbrochene rote Linie angezeigt wurde. Die Schwester stellte den Ton an, und sofort war das ohrenbetäubende An- und Abschwellen des Alarms zu hören.

»Welches Zimmer?«, rief Philippe ihr zu.

»Die fünf«, die Schwester musste gegen den Lärm des Alarms anschreien, dann lief auch sie los.

Als Chantal die Tür des Krankenzimmers aufriss, blieb sie einen Moment wie gelähmt stehen. Nicolas Lagarde war verschwunden. Die Kabel zur Messung der Vitalfunktionen lagen auf dem leeren Bett. Die Tür, die vom Zimmer auf einen kleinen Balkon hinausführte, stand weit offen.

»Wer ist das?«, fragte der Pfleger.

»Das ist unmöglich«, sagte Chantal fassungslos, »der Patient lag im Koma …«

Von unten hörte man Rufen. Chantal lief auf den Balkon und sah über die Brüstung, die mit kurzen Metallzacken vor Möwen geschützt war. Direkt unter ihr befand sich der Haupteingang der Klinik, der jetzt hell beleuchtet war. Ärzte und Schwestern beugten sich über den Patienten, der da unten in seinem OP-Hemd auf dem Boden lag. Chantal konnte sogar von hier oben aus dem sechsten Stock erkennen, dass jede Hilfe zu spät kam. Nicolas Lagardes Kopf lag in einer Lache von Blut. Er war definitiv tot.

Kapitel 60

Leon hatte Probleme mit dem Einschlafen gehabt. Immer wieder war ihm das Bild des toten Jungen durch den Kopf gegangen, der die Hand von Bayrou hielt. Natürlich war das alles Einbildung gewesen. Sein ruheloses Gehirn hatte ihm einen Streich gespielt. Er wusste, dass das nicht real gewesen war. Trotzdem ließ ihn die Vision erneut darüber grübeln, ob die Morde an Bayrou und Olivier vielleicht tatsächlich mit den toten Kindern zusammenhängen könnten. Leon stellte sich zum hundertsten Mal die Frage: Warum wurden zwei Männer umgebracht und einer niedergeschlagen, ausgerechnet nachdem der tote Junge am Strand aufgetaucht war?

Gerade hatte Leon die Augen geschlossen und spürte, wie er langsam wegdämmerte, als Isabelles Handy wie eine böse Wespe auf dem Nachttisch summte. Eine halbe Stunde später erreichten Leon und Isabelle die Klinik Saint-Sulpice. Vier Streifenwagen standen in der Auffahrt. Rote und blaue Blinklichter zuckten durch die Nacht. Die Beamten hatten den gesamten Vorplatz mit Flatterband gesichert. Auch jetzt, obwohl es zwei Uhr morgens war, drängten sich medizinisches Personal und andere Neugierige an der Absperrung.

Leon kniete auf dem kühlen Steinboden vor dem Klinikeingang, hatte seine Latexhandschuhe angezogen und betrachtete den Mann, dem der Sturz durch das Glasvordach das halbe Gesicht weggerissen hatte. Er tastete behutsam den Körper ab. Beine Rippen, Rückgrat und das Becken waren mehrfach gebrochen. In der beleuchteten Eingangshalle konnte man einen Arzt sehen, der mit Schwester Chantal sprach, während Isabelle zu ihrem Team ging. Masclau und Zerna standen neben dem Toten und beobachteten Leon, als Isabelle dazukam.

»Haben Sie mit der Krankenschwester sprechen können?«, fragte Zerna.

»Sie ist traumatisiert«, sagte Isabelle. »Besser, wir geben ihr noch ein bisschen Zeit.«

»Wir brauchen aber jetzt die Aussage von ihr«, Zerna klang genervt.

»Traumatisiert«, schimpfte Masclau. »Ich bin auch traumatisiert, wenn ich mitten in der Nacht rausgerufen werde, um irgendeinen durchgeknallten Selbstmörder von der Straße zu kratzen.«

»Sehr sensibel«, sagte Isabelle.

»Ist doch wahr«, meinte Masclau trotzig.

»Die Schwester behauptet, Nicolas Lagarde wäre am Nachmittag schon einmal ganz kurz aus dem Koma aufgewacht«, sagte Isabelle.

»Davon hat mir niemand was gesagt«, beschwerte sich Zerna. »Hat er mit der Schwester geredet?«

»Sie sagt Nein, er habe sie nur angesehen«, meinte Isabelle. »Die Ärzte haben ihr ein Beruhigungsmittel gegeben.«

»Im Koma kann er jedenfalls nicht gelegen haben«, Masclau sah nach oben zum sechsten Stock, wo in einem der Fenster Licht brannte. »Ich meine, wenn er von da runtergesprungen ist.«

»Ich kann mir nicht vorstellen, dass er gesprungen ist«, unterbrach Leon die Unterhaltung seiner Zuschauer.

»Und wie bitte soll er dann hier gelandet sein?« Zerna deutete auf den Toten.

Leon hörte Zernas Ton an, dass der sich bereits auf Selbstmord festgelegt hatte. Der Polizeichef war nicht interessiert daran, Alternativen zu diskutieren.

»Sie haben es doch gehört, Docteur«, meinte Zerna, »der Maler war schon am Nachmittag wieder wach.«

»Die Schwester hat gesagt, er habe sie nur kurz angesehen. Dann sei er wieder weggedämmert«, meinte Isabelle.

»Der Typ ist aufgewacht und hat begriffen, an was für einem beschissenen Punkt seines Lebens er angekommen war«, sagte Masclau. »Da hat er den Abflug gemacht.«

»Du solltest dich als Polizeipsychologe bewerben«, sagte Isabelle genervt.

»Im Ernst?«, fragte Masclau seine Kollegin. Isabelle antwortete nicht.

»Ich kann es nur wiederholen«, Leon sah Zerna an. »Er ist nicht gesprungen.«

»Woher wollen Sie das so genau wissen?«, mischte sich Masclau ein. »Frankreich hat die höchste Selbstmordrate in ganz Europa.«

»Warum sollte er sich umbringen?«, fragte Isabelle.

»Keine Ahnung«, sagte Masclau. »Die Leute bringen sich doch wegen jedem Scheiß um.«

»Na gut, Docteur«, unterbrach Zerna. »Wieso glauben Sie, dass dieser Mann keinen Selbstmord begangen hat?«

»Sehen Sie diese Verletzungen hier?« Leon deutete auf zwei Risse in der Haut, die von der Mitte des Rückens bis in Höhe des Steißbeins reichten.

»Der arme Kerl hat sich mitten durch ein Glasdach gestürzt«, sagte Zerna.

»Dafür sind sie zu symmetrisch«, Leon fuhr mit dem Zeigefinger vorsichtig an der Verletzung entlang.

Die beiden Schnitte hatten vom Anfang bis zum Ende den genau gleichen Abstand zueinander. Blut war aus ihnen gequollen und hatte auf dem Rücken eine schmale Spur über das Gesäß und den Oberschenkel hinterlassen.

»Dieser Schnitt stammt nicht von Glassplittern«, erklärte Leon. »Verletzungen, die aus dem Aufschlag resultieren, hätten nicht geblutet. Der Schädel schlug auf dem Boden auf. Im Bruchteil einer Sekunde war das Opfer hirntot, und Atmung und Herzschlag hatten ausgesetzt.«

»Was wollen Sie uns damit sagen?«, fragte Masclau.

»Haben Sie sich mal die Balkone angesehen?« Er deutete an dem Klinikbau hinauf. »Auf den Brüstungen jedes einzelnen Balkons befinden sich Möwenstopper. Kleine Metallzacken, damit die Vögel sich auf den Balkonen nicht niederlassen.

»Was hat die Rückenverletzung mit den Möwen zu tun?, verstehe ich nicht.«

»Jemand hat den komatösen Patienten aus dem Bett gezogen, auf den Balkon geschleift und mit dem Rücken auf die Brüstung gehoben.«

»Das bedeutet?«

»Die Vogelstopper haben in den Rücken des Patienten geschnitten«, erklärte Leon. »Dann hat der Täter sein Opfer an den Beinen gepackt und über die Brüstung geschoben, dabei entstanden die parallelen Schnitte, aus denen sofort Blut austrat. Schließlich lebte Monsieur Lagarde in diesem Augenblick ja noch. Sekunden später stürzte der Mann nach unten.«

»Sie denken wirklich, dass er nicht gesprungen ist?«

»Definitiv nicht«, sagte Leon. »Monsieur Lagarde wurde vom Balkon gestoßen.«

Inzwischen war es drei Uhr morgens. Leon zeigte den Bestattern den kurzen Weg in die Rechtsmedizin. Er unterschrieb die Papiere, und die Männer legten den Toten im Leichensack auf eine Rollbahre. Die Bestatter gingen, als Isabelle auftauchte.

»Gut, dass du noch hier bist«, sagte sie, und es klang verschwörerisch.

»Was gibt es? Du besuchst mich doch sonst nie in meinen Katakomben.«

»Katakomben habe ich sie nie genannt.«

»Was kann der Herr der Unterwelt für dich tun?«

»Ich habe da ein kleines Problem«, sagte Isabelle und hielt einen durchsichtigen Asservatenbeutel hoch, in der ein Handy zu sehen war.

»Ist das sein Handy?«, fragte Leon, der schon so eine Ahnung hatte.

»Es ist mit einem Code gesichert, leider«, Isabelle reichte Leon die Tüte. Ich dachte, vielleicht könnte man ...«, sie rieb Daumen und Zeigefinger gegeneinander.

»Aber Capitaine Morell«, sagte Leon mit gespielter Empörung, zog sich einen Latexhandschuh über die rechte Hand, nahm damit das Handy aus der Tüte und betrachtete es. »Was sagen denn da die polizeilichen Vorschriften?«

»Die Vorschriften sind ausschließlich dazu da, uns das Leben schwer zu machen.«

»Fingerabdruck-Code?«, fragte Leon, und Isabelle nickte.

Leon zog den Reißverschluss des Leichensacks ein Stück auf und griff hinein. Noch hatte die Leichenstarre nicht eingesetzt. Als Leons Hand wieder zum Vorschein kam, hatte er das rechte Handgelenk des Opfers gepackt. Die Hand des Toten wirkte blutleer, alt und faltig.

»Daumen oder Zeigefinger?«, fragte Leon.

»Weiß nicht«, antwortete Isabelle.

Leon drückte auf den Home-Button des iPhones. Dann platzierte er vorsichtig den rechten Daumen des Opfers auf dem versenkten Knopf. Mit einem Flackern sprang das Smartphone an. Er reichte es Isabelle.

»Bitte sehr, Madame.«

»Böser Junge«, sagte sie lächelnd. »Jetzt habe ich dich in der Hand.«

»Ich weiß von nichts«, sagte Leon. »Das ist ausschließlich eine Sache zwischen Monsieur Lagarde und dir.«

Kapitel 61

Wenn Jean-Claude sich auf der Friedhofsbank etwas aufrichtete, konnte er über die Mauer hinweg das Meer in der Bucht von Le Lavandou glitzern sehen. Er war gerne hier auf dem Friedhof von Bormes-les-Mimosas, keine zwei Kilometer von Le Lavandou entfernt. Es hatte etwas Beruhigendes, im Schatten der Platanen zu sitzen und die vielen unterschiedlichen Grabsteine um ihn herum zu betrachten. Hier, in den Hügeln der Provence, hatte auch seine Frau Delphine ihre letzte Ruhe gefunden. Die ersten Jahre nach ihrem Tod hatte Delphine in ihrer Urne in der Garage verbringen müssen. So lange, bis Leon Jean-Claude eines Abends überredete, die Urne im Garten zu beerdigen. Nach vier Jahren wurde endlich ein Platz auf dem Friedhof von Bormes frei, wo Delphine schließlich ihre letzte Ruhe fand.

Es war nicht so, dass sich der Ex-Soldat Vorwürfe machte, weil er seine verstorbene Frau nicht schon früher umgebettet hatte. Im Gegenteil, wenn Leon ihm nicht ins Gewissen geredet hätte, würde seine Frau vielleicht immer noch in ihrer Urne in der Garage warten. Nach Jean-Claudes Verständnis von Gerechtigkeit war das die angemessene Strafe dafür gewesen, dass Delphine ihn betrogen hatte – mit Gilbert, dem Briefträger. Und das über mehrere Jahre, wie sich nach ihrem tödlichen Herzinfarkt herausstellte. Aber das war Schnee von gestern. Seit Delphine auf dem

Friedhof von Bormes lag, hatte sich das Verhältnis zu seiner Frau deutlich entspannt. Inzwischen war er oft hier oben und erzählte ihr aus seinem Leben oder bat sie um ihren Rat.

An diesem Morgen hatte er etwas auf dem Herzen, das er ihr schon die ganze Zeit sagen wollte.

»Ich weiß, du wirst das nicht gerne hören«, sagte Jean-Claude halb laut vor sich hin und wandte dabei den Blick ab vom Granitstein auf dem Grab 56e. Gerade so, als könnte er Delphine bei diesem Geständnis nicht in die Augen schauen. »Du kennst doch Odette. Die mit dem Gemüseladen, genau. Da muss ich dir was sagen.«

»Na, Jean-Claude, sprichst du mal wieder mit deiner Frau?« Jean-Claude hatte Arnaud, den Friedhofsgärtner, gar nicht kommen hören. Obwohl der eine klappernde Schubkarre vor sich herschob und neben ihm stehen geblieben war.

»Ich? Nein, wie kommst du denn auf so was?«, sagte Jean-Claude peinlich berührt. »Ich sitz nur gerne hier oben bei ihr. Es ist so still – solange du nicht aufkreuzt.«

»Muss dir doch nicht peinlich sein«, meinte Arnaud. »Wenn ich mal tot bin, wird meine Frau mich bestimmt nicht besuchen. Und soll ich dir was sagen? Ich werde sie auch nicht besuchen.«

»Das sagst du jetzt«, sagte Jean-Claude. »Wart mal, bis …«

»Bis ich tot bin …?«, er lachte. »Geht vielleicht schneller, als man denkt. Habe ich dir mal erzählt, dass mein Vater schon mit neunundvierzig gestorben ist? Hirnschlag.«

»Trink weniger Rosé.«

»Keine Sorge, mein Docteur hat gesagt, ich werde hundertfünf«, sagte Arnaud.

»Hundertfünf, mon Dieu. Bis neunzig ist es ja vielleicht noch ganz lustig, aber eines Tages kannst du dich nicht mehr richtig bewegen, und irgendjemand muss dir den Arsch abwischen.«

»Ich will aber nicht, dass mir jemand den Arsch abwischt, den ich nicht kenne«, meinte Arnaud.

»Dann stirb gefälligst beizeiten, wie andere anständige Christenmenschen auch.«

Jean-Claude stand auf und griff nach seiner Jacke.

»Muss ich drüber nachdenken«, meinte Arnaud.

»Ist das Grab da neu?« Jean-Claude zeigte auf einen polierten schwarzen Granitstein mit goldenen Buchstaben, der keine zwanzig Meter von den Männern entfernt ein von Efeu umranktes Grab abdeckte. Das Auffällige waren die drei Friedhofskerzen, die auf dem Grabstein brannten. Eine sah aus, als wäre sie kürzlich erst dazugestellt worden.

»Das da? Das ist das Grab vom kleinen Émile«, sagte Arnaud. »Aber du hast ganz recht«, der Gärtner legte den Kopf schief. »Das war ganz überwuchert. Jemand hat das Efeu weggeschnitten.«

Die beiden Männer gingen die wenigen Schritte zu dem Grab.

»Und den Stein hat auch jemand geputzt«, meinte Arnaud. »Und die Kerzen ...?«

»Wer ist Émile?«, fragte Jean-Claude.

»Na, der Junge, der mit dem Motorroller verunglückt ist. Der Neffe von Véronique. Sohn von ihrer jüngeren Schwester.«

»Von Véronique, der Boulespielerin?«

»Welche denn sonst? Jedenfalls ist der kleine Émile damals mit dem Roller von der Straße abgekommen. Da war der Junge erst zehn. Den Motorroller hatte er geklaut. Tragisch, sag ich dir, wirklich tragisch.«

»Wann war das?«, wollte Jean-Claude wissen.

»Das ...«, Arnaud winkte ab, »das ist schon zwanzig, nein, warte mal – fünfundzwanzig Jahre ist das her. Gab nur noch die Mutter damals. Hat das Unglück aber nie überwunden.«

Sie waren vor dem Grab stehen geblieben. An dem Stein lag ein Strauß vertrockneter gelber Mimosen.

»Irgendjemand kümmert sich um das Grab«, sagte Jean-Claude. »Vielleicht die Mutter.«

»Bestimmt nicht. Die ist zwei Jahre später gestorben – ertrunken, hieß es. Aber wenn du mich fragst ...«, Arnaud drehte seine Hand vielsagend hin und her. Dann nahm er den vertrockneten Strauß Mimosen und warf ihn achtlos in die Schubkarre.

»Du wirfst sie weg?«

»Sentimentales Gemüse«, sagte Arnaud. »Mimosen sind das Unkraut der Provence.«

Kapitel 62

Die Besprechung in der Gendarmerie begann pünktlich um elf Uhr vormittags. Ein kleines Entgegenkommen von Polizeichef Zerna für alle, die in der vergangenen Nacht spät oder gar nicht ins Bett gekommen waren. Leon fühlte sich zerschlagen, er hatte so gut wie gar nicht geschlafen. Dazu kam noch eine nervige Unterhaltung, die er und Isabelle beim Frühstück mit Lilou geführt hatten. Es ging darum, dass sie mit Georges für ein verlängertes Wochenende nach Nizza fahren wollte, was Isabelle ihr aber verbot. Das Ganze endete schließlich in einem Streit, bei dem Türen geknallt wurden und ein Müsliteller auf dem Küchenboden zerschellte. Die Atmosphäre zu Hause war angespannt, daran hatte auch Leons diplomatisches Geschick diesmal nichts ändern können. Frustriert war er in die Rechtsmedizin gefahren und hatte eine Stunde lang zusammen mit seinem Assistenten Rybaud die Leiche von Nicolas Lagarde untersucht. Von dort war er direkt zur Gendarmerie Nationale in die Avenue André del Monte gefahren.

Jetzt saßen Leon und Isabelle zusammen mit Madame Lapierre sowie Masclau und ein paar weiteren Beamten im Büro von Polizeichef Zerna und warteten darauf, sich einmal mehr Ermittlungsberichte anhören zu müssen, die nur wenig Neues boten. Doch diesmal hielt Polizeichef Zerna eine Überraschung bereit.

Auf einem Beistelltisch, für alle gut sichtbar, stand ein großer Flatscreen.

»Bonjour, Messieurs dames«, begann Zerna mit zufriedenem Gesichtsausdruck. »Der Grund, warum ich Sie heute Morgen in mein Büro gebeten habe, ist der, dass ich Ihnen etwas zeigen möchte, das nicht für alle Augen bestimmt ist.«

Ein Flüstern ging durch den Raum.

»Sie haben neues Beweismaterial?«, fragte Lapierre.

»Das könnte man so sagen«, Zerna klang ungewohnt souverän. »Dass wir in den Besitz dieses Materials gelangt sind, haben wir vor allem Capitaine Morell zu verdanken.«

»Mir? Ich weiß gar nicht …«, Isabelle sah Leon vielsagend an und zuckte mit den Schultern.

»Ich werde Ihnen Aufnahmen zeigen, die wir auf dem Smartphone von Nicolas Lagarde sicherstellen konnten«, erklärte Zerna. »Das war nur möglich, weil es Capitaine Morell gelungen ist, den Sicherheitscode des Handys zu knacken.«

Von Masclau und den anderen kam anerkennendes Gemurmel.

»Ich muss Ihnen gleich sagen, dass es sich um verstörende Bilder handelt«, warnte Zerna. »Ich habe Lieutenant Kadir gebeten, zusammen mit unserem Techniker die Bilder auf diesen Bildschirm zu projizieren. Bitte, Lieutenant Kadir.«

Das erste Foto erschien auf dem Bildschirm, und es wurde schlagartig still im Büro des Polizeichefs. Auf dem Bild war ein Junge zu sehen, der auf einer schmutzigen Matratze voller Flecken saß. Er hatte sich in die Ecke des düsteren Raumes gedrängt und sah mit vor Entsetzen geweiteten Augen in die Kamera. Das Bild war unscharf, aber man erkannte, dass der Junge eine Jeans und ein schmutziges T-Shirt trug. Der Fotograf hatte die Kamera schief gehalten, als müsste er verhindern, dass das Opfer merkte, dass es fotografiert wurde.

»Sieht so aus, als hätte Lagarde die Aufnahme heimlich gemacht«, sagte Leon, »oder mit versteckter Kamera.«

»Warum sollte der Täter so was tun?«, fragte Masclau, »macht doch keinen Sinn.«

»Weiter …«, sagte Zerna, und Kadir ließ das nächste Bild erscheinen.

Diesmal war die Kamera näher beim Opfer, und man konnte das Gesicht des Jungen erkennen.

»Ist das nicht der Junge vom Strand?«, fragte die Kommissarin.

»Ja, das ist eindeutig Ermias, seinen Nachnamen kennen wir immer noch nicht«, sagte Isabelle verblüfft. Sie sah Zerna an. »Ich hatte keine Ahnung, dass Sie auf dem Handy Aufnahmen gefunden haben.«

»Nur dank Ihrer guten Arbeit, Capitaine«, sagte Zerna gönnerhaft.

Auf dem nächsten Foto trug der Junge das weiße Kleid mit den roten Kirschen. Auch diesmal schien der Fotograf das Foto heimlich aufgenommen zu haben. Das Kind saß zusammengekauert am Boden und hatte die Hände ineinander verkrampft, fast so, als wollte es beten. Der Täter hatte dem Jungen ein schmales Lederband zwischen die Lippen gezwängt und den Knebel hinter dem Kopf verknotet. Man konnte sehen, dass dem Jungen die Panik im Gesicht stand. Dieser verzweifelte Blick zeigte, dass das Kind jede Hoffnung aufgegeben hatte.

Das letzte Bild war am schwersten zu ertragen. Auf dem Foto lag der Junge auf der Seite. Das Kleid war bis unter die Achseln hochgeschoben. Es waren dunkle Flecken von Hämatomen und Kontusionen auf dem Körper des Jungen zu erkennen, auch kleine, runde Brandmale, wo der Peiniger offensichtlich auf dem Körper des Kindes Zigaretten ausgedrückt hatte. Um das linke Handgelenk war ein Seil geknotet, dessen loses Ende auf der Matratze lag. Es sah so aus, als würde der Junge schlafen. Seine Augen waren nur halb geschlossen, die Pupillen hinter den Liedern noch oben verdreht.

»Mein Gott«, sagte Isabelle und hielt sich die Hand vor das Gesicht.

»Ist er tot?«, fragte Masclau.

»Nein, er wurde erst später mit einem Kopfschuss getötet«, Leon beugte sich nach vorn, um Details zu erkennen. »Die Hämatome sehen frisch aus, ein, vielleicht zwei Tage alt. Ich glaube, dass er auf diesem Foto sediert ist. Möglicherweise mithilfe von K.-o.-Tropfen.«

»Davon stand aber nichts in Ihrem Bericht«, sagte Masclau sofort.

»Benzodiazepine, sogenannte K.-o.-Tropfen«, erklärte Leon, »lassen sich nach vierundzwanzig Stunden nicht mehr nachweisen. Auch im toten Körper werden solche Stoffe weiter abgebaut.«

»Was ist mit Geo-Tracking?«, unterbrach Isabelle. »Bei den Fotos kann man doch auch erkennen, wo sie gemacht wurden.«

»Bei dem hier leider nicht«, antwortete Lieutenant Kadir. »Bei dem wurden alle GPS-Funktionen ausgeschaltet.«

»Scheiße«, sagte Masclau.

»Bleibt die Tatsache, dass wir die Bilder auf dem Handy eines Verdächtigen gefunden haben«, sagte Zerna, »einem Mann, der der Polizei bereits aufgefallen war.«

»Er ist nie für ein Sexualdelikt verurteilt worden«, gab Isabelle zu bedenken.

»Jetzt wirst du aber spitzfindig«, sagte Masclau. »Die ganze Schweinerei hat doch angefangen, als Lagarde aus der Klapse entlassen wurde. Keine Woche später haben wir den toten Jungen aus dem Sand gezogen.«

»Schade, dass wir ihn dazu nicht mehr befragen können«, meinte Isabelle.

»So ist das nun mal, wenn man aus dem Fenster springt«, meinte Masclau.

»Nicolas Lagarde ist nicht gesprungen.« Leon sagte es ganz ruhig, als dozierte er auf einem Pathologieseminar.

»Wofür es keine eindeutigen Beweise gibt, richtig?«, ergänzte Zerna ebenso ruhig. Er hob die Hand. »Ich weiß, ich weiß. Natürlich, die Schnitte.«

»Mehrere Tatsachen sprechen eindeutig gegen Suizid«, dozierte Leon. »Erstens, als ich Lagarde am Nachmittag auf der Intensivstation gesehen habe, lag er im Koma und war nicht ansprechbar. Zweitens waren die Kopfverletzungen so erheblich, dass die Ärzte davon ausgingen, dass er Lähmungen zurückbehalten würde – falls er sich überhaupt jemals wieder würde bewegen können. Und drittens, die Schnitte am Rücken, die Sie gerade erwähnt haben, Commandant, stammten eindeutig von der Balkonbrüstung.«

»Die kann er sich doch auch sonst wo bei seinem Sprung geholt haben«, unterbrach ihn Masclau. »Der ist full speed durch ein Glasdach.«

Leon stand auf, sodass er alle im Blick hatte.

»Der Ablauf stellt sich aus gerichtsmedizinischer Sicht folgendermaßen dar: Der Patient wurde von seinem Mörder zum Balkon geschleppt und gegen das Geländer gelehnt. Das zeigen die Spuren eindeutig«, Leon bog seinen Rücken demonstrativ durch und lehnte sich zurück. »Kein Selbstmörder würde versuchen, sich rückwärts über das Geländer vom Balkon zu stürzen.«

»Sie glauben also tatsächlich, dass jemand ihn umgebracht hat?«

»Das ist genau das, was unsere Untersuchungen zeigen.«

»Und wer, bitte sehr, sollte das getan haben?« Masclau klang verärgert. »Wer hat Interesse daran, einen Verrückten aus dem sechsten Stock zu werfen?«

»Das herauszufinden überlasse ich der Gendarmerie. Ich bin nur der Médecin légiste«, sagte Leon mit leisem Lächeln.

»Aber Sie haben doch bestimmt eine Theorie?«, wollte Madame Lapierre von Leon wissen.

»Sie haben den Docteur doch gehört, Madame Lapierre«, sagte Zerna. »Theorien zu entwickeln ist Sache der Gendarmerie Nationale.«

»Entweder, Sie haben einen Serienmörder, den jemand vom Dach gestoßen hat ...«, Leon zögerte einen Moment. Er konnte dem Polizeichef und der Kommissarin aus Toulon ja schlecht sagen, dass er in seinem Autopsiesaal eine nächtliche Erscheinung hatte. »Oder es steckt etwas ganz anderes dahinter. Ein Geheimnis, das wir noch nicht kennen.«

»Ein Geheimnis also«, spöttelte Zerna. »Na, dann liefern Sie uns doch mal schnell ein paar Fakten, damit wir dieses Geheimnis lüften können.«

»Ich werde mir Mühe geben«, sagte Leon. »Wenn Sie mich entschuldigen, ich habe noch einen Termin.«

Damit verschwand Leon. Kurz darauf wurde die Besprechung beendet, und Isabelle ging zurück in ihr Büro. Sie hatte noch keine fünf Minuten in die Berichte der vergangenen Nacht gesehen, als es an die Tür klopfte.

»Entrez«, rief sie und bereute sofort, dass sie nicht laut »Non« gerufen hatte. In der Tür stand Paulette.

»Bonjour, Capitaine«, sagte Paulette und versuchte, ihren Kinderwagen in den Raum zu zerren.

»Könntest du den bitte draußen lassen, Paulette?«, bat Isabelle freundlich.

»Aber da sind wichtige Dinge drin, Madame.«

»Paulette«, diesmal klang sie hart und geschäftlich.

Erstaunlicherweise folgte Paulette den Anweisungen Isabelles und schloss die Tür.

»Was gibt es?« Isabelle klang genervt.

»Ich weiß nicht, ob ich das sagen soll«, zögerte Paulette.

»Also?«

»Ich bin keine Petze«, sagte Paulette. »Nicht, dass Sie so was denken.«

»Paulette, ich habe Termine ...« Isabelle griff zu ihren Akten und blätterte sie demonstrativ auf.

»Ich habe Sie angelogen«, sagte Paulette kleinlaut.

»Angelogen? Wann? Was meinen Sie?«, antwortete Isabelle.

»Mit den Klamotten, die ich gefunden habe. Sie wissen schon, die Sportklamotten.«

»Was ist damit?«, fragte Isabelle.

»Ich habe die gar nicht gefunden. Ich habe die von Eric bekommen. Ich wollte nicht, dass er in Schwierigkeiten gerät deswegen. Der hat auch so schon genug Probleme.«

»Verstehe. Und Eric, woher hat der die Klamotten?«, fragte Isabelle.

»Angeblich aus dem Müllcontainer vom Golfklub.«

»Warum erzählst du mir das?«, fragte Isabelle.

»Weil ich mir Sorgen mache.«

»Wegen Eric?«

»Er hat plötzlich Geld«, sagte Paulette. »Der hat noch nie Geld gehabt. Jetzt hat er eine Menge Krempel für den Hof gekauft. Werkzeug, 'ne Bohrmaschine und so Zeug.«

»Das ist nicht verboten.«

»Er hatte sechstausend Euro«, flüsterte Paulette, als müsste sie Angst haben, dass man sie auf der Wache hören könnte.

»Und woher hat er das Geld deiner Meinung nach?«

»Von den Wölfen natürlich«, sagte Paulette.

Kapitel 63

Leon hatte in Wirklichkeit gar keine dringenden Termine. Alles, was er brauchte, war eine kurze Auszeit. Die letzten Tage waren anstrengend gewesen, und die wenigen Male, die er zu Hause gewesen war, hatte es Streit wegen Lilou gegeben. Jetzt wollte er einfach nur dasitzen an dem kleinen runden Tisch im *Chez Miou* und zu den Platanen hinaufschauen, die mit ihren großen Blättern ein natürliches Dach über den Bouleplatz spannten. Das Sonnenlicht, das durch die Äste fiel, zeichnete Lichtflecken auf den Boden, und Leons Körper entspannte sich von Sekunde zu Sekunde mehr. Er rührte noch ein wenig Zucker in seinen Café Crème und nahm einen Schluck. Dann biss er in das Croissant, das er sich in seiner Lieblingsbäckerei *Chez Papou* besorgt hatte. Es war ein Gedicht, wie immer. Innen zart und flockig und außen dunkel und knusprig. Er kaute mit Genuss. Es war einer der Augenblicke, in denen Leon immer wieder aufs Neue klar wurde, dass er richtig gehandelt hatte. Damals vor acht Jahren, als er seine Karriere an der Uniklinik Frankfurt an den Nagel gehängt und die Stelle als Rechtsmediziner in der Provinzklinik Saint-Sulpice angenommen hatte.

»Kann ich noch etwas für Sie tun, Docteur?« Yolande stand neben seinem Tisch und hielt ein Tablett mit leeren Tassen.

»Nein danke, Yolande, im Moment nicht.«

»Kann ich Sie etwas fragen, Docteur?«

»Natürlich.«

»Ich weiß, dass Sie eigentlich nicht über Fälle reden, an denen Sie gerade arbeiten …«, druckste Yolande, »aber wir alle hier haben Kinder, und wir machen uns große Sorgen.«

Jetzt fiel Leon auf, dass die Männer von der Bar zu ihnen herübersahen. Keine Frage, Yolande war geschickt worden, um Informationen aus erster Quelle zu besorgen.

»Was möchten Sie denn wissen?«, fragte Leon.

»Wir haben von Lagarde gehört. Dass er vom Balkon gesprungen ist. Stimmt das?«

»Für die genaue Todesursache müssen Sie die offiziellen Untersuchungen abwarten. Aber Nicolas Lagarde ist in jedem Fall tot, das kann ich definitiv bestätigen«, verriet Leon ganz entgegen seinen Gewohnheiten.

»Heißt das, wir müssen uns keine Sorgen mehr machen, dass noch mehr Kinder umgebracht werden?«

»Ich sag es Ihnen ganz offen«, antwortete Leon und sah Yolande an: »Ich weiß es nicht.«

»Sie müssen doch wissen, ob dieser Mistkerl ein Kindermörder war oder nicht«, rief Michel ärgerlich von der Bar herüber.

Jetzt schwiegen auch die anderen Gäste im Bistro und sahen erwartungsvoll zu Leon. Im Hintergrund über der Theke zeigte ein Flachbildfernseher eine Nachrichtensendung. Eigentlich hatte Jérémy den Fernseher nur angeschafft, damit seine Gäste wichtige Fußballspiele nicht verpassten. Ansonsten war der Bildschirm fast immer aus. Jérémy wollte, dass es auf keinen Fall so zuging wie in den anderen Bistros am Quai Gabriel Péri. Wo andauernd Fernseher ohne Ton liefen und die Gäste wie hypnotisierte Zombies auf die Mattscheibe glotzten. Die lokalen Nachrichten von Télé6 zu zeigen war eine absolute Ausnahme, die nur an einem

Tag wie heute akzeptiert wurde. Ein Tag, an dem die Menschen kein anderes Thema hatten als den Mord an den Kindern.

Im Fernsehen sah man, wie die Kamera über den strahlend weißen Sandstrand von Le Lavandou schwenkte. Dazu war die Stimme der Sprecherin Brigitte Dupin zu hören.

»An einem der schönsten Plätze der Côte d'Azur, dem ehemaligen Fischerort Le Lavandou, scheint das öffentliche Leben stillzustehen. Eine entsetzliche Mordserie liegt wie ein dunkler Schatten über Straßen und Plätzen und macht den Ferienort, der für seine Familienfreundlichkeit berühmt ist, zu einem Ort der Angst. Wie Télé6 aus zuverlässiger Quelle erfahren hat, ist in der vergangenen Nacht ein Verdächtiger in den Tod gesprungen.«

Leon ahnte schon, wer diese zuverlässige Quelle war. Einer der Polizeibeamten der Gendarmerie Nationale hatte mit Télé6 geredet. Wahrscheinlich gegen ein kleines Informationshonorar. Die Sendung zeigte ein neues Bild. Diesmal befand sich die Reporterin mitten im malerischen Bormes-les-Mimosas. Die Kamera schwenkte über die mittelalterlichen Gassen und endete auf der Kirche Saint-Trophyme. Aus dem Off sprach wieder Brigitte Dupin von Télé6.

»Inzwischen werden Zweifel laut, ob es sich beim Tod des Verdächtigen wirklich um Selbstmord handelte. Für die Einheimischen und die Touristen stellt sich damit erneut die Frage: Sind die Kinder in Le Lavandou noch sicher? Oder wird die schreckliche Mordserie weitergehen?«

Die Kamera zoomte zurück und zeigte jetzt die Starreporterin von Télé6, die mit dem Mikro in der Hand auf den Kirchenstufen stand. Neben ihr Vincent Lambert, Dekan in Soutane und Kollar.

»Wir sprachen heute mit Dekan Vincent Lambert«, war die Stimme der Journalistin zu hören. »Der zukünftige Bischof von

Fréjus-Toulon war so liebenswürdig, in diesen schweren Tagen ein paar Worte an unsere Zuschauer zu richten.«

Jetzt sprach der Dekan direkt in die Kamera.

»Wenn wir von solch grauenvollen Taten hören, stellen wir uns immer die Frage: Kann das auch uns treffen? Wir haben Angst, und wir suchen einen Ausweg aus diesem Schrecken. Viele werden sich in solchen Momenten fragen, ob es ein vorbestimmtes Schicksal gibt oder ob wir dieses Schicksal selbst bestimmen können. Andere verzweifeln, fühlen sich hilflos und ausgeliefert. Gerade in solch schwierigen und unsicheren Zeiten sollten wir uns auf unsere große Stärke besinnen, und die liegt in unserem Glauben. Der Glaube gibt uns Kraft und Orientierung, um das Schiff des Lebens durch die Untiefen unserer Zeit zu navigieren. Der Glaube ist es, der diese dunklen Ängste zu überwinden hilft und uns von der Dunkelheit zurück in das Licht führt. Wir sollten dem Herrn danken, dass er uns beschützt und uns den richtigen Weg weist. Und wir sollten all die Opfer und ihre Familien in unsere Gebete einschließen.«

Jérémy drückte auf die Fernbedienung und schaltete den Fernseher ab. Jean-Claude drehte sich mit seinem Rollstuhl zu den Gästen an der Bar um.

»Der soll weniger beten und besser auf seine Diözese achten«, sagte Jean-Claude.

»Du hast wohl immer was zu mäkeln«, sagte Yolande. »Ich finde unseren neuen Bischof sehr sympathisch.«

»Noch ist der Mann nur Dekan«, korrigierte Jérémy.

»Habt ihr mal gesehen, wie der sich sein Haus umgebaut hat? Ist 'ne richtige Villa geworden«, bemerkte Michel mit einem Glas Rosé in der Hand.

»Ist eben ein sensibler Mensch mit gutem Geschmack, unser Dekan«, betonte Yolande.

»Auf jeden Fall mit einem teuren Geschmack, wie man hört«, sagte Jérémy.

»Lässt sich einen Pool mit Jacuzzi in den Garten bauen. Angeblich alles aus einer Erbschaft finanziert«, meinte Michel.

Jean-Claude zog mit dem Zeigefinger sein rechtes Augenlid herunter, was so viel bedeutete wie: »Das glaubt doch kein Mensch«, und steuerte auf Leons Tisch zu.

»Wie ich höre, hat unser Rechtsmediziner zurzeit alle Hände voll zu tun«, sagte Jean-Claude. »Was treibt dich aus deinem Kellerloch? Darf ich?«

»Bitte«, sagte Leon. »Willst du die Wahrheit wissen? Ich hatte die Nase voll und habe einfach mal blaugemacht.«

»Und das mitten in der Woche? Sehr gut, mon ami. Du benimmst dich ja schon fast wie ein echter Südfranzose.«

»Willst du einen Crème?«

»Na, hör mal. Es ist nach zwölf Uhr mittags ...«

»Entschuldige. Einen Rosé für meinen Freund«, rief Leon Yolande zu.

»Danke«, sagte Jean-Claude.

»Wie geht es dir?«, fragte Leon.

»So lala«, meinte Jean-Claude vielsagend.

»Wie steht es mit Odette?«, erkundigte sich Leon.

»Gestern waren wir im *L' Auberge Provençale* verabredet.«

»Wie romantisch«, sagte Leon.

»Zwanzig Minuten vorher hat sie abgesagt.«

»Diese Frauen ...«

»Im Bahnhof von Toulon lagen zwanzig Kilo frische spanische Feigen, die sofort in die Kühlkammer mussten.«

»Was hast du gemacht?«

»Ihr geholfen, zwanzig Kilo Feigen in die Kühlung zu bringen.«

»Sehr gut«, Leon klopfte dem Freund auf die Schulter. »Das macht bestimmt mehr Eindruck als ein Dîner bei Kerzenlicht.«

»Ist aber bei Weitem nicht so gemütlich.«

»Und, wie geht's jetzt weiter?«

»Sie sagt, dafür lädt sie mich zum Essen ein.«

»Die Frau hat Stil«, sagte Leon. »Ich wollte noch eine Runde Boule spielen. Dann muss ich zurück ins Büro.«

»Diese Deutschen …«, sagte Jean-Claude mit Mitleid in der Stimme.

»Hast du Véronique gesehen?«

»Nein, aber …«, er sah auf seine Uhr. »Ist wahrscheinlich bei den Kuttern.«

Bis vor acht Jahren hatte Véronique noch am Ruder ihres eigenen Kutters gestanden und Doraden gefischt. Irgendwann hatte sie sich beim Anlegen die Schulter ausgekugelt. Danach hatte sie ihr Boot verkauft. Wenn die Fischer um die Mittagszeit mit ihrem frischen Fang zurückkamen, ging sie gelegentlich in den Hafen, um mit den ehemaligen Kollegen zu plaudern. Dann saß sie an Deck eines der Boote, spürte das sanfte Schaukeln und dachte an die Zeit, als sie noch zusammen mit ihrem Mann auf dem eigenen Schiff hinausgefahren war.

»Wusstest du eigentlich, dass Véronique einen Neffen hatte?«, fragte Jean-Claude.

»Tatsächlich? Darüber hat sie mit mir nie gesprochen.«

»Mit mir auch nicht. Aber der Junge liegt gleich gegenüber vom Grab meiner Frau«, sagte Jean-Claude.

»Heißt das, der Neffe ist tot?«

»Émile? Schon über zwanzig Jahre. Hatte einen Unfall, der arme Junge.«

Leon war auf einmal wie elektrisiert. »Émile?« Irgendetwas klingelte in seinem Kopf.

»Es war kein Unfall.« Leon sprach diesen Satz halb laut vor sich hin, als würde er eine wichtige Erkenntnis zitieren.

»Was hast du gesagt?«

»Nichts, mir ist nur etwas eingefallen«, sagte Leon. »Kennst du zufällig die Familie von diesem Émile?«

»Émile Clément«, sagte Jean-Claude. »Soweit ich weiß, gibt es da keinen mehr. Das heißt, das Grab war allerdings tipptopp gepflegt. Mit drei Kerzen. Eine brannte sogar noch.«

»Dann kümmert sich doch jemand?«

»Sieht so aus«, sagte Jean-Claude. »Lag sogar ein Strauß Mimosen auf dem Grabstein.«

»Mimosen?« Leon stand auf und sah sich um. »Ich muss los.«

»Sag mal, ist was?«, fragte Jean-Claude.

»Nein, das Büro ruft. Kennst mich doch«, antwortete Leon und winkte Yolande zu. »Die Rechnung, bitte.«

Kapitel 64

Noch bis zum Ende des vergangenen Jahrhunderts war der alte Hafen von Le Lavandou der Hafen der Fischer mit ihren typischen einfachen Holzbooten gewesen. Inzwischen hatten sich jedoch auch hier längst die großen Jachten breitgemacht. Es gab nur noch drei Anlegestege, an denen die Fischerboote festmachten, wenn sie ihren Fang ausluden. Die meisten der Boote waren kleine Kutter, ungefähr acht Meter lang, mit flachem Deck und einem überdachten Steuerstand im Heck. Aber es gab auch noch einige der traditionellen Pointus, pittoreske blau-weiße Holzboote, deren Bordwand nur knapp einen Meter über die Wasseroberfläche ragte und die mit einer langen Ruderpinne im Heck gesteuert wurden. Im Bug befanden sich die motorgetriebenen Spindeln aus Edelstahl, mit deren Hilfe die ausgeworfenen Netze wieder eingeholt wurden. Die meisten Touristen kannten diese Boote, von denen einige aus hartem Zedernholz gezimmert waren, nur noch als Postkartenmotiv aus den Tabac-Geschäften.

In diesem Küstenabschnitt wurden vor allem Doraden und Meerbrassen gefangen. Fischer, die eine entsprechende Ausrüstung besaßen und vor allem genügend Zeit hatten, konnten auch Langusten-Fallen ausbringen. Korbartige Geflechte, versehen mit einem Köder, die auf dem Meeresgrund abgelegt wurden und an der Wasseroberfläche mit roten Bojen markiert waren. Die Langusten waren schwer zu fangen, aber leicht zu verkaufen. Schließlich liebten es die Restaurants, ihren Gästen Langusten, Seeigel oder Muscheln fangfrisch zu servieren.

Leon musste nicht lange nach Véronique suchen. Sie saß bei den Fischern, die ihre Netze ordneten, Rosé aus kleinen festen Gläsern tranken und darüber lamentierten, dass der Fang jedes Jahr schlechter wurde.

»Bonjour, Madame la Capitaine«, sagte Leon mit einem Lächeln.

»Docteur, was führt Sie in den Fischereihafen? Ich dachte immer, die Seefahrt liegt Ihnen nicht?«

»Im Gegenteil. Ich bewundere die Seefahrt«, sagte Leon, »solange ich dabei festes Land unter den Füßen habe.«

»Das ist unser Médecin légiste«, stellte Véronique ihren Boulefreund vor. »Er ist ganz in Ordnung, solange man nicht auf seinem Obduktionstisch liegt.«

Die Fischer lachten, was bei ihnen eher wie ein kollektives Räuspern klang.

»Könnte ich Sie kurz sprechen, Madame?«, sagte Leon höflich. »Ich habe da ein Problem, bei dem Sie mir vielleicht helfen könnten.«

»Aber klar doch«, Véronique wandte sich an den Fischer. »Bin mal kurz mit dem Docteur unterwegs.«

Der Fischer brummte: »Na, dann viel Spaß.« Véronique ignorierte die Bemerkung, und Leon folgte ihr zur Mole.

»Ich wollte Sie nur etwas fragen. Dauert auch nicht lange.«

»Keine Sorge, es ist dem Image einer alten Dame sehr förderlich, wenn sie sich gelegentlich mit jungen Männern auf der Mole trifft. Das sorgt für Klatsch – im besten Fall.«

Véronique hustete, fummelte eine zerdrückte Zigarettenschachtel aus der Seitentasche ihres Kleides und steckte sich eine frische Gauloise an. »Außerdem haben Sie mich neugierig gemacht. Also?«

»Stimmt es, dass Sie einen Neffen hatten?«

Véronique zögerte.

»Wer hat Ihnen das erzählt?

»Ist das denn wichtig?«, fragte Leon.

Véronique schien sich einen Moment zu überlegen, ob sie Leon antworten sollte.

»Er hieß Émile. Émile Clément«, sagte Véronique nach einer Weile nachdenklich, so als müsse sie nach einer tiefen Erinnerung suchen. »Er starb mit zehn Jahren. Seine Mutter, also meine Halbschwester, hat den Tod des Jungen nie verwunden, aber das wissen Sie wahrscheinlich schon.«

»Wie ist er gestorben?«, fragte Leon.

»Ich weiß auch nur, was damals in der Zeitung stand«, Véronique zog an ihrer Zigarette und sah über das Meer. »Wir waren nicht so eng, meine Halbschwester und ich. Eigentlich hatten wir so gut wie gar keinen Kontakt. Sie war fünfundzwanzig Jahre jünger als ich. Mein Vater hatte zum zweiten Mal geheiratet.«

»Was stand denn über den Unfall in der Zeitung?«, fragte Leon.

»Émile war im Internat. Da hat er dann ein Moped von einem der Erzieher geklaut. Er ist von der Straße abgekommen und hat sich das Genick gebrochen«, sie schüttelte den Kopf. »War eigentlich ein lieber Kerl, aber schwierig.«

»Wissen Sie noch, wie das Internat hieß?«, hakte Leon nach.

»Daran erinnere ich mich wirklich nicht mehr«, entschuldigte sich Véronique. »Damals lebte mein Mann noch, und wir hatten den Kutter. Das war 'ne Menge Arbeit.«

»Und wo war diese Schule?«

»Bei Draguignan«, sagte sie. »Nichts Schickes. Ein alter Bau, der der Kirche gehörte. Das Sozialamt ist bei Émile für die Kosten aufgekommen. Ich habe meine Schwester damals zur Trauerfeier in der Schule begleitet. Ein düsteres Gebäude – wirklich Furcht einflößend.«

»Hatte Émile Geschwister?«, fragte Leon.

»Nein. Verraten Sie mir etwas, Leon? Warum interessiert Sie der Tod meines Neffen so plötzlich?«

»Kümmern Sie sich gelegentlich noch um das Grab Ihrer Schwester und Ihres Neffen?« Leon tat so, als hätte er die Frage von Véronique nicht gehört.

»Ehrlich gesagt, nein, jedenfalls nicht regelmäßig. Am Todestag des Jungen, am 30. Juni, da bringe ich manchmal ein paar Blumen vorbei. Auf dem Friedhof von Bormes liegt ja auch mein seliger Mann.«

»Waren Sie zufällig in den letzten Tagen dort?«

»Nein, schon seit vergangenem Herbst nicht mehr«, Véronique sah ihn an. »Sie haben meine Frage nicht beantwortet.«

»Vielleicht hängen der Tod des kleinen Émile und der von Nicolas Lagarde zusammen«, sagte Leon.

»Wie soll das denn gehen?«, fragte Véronique.

»Ich weiß es nicht«, sagte Leon, »noch nicht, aber ich werde es herausfinden.«

»Provençal«, sagte Véronique plötzlich und sah Leon triumphierend an. »Sie haben mich doch nach dem Namen des Internats in Draguignan gefragt. Es hieß Collège Provençal.«

Die »Geister der Provence«, dachte Leon. Ich werde sie besuchen müssen.

Kapitel 65

Isabelle war zum zweiten Mal auf dem Weg in die Hügel des Massif des Maures. Das war die Strafe, wenn man sich auf Zeugen wie diese Paulette einließ. Man wusste vorher nie, ob sie einen nur mit nervigen Hörensagen-Geschichten zuquatschen wollten oder ob sie tatsächlich eine brauchbare Aussage machen würden.

»Woher willst du wissen, dass sie uns nicht wieder nur Mist erzählt hat?«, fragte Masclau, der den Streifenwagen fuhr. Polizeichef Zerna hatte darauf bestanden, dass Isabelle dieses Mal von Lieutenant Masclau und einem weiteren Polizisten begleitet wurde.

»Ich weiß es nicht«, sagte Isabelle leicht genervt, »leider.«

»Keine Sorge, Capitaine«, meldete sich der junge Beamte von der Rückbank. »Noch mal kommt er mit dieser Mistgabel-Nummer nicht durch.«

»Sie lassen Ihre Waffe schön stecken«, sagte Isabelle. »Das ist ein Befehl. Haben Sie das verstanden?«

Der junge Polizist sah kurz zu Masclau herüber.

»Oui, ma Capitaine«, sagte er.

»Das Letzte, was wir brauchen, ist eine Schießerei«, sagte Isabelle.

»Er weiß, was er zu tun hat«, meinte Masclau.

Die Reifen des Streifenwagens wirbelten Staub auf, als der Lieutenant in den Feldweg einbog, der zum Bauernhof führte.

Masclau hatte den Streifenwagen neben dem Wohnwagen geparkt. Isabelle und die beiden Polizisten hatten den Hof noch nicht überquert, als die Tür zum Bauernhaus aufging und Eric erschien.

»Ist das jetzt das Erschießungskommando?«, fragte Eric mit Blick auf die Besucher, die da vor ihm standen. Dann drehte er sich mit erhobenen Händen um. »Ich mache es Ihnen leichter. Dann können Sie mir in den Rücken schießen.«

»Was soll das Theater?«, blaffte Masclau den Mann an.

»Können wir auch vernünftig miteinander reden?«, fragte Isabelle. Sie sah an Erics Bewegungen, dass ihm die Schussverletzung noch zu schaffen machte.

»Sie meinen, so wie beim letzten Mal?«, fragte Eric.

»Es geht noch einmal um die Sportsachen, die Sie Paulette gegeben haben. Wo genau haben Sie die gefunden?«

»Hat die blöde Kuh gequatscht?«, antwortete Eric. »Hätte ich mir gleich denken können.«

»Sie macht sich Sorgen um Sie.«

»Ach was, sie macht sich höchstens Sorgen, wo sie ihren Wohnwagen hinstellen soll, wenn die Flics mich erschießen.«

»Geht es vielleicht auch weniger dramatisch?«, fragte Isabelle.

»Weiß nicht, was wollen Sie denn wissen?«

»Hast du nicht gehört, was der Capitaine gesagt hat?«, sagte Masclau, »wo hast du die Kinderklamotten her?«

»Gefunden, waren ganz plötzlich da«, sagte er.

»Lassen Sie mich mal eines klarstellen: Wir ermitteln wegen vierfachen Mordes«, sagte Isabelle. »Sie täten gut daran, unsere Fragen zu beantworten.«

»Was soll die Scheiße, bin ich etwa verdächtig?«

»Kommt darauf an, ob Sie unsere Fragen beantworten.«

»Nehmen wir ihn fest und fahren mit ihm ins Präsidium nach Toulon«, sagte Masclau und zog die Handschellen aus seinem Gürtel. »Sollen die sich doch um den Klugscheißer kümmern.«

»Warten Sie«, sagte Eric beschwichtigend. »Die Klamotten lagen ordentlich in dem Müllcontainer. Ich hab sie Paulette gegeben. Dachte, dass die vielleicht jemanden kennt, der Kinder hat.«

Isabelle sah sich um. Neben dem Haus stand der graue Lieferwagen. Die Tür stand offen, und es war Baumaterial zu sehen. Vor dem Camion stand eine rostige Schubkarre.

»Paulette hat gesagt, Sie wollten den Hof renovieren«, meinte Isabelle.

»Wie kommt sie denn darauf?«, fragte Eric.

»Vielleicht, weil Ihr Lieferwagen randvoll mit Baumaterial ist?«

»Sie hätten sogar eine nagelneue Kreissäge gekauft«, sagte Isabelle.

»Na und? Ist das jetzt auch schon verboten?«, fragte Eric. »Steht gleich hinterm Haus, können Sie sich gerne ansehen.«

»Da frage ich mich doch«, sagte Isabelle, »woher Sie plötzlich das Geld haben. Paulette konnte es mir nicht sagen.«

»Bei dir seh ich eigentlich nur zwei Möglichkeiten«, meinte Masclau, »entweder, du hast im Lotto gewonnen oder ein paar Touristen überfallen.«

»Muss ich mich von dem da anmachen lassen?«, Eric sah Isabelle an.

»Bitte, Didier ...«, ermahnte Isabelle ihren Partner.

»Schon gut«, Masclau hob die rechte Hand.

»Also, woher stammt das Geld?«

»Ich habe es verdient.«

»Wie? Bei wem? Wer hat Sie bezahlt?«, Isabelle wurde ungeduldig. »Jetzt reden Sie schon.«

»Ich arbeite, und dafür bekomme ich Geld. So einfach ist das.«

»Sechstausend Euro, richtig?«, fragte Masclau. »Wir können auch mit dem Sozialamt sprechen. Die sind bestimmt froh, wenn sie hören, dass Sie jetzt nicht mehr auf Unterstützung angewiesen sind.«

»Hören Sie ...«, Isabelle spürte, dass Eric die Unterhaltung unangenehm wurde. »Ich habe Schilf geschnitten für Delbos.«

»Für sechstausend Euro?«

»War 'ne Menge Schilf. Außerdem hat er mir noch was geschuldet.«

»Wofür sollte ein erfolgreicher Unternehmer wie Delbos ausgerechnet einem Blödmann wie Ihnen Geld schulden?«, fragte Masclau.

»Ach, leck mich doch am Arsch«, sagte Eric.

»Paulette glaubt, dass Sie das Geld von jemand ganz anderem bekommen haben«, sagte Isabelle.

»Und wer sollte das sein?«

»Sagen Ihnen die Wölfe etwas?« Isabelle merkte sofort, wie Eric die Frage aus dem Konzept brachte.

»Das haben Sie von Paulette, richtig?«, fing er sich schnell. »Wenn Sie mich fragen, dann gehört die Frau ins Heim. Was die inzwischen so von sich gibt, das dürfen Sie nicht ernst nehmen.«

»Sie kennen doch Paulette am besten«, sagte Isabelle. »Wen könnte sie mit ›den Wölfen‹ meinen?«

»Nichts, gar nichts bedeutet das. Paulette sieht inzwischen Dinge, die nicht da sind. Tragisch, echt.«

Eine Viertelstunde später befanden sich Isabelle und die beiden Polizisten wieder auf dem Heimweg. Masclau fuhr, der junge Polizist hätte sich von der Befragung mehr Action gewünscht, und Isabelle blickte schweigend aus dem geöffneten Fenster.

»Vielleicht hat dieser Eric ja recht«, sagte Masclau nach einer

Weile. »Du musst zugeben, die alte Paulette wird immer verrückter. Allein der Kinderwagen mit der Puppe …«

»Das mit den Wölfen ist keine Spinnerei«, sagte Isabelle. »Sie weiß etwas. Irgendwas geht da vor im Schilf.«

»Redest du mit Delbos?«, fragte Masclau. Er erntete einen trotzigen Blick von Isabelle. »Ich meine ja nur. Bei mir sagen solche Typen kein Wort. Dir erzählen sie immer gleich ihr ganzes Leben.«

»Ich würde mich mal fragen, woran das wohl liegen könnte, Didier.«

Kapitel 66

Leon hatte sich für den Rest des Tages freigenommen. Das war einer der Vorteile, wenn man Leiter einer rechtsmedizinischen Abteilung war. Man konnte sich die Zeit einteilen, wie man wollte. Leon hätte sich jetzt sowieso nicht auf die Arbeit im Autopsiesaal konzentrieren können. Deswegen hatte Leon seinen Assistenten Rybaud angerufen, um ihm zu sagen, dass er für den Rest des Tages unterwegs sein würde. Dann hatte er sich in sein Auto gesetzt, das Dach geöffnet und war losgefahren. Ihm wollte die Bemerkung von Véronique nicht aus dem Kopf gehen. Wie hatte sie die Schule genannt, in der der Junge den Unfall hatte? Collège Provençal.

Wenn man die Autoroute 8 nach Draguignan nahm, konnte man in eineinhalb Stunden die Bezirkshauptstadt erreichen, aber Leon hatte sich Zeit gelassen. Er war auf den Nebenstraßen unterwegs. Durch den märchenhaften Forêt des Maures. Vorbei an gewaltigen Kastanien und Korkeichen, die dick waren wie Fässer und hier wahrscheinlich schon seit über hundert Jahren standen. Begleitet wurde Leon von dem Gesang der Zikaden, der ihn wie eine riesige Klangwolke umgab. Immer wenn er kurz anhielt und den Motor abschaltete, lärmten die Grillen mit neuer Kraft, so als hätten sie nur auf ihn gewartet.

Über die Orte Vidauban und Lorgues ging es ein Stück an dem

Fluss Argens entlang, durch endlose Weinfelder. Viele der Weingüter waren erst in den letzten Jahren entstanden. Seit sich halb Europa entschlossen hatte, Rosé zu trinken, und seit die Weinbauern, entsprechend der Anzahl ihrer Weinstöcke, subventioniert wurden. Inzwischen hatte Leon den Eindruck, dass langsam auch noch der allerletzte Quadratmeter ursprünglicher Provence dem Weinanbau zum Opfer gefallen war.

Auf den ersten Blick war Draguignan ein heißes, staubiges Provinzstädtchen. Es lag in einer Senke und schien vor allem aus Geschäften für Matratzen, Installationsbedarf und Gartenmöbeln zu bestehen. Kühle Glasfassaden von Supermärkten reihten sich eine nach der anderen schier endlos entlang der Durchgangsstraße. Wenn man aber von der Hauptstraße abbog und in die Altstadt hineinfuhr, befand man sich plötzlich in einer anderen Welt. Dann erschien einem Draguignan als verschlafenes, gemütliches, provenzalisches Örtchen, das in der heißen Junisonne durch den Tag dämmerte.

Es ging gemütlich zu auf dem Place de la Paroisse vor der Kirche Saint-Michel. Der Bauernmarkt wurde gerade geschlossen, und die Marktleute waren dabei, ihre Stände abzubauen. Leon war sich noch nicht sicher, an wen er sich mit seinen Fragen wenden sollte, ohne unnötiges Aufsehen zu erregen. Also folgte er seinem bewährten Grundsatz: Wenn du in einem fremden Ort was erfahren willst, geh einfach in das nächste Bistro.

Leon steuerte die *Bar des Négociants* an, die ihre Gäste mit einer dunkelgrünen Markise und einigen Platanen vor der Sonne schützte. Er bestellte einen Café Crème, obwohl die Gäste an diesem Nachmittag längst beim Rosé waren.

»Sie sind nicht von hier«, stellte der Mann hinter dem Tresen fest, als er Leon den Café Crème hinstellte.

»Le Lavandou«, antwortete Leon.

»Und dann kommen Sie zu uns?«, sagte ein weiterer Gast, der sich neben Leon gestellt hatte. Er war Anfang fünfzig, trug einen Strohhut, ein Leinenhemd und hellblaue Bermudas mit leuchtendem Orchideenmuster. Er hielt dem Wirt sein leeres Pastisglas hin. »Machst du mir noch einen für den Weg, Pierre?«

»Kommt sofort«, antwortete der Wirt, nahm ein sauberes Glas aus dem Regal, warf Eis hinein und schickte einen dicken Schuss Pastis hinterher.

Leon betrachtete fasziniert die hellblaue Bermudas seines Nachbarn.

»Aus China«, sagte der Mann und zupfte mit spitzen Fingern an dem Stoff seiner Hose. »Gefällt sie Ihnen? Bei mir am Stand für fünfzehn Euro. Wenn Sie drei Stück nehmen, sind Sie mit vierzig Euro dabei. Na, wie klingt das?«

»Mir stehen keine Bermudas«, sagte Leon, als wäre das eine unveränderliche Tatsache.

»Was macht ein junger Mann von der Küste bei uns im verschlafenen Draguignan?«, scherzte der Gast mit den Bermudas.

»Ich suche eine Schule«, sagte Leon. »Genauer gesagt ein Internat. Das Collège Provençal.«

»Oh, là, là … unser Besucher ist ein Mann der Kirche«, der Standbesitzer deutete eine kleine Verbeugung an. »Verzeihen Sie, Père, aber Sie haben gar nicht Ihren Dingsda, Ihren Kragen an.« Er deutete mit dem Zeigefinger auf seinen Hals.

»Er meint den Kollar«, mischte sich ein junger Mann in Arbeitsklamotten vom Ende der Theke ein. »Ist doch so, Patrick?«

»Sag ich doch, er trägt keinen Kollar.«

»Liegt vielleicht daran, dass ich kein Priester bin«, sagte Leon grinsend und rührte seinen Kaffee um.

»Reingefallen«, freute sich der Wirt und deutete auf den Gast in den Bermudas.

»Kennen Sie die Schule?«, fragte Leon.

»Das Collège Provençal ist längst ein Priesterseminar. Seit mindestens ... Warten Sie, der Apotheker kann Ihnen das bestimmt sagen«, der Wirt wandte sich an einen weiteren Gast. »Joseph, du wirst gebraucht.«

Ein Mann in Jeans, Hemd und Leinensakko sah von seiner Zeitung auf.

»Was gibt's denn?«, fragte der Apotheker.

»Dieser Monsieur kommt aus Le Lavandou und sucht die Schule, du weißt schon, das alte Collège.«

»Bonjour«, sagte der Apotheker. »Also, das alte Collège Provençal gibt's schon lange nicht mehr. Das ist jetzt das Priesterseminar, Collegium Okzitanum, schon seit bald zwanzig Jahren. Worum geht es denn?«

»Um einen bestimmten Schüler. Ist aber schon eine Weile her.«

»Suchen Sie jemanden aus Ihrer alten Klasse?«, fragte der Apotheker neugierig.

»Nein, also nicht direkt«, antwortete Leon vorsichtig.

»Hätte mich auch gewundert. Das war eine Schule für die bösen Buben. Schwer erziehbare Jugendliche. Gehörte schon immer der katholischen Kirche«, sagte der Wirt und machte eine vieldeutige Pause.

»Es geht um eine alte Geschichte«, antwortete Leon vage. »Genauer gesagt um einen Unfall.«

»Wann soll das gewesen sein?«, fragte der Apotheker.

»Das war Ende der Neunziger, 1996, um genau zu sein.«

»Da kann ich Ihnen leider nicht helfen. Ich bin erst seit fünfzehn Jahren hier«, entschuldigte sich der Apotheker. »Fragen Sie doch den alten Louis, Louis Berthier. Der ist Hausmeister im Collegium seit ...«, er winkte ab.

»Seit Hannibal mit seinen Elefanten hier durchgezogen ist«, lachte der Wirt.

»Heute kommen die Touristen mit ihren SUVs. Das ist auch nicht besser«, meinte der Mann in den Arbeitsklamotten.

»Gegen sieben kommt Louis meist hier vorbei und trinkt sein Glas«, meinte der Wirt.

»Oder auch drei«, gluckste der Apotheker vergnügt und machte mit der Hand eine Bewegung, als würde er aus einem Glas trinken.

»Ich würde gern jetzt gleich mit ihm sprechen«, sagte Leon, »ich muss nämlich wieder zurück nach Le Lavandou.«

»Um die Zeit finden Sie ihn bestimmt im Collegium. Hat da die Wohnung der Concierge. Gleich rechts hinterm Eingang. Können Sie gar nicht verfehlen.«

Mit dem Auto waren es keine fünf Minuten bis zu dem alten Internat. Leon parkte den Wagen unter einer großen Platane. Das Collegium bestand aus drei u-förmig um einen Hof angeordneten Häusern, dreistöckigen Backsteingebäuden aus der Mitte des 19. Jahrhunderts. Die Häuser lagen in einem großen gepflegten Garten mit einer Sportanlage. Zu der Straße hin war die Anlage durch Mauern geschützt. Wobei diese Mauern seinerzeit wohl vor allem den Sinn hatten, die Insassen davon abzuhalten, das Gelände zu verlassen.

Heute standen alle Türen offen. Gruppen von jungen Männern betraten den Bau. Von der Kapelle, die dem Bau angegliedert war, tönte die Glocke herüber. Zwei junge Priester stellten ihre Fahrräder ab und liefen eilig zum Haupteingang, so als hätten sie Angst, den Anfang der Messe zu verpassen. Drei ausgetretene Steinstufen führten zu einer schweren Eichentür, die ebenfalls offen stand. Sonne und Mistral hatten ihr Holz grau und hart werden lassen. Das Collegium war ein düsterer Bau. Geeignet, um dunkle Geheimnisse bis in alle Ewigkeit zu verstecken, dachte Leon, während er durch die Tür trat.

Von der Eingangshalle aus führten breite Gänge nach rechts und links. Die Balkendecke ließ das Innere des Gebäudes für den Besucher noch bedrückender erscheinen. Eine breite Holztreppe führte in zwei weiten Bögen zum ersten Stock hinauf.

Leon war in der Halle stehen geblieben. Unter der Treppe stand eine steinerne Skulptur. Die Figur eines Mannes in vornehmem Gewand. Leon kam ein paar Schritte näher, um die lateinische Inschrift auf dem Stein zu entziffern.

»Auguste Xavier Comte, im Jahr des Herrn 1775«, sagte plötzlich eine Stimme hinter ihm. »Das ist der Stifter dieses Hauses. Heute gehört das alles der Kirche.«

Leon drehte sich um und sah einen Mann von Mitte sechzig, der einen grauen Kittel trug, dessen Taschenaufsätze ölig und verdreckt waren. In der einen Hand hielt er einen Hammer und einen Schraubenzieher, in der anderen eine etwa 20 Zentimeter große Bronzefigur.

»Bonjour, Monsieur«, sagte Leon höflich. »Ich bin ein Besucher.«

»Gerade läuft der Unterricht, da treffen Sie jetzt niemanden.«

»Ich wollte mit einem Monsieur Berthier sprechen.«

»Da haben Sie aber Glück«, sagte der Hausmeister. »Ich bin Louis Berthier.«

»Sehr erfreut«, stellte sich Leon vor. »Doktor Leon Ritter, Leiter des Instituts für Rechtsmedizin an der Klinik Saint-Sulpice.«

»So einer von ganz oben, was?«, sagte der Hausmeister anerkennend. »Da bringe ich Sie am besten gleich mal zu unserem Schulleiter. Im ersten Stock. Kommen Sie.«

»Eigentlich wollte ich mit Ihnen sprechen.«

»Mit mir?«

»Es geht um einen Schüler, den Sie vielleicht kannten. Ist schon lange her. Der Junge hieß Émile Clément.«

Der Hausmeister war stehen geblieben und musterte Leon einige Sekunden, als müsse er überlegen, ob dieser Besucher auch sein Vertrauen verdiente.

»Ich habe schon so lange nicht mehr an Émile gedacht«, sagte der Hausmeister nach einer Weile.

»Sie kannten ihn?«

»Den kleinen Émile Clément, natürlich. Kommen Sie, gehen wir in meine Werkstatt«, sagte Berthier und hielt die schmale Bronzefigur hoch. »Ich denke, der heilige Martin braucht einen neuen Fuß.«

Die Werkstatt befand sich in einem großen Raum, der offensichtlich auch als Archiv diente. Alte Kisten und staubige Kartons stapelten sich meterhoch an den Wänden. Leon sah sich interessiert um. Über der Werkbank hing ein altes Schwarz-Weiß-Foto, das eine Schulklasse zeigte, die sich offensichtlich mit ihrem Lehrer auf einer Treppe aufgestellt hatte.

»Das da bin ich«, Berthier deutete auf den jungen Mann, der neben der Gruppe stand. »Das war in der Zeit, als wir noch das Collège Provençal waren. Habe noch ganze Kisten voll von dem Kram.«

»Wie lange arbeiten Sie schon hier?«, fragte Leon.

»Letztes Jahr waren es siebenundzwanzig Jahre. Kann man sich das vorstellen?«, sagte Berthier nachdenklich. »Es ist im zweiten Jahr passiert, in dem ich hier gearbeitet habe. Ich erinnere mich genau. Eine Tragödie war das.«

»Émile Clément hatte einen Unfall«, Leon sah Monsieur Berthier an und ließ offen, ob das eine Feststellung oder eine Frage war.

»Ja, so heißt es …«

»Das klingt, als hätten Sie Zweifel?«

»Émile war erst zehn Jahre alt. Klaut ein Zehnjähriger wirklich nachts ein Moped, um damit in der Gegend herumzufahren?«

»Haben Sie denn eine andere Erklärung?«

»Nein, nicht wirklich«, sagte der Hausmeister, »es ging nur alles so schnell.«

»Was meinen Sie?«

»Der kleine Émile wurde noch in derselben Nacht gefunden, im Straßengraben, an der Straße hoch nach Comps. Ich hab den Arzt hingefahren. Der hat gleich die Todesursache festgestellt: Genickbruch. Am nächsten Tag kam der Staatsanwalt persönlich ins Haus, um mit unserem Schulleiter zu reden.« Der Hausmeister schwieg und zuckte kurz mit den Schultern.

»Das war alles?«, fragte Leon.

»Die Gendarmerie hat gar nicht groß ermittelt. Sie wussten ja, was passiert war. Keine Woche nach dem Unfall war Émile schon unter der Erde. Das ging zack, zack. Na ja, war ja auch alles klar irgendwie.«

»Aber etwas hat Sie doch gestört?« Leon sah Monsieur Berthier von der Seite an.

»Ich fand das irgendwie ... pietätlos. Warum musste alles so schnell gehen? Der damalige Schulleiter hatte mich beauftragt, den Motorroller zu holen, da, wo der Junge verunglückt ist.«

»Totalschaden, vermute ich?«, fragte Leon.

Louis Berthier schloss die Tür und senkte die Stimme.

»Der Motorroller lag im Wald. Er gehörte einem der Erzieher. Ich habe den Roller auf den Camion geladen und zurückgebracht. Der Roller war ganz neu gewesen. Und nach dem Unfall: nicht ein Kratzer, keine Delle, nichts. Außer ein paar Tannennadeln und Erde an den Fußrasten, weil er auf dem Waldboden gelegen hatte.«

»Was haben Sie sich damals gedacht?«

»Ich dachte …«, der Hausmeister machte eine kurze Pause, »ich dachte, vielleicht hat ihn ja jemand nur da in den Wald gelegt.«

»Haben Sie damals mit jemandem darüber gesprochen?«

»Nur ganz kurz mit dem Erzieher, war ja sein Roller. Er meinte, der Junge sei halt von der Straße abgekommen. Hat ja keinen Zusammenstoß gehabt oder so was. Und außerdem sollte ich mich nicht um Dinge kümmern, die mich nichts angingen. Na ja, ich … Ich wollte keinen Ärger und auch den Job nicht riskieren.«

»Was hat die Polizei gesagt?«

»Keine Ahnung. Mit mir hat ja niemand gesprochen. Es gab eine Trauerfeier, und dann wurde die Urne nach Bormes auf den Friedhof gebracht. Das war's.«

»Sie haben vorhin gesagt, dass ein Arzt die Leichenschau vorgenommen hat?«

»Das stimmt. Der Arzt wohnte nicht weit weg. Wir haben keine zehn Minuten bis zu dem Unfallort gebraucht. Aber für den Jungen gab es sowieso keine Rettung mehr. Der war ja tot.«

»Émile Clément wohnte hier im Internat?«

»Ja, damals war das hier eine Anstalt für schwer erziehbare Jungen. So nannte man das noch. Der Kleine war noch nicht lange hier, als es passierte. Angeblich war er schon aus zwei anderen Erziehungsheimen abgehauen – das hab ich jedenfalls gehört.«

»Klingt, als gebe es noch eine andere Erklärung?«

»Es gab immer Gerüchte über das, was hier im Erziehungsheim abgelaufen ist.«

»Was für Gerüchte?«

»Sie wissen doch, wie die Leute sind. Sie reden gerne. Am liebsten was Schlechtes«, sagte Berthier.

»Was genau meinen Sie?«, hakte Leon nach.

»Gerüchte eben. Schmutziges Zeug, Schweinkram. Sie wissen schon. Ich möchte dazu nichts sagen.«

»Verraten Sie mir, wie der Arzt damals hieß?«

»Docteur André Rosset. Er praktiziert immer noch. Wohnt in einem kleinen Haus bei Trans-en-Provence, keine zehn Kilometer von hier.«

Kapitel 67

Docteur Rosset war Médecin généraliste, ein Arzt für Allgemeinmedizin. Seine Praxis hatte er in seinem Wohnhaus untergebracht, das inmitten eines Hains von Feigenbäumen stand. Leon hatte seinen Wagen auf der Hauptstraße abgestellt und war die letzten dreißig Meter bis zur Praxis zu Fuß gegangen.

Über dem Messingschild mit dem Namen des Arztes gab es eine Schnur, die an einer kleinen Glocke über der Tür endete. Leon zog an der Schur, und die Glocke gab einen erstaunlich leisen Ton ab. Leon wollte schon ein zweites Mal an der Schnur ziehen, als er Schritte im Haus hörte. Die Tür wurde geöffnet, und er sah sich einer kleinen, molligen Frau gegenüber, die ihn durch ihre pinkfarbene Brille aufmerksam musterte.

»Haben Sie einen Termin, Monsieur?«, fragte sie kühl.

»Nein, ich würde aber gerne mit Docteur Rosset ...«

»Ist es akut, haben Sie Schmerzen?«, unterbrach ihn die Praxishelferin wenig interessiert.

»Nein, es ist etwas Persönliches, über das ich gerne mit dem Docteur ...«, weiter kam Leon auch diesmal nicht.

»Dann müssen Sie sich einen Termin geben lassen. Aber ich sage Ihnen gleich, für die nächsten vierzehn Tage sind wir absolut dicht.«

»Mein Name ist Docteur Leon Ritter. Ich bin Rechtsmediziner

und hätte den Kollegen Rosset gerne wegen einer laufenden Ermittlung gesprochen«, Leon sprach so betont, als hätte er es mit einem störrischen Kind zu tun.

»Warum sagen Sie das nicht gleich?«, fragte die Praxishelferin mit schnippischem Unterton. »Warten Sie bitte. Ich sage ihm, dass Sie hier sind. Ich weiß allerdings nicht, wie lange es noch dauern wird. Der Docteur behandelt gerade noch einen Patienten.«

Sie verschwand in einem Zimmer, an dessen Tür »Traitement« stand. Kurz darauf kam die Praxishelferin aus dem Behandlungszimmer zurück und bat Leon, ihr auf die Terrasse zu folgen. Sie bot ihm einen Stuhl an und verschwand. Die Terrasse war wie eine grüne Insel im rötlich-braunen Staub der Provence. Eingewachsen von einer gewaltigen Bougainvillea, um deren orangefarbene Blüten ganze Schwärme von Taubenschwänzchen schwirrten. Diese eigentümlichen Insekten konnten wie Kolibris vor den Blüten in der Luft stehen bleiben. Dabei rollten sie ihren haarfeinen Rüssel aus und tranken Nektar aus der Blüte, nur um sofort weiterzufliegen und die faszinierende Prozedur zu wiederholen. Er war ein Summen und Brausen in der Luft, als hätte sich ein Hornissenschwarm niedergelassen.

»Sind das nicht faszinierende Lebewesen?« In der Tür zur Terrasse stand ein Mann im weißen Arztkittel, das Stethoskop um den Hals gelegt. Er war Ende fünfzig, hatte spärliches blondes Haar, das er akkurat über den Kopf nach hinten gekämmt hatte. So wie es ältere Männer tun, die gerne ihren schütteren Haarwuchs verbergen wollen.

»Leon Ritter«, sagte Leon und hielt dem Arzt die Hand hin.

»André Rosset. Bonjour, Docteur. Ich habe schon gehört, Sie sind Rechtsmediziner.«

»Ja, an der Klinik Saint-Sulpice bei Hyères.«

»Ich habe hier nicht oft Besuch von Kollegen, schon gar nicht von solchen, die sich mit einem so faszinierenden Zweig der Medizin beschäftigen«, sagte der Arzt mit warmer, freundlicher Stimme.

»Faszinierend stimmt, aber in meiner Praxis ist es leider weit weniger sonnig als bei Ihnen«, sagte Leon, und der Arzt lächelte.

»Meine Assistentin hat etwas von einer Ermittlung gesagt, mit der Sie sich beschäftigen. Bitte, setzen wir uns doch.«

»Es geht um einen Fall, der inzwischen schon fünfundzwanzig Jahre zurückliegt.«

»Welchen Fall meinen Sie?«, fragte der Arzt vorsichtig, und Leon hatte den Eindruck, als wisse der Kollege ganz genau, worum es sich handelte.

»Es geht um einen Jungen, der damals das Collège Provençal besuchte. Er hieß Émile.«

»Émile Clément. Richtig?«, präzisierte der Arzt.

»Sie erinnern sich also?«, fragte Leon.

Dr. Rosset nickte stumm, als müsse er überlegen, wo er anfangen sollte.

»Ich glaube, jeder Arzt hat in seiner Laufbahn einen Fall, der ihn nie wieder ganz loslässt«, sagte Rosset.

»Ja, so etwas kenne ich«, sagte Leon. »Sie haben damals den Totenschein ausgestellt.«

»Ich frage mich bis heute, ob das kein Fehler war.«

»Wieso ein Fehler?«, fragte Leon.

Rosset strich sich schweigend mit beiden Händen über den Kopf, als könne er auf diese Weise die Erinnerungen ordnen.

»Ich bin damals mitten in der Nacht geweckt worden. Ich hatte schon diese Praxis.«

»Wer hat Sie geweckt?«

»Der Hausmeister des Collège hat damals an meiner Tür geläutet und erzählt, es hätte einen Unfall gegeben, keine drei Kilometer die schmale Département-Straße hinauf. Der Krankenwagen aus Le Muy würde mindestens dreißig Minuten brauchen, bevor er dort sein könnte. Ich bin natürlich sofort mitgekommen.«

»Sie sagen, es war ein Unfall. Was genau war da passiert?«

»Der Hausmeister, Berthier hieß er, hat nicht viel gesagt.«

»Verstehe, ich habe ihn schon kennengelernt«, sagte Leon.

»Dieser Berthier hat hinter einer scharfen Kurve mitten im Naturschutzgebiet angehalten, und da lag der Junge.«

»Hatte ihn schon jemand erstversorgt?«, fragte Leon.

»Das kann ich nicht sagen. Es herrschte ein ziemliches Durcheinander an dem Unfallort. Die Gendarmerie und der Direktor der Schule waren da und noch mindestens zwei der Erzieher. So genau weiß ich das nicht mehr.«

»Haben Sie irgendwelche Verletzungen feststellen können?«, fragte Leon.

»Er war tot. Das habe ich gleich gesehen. Kein Puls, keine Atmung, keine Reaktion der Pupillen, gar nichts mehr. Keine Frage, ich war zu spät gekommen.«

»Was für Verletzungen hatte das Opfer?«, fragte Leon noch einmal.

»Da waren eine Menge Hautabschürfungen und Hämatome.«

»Alles durch den Unfall verursacht?« Leon sah den Arzt an und spürte, dass er ein heikles Thema angesprochen hatte.

»Zumindest war das meine erste Einschätzung: Der Junge war zu schnell gefahren. Es hatte kurz vorher geregnet, und auf der Straße lag Laub. Es war November.«

»Er ist also von der Straße abgekommen?«

»Den Verletzungen nach zu urteilen, auf jeden Fall. Der Junge hatte sich offenbar mehrfach überschlagen, ist vielleicht zehn oder fünfzehn Meter weit über den Asphalt gerutscht und dann im Graben liegen geblieben.«

»Wäre es möglich, dass der Junge nach dem Unfall noch gelebt hat?«

»Möglich schon, aber als ich ihn untersucht habe, war er definitiv tot.«

»Erinnern Sie sich an die Schürfwunden, waren die blutig?«

»Nein, es war überhaupt nicht viel Blut zu sehen. Nur die Brüche fielen mir sofort auf, so, wie der Junge dalag«, sagte der Arzt. »Das ist jetzt so lange her. Ist das denn wichtig?«

»Vielleicht. Was haben Sie damals im Totenschein eingetragen?«

»Genickbruch nach Motorradunfall«, sagte Rosset.

»Wie kamen Sie auf Genickbruch?«

»Ich bitte Sie. Der Junge ist mit dreißig oder vierzig Stundenkilometern von der Straße abgekommen. Er trug keinen Helm.«

»Das muss nicht bedeuten, dass er sich das Genick gebrochen hatte.«

»Ich habe ihn abgetastet. Er hatte multiple Frakturen: Becken, Rippen, ein Bein, einen Arm. Der Kopf war ungewöhnlich verdreht. Da habe ich Genickbruch in die Papiere eingetragen. Der Junge war tot. Ich dachte, die genaue Ursache lässt sich auch später noch feststellen.«

»Ich möchte Ihnen keinen Vorwurf machen, Docteur«, sagte Leon. »Ich will nur verstehen, was in dieser Nacht geschehen ist.«

»Der Krankenwagen kam und fuhr wieder«, erinnerte sich der Arzt. »Irgendwann tauchte der Bestatter auf und hat die Leiche weggeschafft.«

»Die Polizei hat nicht mit Ihnen gesprochen, oder die Schulleitung?«

»Nein, niemand. Zwei Tage nach dem Unfall hat die Staatsanwältin angerufen und mir ein paar Fragen zu dem Unfallhergang gestellt – aus medizinischer Sicht. Aber da gab es ja nichts Besonderes zu berichten. Die Staatsanwältin hat sich bedankt und gesagt, dass sie die Leiche für die Beerdigung freigeben würde. Da habe ich sie gebeten, dass sie sich damit bitte an die Schule wenden möchte.«

»Das war alles?«, hakte Leon noch einmal nach.

»Nicht ganz«, erinnerte sich Rosset. »Eines Tages erschien ein Priester bei mir in der Praxis. Das war so etwa zwei Wochen nach dem Unfall. Der Mann war schon älter, vielleicht Mitte fünfzig, sehr freundlich. Er hat sich bei mir für die Hilfe bedankt. Und er wollte wissen, ob sich Journalisten bei mir gemeldet hatten.«

»Journalisten, wieso?«, sagte Leon.

»Das habe ich ihn auch gefragt. Er meinte, dass die katholische Kirche die Trägerin des Internats sei. Damals waren gerade ein paar üble Geschichten über die Kirche in der Presse erschienen. Und der Priester wollte verhindern, dass das bei dem Rollerunfall auch passierte.«

»Sie müssen sich nichts vorwerfen«, sagte Leon. »Sie haben nichts falsch gemacht.«

Rosset antwortete nicht, sondern beobachtete eins der Insekten, das um die Blüten schwirrte.

»Ich hätte es ihnen sagen sollen«, sagte er nach einer Weile.

»Was hätten Sie sagen sollen?«

»Was ich gesehen habe«, sagte Dr. Rosset. »Sie müssen das verstehen. Ich hatte die neue Praxis gerade erst eröffnet. Das sind fromme Leute hier in der Gegend, und die Kirche zahlt über die Schule einen ordentlichen Beitrag in die Gemeindekassen. Der Priester hatte gesagt, es wäre für alle das Beste, wenn Émile schnell beerdigt und Gras über die Sache wachsen würde. Ich wollte nicht unnötig Staub aufwirbeln. Es spielte ja sowieso keine Rolle mehr.«

Rosset wich Leons Blick aus.

»Was hätten Sie denn noch erzählen können?«, versuchte es Leon vorsichtig.

»Die Blutergüsse ...« Der Doktor machte eine kurze Pause und atmete tief durch. »Die Hämatome am Rücken, dem Gesäß und den Oberschenkeln des Jungen, die stammten nicht vom Unfall. Die waren älter. Ich bin inzwischen sicher, dass das Kind misshandelt wurde.«

»Hat jemals jemand mit Ihnen darüber gesprochen?«

»Nein, nie. Ich wusste ja, das Kind war tot, aber irgendwie hatte ich so ein Gefühl. Ich kann das nicht erklären.«

»Sie hatten das Gefühl, dass das Kind ein Recht darauf hat, dass seine Todesumstände aufgeklärt werden«, sagte Leon.

»Woher wissen Sie das?« Rosset war verblüfft.

»Ich kenne das Gefühl. Ich erlebe das oft, wenn ich einen schwierigen Fall bearbeite. Besonders, wenn Kinder involviert sind.«

»Es ist so lange her. In der Erinnerung verschieben sich die Dinge. Ich hätte vielleicht gar nicht darüber reden sollen.«

»Ganz im Gegenteil. Glauben Sie mir, das war die richtige Entscheidung«, sagte Leon.

Kapitel 68

Der Parkplatz vor dem Gartencenter war so groß, dass ein Zeppelin darauf hätte landen können. Jetzt, als Isabelle ihr Einsatzfahrzeug dort parkte, war der Platz gut zur Hälfte besetzt. Vielleicht lag es ja am guten Wetter, bei dem die Menschen lieber an den Strand gingen, als zu Hause Tomaten zu pflanzen. Gegen Abend würde es so richtig voll werden. Denn hier bei DELBOS – Jardinage – Fleurs et Arbres gab es alles, was das Herz eines Hobbygärtners höherschlagen ließ. Das Angebot reichte von Sonnenschirmen über Holzkohlegrills bis zu Blumensamen und Zierfischen. Wer nach etwas Besonderem suchte, konnte sich auch dreißig Jahre alte Olivenbäume in den Garten setzen, für 345 Euro das Stück.

Isabelle hatte keine Augen für die Träume der Hobbygärtner, sie wollte mit dem Chef dieses Gartenmarktes sprechen: dem Geschäftsmann André Delbos.

Als sie Eric und Paulette befragt hatte, war immer wieder der Name Delbos gefallen. Das hatte Isabelle stutzig gemacht. Natürlich konnte es Zufall sein, dass Monsieur Delbos der Polizei hilfreich zur Seite gestanden hatte, als das erste tote Kind am Strand entdeckt wurde. Aber warum war er auch zur Stelle, als Leon weitere Leichen im Schilf entdeckte? Und warum sollte er Eric, einem arbeitslosen Bauern, Geld bezahlt haben, damit er vor der Polizei den Mund hielt?

»Folgen Sie mir bitte«, sagte die Mitarbeiterin, die an ihrer grünen Latzhose ein Schildchen mit dem Namen »Sabrina« und dem Logo »Wir bringen die Sonne in Ihren Garten« trug. Isabelle war die Mitarbeiterin schon auf dem Parkplatz aufgefallen. Sie hatte die Angestellte mit ihren kurzen schwarzen Haaren aus der Entfernung zunächst für einen jungen Mann gehalten. Sie hatte sich geirrt. Jetzt folgte sie der Frau durch schier endlose Reihen kniehoher Lavendelsträucher, Bougainvilleen und Plumbago. Alles stand in Plastiktöpfen bereit, um auf der Terrasse oder dem Balkon irgendeines Feriendomizils eingepflanzt zu werden. Dort würden die Büsche zwei, vielleicht auch drei Monate blühen, um dann während der Wintermonate zu vertrocknen. Bis der Käufer im nächsten Jahr zurückkam, die kaputten Pflanzen aus den Töpfen riss und sich schwor, sie diesmal nicht wieder zu ersetzen, nur um kurz darauf in das Gartencenter zu fahren und neue zu kaufen.

Delbos saß hinter dem Lenkrad eines gewaltigen John-Deere-Traktors. Das Fahrzeug besaß vorne eine Hebevorrichtung, die an eine überdimensionale Gabel erinnerte. Mithilfe dieser Vorrichtung war er dabei, einen Tieflader voller circa drei Meter hoher Palmen zu entladen.

»Monsieur Delbos?«, rief Isabelle, die Uniform trug.

Delbos schien sie nicht zu hören. Er war hoch konzentriert, seine schwankende Fracht heil am Boden abzusetzen.

»Patron«, rief die Mitarbeiterin mit bemerkenswerter Lautstärke, »die Flics sind hier.«

Isabelle lächelte etwas säuerlich, aber immerhin reagierte Delbos. Er ließ die hydraulische Gabel sinken und lehnte sich aus dem Führerhaus des Traktors.

»Bonjour«, Delbos erkannte die drei goldenen Streifen an Isabelles Schulterklappen. »Ich bin gleich bei Ihnen, Capitaine.«

Der Chef des Gartenbaumarktes kletterte von seinem Fahrzeug herab und begrüßte Isabelle.

»Ich hätte da ein paar Fragen, bei denen Sie uns vielleicht helfen könnten«, sagte Isabelle.

»Mach ich doch gerne. Gehen wir in mein Büro. Gleich da vorne«, er deutete auf einen Raum, der wie ein Wintergarten an eine der Hallen angebaut war. Breite Jalousien schützten den Anbau vor der Sonne.

Im Inneren des Büros wurde die Luft von einer Klimaanlage gekühlt. Der Raum war schlicht, aber zweckmäßig eingerichtet. Ein Regal mit Akten und zwei Schreibtischen, auf denen Computerbildschirme leuchteten und Telefone blinkten. Davor standen ein paar abgenutzte Bürostühle. Gleich neben dem Schreibtisch stand eine etwa zwei Meter hohe Palme in einem Terrakottatopf, was dem Raum einen Hauch von Exotik verlieh.

»Von hier aus werden die ankommenden Materiallieferungen kontrolliert«, erklärte Delbos. Dann wandte er sich an seine Mitarbeiterin. »Würden Sie uns bitte allein lassen, Sabrina? Und dass bitte niemand an dem Lader mit den Palmen hantiert.«

»Es dauert auch nicht lange«, sagte Isabelle, als die Mitarbeiterin den Raum verließ.

»Kein Problem«, antwortete Delbos, »ich helfe gerne der Polizei. Ich müsste nur bald wieder zu den Palmen zurück.« Er drehte sich zu Isabelle um. »Wie wäre es mit einer kalten Cola?«

»Nein danke«, antwortete Isabelle und kam gleich zur Sache. »Sie kennen einen jungen Mann namens Eric?«

»Helfen Sie mir ...«, Delbos schien kurz nachzudenken.

»Er betreibt einen Hof in der Nähe von La Verrerie«, sagte Isabelle.

»Natürlich, zusammen mit Paulette«, erinnerte Delbos sich. »Ein merkwürdiges Paar. Wundert mich nicht, dass sich die Gendarmerie für die beiden interessiert. Aber die sind ganz in Ordnung. Schrullig, aber okay.«

»Eric hat mir gesagt, dass Sie ihm Geld gegeben haben?«

»Sind Sie deswegen hier?«, fragte Delbos mit spöttischem Unterton. »Weil ich Eric ein paar Euro ohne Quittung gegeben habe?«

»Nein«, antwortete Isabelle kühl. »Wir ermitteln in einem Mordfall.«

»Die Jungen aus dem Schilf?«, fragte Delbos, und Isabelle spürte, dass er eine Spur unsicherer wurde. »Was habe ich damit zu tun?«

»Wir suchen Zeugen, die uns helfen, Licht in den Fall zu bringen.«

»Hat die Polizei denn irgendeinen Verdacht?«, fragte Delbos. Isabelle antwortete nicht, sah ihn nur an. »Warum kommen Sie da zu mir? Ich habe Ihnen geholfen, weil die Gendarmerie mich darum gebeten hatte.«

»Richtig, der geheimnisvolle Anrufer aus der Gendarmerie. Schade, dass Sie sich nicht an den Namen erinnern können.«

»Capitaine, ich beschäftige hier fünfundachtzig Mitarbeiter, ich kann mir unmöglich den Namen jedes Anrufers merken.«

»Also, was war mit dem Geld, das Sie an diesen Eric gezahlt haben?«

»Er darf den Hof bewirtschaften. Dafür arbeitet er gelegentlich für mich. Meistens schneidet er Schilf. Wir machen hier Zäune daraus und Sonnenabdeckungen für Carports. Sie kennen diese Schilfdächer, unter denen man sein Auto im Schatten parken kann?«

»Angeblich haben Sie ihm eine ganze Menge dafür gezahlt.«

»Ich zahle nicht mehr, als er auch woanders bekommen würde.«

»Schilf für sechstausend Euro. Das ist für mich eine ganze Menge.«

»Sechstausend? Hat er Ihnen das erzählt?«

»Ist das denn nicht richtig?«, fragte Isabelle.

»Dann müsste er schon das Schilf von hier bis Marseille abmähen. Nein, also wirklich ...«

Delbos öffnete eine Flasche Cola und goss sich etwas in ein Glas.

»Er sagte, er habe das Geld dafür bekommen, dass er nicht mit der Polizei spricht.«

»Was sollte er nicht erzählen?«, fragte Delbos.

»Das wollte ich eigentlich von Ihnen hören«, sagte Isabelle. »Sagen Ihnen die Wölfe etwas?« Isabelle hatte das Gefühl, dass Delbos Hand zitterte, als er das Glas abstellte. »Wer sind diese ominösen Wölfe?«, fragte Isabelle.

»Hören Sie, Capitaine, ich fürchte, dieser Eric und seine Freundin sind ein wenig ... Na ja, ich möchte es mal freundlich formulieren: Sie sind ein wenig aus der Spur«, er sah Isabelle an. »Ich wollte das eigentlich nicht ansprechen, schon gar nicht vor der Polizei.«

»Was meinen Sie?«

»Sie wissen ja, dass Eric Probleme mit Drogen hat«, sagte Delbos. »Ich schätze, das wird auch immer so bleiben. Einmal kam ich zum Hof und habe mitbekommen, wie Eric einen Deal durchgezogen hat.«

»Was für einen Deal?«

»Hasch, Tabletten, Crack, so ein Zeug. Ich kenn mich da nicht so genau aus. Ich habe ihm gesagt, das ist mein Hof, auf dem er da wohnen darf. Aber wenn er dealt, muss er gehen.«

»Er ist aber immer noch da.«

»Er hat mich überredet. Er und Paulette wüssten nicht, wohin, wenn ich sie rausschmeiße. Ich bin ja kein Unmensch.«

»Na gut. Ich möchte, dass Sie morgen in der Gendarmerie vorbeikommen und Ihre Zeugenaussage unterschreiben.«

»Muss das sein? Ich habe viel zu tun. Es ist Hochsaison.«

»Bei uns auch«, antwortete Isabelle und stand auf. »Neun Uhr, und seien Sie pünktlich.«

An der Tür blieb Isabelle noch einmal stehen. »Ich hätte gerne einen Blick in Ihre Kundenliste geworfen, Monsieur Delbos.«

Später hätte sie nicht mehr sagen können, warum sie Delbos nach der Liste gefragt hatte. Sie war dabei keiner besonderen Spur gefolgt, sondern eher ihrer Vorstellung von Sorgfalt.

Als sie ein kleines Mädchen war, hatte Isabelle manchmal mit dem Nähkorb ihrer Großmutter spielen dürfen. Dann saß sie stundenlang da und ordnete die verschiedenfarbigen Garnrollen, die sich abgespult und untereinander verwirrt hatten. Man brauchte fleißige kleine Finger und viel Geduld, um jeden einzelnen Faden zu verfolgen, bis zuletzt alle Spulen wieder sorgfältig aufgerollt waren. Eigentlich unterschied sich das Spiel von damals gar nicht so sehr von ihrer Arbeit heute bei der Gendarmerie, dachte Isabelle. Sie folgte immer noch den verschiedenen Fäden. Isabelle lächelte.

Kapitel 69

Der Abend war bisher ein voller Erfolg gewesen. Die Nacht war warm, der Vollmond ging über den Inseln auf, und der Tisch, den Jean-Claude in der gemütlichen *Auberge Provençale* gewählt hatte, war perfekt. Eine Kombination aus Beobachtungsplatz und diskretem Rückzugsort, um das Menü mit seiner Begleitung zu genießen. Der Ex-Soldat hatte zum Essen eine Flasche Rosé vom Weingut *L'Angueiroun* ausgesucht. Als Vorspeise wurden ein kleiner Salat mit zerlassenem Chèvre und danach zwei verschiedene hausgemachte Wildpasteten serviert. Jean-Claude betrachtete die Frau, die ihm gegenüber am Tisch saß und für die er diesen ganzen Abend arrangiert hatte: Odette. Die Fünfundsechzigjährige war vergnügt und hatte ein gewinnendes Strahlen im Gesicht. Die Gemüsehändlerin trug an diesem Abend ein weißes Kleid mit aufgedruckten roten Tomaten, und Jean-Claude spürte, dass ihr der Abend gefiel.

»Darf ich Ihnen noch etwas nachschenken?« Jean-Claude nahm die Flasche Rosé aus dem Kühler mit den Eiswürfeln, der an ihren Tisch geklemmt war.

»Was haben Sie denn vor, Monsieur Suchon?«, gluckste die Gemüsehändlerin vergnügt. Jean-Claude gefiel, wie dabei ihre Schultern und ihr Dekolleté hüpften.

»Das verrate ich Ihnen später, Madame.« Der Rosé machte

Jean-Claude langsam lockerer. »Das ist nämlich eine Überraschung.«

»Oh, ich liebe Überraschungen«, sagte Odette und kicherte vergnügt wie ein Schulmädchen.

Der Kellner servierte das »Trou normand«, den kleinen französischen Zwischengang im Menü. In der *Auberge Provençale* bestand er ganz klassisch aus einem Schälchen Apfelsorbet, auf das ein guter Schluck Calvados gekippt worden war.

»Mmmmh, ist das gut«, sagte Jean-Claude, nachdem er einen Löffel probiert hatte.

»Ich weiß nicht, eigentlich bin ich zurzeit auf Diät«, kokettierte Odette, aber ihr Blick verriet, dass sie es kaum abwarten konnte, ihr Eis zu verputzen.

»Sie müssen das Eis unbedingt probieren, solange es noch nicht geschmolzen ist«, meinte Jean-Claude.

»Sie wollen mich nur in Versuchung führen«, sagte Odette mit einem Grinsen.

»Aber natürlich, was denken Sie denn?«, sagte Jean-Claude. »Genau darum geht es doch bei einem guten Menü.«

»Sie sind mir ja einer«, kicherte die Gemüsehändlerin und legte ihre kleine warme Hand auf die Hand von Jean-Claude, sodass dem plötzlich ganz heiß wurde. Sie sah ihn an. »So gut habe ich schon lange nicht mehr gegessen.«

Jean-Claude merkte, wie ihm auf einmal der Schweiß ausbrach. Dann wurde ihm schwindelig, und er spürte gleichzeitig einen stechenden Schmerz in Hals und Schulter, der sich bis in seinen linken Ellenbogen ausbreitete.

»Geht es Ihnen nicht gut?«, Odette sah ihren Begleiter besorgt an, »Sie sind auf einmal ganz blass.«

»Ich glaube, ich muss mal an die frische Luft«, Jean-Claude stand schwankend auf.

»Warten Sie«, sagte Odette und wollte ihm unter die Arme greifen.

»Lassen Sie nur, es geht schon«, sagte Jean-Claude schroffer, als er wollte, und deutete auf eine Bank, keine zehn Schritte entfernt. »Ich muss nur mal durchatmen.«

Der Ex-Legionär schwankte auf die Bank zu, und Odette hielt sich neben ihm, um ihn zu stützen. Gäste aus dem Restaurant sahen zu ihnen herüber.

»Ich ruf den Krankenwagen«, sagte Odette und griff zu ihrem Telefon.

»Nein, tun Sie das nicht, bitte«, sagte Jean-Claude, »ich brauche keine Hilfe, das geht schon wieder.« Er hatte es kaum ausgesprochen, da fing er an zu schwanken und brach auf der Bank zusammen.

»Jetzt ist aber Schluss«, sagte Odette.

Sie tippte die 112 auf ihrem Handy und sah gerade noch, wie sich Jean-Claude an die Brust griff.

Kapitel 70

Leon hatte sich gerade auf die Terrasse neben Isabelle gesetzt und wollte sie fragen, wie ihr Tag gewesen war, als sein Handy klingelte. Er griff zum Telefon.

»Sag, du rufst später zurück«, verlangte Isabelle und legte ihre Hand auf seinen Arm. »Nein, sag ihnen, sie sollen morgen anrufen.«

Das Handy klingelte erneut. Leon sah auf das Display und hielt es Isabelle hin.

»Jean-Claude, um diese Uhrzeit?«, fragte sie erstaunt. »Was will der denn?«

»Keine Ahnung. Der ruft abends nie an.« Leon nahm das Gespräch an und hielt den Hörer ans Ohr. »Jean-Claude. Es ist gerade ganz ungünstig, könntest du ... Oh, entschuldigen Sie, ich hatte Sie nicht am Telefon von Monsieur Suchon erwartet.«

Leon hörte eine Weile schweigend zu, was der Anrufer ihm zu sagen hatte. »Danke, wirklich sehr nett von Ihnen, dass Sie mich gleich angerufen haben. Ich bin in einer Viertelstunde da.«

Leon schaltete das Handy aus.

»Es war nicht Jean-Claude«, stellte Isabelle nüchtern fest.

»Nein, das war Odette«, sagte Leon.

»Odette mit dem Gemüseladen? Sind die beiden etwa ...?« Sie ließ den Rest der Frage in der Luft stehen.

»Das ist eine andere Geschichte«, antwortete Leon. »Jean-Claude hatte offenbar einen Herzinfarkt.«

»Mon Dieu, wo ist er jetzt?«, fragte Isabelle besorgt.

»Saint-Sulpice, Notaufnahme. Ich möchte kurz nach ihm sehen«, er registrierte Isabelles Blick. »Er hat doch niemanden, der sich kümmert.«

»Was ist mit dieser Odette? Ist das nicht seine Freundin?«

»Sie hatten heute ihr erstes Date«, sagte Leon.

»Der Arme«, antwortete Isabelle sofort mitfühlend.

Fünfzehn Minuten später hatte Leon seinen Wagen vor der Klinik geparkt und traf in der Notaufnahme auf eine sehr nervöse Odette.

»Gut, dass Sie kommen konnten, Docteur«, sagte Odette. »Keiner sagt mir hier, was genau los ist. Nur Familienangehörige dürfen da rein, hat die Schwester gesagt.« Odette deutete auf die Tür mit der Aufschrift »Notaufnahme – Intensiv«.

»Kommen Sie«, sagte Leon. »Was genau ist passiert?«

»Es kam alles ganz plötzlich«, sagte Odette. »Eben saßen wir noch beim Essen, und plötzlich ist er ganz blass geworden und hat gekeucht. Er hatte Schmerzen in der Brust. Das konnte man sehen. Dann ist er zusammengeklappt. Ich hab ihn auf die Seite gelegt, das liest man doch immer.«

»Das haben Sie genau richtig gemacht«, Leon drückte auf die Klingel neben der Tür. Ein Summen war zu hören. Dann die kurz angebundene Stimme einer Schwester.

»Oui?«, fragte die Stimme.

»Docteur Ritter«, antwortete Leon. Zeitgleich war das Summen des Türöffners zu hören. Leon drückte die Tür auf. Er winkte kurz mit der Hand, und Odette folgte ihm. Leon blieb im Gang stehen.

»Haben Sie seine Familie informiert?«, fragte Leon, »ich glaube, er hat einen Bruder in Nantes.«

»Davon weiß ich nichts. Er hat nur gesagt, ich solle Sie anrufen.«

»Warten Sie bitte hier im Gang«, sagte Leon und öffnete eine Schiebetür aus glänzendem Edelstahl.

Jean-Claude lag blass im Bett auf der Intensivstation. Er trug den typischen Krankenhauskittel. Über einen durchsichtigen Schlauch, der an der Nase endete, wurde ihm Sauerstoff zugeführt. Ein Zugang im Arm war mit einer Infusion verbunden, um seinen Zustand zu stabilisieren. Kontakte auf der Brust übermittelten die Werte von Puls, Sauerstoffsättigung und Blutdruck auf drei Bildschirme. Leon warf einen schnellen Blick auf die Anzeigen. Neben dem Bett stand die Nachtschwester und regulierte die Infusion. Jean-Claude schien zu schlafen.

»Wie geht es ihm?«, fragte Leon die Schwester.

»Docteur Ritter, ich habe Sie gar nicht gehört«, sagte die Schwester überrascht. »Der Patient ist stabil. Wie es aussieht, handelt es sich nur um einen kleineren Infarkt.«

»Herzkatheter?«

»Docteur Menez hat gesagt, das wäre nicht nötig. Wir halten ihn noch die nächsten Stunden unter Beobachtung. Dann verlegen wir ihn auf die Station. Danach sehen wir weiter.«

»Danke, Schwester«, sagte Leon.

Die Schwester ging zur Tür. In diesem Moment wachte Jean-Claude auf.

»Leon, gut, dass du da bist. Der Arzt hat behauptet, ich müsste ein paar Tage hierbleiben«, sagte Jean-Claude. »Die spinnen doch.«

»Nein, die haben völlig recht. Du hattest einen Myokardinfarkt. Einen Herzinfarkt. Du brauchst dringend Ruhe. Wie fühlst du dich?«

»Ganz ehrlich?«, fragte Jean-Claude, und Leon nickte. »So, als wäre ein Bus über mich gerollt.«

»Siehst du. Du musst für eine Weile langsam machen.«

»Das kam so plötzlich. Mitten beim Essen – zack!« Jean-Claude griff nach Leons Arm. »Kannst du dir das vorstellen? Ich frag mich nur ...«

»Was fragst du dich?«, sagte Leon.

»Na ja, was macht das für einen Eindruck auf eine Frau, wenn der Mann noch vor dem Hauptgericht aus den Latschen kippt.«

»Odette macht sich Sorgen. Ich habe gerade mit ihr gesprochen.«

»Sie ist noch hier, in der Klinik?« Jean-Claude zog schnell die Decke höher.

»Sie hat super reagiert. Sie hat sofort den Krankenwagen gerufen.«

»Ich kann mich an nichts mehr erinnern.«

»Du warst weggetreten. Sie hat dich in eine stabile Lage gebracht und dir so wahrscheinlich das Leben gerettet. Sie möchte wissen, wie es dir geht.«

»Redest du mit ihr?«

»Ich rede mit dem Arzt, und du sprichst mit Odette.«

»Das kann ich nicht. Wie sieht denn das aus, mit dem ganzen Kabeln, an denen ich hänge. Ich seh ja aus wie Frankensteins Ungeheuer.«

»Du genierst dich?«, sagte Leon. »Und ich dachte, in deinem Alter würde das endlich aufhören.«

»Was würde aufhören?«

»Das mit den Frauen. Ich dachte, dass da irgendwann mal Ruhe einkehrt.«

»Wenn es ruhig wird, weißt du, dass du tot bist«, sagte Jean-Claude. Leon grinste.

»Wie ist sie so, Odette?«

»Sie lacht gerne. Sag ihr, mir geht's gut.«

»Sag ihr das selbst. Sie wartet vor der Tür.«

Leon ging zur Tür und winkte in den Gang.

»Leon, nicht …«, rief Jean-Claude.

Und schon betrat Odette das Zimmer. Sie ging auf das Bett zu, und Jean-Claude zog die Decke bis an sein Kinn.

»Oh, mon cher. Geht es schon wieder besser?« Sie machte ein sorgenvolles Gesicht, als sie sich an Leon wandte. »Was ist mit ihm?«

»Das erzählt er Ihnen am besten selbst«, sagte Leon und sah beim Rausgehen, wie Odette Jean-Claudes Hand ergriff.

Kapitel 71

Spät in der Nacht kamen André Delbos die besten Ideen. So wie damals vor knapp zwanzig Jahren, als er die Firma seiner Eltern übernommen hatte. Er erinnerte sich noch gut an die Zeit, als die Firma Delbos noch Erntemaschinen verkaufte. Traktoren und Häcksler für die bescheidene Landwirtschaft, die in den Hügeln der Provence stattfand. Damals war sein Vater von einem Schlaganfall niedergestreckt worden, und seine Mutter musste von einem auf den anderen Tag ihren halbseitig gelähmten Mann versorgen.

Plötzlich musste sich André um das Geschäft kümmern. Um Einkauf, Verhandlungen mit den Banken, Wartungsverträge für die teuren Maschinen, die immer seltener gekauft wurden. Das Landmaschinengeschäft lohnte sich schon lange nicht mehr, und früher oder später würde die Familie Delbos ihre kleine Firma dichtmachen müssen.

Darauf fasste André einen weitreichenden Entschluss. Er kratzte die letzten Rücklagen zusammen und kaufte ein Hektar Land an der Nationalstraße 98. Ein unattraktives Stück Land, eingequetscht zwischen einer viel befahrenen Küstenstraße und einem mückenverseuchten Kiesstrand, auf dem früher die Salinen gelegen hatten. Das Gelände lag seit Jahrzehnten brach. Damals behaupteten die Makler, dass das Ende der Fahnenstange erreicht war, was die Preise auf dem Immobilienmarkt anging. Aber André Delbos war überzeugt, dass noch viel mehr Feriendomizile an der Küste entstehen würden, immer schneller und immer teurer. Die Besitzer dieser Häuser und Appartements würden keine teuren Erntemaschinen brauchen, sondern Gärtnereien, die ihnen halfen, ihre Träume vom kleinen Paradies in der Provence zu verwirklichen. Sie kauften Gartengeräte, Grills, Außenmöbel und Pflanzen, Pflanzen, Pflanzen.

Aus André Delbos' Visionen war innerhalb weniger Jahre Wirklichkeit geworden. Bald kannte jeder die Firma DELBOS –Jardinage – Fleurs et Arbres. Die Firma wuchs. André kaufte angrenzende Grundstücke dazu, und heute war Delbos der größte und zum Neid der Konkurrenz auch erfolgreichste Gartengroßbetrieb zwischen Hyères und Le Lavandou. In dieser Nacht arbeitete Delbos an seinem jüngsten Geschäftszweig: dem Verkauf von Swimmingpools und Jacuzzis.

Delbos konnte so lange im Büro bleiben, wie er wollte. Er hatte keine Kinder, die morgens rechtzeitig in der Schule sein mussten, und es gab auch keine Madame Delbos, die sich über zu viel Arbeit ihres Mannes beschwerte oder ihm vorhielt, dass er sich zu unregelmäßig und vor allem zu üppig ernährte. Es hatte mal vorübergehend eine Madame Delbos gegeben. Aber von der hatte sich André schon vor über zehn Jahren getrennt. Böse Zungen behaupteten damals, André hätte seine Frau geschlagen. Aber das war natürlich Unsinn. Ein anderes Gerücht besagte, dass der Unternehmer Delbos sich grundsätzlich nicht besonders für Frauen interessierte. Fest stand nur, dass er ein Einzelgänger war und nur wenige Freunde hatte.

Die Arbeit ließ Delbos kaum Zeit, über das Leben nachzugrübeln. Aber manchmal holte ihn das schlechte Gewissen ein und konfrontierte ihn unbarmherzig mit den schrecklichen Dingen, die er erlebt und getan hatte und die er nie wieder loswerden konnte. Er verfiel dann in eine Stimmung aus Verzweiflung und Erregung. Schon einige Male hatte er darüber nachgedacht, ob er nicht alldem ein Ende setzen sollte. Dann war er die ganze Nacht in seinem Büro geblieben. Er ging erst nach Hause, wenn die Sonne über dem Meer aufging und die Welt wieder voller Licht und Hoffnung war.

Ein Geräusch riss Delbos aus seinen Gedanken. Ein lautes Klappern, das aus der angrenzenden Verkaufshalle zu kommen schien. Delbos stand auf und öffnete den kleinen Safe, der hinter ihm in der Wand eingelassen war. Dem Safe entnahm er eine Pistole. Es war eine alte Smith & Wesson, Kaliber 32. Eine sogenannte Taschenpistole, die er von seinem Vater geerbt hatte. Aus der Schublade seines Schreibtisches nahm er die starke LED-Taschenlampe. Es war inzwischen halb zwei in der Nacht. Um diese Zeit sollte sich eigentlich niemand mehr auf dem Gelände aufhalten. In den letzten Monaten hatte es zwei Einbrüche gegeben. Die Diebe hatten die Eingangstür aufgehebelt und ein paar Gartengeräte mitgenommen. André vermutete, dass sie die Sachen verkaufen wollten. Er konnte sich nicht vorstellen, dass Einbrecher nach getaner Arbeit ihren Garten gestalteten.

André lief durch den Seiteneingang in die Haupthalle. Er verzichtete bewusst darauf, die Polizei anzurufen. Was konnten die schon ausrichten? Er wusste aus Erfahrung, dass es mindestens eine halbe Stunde dauern würde, bis die Gendarmerie hier war, und bis dahin wären die Einbrecher längst über alle Berge.

Monsieur Delbos hatte beschlossen, die Sache diesmal selbst in die Hand zu nehmen. Ein eigentümliches Jagdfieber hatte seine Angst verdrängt und von ihm Besitz ergriffen. Er lief von Regal zu Regal und ließ den Lichtkegel seiner starken Taschenlampe durch die Gassen gleiten. Die Waffe in der Hand fühlte sich schwer und gut an.

Wieder hörte er ein Geräusch. Diesmal kam es vom anderen Ende des Raumes, oder hatte er sich verhört? Er lief durch eine Reihe nagelneuer Schubkarren. Wieder ein Geräusch, diesmal weit hinter ihm. Er stutzte, sein Instinkt mahnte ihn, vorsichtig zu sein. Er schwenkte die Lampe. Der Schein war hell und reichte weit, aber er erhellte immer nur einen Punkt, drum herum war Finsternis.

Hörte er da ein Atmen? Er hielt jetzt die Pistole und die Taschenlampe zusammen, sodass die Waffe genau in den Lichtkegel zielte. So, wie er das in den Krimis im Fernsehen gesehen hatte.

»Ist da jemand?«, rief Delbos in die Dunkelheit. Natürlich antwortete niemand. Wieder hörte er ein Klirren. Diesmal von weiter weg. Dann fiel die Eingangstür zu, und das Knirschen schneller Schritte über den Parkplatz war zu hören. Er ging zur Eingangstür. Sie stand offen. Jemand hatte das Glas eingeschlagen. Jetzt ärgerte er sich, dass er aus lauter Sparsamkeit bisher auf eine bessere, teurere, computergesteuerte Sicherheitsanlage mit elektronischen Schlössern und Kameras verzichtet hatte. Auch das würde er so schnell wie möglich ändern.

Delbos ging zurück in sein Büro. Es war wieder still. Einzig der warme Wind, der Levante, der schlechtes Wetter ankündigte, rauschte in den Blättern der Platanen.

Monsieur Delbos legte die Waffe auf den Tisch und griff nach dem Glas Cola. Er wunderte sich für einen kurzen Moment. Hatte er das Glas dorthin gestellt? Ist das Alter, dachte er mit einem Schmunzeln. Die Cola schmeckte wie immer: kühl und frisch.

Delbos nahm die Akte mit den Angeboten von einem Rolltischchen und widmete sich wieder den Listen mit den Fertigschwimmbädern. Er fühlte sich auf einmal müde, unsagbar müde sogar. Es war höchste Zeit, dass er nach Hause kam. Doch als er aufstehen wollte, versagten ihm die Beine ihren Dienst. Er saß, hielt sich an den Lehnen seines Stuhls fest und wartete darauf, dass dieser kleine Schwindelanfall vorüberging. Aber es hörte nicht auf. Er saß wie gefesselt auf seinem Stuhl. Verdammt, was war da los?

Delbos konnte noch sehen, wie sich die Tür seines Büros öffnete. Stand da jemand im Zimmer, oder war das alles nur Einbildung?

Dann wurde ihm schwarz vor Augen.

Kapitel 72

Es war Sonntagmorgen. Isabelle hatte Leon schlafen lassen, als sie zeitig das Haus verließ. Polizeichef Zerna hatte eine Frühbesprechung anberaumt. Isabelle wusste, dass ihr Chef unter Druck stand. Der Staatsanwalt in Toulon machte ihn nervös. Man wollte endlich einen Schritt weiterkommen. Sie hatten schließlich die Leichen von vier toten Kindern gefunden, was allein schon die Aufmerksamkeit der landesweiten Medien auf sich zog. Aber da gab es auch noch die drei toten Männer. Und alle waren im Verwaltungsbezirk von Le Lavandou gefunden worden. Damit waren alle automatisch ein Fall für die hiesige Polizei. Was wiederum hieß, dass jeder dieser Fälle zunächst einmal auf Isabelles Schreibtisch landete. Erst dann konnte die stellvertretende Polizeichefin die Vorgänge an die Kriminalpolizei von Toulon weiterleiten.

Trotzdem war Isabelle an diesem Morgen gespannt optimistisch, als sie hinter ihrem Schreibtisch saß. Denn so, wie es aussah, gab es eine heiße Spur im Mordfall Ermias. Genauer gesagt war es einzig und allein Isabelles unermüdlichem Nachfassen zu verdanken, dass sich diese vielversprechende Spur aufgetan hatte. Isabelle hatte routinemäßig die Namen der Zeugen und Verdächtigen auch mit der Datenbank der Gendarmerie Municipale, der Verkehrspolizei, abgleichen lassen. Was eigentlich nur im Verdachtsfall und unter ganz bestimmten Bedingungen zulässig war. Doch unter den Namen gab es keinen wirklich Verdächtigen, und wenn es streng nach Vorschrift gegangen wäre, hätte die Verkehrspolizei abgelehnt. Aber wann ging es in der Provence schon mal streng nach Vorschrift? Man kannte sich, und man half sich gegenseitig. Isabelle hatte natürlich eine Freundin bei der Gendarmerie Municipale, und so tauschte man gelegentlich Informationen auf dem kurzen Dienstweg aus. Was Isabelle nicht wissen konnte, war, dass sie mit dieser Abfrage einen Volltreffer landen würde.

Isabelle war kaum eine Viertelstunde in ihrem Büro, als das Telefon klingelte. Es war ihre Bekannte von der Verkehrspolizei. Es gab tatsächlich einen Datensatz über einen von Isabelles Zeugen. André Delbos war vor drei Jahren in einen Verkehrsunfall verwickelt gewesen. Delbos' nagelneuer BMW war nachts mit einem Peugeot zusammengestoßen. Seine Fahrerlaubnis war zum Zeitpunkt des Unfalls wegen Trunkenheit am Steuer für vier Monate gesperrt. Er hätte also gar nicht fahren dürfen. Vor der Polizei hatte Delbos behauptet, dass er bei dem Unfall nur Beifahrer war und sein Freund am Steuer saß. Da es sich bei dem Unfall um einen Totalschaden handelte, bestand die Versicherung auf einer genauen Untersuchung. Sogar Fingerabdrücke vom Steuerrad und Schaltknopf wurden als Beweismittel genommen. Wie sich später herausstellte, hatte Monsieur Delbos die Wahrheit gesagt, sein Bekannter war tatsächlich gefahren. Die Untersuchung wurde eingestellt, und die Versicherung zahlte den Schaden.

»Habt ihr die Fingerabdrücke von diesem Delbos gespeichert?«, fragte Isabelle und konnte ihre Spannung kaum verbergen.

»Glaubst du, wir leben hinterm Mond?«, fragte die Kollegin. »Natürlich haben wir die gespeichert.«

Ein paar Minuten später hatte Isabelle die Abdrücke in ihrem E-Mail-Postfach. Sie schickte sie ohne Namen des Zeugen an die Spurensicherung weiter mit der Bitte, sie umgehend mit dem Fingerabdruck zu vergleichen, den Leon in dem Müllsack gesichert hatte, in dem Ermias am Strand gefunden worden war. Es ist dringend, hatte Isabelle dazugeschrieben. Nach einer Stunde hatte Isabelle immer noch keine Nachricht von der Spurensicherung und ging zur Besprechung.

Es war wie so oft, wenn keine neuen Spuren präsentiert werden konnten, eine frustrierende Veranstaltung. Es war immer noch nicht gelungen, eine Verbindung zwischen den drei Morden an Bayrou, Lagarde und Olivier herzustellen. Wenn man mal davon absah, dass alle drei Namen sich auch auf der Kundenliste von Delbos fanden. Aber die beinhaltete über 800 Namen. Dass Lieutenant Masclau bemerkte, dass es vielleicht keine Verbindung gab, machte die Diskussion auch nicht interessanter.

Die Beamten hatten die Familien und die Freundeskreise der Opfer abgeklopft, aber auch hier gab es keine brauchbaren Hinweise. Zwei der Opfer waren verheiratet. Niemand hatte Kinder. Alle lebten zurückgezogen und engagierten sich in sozialen Projekten. Der Polizeichef hörte sich alles an und reagierte wie üblich. Er ordnete an, die alten Vorgänge noch einmal zu prüfen. Wenn sich keine neuen Zeugen fanden, sollten die Beamten im Zweifelsfall die alten noch einmal befragen. Als die Stimmung im Büro des Polizeichefs den Tiefpunkt erreicht hatte, klopfte es, und Lieutenant Kadir betrat den Raum.

»Entschuldigung, Patron«, sagte er, »könnte ich kurz mit Capitaine Morell sprechen? Die Spurensicherung hat angerufen.«

»Wenn es so dringend ist, könnten Sie vielleicht Ihre Informationen mit uns teilen«, sagte Zerna.

»Was gibt es?«, fragte Isabelle.

»Ich soll dir sagen, die Fingerabdrücke sind identisch«, sagte Moma.

»Patron, wir haben einen Verdächtigen«, erklärte Isabelle und konnte ihre Genugtuung kaum verbergen. »André Delbos. Der Fingerabdruck, den wir bei dem toten Ermias gefunden haben, stammt von ihm. Ich beantrage, dass wir den Mann umgehend festnehmen.«

»Na also«, sagte Zerna, »Geht doch. Fahren wir.«

Die Gendarmerie war mit zwei Streifenwagen ausgerückt. Da Monsieur Delbos nicht ans Telefon ging und die Polizei in seinem Haus bei Bormes-les-Mimosas niemanden antraf, fuhren sie zum Gartenmarkt an der Küstenstraße. Am Sonntagvormittag war die Anlage wie ausgestorben. Der Haupteingang war geschlossen. Sie umrundeten das Gebäude und klopften an die Scheiben, als Isabelle den Gesuchten entdeckte. Durch die Sonnenblende konnten sie genau in Delbos' Büro sehen. Er saß an seinem Schreibtisch, so, als wäre er eingeschlafen. Kopf und Oberkörper ruhten auf der Tischplatte, und die Hände hingen schlaff nach unten. Ein friedliches Bild. Wenn da nicht der See von Blut gewesen wäre, der sich unter dem toten Körper auf dem Parkettboden ausgebreitet hatte.

»Wir brauchen den Médecin légiste«, sagte Zerna. »Sofort!«

Kapitel 73

Als Leon eine Viertelstunde später auf dem Parkplatz von DELBOS – Jardinage – Fleurs et Arbres eintraf, hatte die Polizei bereits den Tatort abgesperrt. Erste Neugierige hatten sich hinter den Absperrbändern versammelt, und sogar ein Übertragungswagen von Télé6 war bereits eingetroffen.

Leon war noch nicht richtig ausgestiegen, als sich Reporterin Brigitte Dupin mit ihrem Kameramann ihm in den Weg stellte.

»Bonjour, Docteur. Wenn die Polizei Sie holt, muss es ja wichtig sein ...«, sagte die Journalistin mit falscher Bewunderung. Leon konnte diese aufdringliche Person nicht leiden. Aber es wäre auch unhöflich gewesen, sie einfach nur zur Seite zu drängen.

»Ich habe leider gar keine Zeit, Madame Dupin«, Leon schnappte sich den Aktenkoffer vom Beifahrersitz, in dem er seine Grundausrüstung transportierte, und ärgerte sich, dass er dieser Dupin überhaupt geantwortet hatte.

»Das macht doch nichts«, sagte Brigitte Dupin. Sie sah kurz zu ihrem Kameramann, und ihr Finger beschrieb einen kleinen Kreis in der Luft. Sofort drückte der Kameramann auf den Startknopf und hielt auf Leon.

»Bonjour, Docteur Ritter. Sie sind ein erfahrener und bekannter Rechtsmediziner. Können Sie bestätigen, dass die Polizei den Kindermörder erwischt hat?«

»Sie wissen, dass ich keine Informationen über ein laufendes Verfahren …«

Leon wurde von der Reporterin unterbrochen.

»Denken Sie nicht auch, dass die Zuschauer ein Recht darauf haben zu erfahren, ob die Polizei diese Bestie endlich aus dem Verkehr gezogen hat?«

»Da bin ich ganz Ihrer Meinung«, sagte Leon. »Ihre Zuschauer müssen sich nur bis zur Pressekonferenz gedulden.«

»Das heißt also, Sie bestätigen, dass der Täter gefunden wurde?«

»Ich bestätige gar nichts, und jetzt muss ich meine Arbeit machen.«

»Sie sprechen in diesem Moment auch zu Eltern, die Angst haben und die wissen wollen, ob sie sich jetzt keine Sorgen mehr um ihre Kinder machen müssen.«

»Darüber sprechen Sie und die Eltern am besten mit dem Polizeichef der Gendarmerie Nationale, Madame.«

Die kleine Gruppe war am Absperrband angelangt. Der Polizist erkannte Leon sofort und hob für ihn das Flatterband. Sofort versuchte die Reporterin, Leon zu folgen.

»Sie nicht«, wurden Madame Dupin und ihr Kameramann von dem Beamten abgewimmelt.

»Es ist nicht klug, sich gegen die Medien zu stellen«, rief die Reporterin hinter Leon her, doch der ging weiter, ohne sich umzudrehen.

»Ist gleich da vorn«, sagte der Polizist und wies auf den Eingang zu Monsieur Delbos' Büro.

Die Vormittagssonne hatte die Räume aufgeheizt. Schon im Gang konnte Leon den typischen metallenen Geruch wahrnehmen, der entstand, wenn die roten Blutkörperchen im Blut anfingen, sich an der Luft zu zersetzen.

»Er sitzt auf seinem Stuhl«, sagte Isabelle, die Leon mit Lieutenant Kadir entgegenkam.

»War jemand da drinnen?« Leon nickte in Richtung Büro.

»Nur ich«, sagte Isabelle, »und Moma.«

»Ich wollte nur sichergehen, dass er auch tot ist«, sagte Kadir.

»War der Körper noch warm?«, wollte Leon wissen.

»Wie?«, fragte Moma.

»Als Sie ihn angefasst haben, fühlte er sich da noch warm an?«

»Ach so, nein«, sagte Moma. »Er war so kühl wie alles im Büro.«

»Sie haben Aircondition«, sagte Isabelle.

Leon blieb in der Tür zum Büro stehen. Er hatte das Gefühl, er blicke auf ein inszeniertes Bild. Mit allem, was nötig war, um eine kleine Geschichte zu erzählen. Aber dieses Bild erzählt uns nicht die Wahrheit, dachte Leon.

»Er hat sich ins Herz geschossen«, meinte Isabelle.

»Die Pistole liegt am Boden, gleich neben seinem rechten Fuß«, erklärte Moma, »ich habe sie nicht angefasst.«

»Woher stammt das da?« Leon deutete auf eine Fußspur, die von der Blutlache rund um den Schreibtisch reichte.

»Das war der Neue«, sagte Moma entschuldigend.

»Ist erst seit einem Monat bei uns«, erklärte Isabelle. »Du weißt doch, einer baut immer Mist.«

Leon war in den Raum gegangen, die anderen warteten an der Tür. Er blieb vor dem Toten stehen. Seine Haut war blass, fast gelb. Das Opfer trug ein weißes Hemd mit feinen blauen Streifen. Jetzt war das Hemd mit Blut getränkt. Blut war auf die Tischplatte gelaufen und auf den Boden getropft. Dort hatte es eine große Lache gebildet. Monsieur Delbos war mit dem Oberkörper nach vorn auf die Schreibtischplatte gesunken, das Gesicht zur Seite gewandt.

»Ist 'ne verdammte Menge Blut, was?« Zerna war zusammen mit Lieutenant Masclau in den Raum gekommen und hielt respektvoll Abstand vom Tatort.

»Genau das macht mich stutzig«, sagte Leon.

»Kommen Sie, Docteur«, Zerna war genervt. »Der Kerl ist tot. Da unten am Boden liegt seine Waffe. Er hat sich die Kugel gegeben. Was brauchen Sie denn noch?«

»Gibt es einen Abschiedsbrief?«

»Haben wir noch nicht gefunden«, sagte Lieutenant Masclau.

»Jetzt fangen Sie aber bitte nicht an, einen so offensichtlichen Suizid infrage zu stellen«, sagte Zerna.

»Ich weiß nicht …«, zögerte Leon.

»Wenn es jemals ein Motiv für einen Selbstmord gegeben hat, dann bei diesem Kerl«, sagte Masclau. »Er hat ein Kind umgebracht, und ich wette, die anderen drei gehen auch auf sein Konto. Er wusste, dass wir ihm auf den Fersen waren.«

Leon hatte sich die Latexhandschuhe übergestreift. Er packte den Toten an der linken Schulter, hob ihn ein paar Zentimeter von der Tischplatte hoch und beugte sich hinunter, um einen Blick auf die Brust des Opfers zu werfen.

»Einschuss knapp über dem Herzen«, sagte Leon.

»Na, sag ich doch«, Zerna klang schon versöhnlicher.

»Normalerweise schießen sich Selbstmörder beim Suizid in den Kopf«, sagte Leon. »Das ist die sicherste Methode.«

»Das hat er vielleicht nicht gewusst«, meinte Masclau.

»Dieser Kerl hat sich eben zur Abwechslung ins Herz geschossen«, Zerna hatte keine Lust, weiter darüber zu diskutieren.

»Drei Minuten – maximal«, sagte Leon, ohne auf Zernas Bemerkung einzugehen. Die anderen sahen ihn irritiert an. »Ein Schuss in den Herzbeutel, wahrscheinlich sogar in eine der Herzkammern. Das Herz pumpt mit aller Kraft, um den Blutverlust zu kompensieren. Erreicht der Verlust die 40-Prozent-Marke, kollabiert der Körper, und das Opfer stirbt. Das alles dauert etwa drei Minuten.«

»Sage ich doch, der Kerl hat sich erschossen«, meinte Masclau zufrieden.

»Ein schmerzhaftes Ende«, sagte Leon. »Das Opfer erlebt den Tod intensiv mit.«

»Was soll denn das schon wieder heißen?«, fragte Zerna.

»Schmerzen, Panik, den sicheren Tod vor Augen. Was würden Sie tun?«, sagte Leon. »Dieser Mann bleibt sitzen und stirbt ganz ruhig an seinem Schreibtisch.«

Leon betrachtete den Revolver am Boden. Dann ergriff er die rechte Hand des Opfers und untersuchte den Bereich zwischen Daumen und Zeigefinger mit einer Lupe.

»Was suchen Sie da?«, fragte Masclau argwöhnisch.

»Schmauchspuren«, meinte Leon.

»Und, gibt es welche?«, wollte Zerna wissen.

»Ja, eindeutig«, bestätigte Leon.

»Na also«, sagte Masclau. »Ich liebe es, wenn diese Arschlöcher sich selbst entsorgen.«

Leon stand neben dem Toten und sah auf ihn hinab.

»Er wäre auf keinen Fall ruhig sitzen geblieben. Niemals«, sagte Leon nachdenklich.

Kapitel 74

Lilou hatte sich auf eine Bank an der Avenue Vincent Auriol gesetzt, gleich neben der Einfahrt zum *Club L'Oustal del Mar*. Sie hatte eine kleine Reisetasche dabei und natürlich die neue rote Handtasche, die Georges ihr geschenkt hatte. Lilou war aufgeregt. Es gab so viele spannende Dinge, die man tun konnte. Man musste nur raus aus dem Alltag, raus aus diesem Trott von Schule, Hockeyklub, Chorsingen und vor allem raus aus dem Familienleben. Spannend wurde es in dem Moment, wenn man all das hinter sich ließ und den Schritt ins Unbekannte wagte. Maman würde natürlich stocksauer sein, und Leon? In manchen Dingen war auch Leon ein Spießer, und das sagte Lilou, obwohl sie ihn wirklich mochte.

Die Sache war doch ganz einfach: Sie war jetzt siebzehn Jahre alt. Sie konnte gut auf sich selbst aufpassen. Außerdem war sie ja nicht allein. Georges war ein wunderbarer Beschützer, in seiner Nähe hatte sie nichts zu befürchten. Außerdem, was konnte schon auf einem Drei-Tage-Trip mit ihrem Freund passieren? Nizza war ja nicht Beirut. Es lag nur lächerliche anderthalb Autostunden von Le Lavandou entfernt. Alles, was Lilou wollte, war, ihren Spaß zu haben. Georges hatte gesagt, sie würden sich prima amüsieren. Sie würden endlich richtig viel Zeit miteinander verbringen. Und wenn er sich zwischendurch mit ein paar Kunden treffen musste, durfte sie shoppen gehen.

»Na, ist das ein Deal, oder ist das ein Deal?«, hatte Georges sie gefragt, und sie hatte sich mit einem Kuss bedankt.

Sie würde ihrer Mutter ganz viele WhatsApps schicken, damit sie sich keine Sorgen machte. Maman musste einfach verstehen, dass Lilou nicht mehr das kleine Mädchen war, dem seine Mutter morgens ein Butterbrot in die Schultasche steckte. Lilou war jetzt eine erwachsene Frau, und da gab es keinen Schritt mehr zurück.

Ein Hupen riss Lilou aus ihren Tagträumen. Vor ihr hatte der gelbe Porsche gestoppt. Das Verdeck war offen, und im Autoradio lief Jazz, was Lilou cool und erwachsen vorkam.

»Bonjour, schöne Frau«, rief Georges und schob sich die Sonnenbrille auf die Stirn. »Lust auf eine Spritztour?«

»Mal sehen«, spielte Lilou den kleinen Spaß mit. »Ich denke, ich habe gerade etwas Zeit.«

Georges war ausgestiegen. Er griff nach der Reisetasche und warf sie auf die Rückbank. Dann hielt er Lilou die Beifahrertür auf.

»Madame …«, sagte er mit seiner wohlklingenden Stimme, die Lilou jedes Mal in innere Erregung versetzte.

»Merci, Monsieur«, sie lehnte sich zu ihm rüber und küsste ihn auf den Mund.

Georges gab Gas, und der Porsche fuhr Richtung Cannes davon.

Kapitel 75

Es tat ein helles »Ping«, als Leon mit der Pinzette die Kugel aus dem Rücken des Opfers entfernte und sie in die Nirostaschale fallen ließ, die Rybaud ihm hinhielt. Das Geschoss war nicht schwer zu finden gewesen. Leon hatte zunächst vom Brustkorb von André Delbos eine Röntgenaufnahme gemacht. Das Bild hatte Leons Diagnose bestätigt. Die Kugel strahlte wie eine Lampe auf dem Computerbild aus Grautönen. Sie war vorne zwischen der zweiten und dritten Rippe in den Brustkorb eingedrungen und hatte dann die Aorta über der linken Herzkammer durchschlagen. Anschließend war sie in der Lunge stecken geblieben. Also hatte Leon mit seinem Assistenten die Leiche von Monsieur Delbos auf die Brust gedreht, einen kleinen Schnitt unter dem siebten Rippenbogen gemacht und die Kugel mit der Pinzette herausgezogen.

Leon betrachtete das blutverschmierte Geschoss in der Schale. Es war glatt durch das Gewebe geschlagen, hatte sich aber dann an den Rippen verformt. Trotzdem ließ sich das Kaliber noch feststellen. Die Kugel hatte einen Durchmesser von 11 Millimetern.

»Kaliber 32«, erklärte Rybaud. »Stimmt mit der Waffe überein, die die Polizei am Tatort gefunden hat.«

»Ja, ich weiß«, Leon klang missmutig, so als würde es ihn ärgern, wenn die Polizei mit ihren Ermittlungen recht behielt. »Drehen wir ihn wieder um.«

Leon stand vor dem Opfer, das jetzt wieder auf dem Rücken lag. Leon hatte einen weißen dünnen Plastikstab von gut dreißig Zentimetern Länge und etwa drei Millimetern Durchmesser in der Hand. Neben dem Obduktionstisch stand ein Rollwagen mit aufgeklapptem Laptop. Auf dem Bildschirm war das Röntgenfoto vom Brustkorb des Opfers zu sehen.

»Mehr von oben«, sagte Rybaud, der Leons Bewegungen genau beobachtete und mit dem Röntgenfoto verglich.

Leon führte den Plastikstab vorsichtig durch den kurzen Schusskanal, den die tödliche Kugel in Delbos Brustkorb gerissen hatte. Als Leon den Stab losließ, ragte er noch gut zehn Zentimeter aus dem Körper und zeigte deutlich, welche Bahn die Kugel genommen haben musste. Leon trat einen Schritt zurück und betrachtete den Toten, wie ein Bildhauer seine Skulptur betrachtete.

»Wir brauchen Aufnahmen aus drei Perspektiven«, sagte Leon.

»Genau, wie es im Polizeibericht steht«, kommentierte Rybaud. »Suizid durch Schusswaffe.«

»Nein, eben genau nicht wie im Bericht«, widersprach Leon. Und zielte mit dem Zeigefinger von oben auf seine Brust. »In diesem steilen Winkel hätte er die Pistole aufsetzen müssen. Und dann hätte er Blutspritzer an der Hand und der Waffe haben müssen.«

»Nicht unbedingt«, widersprach Rybaud. »Das Opfer hatte ein Hemd an, das könnte die Spritzer abgefangen haben.«

»Möglich, aber nicht wahrscheinlich«, sagte Leon. »Keine Pulvereinsprengungen im Stoff. Das haben Sie selbst gesagt.«

Während sein Assistent die Aufnahmen machte, zog Leon die Lupe von der Decke. Er schaltete die LED-Beleuchtung an und betrachtete damit Daumen, Zeigefinger und Handgelenk des Opfers.

Leon griff zu einem Wattestäbchen, drückte es gegen das Handgelenk und zog es dann vorsichtig zurück. Er schaltete noch eine Lupe dazu und betrachtete seinen Fund.

»Haben Sie was gefunden, Patron?«, Rybaud hatte sich zu Leon gebeugt.

»Sehen Sie selbst«, sagte Leon und lehnte sich ein wenig zurück, um seinem Assistenten hinter der Lupe Platz zu machen.

»Dünne Folie, hellbraun«, sagte Rybaud, »könnte von einem Klebeband stammen.«

»Es stammt von einem Klebeband, da bin ich sicher«, Leon steckte die Probe in eine Kunststoffphiole und verschloss sie. »Das soll sich das Labor ansehen.«

»Mach ich gleich«, sagte Rybaud.

»Haben Sie schon die Ergebnisse der toxikologischen Untersuchung?«, fragte Leon.

Es geschah häufig, dass sich Selbstmörder vor ihrer Tat mit Schlafmitteln oder Psychopharmaka sedierten. Leon wusste, dass ihre Untersuchungen bereits die Todesursache von Delbos bestätigt hatten: Verbluten nach Zerstörung der Aorta durch Schussverletzung. Aber seine Zweifel an der Selbstmordtheorie wurden von Stunde zu Stunde größer.

Rybaud kam mit einem Ausdruck in der Hand aus dem Labor und reichte ihn Leon.

»Und, wie sieht es aus?«, fragte er seinen Assistenten.

»Sehen Sie sich die Werte der Benzodiazepine an«, Rybaud tippte auf eine bestimmte Stelle der Auswertung. »Und beim Ketamin.«

»Da wollte jemand auf Nummer sicher gehen«, sagte Leon zufrieden.

»Die Dosierung ist ziemlich hoch«, sagte Rybaud.

»K.-o.-Tropfen. Bei der Menge ist kein Mensch mehr in der Lage, sich zu erschießen, schon gar nicht von schräg oben ins Herz«, sagte Leon.

»Sie denken, der Selbstmord ist nur vorgetäuscht?«, fragte Rybaud.

»Irgendjemand will, dass wir glauben, André Delbos hätte sich das Leben genommen«, sagte Leon nachdenklich.

»Dafür haben wir aber keine Beweise«, beharrte Rybaud geradezu pedantisch auf den Fakten.

»Noch nicht«, sagte Leon. »Aber ich werde sie finden.«

Kapitel 76

In der Kantine war wieder jeder Platz besetzt. Der Tod des Kindermörders war seit Stunden das Gesprächsthema in der Gendarmerie Nationale, und alle waren überzeugt, dass der Besitzer des Gartencenters genau das bekommen hatte, was er verdiente. Im Nachhinein hatten es alle sowieso schon lange gewusst oder zumindest geahnt, dass mit diesem Delbos etwas nicht stimmte. Hatten sich die Leute nicht schon immer gefragt, warum sich Delbos im Tennisverein für die Jugendmannschaft mit einer solchen Hingabe engagiert hatte? Und warum hatte der Unternehmer keine Frau? Anwärterinnen hätte es genug gegeben, aber keine schien dem Herrn Großgärtnereibesitzer gut genug. Jetzt hatte er sich das Leben genommen – nicht so ungewöhnlich für einen Serienmörder, der am Abgrund stand. Da war sich die Gerüchteküche so einig wie selten.

Am Kopfende des Tisches saß Zerna, und zum ersten Mal seit Wochen schien es, als würde der Polizeichef lächeln. Mehr noch, dachte Leon, der wie immer ein paar Minuten zu spät zur Besprechung kam, der Polizeichef strahlte. Als Leon den Raum betrat, verstummten die Gespräche, und die Blicke richteten sich auf ihn. Leon konnte in den Augen der Polizisten lesen, was sie von ihm erwarteten. Sie wollten Bestätigung für ihre Vorurteile. Sie hätten am liebsten gesehen, dass er dem vermeintlichen Serienmörder vor ihren Augen noch einmal den Brustkorb aufschnitt und ihm das Herz herausriss. Leon sollte demonstrieren, was gut und was böse war, sollte ihnen die Welt erklären. Und vor allem sollte er dafür sorgen, dass nach der Sitzung alles wieder so war wie früher, in den guten alten Zeiten.

Leon lächelte still. Seine Erkenntnisse entsprachen leider absolut nicht dem, was sich seine Zuhörer von ihm erhofften.

»Kommen Sie hierher!«, rief ihm Zerna gut gelaunt zu und winkte ihn jovial zu dem unbesetzten Stuhl direkt neben sich. Eine ungewöhnliche Geste von dem Mann, der eigentlich in ständiger Konkurrenz mit ihm stand.

»Danke«, sagte Leon und nahm ein paar Papiere aus seiner Aktentasche, die er vor sich auf den Tisch legte und auf die der Polizeichef einen misstrauischen Blick warf.

Zerna räusperte sich, stemmte seine Hände auf den Tisch und sah seine Mitarbeiter an.

»Bevor wir uns mit den Einzelheiten dieser Untersuchung beschäftigen«, begann Zerna, »möchte ich erst einmal meinen Dank an all die unermüdlichen Kolleginnen und Kollegen aussprechen, die an der Lösung dieses Falls mitgearbeitet haben.«

»Darf ich schnell die Gelegenheit nutzen?«, drängte sich Kommissarin Lapierre dazwischen, die links neben dem Polizeichef saß. »Ich möchte mich, auch im Namen meiner Kollegen von der Kriminalpolizei in Toulon, für die großartige Arbeit bedanken, die Sie alle geleistet haben. Ganz herzliche Grüße soll ich Ihnen allen auch von Staatsanwalt Orlandy übermitteln.«

Die Kommissarin schüttelte die Faust wie ein Preisboxer, eine lächerliche und unangemessene Geste bei diesem Stand der Dinge, wie Leon fand. Aber jeder, der einen Stift oder einen Schlüssel zur Hand hatte, fiel mit lautem Klopfen in das allgemeine Eigenlob ein.

»Ich wünschte mir«, übernahm Zerna wieder die Führung der Veranstaltung, »alle Fälle würden sich so zügig aufklären lassen wie der Mord an dem kleinen Ermias. Damit übergebe ich an unseren Médicin légiste. Was haben die Untersuchungen ergeben, Docteur?«

»Leider kann ich Ihre Überzeugung über eine erfolgreiche Klärung des Kindermordes nicht teilen«, sagte Leon.

Die Gespräche verstummten, und alle sahen ihn mit vorwurfsvollen Blicken an, wie einen Mann, der während des Gottesdienstes in der Kirche laut gefurzt hatte.

»Sie haben mir doch vor einer Stunde am Telefon bestätigt, dass die Todesursache im Fall André Delbos eindeutig feststeht.«

»Das tut sie auch. Aber die Umstände, die zum Tod geführt haben, sind alles andere als eindeutig«, sagte Leon.

»Ich habe den Kerl doch gesehen. Er saß tot an seinem Schreibtisch. Toter geht's gar nicht«, versuchte Masclau einen Scherz, und ein paar Beamte lachten.

»Fest steht nur, dass Delbos an einer Schussverletzung gestorben ist. Wobei die Kugel seine linke Herzschlagader, die Aorta, getroffen hat. Durch den raschen und sehr starken Blutverlust starb der Mann innerhalb der folgenden drei bis fünf Minuten«, referierte Leon, »das ist aber auch schon alles, was feststeht.«

»Moment, wir haben doch auch die Waffe«, sagte Zerna, »und wir haben eine Kugel, die aus dieser Waffe abgefeuert wurde. Das habe ich doch so weit richtig verstanden, Docteur?«

»Absolut«, sagte Leon.

»Und das ist die gleiche Waffe, mit der auch Ermias und drei weitere unbekannte Jungen im Schilf getötet wurden?«, wollte Isabelle wissen.

»Wir bekommen den schriftlichen Bericht zwar erst heute

Nachmittag, aber die Ballistik hat uns das bereits vorab bestätigt«, sagte Leon.

»Danke, dann ist doch alles geklärt«, sagte Zerna.

»Es bleiben aber einige Umstände, die Fragen aufwerfen«, sagte Leon.

»Und die wären, bitte?«, der Polizeichef klang jetzt nicht mehr freundlich. Seine Stimme hatte wieder etwas Lauerndes, als könne er es gar nicht abwarten, Leon einen Fehler nachzuweisen.

»Da wäre zunächst der Winkel, mit dem die Kugel in den Körper von Delbos eingedrungen ist.« Leon griff nach den Papieren und reichte Zerna und der Kommissarin einen Ausdruck der Aufnahmen, die Rybaud gemacht hatte.

»Wie Sie auf den Fotografien sehen, kam der Schuss von schräg oben. Delbos hätte mit seiner rechten Hand und dem Arm eine völlig unnatürliche Haltung einnehmen müssen, um einen solchen Schuss ausführen zu können.«

»Unnatürlich ist es auch, Selbstmord zu begehen«, sagte Masclau, »der Kerl hat es aber trotzdem getan.«

»Zweitens«, sagte Leon, der sich nicht ablenken ließ, »halte ich es für ausgeschlossen, dass ein Mensch, der innerhalb von wenigen Minuten mehr als vier Liter Blut verliert, ruhig an seinem Schreibtisch sitzen bleibt.«

»Allerdings hat er an seinem Schreibtisch gesessen, als wir ihn gefunden haben«, ergänzte Isabelle.

»Das ist richtig, und dafür gibt es unseren Untersuchungen nach zwei Gründe: Erstens hatte Delbos eine größere Menge von K.-o.-Tropfen zu sich genommen.«

»Na klar, er hat sich Mut angetrunken, wen wundert's?«, platzte Masclau dazwischen.

»Lieutenant, bitte«, sagte Isabelle.

»Drittens«, referierte Leon unbeirrt weiter, »haben wir an Delbos' Handgelenken Spuren von Klebeband gefunden. Woraus ich schließe, dass er eine Zeit lang gefesselt war.«

»Sie schließen, aber wissen tun Sie es nicht«, sagte Zerna verärgert darüber, dass Leon ihm seinen Erfolg madig machen wollte. »Vergessen Sie nicht: Wir haben eine Waffe, mit der vier Kinder getötet worden sind. Sie ist auf Delbos registriert. Und wir haben einen verzweifelten Täter, der allen Spuren nach zu urteilen Selbstmord begangen hat. Was wollen Sie denn noch?«

»Ich habe Zweifel am Motiv«, sagte Leon.

»Das liegt vermutlich daran, dass Sie noch nicht auf dem neuesten Stand der Ermittlungen sind.« Zerna machte eine kurze dramaturgische Pause und schien Leons Neugier zu genießen. »Wir haben bei Delbos Tausende von Dateien mit kinderpornografischem Inhalt gefunden. Zwei komplette Festplatten voller digitaler Fotos und Filme, die gerade von einer Spezialabteilung bei den Kollegen in Toulon ausgewertet werden.«

»Das ist für mich noch kein zwingendes Motiv«, erklärte Leon.

»Wie bedauerlich, für mich ist es ein Motiv«, sagte Zerna. »Das war der typische Selbstmord eines Mannes, der nicht mehr weiterwusste.«

Leons Handy kündigte mit einem Summen den Eingang einer SMS an. Leon warf einen kurzen Blick darauf.

»Es geht um die DNA«, sagte Leon. »Wir haben an der Kleidung von Delbos dieselbe unbekannte DNA gefunden wie bei Olivier, Lagarde und Bayrou.«

»Na und?«, fragte Masclau gelangweilt. »Stammen vielleicht von einem Mitarbeiter aus der Gärtnerei. Standen die Namen der Opfer nicht alle auf der Kundenliste von Delbos?«

»Das ist richtig«, sagte Isabelle, schränkte dann aber sofort ein, »und doch wäre ein Mord durchaus denkbar. Die Spuren von

Klebeband und die starken Drogen, die das Opfer unbeweglich gemacht haben, sprechen dafür.«

»Hätte ich mir denken können, dass Sie die Geschichte von unserem Docteur als Erste kaufen«, sagte Zerna.

»Ich kaufe keine Geschichten, Commandant. Aber ich lasse mich von Fakten überzeugen«, sagte Isabelle.

»Der Medikamentenspiegel seines Bluts hat sehr hohe Werte bei Ketamin und Benzodiazepin angezeigt«, ergänzte Leon.

»Was bedeutet das?«

»André Delbos war nach den K.-o.-Tropfen wie gelähmt. Er hat alles mitbekommen, was mit ihm geschah. Er konnte in diesem Zustand aber unmöglich schießen«, erklärte Leon. »Wenn sich trotzdem Schmauchspuren an seiner rechten Hand befinden, dann hat jemand ihm diese Spuren nachträglich beigebracht.«

»Und wie sollte das jemand gemacht haben?«, fragte Masclau.

»Der Täter hätte Delbos erschießen können. Danach hätte er einen weiteren Schuss abgeben können, bei dem er die Waffe dem angeblichen Selbstmörder in die Hand drückt«, erklärte Leon.

»Und wohin soll er diesen ominösen Schuss gefeuert haben?« Zerna genoss die kleine Auseinandersetzung mit Leon, bei der er immer wieder zu Isabelle sah. »Weder wir noch die Spurensicherung aus Toulon hat in dem Büro Hinweise auf einen zweiten Schuss gefunden.« Er hob beide Hände. »K.-o.-Tropfen, Klebeband, ein zweiter Schuss«, grummelte Zerna. »Warum sollte sich jemand so viel Mühe gegeben haben?«

»Weil der Mörder wollte, dass sein Opfer jeden Moment seines Todes miterlebte«, erklärte Leon. »Delbos sollte miterleben, wie mit dem Blut das Leben aus ihm herausströmte.«

»Beweisen Sie mir, dass es einen zweiten Schuss gab, und ich werde statt wegen Selbstmordes wegen Mordes ermitteln«, sagte Zerna.

»Den Beweis werde ich Ihnen liefern, Monsieur Zerna«, sagte Leon. »Da bin ich ganz sicher.«

Kapitel 77

Es war ein warmer Sonntag geworden. Leon und Isabelle nutzten die seltene Gelegenheit für einen gemeinsamen Spaziergang. Sie hatten die Schuhe ausgezogen und wanderten ein Stück die Bucht entlang. Immer dicht an der Wasserlinie, dort, wo die Wellen ausrollten und der Sand nass und fest war, sodass man, ohne einzusinken, mühelos am Strand spazieren konnte. Die beiden gingen nebeneinanderher und hielten sich an der Hand.

»Also?«, fragte Leon.

»Was meinst du mit ›also‹?«

»Du willst mir doch etwas sagen«, meinte Leon. »Und ich denke mal, es hat nichts mit dem Job zu tun.«

»Es geht um Lilou.«

»Was ist mit ihr?«

»Sie ist weg ...«

»Was?« Leon klang plötzlich besorgt.

»Nein, nicht so, wie du vielleicht denkst. Sie ist mit diesem Georges unterwegs.«

»Verstehe«, sagte Leon.

»Sie ist weggefahren. Einfach so. Kannst du dir das vorstellen?« Isabelle war verärgert. »Hat einfach die Tür zugemacht. Kein Gespräch. Hat mich nicht mal gefragt, was ich darüber denke.«

»Sie wollte nicht wissen, was du darüber denkst«, bemerkte Leon nüchtern.

»Vielen Dank.«

»Lilou will selbst bestimmen, wie ihr Leben verläuft«, sagte Leon.

»Du weißt, dass sie dafür noch zu jung ist.«

»Immerhin beweist sie Courage«, sagte Leon. »Sie ist bereit, etwas zu riskieren für ihr Glück.«

»Mit mir kann sie doch reden, oder etwa nicht?« Isabelle wirkte verunsichert.

Leon konnte den unglücklichen Unterton in Isabelles Stimme hören.

»Ich bin doch keine blöde Spießerin. Warum spricht sie nicht mit mir?«

»Das hat meine Mutter mich auch mal gefragt«, Leon legte seinen Arm um Isabelles Schultern. »Das muss kurz vor dem Abitur gewesen sein, da wollte ich die Schule hinschmeißen.«

»Ich mach mir Sorgen, Leon«, Isabelle schob seinen Arm zur Seite.

»Sie lässt sich von uns keine Vorschriften machen, in wen sie sich verlieben darf und in wen nicht.«

»Von uns? Du meinst von mir.«

»Von mir lässt sie sich auch nichts sagen.«

»Von wegen, sie glaubt doch, dass du die absolute Wahrheit kennst. Du bist ihr Held.«

»Nicht, wenn es um ihre Beziehungen geht«, Leon schüttelte den Kopf.

»Es ist nur ...«, Isabelle holte tief Luft, als könnte sie ihre Sorgen wegatmen. »Du weißt ja, was ich dir über diesen Georges erzählt habe.«

»Ich weiß nur, dass die Gendarmerie Nationale ihn im Visier

hat«, sagte Leon. »Lilou ist schlau, die merkt selbst, wenn etwas mit diesem Georges nicht stimmt.«

»Aber statt ihn zum Teufel zu schicken, fährt sie mit ihm nach Nizza«, sagte Isabelle.

»Weil sie nicht wahrhaben will, was sie sowieso längst ahnt«, sagte Leon. »Dass die Sache zwischen ihr und Georges keine Zukunft hat.«

»Dieser Georges und seine Freunde, die sind nicht gut für Lilou.«

»Was willst du machen? Ihn festnehmen?«

Isabelle war stehen geblieben und sah Leon an.

»Habe ich mir überlegt«, antwortete sie kurz.

Leon bewunderte Isabelle, wenn sie sich von der kontrollierten Polizistin in eine Löwenmutter verwandelte.

»Lilou weiß, dass sie sich auf dich verlassen kann«, sagte Leon, »das gibt ihr doch die Kraft und die Sicherheit.«

»Glaubst du wirklich?«

»Das weiß ich.«

Die beiden gingen für einige Minuten schweigend nebeneinanderher.

»Es gibt da was, wo du mir helfen könntest«, sagte Leon.

»Lass mich raten. Es geht um Monsieur Delbos?«

»Wenn ich allein in das Gartencenter gehe, dreht unser Polizeichef durch.«

»Zu Recht, weil es nicht dein Job ist, Leon.«

»Gib mir nur dreißig Minuten am Tatort. Danach vergessen wir die Sache.«

»Versprochen?«, fragte sie.

»Versprochen.«

Kapitel 78

Der gelbe Porsche rollte mit offenem Verdeck durch die warme Nachmittagssonne von Cannes. Vorbei am Meer, an den Palmen und vorbei am Hotel *Carlton*, vor dem die Touristen ihre Selfies machten. Lilou hatte sich zurückgelehnt, und ihr entgingen nicht die Blicke der jungen Männer am Straßenrand. Sie genoss das Leben.

»Lass uns vorm Abendessen noch in die Bar gehen, bitte«, sagte Lilou und sah zu ihrem Freund herüber, der immer wieder nervös in den Rückspiegel schaute.

»Ich fürchte, daraus wird heute leider nichts, ma petite princesse«, Georges sah sie nicht an.

»Macht nichts«, Lilou seufzte vor Wohlbehagen. »Dann gehen wir eben nach dem Essen in die Bar.«

»Wir müssen vielleicht weiter nach Nizza, heute Abend noch«, sagte er, und Lilou sah ihn ungläubig an. »Jetzt schau nicht so. So ist das nun mal, wenn man erfolgreich sein will. Das Geschäft geht vor.«

»Du hast gesagt, wir gehen in dieses tolle Lokal am Strand, von dem du den Besitzer kennst und wo wir …«

»Ich sagte vielleicht«, plötzlich war Georges' Stimme gar nicht mehr so sanft und verständnisvoll, sondern aggressiv. »Du wolltest die Croisette entlangfahren. Na bitte, wir fahren die Croisette entlang.«

»Ist ja schon gut«, Lilous Ton war ein wenig maulig. »Seit wir hier sind, bist du so komisch. Ich dachte, wir machen uns zwei schöne Tage.«

»Machen wir ja, Prinzessin, machen wir ja auch.« Georges klappte die Sonnenblende herab und setzte seine Ray-Ban-Brille auf. Lilou war sich nicht sicher, ob ihr Freund das als Schutz vor der Sonne tat oder ob er verhindern wollte, dass man ihn erkannte.

»Tut mir leid. Ich hatte mich so drauf gefreut, dass wir zusammen wegfahren.«

»Ich freue mich doch auch. Habe ich dir nicht Cannes versprochen, ma petite? Voilà, machen wir uns eine gute Zeit«, Georges' Stimme sollte heiter und gelöst klingen, aber sein Blick in den Rückspiegel wirkte auf Lilou irgendwie gestresst.

»Warum siehst du immer in den Rückspiegel?«, fragte sie.

»Tu ich doch gar nicht«, Georges reagierte wie ein kleiner Junge, den man beim Klauen erwischt hatte.

Lilou merkte an seinem Ton, dass sie recht hatte.

»Andauernd siehst du in den Rückspiegel«, sagte Lilou und drehte sich auf dem Sitz um und sah nach den Autos, die hinter ihnen fuhren. Aber sie konnte nichts Besonderes erkennen.

»Was soll das?«, fragte Georges gereizt. »Willst du mit mir streiten?«

»Nein, will ich nicht. Echt nicht, Georges«, sagte Lilou besänftigend. »Ich habe nur gedacht, weil ...«

»Weil was?«

»Seit wir unterwegs sind, bist du irgendwie so ... so anders.«

»Rede keinen Quatsch«, sagte er in einem versöhnlicheren

Ton. »Da vorne kommt ein Bistro. Was hältst du von einem Cappuccino im Jachthafen?«

»Kaffee im Jachthafen klingt toll.«

Georges trat aufs Gas. Der Motor des Porsche gab ein kraftvolles Röhren von sich und zog mühelos an ein paar Autos vorbei. Lilou sah auf die Bucht, in der zwei Megajachten langsam durchs tiefblaue Meer glitten.

Kapitel 79

»Ist doch gut, wenn man Freunde bei den Flics hat«, sagte Leon und sah zu, wie Isabelle das Polizeisiegel an der Eingangstür des Gartencenters aufriss.

»Zerna gibt gerade eine Pressekonferenz«, sagte Isabelle.

»Da kann er aber nur die halbe Wahrheit erzählen.«

»Warten wir es ab.«

Die stellvertretende Polizeichefin zog einen Schlüsselbund aus der Tasche ihrer Uniformjacke und schloss die Tür auf. Im Inneren der großen Verkaufsräume war es angenehm kühl.

»Was wohl aus all den Pflanzen wird?« Isabelle musterte die kniehohen Lavendelbüsche.

»Die Klimaanlage läuft in jedem Fall noch.«

Isabelle war vor Delbos' Büro stehen geblieben. Sie öffnete die Tür mit dem Generalschlüssel.

»Du hast eine halbe Stunde«, sagte sie. »Ich hoffe, du findest was.«

»Danke«, sagte Leon und betrat den Raum.

In Delbos' Büro hatte sich nichts verändert. Nur das Blut war inzwischen geronnen. Irgendwie hatten es ein paar Fliegen in den abgeschlossenen Raum geschafft und sich an dem Blutfleck am Boden niedergelassen. Außerdem führten zwei blutige Fußspuren über den hellen Parkettboden.

Dort, wo der Tote mit dem Oberkörper auf dem Schreibtisch gelegen hatte, gab es jetzt eine freie Fläche in der Blutlache. Wie ein Schatten im Blut, dachte Leon. Er ging hinter den Schreibtisch und stellte sich vor, er säße auf dem Stuhl. Mit Klebeband an die Lehnen gefesselt, unfähig, einen klaren Gedanken zu fassen, unfähig, sich zu rühren. Und vor ihm würde der Unbekannte stehen. Entschlossen, sein Opfer leiden zu lassen.

Zunächst musste der Täter Delbos mit K.-o.-Tropfen sediert haben. Aber nur so stark, dass Delbos zwar keine Kontrolle mehr über seinen Körper hatte, aber alles mitbekam, was geschah. Dazu musste der Unbekannte sein Opfer auf dem Stuhl fixiert haben. Vielleicht hat er noch mit ihm gesprochen, dachte Leon. Ihm gedroht oder erklärt, warum er das alles tat.

Schließlich stand der Täter vor seinem Opfer und schoss ihm mit der Pistole in die Brust. Nicht in den Kopf, das hätte den schlagartigen Tod bedeutet. Nein, der Unbekannte zielte auf das Herz seines Opfers. Die Kugel durchschlug die Lunge und traf die Aorta. Das bedeutete Schmerzen für das Opfer, während es seinen sicheren Tod vor Augen hatte. Menschen wissen, dass sie sterben werden, wenn ihr Herz verletzt ist. Sie spüren genau, wann der Kampf ums eigene Leben verloren ist.

Die Kugel zerriss die Aorta, das Gefäß mit dem höchsten Blutdurchfluss. Ab diesem Zeitpunkt pumpte das Herz das Blut nur noch aus dem Körper hinaus. Und mit jedem Pulsschlag ging ein Stück Leben verloren. Das Sterben hatte begonnen, und es dauerte drei entsetzlich lange Minuten.

Der Mörder musste anschließend die Pistole sauber abgewischt haben, um seine Fingerabdrücke zu vernichten. Dann hatte er die Waffe seinem Opfer in die Hand gelegt. Delbos konnte sehen, was sein Mörder tat. Aber schon der Versuch, sich zu wehren, war sinnlos, Delbos hatte keine Kontrolle mehr über seine Muskeln. Nur noch Sekunden trennten ihn vom sicheren Tod.

Leon sah sich um. Ein Schuss, der Unbekannte hatte einen Schuss abgefeuert, der die Kugel verschwinden ließ und gleichzeitig Pulverspuren in die Hand des Opfers brannte, die einen Selbstmord vortäuschen sollten.

Leon ging zu dem Regal. Die Akten waren unversehrt. Die weiß getünchten Wände ebenmäßig. Die gerahmten Fotos exotischer Blumen unbeschädigt. Der Kühlschrank mit der Edelstahltür sah brandneu aus. Leon zögerte einen Augenblick. Verrannte er sich vielleicht in eine fixe Idee? Hatten Zerna und die anderen recht, für die ein Selbstmord von Anfang an offensichtlich war?

Die Palme, dachte Leon und betrachtete den gut zwei Meter hohen Baum. Um den Stamm war ein Kärtchen mit dem Preis gebunden: hundertzwanzig Euro, und mit dem lateinischen Namen Phoenix canariensis. Die Palme stand in einer 40 Zentimeter hohen Wanne, die mit Erde gefüllt war. Leon betrachtete den Baum. Dann bückte er sich und griff in den Pflanzentopf. Er nahm eine Handvoll Erde aus dem Topf und streute sie auf den Parkettboden. Mit den Fingern kämmte er die Erde durch, schob sie zur Seite und schöpfte die nächste Erde aus der Wanne.

»Was machst du da?« Isabelle war in der Tür aufgetaucht.

Als Leon diesmal die Erde durch die Finger rieseln ließ, tat es einen Klack, als wäre ein Geldstück zu Boden gefallen.

»Das ist ein Tatort, den können wir unmöglich so zurücklassen.«

Leon reagierte nicht und starrte konzentriert auf den Boden. Er spürte mit der rechten Hand locker durch die Erde. Dann ertastete er etwas und drehte es wie einen kostbaren Diamanten zwischen Daumen und Zeigefinger gegen das Licht der Sonne.

»Was ist das?«

»Eine Kugel, Kaliber 32, würde ich sagen«, Leon sah Isabelle mit triumphierendem Blick an. »Kein Selbstmord, es war Mord.«

Kapitel 80

Leon nippte an seinem Café Crème. Diese kleine Entspannung hatte er sich mehr als verdient, dachte er. Noch vor einer halben Stunde hatte er in Zernas Büro gestanden und sich von einem verärgerten Polizeichef vorhalten lassen müssen, vorschriftswidrig in die Ermittlungen der Polizei eingegriffen zu haben. Dabei war der Polizeichef gerade erst bei Télé6 in den Mittagsnachrichten aufgetreten und hatte stolz die Erfolge der Gendarmerie Nationale gelobt. Sie hätten die Kindermorde aufgeklärt und den Täter gefunden. Damit ging, nach Meinung des Senders, nicht nur eine grauenvolle Mordserie zu Ende, die sich offensichtlich über mehr als ein Jahrzehnt hingezogen hatte. Die Gendarmerie Nationale hatte damit auch den Eltern die Angst um die Sicherheit ihrer Kinder genommen. Ab sofort konnten die Familien wieder unbesorgt ihren Urlaub genießen, und die Kinder durften wieder unbeschwert am Strand spielen. Le Lavandou würde sich in das Ferienparadies an der Côte d'Azur zurückverwandeln.

Da war es dem Polizeichef egal, ob der Mörder seinem Leben selbst ein Ende bereitet hatte oder ob Leon eine Pistolenkugel aus den Wurzeln einer Palme gepult hatte. Bevor Zerna wegen eines nicht bewiesenen Mordes die Menschen verwirrte, wollte er erst einmal abwarten, ob die Kugel überhaupt aus der fraglichen Waffe stammte. Der Bericht der Ballistik würde erst in zwei oder drei

Tagen vorliegen. Bis dahin galt die Ansage: André Delbos hatte Selbstmord begangen.

Und genau das hatte Zerna der Reporterin Brigitte Dupin heute in dem Interview auch gesagt, das in dieser Sekunde auf dem Fernseher hinter Jérémys Theke zu sehen war. Dieser Delbos hatte sich in seinem Büro erschossen, und Polizeichef Zerna hatte es gerade bestätigt. Die Gäste im *Chez Miou* waren zufrieden. Hauptsache, das Gute hatte gesiegt und das Leben konnte endlich wieder so weitergehen wie bisher.

»Gratuliere, Docteur! Wie ich sehe, waren Sie auf ganzer Linie erfolgreich«, Anwalt Fontaine klatschte ein paarmal in die Hände und deutete vor Leon eine kleine Verbeugung an.

»Danke, Maître«, sagte Leon, »aber geschnappt hat ihn die Polizei. Ich bin nur für die rechtsmedizinischen Spuren zuständig.«

»Ich bin ein wenig eifersüchtig«, sagte der Anwalt mit einem Lächeln. »Sie untersuchen das Opfer und geben Ihre Erkenntnisse an den Staatsanwalt weiter. Fertig. Da fängt meine Arbeit erst an.«

»Etwas habe ich mich immer gefragt«, antwortete Leon. »Wenn Ihnen ein Mensch als Anwalt anvertraut, dass er einen Mord begangen hat, verteidigen Sie dann trotzdem seine Unschuld?«

»Den da hätte ich bestimmt nicht verteidigt«, antwortete der Anwalt mit einem Nicken in Richtung Fernseher, wo immer noch der Bericht über Delbos lief, »egal, was er mir erzählt hätte.«

»Ein Anwalt mit Gewissen«, sagte Leon und bedauerte es im selben Moment schon wieder. »Entschuldigen Sie ...«

»Schon gut. Die Antwort auf Ihre Frage lautet Ja. Man kann jemanden moralisch verachten und ihn trotzdem verteidigen. Schließlich hat in Frankreich jeder Angeklagte das Recht auf einen Anwalt. Aber eigentlich bin ich gekommen, um mit Ihnen eine Runde Boule zu spielen.«

»Da muss ich für heute leider passen«, Leon sah kurz auf seine Uhr, als hätte er einen wichtigen Termin. »Ein anderes Mal gerne.«

Leon konnte dem Anwalt unmöglich sagen, was er wirklich vorhatte. Dass er nämlich einen kleinen Ausflug auf den Friedhof von Bormes unternehmen würde, weil ihm eine Idee im Kopf herumspukte, in der es um den Tod eines Kindes ging, der über fünfundzwanzig Jahre zurücklag.

An einem so sonnigen Juninachmittag wie heute hatten die Leute anderes vor, als den Toten einen Besuch abzustatten. Der Totenacker von Bormes war kein romantischer Ort. Es war ein staubiges Gräberfeld nördlich der kleinen Gemeinde direkt an der Départementstraße 41. Der Eingang lag in einer Haarnadelkurve. Das Eingangstor stand offen. Schmiedeeisern, die schwarze Farbe blass und abgeschliffen vom ewigen Mistral.

Leon sah sich um, er war der einzige Besucher. Leon kannte das Grab von Jean-Claudes Frau. Er hatte den Freund schon öfter hierher begleitet. Während der Ex-Legionär mit seiner toten Frau dann stumme Zwiesprache gehalten hatte, war Leon über den Friedhof spaziert und hatte die Namen und Berufe der Toten auf den Steintafeln studiert. Hier waren Schuster, Fischer und Bootsbauer beerdigt worden, aber das war Jahrzehnte her. Bei den neueren Gräbern waren nur noch der Name und das Geburts- und das Sterbedatum aufgeführt. So wie auch bei dem Grab des kleinen Émile Clément.

Der Grabstein war aus schwarzem Granit. Die Buchstaben waren einmal golden gewesen. Unten auf dem Stein, in der rechten Ecke, stand der Name der Mutter. Zwei Jahre später war sie ihrem Sohn gefolgt. Andere Verwandte gab es nicht. Das Ungewöhnliche an dem Grab waren nicht die Namen, sondern die vier Kerzen, die auf dem Stein standen. Rote Glaslichter mit Blechdeckeln, die die kleinen Flammen gegen Regen und Wind schützten.

Die Lichter waren neu. Die Kerze ganz rechts außen schien gerade erst hingestellt worden zu sein. Sie war noch keinen Zentimeter heruntergebrannt, und am Glas klebte noch ein Rest von der Schutzfolie. Vor dem Stein am Boden lag ein frischer Strauß Mimosen.

Leon war stehen geblieben und betrachtete das Grab. Vier Männer waren ermordet worden. Vier Männer, die ein gemeinsames Geheimnis hatten, und hier, auf dem Grab eines kleinen Jungen, schienen diese Schicksale irgendwie zusammenzufinden. Oder war das alles nur ein Zufall? Vielleicht gab es jemanden, der seine Taten bereute und hier, am Grab eines Zehnjährigen, Abbitte leistete.

Leon versuchte, die Enden in diesem geheimnisvollen Fall zusammenzuführen. Er war beinahe sicher, dass Delbos alle vier Jungen getötet hatte, deren Leichen die Polizei mit Leons Hilfe gefunden hatte. Es war die »Handschrift« des Mörders, die ihn so sicher machte. Die toten Jungen, die niemand kannte, ihre Verkleidung und natürlich Delbos' Fingerabdruck in dem Plastiksack, in dem das erste Opfer gefunden worden war. Aber wer hätte ein Interesse daran, diesen Kindermörder, diesen Delbos zu töten? Wer konnte all die Jahre von den schrecklichen Taten gewusst und trotzdem geschwiegen haben? Und wer hatte die anderen Männer getötet, und warum hatte er sie vorher so leiden lassen?

Leon war bis zu der Stelle gegangen, an der die Mauer von einem Zaun unterbrochen war. Er blieb stehen und spürte die warme Abendbrise, die feucht und salzig die Hügel hinaufzog. Von diesem Platz aus konnte er auf die Dächer von Bormes-les-Mimosas sehen, die in den letzten warmen Sonnenstrahlen rot leuchteten.

Kapitel 81

Die Stimmung zwischen Lilou und Georges war gelöst. Er hielt ihr die Tür auf, und sie verließen das Fischrestaurant in der Altstadt, in dem sie köstlich zu Abend gegessen hatten. Sie hatten zusammen eine Flasche Rosé getrunken, und Lilou war froh, dass sie sich jetzt bei ihrem Freund einhängen konnte. Allein hätte sie das Auto vielleicht nicht mehr gefunden. Es war inzwischen nach zehn Uhr, und da das Restaurant abseits vom großen Trubel der Croisette lag, waren auch die Gassen für eine Stadt wie Cannes angenehm leer. Sie liefen eine lange Treppe zum Hafen hinunter, wo Georges den Wagen auf einem großen Parkplatz abgestellt hatte.

»Danke für das Essen«, sagte Lilou.

»Hat es dir gefallen?« Georges machte nicht den Anschein, als würde ihn das wirklich interessieren.

»Mmh, und wie. Es war superlecker«, sagte Lilou.

»Wie viel hast du getrunken?«, fragte er.

»Weiß nicht. Aber ich fühle mich ganz leicht«, sagte Lilou und wollte ihn auf den Mund küssen, aber er wich ihr aus.

»Ist was?«, fragte sie.

»Ich muss dir etwas sagen«, Georges war stehen geblieben.

Lilou sah ihren Freund mit einem Blick an, der keine gute Nachricht erwartete.

»Wir müssen schon morgen zurück. Ich muss nach Spanien.«

»Nicht wirklich, oder? Wir wollten doch …«, Lilou unterbrach sich, konnte nicht glauben, was er ihr eben gesagt hatte. »Ich habe meiner Mutter gerade noch eine WhatsApp geschrieben …«

»Na und, jetzt kannst du ihr noch eine schreiben, dass du morgen wiederkommst.«

»Warum musst du nach Spanien?«

»Ich habe es dir schon mal gesagt: Ich rede nicht über Geschäfte. Es gibt da ein kleines Hotel, Richtung Autobahn«, sagte Georges. »Ich habe schon angerufen wegen eines Zimmers. Die haben noch was für heute Nacht.«

»Aber wir könnten doch …«

»Ich werde darüber nicht diskutieren«, raunzte Georges Lilou an.

Von der Treppe aus konnte Lilou den Parkplatz sehen, auf dem nur noch eine Handvoll Autos standen. Der gelbe Porsche parkte ganz hinten in der Reihe. Sie beobachtete zwei Männer, die von unten die Treppe betraten und jetzt auf sie und Georges zukamen. Sie schienen auf sie gewartet zu haben. Lilou spürte, wie Georges' Griff an ihrem Arm fester wurde.

»Scheiße«, fluchte Georges.

»Wer ist das?«, fragte Lilou.

»Du sagst kein Wort.« Es klang wie eine Drohung. Georges war stehen geblieben.

»Guten Abend, Georges. Na, kleiner Ausflug in die alten Jagdgründe? Und auch noch in so charmanter Begleitung«, sagte ein blonder Mann von Anfang dreißig. Er trug eine dunkelrote Jeans und ein Sakko über dem Hemd. Er wirkte drahtig und gut trainiert. Sein Partner war ein paar Jahre älter und hatte den Kopf rasiert, sodass man das Tattoo sehen konnte, das vom Hals bis zum Schädel hinaufreichte. Er war weniger gepflegt gekleidet. Über der Jeans trug er ein hellblaues Hemd mit Blumenmuster.

»Wer sind die Männer?« Lilou sah trotz der spärlichen Straßenbeleuchtung, dass Georges blass geworden war.

»Was wollt ihr?«, fragte Georges.

»Georges, nicht so unhöflich, stell uns erst mal die junge Dame vor.«

»Ich möchte bitte weitergehen«, Lilou versuchte, energisch zu wirken.

»Oh, là, là, eine mutige Begleiterin dazu. Gefällt mir«, sagte der Blonde.

»Du schuldest uns fünfundvierzig Riesen, und Pierre ist stocksauer.«

»Was denkt ihr, dass ich das Geld dabeihabe? Einfach so? Ist doch lächerlich.«

»Ach ja«, sagte der Mann mit dem Tattoo und zog eine automatische Pistole aus seinem Gürtel, die man unter dem weiten Hawaiihemd nicht sehen konnte.

»Georges, bitte, lass uns gehen«, flüsterte Lilou, und ihre Stimme wurde ganz klein vor Angst.

»Du hast deine Termine verpasst«, sagte der Blonde, »dreimal. Du weißt ja, was passiert, wenn man Pierre dreimal hängen lässt.«

»Hört zu, Leute«, sagte Georges, und Lilou bemerkte ein leichtes Zittern in seiner Stimme. »Ich hab was im Wagen. Eine Anzahlung sozusagen.«

»Wie viel?«

»Zwanzig Riesen«, sagte Georges, »hab sie im Auto gleich hier auf dem Parkplatz.«

»Hol es«, sagte der Tätowierte. »Husch, husch, zisch ab.«

»Wir bleiben hier und warten«, sagte der Blonde. »Die Kleine bleibt natürlich hier bei uns.«

»Bin gleich zurück«, sagte Georges zu Lilou.

»Aber du kannst mich doch nicht einfach hierlassen?« Lilou sah zu den beiden Männern.

Georges lief, ohne sich umzusehen, die Treppe hinunter. Der Mann mit dem Tattoo packte Lilou am Arm. Sie war viel zu verwirrt, um sich zu wehren. Was hätte sie auch gegen diese beiden Männer ausrichten können? Lilou sah ihrem Freund fassungslos hinterher.

»Er ist ein Arschloch, das solltest du eigentlich wissen«, sagte der Blonde zu Lilou.

»Was macht er denn da?«, fragte der Tätowierte plötzlich, der Georges keine Sekunde aus den Augen gelassen hatte. »Was soll das denn?«

Von der Treppe aus konnte Lilou sehen, wie Georges in den gelben Wagen einstieg. Aber er holte kein Geld aus dem Kofferraum, sondern startete den Motor. Im nächsten Moment schoss der Porsche über den nächtlichen Parkplatz, fädelte sich in den Verkehr ein und verschwand in Richtung Hafen.

»Verdammte Scheiße, ist der irre?«, der Mann mit dem Tattoo zog Lilou ganz nahe an sich heran und schüttelte sie. »Wo-will-er-hin?«

»Ich weiß es nicht. Ich schwöre es: Ich habe keine Ahnung.« Jetzt liefen Lilou Tränen über die Wangen. Sie sah den Blonden fassungslos an. »Er ist einfach weggefahren?«

»Lass die Kleine los«, sagte der Blonde und zog sein Handy aus der Tasche. »Die weiß doch nichts.«

»Schätze, dein Freund hat dich gerade sitzen lassen«, sagte der Mann und ließ Lilou los.

»Was soll ich denn jetzt machen?«, sagte Lilou hilflos.

»Keine Ahnung«, der Blonde zeigte Richtung Parkplatz. »Da unten um die Ecke gibt's ein Bistro, heißt *Bellevue*.«

Grußlos verschwanden die Männer und liefen die Treppe hinunter. Ohne sich noch einmal nach Lilou umzusehen.

»Hab ich's nicht gesagt? Einmal Arschloch, immer Arschloch«, sagte der Tätowierte zu seinem Partner.

Lilou stand einen Augenblick wie erstarrt auf der Treppe. So als müsste sie sich konzentrieren, um aus einem bösen Traum aufzuwachen. Sie trug noch immer ihre rote Handtasche über der Schulter. Ihre Reisetasche mit ihren Klamotten war zusammen mit Georges und dem Porsche soeben in die Nacht verschwunden. Mit zittrigen Knien ging sie die Stufen zum Parkplatz hinunter. Gleich um die Ecke befand sich das Bistro.

Kapitel 82

Die Nacht war tiefschwarz. Leon saß hinter dem Steuer von Isabelles Renault und konzentrierte sich auf die Straße. Er fuhr zu schnell, aber die Autobahn A8 war um diese Zeit so gut wie leer. Isabelle saß neben ihm und sah schweigend nach draußen. Sie hatten die Fenster geöffnet. Der Fahrtwind trieb warme Luft in den Wagen, die nach Staub und heißem Asphalt roch.

Das Telefon hatte kurz vor elf geläutet. Leon und Isabelle hatten in der Küche gesessen und sich Gedanken gemacht, ob sie in letzter Zeit Lilou gegenüber vielleicht nicht streng genug gewesen waren. Vielleicht hätten sie Lilou den Ausflug entschiedener verbieten sollen, sagte Isabelle. Was hätten sie schon riskiert außer einer Streiterei und zugeschlagenen Türen?

»Ihre letzte SMS war irgendwie merkwürdig kühl«, sagte Isabelle und zitierte: »Ist ganz schön voll hier. Essen gut.«

»Was hast du erwartet?«, fragte Leon, »heißen Klatsch von der Liebesnacht?«

»Ich will doch nur, dass es ihr gut geht«, sagte Isabelle und sah Leon an. »Ja, ich habe ein komisches Gefühl bei dem Ausflug. Hatte ich von Anfang an.«

»Wenn Lilou etwas bewiesen hat«, sagte Leon, »dann, dass sie auch in schwierigen Situationen zurechtkommt.«

»Du denkst, ich wäre eine von diesen Helikoptermüttern, stimmt's?«

»Ich denke, du machst dir einfach nur Sorgen. Was dein gutes Recht ist, nach allem, was passiert ist«, sagte Leon.

»Du weißt doch, was man sagt: einmal Mutter, immer Mutter.«

Leon lächelte Isabelle an und strich ihr sanft mit dem Handrücken über die Wange.

»Wahrscheinlich sitzt sie jetzt in Cannes in irgendeiner schicken Bar«, hatte Leon gesagt. »Das sollten wir auch tun. Stattdessen sitzen wir in der Küche und machen uns Gedanken, ob ihr neuer Freund einen schlechten Einfluss auf sie hat.«

Kurz darauf hatte Isabelles Handy auf der Kommode geläutet, wie ein Stichwort des Schicksals, und Isabelle hatte Leon einen Atemzug lang angesehen. Dann war sie aufgesprungen, zur Kommode gegangen und hatte auf das Display ihres Smartphones geschaut.

»Lilou, das ist Lilou«, Isabelle hatte das Telefon ans Ohr gehalten, als ahnte sie bereits etwas. Und statt einer Begrüßung sagte sie nur: »Was ist passiert, mein Schatz?«

Leon konnte nur völlig hilflos zusehen, wie Isabelle mit ihrer Tochter telefonierte. Es wurde gemurmelt, und es flossen Tränen.

»Ist was passiert?«, fragte Leon nach einer Weile dazwischen, und Isabelle schüttelte verneinend den Kopf.

Doch schon nach wenigen Sekunden sprach wieder die Polizistin aus Isabelle. Sie erkundigte sich nach der genauen Adresse und ordnete an, dass Lilou sich in das Bistro setzte und das Lokal auf gar keinen Fall mehr verlassen durfte. Leon und sie würden kommen und sie dort abholen. Heute Nacht, jetzt.

Die Strecke Le Lavandou–Cannes beträgt 145 Kilometer. Aber mitten in der Nacht war die Autobahn durch das Hinterland wenig befahren. Und wenn man es mit der Geschwindigkeitsbeschränkung nicht so genau nahm, konnte man die Strecke auch in eineinhalb Stunden schaffen.

Leon hatte darauf bestanden, dass er fuhr. Isabelle könne gerne übernehmen, wenn sie sich ein wenig beruhigt habe. Sie hatte zuerst protestiert, aber schließlich doch Leon fahren lassen. Die erste halbe Stunde saß Isabelle schweigend auf dem Beifahrersitz.

»Ich weiß, du würdest ihn am liebsten foltern und erschießen«, sagte Leon.

»Keine schlechte Idee«, sagte Isabelle, und Leon wusste, dass sie jetzt wieder lächelte. »Und du sorgst dafür, dass man uns nicht erwischt. Wofür bist du denn der Médecin légiste.«

»Weißt du was«, sagte Leon, »ich bin eigentlich ganz froh, dass der Idiot sich auf diese Weise verdrückt hat. Das ist zwar bitter für Lilou, aber damit ist sie ihn wenigstens los.«

»Das ist ganz schön herzlos«, sagte Isabelle.

»Nein, das ist nur realistisch.«

Leon folgte den Anweisungen des Navis quer durch die Altstadt. Es war Viertel vor eins, als Leon und Isabelle in die kleine Straße einfuhren, die zum Bistro *Bellevue* führte. Schon von Weitem sah man, dass das Lokal inzwischen geschlossen und die Leuchtreklame abgeschaltet war. Dabei war es noch keine zehn Minuten her, dass Isabelle ihre letzte SMS geschickt und Lilou sofort darauf geantwortet hatte. Aber jetzt war das Licht aus und der Platz leer. Für einen kurzen Moment spürte Isabelle Angst in sich aufsteigen.

»Da vorne ist sie«, Leon zeigte auf eine Bank gleich gegenüber dem Bistro. Dort saß Lilou. Die Beine angezogen, hielt sie ihre Knie umschlungen und hatte sich unsichtbar gemacht. Leon stoppte den Wagen, Isabelle sprang aus dem Auto, und Lilou, die den Wagen ihrer Mutter gleich erkannt hatte, stand auf und ging langsam auf sie zu.

»Der Typ von dem Bistro hat gesagt, er könne nicht länger warten«, sagte Lilou mit kleiner Stimme.

Isabelle antwortete nicht, nahm ihre Tochter in den Arm und hielt sie fest. Lilou weinte, ihre Mutter weinte, und Leon stand ein wenig hilflos daneben. Dann legte auch er seinen Arm um die beiden.

»Kommt, lasst uns nach Hause fahren.«

Kapitel 83

In den frühen Morgenstunden war ein kurzer, aber heftiger Schauer über Le Lavandou niedergegangen. Doch inzwischen war die Sonne herausgekommen, und die Ladenbesitzer stellten ihre Auslagen wieder nach draußen. Die Betreiber der Strandrestaurants steckten Schirme in den Sand und schüttelten die Liegestühle wie nasse Hunde, die sich das Wasser aus dem Pelz schleuderten.

Leon war zu Fuß unterwegs. Er betrat den Tabac-Laden von Michel. Eigentlich wollte er wie üblich die »FAZ« kaufen, aber die war nicht geliefert worden. Also kaufte er, ganz entgegen seinen sonstigen Gewohnheiten, eine Ausgabe des »Var-Matin«.

Kurz darauf saß er im *Chez Miou*, und Yolande servierte ihm wie üblich das Petit Déjeuner, das seinem Namen alle Ehre machte. Es bestand aus zwei Stück Baguette, Butter in einer homöopathischen Dosis, einem Minitöpfchen Aprikosenmarmelade und einem Klecks Honig. Dazu gab es einen Café Crème.

»Darf ich Ihnen sonst noch etwas bringen, Docteur?«, fragte Yolande und sah Leon mit ihren blauen Augen an, die sie mit reichlich Kajalstift und Lidschatten zu vergrößern versuchte.

»Danke, alles bestens«, antwortete Leon. Sie blieb stehen und sah ihn herausfordernd an. Eigentlich wollte Leon sich jetzt in aller Ruhe seiner Zeitung widmen, aber so leicht machte es ihm Yolande nicht.

»Neue Frisur«, sagte Leon, als wäre das das Zauberwort, und Yolande strahlte.

»Ich war bei einem neuen Friseur in Toulon. Maître Tic. Gefällt es Ihnen?«

»Es sieht großartig aus, steht Ihnen«, das war eine lässliche Lüge, dachte Leon.

»Sagen Sie, wenn Sie noch etwas brauchen«, meinte Yolande und tippelte in kleinen Schritten davon, wie sie dies bei den Frauen in ihrer Lieblingsshow »Das Supermodel« so bewunderte.

Leon versteckte sich hinter seiner Zeitung und rührte sich reichlich Zucker in seinen Kaffee.

»Weltreisender im Namen der Kirche – unser zukünftiger Bischof«, so war die Geschichte auf Seite vier des »Var-Matin« betitelt. Sie füllte die untere Hälfte der Seite und zeigte ein Foto von einem salbungsvoll lächelnden jungen Priester im Kreis von drei dunkelhäutigen einheimischen Jungen irgendwo in der Karibik. Leon las den Artikel und erfuhr, dass Vincent Lambert Vollwaise gewesen war, der bei einer entfernten Verwandten aufwuchs. Er entwickelte schon sehr früh eine starke soziale Ader, schrieb der Autor des Artikels voller Bewunderung für den zukünftigen Bischof. Vincent Lambert arbeitete neben seinem Theologiestudium freiwillig als Erzieher in einem staatlichen Internat für Jungen, einem Collège bei Draguignan. Als dieses Collège im Sommer 2000 in ein Priesterseminar umgewandelt wurde, schickte die Diözese den vielversprechenden jungen Priester zu einer kleinen Gemeinde auf Martinique. Dort blieb er für zwei Jahre und wurde dann von der Kirche zu einer ebenso kleinen Gemeinde auf der Insel Mayotte vor Mosambik geschickt. Dort verbrachte er weitere zwei Jahre, bis er zurück nach Bordeaux in Frankreich berufen wurde. Von dort aus, mit einem kurzen Aufenthalt in Aix-en-Provence, kam er schließlich als Dekan zur Diözese Fréjus-Toulon. Jetzt, nach fünfundzwanzig Jahren im Dienst der heiligen Kirche, würde sich sein lang gehegter Traum erfüllen, schrieb der Journalist, wenn der Erzbischof ihn in drei Tagen zum Bischof weihen würde.

Leon starrte wie gebannt auf den Artikel, der keine fünfzig Zeilen umfasste, denn da stand ein Name, der in seinem Kopf Alarmglocken schrillen ließ: ein Collège bei Draguignan. Das Collège Provençal. Dieser Name begleitete ihn, seit er mit dem Fall des toten Jungen vom Strand zu tun hatte. Die Spur reichte von dem toten Unternehmer Bayrou über einen Zehnjährigen, der vor fünfundzwanzig Jahren ums Leben gekommen war, bis zu einem prominenten Dekan, der in wenigen Tagen zum Bischof geweiht werden sollte. Leon hatte natürlich keine Beweise für seine Vermutungen, aber er hatte das Gefühl, dass das ehemalige Internat in den alten Mauern des Collegium Okzitanum der Schlüssel zu diesem Fall sein könnte.

Kaum eine Viertelstunde später war Leon in seinem Cabriolet unterwegs. Er hatte das Dach geöffnet und die Landstraße über La-Garde-Freinet gewählt. Er wollte in aller Ruhe durch die Ausläufer des Massif des Maures rollen, Radio Nostalgie hören und über diesen geheimnisvollen Fall nachdenken.

Jetzt war er bereits zum zweiten Mal auf dem Weg nach Draguignan, dachte Leon. Er war aufgeregt, und er war sicher, auf der richtigen Spur zu sein. Umso mehr, als Hausmeister Berthier am Telefon eigenartig zurückhaltend gewesen war, als Leon seinen Besuch ankündigte.

Eine Stunde später hielt Leon auf dem Parkplatz vor dem Haupteingang des Collegium Okzitanum, wie das ehemalige Collège heute hieß. Der Hausmeister schien bereits auf ihn gewartet zu haben. Kaum hatte Leon die Eingangshalle des Gebäudes betreten, tauchte Berthier auf und bat Leon, ihm in die Werkstatt zu folgen.

»Man hat mich gebeten, nicht mit Ihnen zu sprechen«, sagte Berthier.

»Wer?«

»Der Leiter des Collegiums«, sagte Berthier, dem die ganze Angelegenheit mehr als peinlich war.

»Was soll ich tun?« Leon machte ganz bewusst Druck. Berthier sah ihn hilflos an. »Soll ich vielleicht wieder nach Hause fahren? Was schlagen Sie vor?«

»Ich brauche diesen Job, das müssen Sie verstehen. Meine Rente«, Berthier hob die Hände. »Puh, die Rente ist ein Witz.«

»Sie haben letztes Mal erzählt, dass es Mitte der Neunziger eine große Vertuschung gab«, erinnerte Leon den Hausmeister, »ging es da um Missbrauch?«

»Von Missbrauch habe ich nichts gesagt«, verteidigte sich Berthier sofort.

»Aber gemeint haben Sie es«, Leon musterte Berthier, der zu überlegen schien, was er jetzt tun sollte. »Sie könnten helfen, den Tod eines Jungen aufzuklären. Was ist Ihnen die Wahrheit wert, Monsieur Berthier?«

Der Mann sah Leon eine Weile schweigend an. Dann schien er einen Entschluss gefasst zu haben.

»Wonach suchen Sie?«, fragte Berthier zögernd.

»Es geht um die Erzieher«, er deutete auf das Foto über Berthiers Werkzeugbank. »Sie haben gesagt, dass Sie jede Menge von diesen alten Aufnahmen hätten. Ich suche eines der Klasse von 1996.«

»Ich habe keine Ahnung, ob es so was noch gibt«, sagte Berthier.

»Na, dann lassen Sie uns danach suchen«, sagte Leon unerschrocken.

Berthier war zur Rückseite des Raumes gegangen, an der verschlissene Umzugskisten gestapelt waren.

»Ich sage es Ihnen aber gleich. Das wird eine ziemlich staubige Angelegenheit«, warnte Berthier.

Es dauerte über eine Stunde, und Leon wollte bereits aufgeben, als er schließlich doch noch ein Foto fand. »Sommer 1996« hatte jemand mit weißem Stift in die obere rechte Ecke der Aufnahme geschrieben. Die Schüler der fünften Klasse hatten sich zum Schuljahresbeginn auf der Treppe zur Kapelle aufgebaut. Auf den unteren beiden Stufen standen die achtzehn Schüler der ersten Collège-Klasse und auf den beiden Stufen darüber ihre Erzieher. Einige von ihnen hatten ihre Hände auf die Schultern der Schüler gelegt. Die Geste hatte etwas Besitzergreifendes. Die Jungen sahen mit so ernsten Gesichtern in die Kamera, dass Leon sich fragte, womit der Fotograf ihnen wohl vor der Aufnahme gedroht hatte.

Das Foto war während des Umbaus offenbar feucht geworden, wie alles, was sich in dieser Umzugskiste befand. Leon wischte vorsichtig das Bild sauber.

»Hier«, Berthier reichte Leon die rechteckige Lupe, die auf einem Stapel von Fotografien lag. Er tippte auf einen der Jungen, der ganz am Rand der Schülergruppe stand.

»Der da, das ist Émile«, sagte Berthier.

»Erkennen Sie die Erzieher?«, fragte Leon.

»Vielleicht ein paar«, sagte Berthier abweisend. Dann machte er eine Bewegung mit dem Zeigefinger. »Sie müssen es umdrehen.«

Auf der Rückseite klebte ein mit der Schreibmaschine geschriebener Zettel, auf dem die Namen aller Personen auf dem

Foto erfasst waren. Die Namen der Schüler waren zum Teil von Feuchtigkeitsspuren verwischt, die Liste der Erzieher dagegen war gut zu erkennen. Der Name André Delbos stand da, außerdem Mathieu Bayrou, Nicolas Lagarde, Pascale Olivier und Vincent Lambert.

Sie kannten sich also alle von früher, dachte Leon. Er glaubte nicht an Zufälle. Leon vertraute nur den Fakten, und das hier waren Fakten. Fünf junge Männer hatten im Jahr 1996 im Collège Provençal mit schwer erziehbaren Jugendlichen gearbeitet. Heute, fünfundzwanzig Jahre später, waren vier dieser Männer tot. Alle wurden innerhalb von wenigen Tagen ermordet. Alle bis auf einen, den zukünftigen Diözesanbischof von Fréjus-Toulon.

Dieses Foto war vielleicht kein Beweis, aber es würde vieles erklären, dachte Leon.

»Könnte ich das Foto haben?«, fragte Leon.

»Ich darf Ihnen das Bild nicht geben, das ist ausgeschlossen«, sagte Berthier entschuldigend, als er Leon das Bild wieder abnahm. »Ich musste der Seminarleitung versprechen, mit niemandem über Interna der Schule zu sprechen.«

»Es wäre ja nur das eine alte Foto aus der Kiste«, versuchte es Leon noch einmal.

»Ich darf nicht, tut mir leid«, Berthier legte das Bild auf seinen Arbeitstisch, »allerdings, wenn Sie es beim Herausgehen mitnehmen, dann würde ich es bestimmt nicht bemerken, bei all den Fotos, die wieder zurück in den Karton müssen.«

Berthier griff einen der Kartons, um ihn zu den anderen zurückzutragen.

»Auf Wiedersehen, Docteur«, sagte Berthier.

Der Hausmeister verschwand im hinteren Teil des Raumes. Leon nahm das Foto und steckte es in die Tasche seines Sakkos.

»Bonne journée«, sagte Leon und ging.

Kapitel 84

»Definitiv nein«, Zernas Absage klang nicht nur empört, sondern auch endgültig.

Der Polizeichef hatte das Klassenfoto vor sich auf dem Tisch liegen. Isabelle und Leon saßen ihm gegenüber auf den Besucherstühlen. Zerna hatte sie extra niedrig ausgewählt, damit seine Besucher sofort verstanden, wer in diesem Büro das Sagen hatte. Isabelle griff noch einmal zu der Aufnahme.

»Und die Namen stimmen?«, sie drehte das Bild um und sah Leon an.

»Soweit ich weiß, schon. Aber die Gendarmerie kann das bestimmt leicht überprüfen lassen.«

»Hier wird gar nichts überprüft«, sagte Zerna. Leon konnte sich nicht erinnern, den Polizeichef je mit so rotem Kopf gesehen zu haben. »Geben Sie schon her.«

Zerna nahm seiner Stellvertreterin das Foto ab und warf es auf seinen Schreibtisch, als wäre es toxisch.

»Ich muss Sie ja nicht weiter darauf hinweisen«, sagte Zerna streng, »dass Sie mit Ihren Sondertouren in die Ermittlungen der Polizei eingegriffen haben. Vielleicht haben Sie deren Arbeit sogar behindert. Das wäre dann bereits eine Straftat.«

»Das denke ich nicht«, antwortete Leon ganz ruhig, »ich habe nur ein Indiz, das mir während meiner Arbeit in die Hände gefallen ist, umgehend an die Gendarmerie Nationale von Le Lavandou weitergeleitet.«

»Jetzt werden Sie mal nicht spitzfindig, Docteur«, sagte der Polizeichef. »Was wollen Sie mit diesem Unsinn überhaupt erreichen?«

»Wir haben vier Opfer«, erklärte Leon, »alles Männer um die fünfzig, alle wurden getötet, und alle sind auf diesem Foto zu sehen.«

»Das muss nichts heißen«, wiegelte Zerna ab.

»In diesem Fall doch«, widersprach Leon. »An allen Opfern fand sich die gleiche Fremd-DNA. Und es gibt nur eine Person aus der Gruppe, die noch am Leben ist.«

»Sie wollen doch nicht ernsthaft unseren zukünftigen Bischof in diesen Dreck mit reinziehen?« Zernas Stimme war voller Verachtung. »Das können Sie nicht wollen.«

»Niemand will den Dekan verdächtigen«, sagte Leon. »Ganz im Gegenteil, ich möchte Vincent Lambert von jedem Verdacht ausschließen.«

»Und Sie glauben, die Gendarmerie könnte mal so eben einen DNA-Test durchziehen? Mit einem der prominentesten Bürger unseres Départements?«

»So etwas könnte man ja ganz unauffällig machen«, sagte Isabelle.

»Unauffällig, Sie haben ja keine Ahnung«, sagte Zerna. »So eine Sache kommt raus. Irgendwann kommt immer alles raus. Damit würden Sie in den Medien einen Tornado auslösen.«

»Es ist nur ein Wattestäbchen«, sagte Leon bewusst naiv. »Wir könnten es zum Beispiel hier im Büro machen. Das dauert keine fünf Sekunden.«

»Sie unternehmen gar nichts, Docteur«, Zerna machte eine drohende Gebärde. »Das Gleiche gilt für Sie, Capitaine Morell.

Ich muss ein paar Telefonate machen. Wenn das hier schiefgeht, will ich nicht derjenige sein, dem das alles um die Ohren fliegt. Das werde ich mir absichern lassen, von ganz oben. Wir reden am Nachmittag noch mal darüber. Um vier in meinem Büro.«

Kapitel 85

Leon saß in seinem Auto und versuchte, sich zurechtzulegen, was er dem Mann sagen wollte, dem er in Kürze gegenüberstehen würde. Er war hin- und hergerissen zwischen Loyalität gegenüber seinem Auftraggeber, der Staatsanwaltschaft von Toulon, und all den Opfern, deren Tod er so dringend aufklären wollte. Egal, wie viel Porzellan er dabei zerschlug.

Eigentlich hatte Leon noch mal in die Rechtsmedizin gehen wollen. »In seinem Kopf aufräumen«, wie er das nannte. Akten lesen, Laborergebnisse neu bewerten und Tatortfotos betrachten. Er wollte überprüfen, ob er nicht doch irgendetwas übersehen hatte. Leon saß noch keine Viertelstunde hinter seinem Schreibtisch, als das Telefon läutete. Das bedeutete, dass jemand bei der Klinikleitung anrief, die man nur über die Zentrale erreichte. Es war also etwas Offizielles, wahrscheinlich die Staatsanwaltschaft. Könnte die bereits von seinem geplanten DNA-Test erfahren haben? Hatte Zerna den Staatsanwalt vielleicht bereits informiert? Leon griff zum Hörer.

»Ja, Ritter«, meldete er sich.

»Sekretariat der Präfektur Toulon, Madame Lireux«, sagte eine energische Frauenstimme am anderen Ende der Leitung. »Spreche ich mit dem Leiter der rechtmedizinischen Abteilung der Klinik Saint-Sulpice, Docteur Leon Ritter?«

»Das ist richtig«, sagte Leon.

»Der Präfekt möchte mit Ihnen reden.«

»Der Präfekt des Var?«, fragte Leon überrascht.

»Natürlich, wer denn sonst«, die Sekretärin klang jetzt etwas kühl. »Deswegen rufe ich Sie ja an.«

»Verstehe«, korrigierte sich Leon schnell. »Ich spreche natürlich gerne mit dem Präfekten. Stellen Sie mich doch bitte durch.«

»Vielleicht habe ich mich nicht deutlich ausgedrückt«, sagte die Sekretärin frostig. »Monsieur le Préfet erwartet Sie in seinem Amtssitz, in einer Stunde.«

»Eine Stunde ... Ich weiß nicht, ob ich es so schnell schaffe, Madame«, wollte Leon sagen, wurde aber harsch unterbrochen.

»In einer Stunde also. Melden Sie sich bitte an der Pforte der Präfektur.« Damit hängte Madame Lireux auf.

Zum Präfekten gerufen zu werden bedeutete in Frankreich eine Menge. Der Präfekt eines Départements war in etwa mit dem Ministerpräsidenten eines deutschen Bundeslandes vergleichbar. Die französischen Präfekten wurden vom Präsidenten der Republik direkt ernannt. Sie waren in ihrem Département auch Chef der Polizei und anderer nichtmilitärischer Einheiten. Der Präfekt des Var, Michel Meuron, war relativ neu im Amt. Er hatte seine bisherigen Erfahrungen im Überseedépartement La Réunion gesammelt, bevor der französische Präsident ihn nach Toulon geschickt hatte. Leon hatte in all den Jahren erst einmal mit einem Präfekten persönlich gesprochen. Aber das war mit dem Vorgänger von Monsieur Meuron gewesen. Dem neuen Präfekten war er noch nie begegnet. Die Präfekten in Frankreich waren so etwas wie kleine Könige, und ein ungeschriebenes Gesetz lautete: Wenn der Präfekt rief, musste man antreten.

Dass der Präfekt ihn kommen ließ, bedeutete zweierlei: Erstens, die Angelegenheit war so wichtig, dass sie sogar vom Innenministerium in Paris aus beobachtet wurde. Und zweitens ging es um eine Angelegenheit, bei der man sich böse die Finger verbrennen konnte.

Die Präfektur in Toulon war nicht eben ein großer architektonischer Wurf. Ein fünfeckiger Bau aus Beton und Glas, den man von Weitem auch für ein Hallenbad oder ein Umspannwerk halten konnte. Im Eingang gab es Personenschleusen und Security. Leon musste gleich zweimal seine Carte d'identité vorlegen. Ohne schriftliche Einladung könne er niemanden in das Gebäude lassen, wollte der Chef der Security ihn abweisen. Als Leon erklärte, dass er einen Termin beim Präfekten persönlich hätte, wurde der Sicherheitsmann schon umgänglicher und griff zum Telefon. Drei Anrufe später schien er sich bis in das Vorzimmer des Präfekten telefoniert zu haben. Jedenfalls begegnete er Leon von da an mit ausgesuchter Höflichkeit.

»Wenn Sie mir bitte folgen würden, Docteur«, sagte der Security-Mann und hielt dem Besucher sogar die Tür auf.

Sie durchquerten den verwinkelten Bau und landeten zuletzt an einem gläsernen Ausgang, der in den Park führte, der die Präfektur umgab. Hier warteten unter einem Vordach ein paar Lounge Chairs auf Besucher, aber Leon blieb lieber stehen.

»Es könnte eine Weile dauern«, sagte der Mann von der Security.

Doch keine Minute später öffnete sich bereits die Tür. Präfekt Michel Meuron war kleiner, als Leon ihn sich vorgestellt hatte, aber auch dicker. Der Präfekt hatte wache, eng stehende Augen, was ihm etwas von einem schlauen Fuchs verlieh. Leon schätzte den Mann auf Anfang sechzig, das Haar voll und dunkel, mit einigen Silberstreifen dazwischen.

»Docteur Ritter«, begrüßte der oberste Mann des Départements seinen Besucher.

»Monsieur le Préfet«, benutzte Leon die übliche Anredeform.

»Ich habe viel von Ihnen gehört. Ihre Erfolge sind ja geradezu legendär.« Dabei lächelte der Präfekt so, dass Leon nicht sicher war, ob die Bemerkung vielleicht ironisch gemeint war.

»Das Rechtsmedizinische Institut hat in letzter Zeit mehrfach zum Erfolg der Gendarmerie Nationale beitragen können«, antwortete Leon diplomatisch.

»Nicht so bescheiden, Docteur«, sagte der Präfekt und dann zu dem Security-Mann: »Wenn Sie uns jetzt allein lassen würden.«

Der Mitarbeiter zog sich hinter die Glastür zurück. Dieser Teil des Parks war nicht öffentlich und nur vom Gebäude aus zu betreten. Es war also so gut wie ausgeschlossen, dass man hier unerwünschten Besuchern begegnete.

»Mögen Sie Oleander?«, fragte der Präfekt. »Kommen Sie, es sind nur ein paar Meter.«

Leon folgte dem Präfekten ein paar Stufen hinunter, dann erreichten sie einen Pfad, der durch einen regelrechten Wald von Oleanderbüschen führte.

»Das ist fantastisch«, Leon sah sich beeindruckt um.

»Ist es tatsächlich«, sagte der Präfekt. »Eine Oase in der hektischen Welt da draußen. Aber deswegen habe ich Sie nicht gebeten hierherzukommen.«

»Dachte ich mir«, meinte Leon.

»Ich möchte Ihnen ein Geheimnis verraten«, sagte der Präfekt und machte eine kleine dramatische Pause. »In der Politik erzielen Sie oft die größten Erfolge, indem Sie nichts tun und den Dingen einfach ihren Lauf lassen.«

»Ich verstehe, was Sie meinen, Monsieur le Préfet.«

»Wirklich? Dann sind Sie der perfekte Politiker, ein Mann, der viel weiß und wenig verrät.« Meuron sah Leon mit leicht schief gelegtem Kopf an. Dabei bemerkte Leon, dass der Präfekt nie blinzelte.

»Ich stecke mitten in einem komplizierten Fall«, sagte Leon.

»Ich habe davon gehört. Wollen Sie den Rat eines alten Hasen hören?«

»Natürlich«, sagte Leon und hoffte, dass man die Lüge nicht heraushörte.

»Lassen Sie die Dinge ruhen. Es ist nicht die Zeit für spektakuläre Verdächtigungen. Was die Menschen suchen, sind Sicherheit, Orientierung und Tradition.«

»Sie glauben, meine Arbeit sorgt für Verunsicherung?«, fragte Leon, aber Meuron ignorierte die Frage.

»Sind Sie dem Dekan schon einmal persönlich begegnet?«

»Leider nicht.«

»Schade, Sie würden sich bestimmt bestens mit ihm verstehen. Ein absolut integrer Mann. Ich denke, die Kirche hat mit Docteur Lambert eine kluge Wahl für das Amt des Bischofs getroffen.«

»Verstehe ich Sie richtig, Monsieur?«, sagte Leon, der sich ärgerte, dass Meuron ihm offenbar sagen wollte, wie er seinen Job zu machen hatte. »Ich soll Docteur Lambert in Ruhe lassen?«

»Mon Dieu, Sie sind Spezialist der Rechtsmedizin, Docteur. Wie könnte ich Ihnen fachliche Ratschläge erteilen?« Der Präfekt hob ein wenig zu theatralisch die Hände. »Aber ich würde in diesem Fall dringend raten, nicht unnötig Staub aufzuwirbeln.«

»Ich bin immer noch nicht sicher, ob ich Sie richtig verstanden habe …?«

»Ich bewundere Ihre Arbeit, Monsieur le Médecin légiste. Ich möchte nur verhindern, dass Sie sich Probleme schaffen, wo es nicht notwendig wäre. Man sollte keine Entscheidungen treffen, bei denen ein Schaden unvermeidbar ist, egal, wie die Sache ausgeht«, Meuron sah demonstrativ auf seine Uhr. »Jetzt muss ich aber zurück an meinen Schreibtisch.«

»Heißt das, ich soll die Untersuchungen einstellen?«

»Nein, auf keinen Fall!« So, wie der Präfekt es sagte, klang es regelrecht beleidigt. »Sie sollen nur nicht unnötig Energie verschwenden«, sagte der Präfekt. »Ich wünsche Ihnen noch einen schönen Tag.«

»Wünsche ich Ihnen auch, Monsieur le Préfet.«

Meuron winkte den Sicherheitsmann heran.

»Würden Sie den Docteur bitte nach draußen begleiten?«

Als Leon dem Sicherheitsbeamten in das Gebäude folgte, sah er, wie ihm der Präfekt kurz zuwinkte.

Leon nahm sich Zeit für die Heimfahrt. Er fuhr die schmale D 42, die die meisten Leute ›Route de Vin‹ nannten, entlang. Wie so oft machte er am Plage de Cabasson halt. Er parkte den Wagen, zog Schuhe und Strümpfe aus und lief ein Stück am Meer entlang. Mit jeder Welle folgte er ein paar Schritte dem zurückweichenden Wasser. Wenn die nächste Welle anrollte, musste er sich beeilen, damit das auflaufende Wasser nicht seine aufgekrempelte Hose erreichte. Ein Spiel, das er hier schon als Kind gespielt hatte. Gegenüber der Bucht, auf einer kleinen schroffen Felseninsel, lag das Fort de Brégançon, der Sommersitz des französischen Präsidenten. Jetzt waren die Fahnen nicht gehisst, woraus Leon schloss, dass der erste Mann Frankreichs seine Ferien noch nicht angetreten hatte.

Leon setzte sich auf die Stufen des Strandrestaurants, das um diese Zeit längst geschlossen war, und dachte über den merkwürdigen Besuch in der Präfektur nach.

Was hatte er sich von dem Besuch erhofft? Eine Art »Carte Blanche«, mit der er schalten und walten konnte, wie er wollte? Stattdessen hatte der Präfekt ihm nur allzu klargemacht, was er von Leon erwartete: nämlich, dass er nichts tat. Dass er brav in seinem Büro saß und die Füße ruhig hielt. Aber warum? Sollte hier etwas vertuscht werden? Das war die Frage, die sich Leon stellte, seit er den Präfekten verlassen hatte.

Leon ließ sich eine Handvoll Sand durch die Finger laufen, der an diesem Strand fein wie Puderzucker war. Hatte er sich zu weit aus dem Fenster gelehnt, als er dem Polizeichef klarmachen wollte, dass die unbekannte DNA, die er an jedem der vier Opfer gefunden hatte, wahrscheinlich vom Täter stammte? War es denkbar, dass diese Spuren tatsächlich von dem Dekan stammten? Bisher war das Ganze nur eine vage Vermutung, aber sie hatte jetzt schon für Aufruhr gesorgt.

Wie hatte Leon in der Besprechung den Täter genannt: einen kalten Killer, der das Sterben seiner Opfer genoss? Konnte sich wirklich jemand den zukünftigen Bischof von Fréjus-Toulon in dieser blutigen Rolle vorstellen?

Es war eine bekannte Tatsache in Ermittlerkreisen, dass man in den meisten Fällen den Tätern die Tat nicht ansah, aber ein Bischof als Serienkiller? Angenommen, die unbekannten DNA-Spuren an den vier getöteten Männern stammten nicht von Dr. Lambert, aber die Medien fanden heraus, dass Leon sie angefordert hatte. Das könnte das Ende der Karriere von Dr. Vincent Lambert bedeuten. Und würde nicht auch der Überbringer der scheußlichen Nachricht gleich mit an den Pranger gestellt? Und wenn die Spuren tatsächlich übereinstimmten? Dann würde eine Übereinstimmung noch lange nicht bedeuten, dass der Dekan auch der Mörder gewesen sein musste. Immerhin wusste Leon auch so von dem Schulfoto, dass sich diese Männer von früher kannten.

Leon beobachtete eine Segeljacht, die in der Abendbrise zurück in den Hafen glitt. Von Weitem war unbeschwertes Lachen zu hören, das der Wind herübertrug.

Kapitel 86

Es waren nur noch drei Tage bis zur Bischofsweihe. Eigentlich die Zeit der Besinnung. Die Zeit, um über das eigene Leben und die Arbeit für die Kirche nachzudenken. Zeit für Gebete, Zeit der Ehrlichkeit, der Demut und der Bescheidenheit. Es war ein Moment der Wahrheit.

Der Dekan hatte sich an diesem Abend mit herzlichen Worten von den Mitarbeitern der Diözese verabschiedet. In kaum mehr als zweiundsiebzig Stunden würde er in die Kathedrale von Toulon einziehen und sie als Bischof wieder verlassen. Er sollte innere Einkehr halten, erfüllt von Dankbarkeit und Glück. Doch in der Seele des Dekans gab es kein Licht, sondern nur Dunkelheit.

Nachdem auch sein persönlicher Sekretär gegangen war, setzte sich Lambert zu Hause an den Schreibtisch in seinem Arbeitszimmer. Er schenkte sich ein Glas Rotwein ein und legte einen Bogen Briefpapier vor sich hin, das in der oberen linken Ecke das Wappen der Diözese trug. Doktor Vincent Lambert war im Begriff, den wichtigsten Brief seines Lebens zu schreiben. Er würde dem Ruf der Kirche nicht folgen, würde das Amt des Bischofs niemals antreten.

Vincent Lambert schob diese Entscheidung schon seit Wochen vor sich her. Er wusste, dass er handeln musste, aber immer, wenn er den letzten Schritt machen wollte, hatte ihn der Mut verlassen. Er hatte sich lieber in dieser glückseligen Vorstellung gesonnt, Bischof zu werden, obgleich eine andere Stimme in seinem Kopf schrie: Das darfst du nicht tun.

Vielleicht stimmte es ja, was viele Kirchenmänner behauptet hatten, dass das Amt des Bischofs einen Menschen verwandelte, den Saulus zum Paulus machte. Das Gute hervorbrachte und das Böse vernichtete. Weil mit diesem Amt auch eine große Bürde einhergehe. Die den Menschen zwang, ehrlich mit sich zu sein, bevor er den letzten Schritt tat. Wie viele Nächte hatte Lambert wach gelegen? Bilder waren vor seinem inneren Auge entstanden. Fürchterliche Bilder, von denen er dachte, er hätte sie schon lange aus der Erinnerung gestrichen. Nicht das Gute, sondern das Böse verfolgte ihn. Böse Erinnerungen stiegen aus den Tiefen der Seele auf wie stinkende Gase aus einem Sumpf.

Ob er Schuld auf sich geladen hatte? Oh ja, er hatte Vertrauen ausgenutzt und seine Macht missbraucht. Er hatte seine Gier und seine Lust befriedigt. Er hatte gelogen und betrogen. Er war kein guter Mensch. Jahrelang hatte er sich getröstet, indem er sich einredete, nicht schuld zu sein. Aber das entsprach nicht der Wahrheit. Er hätte Nein sagen können, jedes Mal. Aber das hatte er nicht getan. Er hatte Dinge getan, für die es keine Buße mehr gab, Dinge, die ihn ein für alle Mal gebrandmarkt hatten.

»Herr, ich habe gesündigt …«, begann er seinen Brief. »Ich bin unwürdig, das Amt des Bischofs von Fréjus-Toulon auszuüben. Möge mir die Kirche, möge mir unser Heiliger Vater vergeben, wo eigentlich nichts zu vergeben ist. Ich habe Schande über die Kirche gebracht.«

Vincent Lambert starrte auf das Blatt, und seine Augen füllten sich mit Tränen.

Kapitel 87

Als der Dekan am nächsten Morgen um Viertel nach acht immer noch nicht zur Besprechung in der Diözese erschienen war, wurde sein Sekretär Jean Bertrand unruhig. Vincent Lambert war für seine Pünktlichkeit bekannt. Unpünktliche Mitarbeiter tadelte er scharf. Bertrand hatte noch nie erlebt, dass der Dekan zu einem Termin zu spät gekommen war.

Pater Jean Bertrand hatte bereits mehrfach versucht, den Dekan auf dem Handy zu erreichen, ohne Erfolg. Auch der Anruf auf dem Festnetz wurde nicht entgegengenommen. Es war eine höchst peinliche Situation. Der Bürgermeister von Le Lavandou wartete schon seit über einer Viertelstunde. Auch der Pfarrer von St. Trophyme, der alten Kirche von Bormes, in der Vincent Lambert heute Abend seine Abschiedsmesse als Dekan halten sollte, wurde bereits nervös.

Der Sekretär versuchte es mit einer Notlüge und erklärte, dass dem Dekan an diesem Morgen nicht ganz wohl sei. Er würde sich aber gegen Mittag melden, und natürlich würde die Messe heute in Bormes-les-Mimosas stattfinden.

Nichts davon entsprach der Wahrheit. Aber was hätte der junge Priester tun sollen? Also verabschiedete er kurze Zeit später seine beiden Besucher. Dann setzte er sich in den Renault der Diözese und fuhr zum Haus des Dekans.

Als Erstes fiel Jean Bertrand auf, dass das Tor zum Hof des Hauses ein Stück weit offen stand. Außerdem war der Mercedes des Dekans aus der Einfahrt verschwunden. Mit einem unguten Gefühl lief der junge Priester zur Eingangstür des Hauses und läutete. Eine melodische Glocke im Inneren des Hauses schlug an, aber niemand öffnete. Bertrand griff zum Schlüssel, den er sich aus der Diözese mitgenommen hatte, und schloss die Tür auf.

»Père?«, rief Bertrand laut. Aber nichts rührte sich.

Der Sekretär ahnte plötzlich, dass etwas Schlimmes geschehen sein musste. Es gab keine Spuren eines Kampfes, keine aufgerissenen Schubladen, keine Scherben, und trotzdem war die Ordnung des gepflegten Hauses irgendwie aus der Balance geraten. Als Bertrand das Arbeitszimmer betrat und den Briefbogen sah, wusste er, dass sich seine düstere Vorahnung bewahrheiten würde. Ein paar Unterlagen waren auf dem Boden verstreut, und im Schlafzimmer des Dekans lagen frische Kleidungsstücke auf dem Bett. Der Dekan hatte ganz offensichtlich noch eine Reisetasche gepackt und ein paar Papiere eingesteckt. Dann war er überhastet aufgebrochen. Vielleicht aber, Jean Bertrand wagte es kaum, den Gedanken zu Ende zu denken, war in diesem Haus auch ein Verbrechen geschehen.

Der junge Priester wartete noch eine halbe Stunde. Ging von Zimmer zu Zimmer. Sah in der Küche sogar in den Kühlschrank, aber da war nichts Besonderes. Schließlich ging er in den Keller. Er versuchte, den Anruf so lange wie möglich hinauszuzögern, als könnte er so den Lauf der Dinge aufhalten. Dann griff Bertrand doch zu seinem Handy.

Das Telefon auf Isabelles Schreibtisch läutete um 9:47 Uhr.

»Morell«, meldete sie sich.

»Bertrand, Pater Bertrand von der Diözese in Toulon. Entschuldigen Sie die Störung«, begann er umständlich.

»Ich erinnere mich«, sagte Isabelle, »wir haben uns auf der Charity für Mali kennengelernt.«

Isabelle erinnerte sich an einen freundlichen, etwas schüchternen jungen Priester, der für den Dekan arbeitete. Sie hatte ihm ihre Karte gegeben und ihm für die freundliche Unterstützung des Projektes gedankt.

»Was kann ich für Sie tun?«, fragte Isabelle.

»Ich fürchte, wir haben ein Problem, Capitaine Morell«, sagte Bertrand. »Und ich wusste einfach nicht, an wen ich mich wenden sollte.«

Zwei Stunden später trat in der Gendarmerie in Le Lavandou ein kleiner Krisengipfel zusammen. Allen Beteiligten war klar, dass nur eiserne Diskretion dem Dekan noch helfen könne. Nichts, keine Bemerkung, keine noch so kleine Information über die Vorgänge in der Diözese durften das Büro des Polizeichefs verlassen. Denn Zerna wusste, sobald irgendetwas nach draußen sickerte, würden sich die Nachrichten wie ein Lauffeuer in Le Lavandou verbreiten.

Zerna hatte sich persönlich zusammen mit seiner Stellvertreterin im Haus des Dekans umgesehen. Sie hatten nach Spuren eines Verbrechens gesucht, aber es gab keine. Der zukünftige Bischof von Fréjus-Toulon war spurlos verschwunden, drei Tage bevor er sein neues Amt antreten sollte. Was Zerna allerdings noch mehr als das Verschwinden des Gottesmannes besorgte, war der begonnene Brief auf dem Schreibtisch des Dekans. Er umfasste nur wenige Zeilen, so, als ob er abgebrochen wurde, weil der Verfasser seinem Leben ein Ende setzen wollte.

Polizeichef Zerna sollte recht behalten, es war so gut wie ausgeschlossen, in einem kleinen Ort wie Le Lavandou ein Geheimnis zu bewahren. Jeder kannte jeden, und es gab keine Familie, von der nicht irgendein Mitglied im öffentlichen Dienst gearbeitet hätte. Und von allen öffentlichen Orten der Stadt war der Tresen des *Chez Miou* wahrscheinlich der öffentlichste. Diesmal war es Michel, der den Ballon platzen ließ.

»Vielleicht hat der verehrte Herr Bischof ja Fracksausen«, sagte Michel gerade so laut, dass es Jérémy und Yolande hören mussten.

»Meinst du, dass er die Messe nicht halten wird?«, fragte Yolande, die den Dekan bewunderte.

»Natürlich wird er die Messe halten. Was soll der Quatsch?«, sagte Jérémy.

»Unser guter Michel hört mal wieder die Flöhe husten«, Véronique war bei ihrem Mittagspastis.

»Alles Gerede«, sagte ein Gast am Tresen.

»Das ist kein Gerede«, Michel senkte die Stimme, »der Bischof ist weg. Ich hab's von meinem Schwager.«

»Und wo ist er?«

»Keine Ahnung, aber sie suchen ihn, das weiß ich sicher.«

Leon saß an seinem Stammplatz und beobachtete die Unterhaltung aus der Entfernung. Allerdings wusste er, dass Michel richtiglag, denn Isabelle hatte ihn über die jüngste Entwicklung informiert. Dazu war sie, ganz im Gegensatz zu ihren Gewohnheiten, sogar persönlich zu ihm in die Rechtsmedizin gekommen, denn die Polizei brauchte seine Hilfe.

Isabelle hatte Leon einen Asservatenbeutel mitgebracht. Darin befand sich das Rotweinglas, das auf dem Schreibtisch des Dekans gestanden hatte, als Isabelle und Zerna die Villa durchsuchten. Sie ging davon aus, dass sich daran DNA von Vincent Lambert befand. Jetzt wollte die Gendarmerie dringend einen Abgleich mit der unbekannten DNA an den Mordopfern.

Es könne eine Weile dauern, hatte Leon zu bedenken gegeben, je nachdem, wie deutlich die Spur auf dem Weinglas war.

Während die Suche nach Vincent Lambert auf Hochtouren lief

und der Laborcomputer die DNA-Proben sequenzierte, gönnte sich Leon einen Café Crème im *Chez Miou*.

»Docteur, was denken Sie?« Yolande brachte ihm noch einen Noisette.

»Alles, was ich sagen kann, ist: Ich habe keine Ahnung«, Leon lächelte.

»Für unseren Docteur wird es doch erst interessant, wenn einer tot ist«, meinte Michel trocken.

»Heute Abend in Saint-Trophyme werden wir ja sehen, wer recht hat«, sagte Yolande trotzig.

War es möglich, dass der Dekan kurz vor dem Ziel seines Lebens aufgegeben hatte? Waren die Gewissensbisse zuletzt größer gewesen als sein Ehrgeiz? Gewissensbisse wegen eines Todesfalles, der schon über zwei Jahrzehnte zurücklag? Oder gab es da noch mehr?

Vielleicht machten sich ja alle umsonst Sorgen. Vielleicht gab es ja irgendeinen Ort, an den sich Lambert zurückgezogen hatte, um über sein Leben nachzudenken, innere Einkehr zu halten? Aber dafür war es zu spät, inzwischen suchte nicht nur die gesamte Polizei des Var nach dem verschwundenen Dekan, sondern auch die Medien.

Kapitel 88

Er hatte ihn geschlagen, ohne dabei auch nur ein Wort zu sagen. Kein Fluchen, keine Beschimpfung, kein einziger Laut, nur das Klatschen, wenn der Gummischlauch seinen Rücken traf. Wieder und wieder. Er hatte ihn mit den Händen an einen der eisernen Ringe gebunden, die so hoch an der Wand befestigt waren, dass der Dekan nur mit den Zehen den Boden berühren konnte. Dort hing er mehr, als er stand, nackt und gefesselt.

Vincent Lambert fühlte sich gedemütigt und erniedrigt. Anfangs war er noch fest entschlossen gewesen, sich wie ein Märtyrer zu verhalten. So wie der heilige Sebastian, der immer sein großes Vorbild gewesen war. Ein Mann, der sich zum Christentum bekannte, obwohl er wusste, dass das seinen sicheren Tod bedeuten würde. Er hatte versucht, mit seinem Entführer zu reden. Aber vergeblich. Sein Peiniger sagte kein Wort. Wer war dieser schweigsame Mann, der ihn spüren ließ, was es bedeutete, einem anderen Menschen ausgeliefert zu sein? Noch hatte er die Hoffnung nicht aufgegeben, der Unbekannte würde ihn laufen lassen. Bei Gott, er war schließlich Bischof, zukünftiger Bischof. Kein Mann, den man einfach so entführte, wenn man nicht einen größeren Plan verfolgte. Lambert wollte diesem Unbekannten zeigen, wozu ein starker Glaube einen Diener Gottes befähigte.

Das war, bevor das mit den Schlägen anfing. Lambert hielt

sich nicht lange. Bald schrie er vor Schmerzen und flehte seinen Peiniger an aufzuhören. Irgendwann ließ der Unbekannte von ihm ab, aus Kalkül oder weil ihn die Kräfte verließen.

Der Dekan hatte gespürt, wie die Haut unter den brutalen Hieben aufgeplatzt war und wie ihm das Blut den Rücken hinunterlief. Seinen Glauben, dass dieses Martyrium irgendwann ein Ende haben würde, hatte er inzwischen verloren, und er war sich sicher, diesen Ort nicht mehr lebend zu verlassen.

Das Teuflische daran war, dass Lambert diesen Ort kannte. Das einfache Bauernhaus mit dem soliden Eisenbett. Die Schaumstoffmatratze mit den Flecken. Die Eisenringe an der Wand und die Ketten. Das alte Sofa und die verschlissenen Sessel, die alte Badewanne und den Boden aus den dicken Eichenbohlen. Der Dekan kannte dieses Haus nur zu genau, er wusste, wo es lag, und er wusste auch, dass er so laut schreien konnte, wie er wollte. Hier draußen würde ihn niemand hören. Trotzdem hatte ihm sein Entführer ein Tuch in den Mund geklemmt, zusammengedreht, dass es hart wie ein Seil war, und im Nacken zusammengeknotet.

Ja, er kannte diesen Platz. Die schlimmsten Bilder aus seiner Vergangenheit verbanden sich mit diesem Ort. Bei Gott, er wäre bereit, für all die schrecklichen, grauenhaften Dinge zu büßen, die in diesem Haus geschehen waren. Dinge, an denen er beteiligt war. Er hatte sich immer eingeredet, dass es tief in seinem Inneren diese wilde animalische Veranlagung gab. Aber dieses Tier, das war nicht er, das war ein anderer, für dessen Taten man ihn nicht verantwortlich machen konnte. Er glaubte immer, die Kontrolle über dieses andere Ich zu haben. Aber gelegentlich hatte er die magische Schwelle überschritten, sodass beide Welten über ihm zusammenstürzten. Er hatte das Chaos genossen, zusammen mit seinen Freunden hatte er Dinge getan, die andere Menschen sich nicht einmal vorstellen konnten.

Lambert hatte kurz das Bewusstsein verloren. Dann spürte er wieder den beißenden Schmerz seiner Wunden. Er würde hier zugrunde gehen. Einsam, ohne jede Hoffnung. Er würde keine Abschiedspredigt in St. Trophyme halten. In der Kirche, in der er schon als Messdiener gestanden und in der er damals im Chor gesungen hatte. Würden die Menschen ihn vermissen?, fragte er sich.

»Es kränkt mich, dass du mich nicht erkennst«, sagte der Unbekannte, als er in das Zimmer zurückkam. Lambert zuckte zusammen. Es war das erste Mal, dass der Mann ihn ansprach. Er wollte etwas sagen, aber der Knebel machte nur ein kehliges Gurgeln aus seiner Antwort. Er drehte den Kopf in die Richtung seines Peinigers. Er konnte sehen, dass der Unbekannte eine große Gartenschere in der Hand hielt.

»Du weißt, welche die schlimmste Todsünde ist«, sagte der Mann. »Der Hochmut. Du hast schon immer geglaubt, dass moralische Grundsätze für dich nicht gelten. Du denkst, du stehst außerhalb. Für dich galten keine Regeln, kein Respekt vor dem anderen. Du hast dich über jede Moral erhoben.«

Er war kein böser Mensch, dachte der Dekan. Er hatte so viel Gutes getan in seinem Leben. Das sollte dieser andere wissen. Das würde er ihm gerne sagen, aber er konnte nicht.

»Für jede Todsünde einen Finger?«, fragte der Unbekannte plötzlich. »Dabei kämst du noch gut weg.«

Von Lambert kam ein verzweifeltes Röcheln unter dem Knebel hervor.

»Die Sache ist nur, dass deine Finger nicht ausreichen, um damit für all deine Sünden zu bezahlen ...«

Kapitel 89

Das Problem von Gustave war sein Alter von inzwischen zweiundsiebzig Jahren und dass ihn eine Prostatitis quälte. Der Drang, Wasser lassen zu müssen, überkam ihn manchmal so plötzlich und heftig, dass ihm nur die Wahl blieb, hinter den nächsten Busch zu verschwinden oder in die Hose zu machen, und das hatte er seit seinem dritten Lebensjahr nicht mehr getan. Da Gustave für das Gartenbauamt arbeitete und sich gerade um die Platanen auf dem kleinen Parkplatz vor dem Bahnhof von Fréjus kümmerte, entschied er sich, hinter einen Oleanderstrauch zu verschwinden.

Gustave erkannte das Auto sofort an dem Nummernschild, denn er hatte ein ganz phänomenales Zahlengedächtnis. Diese Nummer hatte ihm der Flic von der Gendarmerie Municipale genannt und ihn gebeten, dass er und seine Kollegen die Augen offen hielten. Und da stand er, der metallicfarbene Mercedes SUV des Dekans von Fréjus-Toulon. Ordentlich abgestellt im Schatten einer gewaltigen Platane.

Eine halbe Stunde später schien sich der gemütliche Bahnhof von Fréjus, an dem tagsüber keine zehn Züge anhielten, in das Zentrum eines Wirbelsturms verwandelt zu haben.

Auf dem von Platanen beschatteten Parkplatz hinter dem Bahnhof wimmelte es von Beamten der Gendarmerie Nationale. Die Polizisten hatten den gesamten Platz mit Flatterband abgesperrt. Trotzdem musste die Gendarmerie Touristen zurückdrängen. Jeder hätte gerne einen Blick in den Mercedes geworfen, für den sich die Gendarmerie so sehr interessierte. Oder wenigstens ein Selfie von dieser willkommenen Abwechslung an seine Lieben zu Hause geschickt. Sogar ein Wagen von Télé6 hatte sich erfolgreich bis in die Zufahrt vorgedrängt. Die Moderatorin ließ ihren Kameramann die Szene filmen, während sie ein paar nichtssagende Worte fand, um ihre Ahnungslosigkeit zu überspielen. Ein ungeheuerliches Gerücht machte die Runde: Der zukünftige Bischof war spurlos verschwunden, und hier stand ganz offensichtlich sein Auto.

Einige Zeit später, nachdem die Meldung über den Fundort des Mercedes SUV bei der Gendarmerie eingegangen war, erreichte der Polizeiwagen aus Le Lavandou den Bahnhof von Fréjus. Der Küstenort lag nur 60 Kilometer von Le Lavandou entfernt, aber die Flics mussten die kurvenreiche Küstenstraße nehmen, um den beliebten Touristenort zu erreichen. Trotz Sirene und Blaulicht und einigen abenteuerlichen Ausweichmanövern von Lieutenant Masclau hatten die Beamten eine ganze Stunde für die kurze Strecke gebraucht. Zusammen mit Polizeichef Zerna und Isabelle traf auch Leon ein. Der Staatsanwalt hatte darauf bestanden, dass der Médecin légiste den Wagen des Dekans sofort untersuchte. Auf die Spurensicherer aus Toulon zu warten hätte unnötig Zeit gekostet.

Der Spezialist für Autodiebstahl von der Gendarmerie Nationale hatte den Mercedes in weniger als drei Minuten geöffnet und damit eine Wette gegen Masclau um den ersten Pastis des Abends gewonnen.

Leon bat die Beamten zurückzutreten und öffnete vorsichtig die Fahrertür. In dem Fahrzeug herrschte eine geradezu penible Ordnung und Sauberkeit. Im Handschuhfach befanden sich eine

Kopie der Fahrzeugpapiere, eine Kopie der Versicherungspolice und ein halbes Dutzend Einmal-Alkoholtests, wie sie in Frankreich vorgeschrieben waren. Die Ablagefächer in den Türen waren leer. Als Leon die Heckklappe öffnete, reckten die Zuschauer ihre Hälse, und der Mann vom Fernsehen hob die Kamera hoch über den Kopf in der Hoffnung, irgendetwas Grässliches, Blutiges aufnehmen zu können. Doch der Kofferraum war leer.

Leon erkannte auf einen Blick, dass das Fahrzeug gesaugt und ausgewischt worden war. Doch etwas war dem Staubsauger entgangen. In dem weichen Teppichboden der Innenauskleidung hatten sich einige Pflanzenfasern verhakt. Leon zupfte die Reste vorsichtig los und steckte sie in eines der Asservatenröhrchen, das er Isabelle übergab. Natürlich konnten die Fasern ganz zufällig dort gelandet sein, aber es sollte nicht schaden, sie zu untersuchen. Genauso wie mögliche DNA-Spuren auf Fahrer- und Beifahrersitz, die Leon mit Klebefolie abzog. Ansonsten schien es keinerlei Hinweise auf ein Verbrechen zu geben. Das Auto war einfach nur auffällig sauber.

»Das ist alles?« Der Polizeichef schien es als persönliche Beleidigung aufzufassen, dass Leon in dem Fahrzeug keine heiße Spur entdeckt hatte.

»Vielleicht hat er ja einfach nur den Wagen abgestellt und den nächsten Zug genommen«, sagte Isabelle.

Zerna warf ihr einen Blick zu, der »Das glauben Sie doch selbst nicht« bedeutete.

»Dann können Sie mir vielleicht auch noch sagen, wohin der Zug ging?«, ätzte Zerna.

»Wie wäre es mit Paris?«, fragte Leon, der mit spitzen Fingern einen kleinen Folder aus der Ritze zwischen Sitz und Mittelkonsole gezogen hatte. Auf der Vorderseite trug das Papier die Buchstaben SNCF, das Logo der Französischen Bahn. Er drehte das Papier in den Händen.

»Was ist das?«, fragte Zerna, der vor dem Mercedes stand.

»Alle Zugverbindungen von Fréjus über Toulon nach Paris«, sagte Leon.

»Na also«, der Polizeichef klang hocherfreut. »Das ist doch schon mal was.«

»Sie glauben, dass der im Moment meistgesuchte Mann in Frankreich einfach so in den nächsten Zug nach Paris gestiegen ist und uns auch noch den Fahrplan hinterlässt?«, fragte Leon skeptisch.

»Geben Sie das gleich an die Zentrale weiter«, instruierte Zerna seine Stellvertreterin, ohne auf Leons Bemerkung einzugehen. »Ich möchte, dass alle Züge nach Paris seit heute Morgen überprüft werden. Die sollen die Fahrgastverzeichnisse der TGVs kontrollieren. Er sah Leon an. »Sie haben Zweifel?«

»Wenn Lambert sich wirklich abgesetzt hat«, sagte Leon, »dann sitzt er längst in einem Flugzeug auf dem Weg in die Karibik.«

»Und wenn nicht?«, fragte Isabelle.

»Wenn er entführt wurde«, ergänzte Leon, »dann haben ihn die Kidnapper irgendwo in der Nähe versteckt.«

»Warum zum Teufel sollte jemand einen Bischof entführen?«, fragte der Polizeichef. »Sieht das hier nach einem Tatort aus? Gibt es Kampfspuren? Sieht das verdächtig aus?«

»Für mich sieht das verdächtig unverdächtig aus«, sagte Leon. »Als würde jemand versuchen, uns auf eine falsche Spur zu locken.«

Kapitel 90

Die heilige Messe sollte um 16 Uhr in Bormes-les-Mimosas beginnen, aber schon eine halbe Stunde vor dem eigentlichen Beginn war in der Kirche Saint-Trophyme kein Platz mehr frei. Einige Gläubige versuchten, sich mit Klappstühlen im Kreuzgang niederzulassen, wurden aber von Pater Thomas wieder nach draußen verwiesen. So viele Kirchgänger hatte der Priester von Saint-Trophyme noch nie in seinem Gotteshaus gesehen. Weder zu Ostern noch zu Weihnachten, nicht mal bei der Beerdigung seines seligen Vorgängers Pater Pierre, der in der Gemeinde überaus beliebt gewesen war. Aber es waren nicht nur Einheimische und Touristen gekommen. Mittendrin drängten sich mehrere TV-Sender, um live aus dem mittelalterlichen Örtchen zu berichten. Und alle hofften auf einen Skandal.

Auch der Platz vor der Kirche war voller Besucher, die sogar noch die Treppe hinunter bis in die kleine Rue Carnot standen. Alle, die gekommen waren, beschäftigte nur eine Frage: Würde Dekan Vincent Lambert doch noch auftauchen und die heilige Messe halten? Die Luft schwirrte von Gerüchten, und jeder der Besucher hatte eine eigene Theorie über den wahren Verbleib des Dekans. Je länger das Warten dauerte, umso kühner wurden die Gerüchte um den zukünftigen Bischof, der seit der vergangenen Nacht einfach aus der Welt gefallen zu sein schien.

Die am meisten verbreitete Theorie war die, dass der Dekan einfach genug hatte vom Rummel um seine Person. Das Bischofsamt wäre einfach zu groß für ihn, und so hatte er sich eine Auszeit genommen. Konnte man doch verstehen. Schon morgen oder übermorgen würde er wieder in seiner Diözese auftauchen.

Aber es gab auch Leute, die offenbar besser informiert waren und über finanzielle Probleme des Dekans spekulierten. Und dann gab es noch die ganz kühnen Theoretiker, die angeblich von einem Doppelleben des Dekans gehört hatten. Hatte er nicht zwei Jahre der katholischen Gemeinde in Martinique vorgestanden, wo er seinerzeit eine Frau und Kinder zurückgelassen hatte?

Inzwischen saßen die Besucher auch nicht mehr brav in den Kirchenbänken, sondern flanierten durch den Kreuzgang, begrüßten Freunde, riefen sich Bemerkungen zu und lachten. Die ganze Veranstaltung erinnerte mehr an eine Party als an eine Zusammenkunft zu einem Gottesdienst mit dem zukünftigen Bischof.

Um halb fünf beschloss Père Thomas schließlich, dem Spuk ein Ende zu bereiten. Er verließ die Sakristei, betrat die Kirche und stellte sich vor den Altar. Sofort wurde es ruhig. Sogar draußen auf dem Kirchplatz verebbten die Gespräche. Alle schwiegen, um nur nichts von Pater Thomas' Ansage zu verpassen.

»Liebe Freunde, liebe Besucher, liebe Gäste«, begann der Priester. »Wir sind heute hier zusammengekommen, um gemeinsam mit unserem Bruder Vincent Lambert die heilige Messe zu feiern. Aber leider ist der Dekan nicht gekommen, was uns große Sorge bereitet.«

»Wissen Sie, was dem Dekan passiert ist?«, rief eine aufdringliche Reporterin dazwischen, und ihr Kameramann schaltete sofort das grelle Licht ein und richtete es auf den Priester.

Sogleich meldeten sich auch andere Journalisten.

»Was sagt die Polizei?«, rief eine Journalistin.

»Hat der Dekan Sie angerufen?«, ein Journalist hielt sein Handy in Richtung Priester.

»Stimmt es, dass der Dekan einen Unfall hatte?«

Die Stimmen wurden lauter. Der Priester klopfte mit dem Finger fest gegen das alte Mikrofon, das neben dem Altar stand. Es entstand eine kurze jaulende Rückkopplung, und die Zwischenrufe verstummten.

»Das hier ist ein Haus Gottes«, mahnte der Priester die Journalisten, »darum möchte ich Sie bitten, das auszuschalten«, er deutete auf die Kamera.

Die Journalistin nickte ihrem Kameramann zu, und das Licht ging aus.

»Leider wissen wir noch immer nicht, wo sich Dekan Vincent Lambert zurzeit aufhält. Darum möchte ich mit Ihnen gemeinsam für unseren Bruder beten. Wollen wir uns alle erheben und in diesen schweren Stunden unseren Vater im Himmel um seinen Beistand bitten. Lasst uns alle das Vaterunser sprechen.«

Das Rutschen der Bänke auf dem alten Steinboden der Kirche war zu hören, als sich die Gemeinde erhob. Leises Flüstern schwebte durch das Kirchenschiff, das sofort verebbte, als sich der Priester räusperte.

»So lasset uns beten«, sagte Pater Thomas. »Vater unser im Himmel, geheiligt werde dein Name. Dein Reich komme. Dein Wille geschehe, wie im Himmel so auf Erden ...«

Es war ein ergreifender Moment, als die Gemeinde geschlossen das älteste Gebet der Christenheit sprach. Pater Thomas konnte sehen, dass einige der Frauen in den ersten Reihen weinten, sogar die Gebete, die von der Straße hereindrangen, konnte der Priester hören. Es war wie ein großer himmlischer Chor, dachte Pater Thomas. Obwohl er für einen Moment so etwas wie

Neid in sich aufsteigen spürte. Er kämpfte seit Jahren um jede einzelne Seele seiner Gemeinde, die trotzdem immer kleiner wurde. Es gab heilige Messen, in denen waren nicht einmal die ersten beiden Bankreihen besetzt, und jetzt schien sich der ganze Ort auf den Weg zur Kirche gemacht zu haben. Hier vor ihm standen mehr als zweihundert Menschen und beteten für einen Priester, der nicht anwesend war. Später wusste Pater Thomas nicht mehr, was ihn auf die Idee gebracht hatte, aber er flüsterte dem Messdiener an seiner Seite das Wort »Glocken« zu, und der Junge verschwand. Sekunden später läuteten die Glocken. Sie begleiteten die letzten Zeilen des Vaterunsers und läuteten noch immer, als die Gläubigen das Gebet längst beendet hatten. So etwas hatte es noch nie gegeben. Und wer weiß, wie lange der Messdiener noch weiter das Glockenseil gezogen hätte, wenn nicht Pater Thomas in die Sakristei gekommen wäre und »Schluss jetzt« gesagt hätte.

Kapitel 91

Es war ein kurzer, anonymer Anruf, der die Gendarmerie Nationale in Le Lavandou in Aufregung versetzte. Er kam von einem unbekannten Mann und wurde zu Isabelles Apparat durchgeschaltet. Der Anrufer behauptete, dass sich Dekan Vincent Lambert im Priesterseminar Collegium Okzitanum bei Draguignan verstecke. Der Mann, der den Dekan zu kennen schien, betonte, dass Lambert auch die nächsten Tage in dem Collegium bleiben und mit niemandem reden wolle.

»Der Dekan fühlt sich müde und erschöpft«, erklärte der unbekannte Anrufer. »Er braucht seine Ruhe. Sie wissen ja, dass ihn schon bald große Aufgaben erwarten.«

»Geht es dem Dekan gut?«, fragte Isabelle besorgt. »Braucht er vielleicht Hilfe, einen Arzt?«

»Nein, einen Arzt braucht er wirklich nicht«, sagte der Unbekannte, und Isabelle hatte das Gefühl, dass der Anrufer dabei lächelte. »Aber vielen Dank. Darf ich Ihre Grüße übermitteln?«

»Wir möchten gerne mit dem Dekan sprechen«, sagte Isabelle. »Jetzt gleich.«

»Wie kommen Sie darauf, dass er das will?«, fragte der Anrufer und blieb ganz ruhig. »Der Dekan ist ein freier Bürger dieses Landes. Genau wie Sie und ich. Oder wird ihm von den Behörden irgendetwas zur Last gelegt?«

»Nein, natürlich nicht«, sagte Isabelle. »Aber ein kurzes Gespräch sollte doch möglich sein.«

»Wie ich schon sagte, der Dekan lehnt es ab, mit jemandem zu reden. Versuchen Sie es noch einmal in zwei Tagen – wenn er dann noch hier ist.«

Damit legte der Anrufer auf. Wie Isabelle sofort nachverfolgen ließ, war der Anruf von einem öffentlichen Fernsprecher in Le Luc geführt worden.

In Zeiten, in denen die Gendarmerie offiziell nach Personen fahndete, gingen regelmäßig jede Menge Anrufe bei der Polizei ein. 99 Prozent der Hinweise waren wertlos, ganz besonders, wenn sie, wie die meisten, anonym waren. Offensichtlich entfalteten Franzosen eine erstaunliche Kreativität, wenn sie missliebige Nachbarn denunzieren konnten. Aber solche Anrufe waren leicht zu erkennen, und die Polizei verschwendete ihre kostbare Zeit nicht damit, deren Urheber zu ermitteln. Bei dem Anruf aus Draguignan war das anders.

Isabelle ließ sich das kurze Gespräch durch den Kopf gehen. Der Anrufer schien gut informiert zu sein über den Gesundheitszustand des Dekans. Außerdem schien er das Collegium zu kennen. Das klang nicht nach einer Fantasieanzeige, das klang irgendwie echt. Aber warum sollte sich Vincent Lambert verstecken? Isabelle sah nur eine Möglichkeit, das herauszufinden: Sie musste nach Draguignan fahren und sich selbst ein Bild vom Gesundheitszustand des Dekans machen.

Leon hatte den ganzen Tag ohne Unterbrechung in der Rechtsmedizin gearbeitet. Die Auswertung der DNA-Spuren war kompliziert. Offensichtlich hatte der Dekan öfter Besucher in seinem Auto mitgenommen. Jedenfalls gab es eine ganze Reihe von Spuren auf dem Beifahrersitz und auf den Rücksitzen. Das französische Computersystem für Spurenanalyse und DNA hatte Millionen von Einträgen gespeichert. Je nachdem, wie gut die zu prüfende Spur war, ließ sich damit die DNA schneller oder langsamer bestimmen. Gegen vier wies der Computer die DNA-Probe, die Leon vom Rotweinglas des Dekans genommen hatte, als »negativ – keine Übereinstimmung« aus.

Leon saß hinter seinem Schreibtisch und sah ungläubig auf das Ergebnis. Aber es bestand kein Zweifel. Die Probe vom Weinglas stimmte nicht mit der mysteriösen DNA-Spur überein, die Leon seit Tagen so verbissen verfolgte. Er hätte schwören können, dass der Dekan in die düstere Mordserie verwickelt war, die die Polizei seit über einer Woche in Atem hielt. So gesehen hatte der Präfekt ihm vielleicht doch einen guten Rat erteilt. Vielleicht war es tatsächlich besser, die Dinge gelegentlich auf sich beruhen zu lassen und einfach nur abzuwarten. Für einen engagierten und akribischen Arbeiter wie Leon eine echte Herausforderung.

Eine Stunde später klopfte Olivier Rybaud an Leons Bürotür.

»Kommen Sie rein«, rief Leon missgelaunt.

»Wir haben eine Übereinstimmung«, sagte der Assistent und hielt Leon einen Computerausdruck hin.

»Welche Spur?« Leon nahm Rybaud den Ausdruck aus der Hand und überflog ihn kurz. »Das haben wir doch alles längst abgehakt.«

»Diese Spur hier stammt aus dem Mercedes des Dekans«, erklärte Rybaud. »Fahrersitz, Lenkrad und Kopfstütze.«

»Ja, und sie stammt leider nicht von Lambert. Das wissen wir doch bereits.«

»Aber diese Spur ist identisch mit der DNA, die wir bei den Opfern Bayrou, Lagarde, Delbos und Olivier gefunden haben.«

Der Assistent reichte seinem Chef einen weiteren Ausdruck. Leon hielt das Blatt ins Licht.

»Sie wissen, was das bedeutet?« Leon lächelte zufrieden. Der Stress und die Müdigkeit der letzten Stunden waren plötzlich vergessen.

»Der Mann, den wir suchen, hat im Wagen des Bischofs gesessen. Auf dem Fahrersitz«, sagte Rybaud.

»So ist es«, sagte Leon aufgeregt. »Entweder, der zukünftige Bischof hat seinen Mercedes SUV verliehen …«

»Oder?«, fragte Rybaud.

»Oder«, Leon schwenkte den Ausdruck, »oder der Täter hat Lambert mit seinem Wagen entführt, und wir haben hier die DNA unseres Serienkillers. Was sagt der Computer?«

»Keine Übereinstimmung in der Datenbank.«

»Wäre auch zu schön gewesen.«

Kapitel 92

Der Raum um ihn herum schien sich zu drehen. Es waren die Gedanken in seinem Kopf, die ihn schwindlig machten. Die Angst und die Verzweiflung, die das Rauschen in seinen Ohren bewirkten und ihm die Fähigkeit nahmen zu fokussieren. Er zwang sich, seine Augen zu öffnen, und genau in dieser Sekunde kam auch der Schmerz zurück. Der Schmerz, der in seine rechte Hand schoss, als würde er eine glühende Herdplatte anfassen. Eine Herdplatte, von der man nicht zurückzucken konnte. Die immer da war und seine Hand zu verbrennen schien.

Vincent Lambert sah an sich herunter. Er hing nicht mehr in den Ketten an der Wand. Jetzt saß er auf einem Rohrstuhl aus Metall. Er war immer noch nackt. Jemand hatte seine Unterschenkel mit silbernem Klebeband an den Stuhlbeinen fixiert und seine Unterarme an den Lehnen. Damit er sich im Schmerz nicht aufbäumen konnte, hatte ihm sein Peiniger auch noch zwei Lagen Klebeband um den Bauch geschlungen, die ihn jetzt wie die Sicherheitsgurte eines Flugzeugs auf seinem Sitz hielten.

Sein Blick glitt höher, die Beine hinauf. Überall blaue Flecken, von Schlägen. Weiter hinauf bis zu seiner rechten Hand. Gott, gütiger, er hatte sich vorgenommen, seine Hand nicht anzusehen. Als könne er ungeschehen machen, was der Mann ihm angetan hatte, indem er nicht hinsah. Aber jetzt konnte er nicht anders.

Der Schmerz und die Erinnerung zwangen ihn, seine Hand zu betrachten. Was hatte dieser Mensch getan?

Seine Hand lag flach auf der Lehne. Fixiert mit Klebeband. Die Finger ausgestreckt. Nein, nicht alle Finger. Dort, wo der rechte Zeigefinger sein sollte, war eine Lücke. Nur ein blutiger Stumpf. Sein Peiniger hatte die Gartenschere benutzt. Es war schwer, einen Finger mit einer Schere abzutrennen, wenn man nicht genau wusste, wo das Gelenk, wo die Sehnen sich befanden, und wenn man mit einer Schere arbeitete, die nicht besonders scharf war. Der Entführer hatte geschnitten und gerissen, und er hatte nur noch geschrien.

Er hatte ihm seine Würde genommen und seinen Stolz gebrochen. Als ihm der Urin an den Beinen hinunterlief, hatte Lambert sich aufgegeben. Es war der Moment, in dem er sein schmutziges Geheimnis verriet, alles verraten hätte, nur damit der Mann endlich aufhörte, ihn zu quälen. Aber der schien bereits alles zu wissen über ihn und über die Männer, mit denen ihn ein Schwur bis zum Tod verband. Jetzt war er der einzig Überlebende. Und nun war der Mann gekommen, der ihn für alle seine Sünden büßen ließ. Das hier war nicht wie im Beichtstuhl in der Kirche. Wo man dem Pater seine Missetaten zuflüsterte, um sich dann mit ein paar Ave-Maria Vergebung erkaufen zu können. Das hier war die Hölle. Voller Hass, Wut und Schmerzen.

Er hörte, wie der Mann zurückkam. Schweiß brach ihm aus, und seine Muskeln begannen, unkontrolliert zu zittern, als sich die Tür öffnete. Der Mann ging auf ihn zu, wieder hielt er die Gartenschere in der Hand, und wieder verrieten seine Gesichtszüge nichts von dem, was er vorhatte. Er schien völlig gleichgültig den Grausamkeiten gegenüber zu sein, mit denen er ihn strafte. Sein Blick schien durch ihn hindurchzugehen, und er sprach wie der Schaffner im Zug, der den Fahrschein kontrollierte.

»Das war nicht alles«, sagte der Mann. »Hast du gedacht, es wäre schon zu Ende?«

»Bitte, hören Sie auf«, stöhnte Lambert. »Bitte.«

»Du hast auch nicht aufgehört, damals«, sagte der Mann. »Erinnerst du dich?«

»Ich weiß nicht, wovon Sie sprechen«, stöhnte Lambert, »ich sage alles, was Sie hören wollen.«

»Ich will die Wahrheit hören, nur die Wahrheit, sonst gar nichts«, blaffte der Mann seinen Gefangenen an.

»Alles, was ich erzählt habe, das war die – Wahrheit. Ich schwöre es.«

»Hältst du mich für dumm?«, er tippte dem Dekan mit dem Zeigefinger ein paarmal fest gegen die Stirn. »Ich will wissen, was da oben vorgegangen ist. Was denkt einer wie du?«

»Aber ... ich ...«, er wusste nicht, was er sagen sollte.

»Warum die Kleider?«, fragte der Mann plötzlich, »warum diese verdammten Mädchenkleider? Das habe ich nie verstanden.«

In diesem Augenblick begann sich der Dekan zu erinnern. Aus den allertiefsten Schluchten seines Gedächtnisses stiegen Bilder auf. Schreckliche Bilder, und ihm wurde klar, wer sein Peiniger war ...

Kapitel 93

Isabelle sah stumm aus dem Fenster, während der Vollmond draußen die Landschaft in eine Welt aus Schwarz und Weiß tauchte. Lieutenant Masclau fuhr den Einsatzwagen. Isabelle hatte ihm befohlen, Blaulicht und Sirene abzuschalten, worauf er sich nur äußerst ungerne eingelassen hatte.

Isabelle ärgerte sich über sich selbst. Sie hatte sich lächerlich gemacht im Collegium Okzitanum. Was hatte sie auch erwartet von ihrem Besuch im Priesterseminar von Draguignan?

»Wir kennen natürlich den Dekan, und wir machen uns um seinen Verbleib die allergrößten Sorgen«, hatte der Leiter des Priesterseminars zu ihr gesagt.

Isabelle war einfach, ohne groß anzuklopfen, zusammen mit Masclau in das Büro des Seminarleiters marschiert. Vorbei an einigen überraschten Seminaristen und vorbei an dem jungen Priester, dem Sekretär des Leiters des Collegiums.

Der Seminarleiter, Docteur Hollande, hatte freundlich gelächelt und so getan, als hätte er den unhöflichen Auftritt der Polizisten gar nicht wahrgenommen. Er schien nicht einmal gekränkt, sondern erkundigte sich höflich, wie er den beiden Besuchern helfen könne. Mit einem kleinen Wink schickte er seinen Sekretär aus dem Raum.

»Wir sind darüber informiert worden, dass sich Dekan Vincent

Lambert hier im Haus befindet«, sagte Isabelle. »Wir möchten gerne mit ihm reden.«

»Ich glaube«, antwortete der Seminarleiter, »die gesamte Diözese Fréjus-Toulon würde in diesem Moment gerne mit ihrem zukünftigen Bischof sprechen. Aber ich kann Ihnen versichern, dass Dekan Vincent Lambert sich nicht in unserem Haus befindet.«

»Da sind Sie ganz sicher, Père?« Masclau sah den Seminarleiter prüfend an.

»Nichts wäre uns lieber, als den Dekan hier bei uns in Sicherheit zu wissen. Aber bitte glauben Sie mir: Er ist nicht in diesem Collegium, und er hat auch keinen Kontakt mit uns aufgenommen – zu meinem Bedauern, wenn ich das ergänzen darf. Schließlich ist er mit diesem Institut seit seiner Studienzeit verbunden.«

»Der Anrufer, der uns informiert hat«, sagte Isabelle, »machte einen sehr glaubwürdigen Eindruck.«

»Ich weiß wirklich nicht, wie ich Ihnen noch helfen könnte, Capitaine«, der Seminarleiter schien inzwischen ungeduldig zu werden.

»Wir können uns bei Ihnen in der Schule umsehen«, Masclau sagte es so, als wäre es keine Frage.

»Was wird dem Dekan denn zur Last gelegt?«, fragte der Leiter freundlich.

»Es wird ihm nichts zur Last gelegt«, sagte Isabelle um Freundlichkeit bemüht. »Er ist einfach nur verschwunden.«

»Haben Sie denn Grund zur Annahme, dass noch etwas anderes hinter seinem Verschwinden stecken könnte?«

»Wir dürfen über laufende Ermittlungen nicht sprechen«, sagte Isabelle. »Aber wir würden den Dekan nur als Zeugen befragen.«

»Wie bereits gesagt, er ist nicht hier«, erwiderte der Seminarleiter höflich, aber bestimmt. »Ich würde Ihnen unser Collegium sehr gerne zeigen, aber unsere Schüler bereiten sich zurzeit auf eine Reihe von Prüfungen vor, und dabei möchte ich sie auf keinen Fall stören.«

Nachdem sie noch ein paar höfliche Worte mit dem Seminarleiter gewechselt hatten, waren sie unverrichteter Dinge in ihren Streifenwagen gestiegen und wieder nach Le Lavandou zurückgefahren.

»War eine blöde Idee hierherzufahren«, sagte Isabelle nach einer Weile des Schweigens.

»Ich habe dir gleich gesagt, dass das nichts bringt.«

»Ich glaub immer noch, dass der Anrufer irgendwas wusste«, sagte Isabelle. »Das war keiner von den Spinnern.«

Kapitel 94

Rybaud war bereits vor einer Stunde gegangen. Er hatte den ganzen Tag am Computer im Labor der Rechtsmedizin verbracht, bis Leon ihn um sieben Uhr schließlich nach Hause geschickt hatte. Als Letztes hatte der Assistent ihm das Ergebnis der Pflanzenspuren aus dem SUV des Dekans auf den Tisch gelegt.

Jetzt saß Leon an seinem Schreibtisch und betrachtete die Ordner, die vor ihm lagen. Vier Ordner für vier tote Männer. Und dann gab es da noch einen Ordner, der vom Schicksal eines Flüchtlingsjungen aus Nordafrika erzählte, der in die Hände eines perversen Mörders geraten war.

Leon rief an seinem Computerbildschirm das Klassenfoto aus dem Collège Provençal auf. Ganz rechts auf der Stufe, abgedrängt von den anderen Kindern, stand der kleine Émile Clément, der wenige Wochen später bei einem mysteriösen Verkehrsunfall sterben sollte. Und eine Stufe höher standen die vier jungen Erzieher, die fünfundzwanzig Jahre später ermordet werden sollten, von ein und demselben Täter.

Warum war er von diesem Foto so fasziniert?, fragte sich Leon und betrachtete die einzelnen Gesichter auf dem Bild. Bisher hatte er sich vor allem auf die Erwachsenen konzentriert. Jetzt sah er sich zum ersten Mal die Schüler genauer an. Émile Clément war nicht allein, da stand ein kleiner Junge dicht neben ihm, der entschlossen in die Kamera des Fotografen blickte. Leon nahm die Lupe und betrachtete das Kind genauer, und dann sah er es: Der unbekannte Junge hielt Émiles Hand. Er hielt sie fest, so, als wolle er seinem Freund sagen, dass er keine Angst zu haben brauchte. Der Junge hatte das gleiche Alter wie Émile, aber er schien selbstbewusster zu sein. Leon rief die Rückseite der Fotografie auf den Bildschirm seines Computers auf.

Die Aufnahme des aufgeklebten Zettels mit den Namen war nur schwer zu entziffern. Feuchtigkeit und Hitze hatten dem Papier zugesetzt. Aber mithilfe der Lupe waren die Buchstaben trotzdem zu erkennen. Der Name des Jungen neben Émile Clément lautete Alain Fontaine. Der Anwalt.

In Leons Kopf überstürzten sich die Gedanken. War es möglich, dass Alain Fontaine hinter den bestialischen Morden steckte? Der kluge und gebildete Mann, dem Leon vor Gericht geholfen hatte? Hatte er die vier Männer getötet, die er alle aus dem Collège kannte? Leon konnte sich vor Aufregung kaum konzentrieren. Doch eines war klar: Wenn Fontaine tatsächlich der Unbekannte war, der Bayrou, Lagarde, Delbos und Olivier getötet hatte, dann wollte er wahrscheinlich auch den Dekan töten. Entweder Vincent Lambert wusste, was ihn erwartete, und er war geflohen, oder der Dekan war von Fontaine entführt worden und befand sich jetzt in der Gewalt des Anwalts. Das Problem war nur, dass Leon seine Theorie nicht beweisen konnte. Leon hatte die Visitenkarte des Anwalts, doch unter dessen Handynummer hörte man nur das Freizeichen.

Leon rief in der Gendarmerie an, bekam aber nur einen jungen Polizisten an den Apparat, der in der Zentrale Nachtdienst hatte und den er nicht kannte. Zerna konnte er auch nicht erreichen, denn der saß mit seiner Frau in Toulon in einem Konzert, und bei Isabelle meldete sich nur der Anrufbeantworter. Er hinterließ ihr eine Nachricht, dass er sie dringend sprechen müsse und sie ihn sofort zurückrufen solle, und legte auf.

War er gerade dabei, alle Leute mit einer unhaltbaren Theorie verrückt zu machen?, fragte sich Leon. Wäre es nicht besser abzuwarten, wie sich die Dinge entwickelten? Aber was, wenn der Dekan tatsächlich in Gefahr war?

Leon hatte nicht die geringste Idee, wo er sich aufhalten könnte. Er griff nach dem letzten Bericht, den ihm Rybaud auf den Tisch gelegt hatte. Es ging um die Pflanzenspur aus dem SUV des Dekans. Bei dem Pflanzenrest handelte es sich um Arundo donax. Er rief sich die Aufnahmen aus dem Schnittbild-Mikroskop auf und betrachtete sie auf dem Bildschirm. Die Spuren waren identisch mit den Pflanzenresten, die Leon an den Fußnägeln der toten Kinder gefunden hatte.

Leon erinnerte sich, dass Jean-Claude während ihrer kleinen Expedition zu den Schildkröten von dieser Pflanze gesprochen hatte und dass sie in dieser Gegend nur am Ufer des Baches Batailler vorkam. Wie war noch der Name des heruntergekommenen Bauernhauses im Schilf? Leon erinnerte sich: La Solitude, die Einsamkeit. Wem gehörte das geheimnisvolle Haus im Schilf?

Normalerweise müsste er jetzt die Gendarmerie einschalten, die in den nächsten Tagen eine Anfrage an das Grundbuchamt richten würde. Und wenn es schnell ginge, hätte man in einer Woche eine Antwort. Dieses langwierige Verfahren ließ sich aber auch auf die Zeit verkürzen, die es brauchte, um im *Chez Miou* einen Noisette zu trinken und einfach Jérémy zu fragen. Der hatte Leon erklärt, dass La Solitude, wie auch der gesamte Grund darum herum, André Delbos gehört hatte.

Leon wusste, dass er jetzt nach Hause fahren und auf Isabelle warten sollte, um mit ihr später ganz entspannt bei einem Glas Rosé über diese ungewöhnliche Spur zu reden. Doch stattdessen dachte Leon angestrengt darüber nach, ob er bei Dunkelheit den Weg zu dem einsamen Haus wiederfände. Tagsüber wäre das kein Problem gewesen, aber mitten in der Nacht? Warum legte er sich nicht ins Bett, um morgen mit frischer Kraft alles noch einmal neu zu durchdenken? Weil er sich längst entschieden hatte. Er wollte der Sache auf den Grund gehen, und zwar sofort.

Leon verließ sein Büro, winkte der Schwester an der Pforte zu und fuhr mit dem Auto Richtung Bormes-les-Mimosas. Bei La Verrerie bog er in die Weinberge ab. Auf Anhieb fand er den Platz am Rande des Schilfs, wo er auch beim letzten Mal den Wagen abgestellt hatte. Er parkte unter einer Korkeiche und stellte den Motor ab. Dann löschte er das Licht, und schon kurz darauf begannen die Frösche im Schilf, ihr unterbrochenes Konzert fortzusetzen.

Leon nahm eine LED-Taschenlampe aus dem Handschuhfach. Von jetzt an musste er sich auf seine Erinnerung und seinen Orientierungssinn verlassen. Er schaltete die Lampe ein und marschierte auf einem schmalen Pfad mitten hinein ins Dickicht der Schilfrohre. Es war heiß und feucht zwischen dem Schilf. Hier waren die Stauden besonders hoch und schienen bis in den Himmel zu ragen. Leon konnte die Sterne sehen, aber um ihn herum war das Dickicht des Schilfs dunkel und schwarz wie ein Tunnel in der Nacht. Der Bewuchs schien umso dichter zu werden, je tiefer er vordrang. Er bewegte sich jetzt vorsichtiger und versuchte, sich zu merken, wo er abbog. Er war noch keine zweihundert Meter gelaufen, als er auf den Batailler stieß. Leon folgte dem Lauf des Gewässers. Wenn er den Lichtkegel der Taschenlampe auf das Ufer richtete, sah er Frösche, die von dem grellen Lichtschein geblendet ins Wasser sprangen.

Nach wenigen Minuten stieß Leon auf einen breiten Weg. Breit genug, um ihn mit einem Fahrzeug zu befahren. Er folgte dem Weg, bis der Lichtstrahl seiner Taschenlampe auf das von Efeu und Brennnesseln überwucherte Eisentor stieß, das ihm schon beim letzten Mal den Weg gewiesen hatte. Daneben befand sich der Grenzstein mit dem Namen des Hauses: La Solitude. Leon löschte das Licht seiner Lampe und ging langsam auf den verwahrlosten Bauernhof zu. Jetzt beleuchtete nur noch der Mond seinen Weg und legte ein kaltes, monochromes Licht über den Wald aus Schilf. Es gab einen Gedanken, der Leon nicht mehr loslassen wollte: André Delbos hatte also die Kinder ermordet, die Leon in den Sümpfen gefunden hatte. Und was war mit den drei anderen Männern, die gestorben waren? Bayrou, Lagarde und Olivier? Vielleicht war Delbos bei dem Missbrauch der Jungen ja nicht allein gewesen, dann wäre nur noch Vincent Lambert übrig ... Leon weigerte sich, diesen Gedanken zu Ende zu denken.

Das Bauernhaus lag wie verlassen da. Vor der Tür stand ein grauer rostiger Lieferwagen, der mindestens dreißig Jahre auf den Achsen hatte. Leon griff zu seinem Handy, um Isabelle zu informieren, als sich die Tür des Hauses öffnete. Ein Mann trat in den Mondschein und witterte wie ein Raubtier in alle Richtungen. Leon war neben einer Korkeiche stehen geblieben und bewegte sich nicht, bis der Mann nach ein paar Sekunden wieder im Haus verschwand.

Leon drückte die Kurzwahltaste seines Smartphones. Isabelle war sofort am Apparat.

»Wo bist du?«, fragte sie. »Ich habe die ganze Zeit versucht, dich anzurufen.«

»Ich bin im Schilf am Batailler«, flüsterte er. »Ganz in der Nähe von der Stelle, wo wir die Kinder gefunden haben.«

»Jetzt? Mitten in der Nacht?«, wunderte sich Isabelle.

»Da gibt es ein altes Bauernhaus, La Solitude. Ist ein ziemlich heruntergekommenes Gebäude. Mehr eine Ruine.«

»Ja, ich kenne das Haus«, sagte Isabelle. »Was machst du denn da?«

»Ist eine lange Geschichte«, flüsterte Leon in sein Handy. »Ich glaube, ich weiß, wo der Dekan ist.«

»Du weißt, wo Lambert ist?«, unterbrach Isabelle ihn. »Sag nicht, in dem Bauernhof?«

»Ich denke doch.«

»Du wartest dort. Ich bin in zwanzig Minuten da.«

»Ich wollte mich nur ein bisschen umsehen«, sagte Leon.

»Unternimm nichts. Versprochen? Warte auf mich«, sagte sie.

»Isabelle? Hallo?«, sagte Leon, aber sie hatte aufgehängt.

Leon steckte das Handy ein, als er einen Schrei hörte. Für einen Moment dachte Leon, es sei eine Frau, die dort schrie, aber dann hörte er, dass es ein Mann sein musste. Es war der Schrei eines verzweifelten Menschen, der seine Schmerzen nicht mehr ertrug. Leon sah auf seine Uhr. Sollte er wirklich auf Isabelle warten, während direkt vor ihm ein Mensch gequält wurde? Auf der anderen Seite: Was konnte er tun? Wieder hörte er den Schrei, lauter diesmal, verzweifelter. Der Schrei ging in ein Schluchzen über, wie von einem Menschen, der aufgegeben hatte, der nur noch um Mitleid flehte. In dieser Sekunde entschied Leon, etwas unternehmen zu müssen. Nicht in zwanzig Minuten, nicht in zehn Minuten, sondern jetzt, auf der Stelle. Wortfetzen und ein Gurgeln waren zu hören, das aus dem Haus drang.

Leon lief zur Tür und klopfte.

»Bonsoir. Ich habe mich verfahren«, sagte Leon laut, aber nichts als ein Wimmern war zu hören.

»Hallo, können Sie mir helfen? Hallo!« Leon hämmerte noch einmal gegen die Eingangstür, diesmal mit der Faust.

Zu seinem Erstaunen gab die Tür nach und schwang auf. Es roch nach Schimmel und fauligen Pflanzenresten. Im Eingang hing eine Regenjacke an einem Nagel. Links vom Gang ging es in eine Art Küche, in der verschiedene Plastikeimer herumstanden. Auf einem Regal standen ein kleiner Stapel Teller und eine Tasse mit Besteck. Gegenüber der Küche ging es in einen großen Raum, der vielleicht einmal als Wohnzimmer gedient hatte. Jetzt befanden sich hier nur ein paar Stühle und ein Metallbett, auf dem eine fleckige Matratze lag. An der Wand waren Eisenringe befestigt, an denen Ketten mit Schlössern hingen. Der Boden war aus dicken Eichenbrettern gezimmert. Weiter hinten im Raum, vor der Rückwand, stand eine gusseiserne Badewanne, auf der das abgeplatzte Emaille schwarze Flecken hinterlassen hatte. Vor der Wanne lag ein Gartenschlauch. An der Wand gegenüber gab es einen Arbeitstisch mit einem Schraubstock. All das lag im Halbdunkel und war kaum zu erkennen. Die einzige Lampe, die in diesem Raum brannte, hing von der Decke herab und beleuchtete eine gespenstische Szene. Auf einem Rohrstuhl saß ein nackter Mann, der mit Klebeband an den Stuhl fixiert war. Sein rechter Arm und seine rechte Brust waren voller Blut. Sein Kopf war ihm auf die Brust gesunken.

Das Bild wirkte so irreal, dass Leon abrupt stehen geblieben war. Als müsse er sich erst vergegenwärtigen, dass dies alles Wirklichkeit war, was er hier sah. Der Schmutz, das Bett, die Wanne, der blutende Mann auf dem Stuhl und die zerstörte rechte Hand, an der sich nur noch Stümpfe befanden, wo eigentlich Zeige- und Mittelfinger sein sollten.

Leon lief zu dem Gefangenen und legte den Zeigefinger auf den Hals des Opfers. Der Puls war schwach, aber noch spürbar.

»Können Sie mich hören, Monsieur?« Leon schlug dem Mann leicht gegen die Wangen.

Der Gefangene auf dem Stuhl hob unsicher den Kopf, blinzelte und sah Leon an. Jetzt erkannte er den Mann. Es war Vincent

Lambert, der Dekan von Toulon. Der Verletzte hob seine schwerverletzte Hand. Blut lief von den Fingerstümpfen an seinem Arm herunter. Leon sah sich um. Gab es nicht irgendetwas, mit dem er das Opfer verbinden konnte?

»Halten Sie durch, es kommt gleich Hilfe«, sagte Leon.

Hinter sich hörte er plötzlich ein Geräusch. Leon drehte sich um, und da stand Alain Fontaine.

»Sie hätten nicht hierherkommen sollen«, sagte Fontaine.

Leon sah nur noch, wie der Anwalt eine schnelle Bewegung mit seinem Arm machte, dann schlug Leon etwas gegen den Kopf, und die Welt um ihn herum versank in Dunkelheit.

Kapitel 95

Es konnte nicht viel Zeit vergangen sein, seit Fontaine ihn niedergeschlagen hatte. Leon war wieder zu sich gekommen, er saß auf dem Metallstuhl. Und diesmal war er es, dessen Handgelenke mit Klebeband an die Lehnen fixiert waren. Vincent Lambert stand schwankend vor der Wanne, die zur Hälfte mit Wasser gefüllt war. Fontaine hielt ihn fest. Er hatte ihm mit Klebeband die Hände an den Körper gefesselt. Füße und Beine hatte er ebenfalls mit Klebeband umwickelt. Bewegungsunfähig und zitternd stand Vincent Lambert da, als ahnte er schon, was gleich mit ihm geschehen würde.

»Manchmal ist es besser, wenn man nicht alles weiß«, sagte der Anwalt und sah gleichgültig zu Leon. »Aber wo Sie schon einmal hier sind ...«

»Hören Sie«, sagte Leon, »warum verschwinden Sie nicht einfach und lassen den Dekan hier? Ich übergebe ihn dann der Polizei.«

»Sie haben nicht verstanden, worum es geht, Docteur«, sagte der Anwalt, packte seinen Gefangenen an der Schulter und schüttelte ihn wie eine Puppe. »Die Polizei kann ihm auch nicht mehr helfen.«

Leon sah, dass sich der Dekan kaum noch auf den Beinen halten konnte. »Dieser Mann braucht dringend Hilfe«, sagte Leon.

»Nein«, schrie Fontaine mit sich überschlagender Stimme. »Dieser Mann braucht Strafe, weil er fürchterliche Dinge getan hat, grausame Dinge.«

»Tun Sie das nicht«, antwortete Leon. »Überlassen wir es dem Gericht, über ihn zu urteilen.«

»Gerichte«, sagte der Anwalt sarkastisch. »Träumen Sie nur weiter!«

Während sie sprachen, merkte Leon, dass er seine rechte Hand lockern konnte. Gleich neben seinem Handballen fühlte er eine scharfe Kante. Er drückte das gespannte Klebeband dagegen und zog den Arm vorsichtig ein Stück zurück. Er spürte, wie das Gewebe nachgab und einriss.

»Was haben Sie gedacht, als Sie die toten Kinder gefunden haben?«, fragte Fontaine. »Ich weiß es. Ich weiß genau, wie sich gerechter Zorn anfühlt.«

»Es war weniger Zorn«, sagte Leon. »Es war eher Entsetzen darüber, dass Menschen zu solchen Taten fähig sind.«

»Ich kenne solche Gedanken. Da hat man nur noch einen Wunsch: für Gerechtigkeit zu sorgen, und zwar auf der Stelle.«

»Nein, eigentlich nicht«, sagte Leon ganz ruhig.

»Sie lügen«, der Anwalt sah Leon freundlich an, so als wisse er genau, was Leon dachte. »Hier können Sie diesen Wunsch in die Wirklichkeit umsetzen. Ein Monster aus der Welt schaffen, das mit seinen Taten Entsetzen ausgelöst hat.«

»Sie haben auch die anderen getötet«, sagte Leon.

»Das war eine Gesellschaft von Teufeln. Jenseits unserer Vorstellungen. Diese Tiere haben es nicht verdient weiterzuleben«, sagte Fontaine.

»Deswegen muss dieser Mann auch vor Gericht gestellt werden«, versuchte Leon, den Anwalt zur Vernunft zu bringen, »damit seine Taten bekannt werden. Als Mahnung.«

»Sie verstehen das nicht«, jetzt sprach Fontaine mit Leon wie mit einem Kind. »Ich habe jahrelang geglaubt, sie hätten aufgehört, aber Menschen ändern sich nicht. Als der tote Junge am Strand gefunden wurde, habe ich sofort gewusst, dass diese Schweine weitergemacht haben, all die Jahre.«

»Wir überlassen den Mann der Polizei.« Leon musste Zeit gewinnen. Er hoffte, dass Isabelle mit der Gendarmerie bald eintreffen würde. »Ich versichere Ihnen, dass jedes Gericht Frankreichs ihn zu ›lebenslänglich‹ verurteilen wird.«

»Lebenslänglich ist aber nicht genug.«

»Lassen Sie ihn los, und gehen Sie«, sagte Leon, so ruhig er konnte.

»Dieser Mensch hat Kindern entsetzliche Dinge angetan«, sagte der Anwalt. »Schauen Sie nicht so erstaunt. Ich weiß es, denn ich habe es selbst erlebt. Er hat alles gestanden. Genauso wie seine vier Freunde.«

Der Anwalt versetzte Lambert einen Stoß. Der verlor die Balance, stieß mit den Knien gegen den Rand der Wanne und stürzte hilflos gefesselt ins Wasser. Er kämpfte wie ein Fisch, den man in ein zu kleines Becken geworfen hatte. Er bäumte sich auf, tauchte unter, kam wieder hoch, schrie und ging erneut unter.

»Wussten Sie, dass Menschen schon in zwanzig Zentimeter tiefem Wasser ertrunken sind?«, Fontaine beobachtete ungerührt den Todeskampf.

»Holen Sie ihn da raus«, rief Leon und zerrte an seinen Fesseln. »Lassen Sie mich ihm helfen!«

Lambert kam hoch, versuchte, nach Luft zu schnappen, aber Fontaine drückte ihn zurück ins Wasser.

»Er hat kleinen Jungen die Seelen zerstört. Ich tue das für diese Kinder. Verstehen Sie das?«, sagte Fontaine. »Das bin ich ihnen schuldig. Ich sorge für Gerechtigkeit. Jetzt und hier.«

Wieder kam Lambert hoch, doch Fontaine reagierte sofort und drückte seinen Kopf mit Gewalt unter Wasser. Lamberts Beine zuckten. Sein Rücken bog sich durch. Aber gegen Fontaine hatte er nicht die geringste Chance. Jetzt kam er nicht wieder hoch, und auch die Bewegungen hörten auf.

Leon hatte es geschafft. Das Klebeband gab endlich nach und riss. Seine rechte Hand kam frei, und er zog das Band auch vom linken Handgelenk. Leon sprang abrupt auf und stürzte zur Wanne.

»Aufhören, sofort«, schrie er Fontaine an, »lassen Sie ihn los.«

Fontaine schaute ihn verwirrt an, als könne er gar nicht glauben, dass Leon aufgestanden und zu ihm gelaufen war. Leon griff in die Wanne, packte Lambert unter den Achseln und versuchte, ihn aus dem Wasser zu zerren. Lamberts Gesicht war blass, der Blick starr.

»Helfen Sie mir, verdammt!«, brüllte Leon. »Wir müssen ihn da rausholen.«

Doch Fontaine dachte gar nicht daran, zu helfen. Er machte eine rasche Bewegung und griff zu einem Beil, das an der Wand lehnte. Leon hielt Lambert fest, der nicht mehr atmete. Aus dem Augenwinkel sah Leon, wie Fontaine mit dem Beil ausholte. Für den Bruchteil einer Sekunde stellte er sich vor, wie ihn das geschliffene Eisen treffen würde. Wie der Blitz durch seinen Kopf rasen würde. Aber er ließ den Schwerverletzten nicht los, sondern warf sich zurück und zog Lambert dadurch ein Stück weit aus der Wanne. Plötzlich gab es einen ohrenbetäubenden Knall in dem niedrigen Raum. Fontaine wurde wie von einer unsichtbaren Faust nach hinten gerissen und gegen die Wand geschleudert. Dann rutschte er zu Boden und blieb liegen. Auf der Tapete hinterließ sein Oberkörper eine blutige Spur.

In der Tür stand Isabelle, die Waffe im Anschlag. Leon hielt noch immer den Dekan.

»Leon, bist du verletzt?«, rief Isabelle. Neben ihr tauchte Masclau auf.

»Nein, alles in Ordnung!«, antwortete Leon. »Lambert atmet nicht mehr. Schnell! Helfen Sie mir, Masclau.«

»Ist sonst noch jemand im Haus?« Isabelle sah in den Gang, die Waffe in der Hand.

»Ich glaube nicht.«

Masclau eilte zu Leon und half ihm, den leblosen Körper aus dem Wasser zu ziehen.

»Gleich hier«, sagte Leon. »Wir müssen ihn auf den Rücken legen, schnell.«

Masclau legte den Dekan auf den Boden, und Leon begann sofort mit der Herzdruckmassage.

Eine halbe Stunde später durchkämmte ein Dutzend Beamte der Gendarmerie das Gelände rund um La Solitude. Taghelle Scheinwerfer beleuchteten die nächtliche Szene. Vor dem Haus parkte ein Krankenwagen. Davor stand Leon zusammen mit Isabelle und Zerna. Im Rettungswagen kämpften Sanitäter um das Leben von Vincent Lambert.

»Die Sache hat ein Nachspiel für Sie. Das ist Ihnen doch klar?«, sagte Zerna zu Leon.

Der Notarzt stieg aus dem Fahrzeug und kam auf die Gruppe zu.

»Wie sehen die Werte aus?«, erkundigte sich Leon.

»Blutdruck stabil, bei 100 zu 160«, sagte der Arzt, »kein Wunder bei dem ganzen Stress.«

»Sauerstoffsättigung?«, fragte Leon.

»Wieder bei 98 Prozent. Ohne Ihre Herzmassage hätte er es auf keinen Fall geschafft«, sagte der Notarzt. »Wir bringen ihn jetzt nach Saint-Sulpice.«

»Ein Streifenwagen wird Sie zur Klinik begleiten«, informierte Zerna den Notarzt.

»In Ordnung«, meinte der Notarzt, stieg in den Krankenwagen und klopfte dem Fahrer auf die Schulter. »Los, fahren wir.« Der Rettungswagen setzte sich in Bewegung. Ein Streifenwagen mit Blaulicht folgte dem Wagen.

Der Dekan würde überleben. Eine Weile würde die Kirche versuchen, den Skandal irgendwie zu vertuschen, doch dann würde die Bombe doch noch platzen. Zuletzt würde die Kirche keine andere Möglichkeit sehen, als den Dekan für psychisch krank erklären zu lassen. Ein guter Mensch, der leider unter den Einfluss von Wahnsinnigen geraten war. Es würde der Kirche schließlich gelingen, Vincent Lambert für schuldunfähig erklären zu lassen. Er würde ohne Gerichtsverhandlung in die geschlossene Abteilung einer Nervenklinik bei Brest eingewiesen werden. Aber bis dahin sollten noch Monate vergehen.

Und dann war da ja auch noch Baladure, der von Staatsanwalt Orlandy umgehend aus der Untersuchungshaft entlassen werden würde. Schließlich bestand sein einziges Verbrechen darin, dass er jugendliche Ausländer bei ihrer Flucht nach Paris unterstützt hatte. Die Klinikleitung würde dem Schönheitschirurgen mit einer diskreten Abfindung dessen »freiwillige« Kündigung schmackhaft machen. Eine Privatklinik in Brest hatte Baladure bereits ein Angebot gemacht.

»Sie erwarten ja hoffentlich nicht, dass ich jetzt applaudiere«, Zerna sah Leon provozierend an.

»Weil ich einem Päderasten das Leben gerettet habe? Wirklich nicht.«

»Sie haben mich ... Was sag ich? Sie haben uns alle in eine ziemlich beschissene Lage gebracht«, sagte Zerna.

»Ich schätze, aus der Messe für den Dekan wird jetzt auch nichts mehr«, bemerkte Leon sarkastisch.

»Sehr witzig«, brummte Zerna.

»Wie können Menschen so etwas tun?« Isabelle sah dem Krankenwagen hinterher, der im Schilfdickicht verschwand.

»Das waren alles stinknormale Leute. In drei Tagen hätten sie ihn zum Bischof gemacht«, Zerna schüttelte den Kopf. »Kann man sich so was vorstellen?«

»Verdammte Kinderficker«, sagte Masclau, und Zerna sah ihn scharf an, »stimmt doch, und der Dekan mittendrin.«

»Ich reiß mich wirklich nicht darum, die Story der Kirche zu erklären«, sagte der Polizeichef.

»Die Medien werden sich auf uns stürzen wie die Schnaken im August«, meinte Masclau.

»Was hätte ich denn Ihrer Meinung nach tun sollen? Nicht hierherfahren?«, fragte Leon.

Einen Augenblick sah Leon den Polizeichef an, der provozierend schwieg.

»Sie hätten sich an die Vorschriften halten können«, sagte Zerna nach einer Weile. »Hätte uns eine Menge Probleme erspart.«

»Es ist Ihr Fall«, meinte Leon bescheiden. »Ich bin nur einer neuen Spur nachgegangen.«

»Sie wissen genau, was ich von Ihren Alleingängen halte«, blaffte ihn Zerna an.

»Es ist Ihr Erfolg, Commandant«, sagte Leon. »Sie haben gerade den prominentesten Kinderschänder des Landes festgenommen.«

»Irgendwie kann ich mich darüber nicht richtig freuen«, sagte Zerna.

»Lass uns nach Hause fahren. Es ist spät«, sagte Isabelle.

»Wir sehen uns morgen auf der Wache«, meinte Zerna. »Sagen wir zehn Uhr. Ich brauche Ihre Aussage.«

»Mal sehen, ob ich das schaffe«, antwortete Leon cool. »Gute Nacht.«

Kapitel 96

Es war früher Morgen, und im Osten konnte man einen feinen Lichtstreif erkennen, der ahnen ließ, wo schon bald die Sonne aufgehen würde. Isabelle saß auf dem alten Sofa auf der Terrasse. Sie hatte die Beine angezogen, die Arme um ihre Knie gelegt und sah auf das Meer. Leon brachte eine dampfende Tasse Tee und legte Isabelle eine Decke um. Jetzt sah er, dass ihr Tränen in den Augen standen. Er sagte nichts, sondern setzte sich neben sie und legte ihr den Arm um die Schultern.

»Ich habe gedacht, er tötet dich«, Isabelle wischte mit dem Handrücken über ihr Gesicht. »Ich habe einfach abgedrückt, nicht nachgedacht, keine Sekunde.«

»Da bin ich aber froh«, sagte Leon mit einem Lächeln.

»Du verstehst das nicht«, sagte sie. »Jetzt ist er tot.«

»Er hat vier Männer gefoltert und umgebracht.«

»Ich weiß, aber ich habe ihn erschossen. Ich habe sein Leben beendet. Verstehst du, was das bedeutet?«

»Du hast mir das Leben gerettet. Und dafür bin ich dir sehr dankbar.«

»Warum hat er das getan?«, fragte Isabelle. »Warum hat er diese Männer getötet?«

»Weil sie ihm seinen Glauben an das Gute im Menschen genommen haben«, sagte Leon.

»Woher willst du das wissen?«, fragte Isabelle.

»Aus seinen Andeutungen, die er mir heute Nacht in dem Haus gemacht hat.«

Dann erzählte er Isabelle die Geschichte des kleinen einsamen Jungen, der im Internat von den Erziehern missbraucht worden war. Von dem kleinen Jungen, der miterlebt hatte, wie sein zehnjähriger Freund Émile sterben musste, weil er dieses brutale System von Unterdrückung, Erpressung und Missbrauch auffliegen lassen wollte.

Der kleine Junge hatte sich aus eigener Kraft aus diesem Sumpf herausgeschafft und war ein erfolgreicher Rechtsanwalt geworden. Doch seine Seele hatte Verletzungen erlitten, die niemals heilen würden. Schließlich führte ihn der Umzug in seine neue Kanzlei nach Toulon. Dort fand er heraus, dass die Täter von damals sich scheinbar in brave Bürger verwandelt hatten. In Wirklichkeit war es immer noch die gnadenlose Clique von damals, die sich auch heute noch an kleinen Jungen verging. Aber die Männer waren blutrünstiger geworden, wie die Wölfe. Sie hatten sich die Schwächsten der Gesellschaft ausgesucht: traumatisierte Kinder, die auf der Flucht waren. Die Männer hatten sie entführt und gemeinsam tagelang missbraucht. Delbos war der Henker der Gruppe, der die Jungen tötete und verschwinden ließ. Als Fontaine das herausfand, hatte er beschlossen, dem Spuk ein für alle Mal ein Ende zu bereiten. Er wollte die Dämonen der Vergangenheit vernichten, dabei wurde er selbst zu einem von ihnen.

Leon und Isabelle saßen eng aneinandergerückt und beobachteten, wie das Licht am Horizont in ein zartes Rosa wechselte, als die Sonne über den Horizont kroch. Über ihnen schwebte ein Möwenpaar in der Morgenbrise. Absolut synchron, als würde die eine genau wissen, was die andere tat. Wie ein altes Ehepaar, dachte Leon und zog Isabelle noch ein wenig näher an sich heran. Sie schwiegen. Es war die Zeit, nur still dazusitzen und zuzusehen, wie der neue Tag begann.

ENDE